P O S S E S S I O N

a Romance

佔有

一部愛的浪漫傳奇

A.S.拜雅特(A.S. Byatt)著

唯一贏得布克獎的羅曼史
完整中文譯本首度問世

于宥均、宋瑛堂 合譯

前言

譯文：李康莉

對我而言，書寫《佔有》這本書是一件很幸運的事，儘管一開始看似相反。這本書在我剛放棄在倫敦大學學院任教了十一年的教職後，花了兩個月的時間寫成的。結果發現，這是我唯一一部不受其他問題、計畫、疾病、人生責任干擾的小說。

這部小說，在我腦中構思十五年之久。這段期間，這部小說的面貌也在我腦中改變很多。不像我所寫的其他作品，這部作品是從書名開始的。我坐在大英博物館的老式圓桌閱覽室，看著研究柯立芝的偉大學者凱瑟琳・柯本（Kathleen Coburn）在圓形目錄區走來走去，一圈又一圈。我突然意識到，她這一生都獻給了這位死去的詩人。我心想：「是他『佔有』她，還是她『佔有』他？」然後我想，這應該可以寫成一部小說，關於生者與死者之間的「佔有」關係。這會是有如被附身一樣、著魔執迷的故事。然後，我也意識到，佔有／擁有（possession）這個字，也有一個很直接的利益層面可以探討：「誰『擁有』死去作家的手稿？」我在腦子裡翻來覆去地想這個問題。很長一段時間後，我才意識到：「佔有／擁有」也適用於性關係。當時，我正在研究羅伯・布朗寧（Robert Browning）和妻子伊麗莎白・巴雷特・布朗寧（Elizabeth Barrett Browning）間的精采信件，想到了兩對戀人，一對是現代人，另一對是古代人——維多利亞時代的人，讓他們在這些意義上體現「佔有／擁有」。

我最初的計畫是寫一本實驗性小說，一本像古代羊皮紙文獻那樣的複寫文本，關於文學理論，以及頗具侵略性的傳記文字，你可以在背後瞥見情人與詩人的身影，但不是非常清晰。改變這一切的，是我對艾柯（Umberto Eco）《玫瑰的名字》（*The Name of the Rose*）的閱讀經驗，以及它具有諷刺意味的中世紀偵探故事。我丈夫在紐約的朋友都對這本書非常投入，也對當中包含的中世紀神學很感興趣。我在當中發現的祕訣是：一個精彩的故事，可以放進任何你需要放進去的內容。

於是，我開始創作像我小時候讀過的那些偵探故事。我發現偵探故事必須回溯構成，必須設計情節，最終達成一個獲得解決的結局。為了在關鍵時刻「被發現」，你必須先把事物隱藏起來。在心理小說中，當角色的情感變得清晰時會成為情節。這種新形式的難度是一種解放。我發現自己在戲仿（parody）D・H・勞倫斯（D.H. Lawrence），以及英國作家暨翻譯家多蘿西・塞耶斯（Sayers）和羅曼史暨推理小說作家喬潔・黑爾（Georgette Heyer）作品中的場景。

這部小說的「概念」是：詩歌和詩人，比那些過著他人二手生活的文學理論家、傳記作家，還更有生命力、更有活力。我常在讀過與詩人有關的作品之後，再回到詩人本身的作品時，感到震驚。這本小說在形式上需要真正的詩，但是我不寫詩。羅伯森・戴維斯（Robertson Davies）寫了一本與歌劇有關的小說，並以托馬斯・洛弗爾・貝多斯（Thomas Lovell Beddoes）的詩作為一種背景幻影的歌詞。當時我的編輯是那位非常優秀（而且被低估的）英國學者暨詩人、小說家、評論家：安賴特（D. J. Enright）。我告訴他，我在考慮用龐德（Ezra Pound）早期的「維多利亞」韻文來寫。丹尼斯說：「別開玩笑了。」妳自己來寫。於是，我回家寫了一首和蜘蛛有關的維多利亞詩歌。我發現寫這些詩並不難；作為文字表達的一部分，它們是按照小說的形式寫成的。我認為一本小說就像編織，一針到底。人們總愛問我我做了哪些「研究」，言下之意在說這是一件很繁瑣的事，而非發現未知事物的喜悅。但是對我來說，我從以前就一直為丁尼生和布朗寧的詩著迷。我小時候就讀過它們，因為我母親是一位布朗寧專家。它們的韻律在我的腦海中吟唱，而且在我的小說並不需要它們的段落裡突兀地冒出來。

這本書完成時，大西洋兩岸的出版商都覺得困擾，抱持懷疑的態度。他們求我減少詩歌，減少維多利亞時代的書寫，唯一勇敢接受它的美國出版商還不忘告訴我：「妳這些累贅多餘的文字，毀了所有的懸疑趣味。」一大清早，我哭了。後來，這部作品贏得愛爾蘭時報的愛爾蘭航空獎（Irish Times Aer Lingus prize）和布克獎（Booker prize），而且讓所有人都很驚訝地（包括我本人）成了一部暢銷書，還有些人用我想像出來的詩人來寫論文。這本小說被翻譯成三十多種語言。我欠艾柯很大的人情。

題辭

譯文：宋偉航

要是有作家聲明他寫的是「傳奇」（Romance），毋須多想，他這是在要餘地，於形、於質都要多留一些施展手腳的地方；但要是作家聲明他寫的是「小說」（Novel），那就表示他沒資格僭越了。後者於撰文理當標舉處處無不忠實，不僅忠實寫出世人經驗當中還算可能的，也忠實寫出很有可能以及司空見慣的。至於前者——雖然就藝術而言，還是務必遵守人世的規律，萬一從心靈的真實岔了出去，可就是無可饒恕的罪責了——還是有不小的權利可以自行裁量，大幅依作者本人的選擇或是創發為準去描寫真實。……這一則故事講述的角度落在「傳奇」的定義裡，意在將已去的「昔時」與不斷流逝的「現今」連接起來。

——霍桑（Nathaniel Hawthorne, 1804－1864）

《七角樓屋》序文（Preface to *The House of the Seven Gables*）

題詩

但要有時泡泡吹得太薄，
像是隨時會破，——你差一點
就看穿虛實，——你看見了啥？
老朽盡毀？而身邊的眾人
洋溢青春、朝氣、熱情——才情，美貌，
你在乎的話，還有階級，財富。
人人放棄天賦的人權，奉你
（即我啊，閣下）為伴，同甘共苦，
作施氏朋黨——不止，施氏所出，
實屬施氏所有——……
……

譯文：宋偉航

全都會吧，有吧，再加一把
小謊的勁兒就算是了：施氏騙子！
欸，他再不濟也是詩人，唱的
希臘人從沒有、特洛伊從沒有
做出這樣、那樣非凡的偉業！
……

何以我堪比詩人？看白話文吧——
靠常識販子才起得了作用。
但沒撒謊幫忙，又待如何？
每一國家的律法、事實、物表
皆如他之所見，如他所願，
不合便視而不見，只記載
他的道理，其餘置之不理。
說是世界歷史，爬蟲年代，
古印地安人，古立國戰爭，

哲宏拿破崙，都隨你高興。
概如作者所願。如此史官
你願意獎賞：人世得銘刻
火燒成霧，古乃你之今時。
多的是「你怎麼抓得出來
這樣的線索帶你走出迷宮？
怎麼憑空編出紮實的錦繡？
基礎這般薄弱，何來這傳說，
傳記，故事？」要不換個說法，
「要用上多少謊話才編得出
你給我們看的豐厚真實？」

——羅伯．布朗寧（Robert Browning, 1812-1889）
〈靈媒施樂吉〉（Mr Sludge, "the Medium"）

目次

第一章

一切如故。花園、綠樹，
盤根其上之蛇、金澄的果實，
枝叢蔭網下的女子，
奔流之水、碧綠之方，
一切如故、自始如舊。古老世界的邊緣，
海絲佩拉蒂姊妹（Hesperides）的金蘋果園，果實
閃亮在永恆的枝椏上，在此
守護之龍拉登，捲起珠寶頭冠，
刮抓金色龍爪，磨尖白銀龍牙，
打盹小睡，歷經久遠的守候，
直到狡黠的英雄海克力士
前來強奪、盜取金果

——藍道弗．亨利．艾許，引自《冥后普羅賽比娜的花園》（一八六一）

這本書沉甸甸、黑壓壓的，上頭滿是塵埃。厚實的封面早已彎曲開裂，想當年，它早就已被蹂躪得面貌不堪。書背持續地脫落，應該說——是夾立在書頁當中，宛如一只鼓凸厚重的書籤。一圈圈骯髒的白色布帶纏在書上，盡頭還打了個勻稱的蝴蝶結。圖書館館員將這本書交給了正在倫敦圖書館閱覽室內苦等的羅蘭．米

契爾[1]，他是在上鎖五號保險櫃這裡找著這本書的，平常，這書就立放在《普里阿普斯的惡作劇》與《希臘式愛情》兩書之間。此刻是一九八六年九月某日上午十點，羅蘭坐在圖書館裡他最鍾愛的一張單人小桌旁，桌子雖然湊在一根四角方柱後頭，但他仍然可以清楚完整地看到壁爐上的掛鐘。在他右手邊是一扇鑲滿陽光的高窗，往窗外看去，還可看到聖詹姆士廣場上昂揚的綠葉。

倫敦圖書館是羅蘭最喜愛的地方。建物雖然陳舊，倒不乏高尚儒雅之風。古趣盎然的建築物，卻也是現世詩人或思想家樂於棲息留連之處。他們經常蹲在書櫃邊金屬接合的地板上，有時則在樓梯轉角處欣然地辯論互詰。卡萊爾曾經來過這裡，喬治．艾略特也曾在書架之間逡巡。羅蘭彷彿可以看見她身著一襲黑絲長裙、搖曳著絲絨裙襬，翩翩然地穿梭在教堂神父之間；他也聽到她穩定的步履聲，蹀躞在日爾曼詩人當中。藍道弗．亨利．艾許也曾經來過這裡，在歷史和地形學中，搜索著少有人注意的細微末節，滿足他聰慧的心智和記憶；要不就是依照英文字母井然有序的排列，逐條鑽研各種科學或相關研究——如舞蹈（Dancing）、聾啞（Deaf and Dumb）、死亡（Death）、牙科醫術（Dentistry）、邪魔與鬼神學（Devil and Demonology）、分布（Distribution）、狗（Dogs）、傭人（Domestic Servants）、夢（Dreams）。在他那個時代，進化論方面的研究向來都是編列在「前亞當時期人類」之下。一直到最近，羅蘭才發現倫敦圖書館裡竟然還收藏了維科著作的《新科學》[2]，那可是艾許當年的藏書。艾許的藏書散落歐美各處，這是最讓人遺憾的。截至目前

---

1 羅蘭（Roland），此名既讓人聯想到十一世紀的經典「傳奇」（Romance）作品《羅蘭之歌》（*La Chanson de Roland*）中的主角羅蘭，為查理大帝（Charlemagne）手下十二聖騎士之一，也讓人想到羅伯．布朗寧的知名詩作"Childe Roland to the Dark Tower Came"，描寫見習武士羅蘭行走天涯的期許與惶惑，面對一無所獲的結局，羅蘭吹起號角，坦蕩無畏。

2 維科（Giambatrista Vico, 1668-1744），啟蒙運動時期的義大利思想家，《新科學》（*Principj di Scienza Nuova*）為其最知名著作，初版於一七二五年，為一部闡述古代文化史、詩歌和美學的理論著作，範圍含括自然科學、歷史科學、社會科學。維科在當中反駁笛卡兒理性主義，提出「詩性智慧」的概念，在啟蒙時代極度關注人類理性的氛圍下，強調人類的想像、直覺等感性認知的重要性。

為止，艾許藏書最豐富的地方，當然首推美國新墨西哥州羅伯特．岱爾．歐文大學裡的史坦特收藏中心，而莫爾特模．克拉波爾就在那裡，孜孜矻矻地編纂他的曠世巨作《藍道弗．亨利．艾許書信全集》。毫無疑問地，現今，書本就和光影聲音一樣無遠弗屆，不過，在艾許收藏的維科裡，說不定還是有那個角落上的小註解，就連孜孜不倦的克拉波爾都沒發現。羅蘭尋找的是艾許《冥后普羅賽比娜的花園》一詩的出處，此外，一想到艾許曾以手指撫觸、以雙眼審視這些句子，閱讀起來又自有另一番樂趣。

很快地羅蘭就發現，這本書已經很久都沒有人動過，說不定在納入圖書館之後，就再也不曾有人翻閱。圖書館員拿了一塊花格子乾布，拂去了書上的一層積塵，一層又黑又厚、頑強固執的維多利亞時代的灰塵，一層積聚了煙與霧、來自空氣清潔法案頒布之前的灰塵。羅蘭解開書上的繫帶，才一攤開，書本立刻像個盒子似地，褪色的紙張一片緊接一片地自裡頭嘩然散開，有藍、有奶油白、有灰，上頭布滿鏽褐色的字跡，那是鵝毛筆尖留下的棕色刮痕。羅蘭驚喜交加地認出了這些筆跡，這些寫在書籍帳單和信件背面的文字，顯然是艾許閱讀維科時所作的註記。圖書館員表示，這些紙張看起來應該是沒有人碰過，每張紙的邊角和外緣都如煤炭一般的黑，乍看之下，就像是訃聞信封上的黑色框框。它們恰恰精準地扣在現在的位置上，亦即紙頁的邊緣與污跡的邊緣。

羅蘭問說，如果他著手研究這些摘記，是不是符合圖書館的規定。他留下了個人身分資料；他是布列克艾德教授的兼任研究助理，自一九五一年開始，布教授就一直在編纂《艾許作品全集》。圖書館員躡手躡腳地走去撥電話，就在他離開之後，這些沒有生命的「紙葉」又繼續窸窸窣窣地飄然飛落。繫帶的解開，為它們帶來了生命。是艾許把它們擺在這兒的。圖書館員走回來說可以，這麼做並不會違反館裡的規定，只是羅蘭必須要非常小心，千萬別把原先夾頁的次序弄亂，以便館方來日編目登記。如果米契爾先生真能有什麼重大發現，圖書館員也會很樂於聽聞的。

方才發生的這一切，還不到十點半就告結束。接下來的半個小時，羅蘭很隨意地做著功課，他翻前翻後地讀著維科的著作，一會兒找普羅賽比娜，一會兒讀讀艾許的註記，讀他的註記實在很不容易，因為艾許用了不同的語言寫下這些註記，而寫註記時，他又把字寫得碎碎小小的，看起來有點像是印刷體。比起他題詩又或是寫信時那種大方典雅的字體，這實在很令人難以相信，兩種字體居然來自同一個人。

十一點，他在維科的著作裡找到了相關的段落。維科曾以神話和傳奇中種種詩意的隱喻尋找歷史真相，這些加總起來，就成了他的「新科學」。他的普羅賽比娜代表的是穀物，乃商業與社群的起源。藍道弗．亨利．艾許的普羅賽比娜，則一度被認為是針對維多利亞時代質疑宗教的反思，是對復活神話的思索。萊藤爵士曾經為她作畫，狂亂、幽渺，一尊置身於黑暗地道中的金色姿影。布列克艾德則相信，在藍道弗．艾許心中，普羅賽比娜代表的是早期神話時代歷史的化身（艾許也曾寫過一首有關吉朋的詩及一首關於可敬的畢德的作品，這兩位乃是研究走向極為不同的歷史學家。布列克艾德就曾針對藍道弗．亨利．艾許及其相關歷史編纂學，寫過一篇文章。）

羅蘭就著譯本，對照艾許的文字，順手抄錄了一些段落到索引卡上。這種索引卡他有兩盒，一盒是蕃茄紅，另一盒則是深濃的青草綠，盒上還有塑膠做的彈簧跳夾，在圖書館的靜謐中砰砰作響。

麥穗又被稱為「金蘋果」，在世人尚未發現黃金這種金屬之時，「金蘋果」理應就是世上最早的黃金……因此，海克力士最初從海絲佩拉蒂花園帶回來——又或者說，採摘回來的「金蘋果」，應該就是一種穀物；然後這位高盧人海克力士，便從口中釋出種種有關這枚「金蘋果」的事蹟，令世人聞之神往不已：這在後來，有人發現原來是一則與田地有關的神話。從此，海克力士成為庇祐尋覓寶藏之人的神祇，而寶藏之神是地斯，亦即普魯托，而且正是祂將普羅賽比娜——席瑞絲（Ceres）或穀物[3]的別

3　地斯（Dis）為羅馬神話原來的陰間之神，後來異名為普魯托（Pluto），由於礦藏都埋在地底下，所以身為地下世界主宰的普魯托也是財富之神。普羅賽比娜（Proserpina/Proserpine）為具有雙重性的女神，既是威嚴冷酷的冥后，也是豐收女神，經常與主掌穀物的大地女神席瑞絲（Ceres）混同，但其實席瑞絲為普羅賽比娜的母親。

名——帶往詩人大筆描繪的地府。依照詩人的描述，地府最初的名稱為冥河，另一個名稱是亡者之土，第三個名稱是犁溝的深淵……而伊尼亞斯在古羅馬英雄時代最博學的詩人維吉爾筆下帶入地獄或地府[4]的金色樹枝，其實正是這顆「金蘋果」的化身。

藍道弗．亨利．艾許筆下的普羅賽比娜，「在幽冥中一身肌膚亮麗如金」，同時也「如穀物般發散黃金的光芒」，又或是「身繫金色的鏈環」，這有可能是珠寶或是鎖鏈。羅蘭仔細地在穀物、蘋果、鎖鏈、寶藏這些標題下，寫下可相互參照的資料。夾在維科這段文章出現的這一頁裡，有一張蠟燭帳單，在帳單背面艾許這麼寫道：「個體的存歿如此短暫，融入社群的思潮，修正改變、爾後死亡；然而放諸生生不息的物種，卻得以採摘其飄忽生命的果實。」羅蘭把這段文字抄錄下來，又做了另一張卡片。

「疑問：這段文字是引自他人，還是艾許自己寫的？普羅賽比娜會不會就是文中的物種？這個想法很接近十九號索引卡的內容。或者，她會不會是文中的這個個體？他是什麼時候把這些紙箋放在這兒的？紙箋是寫在《物種起源》之前還是之後？總之，這點還不能斷定——大體而言，他一向對人類進展很感興趣……」他在卡片上這麼自問自答。

十一點十五分。時鐘滴滴答答地響著，微塵在陽光中飛舞。羅蘭陷入了沉思，追求知識的道路綿綿無盡，說來枯燥、卻又令人嚮往。他坐在這兒，重整著一位死去的人讀過的文字，努力地追索，正好有圖書館的時鐘以及微微扁下的肚皮為他計時（倫敦圖書館裡不准帶咖啡進來）。他勢必得把這些從來沒人發現過的寶藏拿給布列克艾德看，而布列克艾德一定會表現得既得意又不屑，不過再怎麼說，他至少會很高興這些寶

4 典故出自古羅馬大詩人維吉爾（Virgil, 70 B.C.-19 B.C.）的史詩《伊尼亞德》（*Aeneid*），講述特洛伊滅亡後，大英雄伊尼亞斯（Aineías）帶領特洛伊倖存的百姓前往義大利建立羅馬的故事。在第六卷中，伊尼亞斯前往冥界見到自己的父親，後者向他預言了羅馬的命運。

藏還被鎖在五號保險櫃這兒，而沒有像其他藏書一樣，全被拐到了位於和睦尼市的羅伯特・岱爾・歐文大學裡去。但是羅蘭一點也不想把這件事告訴布列克艾德，因為他喜歡將知識佔為己有。

普羅賽比娜是在兩百八十八和兩百八十九兩頁之間，然而在三百頁底下，卻又壓了兩張對摺起來的完整稿紙。羅蘭小心翼翼地打開，兩張稿紙都是艾許用行書體寫下的書信，抬頭也都同樣寫著他位於羅素大街的住址，日期則是六月二十一日。年分不詳。兩封信的開頭都是「親愛的女士」，信末同樣都沒有簽名。其中一封明顯地比另一封來得簡短。

親愛的女士：

自從我們那一次令人驚喜的談話，我的腦中就再也容不下其他思緒。對於身爲詩人的我，這種感覺絕無僅有，或許，對任何人而言，都難得能有這般感受，竟能體驗到如此心領神會的共鳴，如此共通的才思與見解。寫下這封信，是因爲我強烈地感覺，我們確有必要繼續這樣的談話，而且在我印象中，您也正如我一般地驚喜，深受我們那令人驚艷的因此我不加思索，想知道我是不是能夠前往拜訪您，日子或許就暫定在下週某一天。我認爲，我清清楚楚地明白，這一切絕非出自愚妄或誤解，你我無論如何都該再度交談。我知道您深居簡出，由此更可見得親愛的克雷博[5]是何其地幸運，居然能讓您出現在他的早餐會上。想想在那些大學生不失幽默的胡謅之中、還有克雷博精心捏造的奇人軼事，甚至連那尊半身塑像，居然都能讓我們說上那麼多話。這眞的很難得，單單對你我而言。這種感覺絕對不會只是我自己一個人

第二封信則這麼寫道：

5 克雷博（Henry Crabb Robinson, 1775-1867），英國律師、日記作者。

親愛的女士：

自從我們不期而遇愉悅地交談之後，我的腦中幾乎再也容不下其他思緒。我們是不是有可能再繼續這樣的交談，私底下、找個空暇的時間？我知道您深居簡出，由這更可見得親愛的克雷博是何其地幸運，居然能讓您出現在他的早餐會上。我由衷慶幸他能如此健康長壽，以八十二歲的高齡，仍然有此心力，願意在一早的清晨裡，廣邀詩人與大學生、數學教授，以及政治學者歡聚一堂，而且還以他慣有的熱情，告訴我們那尊半身塑像的軼聞，同時一點也沒怠慢了奶油吐司的現身。

不知您是否和我一樣覺得奇妙，我們居然能在轉眼之間，就對彼此瞭若指掌？因爲我們對彼此的瞭解確實是出奇地熟稔，不是嗎？也或許，這會不會是一個年屆中年且多少不受好評的詩人過度驚喜的情緒，因爲他發現他那無人理會、幽深難解、百轉千迴卻意理清晰的詩義——當然，既然從來沒人眞正懂過，他也不覺得那算得上是什麼詩義——不過現在，卻終於盼到了一位慧黠的讀者兼評家對他的作品深感有趣？您談到的亞歷山大．賽爾科克的獨白，以及您對約翰．班揚凌亂無序的漫談所做的分析，還有您對伊妮絲．德．凱斯楚澎湃熱情的了然於心……雖然挖掘屍體是那麼地讓人毛骨悚然……不過，且讓我先在此停住這喋喋不休的自我以及這些我筆下的人物吧！您說得非常對，這些人物並不是我的**面具**。我希望您千萬不要以爲我不瞭解您優越細緻的聽力與品味，我深信您一定能完成那個以神話爲主題的偉大作品——您一定能展現前所未有的創意與新奇。說到這裡，不知您對維科的原始部族的歷史觀看法如何？他認爲古代的神明和後來出現的英雄都是人類對命運與渴望的人格表現，是人類共同心靈所賦予的具體形象。這些觀念或許您可以運用在您神話傳說中關於城堡與農業改革的根源——就現代人來看，這也正是她的故事中最詭異的一面。看我，又犯了嘮叨的毛病，毫無疑問地，您一定已經構思好呈現這個主題的最好方式，因爲您是如此地聰慧，即使生活隱僻，卻也通古博今。

雖然說，這一切或許只是個幻念，起自於**瞭解**這美味得令人上癮的感覺，但我實在無法不這麼覺得，您或多或少一定也和我一樣殷切期待，我們未來的談話一定更能讓彼此獲益良多。我們一定要再見面。我無法我相信我的想法沒有應該沒錯，我們的會面對您而言理應一樣重要有趣，雖然您依舊看重生活的幽靜。

我知道您會參加這麼一個簡單普通的聚會，只是因爲不想拒絕我們親愛的克雷博的邀請，因爲他曾經爲您傑出的父親效勞，並且在他最需要的時候，給予他的作品至高的評價。於是您，終究**出門赴會**了。也因此，我眞心希望您或許願意改變您平日清靜的生活以

我確信您一定瞭解。

這些文字先是讓羅蘭感到深深的震撼，接著，他的學術本能開始令他十分興奮。這場與一位身分不明女士的未完成對話，究竟發生在何時何地？他的腦子不禁忙著思索起來。信上沒有年分，不過這一定是寫在艾許的戲劇詩集《神、人、英雄》出版之後，這部作品是在一八五六年面世，而且那時各界的回應一反艾許原先的希望或者可說是期望，評論界一片噓聲，大家都說他的詩文晦澀難懂，說他的品味自以為是地怪異，說他的人物誇張不實。詩集裡其中一首〈亞歷山大．賽爾科克孤寂之思〉，描述的是一位水手在漂流到荒島之後的深沉思緒。〈補鍋工匠的恩典〉亦然，內容主要以班揚被關在獄中時，對上帝所賜恩典的冥想。此外，還有葡萄牙王儲佩德洛在一三五六年狂烈而迷離的愛情宣言，他在遇害的妻子伊妮絲．德．凱斯楚的屍體上敷上香料，然後讓她陪著自己四處飄流。她的屍身呈現皮革般的褐色，只剩骸骨一具，頂上卻仍然戴著蕾絲金冠，身上空懸著鑽石珍珠項鍊，手指骨上套著奇彩非凡的戒指。艾許讓他筆下的人物瀕臨瘋狂的邊緣，然後從他們的人生經驗中摘取片段，建構出信念與生存的一套邏輯。羅蘭心想，要確認這場早餐會應該不成問題，克雷博．羅賓森晚年為了鼓勵當時甫成立的倫敦大學的學生，一直很努力地為他們營造交談的機會，而這，照說應該就是其中一場才對。

克雷博．羅賓森的相關文件都收藏在戈登廣場的威廉博士圖書館裡。原本戈登廣場是要設計成一處大學會堂，克雷博十分贊同這項做法，他認為這可以為校外學生提供一個體驗大學校園生活的地方。只要查查羅賓森的日記，那應該、那一定很容易就可以找出這樣的一次聚會，讓艾許在羅素廣場三十號和一位數學教

授、一位政治學者（白哲特？）、以及一位向來蟄居的女士一起吃早餐。而這位女士呢，她懂詩，而且也寫詩，不過或許是正在計畫寫詩。

她會是誰呢？他實在毫無頭緒。克莉絲汀娜．羅塞蒂[6]？他覺得不是。他無法確定羅塞蒂小姐是否會認同艾許的神學論，或是他的性心理學。他也無法鑑定信中的「神話主題」究竟所指為何？這給了他一種感覺，要說奇特也說不上，就是覺得自己的無知渺渺無盡，宛若一層灰濛濛的薄霧，然而其中又飄浮著一些堅實的東西隱約可見，像是圓形屋頂在黑暗中發散而出的微光、又或是屋簷在幽暗中落下的陰影。

這樣的通信可有後續嗎？如果有，這些書信現今在哪裡？至於艾許那「無人理會、幽深難解、百轉千迴卻意理清晰的詩義」，會不會有什麼珍貴的資料隱藏在其中不能透露？學術界勢必得將原本的定論重新評估一番。不過話說回來，他們當真有開始通信嗎？會不會到最後，艾許因為無法明確地將心中那股迫切表達出來，而讓事情無疾而終？其實最讓羅蘭感到震驚的也正是信中那股迫切。他一直以為自己很懂艾許，就像是把一個認識的人的一生，如數家珍地全記在心裡；他過著恬靜的生活，結婚四十年來始終是個模範丈夫，他留下的書信確實很多，但語氣都非常謹慎、有禮、完全沒什麼活力可言。羅蘭之所以喜歡藍道弗．亨利．艾許，就是因為這一點。他很驚訝，艾許在信中談到自己的作品時，居然會如此生氣勃勃且暢所欲言。私底下，就個人而言，他非常高興像這樣的文字竟會出自一個平日生活寧靜安穩的人的手中。

他又把信再讀了一遍。不知道他是否有將最後的定稿寄出去？也許這一時的衝動很快就消散，又或許遭到對方拒絕？羅蘭自己也感到一陣妙不可言的衝動。突然間，他覺得他絕對不能將這些活生生的文字重新放回維科書中的第三百頁，然後再拿到五號保險櫃歸還。他向四周張望，沒有人在看他，於是他偷偷把信塞進自己的書裡，那本書是《牛津版艾許文選》，他向來隨身攜帶。之後，他又回到維科的評註上，很有系統地將其中最有意思的一段抄錄到他的索引卡上，一直到鐘聲沿著階梯噹噹響起，又是研究該告一段落的時候。

6 克莉絲汀娜．羅塞蒂（Christina Rossetti, 1830-94），英國知名詩人，作品主題多所探討宗教、生死與感情。

他竟然渾然忘記了午餐。

離開圖書館時，兩個蕃茄紅和青草綠的盒子堆疊在他手中捧著的《艾許選集》上，館員從借還書籍的櫃檯後，和藹可親地向他點了點頭。他們見慣了他。牆上雖然貼著有關書籍毀損及盜竊的罰則，但他壓根就不覺得那些條文和自己有任何關聯。他一如往常地走出圖書館，照例將鼓得肥脹的破公事包夾在腋下。他在皮卡迪里那兒登上一輛十四路公車，爬上公車上層，緊扣著屬於自己的戰利品。他就住在皮卡迪里和普特尼之間，一棟危危欲墜的維多利亞房屋的地下室裡。一如以往，他一路昏昏沉沉地隨著公車前進，接著急遽欲嘔地在震動中驚醒，然後，他開始擔心起凡兒來。

第二章

一個人乃是其自身的一部歷史，總結了自己的呼吸、思想、行為、原子微粒、創傷、愛情、冷漠，與厭惡：同時，也含括了自己的種族與國家、滋養自己與先祖的土地、熟悉之處的石與砂、長年無聲的戰鬥與良心的掙扎、女孩的笑容與老婦沉緩的言語、突如其來的意外以及無情律法漸進的行動，這部歷史承載了凡此種種以及其他細節，猶如一道火焰，在大火面前終將俯首稱臣，燃放在此刻，下一刻熄滅，來日再有無數時光，也永遠無法再度大放光亮。

就這樣，藍道弗・亨利・艾許在大約一八四〇年時，著手創作了《北歐眾神之浴火重生》這部長達十二卷的詩篇。有人認為這是將北歐神話賦予基督教的形式，有人則痛貶這部作品是在宣揚無神論，邪惡可怕、令人失望。雖然艾許原先大可選用其他一般的字句、語彙、韻律，堆砌出不至於讓讀者看得糊裡糊塗、宛若家具展示中心的普通級作品，何況說不定到最後，這也還是可以營造出同樣令人滿意的迂迴效果。不過，畢竟藍道弗・艾許一心在意的，始終是「人究竟是什麼」這個問題。羅蘭是這麼想的。他所受的訓練是後結構主義下的主體解構，如果有人問他，羅蘭・米契爾是什麼？他勢必得提出另一種非常不一樣的答案。

一九八六年，羅蘭二十九歲，亞伯特親王學院研究所畢業（一九七八年），然後在同樣這所大學拿到博士學位（一九八五年）。他的博士論文題目是：「歷史、歷史學家與詩？論藍道弗・亨利・艾許詩中歷史『證據』的呈現。」他是在詹姆士・布列克艾德的指導下完成這本論文的，這段歷程想起來實在很令人喪氣。布列克艾德老覺得自己飽受挫折，也喜歡給別人挫折。（還有，他也是個緊迫釘人的學者。）羅蘭現在兼差任職的地方就是布列克艾德成立的所謂的「艾許工廠」（怎麼不乾脆叫「艾許榨取機」算了？凡兒曾這麼表示。）在艾許死後，他的妻子愛倫曾將他留下的許多詩作手稿捐贈給大英博物館，由此就發展出這座「艾許工廠」。艾許工廠的經費除了有倫敦大學的小額捐款，其他絕大部分都是由位於阿爾布開克的紐桑基金會提供金援，而莫爾特模．克拉波爾就在這個慈善基金會裡頭擔任理事。表面看來，布列克艾德與克拉波爾這兩個人似乎因為艾許的緣故而合作愉快，不過那可大錯特錯。布列克艾德認定克拉波爾根本心懷不軌，他一直想掠奪那些收藏在倫敦圖書館、所有權卻不在館方的手稿。克拉波爾之所以表現出如此致力協助、慷慨大度的模樣，其實不過就是想騙取擁有手稿者的好感與信賴罷了。出身蘇格蘭的布列克艾德認為，所有英國人的作品就應該留在英國、由英國人來研究。說來奇怪，一說起羅蘭，就會岔入布列克艾德、克拉波爾和艾許之間的愛恨情仇，不過只要羅蘭腦子裡想的不是自己和凡兒之間種種，他心裡最常想到的，確實就是身陷在這層關係中的自己。

他覺得自己來得太遲，面對那一切依稀仍在空中飄浮、實質上卻已近乎消逝的事物——六〇年代的騷動、光彩、流盪、青春，宛若充滿幸福的黎明，出現在他和同儕眼中空泛的一天的初始——他來到這個世界的時機確實是已太遲。在那嗑藥夢幻的年代，他還在蘭開夏郡一處蕭條的棉紡工業小鎮念小學，聽不到利物浦的噪音，也不知曉倫敦的騷動。他的父親是郡議會裡的一名小官員，母親是個失意的英文系畢業生。他覺得自己根本就像是一紙申請表格，申請工作、申請學位、申請自己的一生。不過每當他一想起母親，這個形容詞就怎麼也揮之不去。她很失意，對她自己、對父親、也對他。而她因失意所衍生的憤怒，決定了他所受的教育，讓他永無止盡地成天從一所校園趕到另一所校園，因為他進入的是一家由多所學校倉促合併而成的三院校綜合中學，由原來的亞奈林．貝文[7]中學，結合了格萊斯戴爾舊式中等學校、英國中學的聖湯瑪斯埃．貝克

7　亞奈林．貝文（Aneurin Bevan, 1897-1960），英國工黨左翼領袖，曾任下議院議員、工黨政府的衛生大臣，一九五一年，因為反對工黨右翼重整軍備預算而辭職下野，他最大的建樹就是奠立了英國的「國家醫療服務」（National Health Service）。

特分校，以及一所織造工業新式專科學校。他的母親灌了太多濃烈的黑啤酒，「升上更高學府」，結果就要他從金屬工程轉去念拉丁文，又從公民科轉去念法文。她還曾經派他出門送報，然後再用送報賺來的錢僱請一位數學家教。就這樣，他完成了舊式的古典教育，不過其中還是有些不足之處，有些課程因為老師被裁撤而沒完成，又或是上課秩序太混亂而無法吸收。

他這一路念下來，總算不負眾望，先是在高級課程考試中拿了四個A，接著是第一名，然後是博士學位。而今，基本上他還沒有工作，全靠著兼家教、替布列克艾德打打雜工，又或是偶爾在餐館裡洗盤子來維持生計。如果在開放的六〇年代，他說不定早就飛快地、自然而然地竄起，可是現在，他只覺得自己是個窩囊廢，而且他還隱約覺得，這一切似乎全是自己的錯。他的體格很結實，輪廓清晰，五官分明且恰到好處，髮絲濃黑而柔軟，暗棕色的雙眼親切而深邃。他看起來經常一副戒慎恐懼的模樣，不過一旦心情放鬆或是覺得高興，他的神情就又不一樣了。雖說眼下日子難熬，他也因此難得露出友善愉快的笑容，其實他一笑起，總能讓人心裡暖洋洋的，而看在許多女人眼中，那笑意所勾起的，可就不只溫暖而已了。通常，他對這些感覺的事情特別遲鈍，因為他很少注意別人對他的觀感，而這正是他吸引別人的特點之一。凡兒都管他叫「默」[8]，可他非常不喜歡這個名字。他從來沒把這個感覺告訴過她。

他和凡兒住在一起，凡兒是他十八歲那年，在學生聯誼中心參加迎新茶會時認識的。如果他現在沒記錯的話，凡兒是他在大學期間，第一個與他在社交場合私底下交談的人，雖然說，他的這個想法多少把記憶簡化得太過玄奇。他一直很喜歡她的模樣，他還記得，她看起來是那麼柔和、棕色的面容充滿不安。她始終孤伶伶地自個兒站在一旁，手上緊緊捧著一杯茶，眼神並不向四周張望，只一味牢牢地盯著窗外，似乎是不希望有人向她靠近，而她也不想招攬任何人前來。她投射出一種安靜的味道，極度地與世無爭，於是他走過

8 雙關語，原文Mole有雙重間諜的意思。

去，進入了她的世界。

自此之後，兩人就形影不離。選一樣的課，參加一樣的社團，出席研討會時坐在一起，到國家電影院看電影也是倆倆成雙。他們一起享受男女之歡，認識第二年，就搬進一間單房公寓同居。他們縮衣節食地過日子，吃的是麥片、扁豆、豆子與優格，雖然也喝一點啤酒，不過都是一點一滴慢慢地飲用。他們合夥一塊兒買書，兩人的生活費全都只靠微薄的獎學金，這點小錢，在倫敦沒多大用處，而石油危機又讓他們連在假日打工賺點零花、補貼家用的機會都沒了。羅蘭很清楚，他之所能以第一名畢業，一部分要歸功於凡兒（當然還有他母親以及藍道弗．亨利．艾許）。她一心一意盼他出頭，她鼓勵他無論心裡有什麼想法都要設法表達出來，她再提出自己的論點，她總是擔心自己不夠用功、擔心兩人都不夠用功。他們幾乎從來沒吵架過，就算有，也都是因為羅蘭對於凡兒行事的保守感到擔憂，她從來不願意在班上發表意見，後來，甚至對他也是如此。他記得，在兩人最初認識之時，她還會有不少恬靜的想法，而且總是羞答答又頑皮地，把這些心裡的話說得彷彿是在誘惑，又或是在逗弄。她一直很喜歡詩，有一次，她全身赤裸裸地坐在他漆黑的宿舍房間裡，吟誦起羅伯特．葛瑞夫斯的詩來：

她訴說她的愛，在半醒半睡之間，
黑暗的時刻，
欲語還休，低聲細訴：
大地在她冬夜的沉眠中轟然驚蟄
綠草與花朵瞬間綻開
無視於皚皚白雪，
無視於翩然飛臨的皚皚白雪。

她的聲音原本沉啞，不過她那介於倫敦與利物浦之間的口音十分輕柔，所以聽起來還是和當地人一樣的和緩。她念完了詩，羅蘭正打算開口說話時，她伸出手摀住了他的嘴巴，不過這樣也好，反正他其實也沒什麼話要說。後來，羅蘭發現，當他風頭愈來愈健，凡兒的話就跟著愈來愈少，就算她開口爭論什麼，說出來的話也漸漸全是羅蘭自己的看法，有時候雖然她跟他唱起反調，但是基本上，那反調也還是衍生自羅蘭的原調。就連在寫必修課的論文時，她訂定的題目也是「男性腹語術：論藍道弗．亨利．艾許筆下的女性」。羅蘭很不喜歡她這麼做，他建議她應該試著發展自己的主題、應該努力引起別人的注意、應該勇於說出自己的看法，結果，她反過來指控他是在「嘲諷」她。當他問她，她口中的「嘲諷」是什麼意思，她，就會躲入沉默，一如平日他們有所爭執之時。由於「沉默」也是羅蘭唯一足以表現強勢的方式，於是一連好幾天，兩人就持續這種沉默的狀態，又，如果羅蘭索性直接批評起〈男性腹語術〉，那麼這種恐怖的狀況就會延續成好幾個禮拜。然後，這場煩人的冷戰逐漸轉化成有意和解的簡短對話，接著，就又回復到原先和平共存的狀態。到了學期末，羅蘭四平八穩、一如預期地拿到了好成績，凡兒的報告輕薄簡短，上頭大剌剌的字跡充滿自信，而且編排得整齊妥貼。〈男性腹語術〉頗受好評，不過，由於審查論文的人懷疑作品大多出自羅蘭之手，因而大打折扣，這等不公平簡直是雪上加霜，因為羅蘭壓根就不願意多看它一眼，對於論文提出的主要論點，他也絲毫不表苟同，因為凡兒認為藍道弗．亨利．艾許既不喜歡女人、也不瞭解女人，在他筆下發聲敘述的女性，充其量都只是建構於他自身的恐懼與強勢，即使是《艾斯克給安珀勒》這一系列的詩篇，也都不是誌念情愛的作品，而是艾許自戀的表現，是詩人在跟自己的女性傾向對話而已。（至今沒有任何一位研究艾許生平的評論家，能為這位安珀勒的身分找到滿意的答案。）凡兒的成績很差。羅蘭原本以為她自己應該有心理準備的，糟糕的是，她顯然並不預期會有這樣的結果。她淚眼婆娑，徹夜不停，又是哽咽、又是抽泣，接著，她第一次爆發出怒火。

凡兒離開了他，這自他們一起租屋同居以來首度發生。她暫時回去她「家」，家在克洛伊頓，在一間國宅裡，她和離了婚的母親相依為命，除了靠社會保險金維持生計，再來就是父親心血來潮時偶爾匯來的錢。

她的父親是個跑船的，從凡兒五歲之後，父女兩人就再也沒見過面。她和羅蘭在一起時，從來也沒跟羅蘭提說要他陪她回去探望母親，雖說羅蘭曾經兩度帶著她回到格萊斯戴爾，然後她幫忙父親洗澡、泰然自若地接受母親對他倆這種生活的揶揄嘲弄，並且還跟羅蘭說；「別擔心，默，這些我以前早看多了。我媽就是多喝了點，你如果在我家廚房點火柴，廚房恐怕馬上就會轟一聲地給爆得精光！」

在凡兒離開的這段期間，羅蘭深深體悟到，他是再也不想跟她繼續這種生活了。那種體悟的震撼，就好像自己是要背離原本的宗教信仰似地。他在床上翻來覆去，最後全身無力地癱倒在床。他打開窗戶，他自己一個人來到泰特美術館，凝視泰納《諾漢古堡》中，那消融於空中的藍色與金色。他烹煮了一隻雉雞招待佛格斯·吳爾夫，這傢伙是他在那個惡鬥不休的系裡的死對頭。雖說這隻雞煮得太老，而且肉裡還到處卡著獵槍的霰彈，但是吳爾夫還是顯得很開心，而且極度地客氣有禮。他做了些計畫，其實也算不上是什麼計畫，反正就是夢想著有一天，自己能夠一個人孤獨地行動、自在地顧盼留連，這些都是他從來沒做過的事情。一星期過後，凡兒回來了，滿眼流著淚、聲音發著顫，她揚言，至少她要努力養活自己，所以，她決定去學打速記。「至少還有你要我。」她這麼跟羅蘭說，淚濕的臉龐閃著一層亮光，「我不知道你為什麼會要我，我沒什麼好，可是你就是要我。」「我當然要妳了。」羅蘭說道：「當然！」

羅蘭的DES獎學金用完之時，凡兒一肩挑起了兩人的生計，而這時，羅蘭也完成了博士學業。她弄來了一部IBM球形字頭的打字機，晚上在家裡接些學術論文的打字工作，白天則從事各式各樣待遇優渥的臨時工作。她在市政府上過班，另外也待過教學醫院、船運公司，以及藝廊。她受不了專業工作帶來的壓力。她根本不願意多談她的工作，但只要一談起，她總是少不了用「上不了檯面」這個字眼來形容自己的工作。「上床睡覺之前，我還得再多做一些『上不了檯面』的工作。」有時候還更怪異，「今天早上，我在我那『上不了檯面』的上班路上，差點就被車給輾平了。」她的聲音帶著一種嘲弄的語調，這在羅蘭可不陌生，不過卻讓他有史以來頭一回對母親失意**之前**的人生感到好奇起來。母親的失意是來自父親，另外或多或少，也和羅蘭有關。夜裡，打字機嘀嘀答答地煩擾著他，亂無章法的節奏讓人想不聽也難。

於是乎，凡兒出現了兩種分身。家裡的凡兒老實地坐著，套著破舊的牛仔褲，身上歪七扭八地披掛著長長的、縐巴巴的綢襯衫，衣衫上還潑染著濃黑、深紫的花卉圖案。這個凡兒留著一頭毫無光澤的棕色頭髮，直溜溜地垂掛在蒼白、詭異的臉龐兩邊。偶爾，這個凡兒的指甲上會塗上深紅色的指甲油，那是從另一個凡兒那兒留下來的，那個凡兒通常穿著黑色窄裙，套著縫有墊肩的黑色短外套，裡頭配的是粉紅色的絲綢襯衫，眉眼間仔細地抹上粉紅色與褐色，顴骨兩側一路撲上腮紅，嘴唇鮮美亮紅。這個可悲而光彩、「上不了檯面」的凡兒，腳下蹬了雙高跟鞋、頭上戴了頂圓形軟帽。她的腳踝很美，不過穿著居家的牛仔褲時可就沒法看見。她將頭髮向內捲，看起來還算不錯，有時候也會繫上一條黑色的緞帶。

她就差香水灑得還不夠多。她這麼裝扮其實並沒有想要刻意吸引別人。倒是羅蘭暗暗巴望著，哪天會出現個銀行家邀她共進晚餐，又或是來個曖昧的律師，帶著她上花花公子俱樂部去開開眼界。他十分痛恨自己居然會有如此卑劣的幻念，然後自然而然地，他開始擔心，說不定凡兒當真在懷疑他蘊藏有這些念頭。

只要他能找到工作，現況或許就能有些改變。他寄出履歷四處應徵，然後屢戰屢敗。當系裡出現一個職缺時，六百封履歷立刻湧進。羅蘭參加了面試，不過他很肯定那只不過是個客套的形式。後來那個職缺給了佛格斯·吳爾夫，這個人的學經歷並不是那麼一致，他或許十足聰明，也可能平庸得很，不過，他鐵定不笨、而且從沒道理可言，師長都喜歡他，儘管他常惹得老師不知所措。反觀羅蘭，他除了能讓老師中肯地說句嘉勉的話，此外就再也激不起任何熱烈的回響。再者，佛格斯選擇的「文學理論」這個領域正好十足地適合他。這次的事，凡兒比羅蘭還更火大，凡兒這一怒，其威力和自己的這番挫敗實在不相上下，只讓他覺得煩上加煩。因為他並不討厭佛格斯，而且也希望自己能繼續維持這樣的感覺。凡兒察覺到有幾個字眼是她每每提到佛格斯時非用不可的形容，其中有一個就很偏頗，而且有失公道。「那個一頭金髮、自命不凡的猛男。」她這麼說他。「那個自命不凡的性感小白臉」，她老是喜歡用那種充滿性別歧視的語言，就像好色男人見到美女吹口哨時的那副德性，結果卻是罵了別人，也傷到自己。這種情形讓羅蘭覺得很尷尬，因為佛格斯並不真只有這樣的格局；人家是長著一頭金髮沒錯，也確實很有女人緣，而且，兩人的交情接著也就因此而告吹。他再也沒上過他家吃飯。羅蘭很擔心，佛格斯會認為凡兒這麼做全都是因為他——羅蘭——心中暗恨所引起的。

那天晚上他一回到家，光是聞聞屋子裡的氣味，就可斷定凡兒的心情很特別。整個地下室裡全是炸洋蔥那嗆鼻的熱氣，這表示她正在做些不很家常的料理。她如果心情不好，對人愛理不理的，那麼她就只會開個罐頭、弄個水煮蛋，再不然，頂多也只是把酪梨淋上沙拉醬充數。她一旦動手做菜，通常若不是她心情極好，要不就是她十分生氣。她站在流理台前面，奮力地切著南瓜和茄子，即使羅蘭走進屋裡，她也沒抬頭多看一眼。於是，他心裡暗自揣測，她今天的心情鐵定是特別地差。

他靜悄悄地把公事包擱下。兩人所住的這座地下室很像是個洞穴，他們把牆面漆成杏黃色和白色，好讓空間看起來愉快一點；屋裡擺了一張雙人沙發床，兩張舊得不能再舊的扶手椅，椅子扶手的曲線玲瓏有致，椅背上還安了一個頭靠，深深的紫紅、華麗的絨布、上頭布滿了灰塵。屋裡另外還置了一張橡木貼皮的二手辦公桌，那是羅蘭做研究的地方；另一張比較新、桌面還上了亮光漆的櫸木書桌，則是打字機棲身的所在。兩張桌子長長的側邊背對著背，各據山頭、相安無事地互相憑靠，羅蘭那張是黑色的，凡兒的則是玫瑰紅。後方牆上擺著書架，那是他們自己用木條和木板釘出來的，一遇上學校統一使用的教科書，架面就往下直沉，這些教科書多半是他們兩人一起合用的，有些是影印的複本。他們在牆上貼了各式各樣的海報：有大英博物館的「回教可蘭經」海報，幾何的線條繁複難解，另外還有一張泰特美術館宣傳泰納畫展時的廣告海報。

羅蘭擁有三幀藍道弗·亨利·艾許的肖像。其中一張照片就立在羅蘭的書桌上，拍的是艾許死後所製成的石膏塑像，這可是和睦尼市史坦特收藏中心鎮館寶貝之一。不過這個神色凜然、眉眼寬闊的人頭雕像究竟是怎麼來的呢？這一直是個謎，因為艾許在臨死之前曾留下一張照片，照片中的他明明還留著一臉權威感的鬍鬚，那麼到底是誰幫他刮的鬍子？又是什麼時候刮的呢？羅蘭一直覺得很納悶，莫爾特模．克拉波爾也曾經在他撰寫的《偉大的腹語大師》中提出這個問題，不過最後還是沒個結論。他另外擁有的兩幀肖像則是翻拍自國立人像美術館中收藏的兩幅畫像，這照片是經過館方許可才拍下的。凡兒一度把這兩張照片驅趕到玄關黑漆漆的小角落裡，她說她不想讓他盯著她瞧，她希望自己的生活能擁有一丁點純粹屬於自己的空間，不必事事都得跟這位藍道弗．艾許分享。

照片掛在玄關黑黑的角落裡，沒法看得十分清楚。其中一幅是馬奈畫的，另一幅則是出自瓦慈之手。一八六七年，當馬奈人在英國時，有人曾為他作畫，結果畫風和馬奈所畫的「左拉像」竟有幾分神似之處。在這之前，他和艾許曾在巴黎碰過面，他讓艾許以七十五度的斜角，靠著自己的書桌，坐在桃花心木的雕椅上。在他身後掛的是一套三幅一聯的畫像，畫裡的羊齒綠葉，洋溢著亮盈盈的水色，而玫瑰紅與銀白色的小魚就在這當中於水草之間優游閃爍。原本，這樣的設計多少有讓詩人彷彿置身在自己所熟悉的森林或山林間的那種效果，但是後來，這層效果就消失無蹤了，因為莫爾特模．克拉波爾言之鑿鑿地向大家說明，這個背景其實只是一種隔了間的沃德式箱子，那是維多利亞時期的人在栽培花草時，為了控制環境，又或是為了讓水塘能自給自足時所用的裝置，主要目的是要研究植物和魚類的生理機能云云。

馬奈筆下的艾許黑黑的，看起來十足地權威，濃黑的大眉下，一雙眼睛目光深邃，臉上的腮鬍充滿活力，整個人流露出一種自信的、祕而不宣的愉悅。他的面容顯得戒懼謹慎、聰穎慧黠，而且態度從容、不露出絲毫的緊迫。在他面前的書桌上，陳列了各式各樣的玩意兒，大凡都是些典雅精緻的靜物，正好與他強勢的頭臉，以及背景那些一點也不自然的自然動植物形成互補。桌上還擺了一堆粗澀的地質學標本，其中有兩顆近乎球體的石頭，看起來像是兩顆小砲彈，一顆呈黑色，另一顆則是像硫磺一樣黃黃的；此外，還有幾顆鸚鵡螺化石和三葉蟲化石，一顆大大的水晶球，一個綠色的墨水池，一副完整的貓骨骼標本，一大落書本，其中有兩本可看得到書名，分別是《神曲》和《浮士德》，再來，就是一具鑲在木框裡的沙漏。

以上這些東西，其中的墨水池、水晶球、沙漏、兩本看得到書名的書，再加上另外兩本費盡學者心思終於得以看到書名的《唐吉訶德》以及萊爾爵士所著的《地質學原理》，現在已全部收羅在史坦特收藏中心裡，而且館方還特別闢出一間展覽室，把所有這些東西和沃德式箱子擺在一起，仿造出馬奈這幅艾許肖像中的背景。就連畫中那把椅子也都已被收編在這裡，當然，還有那張桌子。

至於瓦慈畫的這幅肖像，則多了幾分朦朧，感覺不那麼權威。這幅畫完成於一八七六年，畫中的詩人蒼老了些，同時更顯飄逸神祕。他的頭昂然上揚，就和瓦慈向來的畫風一樣，身軀呈現的是一個模糊暗沉的形體，向內凝聚成靈性的光輝。雖然畫像中有個背景，不過色澤很暗。若由原作真跡來看，尚可勉強猜出背景大略是某個崎嶇的荒野，但在複製的照片裡，除了愈加深濃的暗以及暗中發出的微光，此外就什麼也看不見了。

這張肖像最關鍵的特徵就在於艾許那雙眼睛，又大又亮，還有臉上的鬍子，層層疊疊宛若一道河流，蜿蜒著銀色與乳白、純白與藍灰，直直的線條與交錯的分岔，儼然就是達文西筆下的亂流，顯然也是此畫光源之所在。即使是在照片裡，也依然閃耀著光彩。羅蘭端詳著藍道弗．艾許，他看起來總是那麼地沉靜、那麼地完美一致。馬奈筆下所捕捉的那份愉悅，如今看來倒像是一種揶揄、一種挑釁：「怎麼，你真認為你瞭解我嗎？」而那兩封沒寫完的信所透露出的迫切，又為這具堅實黑暗的軀體注入了一股全新的生命力，彷彿它原本就已醞釀驚人的狂烈。看來，他原本所認識的艾許如今似已有所不同，羅蘭感到一種沒來由的激動在體內油然而生。一種躍躍欲試之感。一種恐懼。

這間地下室後頭的窗戶，正好開向一個小小的院子，從那兒登上幾個階梯，就可以進到一處花園，若從地下室最上層第三扇窗戶之間的鐵窗望出去，就可以看得見。當他們倆第一次來這兒看房子時，房東太太還把這棟公寓稱作是「花園公寓」，結果想不到，這竟是絕無僅有唯一一次有幸進入花園參觀，因為在那之後，房東太太才跟他們說，未經允許，他們不能隨意進入這座花園。他們甚至連在自己黑黑的小屋子裡用木花盆栽種花草都不可以，房東太太提出的理由雖然沒人弄得懂、但她就是專斷得很。這位八十多歲的房東太太，歐文太太，和多得數不清的貓咪一起住在地下室上頭的三層公寓裡，屋裡的空氣又悶又濁，瀰漫著一股麝貓的臭氣。她把花園打理得很亮麗、很乾淨、很整齊，反倒是她的客廳，卻是家徒四壁的破敗。

凡兒說，她就像是個老巫婆，把他們倆拐進了這個地方；那時在花園裡，她滔滔不絕地跟他們說這個地方有多幽靜，而且還順手從磚砌曲牆邊的一排杏樹中，摘給他們每人一顆金光閃閃、毛茸茸的小杏仁。這座花園長而窄，處處綠葉成蔭，日照充足的地方，則是一片片青青草地，四周種滿了低矮的黃楊木籬笆，空氣中瀰漫著玫瑰花、深暗的大馬士革薔薇、濃稠的象牙白、飄搖的粉紅色，禁錮在花壇裡的百合有著玄奇怪異的線條與斑點，看似蜷曲的青銅與黃金，大膽奔放、熱情洋溢、華麗繽紛。而且，高不可攀。

一開始，他們對這裡毫無所知，後來是歐文太太用她沙啞、優雅的嗓音細說起從頭，他們才知道原來這堵高大的磚牆，乃是內戰時期菲爾費克斯將軍領地所在的一道邊界。藍道弗．亨利．艾許曾寫過一首詩，詩中的敘述者就是普特尼的一名採礦工人。他甚至親身來過這裡，凝視退潮時分的河水，這在愛倫．艾許的日記中就有記載，那時他們倆還帶了雞肉和西洋芹派餅來這兒一道野餐。光這件史實，再加上菲爾費克斯將軍又是詩人馬爾維爾的贊助人，以及這堵牆內滿園的鮮花水果，當然可以成功地誘惑羅蘭與凡兒進駐這座花園公寓，顧盼窗外那禁止進入的美麗景致。

春天時分，一抹亮光會由上方射入他們的窗戶，那是上頭一排濃密艷麗的水仙花所散放出來的輝煌金光。美國藤的卷鬚則一路攀爬到窗框，帶著小不隆咚的圓形吸盤，以極快的植物速度，穿越過一大面窗玻璃。有時，幾株種在屋邊的茉莉花在盛開之時倒栽下來，正巧就落在他們的鐵窗上，散放出迷人的甜香，不過很快地，穿著一整套園藝工作服的歐文太太立刻就會出現，然後，她會把花束拉回原位綁緊。她的行頭很道地，腳上套一雙威靈頓長雨靴，工作圍裙則罩在一身老舊脫腺的斜紋軟呢衣褲上。當時她誘引他們進來這裡時，身上就是這樣的穿著打扮。

羅蘭曾經問她，可不可以讓他幫她整理花園，然後讓他偶爾進來花園坐坐。他得到的答覆是，園藝的事他半點都不懂，而且年輕人全一個樣兒，都是成事不足、敗事有餘、草率粗心，再者，歐文太太非常重視自己的隱私。「你想，」凡兒對他說：「那些貓在花園裡能幹什麼好事。」結果，話才剛說不久，他們就在廚房和浴室的天花板上發現了東一塊西一塊濕濕的印痕，手指頭摸下去，猛然一聞，這不是貓尿還能是什麼。跟他們一樣，貓咪們從此也成了禁令的對象，只許在幾個角落裡行走。羅蘭認為他們應該換一處別的地方住，可是話還沒說出來，他就打消了這個念頭。畢竟，拿錢養家的人是凡兒，而且就他自己以及凡兒的立場，他並不想讓自己做下任何決定。

凡兒給他端上了一盤烤羊肉、普羅旺斯雜燴，以及幾塊熱騰騰的希臘麵包。他問說：「要不要我去弄瓶酒來？」結果凡兒老老實實地一副不以為然的樣子說：「這你早就該想到了，現在等你把酒弄來，菜不都涼了。」他們就著一張摺疊桌用餐，每次吃飯時就把桌子展開，等飯吃完了，就又再把桌子摺回去。

「我今天有個驚人的發現。」他跟她說。

「哦？」

「我在倫敦圖書館，他們有收藏R・H・艾許的維科。那是他自己用的版本。他們把書放在保險櫃裡，我拿出了這本書，結果書縫的地方居然全是他自己做的筆記，全都塞在書裡，就寫在一些帳單啦、有的沒的背面。我十之八九敢確定，一定沒有人看過這些東西，打從這本書來到這裡，肯定沒有，因為那些紙張的邊邊很黑，而且線條的位置都很一致……」

「那可真有意思！」無精打采地。

「這很有可能會改變學術界現在的觀點。它應該可以。他們讓我看這些紙張，他們也沒把書拿走，我敢確定，絕對沒有人知道那兒夾著這些東西。」

「希望沒有人知道。」

「這件事我恐怕得跟布列克艾德說一聲，他一定會想去瞭解這些東西的重要性，確定克拉波爾是不是當真沒碰過……」

「我想他會這麼做的，對，沒錯！」

她的心情很糟。

「對不起，凡兒，真的很對不起，妳大概覺得我很無聊吧！不過這些東西真的很難不讓人覺得興奮。」

「那也要看看你一心想做的事情是什麼。我想，我們都有些自己喜歡做的事情，每個人都各不相同，是吧！」

「我可以把這些東西寫出來，寫成一篇論文，那肯定會是個很實在的新發現，找工作一定會更有希望的。」

「哪兒還有什麼工作啊！」接著她又說：「就算真的有，還不都落到佛格斯‧吳爾夫手裡了。」

他瞭解他的凡兒：他望著她瞧，知道她正巧妙地控制自己，沒把最後那句批評從嘴裡說出來。

「如果妳真的覺得我做的事沒什麼大不了的話……」

「你儘管去做你一心想做的事啊！」凡兒說。「大家不都是這樣，只要是運氣好一點的，就能找到自己真心想做的事去做。像你，你就喜歡去做跟這個死人有關的事情，而這個死人以前喜歡做的事也是跟一堆死掉的人有關。那很好，只不過不是所有人都會想花心思在這上頭的。我因為那些上不了檯面的工作，見過不少事情。上個禮拜，我在那個外銷瓷器的地方，就在老闆辦公桌上，看到了幾張照片壓在一個檔案夾底下。他們對照片裡那些小男孩動了些手腳，用鐵鍊、還用東西堵住他們的嘴，還有——一堆噁心骯髒的東西——這個禮拜，我照例發揮我的效率，賣力地幫這個外科醫師建檔，結果無意間看到一個檔案，一個十六歲的孩子在去年鋸掉了一條腿——他們幫他裝了一個義肢，整整花了幾個月，動作慢得簡直離譜——現在，他的另一條腿已經確定也出了問題，他還不知道，我倒是已經知道了，我知道一堆的事情，事情各不相干，可是都一樣沒道理可言。有個男的才去阿姆斯特丹採購鑽石，我幫他的祕書訂機票，頭等艙，還有他坐的黑頭大轎車，全都給他安排得妥妥當當、分毫不差。結果，他在運河旁邊散步，正在欣賞對岸的房舍，有個人就在他後頭捅了他一刀，搗爛了他一顆腎臟，壞疽一長出來，人現在已經掛了。反正就是這樣。就是這類傢伙他們需要我那上不了檯面的服務。今兒個還在這裡，明天，走了。藍道弗・亨利・艾許這位作家太古老了，很抱歉，我實在沒那個力氣去管他在他的維科裡寫了什麼。」

「噢！凡兒，這些這麼糟糕的事情，妳怎麼從來沒提起過——」

「噢！這些都挺有意思的，這可是我在我那上不了檯面的工作裡觀察到的，別會錯意了。只不過，這些事情全沒道理可言，實在讓我不知所措。我想，我應該是很羨慕你，成天忙著拼湊老艾許的世界。只是，老默，這到底能給你什麼呢？**你自己的**世界又是什麼樣子？你到底怎麼打算，我們什麼時候才能離開這個滴著貓尿、**你踩我**、**我踩你**的鬼地方？」

鐵定是發生了什麼事才會讓她這麼心煩，羅蘭根據她的反應這麼推斷。到底是什麼事情，會讓她三番兩次地說出「一心想做」這個詞，這顯然很不尋常。或許，是有什麼人侵犯了她，又或是還沒出手。不，這樣想她實在太惡劣了。發脾氣、鬧彆扭，向來會讓她「性」致勃勃，這點他十分清楚。他認識的凡兒可不只是對他體貼的凡兒。他走過去，輕輕撫弄她的頸背，她深吸一口氣，僵直了身子，接著就全然鬆弛了。不一會兒，兩人便往床上移去。

他一直沒跟她說，而且也不能跟她說，他在圖書館偷竊的祕密。那天深夜，他躲進浴室，把那兩封信又再看了一遍。「親愛的女士：自從我們那一次令人驚喜的談話，我的腦中就再也容不下其他思緒。」「親愛的女士：自從我們不期而遇並愉悅地交談之後，我的腦中幾乎再也容不下其他思緒。」迫切、還沒寫完。令人震驚。

羅蘭從來不曾對艾許那早已消失的軀體感到如此地興致勃勃，他不曾撥出時間前往羅素大街去看看他住過的房子，也不曾造訪艾許坐過的花園石椅小坐片刻。那是克拉波爾的調調。羅蘭真心鍾愛的，是去瞭解艾許的心路歷程，緩慢地行走在他遣詞造句的曲折起伏之間，驀然間與他犀利明確的修飾用語不期而遇。

不過，這些毫無生命的信函很讓他頭痛，甚至是真的讓他頭痛欲裂，兩封信都只是個起頭而已。他沒想過藍道弗．亨利．艾許手中的筆是如何飛快地在信紙上移動，他想的倒是，那雙早已作古的手指頭，究竟是如何輕輕地拿起這些寫了一半的信紙、將之對摺，然後存藏在書裡，卻沒有隨手丟棄。**是誰**？他非要想辦法找出來弄個清楚不可。

第三章

值此幽暗之地
尼德哈葛龍潛行漸進，張揚深暗如炭之鱗，
啃噬世界樹源，建立一己巢穴，
蜷入滋養自身之所、糾結迂深的迷籠
——R・H・艾許，《北歐眾神之浴火重生》第三卷

第二天一早，羅蘭騎著自行車前往布魯斯貝利。他很早就出門，那時凡兒還正費盡心思地打點出一張上班專用的臉。他驚險萬分地穿梭在那長達五哩毛蟲似的臭乎乎車陣裡，橫越普特尼大橋、順著泰晤士河北岸道、穿過國會廣場。他在這所老舊的學院裡沒有辦公室，不過由於他兼任幾小時的課，所以系方勉為其難地撥了個地方讓他使用。他來到這裡，在空無一人的靜默中，拿出了放在腳踏車置物籃裡的東西，接著逕自走到貯藏間去。龐大的影印機就窩在貯藏間裡一堆聞起來穢臭的乾布中，旁邊則是個沾滿茶漬的洗手台。趁著熱機之時，他在通風口扇葉的幽暗與低鳴中，把他的那兩封信拿出來，又再讀了一遍。

之後，他將信函面朝下地攤放在黑色的玻璃面上掃瞄，幾道綠色光束從玻璃面下飄掠而過，機器瞬時叭噠叭噠地發出一陣雜音，化學藥品的味道熱熱地散出，信中的文字轉為一道道光譜，投影出的一片空白於是印出了炭黑的邊緣，就像那積存了一百年的封塵在原稿上所造就的黑色鑲邊。他很老實：他在系方放在瀝乾板上的留言簿裡記下了他影印的欠費。羅蘭・米契爾，兩頁，十便士。但他也很不老實。他手邊現在已經擁有一份清晰的複本，大可趁著沒有人注意的時候，把原信偷偷塞回倫敦圖書館的維科裡，可是他卻不想這麼做。他覺得這兩封原稿是屬於他的。有些人會很迷戀大人物碰觸過的事物，而他向來就對這種人存有一丁點

的鄙視：什麼巴爾札克的雕花手杖啦、羅伯特·路易斯·史蒂文生用過的六孔豎笛、喬治·艾略特穿過的黑色蕾絲邊披巾。莫爾特模·克拉波爾的某個習慣動作，就是從他西裝內襟的小口袋裡掏出一只藍道弗·亨利·艾許用過的大型金錶，然後依著艾許的這只金錶安排行程時間。比起原稿那褪色的銅灰色頁面，羅蘭的影本實在清晰得無可比擬，那才剛印上的炭墨真的是又黑又亮，影印機的滾筒也一定是才剛上過墨，可是，他就是想要原稿。

威廉博士圖書館的開放時間一到，他的身影立刻出現在那裡，詢問是否能看看克雷博·羅賓森紀念日記的手稿。其實他以前就來過這兒，不過他還是得打出布列克艾德的名號，人家才記起他這個人。儘管如此，他仍然不打算把自己的這個發現告訴布列克艾德，就算要讓他知道，那至少也得等到他的好奇心滿足了、原稿也已歸還為止。

他從他一八五六年的日記開始讀起，就在那一年，艾許出版了《神、人、英雄》，而克雷博·羅賓森曾不厭其煩地閱讀這部作品，並給予批註。

六月四日甫讀藍道弗·艾許新作品裡頭的幾篇戲劇詩。我特別注意到其中各以希波教區[9]主教奧古斯丁和九世紀時一名撒克遜僧人高查克作為詩中敘述者的作品，以及一篇取材自《天路歷程》的〈同胞普來厄波〉。另外還有描述弗郎茲·梅茲默和少年時候的莫札特在維也納大公爵宮廷演奏玻璃口琴時奇特的回音。飽滿的聲音、詭異的氣氛，構思和表現確實不凡。說到這個高查克，他是創始路德教派的元老。他甚至不惜立下誓言與原本的信仰斷絕關係，由於他一意倡導上帝預定命運論，因此一般人認為他多少代表了現今路德教派新教晚期這一宗。至於〈同胞普來厄波〉，這照理應該是個嘲諷作品，諷刺的對象大概就是我輩之人了。他相信基督教的精神絕不在於將神化身為一片麵包，然後舉行聖餐禮大事膜

9 為羅馬帝國北非領地，即今日阿爾及利亞的安納巴。

拜，同時也不存在於那五項抽象難解的信仰學說。一如艾許向來的習慣，他對自己筆下的普來厄波似乎寄予頗多同情，不過相對於他筆下那個窮凶極惡的僧人，他很明顯地並不喜歡他。那個壞脾氣的傢伙雖然滿口胡言亂語，箇中卻透露著無比的莊嚴。到底要從哪一點，才能抓得住藍道弗．艾許，這可真讓人費疑猜。我擔心他這樣的詩人恐怕永遠不會受到眾家的好評啊！他在〈高查克〉中所帶出的黑森林的味道真是絕響，只是，又有多少人能有這樣的本事，在忍受了他對神學的批評之後，還能欣賞到這一層？他詩裡的調性顯得曲折而糾纏，那是因為他總是運用那麼強勢的詩韻，以及一大串數不清、又沒什麼根據的奇怪類比，結果是，作品想表達的義理幾乎沒有人能看得出來。一讀起艾許的作品，我倒想起了柯立芝在他更年輕時，曾饒有興味地吟誦自己為但恩所寫的一首短詩：

> 且為這位詩才快若單峰駱駝撒腿疾馳的但恩
> 冠上這以鐵條編就、以真愛相飾的花環。

這段文字對於所有研究艾許的學者早就耳熟能詳，而且經常有人拿來引用。羅蘭相當喜歡克雷博．羅賓森，因為這個人有用不完的熱心、有不止息的求知慾、愛好文學、樂於學習，不過卻也不時地自我貶抑。「我老早就發現，自己在文學上的才氣不夠，讓自己的名字側身英國作家之列的想望，如今看是不可能了。不過我想，我至少可以從當今許多才高八斗的名家那兒知道許多事情，而且我還可以將與他們的訪談記錄下來，這或許會是功德一件呢！」他認識所有的名家，先後兩代都有，華茲華斯、柯立芝、德昆西、蘭姆；德史戴爾夫人、歌德、席勒、卡萊爾、G．H．路易士、丁尼生、克拉夫、白哲特。羅蘭一路讀完了一八五七年的日記，接著又開始翻閱一八五八年的部分。在這一年的二月，羅賓森這麼寫道：

如果這是我活著的最後一刻（一個八十多歲的老人又還能再活多久），我要感謝上帝，讓我得以見聞那麼多天賦優越的人才。女士之中，我在希登斯夫人身上，看到了英雄宏偉的氣魄；在喬旦夫人與瑪爾斯小姐身上，看到了想像力的絕妙；我歡喜地傾聽柯立芝那夢幻般的獨白——「那老人雄辯堂堂」；我與史上最偉大的哲學抒情詩人華茲華斯一起神遊天地之間；我體嘗查爾斯．蘭姆的才氣與哀愁；我自在地與歌德坐在他家桌邊暢所欲言，他確實是德國這一輩作家中難得一見的曠世奇才。他坦白地說，他認為只有莎士比亞、史賓諾沙和林奈是他眼中的標竿；就像華茲華斯立志成為詩人的時候，心裡就只唯恐自己會趕不上喬叟、斯賓塞與米爾頓三位詩人而已。

在六月的日記裡，羅蘭發現了他一直想找的線索。

家裡的這場早餐聚會進行得相當順利，至少就談話這一點而言是如此。我請來了白哲特、艾許、詹森夫人、斯皮爾教授、勒摩特小姐，以及她的朋友葛拉佛小姐，後面這位小姐似乎比較沉默寡言一點。艾許從來沒見過勒摩特小姐，的確，她的出現確屬難得，她這麼做讓我很高興，她也和我談起她父親《神話》這部作品，當初我還曾出了點力，讓這部作品得以在英國出版。一討論起詩，大家的反應都很熱烈，尤其是但丁他那無人能及的天賦，不過莎士比亞寫詩的才氣當然也不在話下，特別是在他年少時的作品裡那諧謔的活潑，艾許就格外地欣賞。勒摩特小姐一談起詩的那股勁道，相當令我感到意外。她興致勃勃的樣子真的是非常地可愛。我們也討論了所謂的「神靈」的顯形。拜倫夫人就曾深有所感地寫了封信和我談起這事。據說，史斗夫人對外聲稱，她曾和夏綠蒂．勃朗特的靈魂對話。葛拉佛小姐幾度插口說了一些，有一次她還激動地表示，她相信這類事情是有可能發生的、而且確實存在。艾許則說，他覺得有必要做個簡單確切的實驗，或許就可讓人信服，不過他認為這恐怕遙遙無期。白哲特說，艾許在詩中所呈現的梅茲默十分相信神靈的力量，這可見得，艾許並不真像他自己所表現出來的那樣，那麼堅持實證科學。艾許回說，歷史的想像空間需要由他筆下那些人物的內心世界來呈現另一種詩意的信念，這對他而言是一股十分強大的驅動力，也因此，他現在岌岌可危，因為他已完全沒有自己的信念可言。勒摩特小姐對於靈媒與靈魂這個問題很感興趣，不過她始終不願發表高見，只回以一式蒙娜麗莎的神秘微笑。

羅蘭把這一段拷貝下來後，又繼續往下讀，可是再來就再沒提到勒摩特小姐，至於艾許，他不但是相當活躍的與會客人，自己也經常邀宴作東。羅賓森讚許艾許夫人治家有方，同時也感歎她是那麼一個賢妻良母，卻一直未能有機會成為母親。他好像沒注意到，勒摩特小姐或葛拉佛小姐對艾許的詩作有提出什麼不同凡響的見解。或許這番交談，不管是「不期而遇而愉悅地」又或是「令人驚艷的」，是在其他地方進行，又或是其他場合。

克雷博．羅賓森的日記在羅蘭筆下，轉謄成細密難辨的字跡，看起來十分古怪，因為那謄本少了幾分自信，一點也不像生活中自然的某個環節。羅蘭明白，若要照統計學那樣精打細算，那麼只要他在轉謄中有一丁點的不當，這份文稿的原意就等於是讓他給誤傳了。莫爾特模．克拉波爾要求他底下的研究生將書裡某些段落謄寫出來——作品通常取自藍道弗．亨利．艾許——然後照著自己的謄本再謄寫一次，接著用打字機打出來，再以嚴苛如編輯的目光，一一審察，找出錯誤。結果自始至終，從來沒出現過一份絲毫無誤的文稿，克拉波爾說道。這種挫人銳氣的練習他未曾稍停，即便到了今天這根本無須多費吹灰之力的影印機時代。布列克艾德倒不用如此講究訓練的方法，但雖說如此，他也還是會去注意那些多不勝數的訛誤，並且予以更正，一更正就免不了開罵，一開罵就沒完沒了地痛斥起今日英文教育如何地每況愈下。在他那個時代，他說，學生的拼字底子都很強，而且詩文和《聖經》都熟記在內心深處。

好個怪異的說法，「在內心深處」，他每次都這麼特別地強調，彷彿詩文是儲藏在血流裡似地。「依循內心予以感應」，華茲華斯如是說，布列克艾德如是說。然而，身在這最優秀的英文傳統中，他卻從來不認為自己有責任該為自己不長進的學生灌輸他們所欠缺的學識。而他們就不得不在迷迷糊糊的抱怨與鄙棄中，含混地把學業敷衍過去。

為了找到布列克艾德，羅蘭來到大英博物館。他還沒決定要怎麼跟他說，所以就先在閱覽室佔定位置，消磨了些許時間。閱覽室上方高大的圓形屋頂，儘管是那麼地高不可攀，他覺得，畢竟還是無法為勤奮用功的讀者提供充足的氧氣，難怪他們一個個看起來昏昏欲睡地，像是悶在韓福瑞．戴維[10]的鐘形玻璃罩裡，賴以維生的氧氣燒完了，一道道焰火跟著也就閃閃滅滅地作垂死狀。

現下是午後時分，早上已經完全貢獻給了克雷博．羅賓森，而現在這個午後讓人聯想到的，自然是那一張張寬敞、高大、淡藍色的皮面書桌，這些全坐滿了的桌子由中心櫃檯向外排開，一列列宛如大車輪裡的輻輳，而目錄櫃就陳列在中心櫃檯的外圍，形成一道圓形防護。他在這些輻輳之間的弧形邊角，找到了個極小的三角旮旯兒，不過這已讓他感到十分滿足。

這些位在邊角的書桌都是幽靈書桌，亦即不怎麼重要的桌子、結結巴巴說不出話來的桌子。DD、GG、OO。他在門口附近找了個位子，就在目錄AA（為的是艾許[Ash]）這排輻輳末端的邊角。有幸進入這座學術核心，他感到十分光榮，他認為這裡就像是但丁《神曲》中的天堂，所有聖人、尊者、處子皆整齊有序地圍坐成一個圓圈，一朵巨大的玫瑰，還有那巨大書冊中的書頁（葉），一度散落於天地之間，如今又再聚集一堂。而淡藍色皮桌面上的鍍金刻字又更平添了幾許中古世紀的幽情。

如果那是天堂，那麼窩居在博物館內部的艾許工廠，儼然就是地獄了。閱覽室裡有個鐵梯，從那兒往下走就可到達。另外還有個出口，通往一扇總是鎖著的大門，門後正是陰森黑暗的埃及史前墳場，四處布滿了瞪著空洞目光的法老、彎腰駝背的抄寫員、小型的獅身人面像、空無一物的木乃伊棺材。艾許工廠裡頭很悶

10 韓福瑞．戴維（Humphry Davy, 1778-1829），英國化學家，為避免與礦坑內具爆炸性的沼氣接觸，以細金屬網將燈的火焰包起來，發明了礦坑專用的安全燈，又稱戴維燈。

熱，金屬櫥櫃、玻璃隔間，裝藏著打字機卡嗒卡嗒的聲響，照明全靠幽暗不明的氖氣燈管。閱讀縮影膠卷的放大機在幽暗中亮著綠光。偶爾影印機發生點故障，這兒就會流洩出一股硫磺的氣味。這裡甚至還會出現哭嚎和奇怪的尖叫，讓人不勝其擾。整個大英博物館的下層都可聞到雄貓的臭騷味。這些傢伙是從鐵柵欄和通風花磚那兒鑽進來的，牠們四處胡走，時而被驅趕，時而又有人偷偷以食物餵食。

布列克艾德的座位四周堆放著他編輯的資料，看似混亂，實則井然有序。毛皮鑲邊的索引卡片及幾乎塞爆的斑駁的檔案夾，堆積成了兩道陡峭的懸崖，而他就在懸崖之間的谷地中，篩揀著四處飄零的細小紙片。在他身後輕巧疾走的那位，是他的書記助理，黯然無光的波拉。她用橡皮筋束起一頭色澤慘淡的長髮，臉上架著的兩只大鏡片，渾然像是隻飛蛾，手指尖上只見得骯髒灰暗的一層厚繭。往屋裡走，就在放打字機的小房間旁，有一個由檔案櫃搭建而成的小洞穴，裡頭住著碧翠絲．耐斯特博士，而各式裝滿了愛倫．艾許的日記和書信的箱子，恰好砌出了一道分隔牆。

布列克艾德，四十五歲，他之所以會來到這裡編纂艾許，全是出於一股怨氣。他的父親和祖父都是蘇格蘭的中學教師。他的祖父總在黃昏時分，偎著爐火，吟誦詩文：《瑪爾米恩》[11]、《見習武士哈洛德》[12]、《北歐眾神之浴火重生》。他的父親把他送進劍橋大學的唐寧學院，師事法蘭克．雷蒙．李維斯[13]。李維斯對待布列克艾德的方式，一如他對待任何一位認真的學生：他讓他見識了英國文學那無可比擬、堂皇宏偉的影響，以及緊迫強健的力度；同時，也讓他再也無法相信，自己有朝一日能對這個局面有所貢獻，或是帶來改變。

年輕時的布列克艾德曾寫詩，他自己假想了李維斯博士對這些詩文的評論後，接著就把詩文全數焚燬。

11 《瑪爾米恩》（Marmion），英國歷史小說家瓦特．史考特（Sir Walter Scott, 1771-1832）早期的詩作。

12 《見習武士哈洛德》（Childe Harold），英國浪漫派詩人拜倫（Lord George Gordon Byron, 1788-1824）的作品。

13 法蘭克．雷蒙．李維斯（Frank Raymond Leavis, 1895-1978），英國文學批評家，屬新批評學派，強調文學作品有如一個有機體，應逐字逐句分析解讀。

他擬出一種論文風格，有斯巴達式的簡潔、並且字句含混、讓人怎麼讀也讀不懂。他的命運決定於一次鑑定作品年代的研討會。劍橋的研討室裡座無虛席，連地板都站滿了人，扶手椅上眾人高坐。細瘦輕巧的院長，穿著敞領式襯衫，站在窗台旁邊，推開了一扇窗，好讓新鮮空氣、劍橋裡冷冷的日光進到屋裡來。講義裡幾篇待鑑定年代的作品，計有一首吟遊詩人的抒情詩、一首風格走英國十七世紀初期的戲劇性詩篇、幾首諷刺的對句、一首對火山泥有所冥思的無韻詩，以及幾首十四行情詩。布列克艾德因著祖父的調教，一眼就看出這些詩篇其實全出自藍道弗．亨利．艾許一人之手，那是他典型的腹語式作品，是最不容易瞭解的部分。他這時面臨了兩種選擇：是該把自己所懂得的一切直陳出來，還是該讓研討會繼續進行，任由李維斯套誘那些倒楣的大學生，讓錯誤的判斷由他們口中說出，接著他就可以大力展現自己解析文字的天才，知悉如何辨別真偽、透視維多利亞時期在說出的話語與真實的情感之間那特有的歧異。

布列克艾德選擇了沉默，而艾許果然在適當的時機被揪了出來，然後被挑出幾處表現不足的地方。布列克艾德覺得自己根本是在背叛藍道弗．亨利．艾許，即使照道理而言，他更應該覺得他背叛的是他自己、是他祖父，或許，也應該算上李維斯博士。他決定要彌補。他將博士論文的題目定為「有意識的論證與無意識的偏見：論藍道弗．亨利．艾許戲劇詩裡的張力源起」。

在最不時興談艾許的年代，他成了研究艾許的專家。他經人說服，早在一九五九年就開始著手編纂《詩歌戲劇全集》，讓尚在人間的艾許先生甚表贊同。這位年邁的美以美教派的信徒，是詩人艾許遠房堂兄的後代，繼承了所有尚未賣出的手稿的所有權。在以前那種單純的時代，布列克艾德一度以為這個有限的編輯工作說不定可以發展出其他一些有的沒有的好處。

他手下的研究助理人數時多時少，這些助理就像諾亞方舟裡的鴿子和渡鴉，被他派往世界各地的圖書館，攫取數量有限的各式小紙片，像是洗手間的使用票券，又或是午餐的收據。這每一張小紙片，都有可能引發出一個問題，也可能記載了那句引文的半行，又或是留下了哪個大家正在尋找的名字。羅馬雙輪戰車轉著車軸，陸續追蹤歷史學家吉朋留下的註腳。「賢者夢中危險的甜瓜」，最後終於真相大白，原來這個句子是源自笛卡兒的夢。艾許不論對什麼都感興趣。阿拉伯天文學、非洲運輸系統、天使與橡癭、水力學與斷頭台、督依德教的祭司、拿破崙遠征大軍、主張苦修的清潔派教徒（Catharist）與印刷廠的惡棍[14]、發自靈媒身體的心靈體、有關太陽的神話、古代乳齒象在結冰之前吃的最後一餐、天賜靈糧瑪納真正的本質。這些註腳已大量吸納、侵吞了正文文本。它們看起來十分笨拙、也不雅觀，但卻不可或缺；布列克艾德覺得，這一個個冒出來的註腳好像是九頭海蛇怪的頭，才斬下一個頭、隨即就又生出兩個來。

他常在自己那幽暗的地盤裡想著，人是如何走入自己工作的呢！如果最初他選擇當一個……嗯……一個撥算住屋經費的公務員，現在的他會是什麼樣子？又或者，當個警察，整天就在幾根毛髮、皮膚，以及拇指頭的指紋裡忙得團團轉。（這就是典型的艾許式推測。）如果，知識的搜尋是為了知識本身這個緣故，是為了自己的緣故，就布列克艾德來說，也就是不再打探藍道弗．亨利．艾許遺落、嚼爛、殘餘的東西，那麼知識又會變成什麼樣子呢？

曾經有一段時間，布列克艾德讓自己清楚地瞭解到，他的學術生涯就要走到盡頭了。換句話說，在這個工作中，他所能意識到的自己的思路、所有的思考，壓根就只是另一個人的思考，而他所有的作品，壓根就只是另一個人的作品。於是，他覺得這一切似乎已沒什麼意義可言。但是他終究還是發現了艾許的迷人之處，即使經歷了這多年來的煎熬和痛苦。就算他是一個附屬品，這也是一種愉快的附屬關係。他認為莫爾特模．克拉波爾一定以為自己掌控艾許、擁有艾許，而他，布列克艾德，卻比他更清楚自己的本分。

他曾經在電視上看過一位生物學家，他覺得好像看到了自己。這位人士隨身帶著一個皮製的小囊袋，採集貓頭鷹一丸丸的糞便，接著他將糞丸分別貼上標籤，然後，手持鑷子開始分解，並且置入各式玻璃燒杯，浸在不同的消毒水裡；他將分解成碎片、裝在壓縮袋的貓頭鷹骨骼和牙齒、毛皮按序排列，一排再排，為的就是要重新組合出這隻已死的梟鷹，又或是那曾經蠕動、死去，繼而穿過貓頭鷹腸道的無腳蜥蜴。他很欣賞

14　出自拜倫詩作，旨在諷刺當世的出版文化。

這個畫面，馬上就想動手為它寫一首詩。然後他發現艾許早已先他一步。他曾經這麼描寫考古學家：

發現遠古戰役，緣起於碎裂片片
殘破的刀劍、零亂斷裂的骸骨，
毀壞的頭顱，一如助理神父目睹
死亡的田鼠，又或無腳蜥蜴，在乾涸的
潔淨的貓頭鷹的糞塊上，為之揚棄
當白色的死亡飄掠而過，張起最柔軟的風帆
血污的彎鉤蜷曲在柔軟的毛頸之中

之後，布列克艾德自己也不知道，他之所以會注意到電視上這個生物學家，是否是因為他盛裝在心裡的滿是艾許的身影，又或許，這和艾許當真一點關係也沒有。

羅蘭走出一列列的書架隧道，進入了布列克艾德燈火闌珊的地盤。波拉對他微微一笑，布列克艾德則緊皺起雙眉。布列克艾德是個灰色的人，白灰灰的膚色、鐵灰色的髮色。他把頭髮留得頗長，因為他很得意自己的頭髮仍然相當濃密。他的衣裝：蘇格蘭粗呢的短上衣加上燈芯絨長褲，體面、老舊、霉暗，就跟下頭這兒的每一個物件一樣。他很擅長笑出一臉的嘲諷，只要他張起笑容，可惜他並不常開口一笑。

羅蘭說：「我想我發現了一些東西。」

「看著吧！到最後，這些恐怕又早被別人發現過二十次有餘了。那是什麼來著？」

「我找出他的維科來讀，裡頭居然還滿滿塞了一堆手寫的註記，多得數不清，就夾在書頁之間。書在倫敦圖書館。」

「克拉波爾恐怕早就拿過牙刷從頭到尾刷得一乾二淨了。」

「我想應該沒有。我想一定沒有。那些註記的外緣都還積著一層灰塵，而且接連到內緣。這本書很久沒有人碰過了。我想從來沒有。我拿了一些來讀。」

「有用嗎？」

「噢！非常！絕對！」

布列克艾德不想洩露出內心的驚喜，於是動手剪起報上的文章來。「我是應該去瞧一瞧。」他說：「我最好親自去瞧瞧。我會往那兒走一趟的。你沒動到什麼東西吧？」

「噢沒有！噢沒有！那個，就是書本打開的時候，有些紙片飛出來這樣而已，不過我們都已經把紙片放回去了，我想是這樣沒錯。」

「這可讓人費解了。我還以為克拉波爾無所不在呢！你可千萬一定要保住這個祕密，你知道的，要是哪天倫敦圖書館更換地毯、裝設咖啡機，克拉波爾就會再傳來一封漂亮的信函，眉開眼笑地說他深表遺憾，希望自己能幫上什麼忙，史坦特收藏中心的資料或是任何其他需要他都可以用縮影膠片提供，接下來，這些文件就一個個長了翅膀飛過大西洋到對岸去了。你沒跟什麼人說過吧？」

「就只有圖書館員。」

「我會往那兒走一趟的。這可不是為了爭取研究經費，這是為了自己的國家，我們一定要這麼做，絕對不可以讓東西外流出去。」

「他們應該不會——」

「我誰也不相信，只要克拉波爾的支票簿一擺到面前，結果會發生什麼我還能不知道！」

布列克艾德費了一番力氣，好不容易將身體塞進大衣裡去，真是破敗寒酸的英國式溫暖。羅蘭已下定決心，除非很有必要，否則他不打算和布列克艾德討論自己偷出來的這兩封信。不過，他倒是開口問了他：

「有個叫勒摩特的作家，您可以告訴我他的資料嗎？」

「伊瑟多爾．勒摩特，著有《神話》，一八三二年。《布列塔尼及大布列塔尼之原住民神話》。也叫做《法國神話》。是一本民俗與傳說的概論，很有學術價值。內容大多都是在探查各種神話的謎題，這種做法蠻多人喜歡的；另外，書裡也談了些法國布列塔尼的國家定位和文化的問題。艾許是有可能讀過這些東西，不過我到現在還沒收集到什麼有用的作品是他用這些資料創作出來的……」

「那有個勒摩特小姐……」

「哦！他女兒啊！她是寫宗教詩的，你是指她吧？她寫過一本筆調灰暗的小冊子，叫《最後二三事》。她還寫了童話故事《訴說在十一月的故事》，就是那些突然發生在夜裡的事情。另外還有一首史詩，一般人都認為那不好讀。」

「我認為女性主義者對她會感興趣。」波拉說。

「那是當然的了。」布列克艾德說。「她們撥不出一丁點的時間來讀藍道弗．艾許，成天想的就只是去讀愛倫寫個沒完沒了的日記，咱們那兒的那位朋友，曾經還當真很努力地想讓這個東西重見天日。她們認為藍道弗．艾許壓抑了愛倫的創作，而且還吸取她的想像力。要證明這點，我想，她們可有得熬了，倘若她們真有興趣想找證據的話，倒是，她們是否真的在乎證據，這我就不敢確定了。她們在還沒瞭解事情之前，就已經很清楚她們要瞭解的是什麼。反正她們就是一直要強調，她大部分的時間都躺在沙發上耗掉了，可是在她那個年代、那樣的環境，一般淑女大多不都是如此。所以她們真正的問題——以及碧翠絲的問題——就在於：愛倫．艾許根本就**乏善可陳**。沒有了珍．卡萊爾，這又更讓人覺得可惜了。悲哀的老碧一開始一直想證明愛倫．艾許是如何地自我犧牲、如何地支持艾許，結果亂七八糟地到處找資料，找遍了她買醋栗果醬的每一張收據、調查她到布洛得史戴爾[15]的每一趟旅行，整整**二十五年**，你相信嗎？最後夢醒了，她這才發現原來早就沒人想再知道什麼自我犧牲、自我奉獻的，人家想要證明的是，愛倫狂怒的反動、她的痛苦，以及她

15　布洛得史戴爾（Broadstairs），英國肯特郡東北角海岸一帶，距倫敦僅兩小時火車車程，為知名海景勝地。

不曾被挖掘出來的才華。可悲的碧翠絲。有本單薄的書是以她的名字出版的，叫《幫手》，沒什麼意外，這本小書絲毫不受時下女性主義者的青睞。一九五〇年出的，簡單地收錄那些伴隨在文壇巨人身邊的女性所曾說過的柔美的警言妙語，像是D・華茲華斯[16]、J・卡萊爾[17]、E・丁尼生[18]、愛倫・艾許。不過，只要悲哀的老碧佔著這個編輯工作的位置一天，那些女性研究人士根本就不可能插手出版這些東西。她完全不知道自己的致命傷在哪兒。」

羅蘭不想再聽布列克艾德針對碧翠絲・耐斯特遲遲編不出愛倫・艾許所發表的長篇大論。一旦布列克艾德進入碧翠絲這個話題，他的聲音就會透露出一種語調，一種嘈雜、咆哮的語調，這每每讓羅蘭想起獵犬的狂吠（他從來沒聽過獵犬狂吠，只在電視上看過）。而倘若想到了克拉波爾，教授的臉上則會浮現出一種鬼祟陰險的表情。

羅蘭沒有對布列克艾德表示要陪他一起到倫敦圖書館去。他走出這兒，想去弄杯咖啡。喝完咖啡，他就可以開始搜尋目錄、追查勒摩特小姐，就像追查其他已故人士那樣，何況，關於她這個人現在多少已有些眉目。

在那些古埃及重量級的大公之中，羅蘭的身影翩然出現。在兩隻巨大的石雕腿之間，他隱約看到了某個敏捷、白色、帶金的東西，原來，這個人是佛格斯・吳爾夫，他走出來也是想弄杯咖啡。佛格斯非常地高大，腦蓋頂上黃銅色的頭髮修得頗長，到了後腦門又修得極短，這是一九八〇年代版的三〇年代髮型。他套

16 桃樂西・華茲華斯（Dorothy Wordsworth），英國浪漫時期桂冠詩人威廉・華茲華斯（William Wordsworth, 1770-1850）的妹妹。

17 珍・卡萊爾（Jane Carlyle），英國維多利亞時期歷史學家及文評名家湯瑪斯・卡萊爾（Thomas Carlyle, 1795-1881）的妻子。

18 愛蜜莉・丁尼生（Emily Tennyson），英國維多利亞時期桂冠詩人阿爾弗雷德・丁尼生（Lord Alfred Tennyson, 1809-92）的妻子。

了一件亮白色厚毛衣、配上鬆垮垮的黑色長褲，看起來活像個日本浪人。

他對羅蘭微微一笑，一種快活、貪婪的笑容，眼睛藍藍亮亮的，咧得老長的嘴裡排滿了堅實的白牙。他的年紀比羅蘭大，是個出身六〇年代的孩子，一度離開學校，選擇了自由與巴黎的思潮革命[19]，並且拜倒在巴特與傅柯的門下。之後，當他回到亞伯特親王學院，立刻在校園裡掀起一陣旋風。大體而言，他這個人還算和氣，只是大多數人見到他，都會莫名地產生一種念頭，覺得他帶著一種說不出所以然的威脅感。羅蘭喜歡佛格斯，因為佛格斯似乎也喜歡他。

佛格斯正在以解構的觀點，針對巴爾札克作品《不知名的傑作》寫一篇論文。英文系居然會資助法國著作的研究，對此現象，羅蘭現在已經見怪不怪了。時下這個世界似乎已是無奇不有，而且再怎麼說，羅蘭也不希望別人覺得他很小家子氣。他的法文底子，由於母親當初強烈干涉，因此相當不錯。佛格斯大模大樣地坐臥在自助餐廳牆邊的長椅上，說他眼前的挑戰就是要去解構一個顯然早已自我解構的東西，因為這本書是在談一幅畫，最後原來畫不是畫，只是一坨亂無章法的信筆塗鴉。羅蘭禮貌地靜聽著，然後開口問道：

「有個勒摩特小姐，你知不知道她的什麼事？她是寫童話故事和宗教詩的，差不多是在一八五〇年代那個時候。」

這個問句讓佛格斯笑了相當久，然後，他明快地接著說：「我當然知道。」

「她是什麼人？」

「克莉史塔伯．勒摩特。神話編纂家伊瑟多爾的女兒，作品有《最後二三事》、《訴說在十一月的故事》，還有一首史詩叫《仙怪曼露西娜》。曼露西娜[20]，你知道她嗎？她是個仙子，為了得到人的性靈，嫁

19 即著名的巴黎一九六八年五月風暴。

20 Melusina，在法國一地廣為流傳的女妖，一般認知為一種上半身是美女、下半身為蛇或魚尾的水妖，平日可與人類男子通婚，但不能在入浴或某些日子被偷窺，否則會原形畢露。

給一個凡人。兩人約定好，每逢星期六，他絕對不可以偷看她在做什麼。多年來，他都照著做了，兩個人生了六個兒子，每一個都帶有奇怪的缺陷——奇怪的耳啦、又大又長的牙齒、臉頰一邊長出了個貓頭、三隻眼的啦，反正就是那一類的事，而其中一個兒子叫做大門牙傑夫利，還有個叫做吼人伯[21]。她建了幾座城堡，真的那種，到現在都還存在，就在普瓦圖[22]。故事最後，當然啦！他從鑰匙孔偷看到她——如果照另一種版本的說法——是他自己拿劍在她的鋼板門上鑽了一個洞，而當時她正自己一個人在大理石水池裡玩得不亦樂乎！可是她的腰身以下長得是一條魚或蛇的模樣，像拉伯雷[23]說的『安杜耶』[24]，一種大型臘腸，這個象徵十分明顯，而她用這條強有力的尾巴拍打著池水。但之後他什麼也沒說，她也什麼都沒做，一直到後來，她那個慓悍的兒子傑夫利，看到弟弟佛洛蒙躲到寺院裡去怎麼也不肯出來，讓他很火大，弄了一堆乾柴，一把火把什麼都燒了，僧侶、佛洛蒙、所有東西無一倖免。事情傳出來，瑞門登（他就是最初那個騎士，也就是丈夫）說：『這全都是妳造成的，我當初實在不應該娶一條蛇妖。』然後她責怪他，接著變成一條龍，繞了城牆口一圈，製造出很大的聲響、搗爛了牆石，飛走了。哦！在她離去之前，她還斬釘截鐵地留下一個指示，說一定要殺了吼人伯，要不然他會毀了他們每一個人，而且要快點行動，絕對不能拖延。然後她回到領地呂姬孃，從事死亡的預言，就像白夫人或白姑娘[25]這一類仙怪。什麼象徵的、神話的、心理分析的解讀都有，這你可以想像得到。克莉史塔伯．勒摩特在一八六〇年代把這個曼露西娜的故事寫成一首迂迴複雜的長詩，卻一直到一八七〇年代初期才出版。那作品真古怪——裡頭洶湧著悲劇、浪漫愛情、象徵符號，好像是一個夢幻世界，

21 原文為Horrible，意為可怕、令人毛骨悚然的。
22 普瓦圖（Poitou），舊時位於法國西部的一個省分。
23 拉伯雷（François Rabelais, 1490-1553），法國諷刺作家。
24 安杜耶（andouille），一種燻製香腸。
25 白夫人，法文Dame Blanche，是法國傳說中一名住在布列塔尼北岸的仙子，只要她一出現，就意味死亡即將降臨。白姑娘（Fata Bianca）則為義大利文。

充滿了野獸和祕密，和一種怪誕的性意識、性慾。女性主義者愛死它了。她們說它傳達了女人無力的慾望。讀的人原本不多，後來是因為她們重新發掘了它——維吉妮亞．吳爾芙就知道這部作品，認為它象徵創造力在本質上同時包含了男女兩性——不過，新一代的女性主義者認為沐浴中的曼露西娜象徵了女人壓根不需要臭男人，一樣可以擁有完滿的性。我喜歡這個作品，充滿騷亂，而且焦點不斷在移轉。從那隻描述生動的魚鱗尾巴到後來的天人大戰。」

「這些資料很有用，我會去找出來看看的。」

「你為什麼會想知道這些？」

「我湊巧發現了一個附註，和藍道弗．艾許有關。反正總有一天，隨便一個附註都可以和藍道弗．艾許的任何事情扯上關係。我說了什麼讓你覺得好笑？」

「我奇怪自己怎麼不知不覺地成了克莉史塔伯．勒摩特的專家了！這個世界上有兩個人，只要號稱是和克莉史塔伯．勒摩特有關的事，她們全都知道。其中一位是李奧諾拉．史鄧教授，在塔拉哈西[26]。另一位是林肯大學的茉德．貝力博士[27]。我是在一場在巴黎舉行，討論性意識和文本性的大會上認識她們倆，不知道你還有沒有印象。我覺得她們對男人沒好感，但是話說回來，我和這位令人肅然起敬的茉德倒有過一段感情，就在巴黎，還有這兒。」

他停下來，皺了皺眉頭。他張嘴想再說些什麼，接著又閉上了嘴巴。一會兒後，他說：「她——茉德——在林肯主持了一個女性資源中心，她們在那兒收藏了不少克莉史塔伯沒出版的文字，如果你想找什麼冷僻少見的資料，不妨去那兒看看。」

26 塔拉哈西（Tallahassee），美國佛羅里達州首府。

27 「茉德」之名語出英國桂冠詩人丁尼生（Alfred Tennyson, 1809-1892）〈茉德〉（Maud）一詩。詩中的茉德是一位地主的女兒，她的出現為一位恐懼愛情、人生灰暗的年輕人帶來了幸福與希望。又，Maud一字有蘇格蘭灰色方格披肩之意，灰色色調與此人物的性格頗能呼應。

「我會的，謝謝！她這個人什麼樣子啊？會不會把我給吃了？」

「她的冷，會讓男人的血液沸騰。」佛格斯說，口氣裡充滿了耐人尋味的情思。

第四章

繁密的叢林，繁密的刺
攀緣玻璃高塔，蜿蜒如蛇
此非柔美可人的鴿舍
亦非豐美仕女的深閨

狂風厲聲呼嘯
穿越陡峻大地
來到黝黑的窗邊
他乍見她玉白的手

他聽見那髒污的老東西
顫聲向上呼喊
拉潘瑞兒、拉潘瑞兒
放下妳的長髮來
絲絲縷縷的燦爛
巍巍灑下
重重金色激流，放縱
自一只金色髮冠

黝黑的利爪使力一攫
一手緊接一手
尖聲的呼喊來自何等的痛苦
當髮絲一束又一束地被深深穿透

靜默中他牢牢注視
這拱背之人漸次上升
苦楚的淚水，流轉
在他一雙明眸之中

——克莉史塔伯．勒摩特

當羅蘭抵達林肯郡時，他已悶了一肚子氣，因為自己逼不得已地搭了火車。如果當初時間充裕一點，他就可以改搭客運，那就可以省下不少錢。偏偏貝力博士突然發了封明信片，內容只簡單地說她比較方便在中午到火車站接他；校區離市鎮有一段距離，這樣的安排應該是最妥貼的。不過想想，坐火車倒可以讓他先把手邊有關克莉史塔伯．勒摩特的資料給消化消化。學校的圖書館借了兩本書給他。其中一本非常地薄，一副柔弱女人的模樣，寫於一九四七年，書名為《白色的亞麻》，取自克莉史塔伯某一首同名的抒情詩。另一本則非常厚實，收錄了女性主義的評論，作者大多是美國人，出版於一九七七年：《自我的自我涉入，勒摩特的逃遁策略》。

維若妮卡．荷尼頓提供了些許生平資料。克莉史塔伯的祖父母，尚—巴提斯特以及艾蜜莉．勒摩特，在一七九三年法國處於恐怖時代之時避走英國，並且就此定居，在波拿巴[28]垮台之後，決定不再回鄉。一八〇一年，伊瑟多爾出生，他曾在劍橋就讀，一度淺嘗寫詩，爾後成為一名治學嚴謹的歷史學家暨神話編纂人。

他深受研究德國民間傳說的學者、以及聖經故事傳統的影響，但仍堅守家鄉布列塔尼這一脈神祕風格的基督教信仰。他的母親艾蜜莉，其胞弟正是主張共和主義、反對教權的歷史學家、同時也十分熱中民間傳說的哈吾爾．德．蓋赫考茲。蓋赫考茲一直維持著家族在克納門特的領地。一八二八年，伊瑟多爾與阿拉貝爾．甘伯特小姐結婚，她乃聖保羅大教堂盧伯特．甘伯特修士的千金，其堅定不移的宗教信仰始終深重地影響著童年時期的克莉史塔伯。伊瑟多爾婚後喜獲兩位千金，生於一八三〇年的蘇菲，後來成為封爵於林肯郡高地、思爾圍地的喬治．貝力爵士的妻子；生於一八二五年的克莉史塔伯，則一直與雙親同住，直到一八五三年，終生未婚的姨母，安唐妮．德．蓋赫考茲遺贈給她一筆為數足堪溫飽的生活費，幫助她在薩里郡的里奇蒙置產。從此，克莉史塔伯與一名相識於羅斯金[29]演講會的年輕女性友人一起同住。

白蘭琪．葛拉佛小姐一如克莉史塔伯，深具藝術表現的抱負。她曾完成若干大幅油畫，至今無一倖存。她也曾為克莉史塔伯輕快、但略顯憂鬱的作品：《寫給天真之人的故事》、《訴說在十一月的故事》，以及其宗教詩《祈禱》雕刻插畫，其木雕版畫技巧純熟，風格神祕詭異。一般相信，克莉史塔伯之所以著手創作《仙怪曼露西娜》這部雄偉壯闊、奇情玄奧的史詩作品，其最初動力就是來自葛拉佛小姐；《仙怪曼露西娜》陳述的是一則古老的傳說，其中的女主角是個半人半蛇的妖怪。這部作品的缺縫

28 拿破崙一世的姓，意指拿破崙．波拿巴（Napoleon Bonaparte, 1769-1821）。
29 約翰．羅斯金（John Ruskin, 1819-1900），英國藝評家及社會評論家。

之處鑲滿了數量驚人的寶礦，前拉斐爾派[30]的部分評論家，如史文伯恩，聲言它是「藏匿在眾多故事當中一尾安靜、卻十足有力的蛇，其迸發而出的磅礴氣勢與邪氣，乃歷來女作家筆下前所未見，唯獨在敘述上仍欠缺強健的張力。確切地說，它就像柯立芝筆下那尾象徵想像力的蛇，將尾巴滿滿填塞在自己的口中。」現在，它理所當然已為世人所遺忘，然則，克莉史塔伯平凡而穩健的聲望，主要乃在於她細膩內斂的抒情詩，每一首都融合了她纖細的感情、與生俱來的沉鬱氣質、以及一股既混亂又堅定的基督教信仰。

葛拉佛小姐不幸於一八六一年溺斃於泰晤士河，她的死令克莉史塔伯悲慟欲絕。此後，克莉史塔伯終於再度回到家人身邊，並與妹妹蘇菲同住，走完平靜安詳的餘生。在《曼露西娜》之後，她似乎再不曾動筆寫詩，日復一日，安於靜默的生活。她於一八九〇年離世，享年六十五歲。

維若妮卡・荷尼頓對克莉史塔伯詩作的評論，就是婉約地強調她「小家碧玉的神祕風采」，並將之與喬治・赫伯特[31]並列，稱其風格一如喬氏對於「依據主之律法清理臥房」的奴僕的讚頌。

我喜歡周圍的一切乾乾淨淨
規矩有形、層迭分明的褶邊
只要一絲不苟
就不會有所誤謬

---

30 一八四八年，一群英國藝術家結合成「前拉斐爾派」（Pre-Raphaelite Brotherhood），推崇拉斐爾（1483-1520）之前的義大利畫風，強調回歸簡約與真實。

31 喬治・赫伯特（George Herbert, 1593-1633），英國哲思派宗教詩人。

房舍已打理妥貼一塵不染
靜待客人的到臨

誰將見到我倆白色的亞麻
那最盛美之姿
誰將取之、摺之
引領我倆從此安息

三十年後，女性主義者認定克莉史塔伯．勒摩特其實是很狂亂而暴怒的。她們撰寫的論文有：〈阿莉雅杜妮[32]斷裂的緯線：藝術——一如勒摩特詩中被揚棄的織作〉，要不就是〈曼露西娜及魔性的分身：慈母、魔蛇〉，另外還有〈柔順的憤怒：克莉史塔伯．勒摩特矛盾的家居生活〉、〈白色的手套[33]：白蘭琪．葛拉佛：勒摩特禁閉的女同志性意識〉。其中還有一篇論文就是出自茱德．貝力之手，題目是：「曼露西娜，城邦的建造者：女性觀點顛覆下的宇宙起源論」。羅蘭知道他理該從這篇下手，可是內文文字那嚇人的長度與稠密，令他打消了念頭。他從〈阿莉雅杜妮斷裂的緯線〉開始讀起，這篇文章簡潔有力地分析了克莉史塔伯某一首昆蟲詩；顯然，她曾寫過不少昆蟲詩。

來自如此污穢斑駁、動彈不得的小東西

32 阿莉雅杜妮（Ariachne），希臘神話中克里特島國王邁諾斯的女兒，曾給情人西修斯一個線團，幫助他走出迷宮。

33 葛拉佛原文作Glover，近似手套（Glove）一字。

痛苦中遭人戲耍
以醜惡的指尖、神奇的纖維
艷麗的羅網四佈
嗡嗡作響的玩意兒漸進消逝，美妙而明亮的一聲令下
幾何圖紋穿串了水、俘虜了光

真的很難定下心來。英格蘭中部地區平板無奇的景觀一一自眼前退去，一間餅乾工廠、一間金屬機殼公司、田野、樹籬、溝渠，令人愉快，看過便忘。在荷尼頓小姐的著作裡，有幅卷頭插畫，讓他首度見到了克莉史塔伯的風采。那是張略帶了點棕色、久遠以前的照片，上頭還覆蓋了一張半透明印有細碎紋理的保護頁。她身披一件寬大的三角巾，頭戴小巧的軟帽，帽緣內側裝飾著縐邊，下頷之下繫了一個大大的蝴蝶結。她的衣裝比她本人還更醒目；她躲在衣服裡，不知是否出於一種揶揄的淘氣，還是有感於自己「如鳥般輕盈」，她的頭微微地偏向一側。她淡白色的頭髮在太陽穴上捲成波紋，雙唇張開，露出口中平整的牙齒。這張照片實在無法讓人明確建立出對某個人的印象，因為影中人就只是個一般常見的維多利亞時期的淑女、某個羞怯的女詩人。

剛開始，他沒認出茉德．貝力，而他自己也不是個怎麼引人注目的人，就這樣，他們幾乎成了站在側門的最後兩個人。其實就算沒認出她，要不注意她幾乎是不可能的。她很高，高度差不多是到佛格斯．吳爾夫的眼睛，比羅蘭高出許多。就一個學院裡的人而言，她的穿著風格呈現出十分罕見的一致，羅蘭這麼想的，他實在再想不出還有其他說法，能形容她這般又綠又白的高度。一襲長長的松綠色罩衫，覆蓋在松綠色的裙子上，罩衫裡則套了件白色的絲質襯衫，長長的亮綠色鞋子裡，穿的是長長的柔白色長襪。透過長襪，隱約可見到裡頭的肌膚泛著一層粉紅色的金光，大體而言確實是可這麼形容。他無法看清楚她的頭髮，因為頭髮全都緊密地盤進一條繪著孔雀羽毛的絲質頭巾裡，低低地就在眉梢之上。她的眉毛與睫毛是金色的，他觀察

得十分仔細。她的皮膚潔淨白皙，像牛奶一樣，嘴唇沒搽口紅，五官分明俐落，相當勻稱安詳。她的臉上不帶有笑容。和他打過照面之後，她伸手想幫他提行李，但他堅絕不讓她這麼做。她開的車是一輛散發著完美光澤的綠色金龜車。

「我對你提的問題非常感興趣。」她說，車子隨即啟動前行。「我很高興你設法趕過來，我希望這一切會是值得的。」她的聲音有著貴族說話的從容與含糊，儼然一副平淡無味、時髦而拘泥的倫敦上流女子模樣。她的身上帶有羊齒植物那種辛辣的氣味。羅蘭不喜歡她的聲音。

「這恐怕會是一場毫無目標的追逐戰，現在幾乎一點具體的資料都沒有。」

「我們等著看吧。」

林肯大學的大樓是由白磚砌成的，一座座宛若高聳寶塔，磚色間雜有藍紫色、黃橙色，偶爾也會泛出霉霉的綠色。風大的時候，貝力博士說，這些磚片就會被吹得四處飄落，對走在路上的人而言實在非常危險。這兒的風通常很強勁。校園裡淺平地一片水鄉澤國的模樣，放眼望去就像是個棋盤似的，幸好有位想像力豐富的水園造景專家，以水道及水池營造出一座迷宮，任其隨意地或流穿、或環繞一個個互成直角的棋盤格。眼下，水道和水池裡都鋪滿了落葉，日本鯉魚不時在其中拱著圓鈍發亮的口鼻。這所大學建於英國維多利亞國力極度擴張的全盛時期，而現在，卻顯得有些骯髒雜遝，在那頗具都市風格的校徽之下，水泥裂紋在白色長方形瓷磚之間咧著嘴巴開口大笑。

強風吹亂了貝力博士頭巾邊緣茂密的絲質飾縫，也攪亂了羅蘭黑色的毛圍巾。他把雙手塞進口袋裡，趁著她向前大跨一步之時，稍稍往後退了一點。雖然這是在學期中，可是周圍似乎都沒什麼人。他問貝力博士，學生都到什麼地方去了？她跟他說，今天這個日子，星期三，向來是不授課的，好讓學生運動、念書。

「他們全消失得一乾二淨。我們都不知道他們到哪兒去了。好像變魔術一樣。有些是在圖書館，不過大部分不在那兒。我不知道他們都上哪兒去了。」

強風吹皺了黝黑的水面，黃橙色的葉子讓水面看起來既紛亂、又骯髒。

她就住在丁尼生大樓上頭——「這就是那個瑪莉安小姐[34]什麼的。」她說，兩人同時旋開玻璃轉門。她的聲音冷冷地帶著不屑，「出錢資助的市議員，希望大樓能全用雪伍德森林[35]裡的那些人名來命名。這裡是英文系和藝術系的教職員辦公室，還有藝術史和女性研究也都在這裡。我們的資源中心還沒到，設在圖書館裡，我會帶你過去。你要不要喝杯咖啡？」

他們準備搭乘那如念珠串般來回不停的升降梯上樓，升降梯規律地輪轉，一一經過其他無人等候的門口。這些沒有門的電梯讓羅蘭的男子氣概頓時全消。她準確地一腳踏入梯內，在他還在猶疑是否跟進之時，她已被電梯帶上去了。結果，當他同樣攀上她剛才踏入的梯口，急速前衝、上升，終究還是太遲了。不過她並沒有注意到這一點。這些宛若珠串的電梯牆面全都貼著一層玻璃鏡面，閃映著青銅色的冷光。她閃動的目光自四方鏡面投射到他身上，顯得相當地熱切。再次，她準確地步出梯門，他則跌跌撞撞地趕忙踏上同一道出口，原本在他下方的梯面隨即已升了上來。

她的研究室有一面是玻璃牆，其他三面則疊滿了書，高聳地直達天花板。每一本書的排列都自有其道理，依照主題、依照字母，而且一塵不染。最後這一項特質，乃意謂著這個嚴謹樸實的地方仍然有人在管理打掃。要說研究室裡有什麼美麗的事物，那自然就是茉德・貝力她本人了。她極為優雅地以單腳跪姿，插上茶壺的電插頭，然後從櫥櫃裡拿出了兩只藍色帶白的日式馬克杯。

「坐！」她乾脆俐落地說道，同時指向一張亮藍色低矮的皮椅。那個位子肯定是學生繳交作業時坐的地方。她遞給他一杯胡桃色的雀巢咖啡。她始終沒將她的頭飾解下來。「說吧！你現在需要我怎麼幫你？」她

34　俠盜羅賓漢（Robin Hood）的情人。
35　雪伍德森林（Sherwood Forest），羅賓漢出沒之地。

一面說，一面在辦公桌後坐了下來，羅蘭則不斷想著他自己的「逃遁策略」。在與她見面之前，他曾暗暗想過，他或許可以把自己偷來的那兩封信的影本拿給她看。現在，他知道他不能這麼做。她的聲音聽不出絲毫熱切。他說：「我正在研究藍道弗．亨利．艾許，我在信中跟妳提過。我在無意中發現，他很有可能曾和克莉史塔伯．勒摩特通信。我不曉得妳是否知道她通信這一回事。當然，他們也曾見過面。」

「什麼時候？」

他拿出一份自己抄錄自克雷博．羅賓森日記的手稿影本給她。

「白蘭琪．葛拉佛應該會在日記裡提到這件事。她的日記我們的資源中心有收藏一本，記錄的時間剛好涵括那個時期——日記就是從她們倆搬到里奇蒙開始寫起的。我們所有檔案裡的資料，基本上都是克莉史塔伯過世之時放在桌上的文件。她曾表示她的遺願是想將這些資料交給她的一個外甥女：玫．貝力，『希望她能好好照顧這些詩文。』」

「那她有嗎？」

「就我所知是沒有。她嫁給她的表哥，離開家鄉，去了諾福克郡，然後生了十個孩子，養著一大家子人。我就是她的後代子孫——她是我的曾曾外祖母，也就是說，我等於是克莉史塔伯的曾曾曾外甥孫女。我來這裡任教之後，就勸我爸讓我把這些資料納入這裡的檔案。東西不算很多，可是都很重要。有故事的手稿、許多隨手寫在紙上日期不明的抒情詩，當然，還有《曼露西娜》的修改稿，這篇作品她至少寫了八次，每一次都會有一些更動。另外，還有一本書，不過那沒什麼特別，再來，就是一些朋友寫來的信，以及這本白蘭琪．葛拉佛寫的日記，前後只寫了三年。我不知道原先是不是有更多資料——根本就沒有人好好在照管它們。說來實在遺憾，到現在為止，還沒有一樣資料曾經公開面世。」

「那勒摩特，她有寫日記嗎？」

「就我們所知是沒有。我幾乎可以很肯定地說沒有。她寫給她某個外甥女的信裡就表示她很反對寫日記。那封信寫得相當不錯。『如果你能操縱自己的思想，並且賦予它們藝術的形體，那很好；如果你能生活在每一天的責任與情義中，那很好。但是，千萬不要養成自省這病態的習慣，一個女人若要創作出精采的作品、或是讓自己活得有意義，那就絕對沒有任何所謂不應該的事情。上帝終究會照顧活得有意義的人——機會終會到臨，至於創作出精采的作品，這就要看神的意旨了。』」

「真的是這樣嗎？」

「這種藝術觀很有意思，那是寫在很晚近的時候——一八八六年。藝術一如神的意旨。這就一個女人來講，並不算是很時興的說法，或許，對任何一個人而言，這種說法都不算時興。」

「妳有她的信嗎？」

「不很多。就是一些家書——勸誡之類的，還有烤麵包和釀葡萄酒的祕方，以及一些牢騷。其他還留存的，有少部分是里奇蒙那個時期留下的，另外一兩封信則是她到布列塔尼時寫的，她有家人在那裡，這你大概知道吧！她好像沒什麼比較親近的朋友，除了葛拉佛小姐，可是她們根本不需要通信，因為她們就住在同一個屋簷下。這些信都還沒有編校，李奧諾拉．史鄧教授一直想把它們整理出來，可是始終沒什麼進展。我一直在懷疑思爾圍地的喬治．貝力爵士那兒可能還有一些，可是他從來不讓任何人多看一眼。他還曾挺著一把獵槍威脅李奧諾拉，不過由她出面去那裡，或許會比我去來得好——她是塔拉哈西那兒來的，這你一定知道。思爾家族和諾福克家族一直處得很不愉快，還曾經纏訟了好一段時間，不過李奧諾拉的方法實在也只會讓結果更糟，真的是糟透了！嗯，就是這樣！哦對了，那你是怎麼想到，藍道弗．亨利．艾許會對勒摩特感興趣？」

「我在他的一本書裡發現了一份還沒擬完的草稿，那是他寫給某一位女士的信。我覺得這位女士很有可能就是她。信裡頭有提到克雷博．羅賓森。他還說她懂他的詩。」

「聽起來那根本不太可能發生，我從來想都沒想過他的詩會吸引她。全都是些大談宇宙的大男人筆調。還有那首討厭的有關靈媒的詩，完全在和女性主義唱反調，那叫什麼來著？《媽咪著魔了嗎》？全是一些大而無當的胡扯。沒有一首是她會感興趣的。」

羅蘭懷著無望的心情，打量著眼前那一張尖刻蒼白的嘴。他實在不該來的。那股衝著艾許的敵意多少也衝著他，至少就他來看是如此。茉德．貝力博士繼續說道：「我查過我的索引卡片了——我現在正在做《曼露西娜》全文的研究——目前我只發現一個小地方有提到艾許。那是寫給威廉．羅塞提的短箋——這份手稿現在在塔拉哈西——內容談的是他為她發表的一首詩。」

「『在這幽暗的十一月天，我一如藍道弗．亨利．艾許幻想中的那可悲的女巫，幽禁在她那殘苛的寸履之地，不得不靜定沉默，一心渴求如她所渴求的滅亡。他在幻想中建構出這麼個地牢，囚困無罪之人，若不是有那男人鐵石心腸的勇氣，恐怕很難從中得到快樂吧！而就事實來說，要忍受這些事情，無非也需要女人的堅忍。』」

「那說的是艾許寫的《禁閉的女巫》？」

「當然。」很不耐煩地。

「那是什麼時候寫的？」

「一八六九年。我想應該是。沒錯。文字鮮明，不過沒什麼幫助。」

「蠻有敵意的——真要說有點什麼的話。」

「就是這樣！」

羅蘭啜了口咖啡。茉德．貝力將卡片插回檔案原位。凝視著卡片盒，她開口向他說道：「你一定認識佛格斯．吳爾夫吧！他就在你們學校，我想應該是。」

「噢！是啊！就是佛格斯建議我來向妳請教有關勒摩特的事的。」

一陣空白的沉默。手指忙亂地移動，作整理狀。「我認識佛格斯。開會時認識的。在巴黎。」

那聲音，少了點乾脆俐落，也少了點老成的獨斷，他不厚道地這麼想。

「他有跟我說過。」羅蘭說，一點聲色也不動，同時注意著她是否露出任何異狀，表示她可能猜到佛格斯告訴過他什麼，或是他可能怎麼說。她緊抿住雙唇，接著站起身來。

「我帶你去資源中心吧。」

林肯大學圖書館與艾許工廠，著實有著天南地北之別。這兒就像是一只裝置在玻璃箱裡的骷髏架，光鮮亮麗的大門一扇扇敞開在管狀的玻璃牆中，宛如玩具箱，又或是個巨大的構成主義抽象立體藝術品。這兒有著鏗鏘作響的金屬架子，有走來絲毫無聲的毛氈地毯，而花衣魔笛手那一身紅紅黃黃，恰是樓梯扶欄與升降梯上的顏彩。夏天的時候，這裡絕對很明亮，而且悶熱得像是個烤箱；可是一旦到了濕氣頗重的秋天，那一抹石板似的灰色天空，恰恰成了另一只箱子，映照在那一個又一個千篇一律的窗玻璃上，迴射出一排排圓形的小光圈，就像夢幻王國裡那隻小叮鈴仙子身上發散的仙光[36]。女性資源中心的檔案全都放在一個壁面高大、如魚缸般的透明箱槽裡。茉德．貝力讓羅蘭坐在淡色橡木桌邊一只以金屬管組成的椅子裡，那態勢就像托兒所裡安置頑強不聽話的孩子那樣，然後，她將各式各樣的盒子擺到了他面前。《曼露西娜》第一卷、《曼露西娜》第二卷、《曼露西娜》第三卷及第四卷、尚未建檔的《曼露西娜》、布列塔尼詩篇、宗教詩、各種抒情詩。白蘭琪。她向他指了指盒子裡一本綠色的、長型、頗厚的書，有一點像是帳簿，封面和封底裡的空白頁鑲著素淨的大理石花紋：

記錄我倆家居生活的日記
在我們里奇蒙的家
白蘭琪．葛拉佛
寫於我倆入屋定居當日

36 蘇格蘭劇作家、小說家詹姆士．貝瑞（James Barrie, 1860-1937）所著劇本中，陪伴在小飛俠彼得潘身邊、宛若螢火蟲般發著金光的小仙女Tinkerbell。

五月一日，五朔節，一八五八年

羅蘭滿懷敬意地將之拿起。這東西雖然沒有現下正摺放在他口袋裡的那兩封信的魅力，但是，它似乎在逗引著他的好奇心。

他很擔心手上那張當天回程車票。他也很擔心茉德極為有限的耐性。白蘭琪日記上的字跡雀躍、優美，筆勢顯得簡短、急促。他大略瀏覽了一遍。地毯、窗簾、隱居的樂趣。「今天，我們雇請了一位廚僕。」熬煮大黃根的新方法、一幀畫著嬰兒時期的赫米斯和他母親的畫，以及，沒錯，克雷博．羅賓森的早餐會。

「在這裡！」

「那好！你就留在這兒。等圖書館關門的時候，我會來接你。你還有好幾個小時的時間。」

「謝謝！」

我們出門去和羅賓森先生一起吃早餐，這位老紳士人是很親切，可是實在貧乏無味。他跟我們說了一個錯綜複雜的故事，那是關於維蘭特[37]的半身塑像，原本早已為世人視若敝屣般地遺忘，現在卻為他所尋獲，這件事讓歌德和其他文壇名人十分高興。說的大多是些沒什麼意思的事，說的人當然也絕非如影子一般的我，雖然事實上，那些話我也是有可能說的。在場的人有詹森夫人、白哲特先生、詩人艾許，艾許夫人沒來，聽說她身體有些微恙，再來，就是一些倫敦大學的年輕人。公主很受大家推崇，這是理所當然的。她跟艾許先生提了些很有見地的觀點。這個人的詩我著實無法喜歡，她卻表示她非常喜歡，這當然讓他受寵若驚不已。他所欠缺的，就我的觀點來看，是阿爾弗雷德．丁尼生筆下那熱情洋溢的流暢和明確的強度，此外，我還認為他的態度恐怕不很認真。他那首寫梅茲默的詩，對我而言一直是

37 克里斯多夫．馬丁．維蘭特（Christopher Martin Wieland, 1733-1813），德國詩人及傳奇小說家。

個很大的謎題，我一直無法非常準確地判斷，到底他對催眠力抱持的是**何種**態度，究竟是在嘲笑，抑或表示認同；類似這種狀況也出現在他其他的作品裡，最後總是讓人禁不住疑慮，一番話語頗費周章地說了半天，怎麼卻看不出有絲毫的意義。至於我呢，我一直在忍受某個持自由主義論的大學生針對牛津運動[38]所發表的長篇大論，他年輕而武斷，假如他知道了我對這些事情真正的看法，肯定會十分地驚訝。不過，我是不可能讓他太與我接近的，我就只保持緘默、微笑，最多點個頭，讓我的想法留在我自己的心裡。可是我還是蠻高興的，因為羅賓森先生決定要跟大家詳細地介紹他與華茲華斯在義大利的旅行歷程，他說每當他們往前多走一步，華茲華斯就愈發地渴望回到自己的家，後來他好不容易才說服他，讓他勉為其難地跟在他旁邊東張西望。

我也渴望回到自己家裡，我好高興我們能擁有這樣的時光，可以關上那扇屬於我們自己的可愛的大門，然後彼此共處，在我們小小的客廳裡面對一室的無言。一個家，如果確確實實就是個只屬於**自己的**家，那麼家，真的是十分美好的事物，就像我們小小的家一樣；不過當時，我並沒有勇氣對羅賓森先生說這些話。我要感謝周遭的每一件細小的事物，它們對我的重要是難以言喻的，尤其當我想起自己過去的日子——想起以前，我對未來的人生那些自以為理所當然的期盼——一心想在某人客廳地毯上的某個角落，獲取一個所在、或者是一間僕人住的頂閣也好，這樣其實已經非常足夠。我們的午餐時間比較晚，吃的是麗莎準備的涼拌雞肉和沙拉；下午到公園散步、做些事，晚上喝上一碟熱牛奶，配上白麵包，並且撒上些許糖，就像華茲華斯他曾經做的那樣。我們一起彈奏樂器、一起唱歌，並且大聲朗讀《仙后》[39]。我們的日子交織著日常生活中各種單純的快樂，這一切，我們自不該任意小覷。另外，我們也享受著藝術與哲思這等更高深的樂趣，現在，我們

38 十九世紀以牛津大學為中心的英國基督教聖公會內興起的運動，旨在反對聖公會內的新教傾向，標榜恢復傳統的教義和禮儀。

39 《仙后》（*Faerie Queene*），英國詩人愛德蒙．斯賓塞（Edmund Spenser, 1552-99）著名的長篇寓言詩。

大可隨心所欲地鑑賞體會，再沒有人能禁制或批評。里奇蒙就是比烏拉[40]所在，我跟公主這麼說，她則說，眼下我們唯一該有的企盼，就是千萬不要出現哪個嫉妒我們這般美好命運的邪惡仙子。

此後的四分之三個月，就都沒再多寫什麼，記載的全是簡單的餐點、散步、讀書、音樂，以及白蘭琪的作畫計畫。接著，羅蘭發現了一個句子，這個句子有可能非常地重要，也可能毫無助益。毫無助益，那是因為你看得並不仔細。

我一直在猶疑，自己究竟是否該嘗試、用油畫、來表現那個取自馬洛禮[41]的題材，梅林[42]的下獄，或許，配上妮穆姑娘，又或許，配上亞斯多蘭特[43]那位孤獨的小姐[44]。我的腦中滿滿充斥了含混不清的意象，可是重要的事情卻沒一件清晰地映現。我這整個禮拜都在畫里奇蒙公園裡的橡樹素描——筆下所有的線條都太輕淡，根本畫不出這些樹圍的壯碩堅實。究竟是什麼事情，會讓我們將原本該表現出的雄渾力度，**賦予細緻的美感**？無論是畫妮穆還是莉莉小姐，都需要一位模特兒，可是公主幾乎撥不出時間，我真希望她不會覺得當初耗在《里歐林伯爵面前的克莉史塔伯》[45]這幅畫上的時間全是枉然。我下筆是那麼地淡薄，宛若我的作品是幽暗中的彩繪玻璃，等候著來自遠方、來自後方的熊熊火光，給予燦

40 比烏拉（Beulah），平靜和平之國，源出十七世紀英國作家約翰·班揚（John Bunyan, 1628-88）的作品：《天路歷程》（*Pilgrim's Progress*）。

41 湯瑪斯·馬洛禮（Sir Thomas Malory, ?-1471），《亞瑟王之死》（*Morte d'Arthur*）的編著者。

42 梅林（Merlin），中世紀傳說中的魔法師、預言家，亞瑟王的輔佐者。

43 亞斯多蘭特（Astolat），英國亞瑟王傳奇故事中英格蘭一城市名。

44 此指亞瑟王傳奇故事中的莉莉小姐（Lily Maid），單戀愛上騎士蘭斯洛特（Lancelot），後來不吃不喝，自棄而死。

45 英國浪漫前期詩人柯立芝（Samuel Taylor Coleridge, 1772-1834）長篇詩作《克莉史特伯》（Christabel）中的主角，克莉史特伯乃里歐林伯爵（Sir Leoline）之女，女巫婕拉爾汀（Geraldine）一度在兩人之間挑撥離間。

爛，給予生命；但是，始終沒有遠方，沒有後方。噢！我真的需要力量！她一直將《克莉史塔伯》掛在她的臥室裡，在那兒，它捕捉著早晨的陽光，展現著我的不完美。她很為今天寄來的一封寫得頗長的信煩心，她沒讓我看，就只輕輕一笑，把信搶了去，摺了又摺。

若不是羅蘭根據自己的需要和關切，這裡根本就沒提到任何事情，能證明那封寫得頗長的信可能就是他手邊的這封信。那也很有可能是其他某封信。還會再有嗎？三個禮拜之後，他發現了另一個意味深長／毫無意義的句子。

麗莎和我一直在忙著做蘋果薔薇凍，廚房裡掛滿了滴著水的做果凍棉布，張燈結綵似地，巧妙地懸在倒轉朝天的椅腳之間，像極了蜘蛛網。麗莎的舌頭燙傷了，她是想嚐看看果凍好了沒有，貪嘴的結果反而吃不到，著急的結果反而做不好。（麗莎真的很貪嘴，我敢說她一定有在半夜偷吃麵包和水果。下來吃早餐的時候，我就發現麵包罐裡的長麵包上有斜斜的新切的痕跡，那根本不是我切的。）今年公主都沒來和我們一起做，她老忙著在寫她的文學書信，好趕快寄出去，雖然她不承認，還說她是在忙著把故事集裡的那篇〈玻璃棺材〉寫完。我非常確定，她愈來愈不常寫詩。當然，她並沒把那些作品拿給我看，雖然過去，一到晚上，我們總是會分享彼此的作品。這些書信對她原有的才氣實在是有害無益。她根本不需要這些書信帶給她任何恭維。她很清楚她自己的價值。我只但願，我也能像她一樣清楚自己的價值才好。

兩星期之後：

信、信、信！全都不是為我而寫。我的意思並不是想要看或是想知道什麼，但我可不是瞎了眼的歐洲鼴鼠，我的小姐，我也不是訓練有素的婢女，可以轉過頭去，絲毫不去聞問那些據說和我無關的事情。你根本不需要急匆匆地把它們藏放在妳的針線盒裡，也不必趕著跑上樓去，把它們摺藏在妳的手帕底下。我並非鬼祟卑劣之人，我既非來監視妳，也不是受雇於妳陪住在此的女管家。女管家，這我確定自己絕對不是。既然冥冥之中妳拯救了我，那就千萬千萬不要，即使只是一時半刻、微乎其微的片刻，絕對不要以為我是那種忘恩負義之人，或是認為我是在要求什麼權利。

兩星期之後：

結果，現在我們的周圍多了這麼一位遊蕩客。總是有個什麼東西環繞在我們小小的巢窟四周徘徊、嗅尋，不時試圖打開窗板，在大門內側急得喘不過氣來。古時候，大家都把花椒果和鑄鐵打製的蹄鐵放在門窗的橫木上，好把妖魔鬼怪嚇跑。看來，我現在是也該釘上一些，那雖然等於把通路指出來，但同時也堵住了通路，如果我真可以這麼做的話。狗兒小托對於在四周遊蕩的人事物非常警覺，只要一聽到有什麼東西在附近探尋，牠後頸上的鬃毛立刻就高高地直豎起來，像隻狼那樣。牠會朝向空無一人的地方做出咬牙切齒的模樣。一個備受威脅的居所，是多麼地狹小、多麼地安全呀！門閘看起來是那麼地強大，若想強行將之打開、劈裂，那又會是何其地可怕啊！

兩星期之後：

我們之間彼此交流的坦誠都到哪兒去了？我們過去在靜默的和美中一起分享的小小的、難以言喻的事物究竟都到哪兒去了呢？這個偷窺狂淨把眼睛放在我們牆面的缺口或裂縫上，然後厚顏無恥地直往裡頭盯著瞧。她笑說他並無惡意，他沒辦法看到我們認為很重要的事情，所以很安全，事情就是這樣，事情絕對是這樣，事情絕對會一直這樣。不過，只要一聽到他晃晃蕩蕩地繞著我們堅固的牆面走來走去、喘息不已，她就會十分高興，她認為他會一直這麼地溫馴，一如他現在所表現的這樣。我無法要求多知道些什麼，我什麼都不知道，我一直不是很清楚事情的來龍去脈，只是，我實在為她感到憂心。我問她最近寫了多少東西，她笑了起來，說她正在努力學習，非常地努力，只要等她都吸收學會了，就會有新的素材可以下筆，有許多新鮮的事物可以訴說。然後她親了親我，說我是她親愛的白蘭琪，還說我該知道她是個乖女孩，而且非常穩重，不是愚蠢的人。我說，我們大家，全都非常愚蠢，所以，我們需要上帝賜予力量，在軟弱之時幫助我們走出難關。她說她從來不曾像最近這麼深切地感受到祂的存在、祂的貼近。我上樓回到自己的寢室禱告，過去我曾禱告希望能離開提比夫人，又覺得自己的禱告根本不可能得到應許，在那之後，我早已久久不曾像現在這般——一個人深陷在孤寂中地做著禱告。蠟燭的光焰搖晃出巨大的陰影，投射在天花板上一格一格的方框裡，就像是貪婪掠奪的魔手。我可以在妮穆或梅林周身著墨些許像這般搖晃、貪婪的光與影的線條。當我跪坐在房裡時，她走了進來，並且將我扶起，說我們**真的不應該再有口角**，還說她再也不會，從此以後都不會，再讓我有理由懷疑她，而我也絕不該認為她會這麼做。我相信，她說這些話都是認真的。她很激動，流下了幾滴眼淚。我們靜靜地在一起，以我們特有的方式，待了好一段時間。

第二天：

這匹狼終於離開了大門。狗兒小托的小窩再度只屬於牠自己。我已經開始在畫亞斯多蘭特的莉莉小姐，突然間，我覺得畫莉莉小姐似乎才是最合適的。

紀錄到此結束，當然，這本日記也到此結束，十分突兀地，甚至連這一年都沒寫完。羅蘭懷疑或許還有其他日記本的存在。他在幾篇日記裡夾入紙片，光這幾篇日記已能為他構思出一個薄弱的故事，也或許，還不能算是故事。目前並沒有證據能證明這名遊蕩客就是這位寫信的人，也無法證明這位寫信的人就是藍道弗．亨利．艾許。可是他有種強烈的感覺，深信這三個人絕對就是同一人。如果他們真是同一個人，白蘭琪為什麼又會使用這樣的說法呢？他一定得問問茉德．貝力有關這個遊蕩客的事情，只是，他又該怎麼問，才能不把某些事情和盤托出——像是，何以他會對這件事情如此感興趣？——而且不用讓自己置身她那充滿批判、高傲的目光之下？

茉德．貝力把頭探到門邊。

「圖書館要關了。你有沒有找到什麼資料？」

「我想是有，但也可能全是我自己瞎想出來的。有些事情我還得向人請教，那就是妳。這份手稿是不是可以影印？我實在沒時間把發現到的資料手抄下來。我——」

「你這個下午似乎很有收穫。」她的口吻十分冷淡。接著，彷彿是一種讓步，又加上一句：「也很有意思，一定是吧！」

「**我不知道**。這整件事實在像是一場毫無目標的追逐戰。」

「如果我幫得上忙的話——」茉德一邊說，一邊收起白蘭琪的日記本，把它放回了原來的盒子裡。「我會非常樂意的。我們去喝杯咖啡吧！在女性研究那一區有個交誼廳可以喝咖啡。」

「我可以進去嗎？」

「當然。」一個冷淡乏味的聲音這樣回答。

他們坐在角落一張低矮的桌邊，就在一張校內附設托育所的海報底下，正前方則貼有懷孕諮詢服務的海報——「女人有權利決定寶寶的一切，我們總以女士為優先。」還有一張女性主義者的時事諷刺劇：「來吧！

來看看女巫、蕩婦、卡莉[46]之女、蜃樓幻景。我們會讓你的血液冷卻，讓你以左臉不祥之頰，恥笑女人的才氣與邪惡。」屋子大到幾乎可說是空無一人：一群穿牛仔褲的女人正在另一頭的角落大笑，再來就是兩個女孩坐在窗邊認真地交談，兩顆粉紅色的頭顱，尖尖地像大頭釘似地，斜斜地彼此頂著。在這樣的背景下，茉德·貝力那極端的優雅看起來又更加奇怪了。她這個女人一點也碰不得。羅蘭在她身上察覺到一種絕對的一絲不苟，又或者可說是公平坦蕩，由此可見，她是個值得信任的人，可同時，她恐怕也會對他偷信的行為予以駁斥。無論如何，他已不顧一切地決定冒險，他要將兩封信的影本拿給她看，因為他必須進一步了解克莉史塔伯·勒摩特，以及一些憑他自己無法繼續深入的事情。

「妳知道那個讓白蘭琪·葛拉佛非常煩惱的遊蕩客嗎？有沒有什麼這個人的資料？這匹待在門邊的狼？」

「確定的資料暫時沒有。我想根據李奧諾拉·史鄧教授研究的結果，目前暫定這個人應該就是也住在里奇蒙的年輕人湯瑪斯·赫斯特。他很喜歡去她們家裡，和這幾位小姐一起吹奏雙簧管。他們兩個都彈得一手好鋼琴，克莉史塔伯也確實曾寫過兩、三封信給赫斯特——其中一封信裡，她甚至還送了幾首詩給他。這些他都一直留著，而且很幸運地，現在在我們手上。他後來在一八六〇年娶了別人，從此兩家再沒來往。遊蕩徘徊這些事很可能是白蘭琪編造出來的，她的想像力一向很豐富。」

「也很善妒。」

「那是當然的。」

「那她在日記裡提到的文學書信呢？現在是不是已經知道那些信是誰寄的了？有沒有可能和這名『遊蕩客』有關？」

46 卡莉（Kali），印度教女神，形象恐怖，雖能造福生靈，但也能毀滅生靈。

「就我所知是沒有。她的信非常之多，寄的人大多是些像科芬特里．帕特莫爾[47]這樣的人，欣賞她『柔美的簡樸』、『順從天命的高潔』。寫信的人很多，所以什麼人都有可能。難道你認為，寫這些信的人是藍道弗．亨利．艾許？」

「不不！我只是——我想，我還是該讓妳看看我手邊的東西。」

他拿出手邊那兩封信的影本。當她正將信展開之時，他說：「我得解釋一下。我發現了這些資料，到現在都還沒拿給別人看過。沒有人知道它們的存在。」

她讀了起來。「怎麼會？」

「我不知道。我一直把它們留在我身邊。我自己也不知道為什麼。」

她讀完了信。

「沒錯！」她說，「日期都吻合。你可以建構出一整個故事，就根據這些還不十分真切的證據。這恐怕會讓很多事情全盤改變，有關勒摩特的學術研究，甚至是有關《曼露西娜》的看法。那個仙怪的論題，**真的很讓人好奇**。」

「是啊！這也可能會改變學界對艾許的研究。他的書信真的非常無趣、非常精準，而且真的非常冷淡——這些信卻和它們那麼不一樣。」

「原稿現在在哪裡？」

羅蘭遲疑了。他需要旁人的幫助。他需要能一起討論這件事的對象。

「我拿走了。」他說：「我在一本書裡找到的，然後就把稿子拿走了。我那時候想也沒多想，就直接把它們拿走了。」

「**為什麼**？」冷峻的口氣，卻反而更顯**熱切**。「為什麼你這麼做？」

47 科芬特里．帕特莫爾（Coventry Patmore, 1823-96），英國詩人，作品大多歌頌夫婦之愛與上帝之愛。

「因為它們湧動著生命。它們看起來是那麼地迫切——我覺得有些事是我該去做的。那種一時間的衝動，快如閃電。我心裡有想著要把它們放回原處。我會這麼做的。下個禮拜。我只是現在還沒歸還而已。我沒有認為它們**屬於我**或什麼的，可是它們也絕對不屬於克拉波爾或布列克艾德，又或者是艾許爵士。它們似乎只屬於它們自己。我想我解釋得不是很清楚。」

「是啊，對你來說，我猜它們大概相當於一條研究上很不得了的獨家新聞。」

「嗯，我是希望這個研究能由我來做。」羅蘭起初還天真地這麼回答，隨即立刻明白，自己已受到了何等的侮蔑。「等一下——事情絕不是像妳想的那樣，不是那樣的。這件事只跟我個人有關。妳不會明白的。我走的是以前那種著重文本分析的評論。我不是研究生平的傳記作家，也不贊成這種路數。我沒有想從中得到什麼好處——下星期我會物歸原處——我希望它們永遠是個祕密，保持私密。然後，我再繼續做這些研究。」

她臉紅了。紅色的血沾染在象牙白上。

「很抱歉，我不知道我怎麼會這樣想。這樣的推論其實不無道理，我只是根本無法想像，怎麼會有人膽**敢**讓兩張像那樣的手稿從原處消失——我是絕對沒這個勇氣的。但我倒是明白，你在那個節骨眼其實也沒想這麼多。我明白，真的。」

「我只是很想知道接下來到底發生了些什麼？」

「白蘭琪的日記我沒辦法讓你影印——書背怕會捱不住——不過你可以用手抄，還可以繼續在這些盒子裡追蹤。天知道你會找到什麼，因為這兒根本就沒有人在追蹤藍道弗．亨利．艾許。我幫你訂一間客房，就到明天，可以嗎？」

羅蘭默想。一間客房似乎很令人無限地嚮往；寧靜的空間裡，他可以睡個沒有凡兒的好眠，然後想想艾許，照著自己的步調隨心所欲。一間客房也得付出他手頭付不出的錢，此外，還有那張當天回程車票。

「我手上有張限今天使用的回程車票。」

「票我們可以拿去換。」

「我想還是不要。我是個沒工作的研究生，我沒什麼錢。」

當下，她臉紅得像葡萄酒似地。「我沒想到這些。那你就來我住的地方好了。我有一張空床。這樣比你再去買張車票還更划算，何況你人都在這裡了——我負責做晚餐——然後明天你可以繼續看檔案裡的其他資料。這沒什麼麻煩的。」

他看著黯淡了的褐色書面，凝視上頭閃閃發亮的黑色字跡。「好的！」他說。

茱德住在林肯郊區一幢喬治王朝時期風格的紅磚房一樓。她有兩間大房間，以及由過去的傭人房重新隔出來的廚房和浴室。供她自己出入的前門，以前則是店家的出入口。這棟房子是校方所有，上方的樓層作大學公寓用。由石砌的廚房望出去，可以看見鋪設紅磚的庭院，各式各樣的常綠灌木栽種在木盆裡。

茱德的客廳沒有任何一點研究維多利亞的學者所予人想望的模樣。整個空間呈現出亮麗的白，油漆、電燈，然後是餐桌。地毯是北非柏柏爾風格的米白色。屋子裡的每個物件全都彩上各式顏色，綻放出亮麗的色澤，孔雀圖紋、棗紅色、向日葵、濃艷的玫瑰，完全見不到淡白或是粉彩的色調。壁爐旁的壁龕裡，藏放著聚光用的玻璃片、小小的圓酒桶、細扁的小酒瓶、書鎮。羅蘭絲毫不敢大意，只覺得自己彷彿誤入了哪個藝廊，又或是外科醫師的候診室。

茱德前去料理晚餐，並拒絕了羅蘭想幫忙的好意。羅蘭撥了個電話打回普特尼的住所，但一直沒有人接聽。茱德打另一頭走來，手上拿著杯飲料，說道：「你要不要看看《寫給天真之人的故事》？我有這本書最初的版本。」

這本書的綠色皮面有些磨損，上頭隱約可看到哥德體的題字。羅蘭坐在茱德放在壁爐旁的白色大沙發上，翻開了書頁。

故事是這樣的。從前有一位皇后，大家都認為她應該已擁有全世界她所想要的東西，可是，她的心思卻只想著一隻稀有的沉默之鳥。那是她從一位旅人口中得知的，據說這隻鳥是住在終年冰雪的高山上，一生只築巢一次，撫育著金色與銀色的鳥寶寶，一生也只歌唱一次，然後，牠就會像白雪一樣，漸漸地消失在低平的大地上。

從前有一位很窮的鞋匠，他生了三個聰明強壯的兒子以及兩個美麗的女兒，另外，他還有一個什麼事都做不好的女兒，成天不是打破盤子，要不就是把織線纏得一團亂。她把牛奶煮到凝固，做不出奶油，也生不起火，燻煙直往屋子裡衝。總之，她就是這麼一個一無是處、無可救藥、只會做夢的女兒。她的母親於是就常常跟她說，她應該試著到荒野的森林裡獨立生活，那麼，她就會瞭解多聽人忠告、把事情做好是多麼重要。這一番話讓這個倔強的女兒從此滿腦子就只想著前往森林，即使只是走一小段路也無妨，因為那裡不會有盤子，也沒有女紅，但卻很有可能存在著其他需要她，而她也知道自己有足夠的能力去實踐的事情。

他望著書名頁上的木版畫，畫上標註著：「插畫／白蘭琪・葛拉佛」。一襲女性的身影，頭罩圍巾、身著飛揚而起的圍裙、腳上套著一雙大大的木鞋。她站在林子裡的空地上，黑壓壓的松樹環繞四周，交錯的松針之間布滿了白色的眼睛。另一個人影，則包裹在看似掛滿了小鈴鐺的網子裡，一雙拳頭包在網裡，擊打在農莊的大門上，上方的窗戶後面，則有幾張扁爛、腫脹的臉，正帶著惡意斜斜地俯視。一幢小小的房子，四周種滿了同樣黑壓壓的大樹，就在樹底下，橫亙著一隻很長的巨狼，牠的下顎靠在白亮亮的階梯上，蜿蜒的身長宛若一條迴龍，繞著屋角曲轉，身上的鬃毛恰恰與樹叢尖尖的葉子刻劃成一體。

茱德・貝力拿了罐頭蝦給他，另外還有煎蛋捲、蔬菜沙拉、法國布雷斯藍乳酪，以及一籃酸漬蘋果。他們聊起了《寫給天真之人的故事》，茉德說，這本書大多都是取材自格林和蒂克[48]的驚悚故事，主要是在談動物和叛逆。他們一起看了另一則故事，內容是說有名婦女曾經揚言，只要能擁有孩子，她就會給孩子一切，不論是什麼樣的孩子，即使是個刺蝟也一樣。結果，就在這之後，她生了一個怪物，長相一半是個男孩、一半是個刺蝟。白蘭琪曾畫過一個坐在維多利亞式高椅裡的刺蝟小孩，就靠在維多利亞式桌子旁；後面是玻璃碗櫥上黑黑的方格，碗櫥前方突兀地冒出一隻空懸的手，指著碗櫥裡的碟子。孩子的臉十分魯鈍，滿是毛髮，扭曲猙獰的模樣，彷彿下一刻即將放聲大哭。醜陋的頭顱四周長滿了刺，就像是光圈向外放射出的尖銳光束，一路沿著沒有脖子的肩膀生長下來，交錯縱橫，很不搭調地一直長到漿得挺直、鑲有縐邊的領子上頭。粗短的雙手上長著不很銳利的小爪子。羅蘭向茉德問說，一般評論家都怎麼解釋這幅圖。茉德說，李奧諾拉・史鄧認為這象徵了維多利亞時期女性的恐懼，也可以說是所有女人對於生出畸形兒的恐懼。它讓人聯想到科學怪人，而這正是瑪麗・雪萊[49]因著陣痛和生產的恐懼所完成的作品。

「妳也是這麼想的嗎？」

「這是以前的老故事了，是《格林童話》裡的。黑色的公雞站在高高的樹上，而刺蝟就坐在公雞身上，吹著風笛、捉弄別人。我覺得你可以由克莉史塔伯寫的這個版本來瞭解她。我是認為她根本就不喜歡小孩——這在從前，很多未婚的姑姑阿姨都是這樣的。」

「白蘭琪是很可憐這隻刺蝟的。」

「有嗎？」茉德又再仔細地看了看這張小小的畫像。「嗯！你說的沒錯！不過克莉史塔伯就不是這樣了。那東西頂像是個詭計多端的養豬人——靠著森林裡的櫟子大舉繁殖豬隻——其結局就是一堆得意的屠夫、

48 格林，兄弟雅各和威廉，德國民間文學家，共同搜集民間童話和傳說，合編了《兒童與家庭故事集》，即《格林童話》；路特維許・蒂克（Ludwig Tieck, 1773-1853），德國作家，也是德國早期浪漫派代表之一。

49 瑪麗・雪萊（Mary Wollstonecraft Shelley, 1797-1851），英國浪漫前期詩人雪萊的妻子，小說《科學怪人》的作者。

烤豬肉，還有劈哩啪啦的脆豬皮。這對現代那些還會為加大拉那群豬[50]感到難過的孩子來講，恐怕難以下嚥。克莉史塔伯為這個故事注入了一種自然的力量，那就像是一種勝利，克服萬難之後的勝利。到最後，大家都認為國王的女兒應該會在夜裡燒掉刺蝟的皮，後來她也真這麼做了，結果她發現她手上緊緊抓著的居然是個英俊的王子，外面那層皮全燒掉了，全身焦黑得跟煤炭一樣。克莉史塔伯說：『倘若他曾因為自己那裹了滿身的刺以及敏銳不羈的才智感到遺恨，那就不會再有歷史可言；因為幸福美滿的結局已到手，我們自然可以就此停住。』」

「我喜歡這個說法！」

「我也是！」

「妳是因為家族的這層關係才開始研究她的嗎？」

「當然。我想絕對不是。我讀過一首她寫的小詩，在我還很小的時候，然後這首詩就成了我心裡的某一種標竿。貝力家的人並不覺得家族裡出了克莉史塔伯這號人物有什麼值得驕傲，這你知道的。文學和他們沒什麼關係，我是個可笑的意外。諾福克的奶奶教了我很多事情，費盡心機，就只是想讓一個乖女孩以後可以做一個好太太。還有，諾福克的貝力家族是不跟林肯郡的貝力家族說話的。林肯郡那邊的人因為第一次世界大戰，兒子全沒了，只剩下一個生著病的，後來變得很落魄。諾福克的貝力家倒是一直守著一大筆家產。當初蘇菲・勒摩特嫁的是**林肯郡**的貝力家族，所以呢，在我成長的過程中，我從來不覺得家族裡出過一位詩人，當然啦！要有，那也是因為姻親的關係。我們這邊有的就是兩位德貝大賽馬會的贏家，以及一位曾有攻上阿爾卑斯山脈艾格峰頂紀錄的叔叔。反正就是像這類的事情，才是我們家族**所看重的**。」

「妳說的小詩是哪一首？」

「一首寫庫米城著名的女預言家西碧兒的詩。收錄在一本小書裡，那本書是我某年聖誕節的禮物，書名

---

50 加大拉的豬群（Gadarene swine），出自《聖經・馬太福音》，耶穌趕鬼入豬群，結果全體豬群闖下山崖落海而死。

叫《幽靈以及其他各種怪物》。我拿給你看。」

你是誰？
在這巍峨的高架上
在纏滿蛛網的細頸高瓶裡，我
吊掛著我褶曲的自我
乾索如蝙蝠的皮。

過往之你何如？
金色之神激勵煽動，引我
尖聲歌唱高聳入霄
他的熱力侵蝕於我
極聲叫喊卻他、非我。

你看到什麼？
我看到蒼穹
固著於天空
我看到壽衣
闔上凱撒的雙眼。

你企盼什麼？

慾望之火濕滅
真愛頓成謊言
塵封的高架，是我倆的嚮往
我渴盼死亡。

「好悲愁的一首詩。」

「年輕女孩都很悲愁。她們喜歡自己悲愁。這會讓她們覺得自己很堅強。西碧兒安全地待在罐子裡，沒有任何人可以碰她，她很希望自己能早點死。我不知道這裡的西碧兒指的是什麼，但我就是喜歡這首詩的韻律。反正就是，當我開始著手研究『閾』[51]之後，我很自然就想到這首詩，還有她。」

「我寫過一篇論文，那是研究維多利亞時期的女人對空間的想像。《邊際的存在與閾限之詩》。說的是廣場恐懼症和幽閉恐懼症，以及那種矛盾的慾望，一方面渴望將自己放逐到不受拘束的空間裡，像是荒涼的野地、空曠的場域，可同時呢，又讓自己的空間愈來愈閉鎖，把自己侷限在一如銅牆鐵壁般的小地方裡——就像艾蜜莉．狄金生決定自我禁閉那樣，也像西碧兒的罐子。」

「還有艾許筆下那個困在寸履之地的女巫也是。」

「那不一樣。他是在懲罰她，只因為她的美貌，以及他認定的她的邪氣。」

「沒有，他不是這樣。他是在寫那些認定她**應該**要為自己的美貌和邪氣受到懲罰的人，這些人也包括了西碧兒她自己。她其實認同他們的看法。但他沒有。他把這一切留給我們自己作判斷。」

茉德的臉上掠過一抹不以為然的神情，不過她倒是只回說：「那你呢？你又為什麼會去研究艾許？」

51 心理學說法，意指：因刺激而足以產生反應的界限點。

「我母親很喜歡他。她以前是英文系的。他對於華特・羅利爵士[52]的看法，以及他描寫『阿金庫爾戰役』的詩歌，還有堤道上的歐法[53]，這些都一直陪伴著我成長。再來，就是《北歐眾神之浴火重生》。」說到這裡他遲疑了片刻，「當我受了教育、學著四處鑽研，唯一還能擁有生命力的就是這些東西了。」

茉德笑了。「沒錯！就是這樣！有什麼事還能逃得過我們教育的摧殘！」

在客廳高架的白色沙發床上，她幫他鋪理出一張床——那可不是一堆睡袋和毛毯，而是貨真價實的一張床，放著洗過熨過、套著翠綠色棉布套的被子和枕頭。

還有一床白色的床單，嘩然垂落到床底下的隱藏式抽屜。她找出了一支新的牙刷給他，外頭的塑膠套仍然完好、未曾開封。然後她說：「喬治爵士這個人實在悲哀，做人那麼尖酸，天曉得他手邊到底藏了些什麼東西？你去過思爾園地那兒了嗎？維多利亞時期的哥德式建築，最典型的就是那些像花格窗似的、尖塔還有尖頂窗，全坐落在山谷深處。我們可以開車去那裡。如果你覺得你挪得出時間的話。克莉史塔伯的生活真的很少挑起我的什麼好奇心——說來好笑——對於她可能碰過的東西、去過的地方，我倒反而會有種很拘謹的感覺——畢竟，**語言**才是重點，對吧！那是她內心走過的歷程——」

「沒錯——」

「我從沒費心去想過白蘭琪說的遊蕩客，又或是其他的那類事情——到底那個人是誰好像並不重要，反正就是她覺得有什麼東西在那裡罷了——不過現在，你撩起了一些波瀾——」

「妳看！」他說，同時從公事包裡拿出了信封，「我隨時把它們帶在身邊。實在是，我也沒什麼其他的

52　華特・羅利爵士（Sir Walter Raleigh, 1554?-1618），英國探險家、殖民者、作家。

53　歐法（Offa, ?-796），西元七、八世紀間位於不列顛島中部的麥西亞國（Mercia）國王，在位期間築下一百八十二哩長的堤道，成為英格蘭與威爾斯之間的界線。

辦法。它們那麼陳舊，可是……」

自從我們那一次令人驚喜的談話，我的腦中就再也容不下其他思緒。……我認爲，我清清楚楚地明白，這一切絕非出自愚妄或誤解，你我無論如何都該再度交談。

「我懂！」她說：「它們是有生命的。」

「可它們沒有結尾。」

「不對，它們才只是開始而已。你想不想去看看她住的地方？然後，或許可以得到結尾？」

一道記憶掠過他心頭，他想起被貓撒過尿的天花板，以及一個毫無視野的房間。

「當然好囉！反正我人都已經在這兒了。」

「那浴室先讓你用。請吧！」

「謝謝！謝謝妳所有的幫忙！晚安！」

他極其小心地在浴室裡走動著，因為這個地方不是讓人坐著、讀書，又或是躺著、泡澡。這個地方，是一個寒氣四溢的玻璃屋，閃爍著乾淨的清光，水綠色的厚玻璃架上放著大大的上了木塞的深綠色罐了，地板上鋪著透明的瓷磚，往裡頭望去，還可窺見淺顯虛幻的深度。粼粼生光的浴簾宛若一道玻璃水瀑，對映著窗上掛著的簾子，漾著水盈盈的光彩。茱德的綠花格大毛巾井然有序地摺放在毛巾烘乾機上。完全沒有爽身粉的蹤跡，完全見不到肥皂的污斑。刷牙時，他看見自己的臉映現在藍綠色的洗手台上。他想到自己家裡的浴室，到處堆放著舊舊的內衣、打開著的眼影盒、吊掛著的襯衫和長襪、黏答答的各式髮膠罐，以及一管管刮鬍子用的泡泡。

之後，站在這裡的人成了茱德，她在蓮蓬頭奔騰的熱氣底下迴動著修長的身軀。她的腦海裡全是記憶中的一張床，大大的、沒怎麼整理、髒兮兮、皺巴巴的一張床；床上幾處高聳著的尖峰使力拉扯著床被，儼然像是一攤乍然流出的蛋白。無論何時，只要她一想起佛格斯・吳爾夫，這個空虛的戰場就會浮現在她眼前。再向遠處移去，如果她願意把記憶召喚回來的話，則還有幾只待洗的咖啡杯、急促褪下仍留在原處的褲子、一疊布滿灰塵的紙，上頭沾著葡萄酒杯留下來的一圈圈污漬、又是灰塵又是菸灰的地毯，襪子的臭氣以及其他味道。佛洛伊德說得沒錯，茱德一邊想，一邊用盡力氣地擦著她白皙的雙腿，慾望的另一頭就是厭惡。那場讓她與佛格斯相遇的巴黎研討會，主要的論題是性別與自主性文本。她談的題目是閾，而他則發表了一篇頗具權威的論文，題目是：「強而有力的閹唱者：論巴爾札克雌雄同體的英雄／雌，其父權思維中心論之結構性」。他的論點似乎傾向女性主義者。他發表論文時的尖銳多少有些嘲弄與顛覆的意味。他賣弄著他那一套自我嘲謔的魅力。他等著茱德上他的床。「這裡最強的兩個人就是我們了。妳很清楚。妳是我有史以來見過、夢過，最最美麗的事物，我渴望妳，我需要妳。妳難道都感覺不到嗎？那完全讓人無法抗拒呀！」為什麼那會讓人無法抗拒，茱德至今仍無法釐清這個道理，不過他就總是有理。接著，爭執就發生了。茱德發了一陣冷顫。

她迅速套上睡袍，長長的袖子，十分實用，接著，她摘下浴帽，讓一頭金黃色長髮自由地散下。她用力地刷著頭髮，撐著垂垂欲倒的身子，端詳起自己映現在鏡中那完美的五官。那是西蒙・薇爾[54]說的，美麗的女人看到鏡中的自己，立刻就明白，「這是我！」醜陋的女人也會同樣確切地明白，「這不是我！」茱德知道，這種簡易的分類只是把事情過度簡化。她所見到的這張洋娃娃般的面孔，與她根本連不上任何關係，一點都沒有。以前曾有女性主義者推論，當她在會議中站起來發言時，那些發噓聲、喝倒采的人，必然是認定她那一頭完滿的美麗，全是慘無人道的試劑瓶所製造出來的成果——顛倒眾生、有利可圖。剛開始教書的時

54 西蒙・薇爾（Simone Weil, 1909-43），法國哲學家，著有《扎根：人類責任宣言緒論》、《重負與神恩》等。

候，她把頭髮削得極短，白色顫巍巍的頭皮上，頂著一株弱不禁風、殘餘的髮絲。佛格斯曾揣測她對於自己那張洋娃娃面孔的恐懼程度，並且提出了自己的看法，鼓動她把頭髮自然地披散下來，並且還用他那愛爾蘭的聲調，引了一段葉慈[55]的詩：

年輕男子
若果墜入絕望深淵
只因那金黃蜜色
耳際壁壘
愛上妳，就絕非獨獨愛妳
且甘捨棄，妳那金黃髮絲。

「妳實在沒必要去相信那些話！」佛格斯說道。「妳很聰明，不論學做什麼事都很伶俐，親愛的。」「我沒有。」茱德答道。「我沒有相信，也沒為這事煩心。」於是他鼓吹她把頭髮留長，而她也就開始留長頭髮，從眉毛、到耳際、到後頸，然後留到脖子的長度、來到肩膀。髮長隨著他倆的戀情繼續增長，簡直是平行地在發展；到了兩人分手時，長長的髮辮已在脊骨上晃來盪去的。現在，出於一股自尊心作祟，她並不想把頭髮給剪了，但她也不想彰顯這段過去，於是，她仍然留著那一頭長髮，只是始終都以某種頭巾包裹著，使之隱而不見。

茱德那張碩大的沙發床，高高的感覺讓羅蘭很是雀躍不已。房間裡有一股淡淡的葡萄酒味，也隱約泛著

55　威廉・巴特勒・葉慈（William Butler Yeats, 1865-1939），愛爾蘭詩人、劇作家，一九二三年諾貝爾文學獎得主。

肉桂香。他躺在他那潔白翠綠的大床之中，頭頂上厚重的銅燈，自燈罩裡散發出微光，上頭是綠的，裡頭是奶油般的白。在他心裡某個不知名的地方，有個難以成眠的影子，那個影子受了傷，正倒在一堆高高疊起的羽毛被上，那是名副其實的真公主，所以才會因蒙在被子底下的一顆豆莢苦不成眠。白蘭琪．葛拉佛把克莉史塔伯稱作是公主，茉德．貝力是個皮膚細緻、敏感易怒的公主。而他，則是個闖入者，介入了屬於她們的女人的堡壘。就像藍道弗．亨利．艾許一樣。他打開《寫給天真之人的故事》，讀了起來。

玻璃棺材

從前，有一個小裁縫匠，他是個很好、很平凡的人。有一天他走進了一座森林，想找找看或許會有工作可做。在以前，大家都長途跋涉，以謀求微薄的生計，而一位技藝精湛的工匠，就像我們這位主角，他所需要的也不過就是個工資便宜、簡單快速的工作，這種工作既不適合他，為時也都很短暫。他堅信自己一定會遇到什麼人需要用到他的本事——他實在是一個無可救藥的樂觀主義者，成天想像著周身四處存在著什麼奇遇，儘管奇遇的發生根本難以想見。這時，他愈走愈遠，來到一座黑暗濃密的樹林子裡，那黑暗——就連灑落在青苔上的月光，都散裂成朦朧細小的藍色光束，讓人幾乎無法憑靠著前進。不過他終於還是來到一座正等待著他的小屋子，那是在林中深處的一塊空地上，他看見屋子的窗板間以及窗板下都透出一道道黃色的亮光，心裡感到十分開懷。他大膽地走上前，敲了敲屋子大門，屋裡先是傳出一陣沙沙絲絲的聲音，然後是吱吱嘎嘎，接著，屋門就開出了一個極小的縫，一個矮小的男子站在那裡，一張臉灰蒼蒼的就像慘淡的晨光一樣，毛茸茸的長鬍子也帶著同樣的灰色。

「在下出門在外，進到森林裡迷了路。」這位小裁縫匠說道：「而且我是個手藝很精巧的工匠，正在找工作，不知這裡是否有需要用人。」

「我並不需要一個手藝很精巧的工匠。」這個灰蒼蒼的矮男子說道。「而且我很怕小偷，你不可以進到屋裡來。」

「如果我是個小偷，我早就硬闖進去，又或是偷偷爬進去了。」小裁縫匠說道：「我是個老實的裁縫匠，正需要別人的幫助。」

這時，一隻極大的灰狗站到矮男子身後，那狗高度和他一般，眼睛紅紅地，口裡噴著熱氣。起初，這隻巨犬本來露著牙齒、低聲地吼叫，然而現在，牠卻安靜下來，不再發出惡聲，並且緩緩地搖起尾巴。灰蒼蒼的矮男子於是便說：

「照奧圖來看，你是一個老實人。今天晚上我可以挪一張床讓你過夜，不過，代價是你得老實地在晚上工作，幫忙煮飯、打掃，並且處理我這個簡陋的小屋子所需要打點的一切事情。」

於是，這名小裁縫匠就進了屋子，而這真是一個怪異的家。搖椅上，站著一隻色彩斑爛的小公雞和牠一身純白的妻子。壁爐邊角，站著一隻黑白相間的山羊，小小的羊角上，長著一節一節的瘤，一雙眼睛宛然像是黃色的玻璃。壁爐上，躺著一隻非常巨大的貓，這隻貓的身上五顏六色，錯綜複雜的斑紋簡直像迷宮一樣。牠揚起目光，望了望小裁縫匠，那雙眼眸宛若寒綠色的寶石，瞳孔中間還豎著細長的黑縫。餐桌後是一頭纖弱的暗褐色母牛，氣息裡盡是牛奶的味道，鼻子濕濕熱熱的，淡棕色的眼睛非常地大。「早安！」小裁縫匠對著這群動物說道，因為他深信禮貌十分重要，而這群動物則一個個精明老練地打量著他。

「吃的喝的你往廚房裡找都有。」灰蒼蒼的矮男子說道。「你去準備適合我們大家吃的晚餐，然後我們一起用餐。」

於是，小裁縫匠就遵照吩咐，用廚房裡的麵粉、肉，和洋蔥，準備做一份可口的派餅，餅面上還會有形狀美麗的餅乾花、餅乾葉以為裝飾，因為他是一名工匠，即使他沒有機會發揮他的本行。烹調時，他環顧四周，然後拿了乾草給母牛和山羊，拿了金黃色的玉米給公雞和母雞，拿了牛奶給貓，拿了烹調剩下的骨頭和肉給大灰狗。當裁縫匠和灰蒼蒼的矮男子一起享用派餅時，派餅熱呼呼的香味溢滿了整間屋子，然後灰蒼蒼的矮男子就說：

「奧圖是對的。你是個很好的老實人。屋子裡的每一隻動物你都照顧到了，沒有人被冷落，該做的事也都做了。因為你的周到，我要送給你一件禮物。你想要這些東西中的哪一樣？」

接著，他在裁縫匠面前放了三樣東西。第一件是個軟皮做的皮包，當他把皮包放下時，還發出了些許叮叮噹噹的聲音。第二件是個烹飪用的鍋子，外表是黑色的，裡頭則晶亮地閃著光澤，很堅實、容量很大。第三件是個小小的玻璃鑰匙，外形打造得非常特異、脆弱易碎，同時閃動著宛若彩虹的七道光彩。裁縫匠望了望一旁觀看的動物，希望能得到指點，而牠們也都很和藹地回望著他。於是他自己在心裡想，我從森林裡的人那裡聽過這些寶物，照這樣看，第一件寶物應該是一個永遠裝得飽滿的皮包，而第二件那只鍋子，則是在正當的狀況下，隨時都可依需要料理出健康美味的餐點。這些東西我都聽人說過，而且我也遇到過一些人，他們就曾拿過這種皮包提供出來的錢、吃過這種鍋子烹調出來的食物。可是說到這一只玻璃鑰匙，我從來沒看過，也沒聽過，而且怎麼也想像不出它到底能有什麼用途；無論插進哪一個鎖孔，它都很可能會碎掉。不過，他卻非常想要這把玻璃小鑰匙，因為他是個工匠，他知道鑰匙上那些細緻的缺刻和表殼都是巧奪天工之作，又因為他實在不知道這把鑰匙究竟有什麼用途，而好奇心正好又是人生中相當強大的驅動力。於是，他就對這個灰蒼蒼的矮男子說：「我決定拿這把精緻的玻璃鑰匙。」然後這名矮男子就回答他說：「你這個決定下得很粗率，你是在冒險。這把鑰匙正是通往冒險之鑰，如果你真打算前去歷險。」

「有何不可呢？」裁縫匠答道：「既然，我的手藝在這個荒郊野外完全派不上用場，既然，我已然下了這個粗率的決定。」這時，動物們都靠過來，帶著牠們充滿奶味的溫暖氣息，甜柔地散發著乾草與夏天的芬芳；牠們和煦的凝視讓人很感寬慰，這並不是人類的目光所能做到的。狗兒垂著沉重的大頭，躺在裁縫匠腳邊，斑紋貓則盤坐在他的臂膀上。

「你必須離開這個屋子。」灰蒼蒼的矮男子說道。「然後呼叫西風，將你的鑰匙拿給她看，等她出現後，就任由她帶你去向四方，不要掙扎、不要驚慌。倘若你有所爭辯或質疑，她就會把你往荊棘叢上一扔，然後在你離開那裡之前，你將厄運連連。倘若她帶著你繼續走，你會被放在一處空曠的野地，在一塊大石頭上，那是一塊花崗石，同時也是通往你冒險的入口；雖然，自盤古開天以來，這塊石頭就固著在這裡，從來不曾有過移動。在這塊石頭上，你要放上一根從屋裡這隻小公雞尾巴上拔起的羽毛，這羽毛牠自會願意贈予給你，接著，這道大門就會為你而開。你要不驚不恐、毫不猶豫地往下走去，下到深處，然後繼續下行；倘若你把你這只玻璃鑰匙拿在前頭，你就會發現，它將為你照亮前路。這時，你會來到一處石頭打出來的通道，並且看到兩扇門，分別通往岔開的兩條路。切記，這兩條路你千萬不要去走。除此之外，還會有另一扇掛著簾幕的矮門，導引你繼續、向下行走。你千萬不要用手去碰那道簾幕，你只須把奶白色的羽毛放在上頭就好，這只羽毛母雞自然會贈予給你，然後就會有一雙隱形的手，為你安靜地開啟這道簾幕。接下來，你自會進到一處大廳，在那裡，你將會找到你所想要找的東西。」

「好的，我決定冒險一試。」小裁縫匠說道。「雖然我非常害怕地底下的黑暗，那裡完全沒有白天的光亮，頭頂上又都是密不透光的沉重。」於是，公雞和母雞分別讓他拿取了一根亮晶晶、墨黑中帶著翠綠的羽毛，以及一根柔滑的奶白色羽毛，然後，他向大家道了再見，走到空地，呼叫西風，手裡緊抓著他的那把鑰匙。

那可真是一種愉悅、但又極度驚險的感覺，當西風伸出輕靈的長手臂，直直穿過樹林將他握住。樹葉全跟著顫動起來，隨著她的翩然到臨，劈劈啪啪地搖個不停；屋前的稻草隨之起舞，塵土飛揚，旋起了小小的噴泉般的湧動。當他起身自樹叢中穿梭而過，樹上的細小枝椏一再刮過他的身體，讓他在疾風中一路行來搖擺不已；然後，他感覺到悠長的西風突然間以她那無形的胸膛撐住自己，一邊呼嘯、一邊衝入高空。他將臉靠在虛空的枕上，沒有大聲呼喊，也不曾掙扎，而西風則以她那哀慟的歌聲，夾帶了霏霏細雨以及一閃而逝的陽光、流動的雲朵以及隨之律動的星光，將他層層地圍攏。

一如灰蒼蒼的矮男子先前所說，她將他放在一塊巨大的花崗岩上，石上滿是凹洞、刮痕，光禿禿地什麼都沒有。他聽見她撒手呼嘯而去，他於是彎下身，將公雞的羽毛放在石頭上，隨著沉重的嘎吱嘎吱的摩擦聲，他看見巨石凌空迴旋，然後又落回地面，宛若頂在一根支軸或天平上似地；就像稠密的海水一樣，它翻掀起一波又一波的土石與石南，然後就在石南根以及金雀花一節節的根下，一個陰冷潮濕、黑漆漆的通道出現了。就這麼，他走了進去，相當勇敢地，腦子裡不斷想著頭頂上那厚重的岩石、泥炭、土塊，而且這裡的空氣又濕又冷、刺人心骨，腳下的土地則又濕又黏、滿是泥濘。他這時想起他那把小鑰匙，於是便勇敢地將它拿在前頭；它綻放出細微的光亮，每走一步，就照亮一步，淡弱地閃現著銀光。就這麼，他往下走到了那個有著三個大門的通道，而其中兩扇大門的門檻下都透著光亮，溫暖而誘人，至於第三扇大門，則掩隱在一道發了霉的皮製簾幕之後。他碰了碰這只皮革，就只用那只軟軟的母雞羽毛尖輕刷了一下，然後，簾幕就一扇一扇地被拉開，像蝙蝠展開翅膀時那樣。簾幕另一頭出現了一扇開敞著的黑色小門，再過去是一個小小的洞穴，他想，進到洞裡，一切大概就得設法靠他自己努力了。在那個節骨眼，他真的是很害怕，因為那個灰蒼蒼的矮男子完全沒有跟他提到這個窄小的地方，他想，說不定只要他的頭一探進去，他恐怕就再也無法活著出來了。

於是，他向身後凝視，望見他方才一路走來的過道，原來是眾多過道當中的一條；每一條過道都很曲折，每一條過道都長著蟲、滴著水、纏滿了樹根。他想，他可能再也找不到回去的路，所以，他一定要強迫自己繼續向前，看看前方到底藏放了什麼東西。那真的很需要勇氣，因為他得把自己的頭、肩膀，一鼓作氣地伸進那個有如一張大嘴的入口裡；不過，他先是閉起眼睛，全身扭成一團後，一個轉身，接著就連滾帶爬地掉進了一個很大的石室裡，那裡散發著柔和的光亮，使它手上那把發光的鑰匙都為之失色。這真的是太奇妙了，他心想，這把鑰匙的玻璃在他翻滾之時居然沒有絲毫破損，但是，看起來卻又還是一如先前那般地清澈、脆弱。就這樣，他環顧四周，然後看到了三樣東西。第一樣是一堆玻璃瓶，粗圓扁細都有，上頭全罩著一層塵土與蛛網。第二樣是個鐘形的玻璃品，大小和人一般，不過比起我們這位主角又稍高了一點。第三樣是個發著亮光的玻璃棺材，就放在一張華麗的絲絨棺罩上，底下則是個鍍金的棺架。這幾樣東西全都放射出柔美的亮光，就像深海中的珍珠所釋放出的微光一樣，也像南海海面上兀自湧動的磷光，又或是我們那黝暗的海峽群島上的光芒，圍繞著突起的沙洲，在它們銀色的尖處，展現出牛奶般的潔白。

好的，他心想，這些東西總有一樣代表著我的冒險。他看了看瓶子，千奇百艷地，有紅、有綠、有藍、有霧濛濛的晶黃；裡頭裝著沒什麼價值的幾束東西，以及漂洗過的水，其中一種裡頭全是流動的輕煙，另一種則是晃動不停的如酒精般的液體。這些瓶子全都上了木塞，並且貼著封條，而他又是一個那麼謹慎的人，因此他並沒有撕開封條，除非他非常清楚自己身處在什麼地方，以及接下來該做的事情是什麼。

他往前走向那個鐘形的東西，你絕對可以想像得到，這個東西就像你曾在自家客廳裡所看到的那種神奇的頂蓋，底下住著各式各樣的美麗小鳥，活生生地就像是真的小鳥站在枝頭上似地，另外，也有不可思議的飛蛾和蝴蝶。又或許，你應該有看過一種水晶球，裡頭放了一座小房屋，只要搖一搖，立刻就會大雪紛飛。這個鐘形的東西裡頭，放的則是一座城堡，城堡位在一座美麗的庭園裡，有樹、有階梯、有花園、有魚池、有攀緣的玫瑰、有亮麗的旗幟，癱軟地懸掛在眾多角樓之中。這是一個豪華美麗的地方，有著數不盡的窗戶、有蜿蜒曲折的樓梯、有草坪、樹下掛有鞦韆，有著一切你會希望在一個寬敞完美的住所裡所擁有的事物，只不過，這裡的一切是那麼地安靜、袖珍，所以你一定要拿支放大鏡，才能看得清這些雕刻和附件上密布的紋理。一如我跟你說過的，這位小裁縫匠是一位無人能出其右的工匠，他驚奇地瞪大了雙眼，注視著這座美麗的模型，一點也想不出，究竟是何等精緻的工具或器材，居然能刻劃、打造出這等作品。他輕輕拂去了些塵土，更感不可思議，然後，就往前向玻璃棺材走去。

您是否曾注意過，當一彎湍急的溪流轉而形成一座小水瀑，那奔流之水，是變得如何地透明清澈、平滑光亮？同時就在那下方，細長如絲縷的水草，也因著看似靜止不動的奔流而搖曳生姿，輕柔地顫動，並且在水流中伸展飄搖？就是這樣，在這面厚厚的玻璃底下，披散著濃密綿長的金色絲線，其轉折、翻騰，填滿了棺盒當中所有的空洞；也因此，這位小裁縫匠一開始還以為，在他面前的棺盒裡，裝得全是撚成絲縷的黃金，為的是要織造出金縷衣。然而，就在絲線交織穿梭的紋理之間，他看到了一張臉，一張他所曾夢過、想過最美的臉。沉靜潔白的臉上，有著長長的金色睫毛，鋪蓋在蒼白的面頰上，還有那蒼白的嘴，也是那麼完美。她的金色長髮有如披巾一般地環繞著她，然而，就在她臉上髮辮掠過之處，她的氣息帶來了小小的騷動，因此，小裁縫匠知道她仍然活著。而且，他還知道——畢竟，事情一向都是這麼發展——真正的冒險就是要去解救這位沉睡的人，然後她將萬分感激，成為他的新娘。只不過，她是那麼地美麗、那麼地安詳，他實在不很願意就這麼吵醒她。他很好奇，她是怎麼來到這裡的？又在這裡躺了多久？還有，她的聲音會是怎樣的呢？他又設想了一千條像這樣可笑的問題，而她，依然在那兒呼氣吸氣，吹動著金色的髮絲。

然後，就在光滑的棺盒邊上，他看到了一個小小的鑰匙孔；棺盒上其實並沒有明顯的裂口或凹痕，而那孔，就只像是個發著綠光的冰蛋。然後他知道，這個鑰匙孔就是要用他那把不可思議的小鑰匙來開，於是他輕吐了一口氣，將鑰匙放進去，等待著即將發生的事情。然後，小小的鑰匙滑進鑰匙孔後，融化了，彷彿與棺盒的玻璃融為一體，就只在一瞬間，整面玻璃完美地閉鎖，恢復先前那般光滑。接著，一切井然有序地，隨著一陣奇怪的叮噹響聲，棺材破裂了，碎成無數細長的冰柱，然後冰柱碰觸到地面，又是一陣叮噹作響，隨即便消失逸散。沉睡的人睜開雙眼，那眼眸，湛藍地有如長春花色，又像是夏日的天空，而小裁縫匠，因為知道接下來該做的是什麼，所以就彎下身去，親吻了那完美的臉頰。

「你一定就是那個人。」這名少女說道：「你一定就是那個我一直在等待的人，你一定可以解除我身上的魔法。你一定是個王子。」

「啊！不！」我們這位主角說道：「您弄錯了。我沒那麼好——事實上，也不算多差——我是一個工匠，一名裁縫，正在為自己的這雙手找工作，老實可靠的工作，好養活我自己。」然後，這名少女開懷地笑了起來，在那可想而知已有多年的沉靜之後，她的聲音更加宏亮，整個怪異的地底世界都迴響著她的笑聲，玻璃碎片就像破裂的鈴鐺一樣噹噹響起。

「你將會擁有你所需要的一切、甚至更多，讓你長命百歲，只要你幫我離開這個黑暗的地方。」她說。「你見到那個鎖在玻璃中的美麗城堡了嗎？」

「是的，我看到了，而且我很訝異居然有這樣的手藝，能打造出這座城堡。」

「這不是雕刻師或是纖細畫家的手藝，而是魔法，因為，那座城堡就是我住的地方，而環繞四周的森林和草地，也都是我的；我曾在那裡，和我親愛的哥哥，自由自在地漫步。結果，有一天，有個魔法師出現在夜裡，他因為惡劣的天氣，想找個棲身之處。你應該知道，我有個雙胞胎哥哥，他的俊美有如白日，他的溫柔有如小鹿，他的完好，一如新鮮的麵包和奶油，我因為他的陪伴，是那麼地快樂，一如我陪伴他所帶給他的快樂。所以，我們立下誓言，永不結婚，而要永遠地在城堡裡過著寧靜的生活，終其一生都要在一起打獵、一起玩耍。然而，當這個陌生人一敲門，一陣疾風咆哮而起，雨水自他濕透了的帽子、斗篷灑落，笑容在他嘴角揚起，我的哥哥熱心地邀他進來，並且給了他肉和酒，讓他晚上有床安睡，陪他一起歌唱、玩牌，坐在爐火邊，談起世界之大，以及種種驚險奇遇。這種情景讓我很不開心，而且，其實我感到有點難過，因為我的哥哥竟然會因為別人的陪伴而那麼高興。於是，我很早就上床就寢，躺著靜聽西風在角樓四周的呼號，片刻之後，我就帶著不安的心情睡著了。然後，一陣奇妙，而且非常優美的弦音，自四面八方而來，將我從不安的睡夢中驚醒。我坐起身，想看看這究竟是怎麼回事，結果看到我的房門慢慢地開啟，而他，那個陌生人，大踏步地走了進來，這時的他身上已不再濕答答的，頭上的黑髮捲如漩渦，臉上帶著險惡的笑容。我試著想移動，可是卻動不了，那就像是有條帶子將我的身體緊緊縛住，而另一條帶子則纏著我的頭臉。他告訴我，他無意傷害我，他只是一個魔法師，用法術讓音樂在我周身演奏；他還說他希望牽起我的手，與我步上禮堂，然後和我以及我哥哥一起住在城堡裡，從此過著寧靜的生活。然後我就說——因為這時他讓我開口回答——我並不想要結婚，我只想終身不婚，然後和我親愛的哥哥快樂地生活在一起，其他什麼都不想。於是，他回答我說，事情不會是這樣的，不論我是否願意，他都一定會得到我，而且，在這件事情上，我哥哥和他是站在同一陣線的。那我們就等著看吧！我說，而他竟毫不羞慚地回說，只要這些隱形的樂器繼續在這個房間裡撥弦、低鳴、敲擊，『妳或可看得見，不過妳絕對說不出這裡所發生的一切事情，因為我已經讓妳無法發聲，那就跟切掉妳的舌頭沒什麼兩樣。』」

「第二天，我想去警告我的哥哥，結果，一切就像魔法師所說的那樣，當我張開我的嘴想說這件事時，我的嘴唇就好像被緊密地縫在肉裡，而我口中的舌頭，也是絲毫動彈不得。可是，我卻可以開口要求他們把鹽遞過來，又或是談談惡劣的氣候，這讓我非常懊惱，因為我哥哥根本就不覺得有什麼異狀，他還是無憂無慮地繼續和他的新朋友一起去打獵，留我獨自坐在家裡的爐邊，沉默地煩憂著未來即將發生的事情。我一整天就這樣坐著，到了傍晚時分，長長的陰影籠罩在城堡的草坪上，最後一線陽光若有似無地，冷得刺骨。我心裡明白，這一定是發生了什麼不好的事，於是我跑出城堡，來到了黑暗的森林。然後，就從黑暗的森林中，魔法師出現了，他一手牽著他的馬，另一手則牽著一隻高大的灰色獵犬，那獵犬極度憂傷的面容，是我在動物的臉上前所未見。他告訴我，我哥哥突然消失不見，說不準有多久，但長時間之內是一定不會再回來的；他留下我，以及這座城堡，讓我來照顧他，也就是這位邪惡的魔法師。他很高興地把這件事告訴我，好像無論我相不相信，都無關緊要。我說，我絕不屈服於這種卑鄙的行為，我希望我可以聽到自己的聲音不被打斷，而且充滿自信，因為我害怕自己的嘴唇可能會再度被封鎖而無言。就在我說話的同時，大顆大顆的淚珠從那隻灰色獵犬的眼中落下，愈來愈多、愈來愈沉。我已隱約知曉，我想，這隻獵犬就是我的哥哥，他被置入了這個只能逆來順受、無可奈何的形體之中。當時，我一氣之下就說，我以我的良心發誓，他從此不許再踏進我的家門一步，也不許再靠近我。然後他說，我果真已明白了這個道理，倘若沒有我的良心，他是萬般不能，不過如果我願意給他機會的話，他一定會奮力一搏，得到我的良心。然後我就說，這是永遠不可能的事，他永遠別想奢望。於是，他非常生氣，威脅我說，若是我不順從的話，他就要讓我終生無法言語。我說，如果沒有了親愛的哥哥，我根本就不在乎自己身在何處，而且再也沒有什麼人會讓我想開口說話。於是他說，等我被關在玻璃棺材裡一百年之後，就會明白事情是否真是如此。他做出幾個施法的動作，然後城堡就漸漸收縮、變小，一如你眼前所見，之後，他又做出一、兩個施法的動作，然後，一如你眼前所見，城堡就被關在玻璃牆裡了。至於我的臣民，那些奔跑中的男僕和女傭，他則將他們每一個人禁閉在一只玻璃瓶裡，一如你眼前所見；最後，他把我關進了一只玻璃棺材，也正是你發現我時閉鎖著我的那只棺盒。現在，如果你想要得到我，我們就得趕在魔法師回來之前，儘快離開這個地方，因為他確曾偶爾回到這裡，看看我的心意是否已有所鬆動。」

「我當然想要得到妳。」小裁縫匠說道：「因為妳原是應許給我的奇蹟，妳因我那把消失無蹤的玻璃鑰匙而得到解救，何況，我也已經深深地愛上妳。只是，為什麼只因為我打開了那只玻璃棺盒，妳就願意接受我，我完全無法理解這樣的事情。而且，如果妳真能回復到原先所擁有的地位，那時，妳的家園、土地，和人民，全都再度歸屬於妳，我相信，妳自然會重新考量這件事情，而且，妳會一如所願，獨身而不婚。至於我，雙眼能夠見識到妳那獨特的金色細髮，口唇能夠碰觸到妳那至為白皙、至為細嫩的面頰，實在已經覺得很足夠了。」或許，你會這麼猜疑，我親愛的、最天真的讀者，到底他在說這些話的時候，是體貼呢？又或是詭計？因為這位小姐明明都已經那麼鄭重地、完全自願地要把自己託付給他，而且，這座花園城堡眼下雖然細小地得用別針、細針、拇指甲、頂針來測量，但是，它畢竟是那麼地豪華氣派，絕對沒有人不希望自己能在這樣的地方度過一生。這時，美麗的小姐臉紅了，潔白的雙頰上透出一抹暖洋洋的玫瑰紅，她似乎低聲細語地在說，既然是魔咒，就有魔咒的法則，也就是說，若在順利地打破玻璃棺盒之後得到親吻，無論那吻是不是出自自願，那一吻就等於是承諾，一如親吻向來所代表的意義。正當他們彬彬有禮地針對這個有趣的情況，彼此辯駁著人情義理，一股聲響快速前衝，美妙的弦音陣陣響起，這位小姐顯得十分激動，她說魔法師即將到來。至於我們這位主角，則是感到灰心喪志、驚恐萬分，因為他那位灰蒼蒼、矮小的良師，完全沒有針對這件可怕的事情給予任何指示。不過，他終究還是一心惦記著，我一定要盡一己之力，來保護這位小姐，因為我對她有難以言盡的義務和責任，而且，無論是好是壞，我都已經將她從沉睡與無言之中解救出來。他沒有攜帶任何武器，手邊有的就只是他那銳利的縫針與剪刀，不過，他忽然想到，他可以利用碎掉的棺盒所殘剩的玻璃碎片來製造武器。於是，他拿起最長、最尖銳的裂片，再裹上自己的皮面圍裙以為手柄，然後就靜觀其變。

魔法師出現在入口之處，身上披掛著的黑色斗篷旋轉個不停，臉上的笑容凶惡已極，而小裁縫師則不停地發著顫，手上緊緊握著他的裂片，心裡揣想，他的對手是會與他來場不可思議的交戰，抑或在他出手之時，就讓他的手動彈不得。不過，另一方倒是持續前進，就在迫近之時，他伸出手，意欲碰觸這位小姐，說時遲那時快，我們這位主角用盡畢生之力，朝著他的心臟，用力一擊，玻璃裂片深深插入，他亦隨之倒落在地。快看，他在他倆的注視下，不斷地枯萎、皺縮，最後化為一攤灰色的塵土與玻璃粉末。接著，這位小姐輕聲哭了起來，她說裁縫匠再一次救了她，無論如何，都值得她交出她的手。然後，她雙手一拍，突然間，男男女女、屋子、玻璃小瓶，以及成堆的塵沙，一切全都凌空升起，然後他們發現，他們來到了一個寒冷的山腰上，而最初那名灰蒼蒼的矮男子以及那隻叫奧圖的獵犬就站在那裡。而你，我睿智的讀者，你一定注意到、同時也已發現，奧圖正是那位被關在棺材裡的小姐的哥哥所變成的獵犬。因此，她趴倒在他灰茸茸的頸子上，掉下了晶亮的淚水。當她的淚水與大灰狗面頰上流著的鹹鹹淚水交融在一起，魔咒立刻解除，然後他站在她面前，成了一名身著獵裝的金髮少年。他們相互擁抱，長長久久、用盡力氣地緊緊相擁。同時，小裁縫匠也在灰蒼蒼的矮男子的幫助下，拿著兩根分別從公雞與母雞身上取下的羽毛，觸碰那只裝著城堡的玻璃盒，然後隨著轟隆隆的一聲巨響，城堡以其原有的樣貌重現眼前，有著宏偉的樓梯，有著難以計數的大門。接著，小裁縫匠和灰蒼蒼的矮男子又拔開了瓶瓶罐罐的木塞，煙霧和液體流了出來，歎息聲自他們的頸子陣陣傳出，然後他們一個個就又變回了男人和女人，僕役長和林務官，廚師和女傭。所有的人都大為惶恐，不知自己身在何處。這時，小姐就把小裁縫匠如何將她自沉睡中解救出來，以及擊斃魔法師、贏得了她的婚諾這些事情，一五一十地全說給她的哥哥聽。少年一聽，就說裁縫匠真是個好心的人，他從此可以與他兄妹倆一起住在城堡裡，過著快樂的生活。然後事情確實也就如此發展，他們從此真的快樂地住在一起。少年和妹妹一起到野林裡去打獵，而小裁縫匠因為對此不感興趣，所以就待在爐邊，等到晚上和他們歡欣相聚。就只剩一件事漏了沒提。一名沒有好好發揮自己手藝的工匠，那就不叫工匠。所以，他下令將最細緻的絲布，以及各式華麗的絲線都呈上給他，然後，他依憑著自己的快樂，做起了過去他為了辛苦維生而不得不做的工作。

第五章

有位農人，翻動土塊，一雙眼睛睜著看望
（腦中卻竟嗡嗡作響，此乃緣於
飢餓緊縮的肚皮）泥土刨呀
刨的，硬是刨出個妖魔鬼怪，眉眼虯結
目閃金光，褐色大嘴一開
立成許諾——不生貪婪夢想——
只求黃金數缽，換取豆種數缽
夢寐以求，如此已矣。因之，她或可感到
裙裾之間飛掃而過，雀躍疾走，粗毛大腳
原是遠古卑柔小神，留下足印
於熱暖灰燼之上，其詭笑之聲
甚且狀若襁褓小兒，聲言：「愛我
搖動我，尋覓你的珍寶，切勿恐慌。
古老眾神盡皆留存一己之天禮佔為一己之私有。」
若此卑小邪魔，又是何等礙難竟讓他們如此張皇？

——藍道弗．亨利．艾許，引自《禁閉的女巫》

林肯郡荒涼的高山，令人頗為驚歎。丁尼生就是生長在這些崎嶇的山谷之中。因著這些荒山野嶺，他寫下了曠世不朽的卡麥勒[56]玉米田風光。

在河之岸一片緊接一片
綿延無際的田野全是大麥與黑麥
荒山野嶺成麥田，一線相連到天邊。

羅蘭乍然明白到，他這個「相連」用得是多麼地貼切、多麼地令人驚歎，絲毫不帶含糊。他們駕著車，開過了平原，走上平緩起伏的道路，離開了山谷。這座山谷深長狹窄，有些地方樹林茂盛，有些地方綠草青蒼，又有些地方則已闢成農地。一道道山脊鋒利地劃過天際，盡是荒無寸草之地。除卻這些地形，這個廣闊的慵懶的鄉間，就全是濕地或沼澤，又或是平坦的農耕平原了。這些略有起伏的山巒，看起來很像是直接從地面上彎摺起來，但實際上並非如此。它們其實是分裂了的台地的一部分。村落盡皆隱密地坐落在山谷裡，就在幾處狀似漏斗的山凹盡處。這輛綠色的車子沿著山脊道匆匆前行，這山脊道上一路盡是岔路和小徑，看起來宛如一幅時有分支的脊椎骨圖樣。羅蘭，這位來自都市的人，特別注意到顏色的分布：耕作過的土地黑漆漆的，田壟之間的犛溝則白如石灰；白鑞色的天空，搭配著石灰白的雲層。茉德注意的是車開得很順，車門還沒修理，以及車子齒輪壓過一排排灌木籬牆時所發出的慘叫聲。

「再過去左邊就是了。」她說：「思爾圍地，就在山谷裡頭。」

一片濃密的樹海，不過倒非完全同種。幾座城垛從眼前一閃而逝，一座圓形角樓，又一個彎，然後是一座類似城寨之類的建物，應該沒錯。

「這塊地是私人的，想都知道。我們可以進到村子裡去，克莉史塔伯就葬在那兒。在聖艾索德瑞妲教堂

56 卡麥勒（Camelot），傳說中，英國亞瑟王宮廷所在的城鎮。

的墓園裡。這個村子叫做克洛頌高原，是個幾乎已經被世人遺忘的小村莊——在這些山腳邊緣，到處都可以見到這種被遺忘的小村子，村子裡頂多就還留著一座大農莊和教堂，如此而已。我想克洛頌教堂現在應該也沒什麼人在用了。克莉史塔伯認為克洛頌是源自法文croysance這個字，意思是信仰，以及聖人——不過這也只是十九世紀流行的許多假設杜撰的字源說法之一。大家都說這個字其實是從croissant來的，即一彎新月的意思，因為在山谷和河川那裡有個彎折的地方。她很喜歡聖艾索德瑞妲，這位王妃雖然結過兩次婚，但終其一生都保持著處子之身——她後來成了伊里城的女修道院長，並且創建了一座宏偉的教堂，過世之後，還列身於眾聖人之中——」

羅蘭對這位聖艾索德瑞妲實在沒多大興趣。一整個早上。茉德一而再地表現得疏遠而客氣。他們順著一個Z字形彎口駛下來，進到村裡後，轉入通往教堂的小路上。教堂就矗立在四面圍牆的墓園裡，很堅固，是座四四方方的高樓。有部破爛的旅行車停在教堂門外，茉德稍隔了一段距離，把車停了下來，然後和羅蘭一起走進教堂裡去。地面濕濕的，有棵長在大門旁邊的山毛櫸，發黑的樹葉落了一地，把墓園裡的一條小徑塞得雜雜遝遝地。墓園裡則紛亂地蔓布著潮濕的深褐色稻草。厚重的石造門廊的兩側，分別站立著一棵高大的紫杉，投射出濃密的樹蔭。頭上依然包裹著頭巾的茉德，相當聰明地預先穿上了防水外套和威靈頓長靴，她大踏步地穿過門廊，直直向鑄鐵打造的大門走去。門上上了門閂、而且還掛了把鎖。順著簷槽滴到石面上的水，挾帶了一層亮亮綠綠的雜質，留下了一道彎彎曲曲的污漬。

「貝力家族的人都在教堂的裡頭。」茉德說道：「就克莉史塔伯在外面，在邊緣的角落，吹著風、淋著雨，這就是她甘心樂意待的地方。就在這兒。」

他們越過了叢叢的雜草以及凸起的泥塊，行走在死者之間的羊腸小徑上。有座高度和人平肩的石牆，底部密密根長了糾結的常春藤葉荷風蘭。克莉史塔伯的墓碑略顯歪斜，碑石的材料是當地的石灰石，而非大理石，歷經風吹雨淋日曬，碑面已磨得凹凹凸凸地。墓碑上的題字曾經有人擦拭清理過，但那也已經有好一段時間了。

安歇於此處之人
乃克莉史塔伯・曼德琳・勒摩特
為歷史學家伊瑟多爾・勒摩特
以及其摯愛的妻子阿拉貝爾・勒摩特
兩人之長女
亦為蘇菲，貝力夫人
思爾圍地的喬治・貝力爵士之妻
唯一的姊姊
克洛頌高原
生於一八二五年一月三日
安息於一八九〇年五月八日

歷經塵世喧囂紛擾
且讓我就此安靜躺息
任清風吹拂、流雲飄搖
於山巔之際
任青青綠草乾渴罘口
盡情吮取所需所求
悠悠細露、切切狂雨

雪覆大地
復還大地
天之喜願

這座墓四周圍著低矮的石牆，框邊盡是裂縫，其中並且橫亙著亂七八糟的茅根以及多刺的荊棘藤蔓。曾經有某個人在這裡修剪墳上的稻草，不過那也已經有好一段時間。在長滿青草的墳塚上，倒著一束殘骸，那原是一束華麗的鮮花，上頭還繫著新娘捧花上的那種鐵線，現在則鏽蝕地杵在一堆亂蓬蓬的花苞以及骸骨般的殘葉之間，那是枯死了的菊花、康乃馨，和玫瑰花。這些殘枝敗葉，全綑在一條又是水漬又是泥污的綠色緞帶裡，上頭還附有一張卡片，印在卡片上的字猶然勉強可見。

獻給克莉史塔伯
這是一位塔拉哈西女子的心意
她對您由衷尊崇
她對您始終清晰地惦念
並且努力延續您的遺志
「我塑之石，永垂不朽！」

——《曼露西娜》XII，325

「李奧諾拉來過這裡。」茉德說道：「夏天的時候。也就是那個時候，喬治爵士拿了把獵槍恐嚇她。」
「她可能有試過想把這些野草除掉。」羅蘭說道。濕氣和幽鬱讓他很沒安全感。
「李奧諾拉看到墓園成了這副模樣，一定大吃一驚。」茉德說道。「她不會認為這叫浪漫，我倒覺得這個樣子沒什麼不好，一種緩慢的回歸，回到自然，為人遺忘。」

「那詩是克莉史塔伯寫的嗎？」

「她寫了許多恬淡的詩文，這就是其中一首。你看，就連作者都沒標示出來。墓碑上倒是有提到她父親的頭銜，可是她自己的部分卻一個字也沒提。」

一時之間，羅蘭想到男人對女人的壓迫，覺得很有罪惡感。他委婉地說：「詩文會牢牢存在記憶裡的。變詭異的。」

「就像青草不斷吸吮著克莉史塔伯。」

「噯，是這樣吧！我想。」

他們注視著青草，一束束濕濕地攤著，持續地在朽壞。

「我們上山去走走吧！」茉德說道。「我們可以遠遠地往下俯瞰思爾園地。這條路線她以前一定常走，她去教堂去得很勤。」

有一整片犁過的田地，自教堂後面斜斜地連到那看似絲毫不願妥協的天邊，就在灰色的天空下，在山頂上，羅蘭看見一個黑色的形影。起初他還以為那是英國雕刻家亨利．摩爾雕的一尊帝王坐像，高坐皇位、戴著皇冠。不久，這個黑影的頭歪了一下，接著就兩手朝地、不停地使力掙扎。羅蘭這時乍見銀光閃爍，方才發現原來那是一個人坐在輪椅上，很可能是遇到了困難。

「妳看！」他對茉德說道。

茉德抬眼向上盯著瞧。

「八成是有了麻煩。」

「應該會有什麼人陪著他才對，要不然他怎麼可能推著輪椅上到那兒去的。」茉德言之鑿鑿地推敲。

「應該吧！」羅蘭一邊說，一邊往上走去，無視於他腳下那雙都市皮鞋在他往上爬的時候，不斷地有泥土沾黏上來，也不在乎自己的頭髮被攪得亂七八糟。他的身體還算硬朗，那可能是騎腳踏車的緣故，雖然倫敦的市街裡處處充斥著一氧化碳和鉛。

輪椅裡坐著一名女子，她的頭上緊扣著一頂綠色的寬邊毛帽，遮住了五官，身上則穿了一件深灰綠色的披肩式厚呢外套，套頭的地方還又圍了一條絲質的圍巾。輪椅從山脊的主要幹道上衝下來，結果歪斜地卡在一條陡峭的石道邊上。戴著皮手套的雙手奮力地轉著巨大的車輪。一雙柔美光滑的皮靴，則靜靜地擺在踏板之上。羅蘭仔細一看，原來是顆小石子，就夾藏在輪椅底下的一攤爛泥裡，難怪無論怎麼移動、倒轉都沒作用。

「有沒有需要我幫忙的地方？」

「噢！」她用盡力氣一聲長歎。「噢！謝謝你！我真的好……好像是被卡……卡住了。」那聲音聽起來很是猶豫、而且年邁、高貴。「真……真個是麻煩，讓人實在是……一……**一點辦法**也沒有。不知是否可以麻煩你——」

「有個小石子。就在輪子底下。稍等一下。別動。」

他得彎身往下探看滿是泥濘的小路，褲管毀了，過去在運動場上的諸般煎熬也浮上心頭。他緊緊抓住輪椅，用盡力氣地拉、努力保持平衡。

「這輪椅夠穩嗎？」他說。「我好像快把妳推倒了。」

「這椅子有固……固定的設……設計。我已經把煞車拉起來了。」

現下這樣的姿勢，讓羅蘭愈來愈感焦急。只要一個不小心的動作，她很可能就會沒命。他把手伸進泥巴裡拚命地翻找，結果找著了一根沒什麼大礙的小樹枝。他把樹枝剔除了之後，找了一顆小石子作為基柱，最後終於讓輪椅後退了一點。他伸出兩隻手把那個不識相的東西給夾起來，結果就連褲臀也都一併給毀了。

「就在這兒。」他說道。「簡直像拔牙一樣，終於給除掉了。」

「真的是萬分感謝！」

「妳是剛好卡住了。妳剛剛一定是把煞車固定在某個方向，結果輪椅就滴滴答答地往後跑，接著就咬上了這顆像牙齒一樣的小石頭，像棘輪上的掣子一樣。妳看。」他察覺到她發抖個不停。「不行，等等，我們得把輪椅推回到幹道上。不好意思，我的手可能全是泥巴。」

他朝斜角一切，將她推回幹道上去，然後將輪椅轉回正位，穩定地回到崎嶇不平的幹道上，結果弄得自己幾乎喘不過氣來。泥巴從輪椅上滴落下來，這時，她將臉轉向他，大大的、恍恍惚惚的一張臉，刻盡了歲月留下的褐色斑點，下巴滿是條條塊塊的贅肉。一雙淡褐色的大眼，滴滴溜溜地游移不定。豆大的汗珠，緩緩地從她那平壓在帽子側邊的灰色髮際之中滲出。

「謝謝你！」她說。「我真把自己搞得像個笨蛋一樣。我本來是可以沒事的。就是魯……魯莽！我先生一定又會這麼說我，我實在應……應該待……待在平地就好。可不能自己獨力做事實在讓我很厭煩。」

「那當然！」羅蘭說道。「一定會這樣的。其實妳沒什麼不對，只是應該要有什麼人過來幫妳才對。」

「就像你剛才幫我那樣。你是出來散步的啊？」

「我是來這兒旅遊的。跟朋友一起來的。」茉德哪兒去啦？「空氣真好！視野可以看得好遠好遠。」

「就是這樣我才會想上來這兒。本來是想讓狗狗跟著我的，可是牠就硬是不肯。我先生呢他喜歡在樹林子裡撿東撿西的。你們打算走到哪兒去啊？」

「我不知道。不過我朋友知道。我可不可以跟妳一起走，一會兒就好？」

「我身體不太舒服。我的兩……兩隻手一直在抖。如果你不覺得麻煩的話，可不可以去一趟——就在這條小路的路頭，順著高原下去，我先生他——」

「可以的！可以的！」

茉德走了上來。穿著防水外套和威靈頓長靴的她，看起來十分地清爽乾淨。

「我們把椅子弄出來了。」羅蘭跟她說道：「輪椅剛剛卡在一塊石頭上，我這才要和這位太太一起下山呢——她先生人就在那兒——她真的是嚇壞了——」

「那是一定的！」茱德說道。

他們一行三人，由羅蘭推著輪椅，一起順著小路向下前行。山上盡是一片茂密的林地。透過樹林，羅蘭再一次看到一座角樓、一座城垛，白白地矗立在幽暗之中，而且這一次，他看得更加從容。

「思爾圍地。」他對茱德說道。

「沒錯。」

「好夢幻啊！」他說出了自己的看法。

「又黑又濕。」坐輪椅的這位太太則這麼說道。

「建造這麼一座城樓想必花了不少錢！」茱德說道。

「還得要維修呢！」坐輪椅的這位太太說道。她那戴著皮手套的一雙手猶然在大腿上微微地晃動，不過她的聲音倒是十分穩健。

「我想也是。」羅蘭說道。

「你們好像對老房子很有興趣？」

「也不盡然啦！」羅蘭說道：「我們就是想看那幢房子罷了。」

「為什麼？」

茱德用靴子往他的膝蓋刮了一下，他按捺著沒有出聲喊痛。一隻髒兮兮的拉布拉多獵犬這時自林子裡現身。

「啊！多多！」那位太太喊道：「你來啦！沒用的大塊頭。真沒用。主人到哪去了？又是去追蹤獾啦？」

狗狗量度著自己陷在泥巴裡的金毛肚皮，不時搖動著臀部。

「告訴我你們的名字是什麼。」坐輪椅的太太問道。茱德很快地答道：「這位是米契爾博士，從倫敦大學來的。我個人是在林肯大學教書。我叫貝力，茱德．貝力。」

「我也叫貝力。瓊恩・貝力。我就住在思爾圍地。你是我們家族的人嗎？」

「我家是諾福克那邊的貝力家族，很遠的遠親，不算很親。大家一直沒什麼往來——」茉德的聲音聽起來冷冷的，萬分地壓抑。

「真有意思啊！啊！喬治來了。喬治親愛的，我剛才有一番驚險的奇遇，後來是有一位騎士伸出援手哦！我被困在鷹石崖上頭，有塊大石頭卡在我的輪椅底下，照那情勢看起來，我大概除了跳過去之外，恐怕就再也沒什麼法子可行了。真是夠丟人的了！結果米契爾先生及時出現，還有這位小姐，她叫貝力。」

「我不是跟妳說過，要妳千萬要走在路的中間。」

喬治爵士個頭很小，全身濕淋淋、毛茸茸的。腳上一雙帶有花邊的皮靴，亮光光地束著圓滾滾的小腿肚，看起來很像是護甲。他身上穿著的打獵外套有著數不清的口袋，是咖啡色的，頭上戴了一頂扁扁的咖啡色粗呢小帽。他說起話來大吼大叫地，羅蘭覺得他很像漫畫裡那種滑稽的角色，叢生的毛髮，配合著典型的火爆，好像是還沒完全進化似地。在他和凡兒的世界裡，諸如此類的人是難以想像的，然而世界上就是有著這些人的存在。茉德也認為他是一種很典型的人物，在她看來，他那一身拘謹和無趣，讓人直接想到的就是，一個成長於鄉村的孩子，每個週末全都泡在打獵、健行、運動這些話題上。排拒、閃躲。他沒有帶獵槍。他的肩膀被水弄得髒兮兮的，下半身則亮著水光，就在他的臀部和靴子之間那段圍著皮套的大腿上，水珠一滴滴地吊掛著。他牢牢打量起他的妻子。

「妳就這麼不安分，嗯？」他說道：「我推妳上山，結果妳就偏不老老實實地順著小路走。啊！不好！有沒有哪兒受到傷啊？」

「我倒真是嚇到了。還好米契爾先生及時出現。」

「喂！那要是沒有人出現呢！」他向前走向羅蘭，同時伸出了雙手。「真的是萬分感謝！我叫貝力，本來是想讓這隻笨狗跟著瓊恩的，可是牠不肯，牠就只想往金雀花叢裡鑽呀闖的。我相信你一定在想，我根本就應該待在那兒的，是吧？」

羅蘭不知該如何是好，只輕輕碰了下他一逕向前伸出的手，隨即向後退走。

「我是該待著！我是該待著！我就是這麼個自私、惹人討厭的老東西。不過話說回來，瓊，真的有獾呢！我是不該這麼說啦！不過這一定可以讓那些到森林冒險的人樂上半天，鐵定把那些可憐的畜生嚇得魂飛魄散。還有以前那棵日本杜松狀況也好起來了。妳聽了一定很高興吧。差不多都復原了。」

他往前走向茉德。

「午安！我叫貝力。」

「她曉得。」他的妻子說道。「她也叫貝力，我跟你說，她是諾福克貝力家族那邊的人。」

「這樣嗎？他們很少出現在這兒的呀！我敢說，那些獾都還比他們更常出現！是什麼風把妳吹到這兒來的？」

「我的工作在林肯郡。」

「妳在林肯郡？是嗎？」他沒再多問下去。他急切地仔細打量起他的妻子來。

「妳看起來全身濕黏黏的，瓊恩。妳的臉色看起來很不好，我們得趕快帶妳回去。」

「我想問問米契爾先生和貝力小姐是不是願意一起來……來喝個茶。米契爾先生需要換洗一下身上的衣物。他們對思爾園地也很感興趣。」

「思爾園地沒什麼好讓人感興趣的！」喬治爵士說道。「這裡並不對外公開，妳也知道。狀況又糟，終歸說來，那全是我不好。沒半點經費。現在已經漸漸地敗落了。」

「人家不會在意這些的啦！人家還年輕得很。」貝力夫人的大臉展現出十分堅決的神色。「我實在是該問問他們的。就禮貌上來說。」

茉德一張臉漲得緋紅。羅蘭很清楚這是怎麼回事。她是很想驕傲地大聲否認，自己並不想打探思爾園地的任何事情，可她因為克莉史塔伯的緣故，其實又很想去；還有，他猜，她之所以想去，是因為李奧諾拉・史鄧曾在這裡不得其門而入：照他推測，她必然是覺得自己很不誠實，因為她並沒有坦白說出自己想來這裡的真正動機。

「我很樂意稍作停留，換洗一下。」他說：「如果這不會太麻煩的話。」

他們開車護送他倆，一路繞到屋子後園，走上一條雜草爬了滿地的濕濕的碎石車道，然後把車停到了馬棚裡。羅蘭幫著喬治爵士把輪椅和貝力夫人從車上移下。短暫的白晝已漸顯昏黑；後門在哥德式的門廊底下，沉重地搖啊搖的；門廊上方有一株修剪過的玫瑰花，莖梗上光禿禿的沒半片葉子。在更上方，一排排黑壓壓鑲著哥德式窗框的窗戶，黑黑的很是單調。大門向前延伸，門前的梯子盡皆移除，好方便輪椅出入。他們一行人順著暗黑的青石迴廊向前走，走過了幾間食品貯藏室以及幾階樓梯，最後來到了一處地方，以前原是傭人等候使喚的廳堂，只是現在已在表面局部幾個地方，將之改頭換面成現代新式的客廳。

在這個幽暗的屋子裡，有個開放式的壁爐就放在另一頭，壁爐裡白色的灰燼當中，仍有幾根大大的圓木悶燒；壁爐一側，擺了兩只厚重的、襯有軟墊的曲線型扶手椅，絲絨布面、深暗的炭黑色、綴著深紫色花朵的圖案，看似一種亮眼的旋花蔓，頗有世紀末的頹廢感。地板上鋪了一層紅白大方格的樹脂地磚，邊緣磨損的地方，露出了地磚底下猶然存在的石板地。窗下放了一張厚實的桌子，桌腳很粗，桌面上鋪了塊油布，上頭印著模模糊糊的蘇格蘭花格。屋子的另一頭，有一架小小的、框有兩條圍欄的電暖爐，後來他們才知道，原來由這裡走下去就是廚房和雜物間。另外還有其他一些東西，像是略顯老舊的椅子，以及許多種在釉缽裡的盆栽植物，植物看起來倒是生氣蓬勃、光亮醒目。茉德心裡一直在煩心著光線太暗，接著喬治爵士就打開了一盞燈，那是壁爐旁一只普通的燈，光線昏暗，是一只予人小小幸福的燈，用中國式花瓶做成，置放在桌上。粉刷過的牆面上掛了各式各樣的圖畫，有馬、有狗、有獾，有油畫、有水彩、有暗暗黃黃的照片、有帶框的亮亮的版畫。壁爐邊上有一只很大的竹籃，那當然就是多多的窩，窩裡頭還鋪了一床硬梆梆的海軍毛毯，毯子上亂七八糟地散著狗毛。屋裡有許多地方都是空空的什麼也沒有。喬治爵士拉下窗簾，擺了擺手，示意羅蘭和茉德坐到壁爐邊上去，也就是坐到那兩只絲絨扶椅上。接著，他就把妻子推了出去。羅蘭覺得自己並不好開口問他是否需要幫忙。本來，他還以為應該會有個僕役長又或是那種頻頻打躬作揖的奴僕，或至少來個女傭還是個什麼人員，前來將他們迎進一間鋪著銀絲地毯、閃閃發光的屋子。茱德則仍然因為燈光悲哀的幽暗，覺得不很舒服而煩心不已，至於屋裡不足的暖氣和破舊，她倒是已漸漸習慣。她把手放下來，叫著多多，多多隨即走過來，趴下了身子，骯髒的身子不停地顫抖，就貼在她的腳邊，在她和奄奄一息的爐火之間。

喬治爵士走了過來，放進新柴燃起新火，火勢立刻劈劈啪啪地發出聲響。

「瓊恩在泡茶。很對不起，我們這裡不是很舒服，也沒什麼好東西。我們就只在一樓活動，這是一定的！我幫瓊恩把廚房翻修過，盡可能地讓她方便。門啦、坡道啦！能做的都做了！我知道這不算什麼。這幢屋子蓋成這樣，本來是該有一大群僕人走上走下的。兩個老傢伙——現在就只有我們兩個在屋子裡聽著自己的回聲。不過森林那邊我仍舊打理，還有瓊恩的花園。那兒也有一個維多利亞式的水花園，知道吧！她可喜歡了。」

「我以前有看過這方面的文章。」茱德小心地說道。

「那現在呢？仍在照管家裡的事情嗎？有嗎？」

「多少有一點。我對家族的某些事情蠻有點興趣。」

「湯米・貝力跟妳是什麼關係？有匹很棒的馬就是他的，漢斯・安德森，那真是匹很有個性、很有膽識的好馬。」

「他是我叔公。我以前常騎的一匹馬，就是漢斯・安德森的後代，不過沒有遺傳到牠的好。十足頑劣的一頭畜牲，牠可以像貓一樣，跳過所有東西，可是要牠做的時候牠就不肯，而且還老是不讓我騎牠。牠叫哥本哈根。」

他們談起了馬，也稍稍談起了諾福克的貝力家族。羅蘭看著茱德大聲暢談，他覺得那聲音非常地自然，而且，他也覺得這是她在女性研究大樓時從來不曾有過的聲音。廚房裡一陣鈴聲響起。

「茶好了。我過去把茶拿來。順便也把瓊恩帶過來。」

一套精緻非凡的斯波德[57]茶具出現了，一只銀色的糖罐，一盤熱呼呼的奶油土司，還附帶著鯷魚奶油醬以及蜂蜜。所有這一切都放在一只大大的塑膠托盤上，羅蘭發現，這托盤應是經過特別設計，所以可以卡在輪椅兩邊的扶手上。貝力夫人倒起了茶。喬治爵士仍在跟茱德問東問西的，過世了的堂兄、死了很久的馬兒，以及諾福克林地上的樹長得如何。瓊恩．貝力跟羅蘭說：「這一整片林子都是喬治的曾曾祖父種的，你知道吧！有一部分是為了木料種的，有一部分則是因為他喜歡樹。他總是想盡辦法要讓所有的東西都能生長下去。愈是罕有的樹，愈是一種挑戰。喬治遺傳了這一點，他把林子整理得很有生氣。森林裡都是些長得很慢的松柏，樹種各有不同，有些很罕見的，現在樹齡都很高了。就全世界來講，在我們這一帶，森林一直在縮小，還有樹籬也是。我們已經失去太多太多的林地，全拿去耕作生長快速的穀類植物。喬治到處奔波，就為了保護他的林子。像個什麼古老的精靈那樣。實在也總要有什麼人對這些事情的歷史有個瞭解才行。」

「你們知道嗎？」喬治爵士說道：「一直到十八世紀為止，這一帶主要的營生靠的都還是養兔場呢？這裡的地並不適合做太多其他事情，因為是沙地，而且到處長滿了荊豆。牠們銀亮的毛皮真是可愛；最後，牠們一隻隻成了帽子，賣到倫敦，甚至賣到北部去。冬天把牠們餵個飽，夏天就放牠們自個兒去找糧食，鄰居抱怨歸抱怨，牠們也還是一直繁殖下去。後來兔養完了就換養羊。然後就消失了，和其他好多事情一樣。他們找到了其他方法，可以用更低的成本養羊，還有玉米也是。終於，兔子消失得一乾二淨。現在，樹林也面臨同樣的命運了。」

羅蘭實在想不出自己能針對兔子發表什麼高見，倒是茱德，她提出了一些芬蘭養兔場的統計數字，說起了諾福克貝力家族那兒一座古老的養兔人高塔。喬治爵士又再倒了些茶。貝力夫人說道：「那您在倫敦是做什麼的呢？米契爾先生？」

57 喬西亞．斯波德（Josiah Spode, 1754-1827），英國陶瓷工匠，風格氣派華麗。

「我是個研究生。也在教書。我現在正在整理編輯藍道弗・亨利・艾許的作品。」

「他寫過一首不錯的詩，我們以前在學校讀過。」喬治爵士說道：「對於詩，我是沒辦法有什麼貢獻的，不過我以前倒是很喜歡那首詩。〈獵人〉。這首你知道嗎？說一個石器時代的年輕小伙子，他佈下陷阱，把打火石磨得尖尖的，然後跟他的狗說話，在空氣中嗅著天氣的變化。這首詩給人一種非常真實的**危機**意識。不過話說回來，你過的這種日子也挺奇怪的，就專門去研究某個傢伙寫的詩歌什麼的。我們這個屋子以前也出過一位不太一樣的詩人，我相信你一定不會覺得她有什麼了不起的。全是些差勁的肉麻兮兮的玩意兒，什麼神呀、死亡的，露水、神仙，想起來就討厭！」

「那是克莉史塔伯・勒摩特。」茉德說道。

「對了！就是那個怪裡怪氣的老處女。最近老有些人跑到我們這兒來，問說我們是不是有收著她的什麼東西。我全把他們打發走了。我們只把我們自己收起來給自己，就瓊恩和我。夏天的時候，有一個很醜的大鼻子美國人突然冒出來，跟我們說我們實在應該要覺得自己有多光榮，埋了個老怪物的骸骨在這裡。全身上下五顏六色的，還掛滿了叮叮咚咚的珠寶，當真是個大麻煩，這女人。我好言好語地請她離開她又不肯，非得要我拿起槍朝著她揮來揮去的。說是想到瓊恩的冬園裡去坐坐，要紀念克莉史塔伯。簡直是胡說八道一通。一個真正的詩人，就像你的藍道弗・亨利・艾許，那才真是與眾不同，如果家裡出了一位這樣的人，那鐵定會讓人高興得不得了。丁尼生勛爵這個老東西是有些兒太多愁善感了點兒，就整個來說，不過他倒是寫了一些不錯的東西，有說到我們林肯郡的方言。只是比起梅布爾・皮卡克[58]，那可就又差得遠了。人家她可真的是聽得懂林肯郡的話。有個很棒的故事是在講一隻刺蝟的。這呀這個小淘氣啊他啥事兒都幹不來。還有，聽聽看這個，『打這自始呢他就先是嘮嘮叨叨沒完沒了說個不停一年到頭吐呀吐的胡亂七八地吐。』這樣的東西那才真叫歷史，這些語言每天都在消失，愈來愈少人懂這些東西，大家就只知道《朱門恩怨》啦、《朝

58 梅布爾・皮卡克（Mabel Peacock, 1856-1920），林肯郡民俗專家。

代》影集，要不就是披頭四咚咚鏘鏘地亂吵亂叫！」

「米契爾先生和貝力小姐一定會覺得你這個笨老頭兒很討厭的，喬治，人家就是**喜歡**好詩嘛！」

「可他們不會喜歡克莉史塔伯．勒摩特的。」

「啊！我喜歡啊！」茱德說道。「我讀過一段描寫思爾圍地冬園的文字，就是克莉史塔伯寫的。那是一封信，她讓我彷彿真的見到了冬園，有各種不同的常綠植物，還有紅色的漿果、山茱萸，長椅上佈有遮蔭，還有小小的池塘裡游著銀色的魚……甚至就在冰雪之下，她都還見到這些魚在水中漂浮——」

「我們有一隻很老的公貓，老是喜歡去抓那些魚——」

「我們還補放新的魚進去啦——」

「如果能到冬園去看看的話，那不知該有多好。我現在就正在寫克莉史塔伯．勒摩特。」

「啊！」貝力夫人說道：「是傳記吧！那真有意思！」

「我真不明白！」喬治爵士說道：「到底有什麼東西可以寫到傳記裡去的。她根本沒在**做**什麼啊！不過就是待在東廂房那邊一天混過一天，然後吐出些神仙什麼的東西。那樣哪能算是在**過日子**啊！」

「事實上，我不是在寫傳記，我寫的是評論。不過當然，我對她是很感興趣的。我們去看過她的墓。」看來這話是說錯了。喬治爵士立刻垮下了一張臉。他的眉毛，淡淡的茶色，向下一皺，直逼到他那紅咚咚的酒糟鼻。

「之前來這裡的那個惡劣的女的——她居然膽敢來惹我——狠狠訓了我一頓——就為了那座墳墓。說什麼狀況太糟，說那是一個古蹟。那可不是**她的**古蹟，我這樣跟她說，她根本就不該一廂情願地來這裡管東管西的。她又說想借些修剪枝葉的剪刀，就是在這個時候，我才拿出獵槍來的。後來她跑去林肯郡買了些大剪刀第二天又再跑來，彎身跪著把墓打理了一番。牧師也看到她。他一個月會來一趟，你知道吧，然後他就會在教堂裡做晚禱。她坐在最後一排那兒安靜地聽著。還抱了一大束花來。假惺惺！」

「我們看到——」

「你也別對貝力小姐這樣大吼大叫的啊！喬治。」他的妻子說道。「這些事和她又沒什麼關係。有誰規定她不能對克莉史塔伯感興趣呢！我覺得你倒是應該讓這兩個年輕人看一看克莉史塔伯的房間。如果人家想看的話。那很早就鎖起來了，你知道吧，米契爾先生，都已經過了好幾代了。我也不曉得裡頭是個什麼模樣，不過我相信她的一些東西應該都還在那裡。世界大戰之後，這屋子裡住的人愈來愈少，每過一代就少一點——克莉史塔伯的房間是在東廂，那兒打從一九一八年開始，就關起來沒使用了，最多也只是放些雜物什麼的。那我們倆呢，當然啦，就只用得到這屋子的一小部分，而且只在一樓活動，因為我不方便。我們真的也很想把屋子修一修的。屋頂還算好啦！還有個木匠來修過地板。不過那個房間就都沒人碰過，就我所知是這樣，從我一九二九年嫁到這裡來之後。後來，我們就都一直住在屋子比較常用到的這一帶，可是東廂房就——也不能算是禁區啦——反正都沒人在用就是了。」

「你們看不到什麼的。」喬治爵士說道：「得要有個手電筒才行。沒電，屋子那邊沒電。就只有一樓的走廊有。」

羅蘭突然覺得頸子骨莫名其妙地刺痛起來。從刻花的窗子望出去，他看見常綠樹濕濕的枝幹，在黑暗中愈顯深沉。還有，碎石車道上那幽微的燈光。

「只要能看一下，那就真的是太好了。」

「我們一定會非常感激您的！」

「好啦！」喬治爵士說道：「那有什麼問題。反正就在屋子裡。跟我來吧！」

他找出了一個亮度十足的新型汽燈，轉身跟他的妻子說：「我們會把找到的寶藏帶回來給妳的，親愛的，只要妳好好在這兒等著。」

他們走啊走的，一開始是走在鋪著地磚、陰森昏暗、上頭亮著電燈的走廊裡，接著就到了一個黑漆漆的地方，四面窗板全部緊閉，腳下是滿布灰塵的地毯，然後，上了一座石梯，接下來再往上，走上一座螺旋狀的木梯，朦朦朧朧地盡是飛揚的塵土。茉德和羅蘭兩人既沒有對望也沒有交談。小小的一座門鑲上了厚厚的門板，並且掛了個重重的門鎖。他們跟著喬治爵士走了進去，在這烏黑、狹窄、圓形的空間裡，喬治爵士向四周大幅揮動起他手上的圓錐形燈筒，照出了一個半圓形的凸窗，一整個屋頂，屋頂上雕有紋路細緻的拱門以及仿中古時代的常春藤花葉，由於塵封在沙土中，讓人感覺毛絨絨的；再來，是一張像盒子一樣的床，床簾仍然掛著，在瀰漫著微塵的床罩下，看起來是一抹黯淡的紅；此外，有一只雕工精巧的黑色木桌，上頭刻有串珠狀緣飾以及渦形裝飾，還有一串串的葡萄和石榴和百合；再來，就是一只以前可能用來當作地板椅又或是祈禱台之類的矮凳，還有一堆布料、一只老舊的大衣箱、兩個用來裝帽子、衣領的紙盒、一排突兀的瞪著人瞧的白色小臉，一個、兩個、三個，就靠在一只枕頭邊上。羅蘭感到微微的震驚，大吸了一口氣；茉德則開口說道：「啊！這些**娃娃**——」喬治爵士隨即帶著他的燈筒，從一只盤繞著鍍金玫瑰的空鏡子那兒走過來，讓光源集中在那三具僵硬的人形上；它們斜斜地倒臥在滿是塵埃的床罩下，就在一座堅固的四柱臥床裡，只是床形小小的十分迷你。

娃娃們有著陶瓷的臉、小羊皮的手。其中一個披著金色的細髮，只是因著塵埃，看起來灰灰黯黯的。還有一個，頭上戴著一朵白色睡帽，那是用白色的凸紋棉布縫製的，帽緣還飾有蕾絲花邊。另一個是黑髮，整個兒的緊紮成一個圓圓的小髻。它們一個個瞪著透明的藍色大眼，上頭雖然有些灰塵，但看起來仍然十分晶亮。

「她有寫過一系列的娃娃詩。」茉德悄悄地小聲說道，好像是在怕什麼似地。「這些詩表面上是寫給小孩看的，可是就像《寫給天真之人的故事》那樣，其實並不盡然。」

羅蘭將目光轉到那只落在陰影中的書桌。來到這個房間，他並沒有特別感覺到這位已故詩人的存在，倒是，他心裡莫名地浮動著興奮，總覺得這裡的每一個物件——書桌、衣箱、帽盒——都極有可能藏有什麼珍寶，一如現下放在他上衣口袋裡的那兩封褪色的信。某種線索、隨手留下的註記，抑或是回覆的文字。不過這麼想也實在是太無聊了。這些東西不會在這兒的，如果它們當真存在的話，那也應該會放在藍道弗・亨利．艾許那兒才是。

「您知不知道，」羅蘭轉向喬治爵士說道：「這裡有沒有文件之類的東西？是不是還有什麼東西留在書桌裡？就她的東西？」

「那早就都清理過了，應該是這樣，就在她走了之後。」喬治爵士說道。

「那是不是可以讓我們再看一下呢？」羅蘭一邊說，一邊想像起某個隱藏式抽屜，不過同時，他卻也很不自在地想起了《諾斯安格大教堂》[59]裡頭那些雜七雜八的東西。喬治爵士很熱心地將燈筒往書桌一照，娃娃的小臉隨即又回到原先的黑暗之中。羅蘭打開了一只小小的素淨的盒子，盒子後邊有著拱形的文件格，上頭刻著迴紋圖案，裡頭空空的什麼也沒有，兩只小抽屜也同樣地空無一物。羅蘭覺得這些個物件他是不可以去碰去動的，他覺得自己並沒什麼資格可以去要求把衣箱打開，他覺得自己好像是在窺探什麼，他覺得自己一再因著某種好奇的心態而衝動，但卻又無力有所行動——那絕不是貪婪，而是好奇，甚至比性慾還更原始，是一種對知識的慾望。他突然很氣茉德，這個人就光呆呆地站在那裡，在黑暗中，也不會動個手來幫他忙，也不開口要求什麼，而這些在道理上，都是她比較方便去做的事情，去深入發掘藏匿的珍寶，又或是這些毫不值錢、一無生命的箱盒。喬治爵士問道：「你們到底是想找到什麼樣的東西？」這答案連羅蘭自己都不知道。這時，就在他身後，一種令人不寒而慄的清澈，自茉德口中顫顫出聲，簡直像在念咒一樣。

達兒娃守著個祕密
嚴密勝過朋友
達兒娃無言的相惜
恆久沒有盡頭。

59 *Northanger Abbey*，英國小說家珍．奧斯汀（Jane Austen, 1715-1817）的作品。

朋友或會背離
愛情或會凋零
達兒娃的明謹
走過一個又一個世紀。

達兒娃可否與我們一說
她的蠟唇緊密封閉
不斷地她想啊想地
不斷地——啊——不如隱匿。

達兒娃不休不眠
高高在上凝神俯瞰
殘骸與碎片
原是我倆遺落的愛戀
她的小小指尖
自始未曾使愛轉變。

達兒娃不予惡傷
予以惡傷之人
乃是終將冷卻的我倆

然她依舊溫暖如陽
嘲弄著永恆漫漫
以她淘氣狡黠的魔艷。

喬治爵士拿起燈筒，對著娃娃的小床來來回回地照著。

「真行！」他說道：「妳的記性可真好！我就從來沒辦法把什麼東西背起來記在心裡，除了吉卜林以及林肯郡這裡的一些風俗習慣我還算行，不過那都是我用來解悶的。對了，妳剛才唸的那到底是什麼？」

「那首詩在這裡聽起來，就好像是尋寶遊戲裡頭的什麼暗示似地。」茉德回說，清晰的聲音依然悶悶地十分不自然。「那好像是在說，達兒娃藏了什麼東西。」

「那她會藏些什麼？」喬治爵士問道。

「什麼都有可能啊！」羅蘭這麼回說，他忽然很不想讓他知道這事的來龍去脈。

「紀念品吧！」他可以感覺得到，茉德是故意的。

「不知誰家的孩子一定有把這些娃娃拿到外頭去過。」娃娃的主人言之鑿鑿地說道：「就在一八九〇年之後。」

茉德在塵埃之中跪了下來。「可以嗎？」他把燈筒轉而向下朝著她，而她就一動不動地跪在那裡，俯視的一張臉埋藏在暗影裡，活像是拉圖爾[60]畫的蠟像似地。她探進娃娃床裡，攔腰拎起了那只金髮娃娃；娃娃的身上穿了一襲粉紅色的絲綢長袍，領口四周別著小小的玫瑰花，袍子上綴著小小的珍珠鈕釦。她把這個小東西交給了羅蘭，羅蘭就像在抱小貓似地，把它接了過來，放在胳臂彎裡搖啊搖的。接著又來了戴著睡帽的那一個，帽上縫著小小的白色褶邊，繡著白色網眼花卉繡飾；然後，是黑髮的那個，一身深沉的孔雀藍，看起

60 拉圖爾（Latour, 1704-1788），法國粉蠟筆畫家，以人像居多。

來十分地嚴肅。它們排排地靠在他的臂上，小小的頭很是沉重，小小的手腳拖得老長，讓人覺得相當恐怖，一副要死不活的模樣。茉德把枕頭拿出來，掀開床單，又翻摺了三條漂亮的羊毛毯子、一件針織的披肩，然後拉開一床羽毛床墊，接著再掀一床，然後是一張草席。她伸手探進草席底下，摸到了一只木盒子，撬開盒上的鏈鎖之後，取出了一包東西。那東西就包在細緻的白色亞麻裡，外邊則纏繞著線帶，一層又一層、一層又一層，活像個木乃伊似地。

一陣沉默。茉德杵在那兒，動也不動，羅蘭則向前移了一步，他很清楚包在那裡頭的是些什麼東西。他太清楚了。

「說不定是娃娃的衣服。」茉德說道。

「就看一看吧！」喬治爵士說道。「妳好像很清楚東西要往哪兒去找。我敢說妳八成已經猜到裡頭是什麼了。打開吧！」

茉德蒼白細嫩的手指，在亮光的照射下，開始打開那一個個古老的結。結果她發現，上頭原來封了層蠟。

「需不需要把小刀？」喬治爵士問。

「我們不可以——用切的——」茉德說道。羅蘭急著想幫她，她也很努力地在解。帶子鬆脫了，一層又一層的亞麻布攤了開來。裡頭有兩小包東西，都包在浸過油的綢布裡，外頭則綁著黑色的緞帶。茉德拉開緞帶，老舊的絲布發出一陣吱吱嘎嘎的聲響，接著翩然滑落了下來。裡頭放著的，是打開了的信件，兩捆，整整齊齊地，就像摺得端整的手帕一樣。羅蘭又再往前，茉德分別拿起兩捆信件中最上頭的一封。克莉史塔伯．勒摩特小姐。貝瑟尼，亞若瑞特山路，里奇蒙，薩里郡。咖啡色，細細長長的，十分果決，這筆跡，太明顯了。是艾許，只是字小得多，而且顯得比較靦腆。藍道弗．亨利．艾許先生，羅素廣場二十九號，倫敦。羅蘭說話了：「可見他真的把信寄出去了。」

茉德接口說道：「兩人的信都在這兒，這麼重要的東西，就一直放在這個地方……」

喬治爵士則問說：「你們到底是找到了什麼東西？怎麼會知道要往娃娃的床裡去找呢？」

茉德回答的聲音很是尖銳，她一字一句清楚地說道：「我也不知道。我就是想到了那首詩，然後站在那兒，就覺得應該是這樣。這純粹是運氣而已。」

羅蘭說：「我們是想，那裡應該是會有一些信才對。我有發現——幾封信——是在倫敦找到的。所以我就去找貝力博士，事情就是這樣。這個發現可能會——」原本他是要說「十分驚人」，但他按捺住沒說，只改口說道：「蠻重要的。」這很可能會讓學術界的研究整個地改頭換面，他差一點就說出這句話來，不過他終究按捺住沒說出口，這乃是一種狡猾的天性，預先給自己留點餘地。「我們的研究會因為這些信有很大的變化，無論是她的研究計畫還是我的。一般人並不知道他們倆原來認識。」

「哦！」喬治爵士說道：「把那幾包東西給我吧！謝了。我想我們現在應該下樓去，把這些東西拿給瓊恩看看。就看看這些東西到底是有多重要。還是說，你們還想待在這兒，再拆拆其他的什麼東西？」他拿起汽燈朝著四面牆壁照呀照的，一幀掛得歪歪斜斜的、翻拍自萊藤爵士畫的普羅賽比娜畫像的照片，自光影中浮現出來；另外，還照出了一幅十字繡壁飾，只是塵封已久，讓人無法看出上頭刺了些什麼圖文。

「以後再說吧。」茉德說道。

「不急。」羅蘭說道。

「你們可能不會再有機會來這兒了。」喬治爵士說道，那語氣說是開玩笑嘛，顯然更像是在威嚇。他站在那只尖尖的燈筒之後，緩緩地轉身，走出了房門。於是他們倆也跟著離開了房間。喬治爵士緊緊握著信件，茉德拿著打開了的亞麻與綢布，羅蘭則帶著三只小小的娃娃。因著一種難以言說的感覺，他們認為把這些東西繼續留置在黑暗中，會是十分殘忍的做法。

貝力夫人顯得相當興奮。他們圍著爐火坐在一起，喬治爵士將信件放到妻子膝上，然後，她就在那兩個學者的虎視眈眈之下，翻尋起手中的信件。羅蘭談起自己發現的那封信，只不過那信是在什麼時候、什麼地方找著的，他倒是刻意略過不提。「這麼說來，那是一封情書囉？」貝力夫人很單純地、直言不諱地問道，但羅蘭回答她說：「噢！不是的！」然後，他又接著說道：「不過這很有意思，你知道的，就好像這回事兒是有多重要似地。那是第一封信的草稿，由於意義非同小可，所以我才會特地來到這裡，想問問貝力博士關於克莉史塔伯．勒摩特的事情。」他多急著想問這問那啊！信上的日期，拜託拜託，就是那捆艾許寫的信的最上面那封，會是同一天嗎？這些信到底是怎麼放在一起的，兩人又究竟通了多久的書信——她會怎麼回信呢？白蘭琪和遊蕩客又到底是怎麼一回事？

「現在，我們到底該怎麼做才是呢？」喬治爵士緩緩問道，並且刻意擺出一副很了不起的姿態。「你認為呢？年輕人？還有妳，貝力小姐？」

「我覺得應該來看看這些信到底寫了些什麼——」茉德說道：「呃——」

「所以妳是覺得妳可以看這些信囉！」喬治爵士說道。

「我當——我們當然想啊！真的，這是一定的嘛！」

「那麼那個美國佬也可以看囉！是吧！」

「她當然可以看啊！如果她知道了這些信的存在的話。」

「那妳會告訴她嗎？」

他死盯著躊躇不定的茉德，一雙犀利的藍眼睛，在爐火映照下，彷彿能穿透人心。

「或許不會吧！反正，現在還不是時候就是了。」

「妳是想要自己先看吧？」

茉德一張臉漲得火紅。「沒錯！任誰都會這麼想啊！站在我的——我們的立場來說……」

「讓他們看一看有什麼關係呢？喬治？」瓊恩．貝力一邊問，一邊從信封裡抽出了第一封信。她低下頭隨意地看著信，倒不是真有多大的興趣，單單就只是好奇而已。

「有件事我得說清楚，我相信死去的人是應該得到安息的。為什麼非要掀出這樁醜聞呢？她不過是個寫些神仙啊妖怪的可笑的詩人罷了！一個悲哀的老東西，就讓她體體面面地好好安息吧！」

「我們並沒有想要找什麼醜聞。」羅蘭說道：「我也不認為這裡面藏著什麼醜聞。我只不過是希望──他會跟她提到他對詩的一些想法──還有他對歷史的觀點──就是這樣而已。這剛好差不多是他創作最盛的時期──他向來不是很會寫信的──寫得都很拘謹──可他在我─我─我看到的那封信裡說她懂他─他還說──」

「還有另外一個問題，瓊恩，我們對這兩個人又有多少瞭解呢？我們怎麼知道這些──這些文件讓他們看不會有問題呢？讀完這一大堆信可要花上兩天的時間。好啦！可是我怎麼能讓這些東西被帶出去呢？我能這麼做嗎？」

「他們可以再來這兒呀！」貝力夫人說道。

「單單兩天恐怕都還沒辦法讀完呢！」茉德說道。

「妳看到了吧！」喬治爵士說道。

「貝力夫人，」羅蘭說道：「我看的那封信是第一封信的初稿，是不是就這封啊？上頭到底寫了些什麼？」

她戴上她讀報專用的眼鏡，圓不隆咚地架在大大的笑臉上。她大聲地唸了起來：

親愛的勒摩特小姐：

敝人能在克雷博的早餐會上與您一敘，真是感到莫大的榮幸。在這些大學生叨叨不休的談話中，您的真知灼見格外引人注目，甚至勝過了我們這位東道主所談述到的魏蘭半身雕像如何被發現的故事。我衷心希望我們的這番談話，也同樣讓您感到愉快──此外，不知我是否有此榮幸，能至府上拜訪？我明白您向來深居簡出，但在下必定安安分分──只求能與您一談但丁、莎翁，還有華茲華斯和柯立芝，以及歌德、席勒、韋伯斯特、福特，和湯瑪士．布朗爵士凡此種種偉大名家，當然，還有克莉史塔伯．勒摩特以及她那個有關仙怪的偉大的書寫計畫，這可是一定不能忘的。請務必予以回覆。我相信您一定明白，一個肯定的答案將會是何等地令人開懷——尤其是對於

誠摯祝福您的

藍道弗・亨利・艾許

「那她的回覆呢？」羅蘭說道：「回覆是什麼？很抱歉——我真的很好奇——我一直在想，究竟她會不會回信，如果有回信的話，不知她又會說些什麼。」

貝力夫人從另一捆信件中，抽出了最上頭的那一封。她的模樣很搞笑，簡直就像是電視節目裡的女演員，慎重其事地公布本年度最佳女演員獎得主一樣。

親愛的艾許先生：

別這樣，眞的——我這絕不是在取笑您——我怎麼可能會如此貶低您，又或是貶低我自己——而您，又何須作此想法、自貶身價呢！我生活在自己的小天地裡，與自己交流、同自己對話——這是最好不過的方式了——比起住在叢林裡的公主，這可不一樣，絕對不同，反而，這倒是蠻像一隻肥大自足的蜘蛛，坐在自己那一床閃亮亮的網陣之中。這樣的比喻是有些醜陋，還請您千萬不要見怪。想起亞瑞克妮[61]這位小姐，總讓我心有戚戚焉，她是那麼一位令人佩服的織匠，創作的圖紋完美無瑕，可似乎就是喜歡不按常理地造訪自己不甚熟悉的人，或許根本就可說是干擾，但偏偏她又不甚明白這兩者之間不同的意義，即便懂了，卻也總是爲時已晚。老實說，和別人相處在一起之時，我向來都不是個健談的人，我沒什麼優秀之處可言，而您在我

61 亞瑞克妮（Arachne），希臘神話中的織布高手，向技藝、智慧之女神雅典娜挑戰織布技藝，結果因為態度傲慢，激怒女神，被變為一隻蜘蛛。

們那次偶遇之時，在我身上所發現到的所謂的才氣，其實，您見到的只不過是一輪已死的月，因著您的光輝與才華，自那殘破的表面所折射而出的微光與燦爛。您當時見到的確實只是如此而已。我因我的筆而存在，艾許先生，我的筆就是我的圓滿，在此，我附上一首詩，誠摯地表達對您至深的敬意。這下，您是否覺得，與其來一份小黃瓜三明治，那還不如獲贈一首小詩呢？即使這首詩寫得是那麼地不盡理想，即使那三明治做得是那麼地勻稱、醃漬的香味是那麼地美妙可口、切工又是那麼地細緻精美。您知道您一定會這麼想的，而我也同您一樣。不過，詩文中那隻蜘蛛，呈現出的倒不是我柔細光亮的自我面，反而，那可說是我的同志，十足地野蠻、幹練而俐落。您實在很難不欽佩他們的伶俐和勤奮吧？詩的湧現，是否一如絲線那般來去自如呢？我這眞是滿紙荒唐不知所云，不過若果眞您想繼續再寫，您或可平實冷靜地針對永遠的否定[62]這個議題寫篇評論，也或可寫寫史萊艾爾馬赫所謂幻象的面紗[63]，又或是天堂的乳汁[64]也可以。反正，您想寫什麼就去寫吧！

克莉史塔伯．勒摩特　敬上

貝力夫人讀得很慢，而且時有停頓；許多字句都被唸得顛三倒四；唸到**凡此種種偉大名家**和亞瑞克妮這兩個地方時，還結結巴巴地唸不出來。在這兩造之間，可真像是隔了一層結了霜的玻璃，也就是說，在羅蘭與茉德之間，以及在信文的內容與艾許、勒摩特兩人諸多情感之間。喬治爵士似乎覺得妻子唸得相當不錯。他看了看錶上的時間。

62　永遠的否定（Everlasting Nay），英國維多利亞時期歷史學家、文評名家卡萊爾作品《重新縫製的衣裝》（*Sartor Resartus*）中首篇篇名，意即，思想最初的階段，總是持續地在懷疑與否定。

63　史萊爾馬赫（Friedrich Ernst Daniel Schleiermacher, 1768-1834），德國神學家，他認為每個人對上帝的認識乃是出自於個人的幻象。

64　出自柯立芝詩作〈忽必烈汗〉（Kubla Khan），「痛飲天堂的乳汁」，意謂得到源源不絕的靈感。

「現在時間不多了，通常這種時候我都只讀些迪克・法蘭西斯的推理小說來打發的：就再看看結尾好了，死了那條心，別再猜東疑西地。然後呢，我想我們就應該先把這些信收起來，等我有空的時候再想想該怎麼處理才好。聽聽別人的意見，沒錯，還要再多打聽打聽。不過再怎麼說，你們大概都一定會再來這兒，沒錯吧？」

他其實並不是真的在問。他望向妻子，隨即流露出無限的憐愛。

「就唸下去吧！瓊，讓我們看看結果如何。」

她凝神細看起信件，說道：「她好像是想把她寫的信要回來。他回的信就是在答覆她的要求呢！」

親愛的藍道弗：

這一切果眞走到盡頭了。我甘之如飴，眞的，我衷心地感到甘之如飴。你也是的，你非常清楚，不是嗎？就只再一件事我要麻煩你——我希望你能把我寫的信還給我——**所有**我曾寫過的每一封信——並不是因爲我不信任你的人格，只是因爲，它們是屬於我的，因爲，現在它們再也不屬於你。你應該很瞭解我，至少就這件事而言。我很清楚。

克莉史塔伯

親愛的：

依妳所提出的要求，妳的信我都寄上給妳了。它們悉數盡毀、不復原貌。有兩封已被我焚燬，而其他的很可能——其實不是可能、是事實——它們很快地都將面臨相同的命運。不過，只要它們還在我手上一天，我就不可能再任它們其中任何一封，以及任何妳所寫下的文字遭到摧殘。這些信，乃出自一位令人驚歎的詩人，讀著這些信，我的心緒總一再地迴轉蕩漾，眞理因之源源不絕地散放光彩；它們與我是如此地緊密相連，就此意義，它們形同屬之於我。然而，再過半個鐘頭，它們已不復屬之於我，因爲，我已將它們整理好、準備寄還交予妳手，任憑妳明智的處理。妳是該燒了它們的，就我來看，只不過，倘若亞伯拉爾[65]當初曾毀去伊洛莎留下的永恆的文采，倘若，這位葡萄牙的女尼自此保持緘默，那麼，我們大概就不至於顯得如此悲哀，也不至於顯得如此愚昧吧？就我來看，妳應該會把它們都毀了才對。妳是那麼地殘忍無情；然而，我也是何其地殘忍無情，終於瞭解了這個事實，而且行至此刻才漸漸認清。儘管如此，站在朋友的立場上，倘若有什麼事情是我可以爲妳做的，無論是現在抑或從此以往，我希望妳千萬不要有任何疑慮，只管向我開口便是。

過去的一點一滴，我是不會忘卻的。我本來就不是個善忘的人。（我們之間，原諒與否早已不再是個問題，不是嗎？）妳大可安心，無論是寫過的、抑或是說過的每一個字，以及其他種種，我都會將之密封在我堅韌的記憶裡。**所有細微的小事**，妳可都留心過了嗎，那所有所有的一切。如果這些信眞的全被妳焚毀，在我有生之年，它們還是會在我的記憶中得到來生的，一如消逝的煙花，會在當時凝神注目的眼膜之中，留下過往美麗的圖影。其實我根本不相信妳會把信焚毀。但我也無法相信妳會手下留情。我知道妳不會告訴我妳打算怎麼做，至此，我實在也該停止這些胡言亂語了，儘管，我是那麼地難以自抑，我也實在不該再期盼那已永遠盼不到的妳的回信。曾經，妳的回信是那麼地衝擊著我、改變我，而且，還一直是我快樂的來源。

我曾經希望我們可以成爲摯交，我的理性告訴我，妳絕然的決定一定是正確的，而我，我只能爲失去一位摯友感到遺恨。倘若有一天妳遇到困難——不過這話我已說過一次了，妳也知道。平靜地過日子吧！好好地創作。

艾許　敬上

65 皮耶・亞伯拉爾（Pierre Abelard, 1079-1144?），法國哲學家、邏輯學家、神學家。三十八歲時，與其門生、即十七歲的伊洛莎相戀，後為伊洛莎（Heloise）的叔父發現，亞伯拉爾被迫去勢，伊洛莎則入庵為尼；然兩人的書信在此事件之後仍然留存，並未遭到破壞。

「你們這可想錯了，根本沒什麼醜聞發生。」喬治爵士對羅蘭說道，那口吻透露著複雜的情緒，一來對結果感到滿意，再者則藉此予以譴責。羅蘭雖然知道自己理應沉著冷靜，可是方才聽了貝力夫人用著衰弱的聲音結結巴巴地讀著藍道弗・亨利・艾許寫的信，而這些信中的文字也就不斷地在他腦中嗡嗡作響、反覆重組，實在令他痛苦難當；再加上他因自己無法攫取這些藏著爆炸性內幕的書信予以調查，內心的挫敗可想而知。於是，一把熊熊怒火在他心底冉冉升起。

「我們也是讀了這些信才**知道**的啊？我們有說過我們知道什麼了嗎？」羅蘭反駁說道，努力克制的結果，讓聲音聽起來吱吱嘎嘎地很不順暢。

「但是這很有可能會搞得滿城風雨啊！」

「那不盡然！它很重要，那是在文學這方面來講——」

這時，茉德靈光一現，想到了一則比喻，不過那實在太過煽情，所以她立刻予以淘汰。那就好像是你找著了——珍・奧斯汀的情書一樣？

「你知道嗎？如果你去讀那些被收藏起來的信，隨便一個作家都一樣——如果你再去看看她的生平傳記——你一定就會很清楚地發現，有些東西被遺漏掉了，那些都是傳記作家沒有機會拿到的資料，是最真實的，很關鍵的，而且也是詩人自己非常非常重視的。一直以來，有很多信都遭到破壞，通常，被破壞的就是信。這些信也許就有那樣的意義，對克莉史塔伯而言。而且他——艾許——不也擺明了認為這些信是這樣的。他就是這麼說的啊！」

「真有意思哪！」瓊恩・貝力說道：「真是太有意思了！」

「我得要聽聽別人的意見才行。」喬治爵士說道，那姿態很是頑強，且滿腹疑猜。

「你是該這麼做沒錯！親愛的！」他的妻子說道。「可是你別忘了，如果不是貝力小姐那麼聰明，又哪能把你的寶藏給**找出來**呢！還有米契爾先生啊！」

「如果，看什麼時候都可以，先生——如果你願意考慮一下，給我——給我們一個機會，看看這些信——我們一定會把信裡的內容都告訴你——也會跟你說這會對學術界帶來什麼重大的意義——不論這些信是不是有可能編輯成冊。我已經讀了夠多的資料了，我非常清楚，你手中的這些信，絕對會大大地改變我對克莉史塔伯的研究——如果沒法參考到這些信件，我實在也沒什麼心情再繼續研究下去了——米契爾博士對艾許的研究想必也一定是這樣的，絕對就是這樣。」

「啊！沒錯！」羅蘭說道：「那很有可能會改變我整個思考的脈絡。」

喬治爵士看看這個，接著又望望那個。

「話是沒錯，事情或許真是這樣，可是，我真能這麼**信任**你們，就由著你們去看信嗎？」

「這事一旦被公開，」羅蘭說道：「大家知道這裡有這些信，接下來一定就會全部都跑到這兒來。全部。」

茉德一直很擔心這種狀況早晚會發生，她狠狠地瞟了他一眼。不過，羅蘭心裡頭盤算的是，只要讓喬治爵士想到李奧諾拉．史鄧即將前來拜會朝聖，這就夠讓他心煩的了，至於克拉波爾和布列克艾德的造訪，他大概也不會有什麼特別的感覺。

「那也不會有什麼用的啦——」

「我們可以幫您把信件作一個整理，寫個簡單的說明，再另外抄下來——只要您同意——而且還可以——」

「再說吧！我得聽聽別人的意見。我話就說到此為止。這麼做也會比較公平。」

「拜託！」茉德說道：「最起碼，請您一定要讓我們知道，您最後的決定是什麼。」

「會的！我們一定會的！」瓊恩．貝力說道。「會的！我們一定會的！」

她以一雙靈巧的手，將這些乾巴巴的紙頁疊在膝上，一邊排序、一邊對齊紙頁的邊角。

羅蘭和茉德坐上車，在暗夜中踏上歸途。兩人簡短地你一句我一句，看起來俐落而實際；然而，兩人腦子裡的想法，卻忙轉轉地各有去處。

「我們的感覺都一樣，這事最好別太張揚。」茉德。

「它們絕對值一大筆錢。」羅蘭。

「如果莫爾特模．克拉波爾知道那裡有信的話──」

「明天這些信就會全落到和睦尼市了。」

「喬治爵士的經濟狀況會好轉很多，他可以把房子整修一番。」

「到底會**怎麼**個好轉法，這我沒有概念。錢的事情我一概不懂。我們也許應該把這事跟布列克艾德說。這些信也許應該放在大英圖書館裡。它們絕對算得上是國寶。」

「這些可是情書呢！」

「看起來是這樣，沒錯！」

「也許有人會建議喬治爵士去找布列克艾德。又或是克拉波爾。」

「我們一定要好好禱告，千萬可別是克拉波爾。那還不到時候啊！」

「如果他聽了建議，到學校裡去找人談，接見他的很可能就會是我。」

「如果他聽了建議，到蘇富比拍賣場去，這些信接著就會消失不見了，流到美國，又或是其他什麼地方，如果好運點的話，或許東西會落到布列克艾德的手裡。我不知道為什麼我會覺得這樣很不好。我不知道為什麼我會這麼想**獨佔**這些該死的信件。它們根本不屬於我啊！」

「那是因為我們是發現信件的人。而且，也因為──因為這些信很私密吧！」

「可是我們總不希望他把信就往碗櫥裡放吧！」

「當然不行了！既然我們都已經知道那裡存在著這些信，那怎麼可以？」

「你覺不覺得或許我們應該彼此訂個──協議什麼的？也就是說，如果我們當中有誰又再發現了什麼事情，誰都不可以再把這事說給第三個人知道？因為這些事情同時關係著兩個詩人，而且這當中又牽涉到那麼多的利害關係……」

「李奧諾拉——」

「如果妳跟她說，那就差不多是在通知克拉波爾和布列克艾德了——而且這兩個人比她還更行動派，我覺得。」

「有道理，那就希望喬治爵士會到林肯大學去找人商量這事，那麼，校方就會讓他來找我了。」

「我覺得自己好像好奇得昏了頭了。」

「那就希望他早日做下決定吧！」

等他們再次聽到這些信件以及喬治爵士的消息時，那都已經過了好些時候了。

第六章

他的品味，亦即他之所癖，引領著他
置身中產階級平庸廳房，黯淡陰森的祕密後房
處處布滿濃烈威嚴的茶香
就在光亮微笑的猶太人後方，來來往往
盡皆一流高尚，旋於桃花心木之粗獷
家私、箱子櫃子、結實的桌子、密密流淌
自喜之情，安滿地臣服於安息日般的安寧，於藍藍的靛青
於蒼蒼的茶栗，於深褐色棉織的長條紋理——
他或將見到，精華一一釋放
自那俗美的抽櫃，歷經密鎖三道
自那東方絲綢柔軟布包
排排陳展、秩序井然
清晰呈現、溫柔湧泛
太古的紫水晶之藍
發自二十只大馬士革古老釉磚
光彩一如天堂之殿，其細膩之感
一如孔雀昂首英姿，光輝閃閃
至此，他的靈魂，終於得以饜滿

至此，他口嚐蜜甜，沉浸於麻木無感的光艷
他的生命甦醒復還，他的人生他終獲明瞭，他上獻
屬之於自己的金璧輝煌，凝神看了又看、反覆再看……

——藍道弗．亨利．艾許《偉大的收藏家》

這間浴室隔成細窄的長方形模樣，佔的空間不大，整個色調採的是像糖霜杏仁果那樣的顏色。設備盡是濃艷的粉紅，但其中又帶了點黎明時分那種灰暗的色澤。至於地板上的瓷磚，則是灰漆漆的紫藍色，其中幾塊磚面上，還畫有小小的暗朦朦的一簇簇白百合花——那圖案走的是義大利式風格。從地板往上直到邊牆半高，砌的都是這種瓷磚，緊接在瓷磚之後的，則是一整面佩斯利花紋的塑膠布，布面上綴以十分亮眼的紫色和粉紅色，熱熱鬧鬧的圖案，看起來像是真爬滿了長著長長吸條的吸盤、八腳章魚，以及海參。陶製的設備走的顏色也很一致，是帶有土灰的粉紅色，另外，浴室裡還放有一只裝衛生紙的盒子、一只裝面紙的盒子、一只放在碟子上的漱口杯，那碟子看起來就像是非洲人鑲在嘴唇裡用來作裝飾的大托盤；再來，則還有一只扇貝狀的肥皂盒，裡頭放著一顆顆橢圓形的粉紫色肥皂，看起來都還是沒用過的模樣。百葉窗的塑膠薄板擦拭得十分乾淨，呈現出破曉時分的粉色紅彩，其中並且起伏著圓膨膨的玫瑰紅積雲。底下襯了一層狀似皮革的橡皮墊片的燭芯紗織踏腳墊，則是一如薰衣草般的淡紫色；燭芯紗的半月型套子同樣也是這般的淡紫色，此刻，那套子正安適地套在馬桶彎彎的基座上；同樣的淡紫色還出現在一只燭芯紗織的帽套上，那是戴在馬桶蓋上的。而現下，高高坐在這馬桶套上的，正是莫爾特模．克拉波爾教授；他敏銳地注意著屋裡的動靜，急切地凝聚他所有的心神。此刻是凌晨三點鐘。他正在打理一疊厚厚的文件、一只黑色的橡膠手電筒，以及一個看起來硬梆梆的竹編黑盒，那大小剛好可放在他的膝上，完全不會碰到旁邊的牆壁。

這並不是他向來習慣的環境。可他多少喜歡那種充滿矛盾、而且不為常軌所允許的調調。他穿了一件絲綢材質的便袍，長長的、黑色的，衣領翻摺的地方則是深暗的棗紅色。袍子裡頭，是一套黑色的絲質睡衣，

搭配有深紅色的圖紋，胸前口袋上還繡了一排花體字，那是他名字的字首。他的拖鞋是天鵝絨材質，黑的像隻鼴鼠似地，上頭有個以金線繡成的女人的頭，散布在頭顱四周的，不知是萬丈光芒，抑或是飛散的髮絲。這些都是根據他提出的設計，到倫敦特別訂製的。刻在和睦尼博物館門廊上的，正是這個圖案，那可是羅伯特．岱爾．歐文大學最古老的一幢建物，名字是依亞歷山大學派所命名，意即「繆思小築」。圖中那名女子是妮莫尼辛，她是繆思眾女神的母親，只是倘若未經特意提示，現在已幾乎沒有什麼人認得出這名女神。反倒是一些學養不夠、只懂皮毛的人，經常會把這名女子誤認為是蛇髮女妖魅杜莎。另外，這位女神的圖案也頗含蓄地出現在克拉波爾教授專用的信紙上方，不過，在他專用的圖章戒指上，女神的身影就消失了。那戒指的材質是塊亮眼華麗的花紋瑪瑙，印出來是個飛馬的圖案，以前曾是藍道弗．亨利．艾許的用品，現在，則安靜地躺在克拉波爾才剛用來洗手的粉紅色洗手台上頭。

鏡中的他的臉，完美得無懈可擊，眼是眼鼻是鼻；他那一頭銀髮，修剪得最是優雅有型，又不失威儀；他那只戴半邊的眼鏡，鑲著金光閃閃的框邊；他的嘴高高噘著，且是美國人的那種噘法，不像英國人噘得那般吝嗇拘謹。他的這種美式噘法，彷彿隨時準備著要把母音唸得更加徹底、讓聲音顯得更開闊自然。他的身材修長、苗條，而且比例完美；他有著美國人特有的臀部，彷彿隨時準備著要繫上一條光亮的皮帶，又或是在未來打仗的時候，繫上槍袋，雖說現在並無戰事可與。

他拉了拉繩子，浴室裡的暖氣機立刻唧唧嘎嘎地緩緩運作了起來。他按下黑盒子上的開關，同樣地，在一陣唧唧嘎嘎之後，燈光微微亮了幾下。他轉開手電筒開關，將手電筒平放在洗手台裡，好讓光線方便他做事。他把燈光關掉，帕噠帕噠地工作了起來，很快地，他就像是習慣在暗房工作的人那樣，顯得十足地熟練。他以他纖細的手指外加拇指，自信封裡抽出了一封信來。那是一封很舊的信，他老練地平壓著信上的摺痕，然後塞進他的盒子裡，蓋上盒蓋、扣上鎖、扳上了開關。

他與他的黑盒子實已密不可分，這玩意兒是他在一九五〇年代那時發明完成的，一直到現在，雖然有更新型、更時髦的裝置，他都還是捨不得把它丟棄，畢竟，這玩意兒都已伺候了他幾十來年。他這個人相當有辦法，如果有哪個讓人想都想不到的地方出現了艾許遺下的筆跡，他就一定會收到通知，請他過去瞧瞧；倘若他評估之後，覺得有必要將這個發現錄影或照相，以作為他個人私用的存證，而後，主人卻偏在這個節骨眼表示，他們並不想把東西賣掉，甚至，就連留下複本也不願意；這種情形，就過往已知的紀錄而言，確曾發生過一、兩次，站在學術研究的立場而言，實在是很不利。於是就有幾次，他暗地裡將文件照了相留底，接下來，他的複本就成了全世界獨一無二的紀錄，因為，照片中的正本文件，已神不知鬼不覺地自世上消失。這次，他覺得事情應該不會這麼發展才對；照情形來看，他很確定，只要黛西・華普夏特太太一知道那些信件能抵上一張頗有分量的支票——儘管只是一個保守估計的數字，那也都能讓人滿意至極的；到那時，她鐵定就會願意將亡夫留下的珍藏割愛了；他的看法就是這樣。不過，以前曾臨時出現過一些特殊狀況，也就是說，萬一她還是決定說不，那他可就一點機會都沒有了。明天，他一定要趕快回到皮卡迪里他那舒適的飯店去。

信不算很多，全都是寫給黛西・華普夏特的婆婆，她應該就是信裡稱作索菲亞的那個人，而且應該也就是藍道弗・亨利・艾許的教女。至於她到底是什麼人，這他之後可以查得出來。他是從一個老朋友那兒聽到華普夏特太太的事；那傢伙是個好管閒事的書商，他在地方上也「從事」物品的競價拍賣，經常都會跟克拉波爾說些有趣的事。華普夏特太太並沒有把信拿去賣，她喝了些人家招待的茶，接著，就跟畢格斯先生說起他們家所謂的「來自葛拉姆那兒某個詩人的葛拉姆樹木信」。然後，畢格斯先生就在一封信裡的附註中，跟克拉波爾提起了這件事。接下來，整整六個月的時間，克拉波爾便不斷試圖誘引華普夏特太太，一開始先是試探性的詢問，最後，他索性通知她，說他「碰巧路經當地……」，事實當然並不是這樣。他是從皮卡迪里，特定地、專程地，來到普瑞斯頓的城郊。於是，他人就來到了這裡，在這一堆燭芯紗紡的織品之中，以及那四封簡單的信函。

親愛的索菲亞：

謝謝妳的來信，同時也謝謝妳送給我的畫，那些公鴨和母鴨，畫得還眞是栩栩如生呢！我這個老頭子，膝下既無兒女，也無兒孫，這樣寫信給妳，妳可千萬不要見怪哦！實在是因爲妳送給了我那樣的曼妙美麗，讓我愛不釋手，就像是我的摯友一樣，所以我自然按捺不住地寫下了這封信給妳。每每看到妳畫的那些歪歪倒倒的小鴨子，在池底下的水草和蛆之間忙得團團轉的模樣，我就眞覺得妳的觀察力實在是非常的細膩。

我沒辦法像妳一樣畫得那麼生動，不過，我認爲贈人以禮就應該得到回饋，所以，在這裡，我要送給妳一個和我同名、而且不甚對稱的東西，那就是白楊大樹[66]。這棵樹很平凡，也很神奇——它的神奇和花椒可不一樣，它之所以神奇，乃是因爲我們來自斯堪地那維亞的先祖曾經深深相信，天地之得以連綴乃是拜白楊樹所賜，因爲白楊樹深植於地底之下，同時向上鄰接了天堂。它的材質很適合拿來作刺槍的手柄，若要攀爬應該也還算容易。依照丁尼生勛爵觀察的結果，它的樹芽其實是黑色的呢！

我希望妳不會介意我沒叫妳作索菲，而把妳叫作索菲亞。索菲亞這個名字代表著智慧，亦即亞當和夏娃在伊甸園犯下愚昧的罪惡之前，那井然有序地持守著萬事萬物的神聖的智慧。將來，妳一定會成爲一個非常有智慧的人——不過呢，現在畢竟是妳該玩耍的時候，也是妳與鴨子同樂的時刻。

萬分崇拜妳的老先生
藍道弗．亨利．艾許

這般地真情流露，當真是件稀世珍寶啊！依據莫爾特模．克拉波爾所知，那可是現存的書信中，唯一一封寫給小孩子的信。大體上而言，艾許對小孩子的不耐煩那是眾所皆知的。（他從來就沒對妻子的外甥和外甥女有過一點耐性，他甚且還用盡法子防備著他們。）這封信勢必會帶來微妙的轉變。克拉波爾拍下了其他幾封書信，這其中包括有幾幅飛機、西洋杉、胡桃的圖畫。然後，他將耳朵貼近浴室門口，仔細聽著華普夏

66 「艾許」的原文作Ash，除表灰燼之外，另有白楊木的意思。

特太太以及她那隻肥胖的小獵犬是不是有被驚醒。其實，他很快就確定了那兩個傢伙都還此起彼落地鼾聲連連。他踮起腳尖，穿過走道，一度，他在地板的油氈上發出了吱吱嘎嘎的聲音，不過最終，他還是順利地溜進了客房裡他那鑲滿邊飾的小隔間。隔間裡放了張形狀很像腎臟的梳妝台，台面上鋪了塊玻璃，邊緣則同時圍了一塊深褐色的軟緞以及一張白色的紗網。就在這上頭，擱著藍道弗．亨利．艾許用過的懷錶，他把它放在一只心型的小碟子裡，邊上還放了幾朵梔子花作裝飾。

晨起，他和黛西．華普夏特一起吃早餐。這位胸部豐滿的女士非常親切，她穿了一襲薄薄的縐紗洋裝，外面則套了一件粉紅色、胸前開釦的安哥拉羊毛罩衫。儘管他不時推辭，她仍殷勤地招待著他，端出了一大盤火腿蛋、蘑菇、番茄、臘腸，還有烤蠶豆。他吃了幾片三角形的吐司，並且還從一只放著扇貝形小匙的雕花玻璃蓋碟裡，抹了些柑橘果醬。他也從一只銀色的茶壺裡，倒了些頗濃的茶來喝；茶壺外頭包著一層保溫罩，上頭繡滿了圖紋，看起來實在很像一隻窩在巢上的母雞。他對茶其實很厭惡，他向來喝的是不加奶精不加糖的純咖啡。在她喝茶之時，他向她表達慶賀之意。打窗戶望出去，如果是在他那高尚的家中，那麼看到的就是一座中規中矩的花園，再過去，則是台地上的洋蘇草與杜松，同時，山頭漸漸從蒼茫中浮現出來，直直伸入清朗的天空。來到這裡，他則看到了一塊細長的草坪，邊上圍著塑膠隔板，好將一塊塊大小相同的草坪間隔開來。

「這一晚我過得真是太愉快了！」他跟華普夏特這麼說道。「我真的要非常地謝謝您！」

「我真高興您會覺得我們家羅德尼留下來的信很特別，教授。那都是他媽留下來給他的。如果人家肯相信他的話，他恐怕會從棺材裡跳出來哩！我從來沒見過他的家人，我是在打仗的時候嫁給他的。遇見他的時候就正在交戰！那個時候，我只是個伺候小姐的丫鬟，那他是紳士階級的，教授，這種事大家都嘛知道。不過，他從來都沒打算好好做個工作什麼的，真的！我們開了一間小店——其實，就是一般那種縫紉用品雜貨店啦——我可是什麼活都幹，他呢就光杵在那兒，對著客人傻笑，其實一半還不是因為覺得丟臉。我根本不知道他到底是從哪兒弄來這些個信的。他媽把信留給他——說他以後說不定會搞文學什麼的，那這些信都是一個很有名的詩人寫的。他曾把信拿給牧師看過，可是牧師說他不覺得這些信有什麼特別的地方。說真的，教授，我一定不會不要這些信的。那沒幾封，真的，不過就是幾封寫給小孩子的信，在說樹木什麼的。」

「在和睦尼市啊，」莫爾特模．克拉波爾說道：「就在大學裡邊的那個史坦特收藏中心裡頭，說到藍道弗．亨利．艾許的書信，我的收藏可是全世界最龐大、最完整的。我的目標，就是要盡其所能地去瞭解所有他做過的事情——所有對他有著深重意義的人——以及所有他曾感興趣的玩意兒。至於您的這幾封信，華普夏特太太，雖然它們沒多少封，我是這麼猜的啦，不過呢，若就整體來看，它們無非會帶來另一種光彩，而且有補充的作用，它們會讓這個人更加地完整，更加地有生命力。我希望您能答應把這些信交給我們史坦特收藏中心，華普夏特太太。只有這樣，它們才能永遠地保存下來，因為那裡有最好的環境，淨化的空氣，適度的控溫，而且出入都有管制，只有學界那些夠格的學者才進得來。」

「我先生是希望東西能留給凱蒂。我們的女兒。要是她有搞文學什麼的。你睡的那間房間就是她以前睡的，教授。她搬出去是蠻有一段時間了——她自己也有了兒子、有了女兒——不過我一直都把她的房間空著，沒怎麼去動，這樣萬一她忙不過來的時候，回來也才有地方睡。我這樣做她很高興。她在以前還沒有孩子的時候是個老師，她是教英文的哦！她常常都說她對葛拉姆樹木信很感興趣，我們都是這樣說那些信的。葛拉姆樹木信。所以如果沒有好好地問她一下就讓您把信帶走，這我根本想都不敢想。這些信其實應該算是她的——我也只是代她保管而已。不知道這樣您是不是能懂我的意思。」

「當然了，您是該先問問她的意見的。您一定要跟她提說，我們絕對會開出一個很優渥的價碼來買這些文件。如果您跟她說起這件事的話，請一定要記得告訴她這點。我們的資金是很雄厚的，華普夏特太太。」

「資金很雄厚。」她在他身後，喃喃重複著這句話。他清楚得很，她其實是擔心如果自己直接開口問他價碼可以開到什麼地步，那可能會讓人覺得很沒水準；他也明白，這樣一來就正合他意，因為他知道，那給了他更多施展權謀的空間，此刻，他早已估算出，即使是由她那不算過分的貪心所衍生而出的大富大貴的夢想，那也都還不及他在市場公開喊價的買賣中所願意付出的金額。在這種事情上，他幾乎從沒失誤過。無論是否經過專業的評估，他往往都能分毫不差地預先猜出，那些鄉下的助理牧師又或是學校的圖書管理員一心想開口要求的數目。

「我可能得再想一想。」她這麼說道，看起來萬分苦惱，不過別有一番深意。「我可能得看看怎麼做才是最好的。」

「不急不急！」他向她保證，同時把吐司吃了個精光，並且順手往他身上那條花緞子餐巾上抹了幾下。「就只一件事——如果有什麼人和妳接觸談起這些文件的話，還希望您能記得，最先表示對這些文件有興趣的人是在下我。我們學術界其實也是有些禮貌性的規矩的，不過就有些人老是等著跟在別人後頭。我希望您能保證，如果您打算處理這幾封信簡的話，請一定要先跟我聯絡。倘若您認為東西可以交出來的話。那我也同樣向您保證，跟我聯絡，您絕對不會失望的。」

「我不會這麼做的，不會有什麼接觸的，就是這樣，如果真有什麼人出現的話，這我敢肯定，不會有什麼人出現的，從來就沒什麼人出現過，幾年來到現在，除了您，教授。」

當他自這幢小屋子門前駕車離去時，鄰居紛紛從窗戶探出頭來。他開的車是那種長型的黑色賓士，就是那種東歐共產國家裡專門接送達官貴人的車子，是那種速度飛快的喪葬用轎車。他知道這在英國太過招搖，不像他身上的蘇格蘭粗呢外套那般符合國情。反正他無所謂。車子既華麗、又威風，何況，他的個性也確實有那浮誇的一面。

就在他馳騁於高速公路之際，他想起之後還有好幾個重要的地方得去。在蘇富比拍賣場那兒有樁買賣，物件是一本簽名紀念冊，上頭有艾許題的一首四行詩，而且還有他的親筆簽名。另外，他也得在大英博物館待上好幾天，不過一想到詹姆士．布列克艾德，他就倒盡了胃口，整張臉不覺緊繃了起來。還有，他也得——這想起來不但毫無快樂可言，而且根本就讓人食不下嚥——那就是邀碧翠絲出去吃午飯這檔子事。如果這世上有什麼事能讓他痛悔不已，那鐵定就是碧翠絲對愛倫．艾許的日記所擁有的留置權，那多少已成為公認的專屬於她的文件。倘若他和他那群研究助理當初有辦法拿到那本日記的話，今天，日記的內容早就付印出版了，而且還會加上附註、作上索引，隨時可供研究的人相互參照，隨時可讓他的研究更加清楚生動。可是碧翠絲呢，照他來看，根本就是個典型的英國老古板，外加火候不夠，只會坐在原處，龜縮不動，一味鑽探著意涵和事實，結果是什麼結論也得不到，卻還老神在在，簡直就像是《愛麗思鏡中遊》裡頭那隻礙事的綿羊。他帶了一本筆記本，裡頭全都是有待查證的疑問，只要一有機會，只要她肯給他方便。每當他橫越大西洋來到這裡，他就一定會帶著這樣的一本筆記本。這是他堅守的一則信念——這不是他曾以理智質疑過，又或是自己曾親身體驗過的那些信念，其實，這倒不如說是一種感覺上的匱乏感，他知道自己因為少了什麼東西，所以內心那最原始的滿足始終無法完滿——也就是說，愛倫．艾許的文件實在是應該擺進史坦特收藏中心才對。

有時候，莫爾特模．克拉波爾也會舞文弄墨，寫寫自傳什麼的。曾經，他也想過動手寫篇家族史。歷史、書寫，隔了一段時間之後，就會感染到一個人對自己的感覺。而莫爾特模．克拉波爾，他源源不絕地為著藍道弗．亨利．艾許生活中的每一個事項編列文獻，他出門去、他回家來、他和別人約吃晚餐、他的散步路線、他對僕人過度的體諒、他對別人奉承所表現出的厭煩，這一切，大有可能在某些時候，很自然地讓他覺得自己的存在虛無縹緲，而這正是最精華的時刻，讓他覺得自己已完全融入書寫的文字，納入了紀錄的內容。他舉足輕重，非同小可；他舞弄著權力：指派任用的權力、讓人希望落空的權力、使用支票簿的權力、數字之神索斯的權力，以及掌控史坦特收藏中心這座神祕殿堂進出的、一如那位穿梭在羅馬眾神之間的使者墨邱里的權力。他很照顧自己的身體，即外在的那一面，如果他果真瞭解自己是個什麼樣的人，如果他並不覺得自己這整個人其實厚厚地隔了一層面紗，那麼，他勢必會很願意以照顧身體那種吹毛求疵的樣態，努力貢獻給自己內裡的那一面。這種想法只很偶爾地會在他心中一閃而逝，那是當他把自己包裹在平穩漆黑的孤獨之時，一如現下此刻。

我的青春年少

在我成長的過程中，當我身處在我親愛的雙親設置於家中的寶閣之中，我很早就已明白，自己將來會走上哪一條人生道路。我的家就在新墨西哥州的奇華納——左近的城市也正是華美的羅伯特．岱爾．歐文大學之所在。

天賜樓裡頭擺滿了我祖父、以及我曾祖父他們所收藏的各種奇珍異寶，雖然說，在收集的過程中並沒有特定的指標，收集的方向不外乎也就是視物品是否罕有，又或是是否存在著特別的附加意義，亦即是否和某位大人物又或是過去某位偉人有關，但是，望諸這些收藏品，其珍貴與精美，確實都是一時之選。我們收藏有一架十分精緻的樂譜架，材質是桃花心木。這架子不但是特意為美國第三任總統傑佛遜所製，而且架上的角度以及上鉸鏈的方式，都是在總統的指導下，依據他在力學上所發揮的巧思所完成的。我們還收藏有一座（魏蘭特的）半身雕像，這座雕像一度為克雷博．羅賓森所有。他這個人向來與人為善，留下了許多日記，而且和許多大人物也都極為熟識。他獨具慧眼，自雜物間眾多為人遺忘的物品當中，將這尊雕像搶救了出來。我們也收藏有一座瑞典哲學家暨科學家史威登堡使用過的經緯儀，以及英國牧師查爾斯．魏斯禮的聖歌集；此外，我們還收藏了英國企業家暨社會改革家羅伯特．歐文早年在剛建立不久的和睦尼市開疆闢土之時，所使用的一把設計獨特的新型鋤頭。我們收藏有一座報時自鳴鐘，那是法國將軍拉法葉獻給班哲明．富蘭克林的；另外還有法國大文豪奧諾黑．巴爾札克自用的手杖，那上頭鑲滿了珠寶飾物，其華麗之極，實使風雅盡失。我的祖父總是喜歡將這等暴發戶式的浮誇作風，拿來與歐文的鋤頭作一番比較，因為那鋤頭乃透露出實實在在的尊嚴與簡樸。由於那把鋤頭看起來似乎從來都不曾使用過，因此它是否真如我祖父所想，是個能實際運用的物件，至今仍有待查證。不過，那份情操所帶給他的榮耀始終都是不會改變的。我們還有收藏許多尊貴的物品，像是塞佛爾出產的精緻瓷器、柔軟的陶坏、威尼斯的玻璃製品，以及來自東方的瓦磚。這些物品中的大部分——也就是來自歐洲的那部分收藏品，都是我的祖父所收集的。他是一個很有耐心的人，常常因為一件微不足道的小事，就非要深究到底，足跡踏遍全球四大洲，一旦返鄉，必是滿載而歸，為我們那座與台地遙遙相望的光輝燦爛的白色小屋，平添無數新奇的珍寶。天賜樓之中所有的高腳櫃，正前方都嵌上了一大面玻璃，而那，就是出自祖父的設計，和諧地兼具了懷抱著理想主義的早期移民，亦即祖父的先祖們，他們所使用的講究實用的家具的簡樸，以及與先祖一起移民拓荒的那些西班牙人向來所呈現的既原始卻也極有力度的美感。

我的父親，他患有臨床醫學上所謂的躁鬱症，時躁時鬱，也因此，即使他是以特優等的神學成績自哈佛畢業，但他根本無法在某個領域上有所發展。有時，他會讓我靠近這些寶物仔細研究一番，自己也因此覺得開心；當他精神較為平和的時候，他便傾盡全力地為這些珍藏編目分類，只是，由於他始終無法確立出一套編列的指標，因此整個編目的工作做得並不十分順遂。（最簡單的方式或許就是單純地依照物品製造又或是收藏進來的年代順序，只是，他的心從來都不滿足於簡單的事物。）「你看，小莫，我的兒，」他會這麼對我說：「你看現在掌握在你手中的，就是歷史啊！」我個人特別喜愛的收藏品，是十九世紀的名人素描以及他們的簽名照片——像是出自里奇蒙和瓦慈之手的畫像，以及攝影家茱莉亞．瑪格麗特．卡麥隆的照片——這些珍藏，大部分都是別人贈送而來，有的，則是苦心央求之後才好不容易獲得，而這位有心的收藏家，就是我的曾祖母：普莉希拉．賓．克拉波爾。那些精美至極的人像畫——我相信，絕對是當今世上無與倫比的收藏品——而現下，它們也成了羅伯特．岱爾．歐文大學中史坦特收藏中心人像畫收藏區最具代表性的物品，至於在下我，則很榮幸地擔任本中心的館長。在過去的時光中，它們一個個都是我兒時的玩伴，而我的想像力，也為它們莊嚴的樣貌注入了生命力，令它們綻放出親切的微笑。卡萊爾粗獷的五官一直很令我著迷，伊麗莎白．蓋斯凱爾的柔美則令我的心神嚮往不已，我尊崇喬治．艾略特深重莊嚴的沉思，靈魂因愛默生神聖的純真而輕揚。我是一個脆弱的孩子，所受的教育大多是來自我親愛的妮尼，亦即我的家庭教師；後來，則是一位畢業於哈佛的先生為我個別指導，他之所以被推薦給我父親，主要是因為他是一位詩人，而他也因為這份教職，得以安穩地蓄勢待發，準備創作出偉大的作品。他的名字叫做荷靈岱爾，全名是亞瑟．荷靈岱爾；一開始他就表示，從我幼時所寫的作文中，他發掘到了不可限量的文學才華，也因此，他很鼓勵我專注地往這方面發展。他一直想藉著現代的作品來引發我的興趣——我記得，他對以斯拉．龐德的作品非常狂熱——可是我個人的品味與喜好早已自成一格，我所愛戀的，乃是過去的事物。我想，荷靈岱爾先生一直都沒寫出他心中的偉大作品。他覺得我們這個沙漠地帶盡是孤寂，對他的身心都不合意，於是他就像個詩人那樣地，不斷狂猛地喝著墨西哥龍舌蘭烈酒，最後終於離開了這裡，不過無論是他，或是我們，大家都覺得這樣的結局了無遺憾。

在我家收藏的珍寶之中，存有一封信，那信意義非凡，乃是藍道弗．亨利．艾許寫給我曾祖母，普莉希拉．賓．克拉波爾，亦即普莉希拉．賓夫人尼氏的一封信。這位先祖是個非常有魄力的人，也可以說，她**奇特的**個性非常與眾不同。她的家鄉在緬因州，她的家族十分支持奴隸制度的廢止；她曾經收容逃亡的黑奴，也積極參與、醞釀後來奠基於新英格蘭的新思想與新生活。她極盡熱忱地為女性解放運動發言，同時，她也與其他運動中爭取人權的勇敢鬥士們站在同一陣線。她很相信催眠治療的功效，她表示，她自身就曾從中受益良多，此外，她也參與了當時許多降靈術者的實驗，而這些實驗，就在福克斯姊妹第一次聽到「鬼魂敲桌傳話的聲音」之後，逐漸在美國如雨後春筍般地開花結果。充滿夢幻想像的安德魯．威爾森、即《宇宙之鑰》一書的作者，曾經接受過她的招待；就在她家裡（那時已在紐約），威爾森與史威登堡、笛卡兒，以及培根的靈魂進行交談。在此，或許我應該再加註一點，那就是，雖然她並沒有否認和賓州賓家、亦即貴格教派有任何親族關係，但是，我底下的研究人員明確指出，他們之間並沒有任何確切的關聯。她留名於歷史之中，但是，倘若我們認定她有洋溢的才華與創意，只是因為她發明了普莉希拉．賓家的再生靈粉，那對她或許十分的不公平。再生靈粉是獨門藥方，我確信，這種藥粉從來不曾致人於死，而且據我曾祖母所稱，由於藥粉所帶來的安慰劑效應，至少曾救過上千條人命。靈粉很巧妙地廣為行銷，因此為普莉希拉家帶來一筆財富，而這筆財富，便成就了天賜樓的誕生。對於初到本地參觀的人而言，天賜樓是個極大的驚歎號，它很精準地重現了遺落於戰時的密西西比州帕拉底歐大宅的風格，而那大宅，也正是我曾曾祖父、亦即莫爾特模．德．克拉波爾建立於州界之間的傑作。後來，由於他的兒子，亦即沙門．姆．克拉波爾，在那混亂的時局北上謀生，於是乎，我們家族的傳奇就此展開，因為當他見到我曾祖母在一場公開會議中，發表傅立葉的和諧準則以及人類追求熱情與快樂的義務的演說，他當場便驚呆不已。是否出於熱情還是快樂，這我不清楚，不過，在那之後，他就緊緊追隨著她，並且在一八六八年來到了墨西哥，那時，他們一群人企圖在當地成立法倫斯泰爾成員住宅區[67]。他們其中有些人先前曾因主張不同而形成了現在所謂的分裂派團體，他們所支持認同的，乃是羅伯特．歐文以及他的兒子羅伯特．岱爾．歐文一手建立起來的模範社區以及長方形村落，不過這些組織建造得並不算是很成功。羅伯特．岱爾．歐文亦即《界乎此生與來世之間——充滿爭議之國度》一書的作者。

他們這群人的法倫斯泰爾成員住宅區計畫，並不像歐文的村落那麼強調苦行修道，然而，整個計畫最終還是失敗，因為他們始終未能達成計畫中募集的一千六百二十名村民，而這個不可思議的數字乃意味著兩性之間各種可能的熱情其各種可能的變化；此外，另一個失敗的因素乃是在於，大家熱情有餘，可是對於農業以及沙漠地區的狀況卻一無所知。我的曾祖父是個來自美國南方的士紳，而他自身則是一位企業家。一待時機成熟，他便向我的曾祖母求婚，依據她生活觀念中的理性與和諧的準則，重建他年少之際所遺落的樂園——將他們的幸福根植於家庭生活所帶來的快樂（家僕當然是必備的，不過奴隸則絕對不用），這麼一來，也就不會有人抱怨她對團體的情感不夠熾熱，畢竟這狀況顯然會引起嚴重分

67 法倫斯泰爾（phalanstery），法國社會主義者傅立葉（Charles Fourier, 1772-1837）企圖建立的社會基層組織。

裂，而且相當不好處理。於是，再生靈粉所帶來的收益全都用來搭蓋這棟美好的屋舍，至今，我和我的母親都仍在此安居；而此後，我的曾祖父便轉而從事收集。

普莉希拉．賓．克拉波爾至今仍留有許多肖像畫。顯然，她是一個相當美麗的女子，而且萬分地嫵媚。在一八六〇以及一八七〇年間，她的屋舍曾是降靈術者研究的焦點。在這所屋舍裡，她曾以她向來的熱忱，試圖網羅整個文明世界中的思想家。而藍道弗．亨利．艾許勢必就是因為她的這番嘗試，因此寫下了這一封信。不知是何因素，我個人對藍道弗．亨利．艾許一直很感興趣，而且也就是他，讓我的生命從此有了神往的目標。想來她一定也曾回信給他，但儘管我一直很努力地在探聽，至今卻仍然無緣見到她的那一封回信，而且令我一直感到憂心的是，不知他是否已將這封信銷毀。我不明白何以在我們家眾多珍藏之中，獨獨這封信最是打動我的心房。上帝神奇地給予這般動力——甚至，也或許就是因為藍道弗．亨利斷然拒絕我曾祖母的好意，因此才令我如此希望藉此讓大家明白，無論如何，去瞭解他，也就是說，去接納他的看法，這對我們大家都是值得的。當我父親第一次將這封包存在絲巾之中的手寫信箇交到我手上時，我確實很想看看，自己是否能解開其中的謎題；那極像是濟慈筆下頑強的西班牙將領柯特茲，在美洲戴瑞安身處尖峰的寂寥。而當我撫觸這封信時，我立時感到那如丁尼生所言的情境，亦即，亡者自過往予我撫觸：我將生命置身於「依舊青綠的落葉／亡者尊榮的信簡」之中。

我們這座寶閣的上方，是一座設計精巧的小圓屋頂，其上嵌著樸素、顏色簡單的彩色玻璃窗，只要稍用百葉窗就可以遮光，或是轉一下手把，所有的窗板便都會關上。曾有那麼一天，父親很不尋常地將窗板全部打開，而且不止如此而已，他還將綠色的百葉窗打開，一抹柔和安全的光線緩緩地自那之中灑下來，房間於是布滿了陽光。就在那陽光輝煌的靜默之中，一個念頭萌生在他心中，繼而促成了史坦特收藏中心的誕生，而這個中心，更為羅伯特．岱爾．歐文大學的和睦尼博物館增添光輝，而我的曾祖父沙門．克拉波爾，也正是這所博物館赫赫有名的創辦人之一，對於此館的建立，再生靈粉也是貢獻良多。

我完整地獻出曾祖母的這封信。現在，此信已適得其所地刊在我所編輯的書信全集第九卷之中（編號一二〇七，第八八三頁），此外，摘錄自信中的一段文字，則附加於《媽咪著魔了嗎》的註釋裡，這首詩是藍道弗．亨利．艾許討論降靈術的作品，選編於作品全集裡。這部選集的編輯工作乃是由倫敦大學的詹姆士．布列克艾德全權主導，稍有遺憾的是，編輯的速度對於熱切的讀者似乎稍嫌慢了一點。布教授認為詩中虛構的那位動輒輕信他人的艾可伯夫人就是我的曾祖母，這一點我無法同意，因為有太多地方在在都顯出兩者之間毫不相像，關於這部分的討論，我在「一則錯誤的鑑定」中已詳細地提出說明（*PMLA*，LXXI，冬季刊，一九五九，第一七四至一八〇頁），僅以此篇文章獻與有心瞭解的讀者。

親愛的克拉波爾夫人：

我很感謝您來函與我述及您使用**扶乩寫字板**的經驗。您認爲只要是出自山繆．泰勒．柯立芝筆下的文字，一定就會使我感到興趣，這的確沒錯。同時，我也認爲我有必要直言告訴您，只要我一想到那明亮的靈魂，不得不穿過我們這令人厭煩、充滿壓迫的俗世，痛苦地趕赴那由桃花心木製成的沉重的占板桌，然後困縛於其中，要不便是略顯靈身地飄浮晃蕩，在燈火通明的客廳裡穿來蕩去，要不則是將其自由無拘的智慧，藉由潦草的書寫，辛苦地化爲空洞的、一如您所寄給我看的那般無稽之談，我的內心便深感厭惡。難道，他到現在都還不能寧靜地安享甘露、渴飲天堂的乳汁嗎？

夫人，我並不是在說笑。我曾經參加過您所提到的這類顯靈大會——**呢尼吽，修滿那，阿妹，阿蓮那，普渡**，我會認爲，我相信所有和我一樣在寫詩的人都會這麼認爲——最能夠解釋此事的理由，就是這根本是一場再明顯不過的騙局，外加一種集體的歇斯底里症狀，那是一股瘴氣，是一股出自於心靈的焦慮、昏熱的騷亂的迷霧，荼毒著我們平和有禮的社會，讓我們的下午茶會充滿刺激的腥羶。天性喜好思索的人或許可以找到箇中原因，只要看看我們這個社會中愈來愈強調的唯物主義，以及——很自然的、而且也是不可避免的——就我們既存的智識的發展而言——我們對於歷史的、宗教的敘述，總是事事求眞地在探詢。在這個領域裡，所有一切實在都是不可確知，而歷史學家以及科學界人士同樣地都入侵了我們單純的信仰。即便我們努力地審訊，而最終所得來的答案，也使我們的信仰更加堅定，但是，想當然耳，這樣的狀況得來一點也不自然；又或許我該說，在我們這個時代就是如此。這並不是在說，隨意拋出一個靈丹妙藥來滿足不安的大眾對明確與實質的渴望，就可以治療這個問題又或是有任何實質的幫助。

或許可以這麼說，歷史學家以及科學界人士都同樣地是在與亡故的人接觸。法國動物學家居維葉曾經將他的肉體、姿態以及偏好授予了死去的古生物大地懶，而法國歷史學家米什萊先生、勒南先生，以及卡萊爾先生、格林兄弟尚在人世之時，也曾親耳聽聞無情的呼喊來自於無形之物，於是賦予了它們以聲音、爲之發聲代言。而我自己呢，則憑靠著想像力，同樣地在從事創作。我曾經以腹語術說話，我將我的聲音借予過去已逝的聲音和生命，將我自身的生活融於其中；它們如此地在我們的生活中復甦，讓我們見到**與我們自身生活緊緊相扣**的過去的生活，猶如一種警惕、成爲一種前車之鑑，而這也正是每個具有思考能力的男男女女所該做的事情。只是，此中有百種方法千種手段，這您非常清楚，有些尚待確立，有些尚待測試，有些則十分危險、令人期待落空。一切我們所該讀取的、瞭解的、思索的、**理解的**，夫人，實在都該針對我們自身生活以及工作所需。研究前人如何活了一輩子並不見得能使我們對我們先祖的過往，多上一分一毫的理解，更遑論人類出現在地球之前那漫漫迢迢難以計數的時光了。然而，即便是那一分一毫，我們也絕對有必要全然**掌握**，並且傳承下去。**這份任務，勢將勞心勞力**！我實在不得不這麼強調，這條路肯定會很艱辛，而且絕對沒有捷徑：一旦試圖這麼做，我們就無異於班揚筆下無知的伊格諾任斯，來到天堂之城的門口，卻找著了通往地獄的道路。

想想您的所作所爲，夫人，您努力地試著與這些可愛的、可怕的亡者談話，**用很直接的方式**。但是如此耗費時間，它們究竟傳遞出了什麼富有智慧的訊息呢？還不就是奶奶把她一只新的胸針放在爺爺的座鐘裡頭，要不就是古早的一位嬸婆，從另一個世界，傳話來說家族的墳地裡有一個嬰兒的棺材壓在她的棺上，讓她覺得很生氣。再不然，就是像**您的**山繆·泰勒·柯立芝那樣，一板一眼地向您保證，在另一個世界，絕對存在著「永恆的喜樂，給予它們的理當得到喜樂的人，至於它們的不應得到喜樂的人，則須經歷一段時間予以懲戒修正。」（即使使用七種語言，他也從來都不曾用錯代名詞的。）夫人，我們實在不需要鬼魂從墳墓裡跑出來告訴我們這些道理的。

或許，世上眞有飄遊的靈魂，這我承認，也或有大地散逸的氣泡、蒸氣，又或是在空中飛行的生物，它們偶爾會在我們平常心有憂慮之際穿越而過，然後繼續它們不爲所見的奔波。痛苦的記憶自會呈現出某種精神樣態，它們原本就存在於一些令人恐懼的地方，這些都是有跡可循的。在天堂、在人間，有太多事物是我們的哲理所無法想像。然而，若要尋得這些事物，我相信，絕不是光靠著用手大力敲打、輕輕拍擊，或是以手撫觸，又或是靠著轟姆先生直直地伸著兩隻手臂，繞著枝形吊燈飛呀飛的，又或是憑靠您以**扶乩寫字板**信筆寫出的文字；實質上，我們應該要做的，是付出耐心，深遠地思考過去的人的心靈以及現存的機體其複雜難解的運行，並且瞻前顧後，習得智慧，同時透過顯微鏡、分光器，而不是去質問那些執迷於人世的幽靈鬼怪和亡魂。我曾認識過一個思想脈絡十分清晰的好人，後來他卻因此而精神錯亂，下場不是很好，事實上，是非常地糟。

我長篇大論地寫了這麼多，主要是因爲我不希望您認爲我是很輕率地在看待您對我的好意，又或以爲我是不經思慮地試圖以一番爭辯予以誹謗，有些人或許就眞會這麼認爲。我有我自己根深柢固的信念——也有很多自身的體會，所以我實在無法接受您的意見——亦即您的靈魂之說，也無法對此感到興趣或愉悅。我請您千萬不要再寄這類的文字給我。不過，對於您本身，以及您對眞理持平的追求，我深深感到敬佩與開懷。您爲自己的女性同胞戰鬥，這實在是很難能可貴。總有一天，您一定會成功的。我希望將來有一天能聽聞到這樣的消息。敬祝

文祺

藍道弗・亨利・艾許　敬上

這一封信，就收錄在克拉波爾自傳式的小品文裡頭，那永遠永遠標示著這篇文章的高潮所在，然後就從這裡開始，文章愈形簡化地步入了他平凡無味的童年回憶，要不，便是他之後因為藍道弗．亨利．艾許的關係所做的學術編目工作──偶爾，他會冒出這樣的想法，覺得自己似乎並不存在，一切就在他第一次與紙頁上的靜電摩擦以及墨水充滿活力的黑色的迴旋打交道開始，他就再也沒有單單只屬於自己的生活了。他之所以會持續地去寫這篇尚待完成的文稿，似乎也就是為了要寫到這一封信，並且將之網羅其中，細細地閱讀，好好地讚賞一番，然後，就什麼動力也沒了、整個鬆懈下來，震顫地戛然而止。有一個句子他經常都會設法寫進去，沒什麼特別的好理由，說的也就是他自兒時起，一直都記得祖母身上的氣味，那是絕佳的**百花香料**，自外地進口至這個沙漠地區，還有玫瑰花瓣、提神的精油、檀香木以及麝香。他其實很清楚，他之所以不願意、沒有辦法繼續完成這種自傳文體的寫作，都是因為有人不許他在文字中寫到母親，而他自己卻無論如何都不願面對這個事實。住在美國的時候，他的生活都是和母親在一起，在他出國的時候，他每天都會寫給她一封感人肺腑的長信。我們每一個人，生活中總都會有那麼一些事情，雖然看似單薄，但意義卻非比尋常，而我們自己也心知肚明那是怎麼一回事，於是，我們便刻意地視而不見，不予理會。克拉波爾老夫人老實地安守在沙漠中，並且以意志和金錢的力量，讓這裡開花、繁茂。夢到她的時候，克拉波爾教授總是覺得失去了平衡，於是，她慢慢地浮現，漸漸地變成了他那座寬闊的門廳，要不然，便是以巨大的身形，神情嚴厲地跨站在他的小牧場上。對他，她是望子成龍，而他，也沒有讓她失望；不過，他很害怕自己會讓她失望。

理所當然地，他自是十分滿意地回到了巴瑞特飯店。他選擇這家飯店，一來是因為這裡很舒適，不過，更重要的是，這家飯店乃是以前美國作家來此拜會艾許時的共同選擇。一堆信件正在那兒等著他，有一封是母親寄來的，還有一封是布列克艾德捎來的短箋，他說按照克拉波爾發現到的冰島景觀，他依然看不出有什麼理由他有必要修正自己對《艾斯克給安珀勒》所下的註釋。另外，還有一封是克利斯提寄來的目錄，裡頭提到一場維多利亞時期文物的拍賣大會，拍賣的物品中有一只針線盒，據說以前曾為愛倫．艾許所有，另外還有一枚戒指，是一名住在威尼斯的美國寡婦的東西，據說在那枚戒指鑲嵌水晶的凹洞裡，有一些艾許的頭髮嵌在裡面。史坦特收藏中心裡就放著好些毛髮，都是陸續從那叢美髯剪下來的，原本枯竭的暗墨、爾後雜了點斑白，最終，在死後，呈現出銀白的色澤，現在，則展現著極度的明亮、十足的持久。就設在布魯斯貝利艾許家中的艾許博物館很可能會出價競標，克拉波爾自己當然也一定會出價競標，然後，這只針線盒以及這一圈頭髮就會供奉在史坦特收藏中心最重要的那間六角形玻璃展覽室之中，同樣就在這裡頭，艾許的遺骸，以及他妻子、他的家人、他的熟識，全都在調節有方的沉靜空氣中齊聚一堂。克拉波爾坐在吧台邊一只高高的皮椅上，身旁的炭火狂猛地躍起，他讀著他的信，剎那間，腦海中浮現出他那座位在沙漠艷陽下閃閃發光的白色大殿，那兒圍裹著一間間冷冰冰的宮室、一座座高起的樓梯，以及眾多沉寂的猶如玻璃蜂巢的密室、呈放射狀的圖書席座，還有環環相扣、依序高升的貯藏室、研究室，它們的架構微光閃閃、金壁輝煌，包圍著一束束、一道道光芒，由此，一如蠶繭般被包裹在金色光梭裡的學者，就在別有意圖的靜默中，一一浮現，然後落降。

一旦他想辦法將東西買到手之後，他想，他就要請碧翠絲．耐斯特一起出去吃午餐。他又想，他好歹也該跟布列克艾德見個面。他認為布列克艾德一定會針對他在冰島所發現的事情，不以為然地提出些論調。就他所知，布列克艾德除了參加幾場討論維多利亞時期詩文的國際會議之外，多年來，他已不曾踏出英國這個島嶼。而參加這些會議，他每一次都只需從同樣的飯店，搭車前往同樣的會議廳。

反觀他，克拉波爾，則老早就開始在追索藍道弗．艾許在外的行跡——不過他倒也不是接連不斷地這麼在做，而是等候時機自然到臨；因此，他第一趟出門遠征，目的地是北約克郡的荒原和海邊，那是艾許在一八五九年很喜歡獨自遊走的路線，當時他也順帶隨興地在那兒做些海洋生物的觀察。克拉波爾在一九四九年重蹈了這條路線，搜索著酒館和岩層、凱撒築的羅馬道路遺跡，以及珍珠般晶亮的小溪。他待在羅賓漢海灣，喝著熱熱的、怪裡怪氣的咖啡色啤酒，吃著難以形容的滷羊脖子、紅燒牛雜，攪得他的胃天翻地覆。後來，他又追隨艾許的足跡，來到阿姆斯特丹和海牙，並且到了冰島，照著艾許走過的路線走了一遍，心裡直想著熱水爐、一圈圈熱呼呼冒著泡泡的軟泥，以及艾許那兩首由冰島文學得來靈感的詩篇：《北歐眾神之浴火重生》，這是一首討論維多利亞時期疑惑和絕望的史詩，以及由多首令人費解的情詩所組合而成的《艾斯克給安珀勒》。《艾斯克給安珀勒》是在一八七二年出版的，但是寫成的時間當然在此之前，而且很可能就是在他追求愛倫．貝絲特那段期間。愛倫是卡佛里教堂首席牧師的千金，一八四八年，艾許終於得到了她、以及她家人的首肯，同意兩人結婚，在此之前，他整整等了她十五年。編訂工作做得慢吞吞的布列克艾德，對於莫爾特模．克拉波爾在一九六〇年間前往冰島所發現的事情，想當然耳也同樣是拖了再拖，才想到拿來參考。克拉波爾出版過一本他的傳記——《偉大的腹語大師》——那是在一九六九年，書名取自艾許一首頗有自嘲意味、坦露不少內心情感的嘲諷獨白詩。在寫作這本傳記之前，他走完了所有艾許常走的行旅路線，去到威尼斯、那不勒斯、阿爾卑斯山、西德的黑森林山區，以及法國布列塔尼的海邊。在他最後的幾趟冒險中，有一回，他前去重構了藍道弗和愛倫．艾許在一八四八年夏天的新婚之旅。他們倆曾經在一個暴風雨的日子裡，搭乘輪船、橫越英吉利海峽，然後坐上馬車，前往巴黎（克拉波爾則是坐著轎車循著他們的路線前進）；接著，他們搭火車，從巴黎來到里昂，繼而乘著小船，一路順著隆河，去到艾克斯普羅旺斯。人家的旅行是在滂沱大雨之中，而一向辦法最多的克拉波爾，則弄到了一艘運載原木料的貨船，然後在樹脂和煤油的氣味裡，很幸運地在一個晴朗的好天氣出發；艷陽閃亮地照在黃黃的水面上，曬得他瘦長結實的上手臂一片焦黑。來到艾克斯，他在艾許住的旅館落腳，學著艾許來了一趟遠足，最精采之處，就是後來走訪沃克呂茲泉這個地方，因為詩人佩脫拉克曾獨自在此住了十六年，思量著他對羅兒．德．薩德崇高完美的愛戀。從克拉波爾在《偉大的腹語大師》中所描述的沃克呂茲泉，就可看出他這趟旅行到底收穫了什麼好東西。

就這麼著，在一八四八年，一個晴朗的六月天裡，詩人帶著他的新婚妻子，沿著綠樹成蔭的河岸，一路來到隱藏著索兒格水源的巨穴。當地的風景，著實雄偉壯麗、令人望而生畏，對於喜歡幻想的浪漫旅人，來此必感無憾；若是再想到一代宮廷情聖佩脫拉克曾經就住在此處，摯忱地戀念著情人、驚恐地得知情人身染疫病而死，那勢必又將平添不少令人難忘的印象。

經過烘曬的河岸，現在走起來頗為滑溜，而那位從北部來的旅人，若想穿過眾多遊客、吠個不停的法國狗、戲水的孩子、賣棉花糖的小販，同時又得飽受當地醜陋的紀念品以及大量產製的手工藝品的糾纏，想來，他勢必是一路舉足難行。由於水壩與導管的緣故，這條河現在十分和順，雖然導覽手冊上說，這條河時會漲起，把巨穴和附近的鄉村完全淹沒。文學性的朝聖之旅理當持續地做下去：那如夢似幻般的綠水與怒石想必使他受惠良多，而這般景觀在我們這兩位旅人到此一遊之後，本質上並不曾有過太大的改變。

在巨穴裡，由於地下水大量灌入，以及自沃克呂茲高原、逢杜克斯峰石邊，亦即佩脫拉克筆下的風之山匯集而來的雨水，水位迅即地高漲而起，正如藍道弗在某封信中所說的那樣。一眼望見此般壯闊的水流，柯立芝筆下的神聖之河，想必在他心中冉冉浮現，或許，因著佩脫拉克的緣故，他也想起了繆思女神之泉，畢竟佩脫拉克是他十分敬愛的一位詩人，而且一般認為，他所寫的安珀勒詩組乃深深受到佩氏為羅兒所寫的十四行詩的影響。巨穴的四周長滿無花果樹以及特異的樹根，在巨穴前方，則有幾座白色的岩石自激猛的水面高高聳出，流動不已的水草在水面上蔓成厚厚一片綠茵，而這幅景象，想必應該曾是英國畫家米雷斯，又或是霍曼．杭特畫筆下極佳的素材。愛倫曾就這般美景說了些話，她說：「澄亮、清新、甜美之水」。艾許則以優雅的姿態，深情款款地抱起他新婚的妻子，帶著她穿越河水，然後像是來到御座之前，將她輕放在河中白色的石面上，使她看起來宛如御統水世界的美人魚，又或是水仙子。我們大可想像得到，她就坐在那裡，頭戴軟帽，靦腆地帶著微笑，雙手拎著裙子，以免裙子濡濕，而藍道弗則與佩脫拉克截然不同，他雙眼凝視著這位屬之於他的淑女、這位他自許久以前就心儀不已的女子，歷經繁複的障礙與困難，走了多年的情路，一如古時那位居住此處的詩人，十六年來始終如一地為著毫無希望的愛戀奉獻自己。

在艾許那個年代，許多人對佩脫拉克的看法都和艾許很不一樣，尤其是詩人之父蓋布里歐．羅塞提教授。艾許個人始終堅信，佩脫拉克筆下的羅兒，以及但丁筆下的碧翠絲，還有費娥梅達、塞爾維吉亞等其他許多柏拉圖式宮廷情事的戀人，都是真有其人，而且她們被深深地愛戀，在有生之年依然貞潔高雅；同時，他也認為，這些情事絕不是寫來諷喻義大利的政治或是教會主宰的政治體制，而且，它們也絕非創作者自身靈性的寄寓。佩脫拉克於一三二七年在法國亞維儂遇見羅兒．德．薩德，當下立即為之傾倒，從此始終如一地深愛著她，儘管她堅守著對丈夫雨果．德．薩德的忠貞。艾許在給羅斯金的信中憤慨地表示，諸如此般將之抽離，說成是一則則寓言，又說它們並非真實地出自於「人類那具體呈現了純真，以及自願墜入地獄的生命力的靈魂，一一散發而出的熱情」，實在是大大誤解了詩的想像以及愛的本質。他還說道，他自己的詩文，無論初始又或是終端，乃皆取決於「此般具體呈現的真理，此般不曾重複出現的獨特的生命」。

對於佩脫拉克的深情，他深有同感，由此來看，難怪即便愛倫．貝絲特父女倆基於基督信仰而表現出所謂的踟躕或特異的行徑，他也依然願意如此無怨無悔地等候。在他們相識之初，愛倫還是一個虔誠信奉宗教的高傲女孩，若是依據她的家人以及艾許本人的說法，她是個脆弱而纖細的美麗女孩。如我之前所說，這位首席牧師一直很擔心艾許是否能夠贍養妻子，他的焦慮其來有自，另外，再加上愛倫因為自身信仰的緣故，她對於《北歐眾神之浴火重生》詩中的懷疑論一直十分苦惱。由他們交往期間所留下來的信件可看出，愛倫對他的態度並不是在輕佻地調笑，不過儘管如此，她的情感也依然未深受約束。可惜的是，這些信現存已不多，無庸置疑地，這都是因為愛倫的妹妹佩仙絲在她死後擅作主張處理的結果。不過，在她將自己交給藍道弗之前，當她看著自己的妹妹：佩仙絲和費絲，都有著幸福美滿的歸宿，而自己卻仍在閨中待嫁，那處境想來一定十分難堪。

這些事情讓我們不得不面對這位戀愛中的熱情詩人的感情問題，究竟，當時三十四歲的他，對於他純真的新娘——一個已不再年輕，而且還是一位年屆三十六歲，全心全意為外甥、外甥女犧牲奉獻的阿姨——他懷抱的會是什麼樣的情思呢？他的純真會和她一樣那般不染一絲俗塵嗎？還有，依照二十世紀現代人的心理來看，大家一定會禁不住懷疑，他如何能在長久的等待中忍受生活中的欠缺？眾所皆知，維多利亞時期有許多名人，基於心理上渴求安慰的那一面性格，於是臣服於生活在低層社會中艷麗俗氣的女子，亦即那些說說笑笑、濃妝艷抹的妖婦，她們總在皮卡迪里廣場製造無數的喧鬧與麻煩，還有那些迷失的縫紉女工、賣花女，以及那些自甘墮落的女人，她們頹倒在拱門之下、向當時知名的特派員梅修乞討，要不，幸運的話，則是為樂善好施的慈善家安琪拉．伯爾德庫慈以及小說家查理斯．狄更斯所救。就維多利亞時期的詩文而言，艾許的詩在性方面的風俗規範，還有性意識這方面，都呈現出廣博的知識。他筆下那些文藝復興時期的貴族，一個個絕對都充滿肉慾，他筆下的盧本斯是個懂得鑑賞人體的行家，安珀勒詩組中的敘述者則是一個地地道道的完美情人。像這樣的一個男人，當真能滿足於柏拉圖式純淨的情慾？而不再擁有花樣年華的愛倫．貝絲特，她那一絲不苟的優雅又是否藏隱著令人意想不到的熱切的回應呢？或許，這答案是肯定的。少年時期的艾許從來不曾留下任何犯錯的紀錄，到他晚年，那就更毋需贅言了——就大家所看到的，他一直是那麼一位**有著騎士風範的男人**啊！當他以手攬著她那令人安適的腰圍，並且將她輕舉至那石面的御座之時，他們倆從對方那兒、自彼此那既孤獨又專注的身上，究竟看到了什麼呢？那是否緣自於前夜的幸福和諧？愛倫寫信給家人時說，她的丈夫「極盡一切的溫柔體貼」，由此，我們自可決定出答案為何了。

於此，另有一個不同的解釋，是我個人較為認同的。那情狀，其實乃是取決於兩股強烈的，而且直到今天，仍然不曾蔚為主流的力量，其一即為我們所曾談到的，文質彬彬的詩人所懷抱的理想主義，其二則是席格曼德．佛洛伊德所闡述的昇華理論。簡而言之，在他們交往的這段期間裡，藍道弗．亨利．艾許曾寫下了：

二萬八千三百六十九行的詩文，其中包括了一部十二卷的史詩，三十五首戲劇獨白詩，主題囊括了歷史最幽微的起點以及現代在神學、地質學上的爭議，一百二十五首抒情詩，以及三部以詩寫成的戲劇：《克倫威爾》、《聖巴托羅繆的那一夜》，以及《克珊德拉》，這三部戲曾在倫敦西區特魯里街演出，不過不很成功。他全心全意地創作，直到夜闌人靜。他幸福快樂，因為在他眼中，愛倫就是純潔的泉源，是一個充滿少女之美的幻影，他呼吸著無比雅致的空氣，那清新，遠遠勝過他想像中那些流血染病的畫面，以及《北歐眾神之浴火重生》中「黯淡的土地上硫磺般的爛泥」，又或是博爾喬斯家族亂七八糟的床笫情事。他從來都不認為，這般純潔的等候、這般旺盛的孤寂，會減損他一分一毫的男子氣概。他願意努力，他希望贏得她的芳心，而結果一切果真實現。如果說，後期的詩作，像是〈封死之泉〉，又或是那首傳遞著已在容顏上消褪、但卻永遠停駐在畫布上的美麗的〈畫中的女士〉——如果說，這些後期的詩作，當真暗示著藍道弗後來十分在乎自己這般長久守候的犧牲，那也並不會影響我所提出的論點。而且，這幾首詩也無法幫助我們進一步思索，這對新婚夫婦在那晴空萬里的日子裡，相偕來到沃克呂茲泉漆黑的巨穴外，究竟是帶著何等的情感。

克拉波爾來到他那賞心悅目的套房，把拍下來的信又看了一遍。他打了通電話給碧翠絲．耐斯特。她的聲音厚厚的、毛毛的；她顯得很猶豫，就像她以前那樣，不知所措地半推半就、欲拒還迎，和她以前完全一樣。他早已學乖了，他知道對耐斯特小姐奉承不會有什麼好下場，反而是，想辦法讓她產生罪惡感就可以讓事情有好轉。

「我手邊有一、兩個疑問，真的是只有妳才能幫得上忙……我特意空出了這個時間要找妳……其他時間真的真的是不方便，不過為了配合妳，我當然也是可以再把時間改一下……我的好碧翠絲，如果妳真的不能來，那我也只好另外再作安排了，妳這麼忙，我實在是不好意思麻煩妳……」這耗了他頗長一段時間，不過既然早就預知結論會是什麼，這段過程自然也就省不得。

他將上了鎖的公事包打開，放下了那幾封藍道弗．亨利．艾許寫給教女的信箴，說穿了，也就是那些他偷來的影像；然後，他又抽出了其他的照片，像這類照片他收藏了不少，而且什麼樣子的都有——不同的肌理、色澤、角度、細部——各式各樣，應有盡有。此等事情是那麼地單純、單純地非做不可，那可是讓他全神貫注的好去處。說到自我昇華，他自有一套自己的方式。

第七章

人或會殉道
無處不可
沙漠、教堂
公共廣場
別慌別亂
此乃我倆罪業
拖曳一生漫漫
離不開黑暗之間

——克莉史塔伯．勒摩特

只要一有人想到碧翠絲．耐斯特，必定會因她的外形，而非內在，大大地發揮一番想像——不過其實也沒多少人會想到她，就算有，也只是很偶爾罷了。她很壯碩，這是公認的事實，可是雖說她壯，卻是壯得看不出形狀，全身上下掛滿了肉，臀部因久坐工作而腫大，胸部雄偉巨大，再往上，則攤著一張喜孜孜的笑臉，頭上如果不是頂著某種安哥拉羊毛做成的帽子，要不便是將白色的鬈髮絞得像是一綑綑厚厚的毛線，然後再編呀塞的，擠成一團圓球，任憑塞不進的髮束肆無忌憚地滿頭散亂。

若是讓那些少數幾個瞭解她的人再認真一點地想想，像是克拉波爾、布列克艾德、羅蘭以及艾許爵士等人，他們很可能還會再加上一些相當吻合她的比喻。克拉波爾就常覺得她像是卡羅爾筆下那頭礙事的綿羊，這點之前已稍有提過。至於布列克艾德呢，只要他心情一不好，他就會覺得她像是一隻自以為了不起的白蜘蛛，全身白皙皙地窩在黑暗的角落裡，偎在她那設於中心的巢穴，撫觸著蛛網上一根根絲線。以前不時想借看愛倫日記的女性主義者，則認為她是那種八腳章魚守護神，是一隻在深海裡保護寶藏的龍形巨人，動作遲鈍地盤繞著自己的寶窟，四周以黑色墨汁或是水狀的煙霧設置晦暗的屏障，好給自己一個隱蔽的藏身之處。以前還有其他一些人也知道她——尤其是那位——這麼想應該沒錯——那可是獨一無二的，那就是班吉特．班吉森教授。

一九三八年至一九四一年間，她在倫敦的時候，曾經受教於班吉森教授。那段期間時局很是混亂，大學男生全都被徵召入伍，空中不時掉落炸彈，食物十分匱乏。就在那時候，有些女生親身體驗了意想不到的放浪和自由，碧翠絲則親身體驗了班吉森教授這個人。亞伯特親王學院的英文系是由他主管的，他主要的興趣是北歐的詩歌神話集，以及斯堪地那維亞地區的古神話。

碧翠絲研究的就是這些東西。她研究語文學、盎格魯—撒克遜語文、北歐古文著作、中古拉丁文。她讀的是梅斯菲爾德、克莉絲汀娜．羅塞蒂，以及德拉．梅爾[68]。班吉森說，她應該也去看看《北歐眾神之浴火重生》——在當時，大家可不認為藍道弗．亨利．艾許是個泛泛之輩，而且還把他視為現代詩的開山祖師。

班吉森身量很高，看起來又瘦又長，而且長了一臉的腮鬍。他的目光炯炯有神，一身生龍活虎的精力，就算是用來指導年輕小姐研究北歐的種種奧妙，也絕對是綽綽有餘。不過，他並沒有把這些精力用在這些年輕小姐的靈性上，肉體那就更不用說了；每天，他都呼朋引伴地去到Arundel Arms酒吧，把所有精力揮霍得一乾二淨。早上，只見他蒼白得像具排骨、頂上披蓋著一頭金色茅草，整個人閃閃地發著亮光。下午，他就變得紅咚咚的，說話像連珠炮似地不清不楚，只要一站到他那間通風不良的辦公室，都可以聞得到啤酒的味道。

碧翠絲讀了《北歐眾神之浴火重生》和《艾斯克給安珀勒》，她得了最高分，從此愛上藍道弗．亨利．

68 約翰．梅斯菲爾德（John Masefield, 1878-1967），英國詩人；德拉．梅爾（de la Mare, 1873-1956），英國詩人、小說家。

艾許。這樣的愛戀其實並沒什麼獨到之處。「有些詩人，」碧翠絲在期末報告裡這麼寫道：「他們的情詩所關注的重點，似乎並非是在讚美某個遠在他方的女士，抑或是予以責備；其著重之處，乃是在於男女之間真誠的交談。諸如約翰．但恩[69]，雖然他曾在某些作品中辱罵女性，不過卻可視為一個例子。

同樣地，如果說情況再好一點的，那麼梅瑞狄士[70]應該也是一個例子。簡單地試著去想想其他也同樣期待與另一性有智慧交流的『情詩』詩人，我們就會更加相信，藍道弗．亨利．艾許是何等地不同凡響。在他那一部《艾斯克給安珀勒》的詩裡，溝通中會出現的每一個階段：親密、反對、挫敗盡皆生動呈現，不過，那也始終讓讀者深信，那位為詩人視為說話對象的女子，她確實具有真正的思想以及感性的風采。」

碧翠絲很討厭寫作。在這篇精準、無趣的專論中，她唯一引以自豪的字詞就是「交談」，為了這個詞，她放棄了另一個較為顯淺易懂的詞「對話」。在那時候，為了這樣的一種**交談**，碧翠絲鐵定是什麼都豁出去了。她似懂非懂地發現，讀這些詩，讓她在不經意間，痛苦地，而且也似乎是不應該地，瞭解到原來有那麼一種情境，同時融合了高尚的談吐以及不加修飾的熱情，照理來說，這不應該是每個人都渴望的事情嗎？可是放眼望去，在她渺小的世界裡，她那雙信奉美以美教的嚴肅的父母，以及在大學裡開設女人下午茶會的師母班吉森太太，還有她那些成天為了是否受邀參加舞會、打橋牌而煩心的同學，似乎沒有一個人有過這種經驗。

我們倆重建我們自己的世界，重新命名
由我們一起，我們明白文字於我們的意義為何

---

69 約翰．但恩（John Donne, 1573-1631），英國哲思派詩人（Metaphysical poet），倫敦聖保羅大教堂教長。有名句：「沒有人是座孤島，每個人都是大陸的一部分。」

70 梅瑞狄士（George Meredith, 1828-1909），英國詩人、小說家。

儘管旁人視時與流行的語詞為冰冷的話語
怎知我們竟揚聲，樹林、水池，
我們見到火躍凌空，那是太陽，我們的太陽，
所有人的太陽、世界的太陽，只是，此時、此刻
獨一無二地，那乃是我們的太陽……

艾許這麼告訴她，她也聽進去了。如果是別人來跟她說這樣的事情，她根本就不想聽，而她自己也不會去跟別人說這樣的事情。她跟班吉森教授說，她的博士論文想寫《艾斯克給安珀勒》。對此，他相當地疑慮。那是一個充滿不確定狀況的地方，像是一座沼澤，莎士比亞的十四行詩就是這樣。

她到底希望想為**學術知識**作出什麼**貢獻**呢？她又有幾分把握能作出來？就班吉森教授來看，要拿博士學位，最安全的做法就是去做編纂的工作，此外，他絕對不會建議的作家，就是藍道弗．亨利．艾許。不過他倒是有個朋友認識艾許爵士，艾許爵士把艾許的文件全都存放在大英博物館裡頭。大家都知道愛倫．艾許曾寫下一本日記，編纂那個東西應該就很可靠——畢竟那東西別人沒有做過，而且實用性雖不算多但也不少，簡便好做，同時又可跟艾許扯上點關係。一旦她完成了這個工作，耐斯特小姐可就坐擁美好的前途了。

於是，事情就是這麼開始的。耐斯特小姐不安地將自己安置在一箱又一箱的文件之前——信件、洗衣店的衣物清單、收據本子、一本本成冊的日記，以及其他沒那麼厚的小冊子，裡頭全是些偶爾寫下的、較為私密的文字。她曾經懷抱著什麼樣的希望呢？某種與那寫詩的人、與那細膩熱情的性格的親密交流。

今天晚上，藍道弗大聲地把但丁《新生》詩集中的十四行詩念給我聽。這些詩真的很美。藍道弗指出了幾個但丁以義大利文寫得很有男性活力與元氣的地方，以及他所理解的愛的心靈力量。我想，對於這些不凡的詩篇，我們是永遠不會覺得厭倦的。

只要他們倆待在同一間屋子裡，藍道弗每天都會大聲朗誦詩文給妻子聽。年輕的碧翠絲·耐斯特真的是很努力地想去想像這般朗誦會帶來什麼樣感人肺腑的情境，可是愛倫·艾許所用的形容詞只傳遞了不清不楚的感情，根本就幫不上一點忙。她對事情的反應，帶有一絲甜蜜，有著全然因順從而得來的快樂，碧翠絲一開始並不怎麼欣賞，可到了後來，由於熱中地投入對她的研究，她於是便視之為理所當然。在那之前，她曾發現過其他的、較沒那麼呆板的聲調。

對於我的脆弱與無能，藍道弗始終不變的善良與寬容，讓我永遠無法說盡心中的感佩。

這一句話，或是說，類似這種句子，反覆地出現在這些篇章裡，像是時間一到鐘聲就會自動緩緩響起一樣。就像一般人長時間地與某項工作、主題，又或是某人為伍那樣，碧翠絲一開始也有清晰的觀察、有超然的個人見解，她認為她看到的愛倫，文字拉雜零亂、乏味無趣；然後，她愈陷愈深，開始與愛倫一起，在黝黑的屋子裡，匍匐虛弱地過著漫長的日子，擔心白粉菌對枯萎許久的大馬士革薔薇是否有什麼影響，憂煩受壓迫的副牧師是否心存什麼疑慮。這樣的生活對她變得十分重要，當布列克艾德提說，就一個對生活中各種可能的狀況充滿高度好奇心的男人來講，愛倫實在不是一個最好的伴侶時，一種防禦自衛的心態自她心中油然而生。她很清楚個人隱私有其奧祕之處，因此儘管愛倫通篇只見平凡無奇的論調，但可以說，她這其實就是在保護她的隱私。

做這些研究是拿不到博士學位的。博士學位或許會出現在女性主義運動中，又或是以語言學研究婉轉、迂迴的陳述句。不過，耐斯特小姐也轉而試圖在日記中發掘影響作用與反諷，結果既無什麼影響，也無反諷。

班吉森教授建議她將愛倫·艾許身為妻子的角色特質，拿來與文評名家湯瑪斯·卡萊爾的妻子兼信件作家珍・卡萊爾、丁尼生夫人，以及小說家韓福芮・渥爾德夫人（Mrs Humphry Ward）作比較。妳一定要發表作品才行，耐斯特小姐，班吉森教授如是說。在冰冷的早晨裡，他堅決肯定地這麼說，整個人在閃閃發光。我沒辦法幫妳安排工作，耐斯特小姐，如果沒法證明妳的能力合適的話，班吉森教授如是說。

於是，耐斯特小姐在兩年之中，完成了一本輕薄短小的著作《幫手》，內容是在講那些天才身邊的妻子她們每天的生活。班吉森教授給了她一個助理講師的位子，這對她而言，是件天大的喜事，也是個惡夢——不過整體來說，還是喜多於苦。五〇年代的時候，她教授的學生——以女生居多，一個個穿著吊裙、擦著口紅；到了六〇年代，則穿上了迷你裙、拖著長長的印地安棉織布；七〇年代，則頂著前拉斐爾風格的灌木頭，搽上了黑色的口紅，渾身散發著嬰兒乳液的氣味，流洩出六月禾、食人族、麝香，以及女性主義者那不含一絲雜質的特有的汗味。面對這些學生，她討論著幾百年來十四行詩的樣態、訴說著抒情詩的本質、講述著女人一再改變的形象。那樣的日子是快樂的；至於糟糕的日子，則是到後來，在她申請提早退休之前的事，她根本想都不願去想。現在，她是再也跨不出這座老學院的門檻了（班吉森教授於一九七〇年退休，去世於一九七八年）。

她的生活過得很簡約。一九八六年時，她住在已住了多年的小房子裡，那是在倫敦西郊的莫特雷克教區。她以前在這兒還偶爾會招待一大票學生，後來次數逐漸遞減，因為她意識到她自己漸漸被隔離在系上的決策之外，而那也正是布列克艾德接手班吉森的位子之時。然後從一九七二年起，就再也沒有人去過那兒了。在此之前，這裡一直都有聚會，喝咖啡、吃餅乾，還有一瓶甘甜的白葡萄酒，以及各式各樣的討論。在一九五〇、一九六〇年代，那些女生還說她很有媽媽的味道。後來的學生則認為她是個女同性戀，說她在意識形態上，是個極盡壓抑、罪孽深重的女同性戀。

其實，她看待自己的性向，完全取決於她怎麼看待自己那對偉大得讓人難以忍受的巨峰。年輕時，她曾依照醫生所能給的最好的建議，外頭穿上束胸長裝以及行動不受拘束的緊身上衣，裡頭則完全不穿胸罩，好讓胸部平塌下來，然後在自然的狀態下，讓胸肌結實、生長；結果到頭來，胸部無可救藥地懸吊下來、整個地塌陷了。換作是別的女人，她們或許會炫耀這對巨乳，也可能會得意地帶著它們到處亂晃，畢竟那輪廓是那麼地偉大、乳溝是那麼地分明；但碧翠絲．耐斯特把它們塞進那種老祖母穿的垂垂欲墜的緊身上衣裡，然後又在外頭套上一件手工編織的短褂，短褂上綴有一排一排淚珠狀的洞洞，恰恰隨著她的體形這裡目瞪口呆地大開、那裡噘著嘴地緊繃。晚上躺在床上的時候，她都會感覺到它們越過她寬闊的肋骨，沉重地垂往一側。

來到她與愛倫．艾許的小天地，她則感覺到它們的重量充滿生命力，雙雙包裹在羊毛的溫暖裡，磨蹭著桌子的邊際。她以為自己腫脹地像個怪物，於是鬱鬱寡歡，完全不敢正視別人的目光。她認為別人之所以會說她有媽媽的味道，一定都是因為這對沉重的圓球，以及那種順理成章的武斷，一看到她圓圓的臉、粉粉的雙頰，就直接認定那意味著和藹可親。等她多了一些歲數之後，原本被認定是和藹可親的特徵，又同樣毫無道理地被認定成充滿威嚇與壓抑。她在同事和學生的身上，發現明顯的改變，覺得頗為震驚。可然後呢，到最後，她也就漸漸地習以為常了。

在克拉波爾邀她一起吃午餐的那一天，羅蘭．米契爾前來找她。

「有沒有打擾到妳，碧翠絲？」

碧翠絲機械式地微微一笑。「沒有，還好啦！我剛好在想點事情。」

「我碰到一些棘手的問題——我在想，不知道妳是不是可以幫我。妳有沒有讀到過愛倫．艾許有在什麼地方說過克莉史塔伯．勒摩特的什麼事情？」

「我根本不記得有什麼事情！」碧翠絲微笑地坐在那兒，那模樣，好似她的不記得就是事情的答案。

「我想應該沒有，對，沒有！」

「那有沒有什麼方法可以查查看呢？」

「我可以看一下我的索引卡。」

「那真謝謝妳了。」

「那我們要找的是哪方面的事呢？」

很自然地，羅蘭一陣衝動，他極想去撩撥、去刺探、去讓碧翠絲大吃一驚；而她就像是座紀念碑似地，帶著一貫的神經質笑容，老實地安坐在那兒。

「其實，找什麼都好。我是無意間發現到，艾許對勒摩特很感興趣。我只覺得那實在很不可思議。」

「我可以看看我的索引卡。克拉波爾教授午餐的時候會過來。」

「他這一次會待多久？」

「我不知道，他也沒說。他只說他是從克利斯提那兒來的。」

「我可以看一下妳的索引卡嗎？碧翠絲？」

「噢！我也不曉得耶！那亂七八糟的，我向來有我自己**一套記錄事情的方式**，這你知道的，羅蘭，我想還是我自己來看比較好，我那些奇奇怪怪的字我自己比較看得懂。」

有副連著鍍金珠鍊的老花眼鏡，就尷尬地吊在她胸前晃來晃去，她把它們戴了起來。現在，她可以完全無視於羅蘭的存在了，這種境況她蠻喜歡的，因為她認為過去系上那些男性的同事，一個個全都是迫害別人的人，而她壓根不知道，其實羅蘭的處境都已自身難保，他又哪有資格算得上是道道地地系上的男人。她開始挪動起桌面的幾件東西，其中有一只沉重的手織袋子，上頭有著木製的手把；再來，則是幾件灰色的包裹，裡頭都是些還未拆封的書。所有索引卡堆疊得儼然成了一座城門塔，密密地封在塵埃之中，因滄桑歲月而消磨損裂。她一直在卡片中翻這找那的，同時自言自語地說著話。

「不對，那個是照年代順序記的，不不，那個只是讀書習慣，不對，那個說的是家裡的管理。奇怪，那個大盒子跑哪兒去了？這些只是一部分的筆記資料，這你得瞭解。我是有做一些索引，不過不是全部，東西實在是太多了，我得照年分依序分類，還得下標題，這裡這個是卡佛里家，應該沒什麼用……咦，這個應該有可能會說到……」

「沒什麼跟勒摩特有關的。不對，等一下，這裡，這兒有一個交叉對照的參考，我們得找出讀書那個盒子來，那全都在講神學，就是讀書的那一盒。看來她似乎是——」她抽出一張邊角摺得破破的黃色卡片，上頭的墨跡全糊成毛絨絨的一片——「看來她似乎是在讀《仙怪曼露西娜》，一八七二年的時候。」

她把卡片放回盒裡去，定定地坐回她的椅子，以那一貫含糊愉快的笑容，正視著羅蘭。羅蘭覺得筆記本裡一定藏了很多她對克莉史塔伯．勒摩特的看法，只是沒有明寫出來，而這些，全成了碧翠絲分類密網中的漏網之魚。他不死心地又再問道：「妳覺得我是不是可以**看看**她寫的東西？說不定——」他把「那會是很重要的資料」吞了回去，「那對我來說會蠻有意思的，我從沒去看過《曼露西娜》，現在好像又有點興趣了。」

「我以前有讀過一、兩次，那部作品實在很長，而且很難看得懂。哥德風格的東西，這你也知道，維多利亞時期的哥德風格，有點兒**怪怪的**，就一個小姐所寫出來的詩而言。」

「碧翠絲——可不可以讓我自己來看看艾許夫人到底寫了什麼？」

「那我看看呵！」碧翠絲自桌邊站起身，一頭栽進某個叫做卡莉檔案櫃的黑色金屬之中，愛倫的日記就是照年分存放在那裡。羅蘭注意著她那只穿著人字形圖案粗呢布料的龐大肥臀。「我剛是說一八七二年是嗎？」碧翠絲從迴聲不斷的盒子裡往外喊。心不甘情不願地，她弄出了這冊日記，外頭是皮面的，封面封底的裡頁則是暗紅與紫藍的大理石圖紋。她開始翻起書頁，牢牢地，就在羅蘭與她之間，緊抓著那本日記不放。

「在這裡。」她終於發聲了。「一八七二年十一月。她就是從這裡開始的。」她開始大聲地讀了起來。

「今天，我開始著手閱讀《仙怪曼露西娜》，這是我禮拜一在海雀德書店為自己買的。我會在作品裡頭看到些什麼呢？到目前為止，我已經把那篇頗長的序文讀完了，我覺得那有點賣弄學問的味道。所以我就去讀瑞門登騎士，還有他和索芙泉那位亮麗的小姐的相遇，那是我比較喜歡的地方。勒摩特小姐當然是很有才華，她總能讓人感到不寒而慄。」

「碧翠絲——」

「是不是就是這方面的東西你想——？」

「碧翠絲，是不是有可能讓我自己來讀那本日記，我好記下些東西？」

「你不可以把它帶出辦公室。」

「也許，我可以待在妳桌邊哪個角落來讀，這樣會不會妨礙到妳？」

「應該不會吧！不會！」碧翠絲說道。「等我把堆在那只椅子上的書拿起來，你就坐那兒好了。」

「書就讓我來拿吧——」

「那你可以坐在我對面那兒，等我把那邊的桌面清理一下——」

「可以的可以的，謝謝妳了。」

他們開始忙著把空位清出來，就在這時，克拉波爾出現在門口，對比他柔和的優雅，每一件事情看起來都似乎骯髒不堪了。

「耐斯特小姐，真高興又再見到妳。我想，我來得應該不算太早吧！我可以待會兒再過來的，真的……」

碧翠絲顯得狼狽而慌亂，一堆文件歪在一旁歎著氣，散亂地布滿整個地面。

「噢！天啊！我早準備好了，教授，我早就都準備好了，只是米契爾先生剛好過來說想問問……說他想打聽……」

克拉波爾卸下了耐斯特小姐掛在吊鉤上不成樣子的防水大衣，遞給了她。

「很高興見到你，米契爾。有什麼進展了嗎？你想打聽些什麼呢？」

他那張輪廓分明的臉龐裡淨張著好奇。

「只是查證一下艾許讀過的一些詩。」

「啊！是哦！那是哪些詩呢？」

「羅蘭是在問克莉史塔伯．勒摩特。我根本記不得有什麼事情……不過後來倒是有找到一個地方稍稍有提到……羅蘭，待會兒我和克拉波爾教授出去吃午飯的時候，你就坐那兒好了，只是要小心點，別弄亂我桌上那些東西的順序，還有，你得**答應我**，不會把東西帶出去……」

「應該要有人來幫妳才對，耐斯特小姐，妳這項工程實在太龐大了。」

「噢！不用不用！我自己一個人來會**好得多**。有人來幫忙的話，我會不知道自己要做什麼。」

「克莉史塔伯．勒摩特。」克拉波爾說道，同時陷入深思。「史坦特收藏中心裡頭有一張照片，好蒼白，不曉得是因為缺乏色素那類毛病的緣故，還是印刷上的疏失。應該是印刷的問題吧！你是不是覺得，艾許對她有意思？」

「這真的沒什麼大不了的。我只是查一下而已，例行公事罷了！」

當克拉波爾離開這裡，前去照管他的任務時，羅蘭安坐在桌子一角，翻看著藍道弗．艾許夫人的日記。

還是忙著在讀《曼露西娜》。如此鉅作真令人難忘。

已經讀到《曼露西娜》第六卷了。其中對於宇宙的思索，很有可能會因為它本身是個神仙故事，而讓人覺得難以接受。

還是在讀《曼露西娜》。完成這樣一部作品，那得要經歷何等的努力、擁有何等的自信啊！勒摩特小姐，雖說她到目前為止都一直住在英國，可是她看待世界的方式，本質上還是**法國人**的格調。雖然說，在這首優美的、別出新裁的詩歌裡，實在沒什麼地方可讓人挑剔，不過要說有的話，那就是其中所表達的寓意。

然後，再過來幾頁，驚人的、不怎麼特別明顯的情緒出現了。

今天，我終於放下了《曼露西娜》，因為我已一路震顫地來到這部不可思議的作品的終點。我能說什麼呢？它確實是很獨特，雖然一般大眾很可能看不出其中的不凡之處，因為它絲毫沒有為了因應一般人所習慣的想像方式而有所妥協，而且，也因為一般人已認定軟弱的女性會表現出何等特點，結果反而大大地抹煞了它的獨到之處。在這部作品裡，沒有暈陶陶的感情，沒有懦弱的純潔，沒有戴著柔軟手套的淑女輕輕**撩拍**讀者細膩的感覺，可有的是活生生的想像力，有的是魄力與氣勢。

我該如何描述它的特點呢？那就像是一幅龐大的、編織繁複的錦繡畫，放在陰影幢幢的石廳裡，而繡畫上各式各樣的珍禽異獸、精靈鬼怪，就在荊棘刺林以及偶有開花的森林空地裡爬進爬出。一片片細膩的金色凸顯在幽暗中，日光、星光、珠寶的光輝，要不便是人的頭髮，要不便是蛇身的鱗片。火光明滅不定，泉水熠熠生輝，所有一切元素盡在無止盡地運行，火在燃燒、水在奔流、空氣蓬勃、土地翻動……我腦海中不禁憶起《富蘭克林的故事》又或是《仙后》當中一如織錦般的摸索探尋，就在驚異的注視下，觀者見到交織的幻象生動地前來，於是，想像中的刀劍汲出了真實的血液，想像中的樹林響起了颯颯的風聲。

還有那一幕，不夠忠實的丈夫鑽了個小洞，觀看自己那個**妖婦伴侶**在大水池中嬉戲玩耍，對此，我能說什麼呢？如果有人問我的話，我實在應該這麼說，這一幕最好還是留予想像吧！一如柯立芝留予婕拉爾汀——「一個僅供幻夢的景象，不予言說。」不過勒摩特小姐卻說了很多，她的描述對於某些人的品味恐怕會**過火**得讓人難以忍受，尤其是，那還出自一位未婚的英國淑女之手，照理說，這樣的一位淑女應該是要捕捉仙女可愛迷人的地方才對。

她很美，也很恐怖、很悲壯，我是指仙怪曼露西娜，她最後一著棋下得毫無人性。

妖魔獸尾彎柔強健
擊打閃亮浴池直至晶光片片
迴射重重水霧，一如舞動紗面
沉室的空氣，在在沉重的水潤

如此雪白動人之膚她的良人知賞
如今水藍脈管格格縱橫白雪面上
往昔美麗已不復見，只因那輝煌
淨是銀鱗閃閃，以及蜷曲魚鰭之灰藍蒼茫

或許最讓人驚歎的神來之筆就是那隻蛇還是魚什麼的，真的很美麗。

羅蘭不再打算出去吃午餐了，他要把這段文字抄下來，這動力主要來自於他想讓茉德・貝力看看這段文字；如果她看到當代女性對於自己感佩的作品展現出這般熱忱，想必她一定雀躍不已。再者，其實也因為他覺得像這般絕口不已的讚賞多少讓人有些意外，因為那是艾許的妻子給予一個他自己早已認定是艾許情婦的女人。抄錄下來之後，他意興闌珊地繼續翻看著日記。

最近一讀書，由於某些原因，又讓我想起自己年少時的種種，讀著崇高的傳奇故事，我想見自己是眾騎士摯愛的對象——是一個完美無瑕的歌妮維爾，同時也是這則故事的作者。我以前很想成為一名詩人、成為一首詩，而我現在既非詩人也不成詩，就只是一個小小的家庭裡的女主人而已，小小的家裡就只有一位稍有點歲數的詩人（這說法是依照他柔順溫和、毫無理由可言的方式），還有我自己，以及一些蠻好管教的家僕。我每天都看到佩仙絲和費絲為著一大家子日日勞碌，她們是那樣地憔悴、衰老，但是，卻又因為內心湧動的愛以及為著年輕一代毫無保留的關懷而散發出光芒。她們現在當了媽媽，也當了祖母，為人溺愛，也溺愛著他人。我自己最近有發現到一種活力正悄悄地、狡猾地來到我心上（經過多年那非筆墨所能形容的偏頭痛以及神經衰弱之後）。醒來時，我感覺到，很真切地，有一股活力，我向四周環視，讓自己專注在那之中。我到六十歲都還記得，那個住在牧師公館裡的小女孩，種種生氣蓬勃的雄心壯志，好像她是別人似地，我在腦海中看著她穿著新月印花棉布的衣服跳舞，看著她假想某位坐在船中的紳士親吻她的手。

我忽然想到一些事情，那是當我在寫我很想成為詩人、成為一首詩時所堅信不移的。或許，這是每個讀書的女人的慾望，那和讀書的男人正好相反，他們會想成為詩人、成為英雄。在這風平浪靜的時局裡，他們很可能是把創作詩文看作是一種十足的英雄行徑。沒有人會希望男人成為一首詩。那個穿著印花棉布的小女孩就是一首詩；奈德表哥寫過一首很討人厭的詩，就是在說她的面容貞靜甜美，說她走起路來，散發著自然的善良。

可是，我現在覺得——過去執意地想當詩人或許比現在這樣好得多，也或許不是？我是**絕對不可能**寫得像藍道弗那麼好的，可是，這樣說起來，現在和過去也沒有誰能寫得像他那麼好，所以說，或許讓這樣的事成為實現目標的障礙那根本就沒必要。

或許，如果我沒讓他生活安適順遂，他的創作很可能也就不會那麼豐沛，或是說，沒辦法那麼自在。我不能說我自己造就了一位天才，可是，如果說我不曾對他**有所幫助**，至少，我不曾像許多女人那樣，去妄加**攔阻**。這點功德說起來實在是微不足道，而且也是依附在我這一生中，一項消極的成就。

藍道弗，若是他讀到這篇日記，肯定會笑我，要我別再這麼病懨懨地想東想西，他肯定會跟我說，要做什麼事永遠不嫌太遲，他肯定會傾盡他龐大的想像力，灌注到我小小的像蝸殼一般的空間，讓我得到一丁點新的力量，然後告訴我，接下來該怎麼做。不過他怎麼都不會瞭解這種感受的，我會自己找出一條路來——讓一切稍稍豐富一點——此刻的我正在哭泣，就像以前那個小女孩那樣地哭。夠了，就這樣。

羅蘭偷偷溜出了艾許工廠，趕在克拉波爾或是布列克艾德吃午飯回來之前回家，免得他們對他問出一些不好回答的問題。他很氣自己，怎麼會弄出了這樣一個局面，讓克拉波爾發現了克莉史塔伯這個名字。那個敏銳、警覺的腦袋是不會放過任何事情的。

那棟位於普特尼的地下室靜悄悄地，由於貓兒的惡臭，會讓人感覺好像置身在大英博物館的地下室裡。冬天暗朦朦地來了，漆黑的污斑，緩慢的賊溜溜的生物已一一出現在牆面上。這兒取暖十分不易，因為沒有中央暖氣系統，羅蘭和凡兒便自行添置了一座以煤油點火的煤氣爐由兩人共用，從此，煤油的味道便加入了貓臭和霉味的行列。煤油的味道冷冷的，不是正在燃燒的那種，而且也沒有煮飯的味道，沒有嗆鼻的洋蔥，也沒有熱熱的咖哩粉。

凡兒肯定不在家。他們的經濟沒法讓爐火在她不在家的時候也還是開著。羅蘭還沒來得及摘下帽子，就趕忙先去找火柴。燈芯放在煙囪門後，那門搖晃得像是即將鬆脫，煙囪則是一具透明的角形的東西，被煙燻得髒兮兮的、上頭布滿了裂痕。羅蘭轉開鑰匙，抽出了一只小小的燈芯，點燃後，火光遽然升起，閃閃搖曳。他急急將爐口關起來，藍色的火焰穩定地燃著，像是一彎倒置的新月。那色澤，感覺很古老、很魔幻，那是一種極清澈的藍，間或帶了點綠、滲了濃濃的紫。

廳裡放著一小堆信，兩封是凡兒的，有一封是她自己寫好地址的回郵信封；三封是他的，一封是圖書館寄來的催書函，一封是某知名期刊寄來的卡片，表示已收到他寄去的文章，再來一封是手寫的信件，十分陌生。

親愛的米契爾博士：

希望您不會覺得我們這麼久毫無消息很沒禮貌。我先生已經照他先前所說的去問過了，他問了律師、教區牧師，還有我們一個很好的朋友珍．安斯提，她是我們郡立圖書館館長的副手，現在已經退休了。他們這些人都沒什麼明確的建議，不過安斯提小姐十分推崇貝力博士的研究以及她所保管的文件資料。她覺得讓貝力博士來看我們寶貴的發現應該是很適當的做法，而且既然文件是她發現的，就應該優先讓她提出她對此事的意見。由於東西發現時您也在現場，而且您又對藍道弗．亨利．艾許表露出極大的興趣，所以我也寫信通知您。不知您是否願意與貝力博士一起前來研究這些文件呢？

還是說，如果您挪不出時間過來，您是否願意推薦一位人選前來。我很明白，要您大老遠從倫敦趕過來眞的是很不容易的一件事，不像貝力博士，她就住在克洛頌高原附近，實在是方便許多。我可以安排您在這兒住上幾天，雖然說，要安排這事不是很容易，這您應該還記得，因爲我們就只住在一樓這一層而已，而且這棟老房子在冬天的時候又冷得很不像話。您覺得呢？您覺得您需要多少時間才能完成這些文件的研究呢？一個禮拜夠嗎？聖誕節前後，我們家會有客人要來住，不過新年的時候就沒有客人，如果您願意的話，歡迎您在新年這個時候，往林肯郡高原一遊。

一想到您在山崖邊義不容辭的相助，我心中至今依然感激不已。請讓我知道您的想法與決定。

祝好

瓊恩．貝力

羅蘭同時出現了好幾種想法。最先是滿心歡喜——腦海中浮現出那堆死氣沉沉的信件，突然間，它們乍然活了起來，就像一隻狂熱的巨鷹猛然躍起。不過氣惱也是有的，若不是他發現了那封他盜取的信，今天也就不會有這樣的局面，可茉德．貝力卻好像已取代了他的位置。另外還有一些實際上的憂煩，必須步步為營——到底他該怎麼做才能答應這項邀請，同時又不會暴露出自己經濟上的困窘，畢竟，貧困很可能會讓他變得毫無分量，讓他失去閱讀這些信件的機會。擔心凡兒，擔心茉德．貝力。煩惱著克拉波爾和布列克艾德，甚至也煩惱起碧翠絲．耐斯特。他真的覺得很奇怪，為什麼貝力夫人會認為、會建議說，他或許會想找別人代替他去讀這些信——好笑、愚昧，也或者是她對他自己半信半疑？她的滿心感激有多少善意？茉德會希望他到場一起讀這些信嗎？

在他上方與街道平高的地方，他看見一輛深紅色的保時捷有棱有角的副翼，時髦的車尾巴差不多就停在窗框上邊。一雙十分柔軟、乾淨、亮眼的黑皮鞋出現了，接著是一雙褲縫摺得妥貼完美、褲身的細直條紋黑得黯然無光的輕軟羊毛料的腿；再接著，則是大衣剪裁優美的下襬，從黑大衣後邊開衩的地方，可看到裡頭深紅色的絲綢襯裡，前方開敞的地方，則可看到藏在紅白條紋襯衫底下那一片扁平結實的肚子。凡兒的雙腳跟在後頭，穿著淺灰藍長襪、灰光淺藍的鞋子，軟趴趴的裙襬來自一件芥末色的縐紗洋裝，上頭印有藍色新月形的花朵。這四隻腳前進了又後退、後退了又前進，接著，男的腳繼續往前向地下室樓梯走去，女的腳則仍在抗拒、閃躲。羅蘭把門打開，走上通道，心裡感到一陣衝動，那是他向來的習慣，一種單純的好奇心，就只是想看看那上半部會是長得什麼模樣。

肩膀和胸部都如他所預料；領帶是編織著紅與黑的絲綢，臉形是橢圓形，一對鑲著角框的眼鏡，掛在改造自一九二〇年代的髮型下，後方和邊側的頭髮都很短，眉毛上的則長得很。黑色的。

「嗨！」羅蘭說道。

「噢！」凡兒說道：「我還以為你在博物館那兒。這位是尤恩．麥克英太爾。」

尤恩．麥克英太爾彎身向前，鄭重地將一隻手移向下方。有一種權力的味道充斥於他的周身，地府之王普魯托交出冥后普羅賽比娜，就在地府的入口。

「我帶凡兒回來。她人很不舒服，我想她應該躺下來休息一下。」

他的聲音鏗然有力，沒有蘇格蘭腔，倒是充滿著羅蘭所認定的勢利眼的音調，也就是那種渾圓的好聲音，那種聲音是他小時候一直賣力模仿的對象，像貓頭鷹一樣咕咕咕地，簡短、拉長、分割得碎碎的聲音，戳刺著他過往緣於階級差異而心生的憤慨。他顯然正等著別人請他進去，那一派悠哉的模樣，若是出現在早期的小說裡，很可能代表著道地的紳士風度，可是對於羅蘭，又或許也包括凡兒，那卻意味著多管閒事，同時也暗示了他們自己覺得的丟臉。凡兒慢慢地、虛弱地往羅蘭身邊盪過去。

「我沒事的，謝謝你的便車。」

「我隨時，」他轉向羅蘭，「都希望我們能有機會再見面。」

「是！」羅蘭含糊地說道，凡兒都還沒下樓去，他已棄械投降。

保時捷隨即加速駛離。

「他很喜歡我。」凡兒說道。

「這個他是從哪兒冒出來的？」

「我一直都在幫他打字，最後遺言啦、遺囑、協議書、這個意見那個什麼的。他是個初級律師，布洛斯、布魯姆、特蘭皮特、麥克英太爾，相當體面，不會很尖銳，非常地成功。辦公室裡全是馬的照片，其中有一匹就是他和另外三個共有的，他是這麼跟我說的。他要我跟他到英格蘭新市去。」

「那妳怎麼說？」

「我說什麼你會在意嗎？」

「出去玩一天對妳會很不錯的。」羅蘭這麼說，同時又希望自己沒說過這句話。

「你自己聽聽看！對妳會是非常地好！好個心不甘情不願的委曲求全啊！」

「嗯，我有什麼權利該去阻止妳呢，凡兒。」

「我就跟他說你一定會不高興的。」

「噢！凡兒——」

「我實在應該跟他說你非常非常地介意。我實在是應該去的。」

「我不懂妳為什麼不去。」

「噢如果你真的不**懂**——」

「我們兩個到底是怎麼了？」

「限制太多，錢太少，煩惱太多，年紀太輕。你根本就是想把我給甩了。」

「妳**知道**沒那回事！妳**知道**的！我是愛妳的，凡兒，我只是沒好好地讓妳開心過日子。」

「我也是愛你的，對不起，我脾氣實在太壞了，老是疑神疑鬼的。」

她等待著。他將她緊緊抱住。這乃出自意志與心機，非關情慾。解套的方式有兩種，要不繼續大吵大鬧、要不就做愛，若是選擇後者，結局比較有可能走到吃晚餐這一步，接下來還可以安安靜靜地工作一晚上，最後，就可提出前去林肯郡的計畫。

「該吃晚飯了。」凡兒微聲說道。

羅蘭看了看他的錶。

「沒，還沒到。不管怎麼說，我們應該讓我們自己開心才對。有些事我們一向都是憑直覺做的，記得吧！別管時鐘幾點了，偶爾，我們也應該把我們自己優先擺在第一位。」

他們脫了衣服、赤裸裸地相互依偎，緊摟著冷颼颼的舒坦。起初，羅蘭以為這可能起不了什麼作用，畢竟有些事情並不是光憑意志就能做得到。他想到他那隻巨鷹熱切的羽翅，立時令他猛然躍起。凡兒說道：「我誰都不要，我就只想要你，真的！」接著那陣躍動幾乎就要退去，他趕緊在腦中燃起另一尊影像，在圖書館裡，一個女人，一個沒有裸身的女人，而且全身包裹了重重衣服，藏匿在沙沙窣窣的絲綢與襯裙裡，手指頭彎折地放在腰間，那是黑色緊身絲質胸衣與彈簧篷裙交接之處，一個臉蛋甜美、哀怨的女人，一頂呆板的軟帽，框著一圈圈濃密的頭髮。

愛倫．艾許，根據里奇蒙的素描所建構，重現於克拉波爾《偉大的腹語大師》之中。里奇蒙筆下的每一個女人，都有著類似的一張嘴，堅定、細緻、慷慨、嚴肅，雖然各有不同，但都可連結到某種完美的典型。一半出自想像、一半靠著照相版，這名女子在他腦中的投影果然十分奏效。他們彼此安撫，待會兒，他一定可以想出什麼辦法，問起林肯郡的事情，但又不必鉅細靡遺地向她交代，他到底是要去哪兒、又是去做什麼。

第八章

徹日落雪
雪落徹夜
靜沉我窗
淤雪白潔
有隻小傢伙
內中羽翼豐滿——明亮斑斕——
外展雪般純淨容顏
明亮神采欣然成歡
傾心敘言——喜悅綿綿

——克莉史塔伯．勒摩特

他們在圖書室裡隔著一包包文件面對面待著。天氣冷得緊，羅蘭覺得自己似乎再也無緣回復溫暖，一心只惦念著一堆他從來不曾有機會去穿的衣物：毛線手套、衛生褲，以及羊毛頭罩。茉德一大早就開車前來，既熱切、又緊張，早餐都還沒吃完她就已出現在這兒，全身妥當地包裹在蘇格蘭粗呢大衣以及阿倫群島花樣獨特的羊毛毛衣裡；她明亮的頭髮，昨晚在貝力家冷颼颼的大廳時猶然可見，現在則又整個地沒入針織的綠色絲巾裡。石砌的圖書室氣勢十足，拱形屋頂上刻著一叢叢林葉；大型的石砌壁爐經過清掃，裡頭空空的，壁爐面上除了掛有貝力家族的徽章，另外還又刻飾了一座堅實的高塔以及一小叢樹林。哥德式的窗戶開向霜白的草坪，清澈的窗玻璃面有一部分鑲的是鉛板，有一部分則嵌上了華麗的凱爾姆蘇格特[71]彩繪玻璃，上頭布滿雕畫，主要是以圓形浮雕刻成：金色的中心城堡坐落在青綠的山丘上，軍備充裕、旗幟滿布，就在中間浮雕的地方，有一列騎士與貴婦騎在馬上，正準備進入堡壘。沿著窗頂，則有一株茂盛的玫瑰，綻著白色和紅色的花朵，並且結著血紅色的果實。邊窗四周，藤蔓密布，金亮的枝梗橫生在盤旋的卷鬚和葉脈分明的大葉子之中，上頭掛滿了大大的紫葡萄串。一本本書冊，就擱在玻璃窗後，全是皮裝書背，次序井然，很明顯是固定在那兒，從不曾有人動過。

這屋子當中有一張桌子，皮革桌面，很是厚重，上頭又是墨跡又是刮痕，旁邊則放著兩只皮座扶椅。椅子的皮面本來是紅色的，現在則呈褐色，看起來粉粉的，其實是坐在椅子上的人在椅面上留下來的鏽色污斑。桌子正中央擺著一只墨水台，以及一只空蕩蕩的銀色筆盤，幾罐黯淡的綠玻璃瓶裡，則裝著乾巴巴的黑粉。

瓊恩．貝力推著輪椅來到桌邊，將一包包文件放在桌面上。

「我希望你們可別覺得不方便才好。如果有什麼需要，一定要告訴我。我會幫你們把爐火點上的，不過煙囪都已經好幾百年沒掃過了——我擔心你們恐怕會被煙給嗆到，要不然我們就把一整間屋子的爐火都點上。你們覺得這樣夠暖吧？」

茉德生氣勃勃地，肯定地跟她說他們夠暖。微微的紅光，在她象牙白的雙頰上閃了一下。她的生命似乎因寒冷而綻放，她似乎向來熟習冷的感覺。

「那我就不打擾你們了。希望能趕快看到你們的成果。十一點的時候我會泡好咖啡，我再拿過來給你們。」

71 梅瑞狄士（George Meredith, 1828-1909），英國詩人、小說家。

當茉德照她自己的看法，提出他們應該採行的讀信方式時，兩人之間宛如結霜般地十分淡漠。她早已決定好，兩人應該各自去看自己感興趣的那位詩人的信，並且先將一些規矩說清楚，然後兩人一起遵循她在女性資源中心向來沿用的模式，將自己的發現記載到索引卡上。羅蘭並不同意這樣的做法，一方面是因為他覺得自己毫無選擇的餘地，另一方面則是因為他自己懷有一個憧憬，想像兩個人的頭一起低低地靠在手稿上，循著故事的進展，一起分享他自己一廂情願所揣想的——情緒。現在看來，這個憧憬實在可笑，而且根本不可能實現。他表示，依照茉德的模式，他們很可能會丟失敘述推展中的文字感，然後茉德很強勢地反駁他說，他們現下所生活的時代，重視的正是敘述的不確定性，而且他們可以在讀完之後交互參照，何況，再怎麼說，他們的**時間**十分有限，而且她所關切的，是克莉史塔伯．勒摩特。羅蘭答應了，因為時間的緊迫確實是一大問題。於是他們安靜地工作了一段時間，中間除了被帶著熱咖啡瓶前來的貝力夫人打斷之外，再者也就只有一些為了查證什麼事項而提出的怪異的問話。

「妳知不知道，」羅蘭說道：「白蘭琪有戴眼鏡嗎？」

「我不清楚。」

「這裡有個地方提到她的目光，說是表面上看起來閃閃發光。我不確定這裡說的表面用的是不是複數。」

「她是有可能戴眼鏡，也說不定他是把她比喻成蜻蛉或是其他什麼昆蟲來著。他應該是有讀過克莉史塔伯寫的昆蟲詩，那個年代的人迷昆蟲迷得很瘋。」

「那她到底長得是什麼樣子，我是說白蘭琪？」

「沒人知道她到底長什麼模樣。我覺得她應該很蒼白吧，不過那也只是因為她的名字我才會這麼想。」

一開始，羅蘭是以全然專注的好奇在閱讀，一如他閱讀藍道弗．艾許的作品。這種好奇是一種帶著預言的深入，他深知另一個人的心思如何推展，他讀過的東西都是他早已讀過的，他掌控著他特有的、慣性的構句與著重點。他的心可以向前躍進，聆聽尚未讀到的部分的律動，好似他就是作者，在腦中聆聽著這些還未寫出來的文字的魂魄的律動。

不過眼前這番讀信，經過一段時間——一段短短的時間之後——慣常那種辨認和預知的樂趣卻褪了去，取而代之的是高升而起的緊迫感。這主要是因為，寫信的人本身就處在緊迫之下，搞不清自己關注的目的和對象。他發現他很難將這個東西刻入自己平日看待事物的體系之中，他企求清楚明瞭，可是得到的回應，卻似乎總是謎題。由於沒有對方的那一半書信，羅蘭甚至沒辦法弄清楚那些謎題究竟是些什麼，他只能一再地抬頭仰望坐在對桌那位一臉困惑的女士，而她則安靜、賣力、不耐煩地、審慎地在她那一小疊卡片上，鉅細靡遺地做著筆記，然後用銀色的套環把卡片串在一起，眉頭繼而皺了起來。

信，羅蘭發現，那是一種無法預想結果的文字敘述，毫無終結可言。他身處的時代是個由敘述理論主導的時代。書信訴說的不是故事，因為就連這些書信自己都摸不清頭緒，究竟這樣一行一行寫下來，是要發展到什麼地步。若不是茉德那麼冷漠、那麼不友善，他或許會把這個道理說給她聽——這是對大家都有好處的事情——只不過她始終都沒抬頭看他，又或是迎向他的目光。

信，寫到最後，不只排拒了讀者使之無法參與書寫、無法預知、無法猜測，同時，信，其實也排拒了讀者使之成為讀者；只要不是那種做作造假的信，通常信之所以被寫下來，就都只是針對一個特定的讀者而已。羅蘭這時又想到一件事，在藍道弗．亨利．艾許其他的信裡，就不見有哪一封有呈現出這樣的特質。每一封信都很文雅，思慮都很周密，常常妙語如珠，有時還呈現高度的睿智——只是寫起來全然不見對收信人有一絲**迫切**的意味，到底這些收信人是他的出版商，還是他的文學同好，又或是他的對手，甚至——照現存的筆記來看——是他的妻子。她曾毀掉不少信。她曾這麼寫道：

雖然說，那些不再費心重讀他精心鉅作的人，以後將可以在他的信裡啜飲到他所謂的生命，可是只要一想到那雙貪婪的手在狄更斯的書桌上來回耕耘著他個人私密的文件，記錄著他自己，而且也僅只屬於他自己的情思——完全不是針對大眾讀者在寫，像這樣的事，又有誰能忍受得了呢？

其實，羅蘭心裡很不安地這麼想，他認為這些信、這些頻繁熱情的信，根本就不是寫來讓他閱讀的——它們並不是像《北歐眾神之浴火重生》又或是《媽咪著魔了嗎》這般寫來讓別人閱讀的作品，又或是那首拿撒勒詩篇。這些信都是只為克莉史塔伯．勒摩特而寫的。

……妳的聰穎、妳的慧黠——所以我會如此對妳書寫，一如我隻身獨處之時執筆書寫，一如我執筆書寫自身摯誠的情感，那是爲大家而寫，也可以說是不爲任何人而寫——**所以**，在我那從來不曾對任何人私密談話的內心深處，對妳，卻感到如家一般的熟稔。我說「如家一般的熟稔」——實在是愚蠢之至——因爲妳老喜歡讓我感覺到像德文unheimlich所說的那樣，遠離家園般的神祕，令我感到完完全全地**陌生**，不時身處焦躁，憂心自己不夠理想，且明明白白地知曉，我始終都無法辨知下一刻妳會有什麼**驚人的**想法，又或是什麼**無心的**靈光一現。不過詩人是不會想要家的——是吧？他們生來就不屬於圍爐團聚的家庭，屬之於他們的乃是荒野和浪跡的獵犬。來，妳告訴我——妳認爲我寫的這些話是眞抑或假？妳知道，所有的詩篇都是一種發自大愛的吶喊——爲這吶喊、爲那吶喊，又或爲整個宇宙吶喊——而宇宙之爲人所愛，乃是在於其獨特之處，而非其一般通則，因爲愛它，故而愛其每一獨特細節所散放而出的廣遠的生命。我一直都認爲，那樣的一種吶喊，乃是因爲**愛戀得不到滿足**——我親愛的——事實大抵就是如此——因爲一旦滿足，感覺就會厭膩，接著，一切也就跟著消逝無蹤。許多我所認識的詩人，他們都只在心智極度高亢的時候才會書寫，他們認爲那種高亢的心情，就好比是**沉浸在愛戀之中**，這時的他們，不單只是在直陳他們沉浸在愛戀之中的情態，他們同時也是在訴說他們對愛戀的追尋——追尋這位清新的姑娘、追尋那位活潑的少女——然後獲致某個嶄新的隱喻，又或是爲自身網羅一幅光明的遠景。老實跟妳說，我一直都這麼相信，**沉浸在愛戀**這種一般人認爲**最最個人化**的情態，於我來分析，則是迸發於**小小的事項**，一雙黝黑的眼眸，又或是凡事皆無所謂的湛藍，**小小的事項**，像是一襲優雅的身姿與靈性，**小小的事項**，像是一則走了二十二年——且讓我這麼說，一則始於一八二一年直至一八四四年的女人的史事——我一直都相信，這般**沉浸在愛戀**的情態，在愛人的人與被愛的人這兩種極爲獨特的表現下，將呈現出某種最最玄奧的自我隱匿的情況。而身爲詩人之人，不但必須同時想像這兩種身分，而且也得感應這兩種角色，使之溢滿豐沛的生命。我實在很想這麼告訴妳——不不，我現在就要這麼告訴妳——相較於這樣的愛戀，友情乃是更加難能可貴的，它是那麼地奇妙、那麼地獨特，而且無論如何，都會更加地持續耐久。

倘使沒有這番亢奮，他們就無法創作出他們那些抒情的詩歌，也因此，只要有什麼便捷的方式，他們便會藉此以利創作——以其百分之百專一的摯誠——只是這些詩篇並不爲少女而作，而少女，卻爲詩篇而存在。

妳看，我把自己絆在怎樣的一條歧路上了——不過即使如此，我還是要再這麼強調——因爲即使我提出這麼苛刻的說法，批判男人對理想女人典型的奉獻，又或者非難詩人的口是心非，妳也絕不會因此而昂首憤怒的，妳只會以妳那雙詩人的眼眸望向我——斜覷地望著，且充滿智慧——所以我才會如此對妳書寫，一如我隻身獨處之時執筆書寫，以那溢滿我心之**種種**——若非如此，想我還能如何將這一切表達出來呢？妳會明白的，我相信**妳**一定明白——就憑那萌生一切的**種種**，憑那主宰一切的**種種**。

照理，我應該再這麼說明，我的詩篇，我認爲，並不是一時心血來潮想抒發情懷始而湧現——那其實都是出自某種不安穩的、滿心數不盡的、相當局部的、經過細心觀察、費力分析，以及**極度**好奇的狀態，我親愛的，這倒蠻接近散文大師巴爾札克的心態，想妳必然清楚瞭解，因爲妳出身法國，很幸運地，妳就不會像英國名門女子那般地受到禮教的桎梏。我之所以會成爲一名詩人，而不是小說家——那是起因於語言自身的鳴唱。因爲詩人和小說家的差異就在於此——詩人的創作乃是爲了給予語言生命——小說家的創作則是爲了讓世界更加地美好。

而妳，則僅只是爲了向世人揭示那奇妙的、未曾爲人所想見的另一個世界，不是嗎？黎之城，巴[72]——黎之城的倒影，大小高塔盡在水中，而非空中，淹沒的玫瑰、飛行的魚，還有其他各種弔詭矛盾的自然界元素——妳看——我是這麼地知悉妳——我會小心地進入妳的思維——一如手之進入手套那般——竊取妳的隱喻、嚴刑逼供拷問。不過如果妳願意的話——妳還是可以讓妳的手套依然清新芬芳，然後妥貼地摺疊收攏——妳可以的——只要妳寫信給我，寫信給我，我眞喜歡見到墨水在妳筆下輕快飛跳，以及妳那難以捉摸的躍動……

羅蘭抬頭看了看他的夥伴，又或該說是對手，而她，則似乎正以一種令人艷羨的把握和速度持續進行著手邊的工作，細小的紋理一如扇葉般地開展在她的眉間。

因著彩繪玻璃的緣故，她看起來不再像是原來的她。她被分隔成幾道冰冷、艷麗的光焰。當她工作之時，其中的一邊臉頰就在一池紫藍之中進進出出，額頭則大放著綠與金的光彩，玫瑰紅和漿果紅染上了她蒼白的頸子、下頦、嘴巴，紅紫色的影子在眼皮上晃動不已，紅紫色的塔狀稜線來到綠色的絲巾大放光芒。她的頭不時移動，在那周邊，有一抹晦暗的光圈飛舞著塵埃，黑色的微塵鑲著麥草般的金黃，無形的堅實的東西在一片堅實的色澤下，就像小洞孔一般盡皆無所遁形。他開口說話，而她則穿過一道彩虹轉過頭來，蒼白的肌膚上旋著一道道各不相同的光影。

「對不起打擾妳一下——我實在是想不通——妳知不知道黎之城的事啊？黎、之，黎之？」

她像一隻狗把水甩開一樣地甩開了她原本的專注。

「那是布列塔尼的一則傳說，這座城因為造了孽，所以被淹沉在海裡。達戶女王是那裡的主子，她是個魔法師，是國王葛瑞德龍德的女兒。那兒的女人全都是透明的，照某些版本的說法是這樣。克莉史塔伯有寫

72 英文Paris中的Par，恰有「同位」、「同等」之意。

過一首詩。」

「我可以看看嗎？」

「瞥一下可以，這本書我正在用。」

她把書推送到桌子的另一頭去。

《塔拉哈西的女詩人。克莉史塔伯・勒摩特：敘述詩及抒情詩選集》。李奧諾拉・史鄧編選。莎孚女同志出版社，波士頓。紅紫色的封面上載有一張白線框成的圖形，那是兩個中古時期的女子，兩人彎著身子、越過一座方池噴泉擁抱彼此。她們都戴著遮面的頭飾、繫著沉重的腰帶、紮著長長的髮辮。

他將《沉溺之城》大略瀏覽了一下。這本書附有一篇由李奧諾拉・史鄧執筆的短序。

一如〈直立之石〉，勒摩特在這首詩裡援引了故鄉布列塔尼的神話傳說，那是她自幼便已知曉的故事。對於一位女作家而言，這個故事的主題尤具深意，因為一般認為，那或可反映出兩種文明型態的文化衝突，亦即葛瑞德龍德所代表的印歐父權體制，以及葛瑞德龍德的魔法師女兒達戶所代表的更加原始、更強調本能的自然無教派。當葛瑞德龍德在坎佩爾城（Quimper）大肆躍起、意欲放乾土地之時，達戶都還依然故我地浸在水中。這座位於水底城中的女性世界恰與巴黎這個由男性主導的科技工業世界互相映照，說到巴黎，布列塔尼當地居民則皆稱之為巴—黎之城。他們都認為若有一天巴黎之城因罪惡而沉沒，那時黎之城便將再度浮起。

針對達戶為人所稱的罪孽，勒摩特表現出相當有趣的態度。她的父親伊瑟多爾・勒摩特在其所著的《布列塔尼的神話與傳說》中，雖然不曾就此逐一詳述，但也直言不諱地指出了達戶的「扭曲變態」。同樣地，勒摩特也並未逐一詳述……

他輕輕地直接將書翻到刊登詩作的那幾頁。

大地斷不見愧色生紅
誠如黎城女眾。
鮮紅熱血皮下流淌
觸探深入穿梭五臟，
世人所見，猶如透明玻璃
一面一個個曲折轉圜、一道道交叉行澗
絲絲相連，靜脈與動脈
乃自心臟至喉咽，乃自口鼻至眉眼。
玻璃絲狀的肌膚，一如蜘蛛網線
銀亮亮的水面，交織著紅艷。
只因放肆的罪愆
於過去以往，肇始此番災變
降臨其身，自此透明可見
公然迎向眾人之眼。
然其依舊傲慢，雙眉自命不凡
周身環旋金光閃閃……

淹沉的黎之城深沉的寂與靜
搖擺顫動，絕壁之底
教堂尖塔落入濃濃大綠

直直朝向晃動的水面耀眼如鏡
晶亮的圓錐疊疊落降
尖塔返影自是仿自自身影像。
兩際之間鯖魚游浮
宛若輕燕翱翔山谷
流連夏空，且世人亦見
自身返影樹叢顯現
懸倒互視自相接連
只因此地，萬物成雙清朗易見
厚濁稠密亦是雙雙對對倍生重現
視界自此窄小受限
彷似極天之頂極地之剛
盡皆收攏玻璃之箱。
且看眾生受詛淹沉
在在緊持無言的交涉……

淹沉的世界上覆一片
流動之水，一如在那裡間
在眾人蹙眉的玻璃表面
眾女悲情已然沉潛
潮來潮去清晰可辨

流水退盡只見血紅深鮮
周邊盡是飄浮的結石與氣囊
周邊盡是潔白的骨骼優雅且高尚。

就這麼，他們不斷加快速度地工作，以免事情來不及做完，冷颼颼，欣喜若狂，直到貝力夫人出現為他們送上晚餐。

頭一天晚上茱德開車回家的時候，天氣已持續地在轉惡。雲層黑漆漆地聚合在一起，她自樹林望出去，猶可見到一輪滿月；由於濃厚的氣流作怪，那一輪月便顯得十分遙遠，而且好像緊縮成一團，成了個圓圓、笨笨的小東西。她開著車穿過庭園，那兒的樹大多都是上一輩的喬治爵士種的，他也就是娶了克莉史塔伯妹妹蘇菲的那一位，對樹木愛不釋手，舉凡世界各地的樹種，再偏遠也都盡收手底，波斯的李樹、土耳其的橡樹、喜馬拉雅山的松樹、高加索山的胡桃樹，還有猶大樹。他的時間觀曾是那種代代相傳的承傳——他曾承繼了許多百年橡樹、櫸樹，並且闢出了他往後無緣親見的廣闊林地、林間道路，以及灌木叢。在持續擴張的黑暗中，粗皺的大樹幹靜悄悄地自小綠車旁一一掠過，因著汽車前燈幻變的白光，它們一個個看似猛獸般地貿然直起。林子四處浮盪著一種極特別的寒意，那讓全身肌肉都因而繃緊，那讓茱德溫暖的四肢體驗到一種緊密的鉗合，接著，她走出林子進到庭院，寒意衝上她緊縮著的咽喉，密密地牽動起某種情態，以她詩意的觀點來看，那叫做深摯的心弦。

克莉史塔伯亦曾走過這些林間小道，是意氣使然，或許也出自一種靈通，她急驅著她的小馬車，趕赴莫斯曼牧師主持的聖餐儀式。一整天下來，茱德覺得克莉史塔伯實在不是個容易相處的人，為了對付這種壓迫感，她不斷地讓自己更加地系統化。用大頭針上釘、分門別類、打探瞭解。出了門來到這裡，一切卻不同了。那匹小馬車在她內心持續地向前行駛，載著那位神祕難解的乘客。林樹矗起，堅實得緊，而當這些林樹一一沒入黑暗之中，一種原始的緊鉗的力量隨之高升而起。這些樹都很古老，這些樹既灰暗又青綠，而且堅硬挺直。不過茉德這般詩情畫意的思索，對象是女人，不是樹木。她之所以想到這些原始的生物，乃是來自於她自己對傳承的一番感受，因為眼前這些樹木在酸雨的侵蝕下，又或是因著挾帶污染的疾風，隨時都有可能枯竭而滅亡。她的腦海中突然浮現出一幅景象，那是樹叢在百年前於某個明亮的春光中舞動的情景，它們閃耀著青綠的金光，猶然是柔順的樹苗，輕輕一擺，復而彈回。這一大片厚實的樹林、她這輛嗡嗡叫個不停的鐵殼車、她一心想窺探克莉史塔伯走過的人生的好奇心，忽然間全都像是什麼鬼魅一樣，輕飄飄地啃蝕著、煎熬著來自過往的青春活力。樹林之間的空地黑漆漆的，一圈圈亮晶晶、鬆塌塌、濕答答的枯葉落在上面；就在她眼前，同樣的這一批黑葉持續延展，宛若柏油路面上隆起的黑點。一隻小傢伙突然衝出來站在前方，牠的雙眼呈半球體，泛滿呆滯的紅光，折射的目光、大放光彩，繼而消失不見。她突然轉向一旁駛去，差點兒就撞上一棵已遭砍伐的粗大的橡木殘株。濕濕的不知名的滴液抑或薄片——也不知究竟是哪一種——明快地顯影在擋風玻璃上。茉德在裡頭，而外頭則是生氣勃勃，且各不相屬。

她住的公寓，有著毫不含糊的明亮與潔淨，那彷彿總是等著客人上門的狀態很是奇怪，不過現下夾在信箱口的兩封信倒是例外，但那可不是它歡迎的對象。她隨意地將信抽出來，行轉回去，拉上窗簾，打開許多盞燈。就連這幾封信也都給人一種壓迫感。其中一封是藍的，另外一封則是那種一般商家所使用的棕褐色，也就是各大學在簡約的新風氣下用來取代以前那種有著白色浮凸圖紋信箔的公文封。藍色的那封是李奧諾拉．史鄧寄來的，另一封上頭則寫著寄自亞伯特親王學院。照理她原本會以為那是羅蘭寄來的，可是現下他人就在這裡。她對他一直不是很友善，甚至有些頤指氣使地。這整件事其實讓她感到十分不安，為什麼她就只有在這些牆面和窗簾的圍攏下、在她明亮安全的小窩裡獨自一人時，才有辦法輕鬆、安然地做自己的事？在為克莉史塔伯答辯之時，克莉史塔伯也賦予了茉德另一番新的定義，並且警醒著她。

這裡有個**謎題**，先生，一個古老的**謎題**，一個簡單明瞭的**謎題**——幾乎不值得你多花什麼心思就可以想見——一個脆弱易碎的謎題，披覆著白色與**金色**，活生生的生命就藏在裡邊。其中有一只金色柔嫩的軟墊，說來弔詭，它的光澤你若不將雙眼緊緊閉上便無緣得見——你得用**感覺**去看它、讓它自內心的指間輕輕滑過。這只金色軟墊就包裹在它自己的水晶般透明的箱篋之中，那只箱篋朦朧透亮，無盡地環繞在其無盡的圓裡，因爲它沒有任何銳利的尖角，也不見有任何浮突，有的就只是那一抹難以分明的乳白色月長石的瀲亮。這一切全都包纏在絲綢裡邊，其纖細一如薊花的冠毛，其堅韌一如強悍的鐵鋼，而這綢絲乃置放於一道**雪花石膏**之中，這可能會讓你覺得很像一只**骨灰甕**——不過這上頭可沒刻上墓誌銘，因爲那裡頭可還沒放有**灰燼**——也沒有山形牆、沒有輕擺的罌粟雕飾在上頭，更沒有蓋子能讓你掀起來往裡窺探，因爲所有的一切都是緊緊密封著的、是平滑無瑕的。或許會有那麼一天，你可以將盒蓋掀起而不會受到任何懲罰——也或許，那時它將自行自其中掀開——因爲經由那樣的方式，或有生命會從中降臨——然而若是經由你手——你會發現——唯一的命運就只有**凝凍**與**死亡**。

蛋，先生，這個答案就是蛋，一如您一開始就清楚領略到地，一顆**圓蛋**，一只完美的**圓**，一顆活生生的**石頭**，沒有門也沒有窗，其生命持續沉眠，直到爲人**喚醒**——或許那時她就會發現她擁有一雙可以自在伸展的**翅膀**——可是這裡的這顆蛋卻又不盡然如此——唉！可歎啊——

既然**蛋**是我的答案，那麼**謎題**可又是什麼呢？

我就是我自己的謎題。噢！先生，您一定要高抬貴手，千萬別想著要改善，又或是竊取我的孤獨。那樣的一種情境，是我們女人向來學著要去害怕的事情——噢可怕的高塔、噢塔邊蔓生的叢林——得不到安適友善的**巢窟**——只見一座孤立的高塔。

不過他們對我們所說的其實全是謊言這你知道，不光這件事，其他很多的事情也都一樣。孤立的**高塔**或許會皺眉蹙額，或許會發出恐嚇威脅——可是它也讓我們非常安全——在它的界限之內，我們得享某種程度的自由，而那種自由，是你——一個向來擁有自由周遊全世界的人壓根就不須去想像的。我也並不要求你去想像——只是請你坦開心胸地相信——別把問題怪到那些虛僞的抗辯上——我的**孤獨**亦即我的**珍寶**，是我所擁有最最美好的一件事情。我眞捨不得走出來。倘若你眞打開這扇小門，我不會跳開的——噢！我只會在我金色的牢籠裡極其暢快地高聲歌唱——

將**蛋**打碎不值得你出手一試，也不值得男士**浪擲**光陰。想想看，如果你施展你那**強大**的力量，敲碎這顆堅實的小石，那時出現在你手中的會是什麼呢！不就是些濕滑滑、冰冷冷、煩厭得讓人難以想像的東西嘛！

茱德很不想把李奧諾拉那封信拆開來看，她的字裡行間總都是霸道和怪罪。因此，她拆了那封褐色的信簡，結果發現狀況更糟，信是佛格斯·吳爾夫寫來的，一年多來她一直都沒和他有什麼聯絡。就有那麼一種字體始終讓人看了就倒胃，即使一年後、五年後，又或是二十五年後。佛格斯的字體就是這種，很男性化的，字和字之間貼得緊緊密密，但又不忘用上特殊的花體寫法。茱德的胃開始翻攪了起來，那張蹂躪得不像話的大床再度浮現在她眼前。她伸出了一隻手移向她的長髮。

親愛的茱德，永誌不忘，希望我也仍在妳心裡，眞的。妳在古老潮濕的林肯郡可好？沼澤有沒有讓妳覺得很憂悶？克莉史塔伯還好吧？讓我告訴妳一個消息，希望妳會很高興，那就是我已經決定在約克郡的隱喻研討會上，以克莉史塔伯爲主題發表一篇論文。我想「城堡之后：藏放城寨之物」大抵就是我主講的題目。

這有沒有讓妳很感震驚呢？我得到妳的允准了嗎？甚至，我是不是能期待前去親覽妳收存的檔案呢？

我會針對仙怪曼露西娜建造城堡的種種事跡，討論其中各種對立的，以及衝突的隱喻。傑奇·勒·高弗[73]有一篇很棒的文章討論的就是「曼露西娜拓荒英雌」；照新歷史主義的學者來看，她應是一種地靈，又或是地方上主掌**豐收**的神祇，又或是掌管穀物但地位較低的女神。不過說到這裡，妳也可以採用精神分析大

73 傑奇·勒·高弗（Jacques Le Goff），法國新歷史主義學者，專研中古歷史。

師拉岡針對城寨所建立的意象典範——拉岡說，「自我的形構會在夢中以城寨又或是露天運動場的符號出現（克莉史塔伯的作品裡有否出現過什麼露天運動場？）——周圍遍布沼澤濕地、破爛荒唐——並且區隔成兩個對立的競技場域，而主體就在其中掙扎前行，尋找高遠、偏僻的內在的城堡，而這座內在城堡的形式則會讓人完全料想不到地成爲本我的符號。」我可以再多加一些眞實或是虛構的城堡讓這個理論更形繁複——並且充滿愛意與敬意地援用妳那一套極有潛力的針對閾及閾界的研究。妳的看法如何呢？那可行得通？我是不是會被米那德[74]給撕裂喲？

我之所以會想寫這封信，一則是因爲這篇專論讓我難捺興奮之情，再者，則是因爲我的許多密探都跟我說，妳和羅蘭·米契爾（一個十足無趣的人，不過倒是我們這一輩的人當中蠻正直的一位）一起發現了一些什麼東西。我的頭號密探——她是位小姐，最不樂見這些事情如此發展的人就是她了，她跟我說你們現下正在一起過新年，查探一些相關的事情。想當然耳，好奇心磨得我可難受了，或許我會前去妳那兒，看看妳的檔案。我眞好奇妳會怎麼看待這位朝氣蓬勃的米契爾。可別把他給吃囉！親愛的茉德！他的層級和妳是不同的，就學術這個面向來看，事實就是這樣，他的層級和妳的層級完全不能相提並論，這妳不久就會發現了。

不過妳和我，倒是可以激盪出最愉快的談話，我們可以上談高塔，下談水底、談蛇尾巴、談飛魚。妳以前有讀過拉岡講飛魚以及細胞氣泡迫害的文章嗎？有時候我眞想念妳，妳知道的。妳對我實在不是很友善，而且也不夠公平。我對妳也是一樣，妳一定會這麼說——不過我們倆又何曾友善公平過呢？妳對於男人的短處總是那麼嚴苛地不留一點餘地。

請賜給我一個許可令，放我著手進行我那篇進攻圍城的論文吧！

永遠如此愛妳的

佛格斯

74 米那德（Maenad），酒神的女祭司，亦指行為狂暴的女人。

親愛的茱德：

好久沒有妳的消息，到現在爲止大概已經有兩個月了，我覺得蠻奇怪的——我相信妳一定很好，妳的無消無息只是表示，妳的研究進行得十分順利，讓妳如此全心地投入。可只要妳一安靜下來，我就很替妳擔心——我知道妳一直不很開心——在妳努力進步的每一天裡，我都發自衷情地想到妳——

上一次寫信給妳的時候，我提到説我可能會著手去討論《曼露西娜》裡頭的水、乳汁，還有羊水——爲什麼水老是被看成是**女性特質**的東西？——這點我們已經有討論過——我想寫一篇長篇的論文，好好討論水裡的女精靈、女鬼，和蛇精——反正就是那些被認爲會帶來危害的女人——妳的看法如何？我可以把這個主題延展到那座**淹沉的城池**——還可以引用女性性意識裡頭那些非關生殖器的意象，這可是絕無僅有的——我們有必要跳脱陰道以及陽具這些説詞——城裡那些淹沉的女人或許代表的就是女性身體在性敏感地帶的完整性，只要把環繞在她們周身的液體一視同仁地全看作是一種旺盛的性慾，那麼這點就可成立；此外，這也可能牽涉到那隻在大理石浴池裡激盪池水又或是**把自己完全浸沒**在水中的女人（還是龍怪）的性愛完整性，勒摩特不也就是這麼意有所指地形容她的嘛！妳的看法如何呢？茱德？

莎孚女同志社一九八八年會在澳洲舉行一場集會，到時妳有打算發表什麼論文嗎？我心裡是在想，針對這場研討會，我們可以好好地來研究十九世紀詩文裡女人的性愛及其自我呈現、揭露的策略與遁辭。妳大可擴展妳自己對於閾界以及疆界消融的看法。還是説，妳想更進一步地來探討，勒摩特作品背後極大的動力，其實就是她在性愛上的女同志傾向。（就是她的壓抑才讓她顯出她那般與眾不同的詭譎和隱祕，這點我很認同——不過妳對於她如此拐彎抹角**道出心聲**的強悍向來都沒什麼好評。）

我眞的常常都會記起夏天我們在一起的那段短暫的時光。我想到我們一起在高地上漫走了好久，也想到夜深時在圖書館的時刻，我們還在妳家的爐邊，舀著一杓杓道地的美國冰淇淋。妳眞的是很體貼很溫柔——讓我覺得我在妳家那處處柔弱易脆的地方，不時地到處搞破壞，笨手笨腳地不是撞倒個小屏風，要不便是將圍攏妳那英國式私密的隔間板給弄翻——可是妳並不開心，對不？茱德？妳的生活裡存在著那麼一處空缺。

出來到這裡走走吧！體驗體驗美國女性研究那熾盛的風暴與緊迫，對妳絕對會很有益處的。只要妳有興趣，我馬上可以幫妳安排一個職缺，絕對沒問題。就考慮考慮吧！

在這段空檔裡，請往她的墳前走一趟，致上我深深的情意——如果妳有時間的話，又或是妳也願意，請拿起鐮刀動一下——看到她如此地被輕忽，我全身的血液都要沸騰起來了。就以我的名義，多獻上一些鮮花——好讓青草吮飲——她的安息之地總讓我的心感動得難以承受。我眞希望我能這麼想，或許她自己早就預見到自己將會得到如此戀慕了，一如她所應得——

我同時獻上我十二萬分的情意給妳——並且這一次，我會靜候妳的回應。

妳的
李奧諾拉

這封信帶來了一個攸關道德的難題，讓人不知該否有所動作：若要把這次發現的事情告訴李奧諾拉，那得在什麼時候、用什麼方式才最理想、最能顯出誠意呢？她是絕對不會樂見這檔事的。她不喜歡藍道弗·亨利·艾許，更何況，如果她還在針對克莉史塔伯的性意識傾向大作文章的話，恐怕她會寧願自己從來都不曾知悉這一回事。她一定會有種被人背叛的感覺，而且兩個人如姊妹淘般的情誼也會因此而被辜負。

至於佛格斯。至於佛格斯。曾經有一段或說是蜘蛛絲又或說是傀儡線的關係將她和他緊緊牽連在一起，而佛格斯向來就習慣沒事去拉扯這段早已鄭重斬斷的情絲，只不過茉德還太嫩，她不明白這是分手戀人常有的現象。一想到他計畫要寫的進攻圍城的論文，她就覺得很煩，卻不知道這件事其實就是為了讓她心煩而刻意捏造出來的。想到他怪異地提到拉岡和飛魚和細胞氣泡的迫害，她也同樣覺得煩。她決定把這個說法追查出來——系統化的方法向來是她抵禦焦慮的良方——而就在這時，她找到了她要的。

我記得我一名患者他所做的夢，這個人的侵略性呈現出某種妄想的樣態；在夢裡，他看到自己在開

車，旁邊陪著一名女子，他和那名女子之間有一段不很順利的戀情，後頭有一隻飛魚在追他們，由於魚的表皮是透明的，所以大家都可看見它體內橫面的液位，而那意象代表的正是在大體解剖一覽無遺之下，細胞氣泡所帶來的迫害……

那張蹂躪得不像話的大床再度浮現在她心底，宛若一顆顆慘遭鞭笞的古老的蛋，宛若是髒污了的細雪。佛格斯．吳爾夫似乎有點兒在嫉妒羅蘭．米契爾。如果真是這樣，那麼他跟茱德說到他時所形容的「層級不同」倒是相當厲害的說法，就算她真看穿了這個把戲，這也已是一個難以抹滅的印象了。而且她確實也**早就知道**羅蘭的層級和她的層級根本不同。她當初實在不應該那麼沒有禮貌的，他那個人那麼溫和，完全不會讓人有受壓迫的感覺。十足地卑躬屈膝，她意興闌珊地這麼想著，同時關上了燈。十足地卑躬屈膝。

第二天，她驅車前去思爾圍地，高地上白染染地鋪了一層雪花。雖說落雪早停了，可是天空中仍沉沉地布滿白雪，那是相當勻淨的白鑞色，就壓在綿延不絕直至天際的空靈的白色山丘上，整個世界也因此看起來像是被上下倒置了一樣，暗黑的水色浮現在盤旋的雲層之上。喬治爵士的樹上掛滿了冰霜以及俗麗的飾品，極其光怪陸離。她一時興起，就在馬廄外頭把車給停了下來，打算走路到冬園去。冬園是特為蘇菲．貝力所建的，克莉史塔伯．勒摩特非常喜愛這座園子。她想看看這座園子，因為在以前園子本來就是要讓人參觀的，她想留下些記憶，然後和李奧諾拉一起分享。她繞著菜圃的邊牆行走，腳底發出嘎嘎啦啦的聲音。順著一整列宛若張燈結綵般掛滿雪花的紫杉，她來到了繁密的、層層疊疊的常綠樹林——冬青、杜鵑、月桂——恰恰就在池塘區中心形成一塊狀似三葉草的空地，而克莉史塔伯以前便是在這個池塘裡目睹結了冰的金魚和銀魚。在幽暗中，金魚的存在平添了斑斕閃閃，「**此地勇猛的小魔靈**」，克莉史塔伯曾這麼說過。這兒有個石椅，周邊堆滿了白雪，就像附在椅上的軟墊似地，她沒把它們給撥開。眼下真是靜極了。雪花再度飄落，茱德把頭低下，然而才做出這個動作，她便很自然地想起克莉史塔伯也曾站在這個地方，凝神望向這層在白雪飄覆之下幽幽發著亮光的結了冰的池面。

池中兩魚在嬉戲
盡是金碧紅銀玉
無視水色灰與綠
閃亮一日在夏季

綿綿冬夜至深時
光中沉眠眼不遲
亮影叢生銀與赤
冰霜幢幢隻影直

既是至寒亦至烈
似生若死無心念
茫茫無力難氣嚥
高懸始至霜退卻

那兒有魚嗎？茱德在池邊蹲下身子，身旁的公事包兀自矗立在飄雪之中。她伸出她那戴著手套很是優雅的小手，將冰面上的雪給撥了開來。冰面凹凹凸凸地，上頭有些泡沫，不是頂純淨。無論在這之下有些什麼東西，根本都不可能看得清楚。她的手在冰面上畫起了小小的圓圈，磨了幾下，然後她就看見黑如生鐵般的池面之中，幽幽渺渺地、蒼白慘淡地，顯影著一個女子的面容。那是她自己，就像層雲掠過的月亮那樣橫亙著條紋，朝著自己搖擺不定。那兒有魚嗎？她彎身向前。白茫茫之中，一個人影黑幢幢地突然冒了出來，一隻手砰然碰在她的手臂上，沒頭沒腦乍然一陣觸電的感覺。那人正是卑躬屈膝的羅蘭。茱德放聲尖叫起來，接著又再尖叫了第二次，然後蹣跚地站起身來，氣沖沖地。

他們瞪大了眼睛望著對方。

「對不起哦——」

「對不起哦——」

「我以為妳站不穩要掉下去了——」

「我不知道那裡有人。」

「我嚇到妳了！」

「我給你添麻煩了！」

「那沒什麼關係——」

「那沒什麼關係——」

「我一直跟在妳後面走。」

「我是來這看看冬園的。」

「貝力夫人擔心妳是不是出了什麼事。」

「雪沒下得那麼深。」

「雪到現在都還下個不停呢！」

「我們是不是該進去了？」

「我不是有心要打擾妳的。」

「那沒什麼關係。」

「那兒有魚嗎？」

「你能見到的，全都是不完美、投射出來的影像罷了。」

接下來，兩人工作時氣氛異常地緘默。他們勤奮地低著頭——待會兒，他們就會明白自己所讀的內容是怎麼一回事了——他們抬眼望向對方，神情相當地陰沉。落雪了。一落再落。白色的草坪高高突起，直與圖書室的窗戶平高。貝力夫人帶了咖啡過來，她靜靜地推著輪椅，進入了這個始終冷峭的屋子，全身散發著老成世故的犀利與洞察。

午餐吃的是臘腸、馬鈴薯泥，以及辣味的奶油蕪菁泥。他們就圍在熾烈的柴火旁，雙膝跪著，背靠著灰斑點點的窗戶。喬治爵士開口說：「妳頂好還是別回林肯郡了，貝小姐？妳的車照我看應該是沒有裝防雪鍊吧！英國人是不裝這玩意兒的。任誰都會以為英國人沒見過雪，看看下雪的時候他們那個樣子就知道了。」

「我覺得貝力博士還是待在這兒比較好，喬治。」他的妻子說道。「我覺得就這麼讓她出門，而且還得在這種天氣裡打高地裡過，實在是有些危險。我們可以幫她在蜜兒德蕾德小時候住的那間房間鋪張床，一些用品我也可以借她啊！我覺得我們現在應該就趕快去把床準備好，在屋子裡放上些熱水瓶。妳覺得這樣好不好，貝力博士？」

茉德說她不能待下來，然後貝力夫人就說她一定得待下來，然後茉德說她根本不該出門來到這兒，接著貝力夫人就說她這實在是一派胡言，然後茉德又說這會增加他們的麻煩，喬治爵士則說不管事情是對是錯，阿瓊永遠是對的，所以他現在就要上去整理蜜兒德蕾德房裡的那張床。羅蘭說他也來幫忙，茉德則斷然回絕，接著，喬治爵士就和茉德一起離開，上樓找被單去了；貝力夫人則正往熱水瓶加著水。她一直對羅蘭很有好感，對他，她都直接叫他羅蘭，可是對茉德，卻是以貝力博士相稱。她在走往廚房的時候抬眼望了望他，臉上一個個銅板般大小的褐色斑點因爐火而更形深邃。

「我希望這麼做可以讓你開心，我希望有她在這裡，你會覺得開心。我希望你們可別是有什麼口角，還是什麼的才好！」

「口角？」

「你和你那個小情人啊！就女朋友嘛！反正怎麼說都好啦！」

「噢不是啦！我是說，沒什麼口角啊，她根本就不是——」

「不是？」

「不是我的——女朋友啊！我跟她其實不熟，純粹就只是——學術研究而已。全是因為艾許和勒摩特的緣故。我在倫敦早就有個女朋友了，她的名字叫做凡兒。」

貝力夫人對凡兒顯然沒多大的興趣。

「她真是個漂亮的女孩兒，我是說貝力博士。冷冷的，也許是害羞吧！又或許冷和害羞都有吧！就是那種我母親常說的冰霜美人。她是個約克郡女孩，我是說我母親。不是出自名門，不是什麼千金小姐。」

羅蘭對她微微一笑。

「我以前都和喬治的幾個堂姊妹一起上家教老師的課，跟在旁邊作陪就是了。等到她們去學校上學的時候，我常常都會騎上她們的小馬練著玩兒。露絲瑪莉還有瑪莉高德．貝力。和你那位茉德倒是蠻像的。我和喬治也就是這麼認識的，他後來就決定跟我結婚。喬治只要一想到什麼，他就非去做到不可，這你也看到了。也就是這樣，我才會那麼喜歡打獵，結果搞得從馬上掉下來滾在樹籬底下，那年我三十五歲，然後就是你現在看到的這個樣子了。」

「我懂，那真浪漫呢！也真慘！對不起哦！」

「我還不算有多慘啦！喬治是上天給我的恩賜！把那些瓶子拿過來給我好嗎？謝謝！」

她的手很穩重地往瓶子裡加灌著水。這裡所有的一切全都是為了讓她方便而特別設計過：茶壺、茶壺架、停車的地方、椅子的固定。

「我希望你們兩位可別覺得有什麼不便。喬治一直覺得我們這麼樣地過日子是件很丟臉的事——很拮据，什麼都要省——這幢房子還有這片土地就像張大嘴一樣地在吃錢，可這樣也才只不過能讓房子別壞得太快而已。他很不喜歡別人來這兒看到我們的現況。不過我真的很喜歡有人來一起說說話。我喜歡看你們倆在那兒工作個不停，我希望那些東西真能有些什麼價值才好。你們是沒說什麼啦！不過我希望你們在那間透風的大屋子裡可別**凍著**了才好！」

「冷是有一點啦！不過我覺得很舒服，那房間讓人覺得很舒服……雖然說現在好像還沒法說清楚那些東西到底是怎麼一回事兒，不過就算再冷上兩倍那也絕對是值得的。應該就快了。能在那間舒服的屋子裡讀著那些信，我想我以後是無論如何都不可能會忘記的……」

茉德的臥房——亦即蜜兒德蕾德小時候住的那間房間——位在長廊的另一端，正好與羅蘭住的那間小客房以及一間雄偉堂皇的哥德式浴間遙遙相望。至於蜜兒德蕾德是何許人、現在還在不在，他們則誰也沒再多說。她的房間裡有個石刻的壁爐，雕花十分精美，深凹的窗子也同樣是這種格調。高架的木床上鋪著厚重的馬毛呢床墊、套著條紋套布。羅蘭兩手滿抱著熱水瓶前來，眼前的景象讓他又想起了之前曾浮現在他腦海中的真公主和豆莢的故事。喬治爵士則帶來一只銅盤，裡頭亮著一叢花蕊似的電光火焰；他將電暖器朝往床邊放。有只上了鎖的櫥櫃，裡頭明顯可見放了些毛毯、一大堆一九三〇年代小孩用的餐盤和玩具，以及一塊印有納京高[75]的油布墊；再來還有一座鑲了一隻蝴蝶的夜燈、一只印有倫敦高塔圖案的厚盤，以及一個褪了色的衛士人偶。另外有一只櫃子，則儼然是楊吉和巴吉雅[76]作品的收藏庫。喬治爵士十分靦腆地再度出現，這次他帶來了一件蜜粉色的棉織薄絨睡衣以及一件以金銀兩色繡著一隻中國龍和一群蝴蝶的很是華麗的孔雀藍和服。

「我太太希望你們可別覺得有什麼不便才好。哦！新牙刷我也帶來了！」

75 納京高（Nat King Cole, 1917-65），美國早期知名爵士樂手。其女納塔莉・京高（Natalie King Cole）則為現代知名歌手。原文Old King Cole乃指父親納京高。

76 夏綠蒂・瑪莉・楊吉（Charlotte Mary Yonge, 1823-1901），英國維多利亞時斯極受歡迎的小說家。安琪拉・巴吉雅（Angela Brazil, 1868-1947），英國首位為少女撰寫故事的小說家。

「您想的真是周到！我實在覺得自己很蠢。」茉德說道。

「換個時間事後再來看事情大概都會覺得這樣果然比較好。」喬治爵士這麼說道。他很開心地把他們倆叫到窗邊來。

「反正就看看吧！看看那片樹林，還有高地上厚厚的落雪。」

白雪持續地下個不停，飄過悄悄的一片靜空；寧謐的落雪漸漸吞噬了整片大地，山群的稜線和輪廓逐步消失，樹林子裡沉積著一層層閃閃發著柔光的披風和毛毯，線條彎曲而單一。萬物自四面迫進這幢坐落於山谷中的房舍，眼看山谷彷彿就快要被填滿似地。草坪上的花甕頂著雪白的頭冠漸漸下沉，那樣態看起來，像是往不斷深化的地層裡下墜似地。

「妳明天也別出門了。」他說：「除雪犁不是沒有，就是要等降雪小一點的時候牧師送過來，那時候東西也才派得上用場。希望我的狗食還可以撐到那個時候才好。」

午後時分，他們持續並進地讀著信，在在感到意外與驚歎。他們和貝力夫婦倆一起坐在廚房爐火邊吃晚餐，餐點是凍鱈魚肉、炸薯片，還有味道很棒的果醬布丁捲。兩人雖然沒有經過實際的商量，卻也都很有默契地暫時撇開跟信有關的問題不談。「噯，這些信到底有沒有什麼價值啊？還是你們覺得那根本沒什麼？」喬治爵士問道。羅蘭說他對於信到底有無價值沒什麼概念，不過這些信真的是很有意思。貝力夫人把話題移轉到打獵上，然後和茉德及丈夫大談了起來，留下羅蘭一個人，腦子裡迴響的盡是鬼魅般的言語，以及湯匙鏗鏗鏘鏘的聲音。

他們早早就上樓去，只剩屋子的主人還留在一樓，那兒至少有塊地方是溫暖的，不像敞闊的樓梯間以及他們即將前往就寢的那條長廊。冷冰冰的空氣一如雪絲般地嘩然灑在石階上。長廊上鋪有地磚，是孔雀藍和青銅色，中規中矩的百合和石榴圖案則因灰暗的塵埃而變得朦朦朧朧地。一塊長長的、縐巴巴像帆布一樣的地毯一直就鋪在這上頭——「粗氈？」迷困在文字之中的羅蘭心裡這麼想著，他在藍道弗．亨利．艾許的詩作裡曾遇見過這個詞，那說的是有個人——亦即一名逃跑的牧師——他曾經「踮腳走在粗氈間，倉皇行於石頭面」，然後就被屋裡的女主人給嚇了一大跳。這些長形的地毯灰灰黃黃的，四處可見得新近留下的足印，他們曾在這兒擦拭地磚光面上的蒙塵。

走到樓上時，茉德毫無猶豫地轉身面向他，客套地將頭微微前傾。

「嗯！那就——晚安了。」她美麗的嘴從容而堅決。羅蘭原本隱隱以為兩個人既然碰在一起了，或許有可能、也應該會一起討論工作的進展，對照各自的筆記和發現的事情。從事學術研究大多不都是這樣，即使他其實早就因為震盪的心緒和冰冷的天氣覺得累極了。茉德兩手緊抱著一堆檔案，那就像是有一幅護胸甲緊緊扣在她身上似地。她的眼神不自禁地流洩出一種警戒、防備，讓他覺得很不舒服。他於是開口說道：「那就——晚安了！」接著便轉身離去，走向長廊他房間所在的那一端。他聽到身後的她輕輕地走進黑暗之中。這道長廊的燈光很暗，他猜這裡有的大概也就只是一些沒啥用處的煤氣網罩以及兩盞慘澹的六十瓦燭光的燈泡，燈泡外頭還罩著高級酒吧裡中國苦力頭上戴的那種鋼盔。到後來他才知道，如果自己早先和她商量一下浴間的使用，他想必會好過一點。他自以為禮讓她讓她先行使用是禮貌的表現。走廊這兒很冷，他壓根不想在這兒走過來又走過去——就穿著一身睡衣睡褲——站在那兒閒晃蕩。他決定慷慨地給她四十五分鐘——這樣的時間對於所有在冰天雪地裡沐浴盥洗的女士可都是綽綽有餘的了。在這段空檔裡，他打算讀點藍道弗．亨利．艾許的東西。他並沒打算看自己讀信時作的筆記，他想讀的是《北歐眾神之浴火重生》裡那一場索爾[77]大戰霜怪的戰役。他的房間真個是冷斃了。他用了些老舊的鳧絨被和床罩給自己弄了個小窩，窩被上到處都是潑染的藍玫瑰，然後，他坐了下來靜靜等待。

77 索爾（Thor），北歐神話中的雷神。

　　當他在靜默中沿著長廊前行，他覺得自己還蠻機靈的。厚重的大門上了門閂，在石拱門之中一片漆黑。完全沒有潑水或灑水的聲音。他於是禁不住懷疑起來，覺得浴室裡說不定根本沒人——其實就算有聲音，那又怎麼可能穿得透那道堅實的橡木呢？他沒打算去搖晃那道上了鎖的大門給她和自己製造尷尬的場面。他因此單腳跪在那張他認定是粗氈的地毯上，然後把眼睛靠向大大的鑰匙孔。原本正對著他閃閃發亮的鑰匙孔，忽然間讓他措手不及地就消失了。這時大門打了開來，一股潮濕、清新的水氣立刻在冷空氣中竄進他的鼻子。她差一點就摔倒在他身上，她伸出一隻手靠著他的肩膀讓自己站穩，而他則火速地伸出手去，緊緊攬住絲綢和服底下那一圍窄細的腰臀。

　　接著，事情就發生了，一如藍道弗．亨利．艾許所說的**麻酥酥的電感**，那驚人的悸動，就像藏在大圓石底下的歐洲海鰻對著自信滿滿的探險家所釋放出來的電擊一樣。羅蘭設法讓自己站起身來，他很快地抓住了她的絲袍，接著又像是被針刺到似地急急鬆開了手。她的手呈粉紅色，有些兒濕。灰白色的髮梢也是濕答答的。那一頭長髮放下來了，他看到了，那一頭長髮披散在她的肩上頸上，飄掠過她的臉龐。他卑躬屈膝地心想，那張臉的表情肯定十分震怒，可是當他定睛一瞧，他看到那張臉的表情很單純地就只是受到驚嚇而已。她難道就只是把電流**釋放**出來而已嗎？他很好奇，到底她是否也感覺到了那股電流呢？他的身體確切地告訴他，她也感覺到了。可他不信任他自己的身體。

　　「我是想看看裡頭有沒有燈光。那這樣如果妳在裡面的話，才不會打攪到妳。」

　　「我知道。」

　　絲綢的藍領子也同樣濕濕的。在這晦暗的燈光下，整件袍子看起來就像是淌滿了水流似地，那顆紮實地綁住腰帶的結，擰出了一道道絲般的細流布滿她的身體。而露在絲綢縫邊底下的，則是沒什麼特別的綴巴巴的粉紅色絨布邊以及一雙穿著拖鞋的俐落的腳。

　　「我等著讓**你**用浴室等了好一會兒。」她說道，似是在表達善意。

「我也一樣。」

「沒什麼大礙吧！」

「沒有！」

她伸出她濕答答的一隻手。他執起那隻手，感覺它的冰冷，同時也察覺到有什麼東西正在消褪。

「那就──晚安了。」她說。

「晚安！」

他走進浴室裡去。就在他身後，那條長長的中國龍黯然地迤邐而去，倚著它那水藍綠的表面，沿著幻變的地毯，仰望著那頭灰白色的長髮冷冷地發著光亮。

浴室裡頭，水氣成片地依附在水盆四周，還有之前留下來少許的水痕，以及裡邊地毯上一長列濕濕的足印，這一切都在在顯示著，她曾經就待在這個地方。這間浴室有很多凹洞，不知為什麼會這樣搭建在屋簷底下，屋簷一路往下傾斜，底下留有一個空間存放煤炭什麼的，裡頭堆滿了大約三、四十個骨董級的水罐和洗臉盆，盆罐上綴滿了深紅色的玫瑰花蕾、密密地飾滿了金銀花、大剌剌地潑灑著一束束飛燕草和夾竹桃。浴盆極大極深，就立在浴室中央，頂著一雙獅爪高高升起，像極了一座大理石精雕石棺，巨大的黃銅水龍頭一如皇冠似地鑲在上頭。天氣實在是太冷了，冷得讓人絲毫不會考慮往浴盆裡放水，即使這個盆子再怎麼樣也不愁注不滿。羅蘭十分肯定，即使是像茉德這樣事事求精的人也都絕對不會這麼做。從她留在軟木墊上濕濕的足印來看，她從頭到尾都是待在水盆旁邊盥洗的。在浴室暗黑的另一頭，水盆和馬桶高立在各自的基座上，典型的英格蘭風格，像朵花似地，讓羅蘭神往不已。長這麼大，羅蘭從來不曾親身見識過像這樣的物件。兩件器皿都滑溜溜、光亮亮的，下頭是一大片饒富意趣的英國式花紋，一片糾結繁複的花團錦簇，看起來似是隨機任意地自然排列，圖案完全不見有任何重複。當他往盆裡放水的時候，水盆在煙霧朦朧的水氣之中展列著歐洲野薔薇、金鳳花、罌粟花、藍鈴花，以及一道河岸的返影，如果那河岸看起來不像是查爾斯·

達爾文所說的「藤蔓纏繞的河岸」[78]，那就應該和仙后泰坦妮亞睡臥的河岸挺相像的[79]。相較於洗臉盆，馬桶就又更加地有模有樣了——逐漸稀薄的花環、散布四方的小花束，盡皆順著瀑布般懸垂而下的花枝盤環打漩，下方則是一列一列的鐵線蕨圖案。就座的地方是氣派的四方角桃花心木。假如當真因這個設備原本的用途而去使用這麼漂亮的東西，那似乎是太暴殄天物了。羅蘭心想，茉德之前一定也曾這麼樣地欣賞著這些設備，忘情地留連在這般堂皇華麗之中。他開始盥洗起來，動作很快，發著冷顫，朝著底下閃閃滅滅的罌粟花頭以及藍藍的矢車菊；在彩繪的玻璃窗上，冰面劈劈啪啪地開裂，旋而又再結了一層。洗臉盆上方有一面鍍金的鏡子，他想像起茉德曾在這裡細看自己完美容顏的模樣；他自己毛絨絨黑壓壓的影像倒只成了上頭的一具幻影。他很替茉德覺得可惜。他相當篤定地認為，茉德一定沒辦法像他一樣，能見到這間浴室的浪漫與美感。

回到臥室，他向窗外看出去，望進一片暗夜。昨日一片漆黑的園林，現在顯得十分柔美，且泛著白光。雪花自他眼前飄過一整面窗，進入到四方框裡的明亮，變得明顯易見。照理他是應該拉上窗簾抵禦風寒的，可是他卻怎麼也無法捨下窗外的這番奇奧。他關上燈，看著一切漸趨灰暗——形形色色的灰暗，銀亮的灰、白鑞的灰、鉛黑的灰——一一出現在乍然可見的月光中，而月光下的落雪則更形濃密，更加紛鬧，更顯遲滯。他把毛衣和短襪脫了去，爬進窄小的床裡，縮著身子把自己蜷成了一顆球，一如昨夜。落雪依舊。深夜時分，他從夢中驚醒，那夢極度地狂暴、極度地美麗，某方面乃緣自於他幼時童稚的恐懼，那時他總擔心會不會有什麼東西突然從馬桶裡冒出來向他攻擊。在夢中，他很無助地陷身於一條夾纏了彩布與流水的捲繩難以抽身，捲繩無止無盡，上頭綴了些花圈、花環，以及各式各樣楚楚動人的花枝，有的是真花、有的是人造，有些是繡上去的、有些則是圖繪；底下有個什麼東西緊緊依附著，又或說是躲藏著，時而冒出來、時而跑開了

78 據達爾文在《物種起源》最後一章表示，他在觀察一處「藤蔓纏繞的河岸」之後，得到了進化論這個學說的靈感。
79 出自莎翁《仲夏夜之夢》第二幕第一景。

去。當他伸手去摸，那東西就消失無影；當他試圖舉手抬腳，那東西又擋著他，抓得牢牢地、纏得密密地。他擁有做夢做很久的人都擁有的微觀的眼力；當他置身在繁密糾纏的鐵線蕨之中，他能夠在一朵矢車菊上佇留許久，也能夠檢閱出其中的歐洲野薔薇，也可能完全分不清形狀。在他的夢裡，這東西聞起來有種濕冷的氣味，但也十分濃厚、十分溫暖，像是稻草加上蜂蜜的味道，昭示著夏天的到臨。有個什麼東西掙扎著想逃開，然後他走過夢裡的那個房間，那東西持續繁生的尾翼自他身後流淌而過，阻斷了自身的延展，復而又再增生，然後層層盤捲起來。他在心裡說道，「真是濕到可以擰出水來了。」那是他母親的聲音，咕噥著這事兒，但又十分憂心，然後他注意到句子裡的「擰」這個字，顯然是個雙關語。當那東西試圖掙脫重重包圍之時，它顯然也正擰絞著自己模模糊糊的一雙手。他在心裡唸起了一行詩，「無視於皚皚白雪，無視於翩然飛臨的皚皚白雪。」然後他感到萬分沮喪，怎麼也想不起來那行詩所隱含的重大意義。他以前聽過那行詩的，是在哪兒呢？又是在什麼時候呢？

第九章

入口（閾）

老婆婆跟柴爾德道了再見，雖說唐突了點，倒是不失禮數，然後，她就送他上路，直奔國界。她要他儘管放膽沿著這條小路向前走，千萬不要轉入左邊，也不要岔入右邊，雖說路上會有什麼東西叫喚著他，並且極盡魅惑地向他招攬，那也都不需理會，因為這本來就是個魔法的國度。他很有可能會看到草地或是噴泉，但無論如何都一定不要離開腳下的石徑，她這麼跟他說，顯然，是對他的意志力沒有多大的信心。不過柴爾德倒是說，他很希望能前去他父親曾跟他說過的那個地方，他也很希望自己能堅持自己的信念，所以她並不需要那麼擔心。「說到這兒，」這位乾巴巴的老婆婆說道：「其實不管是白夫人拔走了你的手指頭，還是又遲鈍又纏人的小妖精吵著要搶你的腳趾頭，那對我來說根本就沒什麼兩樣。我活了大半輩子了，哪裡還會在乎有沒有找著這個、找著那個的：由我這雙老花眼看來，乾乾淨淨的白骨頭和穿著盔甲亮晶晶的小王子都是一樣的好。你如果去了，你就會到的；如果沒到，那我就會看到白夫人在野地上燃起的火影。」「無論如何，我都要謝謝您對我的恩惠。」行事一板一眼的柴爾德這麼說道，而她則答說：「說是恩惠這我不敢當。你最好現在就給我滾，免得待會兒我的性子就上來了。」他一點也不想知道如果她的性子上來會是怎麼一回事，所以他用靴刺踹了踹他的好馬，然後就喀啦喀啦地在這條石徑上馳騁了起來。

一整天下來，他走得不是很順。荒山野地裡到處都是交岔的小路，石南叢和野蕨和杜松林裡煙塵瀰漫、盤根交纏。路不僅不只一條，而且還多不勝數，條條道路彼此交錯，簡直就像崩裂了的水罐上的裂紋一樣。他順著最初走的那條路，然後選擇最直最硬的路面，又再走上另一條；到了另一個岔口時，他發現烈空中的太陽就像他之前離開時那樣，一直跟在他上頭。過了一會兒，他決定讓自己一直保持在太陽的正前方——至少這樣可以一路走來始終如一——雖說，親愛的看倌們，在他下此決心之時，他的心裡根本就搞不清楚在他出發踏上這趟冒險之旅的那個時候，太陽究竟位在何處。人生在世往往就是如此。為著不清不楚的理由、說不定循著的還是個錯誤的方向，我們卻讓自己始終如一、井然有序，而那時卻已太遲。這，就是可悲的柴爾德的景況，因為直到夕陽西下，他這才發現自己又回到了最初啟程的地方。雖說，他曾在自己避開沒走的幾條直直的沙路彼端聽到歌唱的聲音，而且還看到有東西轟隆轟隆地在遠方濃密的蕨叢與藥草林之中突兀地冒出來，但他就是沒見到白夫人，也沒遇到纏人的小妖精；他覺得他認得那些糾結盤纏的荊棘叢林，他實在早該認出來的；它們矗立在那兒形成一個三角形，就和早晨那時一樣，只是，那個乾巴巴的老太婆的小茅屋卻全無蹤影。太陽不久便已西沉，盤旋在大地邊上；他策馬前行了一小段路，希望自己或許認錯了，結果，他看到就在他前方，再往前一點的路上，有一條立著巨石的大道，他不記得自己之前有看過這條路，更何況再怎麼說，就算是置身在灰暗之中，要不看見這些巨石也幾乎是不可能的。大道的盡處立著一座樓房還是建物什麼的，門柱高大、屋頂乃是厚重的石材，此外，還有一座石頭立在那兒標示著入口之處。再往遠處看去，則是愈加深濃的黑暗。就在那片黑暗之中，走出了三位絕世美女，她們向著他，驕傲地走在巨石之間；每一位美女的身前都墊有一塊絲質軟墊，帶了一只四方小盒。他感到十分訝異，怎麼在這薄暮之中，他居然都沒注意到她們的出現；因此，他小心地提防著她們，並且在心裡對自己說：「這很可能就是老婆婆曾隨口提起的那些拆人骨頭的白夫人，趁天地盡皆黯然無光之時，要我離開我的道路。」不用說，她們當然是屬於夜晚的，因為她們每一位在走路的時候，似乎都會自行發光，那是一抹閃爍不定的朦朧，燦爛奪目、搖擺不定，非常地迷人。

第一位帶著一身金色的光輝來了。在她華麗硬挺的金色織錦禮服底下，露著一雙穿著金色便鞋的腳；她所帶著的軟墊是只金色織品，浮雕的小盒子則像漸漸消逝的太陽那般，以其金色華美的浮雕和迴紋，照得她自己全身閃閃發亮。

第二位則一如明月一般，散發著銀色的光輝。套著便鞋的一雙腳其銀亮的光澤宛若月光，一身銀白色的長袍熠熠生輝，閃現著銀白色的彎月和光圈；寒冷而濃密的光華包裹著她，完美地點綴著銀布上她所帶著的光潔的銀色小盒，以其純美白亮如細針般的絲線。

在前兩位之後，第三位顯得很拙，她的光澤十分柔弱，就像是磨光了的盔甲復而使用過那樣，也像高空中將自身光芒藏匿起來的雲層，全靠著他處的光彩始而散放出暗藍鐵灰般的光亮。她的禮服洋溢著沉滯的光輝，就像星空下，落在密林暗影之間沉靜的水流，她穿著便鞋的一雙腳一如天鵝絨般地輕柔，她的頭髮向後梳攏，罩在面紗之下，完全不像另外兩位那樣。而且之前的那兩位，當她們帶著極盡燦爛的光芒自巨石暗影之中走出來時，乃是微笑地望著柴爾德。就只有這第三位是把雙眼垂下，很是羞怯。他看到她的雙唇十分蒼白，而且她的眼皮沉沉的，黑燻燻的，縱橫交錯著藍紫色的紋路；在她蒼白無色的雙頰上，眼睫毛則像飛蛾輕飄飄的羽翅一樣。

她們三個人開口對他說起話來，聲音聽起來好像只有一個，但其中卻又蘊含了三層音調，分別是清亮的小號、尖細的雙簧管，以及低鳴的長笛。

「這條路沒法再讓你往前走下去了。」她們一起說道：「因為這裡已是盡頭，就從這兒起，再過去就是另一個國度了。不過如果你願意的話，你可以選擇我們當中任一位來為你帶路，然後向前繼續冒險。又或者如果你願意的話，你也可以就此打退堂鼓，這沒什麼丟臉的，就把自己再次交付給大地吧！」

然後他彬彬有禮地回答她們說，她們理應繼續說下去，因為他還沒有行遍萬里，也沒有累到非打退堂鼓不可。更何況，他背負著父親交託的使命，不過使命是什麼這他就不便奉告了。「這我們早就都知道了。」三位姑娘接著又說道：「我們已經在這裡等你很久了。」

「只是，我又怎麼知道，」柴爾德相當勇敢地這麼提問，語氣非常地謙恭，「妳們會不會就是我遇到的村民他們聞之喪膽但又敬畏萬分的白夫人呢？」

她們一聽便齊聲笑了起來，聲音有高、有低，既清亮、也低沉；然後說她們實在不相信他們談起她們之時當真存有敬畏之心；不過呢，關於白夫人，一般人確實是有很多迷信和錯誤的說法，他也許不需要太過放在心上。

「至於我們，」她們又說道：「你必須根據你自己的感覺來看待我們，並且根據你自己的看法來判斷到底我們是何許人、對你又有什麼意義可言，只要是男人就該這麼做，因為你們的勇氣可嘉、洞察力高明。」

然後他開口回答，卻不知道自己在開口說話之前其實早已下定決心要放手一搏，那彷彿是有個聲音自他體內升起，接著就說：

「我會試試的！」

「現在就做出選擇吧！」她們於是這麼對他說：「做個明智的選擇，因為你的選擇將帶來極大的福氣與極大的災難。」

然後她們走到他跟前，一個接一個，帶著自己身上的小光圈，那樣子看上去，彷彿她們是一枝枝蠟燭，透過燈籠罩向著不遠的前方將輝煌的光束投射出去。就在她們打他身邊走過去時，三個人都在歌唱，並有無形的樂器發出弦音伴奏，帶來美妙的悲歎。血紅的太陽射下最後的光束，照映出灰暗的荒原上灰暗的直立之石。

第一個走過來的，是那位金色的姑娘。她高傲地踏著步，頭上頂著金色的后冠，像座金絲鏤空的小塔樓，交織著陽光般燦爛的光華以及耀眼的鐵絲，盤座在華麗不下金色羊毛的金色髮捲之上。她氣概十足地拿起身上那只金色小盒，小盒立時迸發金光，炫目得令他一時難以承受，不禁將目光擲向灰暗的石南。

接著，就聽她高聲唱道：

我乃屬明耀大地
我乃屬穀物麥粒
我乃屬金色大帝
這就是你的命運
躺倒於我膝下
輾轉滾滾落花
稱帝稱王
一統大地高聳之塔

然後他原本就要伸出雙手，讓雙手在冰冷的暮色之中，觸摸自她身上散發而出的光焰與華麗以得到溫暖。他心想她給的東西確實很讓人滿意，可是他口中說的卻是：

「等我全都看完，我才要開口選擇。」

接著，走過來的是那位銀色的姑娘。蒼白的眉眼上閃動著一彎潔白柔亮的新月，一身銀絲薄紗綴滿了銀光閃閃的亮片，因此在她周身四處，始終有一波一波的晶光不時閃動，使她宛如一座活動噴泉，又像是月光下繁花片片的果園。若在白天，這片盛景想必當是鮮紅欲滴、熱情地迎向蜂群的親吻，但是在夜裡，既不見枯萎，亦不見豐沛，唯見白茫茫一片，映照著滿園冷冽與祕密的天光。

我乃屬漫漫長夜
我乃祕密之所在

戀人相擁情相切
暖暖柔情自難捨
且看紫離離的暗夜

且看銀閃閃的熱吻

拋開所有的一切
獲致最美的福恩

他心想她瞭解他內心深處的祕密，急切地幾乎就要向她伸出雙手，因為她讓他在心裡看見了高塔上一扇緊閉著的窗以及一張垂著簾幕的床，那是他自己最最想駐留的地方。毫無疑問地，她所給他的，正是他的真我，而另外一位給的，則是陽光普照的大地。於是他離開了金色的姑娘，原本就要選下銀色的這位，可是或許是出自謹慎，又或是好奇心作祟，他終究沒這麼做，因為他想，再怎麼樣他還是要看看在兩位甜美的姊姊之後，最後那一位黯淡的姑娘到底會給他什麼。

於是她過來了，既沒有翩然起舞，也沒有昂首跨步；只見她姍姍拖著步子，但卻又像個影子似地，不知不覺地便已帶著一身柔和寂靜的光亮行過他的眼前。她身上的袍子沒有斑斕的晶光，也沒有閃爍的輝煌，有的只是綿長黯淡的褶邊，深凹的褶紋就像雕花大理石一樣，有著藍紫色的深影，而自衣袍中間散放出來的，仍然還是柔和的光亮。她的臉龐落在陰影之中，因為她並沒有正視他，她望著的乃是那只不怎麼顯眼的鉛盒，那小盒說有多暗就有多暗，看上去似乎沒有鉸鏈也沒有鑰匙孔，就這麼靜躺在她身前。她的眉上戴著一只白罌粟花編成的小頭冠，腳上安分的絲質便鞋就像蜘蛛網一樣，她的樂聲很單薄，是一種不屬於這個塵世的笛聲，談不上歡樂，也說不上悲傷，就只是不停地呼喊了再呼喊。

不在身軀肉體

不在火焰光翼
不在一行一舉
實乃心靈皈依
就此罷去
最終亦即第一
我獨允以
安息之藥引

繼而，柴爾德的心裡著實感到絞痛不已，因為他父親企盼他帶回家的東西正是這「安息之藥引」，似乎也只有這樣，他長久以來的痛苦才能了結。於是，柴爾德的心裡感到些許不滿，他實在很不情願就為了第三位這連看都看不清楚的姑娘那雙柔和、沉靜、低垂的眼眸，卻要放棄金色姑娘華麗的光芒，以及銀色姑娘動人的嬌美。這道理其實你我都知道的，不是嗎？親愛的孩子，他始終都會選擇最後的那一位以及那只小小的鉛盒，因為每一則深含寓意的故事總都是這麼告訴我們，最後的那位小妹始終都是最佳的選擇，可不是嗎？不過，且讓我們衷心地小小哀悼一番，因為銀色的福恩原是柴爾德比較想要的，而陽光普照、百花叢生的大地則是我自己私密的選擇；現在，就讓我們依循本分照著走吧！一如他之執起第三位姑娘柔軟的小手，一如他的命運以及父親的旨意所宣示，然後，他若有所思地開口說道：「我決定跟妳一起走。」

想來有一天，我們或許會寫下不同的版本，說不定他根本就不願意冒險走這趟路，說不定他會就此待下來，又說不定他會選擇光芒萬丈的兩個姊姊，也說不定他會離開這裡再次走入荒原，自由自在地過日子，不管命運如何，如果這些情況真有可能成立的話。不過這會兒你得要明白，故事一定要照它該結局的方式去結局，懂了嗎？這就是必然性在故事中所展現的力量。

好了，她輕柔地執起了他的手，她冰冷的手指頭摸起來就像是飛蛾輕輕一吻，也像是忙碌一整天下來所織就的亞麻，然後她把臉轉向他，揚起了那雙眼皮，直直地注視著他，而就在那時，他終於看到了她的雙眼。他深深望進她的雙眼，立時渾然忘我，眼中不再見到身旁的荒地，以及那兩位帶著光圈轉呀轉的亮麗的女子，還有那匹同他一起闊步千里、長了鞍瘡、終於來到世界盡頭的忠心耿耿的駿馬；除此之外，再來我還能如何形容她的那一雙眼睛呢？倘若我決定試著去描述的話——可是不對，我沒辦法——但是我又非得這麼做不可，因為我正在為你說故事，就勢必得為你細說描摹，可要說些什麼呢？這樣吧！那就想像一下午夜裡的一雙水池，池光的閃爍並非來自外在的照耀，而是出自深深的池心，閃閃發亮、充滿希望，那是穿透了一層又一層黑刺李般黑色的深幽之後的清亮。再想像一下，當她的頭輕輕轉動，一道黑光就像黑色的梅子一樣，從一輪皎月之中散發出來，那黑中不帶一絲絲藍，倒是帶了些淡褐色，像黑得發亮的豹皮一樣，沉靜地，等候著。

「我決定跟妳一起走。」柴爾德又說了第二次，於是她便把頭低下來，好像是要表現出很順從的模樣，並且柔和地說：「好，那我們就走吧！」

於是，她領著他前行，站到直立之石這道入口的下方，他的馬兒驚懼地呼號了起來，但是他沒有聽見，依然繼續前行。雖然這些巨石立在荒原之中看似十分單純，而他身後的荒原則似有若無地一如之前那樣地綿延不止，然而就在他越過這座門石之後，他才發現那根本只是一道幻影，因為鋪展在他眼前的，就只有一條下坡的小徑，蜿蜒而曲折，兩旁盡是芬芳的花朵，那是他從來不曾看過、也不曾夢過的；輕柔的微塵自巨大的花頸向他吹來，散發而出的光既不屬於白日、也非來自黑夜，既不屬於太陽、也非來自明月，既稱不上輝煌、但也不算陰暗，那光——終歸就是另一個王國恆久不變的光芒……

克莉史塔伯．勒摩特

第十章

往返書信

親愛的勒摩特小姐：

收到妳的來信，我眞不知道自己是該覺得振奮抑或覺得沮喪呢！基本上，妳的這番恩准：「若您果眞想繼續再寫」當眞讓我感到十分振奮，雖說妳之不願意相見也確實讓我感到十分沮喪，不過我絕對會尊重妳的意願的。另外妳還寄了一首詩來，巧妙地發表妳那「詩歌可抵小黃瓜三明治」的高見。是的，事實的確就是這樣——而妳的詩歌尤其如此——而且妳應該可以想像得到，詩的想像世界是如何地乖僻，極盡渴望能一嚼心中**夢寐以求**的小黃瓜三明治以爲滋養，又因爲這些三明治斷然無法取得，於是便經由想像成了獨特的充滿英國風味的**靈糧**——噢！想想那完美的綠圈圈——噢！想想那甘美而恬淡的鹹味——噢！想想那軟白的鮮奶油——噢！最精采的，莫過於那柔軟嫩白的新鮮麵包心以及金光閃閃的麵包皮——也就是這樣，儘管一切只能在短短一瞬間，在努力自持的貪念之下得以掠取、吞食，但源源不絕的想像力卻使之臻於理想之境，人生百態皆是如此，依事實來看道理確實就是這樣！

不過我希望妳能明白，我確實情願放棄自己夢寐以求的三明治，就只本分地在內心咀嚼，因爲妳的詩文已爲我帶來至大的喜悅——照妳自己所說，那首詩有一絲野蠻的意味，正好反映出最近大家觀察到的純種蜘蛛的習性。

妳有沒有想過把妳這個意味著陷落、誘惑的隱喻，沿用到藝術這個領域上呢？我有讀過其他妳寫的昆蟲生活詩，那眞教我覺得不可思議，這些飛來飛去的小東西——還有那些四處亂爬的——牠們的亮麗和脆弱居然能在作品中同時呈現了顯微鏡底下才能見到的各種咬食、撕扯，和吞噬的樣態。詩人若非豪氣十足，詩文又如何能這般逼眞地將蜂王——又或黃蜂——又或螞蟻——給描摹出來——雖然我們現在都已清楚瞭解這些昆蟲群體膜拜的對象以及生活中的核心領袖爲何，但畢竟幾百年來一般人的認知都是雄性統治論——對於這種種生態，我多少覺得妳並沒有放入妳對性別歧異的反感——也可以說，沒有放入我想像中一般常有的反感——

我心裡一直有在計畫，想自己也來寫一首以昆蟲生活爲題的長詩。不過和妳的作品不一樣，我不走抒情路線，我打算用的是一種戲劇性的獨白，就像我以前寫梅茲默，或是亞歷山大．賽爾科克，又或是同胞普來厄波那樣——我不曉得妳是不是知道這些詩，如果妳不知道的話，我很樂意寄一份給妳。我發覺當我與這些想像中的人物相處在一起的時候總會感到非常自在——塑造出其樣態、其所見、所聞、所堅持的種種最爲獨特的觀點——就這麼早已消逝在過去的一個人，其頭髮、牙齒、手指甲、麥片粥、長椅凳、酒囊、教堂、廟宇、猶太教會堂，以及在其顱骨之中生生不息泉湧而出的聰穎與心血，便由此獲致生命，就某種意義而言就等於是重獲了新生。

重要的應該是，這些存在於我的生活之中的**他人的生活**，橫跨了無數世代，並且囊括了我有限的想像所能企及的無數地方。總的來說，我也不過就是一名十九世紀的文人雅士，老實地活在塵煙瀰漫的倫敦城裡——對**他**而言，若有什麼事情稱得上特別，那便是透過他沒影點式**細瑣**的觀察，來瞭解自己能行多遠——向前也好、向後也罷，又或是周身四處——不過終歸他依舊是他自己，帶著他那一張滿臉鬍髯的面容，書架上總是擺滿了柏拉圖、費爾巴哈[80]、聖奧古斯丁，以及約翰．斯圖亞特．彌爾。

我這樣說個不停，都忘了要跟妳說我那篇以昆蟲爲主題的詩了，這首詩不長，但會是前所未見的——而

80 **費爾巴哈**（Ludwig Andreas Feuerbach, 1804-72），德國哲學家，建立唯物主義體系，把神的本質還原為人的本質，認為是人創造上帝。

且整體而言會很悲壯——說的是史華莫丹[81]的一生，他在荷蘭發現瞭解剖用的光學鏡片，讓我們見識到那些**無限細小**的東西它們無窮無盡的伸展以及無休無止的騷亂，這就像是偉大的伽利略把他那只看東西用的筒子移向行星觀察它們莊嚴的運轉以及行星之外那些**無限偉大**的沉默的球體一樣。他的故事妳熟不熟？要不等我作品完成之後，我就把我這個版本寄給妳？如果寫得還不錯的話？（就我所知，這個作品應該會很出色，因爲裡頭有很多細微、獨特的事情和物件，都是觀察自人心本質的動態——想必妳一定會問——是我的心還是他的心呢？——老實說，我自己眞的也不知道。他發明了很多不可思議的小玩意兒，全都是用來窺探、察看昆蟲生活的本質，這些東西的材質都是精緻的象牙，不會像粗製的金屬那樣具有破壞力與殺傷力——他製造的簡直就是小人國用的細針，但卻是在小人國都還沒出現之前——那可眞是纖巧的神針呢！而我所擁有的，就僅只有文字——而且還是別人殘剩下來早已枯死的文字——但我會致力去完成的——現在妳大可不必相信，不過妳終有一天一定見得到。）

還有，妳說我或可針對「永遠的否定」這個議題寫篇評論——又或是寫寫德文神學家史萊艾爾馬赫（Friedrich Schleiermacher）所謂「幻象的面紗」，「天堂的乳汁」也可以——反正，我想寫什麼就儘管寫去。這眞是太豐富了——可教我怎麼選擇才好呢？我想我不會選擇永遠的否定，不過倒是會繼續企盼那終究冷掉了的綠圈圈——配上天堂的乳汁，再加上一點點的武夷紅茶——而且我所希冀於妳的，乃是眞實，而非幻象。所以，也許妳就再多和我談談妳那有關仙怪的寫作計畫——倘若這麼做不會影響到妳的思維的話——在不同的時機說話——又或是寫作，有些時機會有正面的助益，有些時機則完全沒什麼作用。所以，如果妳**沒有**意願想再繼續我們這樣的談話，我絕對能夠理解。

只是，我還是很希望我這番胡言亂語能得到一封回應的信——希望我的胡言亂語沒有冒犯到我眞心想瞭解的妳。

81 史華莫丹（Jan Swammerdam, 1637-80），荷蘭博物學家。

順頌文祺

R·H·艾許

親愛的艾許先生：

每每想起在你眼中害羞的我——甚至可說是失禮的我，居然能因爲你的緣故而有了寬廣、**蓬勃**的才智與學識，我就著實感到萬分慚愧。謝謝你！如果每一個對我有所請求卻教我以蔬果之食**打發拒絕**的人，都會這麼盛情地款待我一頓智識的饗宴，那我恐怕應該永永遠遠地在小黃瓜這事兒上堅守下去才是了——不過當人有所請求之時，斷然一次的回絕會是大多人甘心樂意的結果——而這確實就是最好的結果，因爲我們的生活很平靜，就只我們這兩個孤獨的女子，持守著我們小小的家——我們每一天都過著規律而美好的生活，不受任何打擾，我們有限的天地獨立而自足——那完全是拜**平凡**所賜——細膩如你必然瞭解此話言下之意——就此我認眞地只說一遍——我們既不出訪，也不受訪——當初之所以會認識，我是說你和我，那是因爲克雷博·羅賓森乃是我敬愛的父親的朋友——不過有誰和他是沒有交情的呢？只要是出自**這個名字**，任何請託我都是無法拒絕的——還有眞的很抱歉——因爲我向來不外出與人打交道——你一定想說，這位小姐的意見怎麼如此之多——不過她眞的很爲你那快意的綠圈圈之夢感到動容，而且簡單這麼說吧，她其實也很希望自己能夠作主，回覆一個讓你更加心滿意足的答案。可惜事與願違，說起來——遺憾之人應該不只我一人，閣下您想必也是深有同感吧！

那首小詩讓你如此好評，眞是讓我受寵若驚。不過我還不知該如何回答你的問題，你提說陷落、誘惑或可視爲藝術的質性——這些或許也正是亞瑞克妮高竿之處——當然，這個論點自是由女性柔弱、晶亮的作品發展而來——絕非是您的曠世鉅作。說起來我實在很訝異，你居然會認爲我不知道梅茲默這首詩——會不知道有那麼一首詩是在寫荒島上的賽爾科克，如何直接地面對嚴峻無情的太陽以及絲毫不予回應的造物主——還有那首寫同胞普來厄波那個在宗教信仰上百樣多端、背叛變節的詩！原本我是應該撒個小謊的——謊稱自己並不知道這幾首詩——那麼我就能有這個榮幸，收到作者親手寄來的詩篇——不過人應該是要誠實的——不管在大事還是小事上——何況這件事還非同小可呢！你要知道，你的**每一部**作品我們都有，一本一本嚴整地排放在屋裡——而且在這棟小屋子裡，它們的翻閱率很高、經常是討論的主題，完全和它們在外頭的大世界所受到的待遇一樣。

另外，我也希望你知道一件事——也許我還是不會說給你知道——我實在是不知道該如何對你啓口，認識你畢竟不久——但若不對你說，可我剛剛不才又寫道，人應該是要誠實的，而這番坦誠又眞的非常重要——好了，就算讓你知道也無妨，我會爲我手上的筆加注勇氣的——這件事就是，你的大作《北歐眾神之浴火重生》曾爲我一直很單純的宗教生涯帶來前所未有、最最難以想像的危機。你在那首詩裡並非無時不刻地攻訐基督教——爲詩原本就該如此自持這當不在話下——更何況，在你的詩裡，你也從未以自己的聲音，又或是**直接**自內心深處發表你的看法。（你是在**提出質疑**這很明顯——說到我們這個時代努力不懈針對信仰立論所作出的最最犀利的質疑和探索——這個創造了普來厄波、創造了拿撒勒、創造了滿口異端邪說的貝拉吉斯[82]的人，倒是和蛇一樣的精明。你知道批判哲學中所謂的「迂迴」和「曲折」，那就像是奧古斯丁說到你那個貝拉吉時的看法——這個人物我非常喜歡，因爲他不正如我一般，身上流著布列塔尼的血脈，難道他不就是希望，罪惡的男男女女都能超越本我、讓自己更加高潔更加自在嗎……）

我這是說到哪兒去了，本來討論的不是《北歐眾神之浴火重生》，以及詩裡的異教徒審判日還有詩裡對於耶穌復活這個謎題還有新天堂、新世界的異教徒觀點嘛！就我來看，你似乎一直在強調，「以前的人和現在大家所說的這些故事——除了偶爾有些重點不同，它們其實完完全全一樣。」甚至，又好像是在說，「人很清楚自己想望著什麼、會想望什麼，但卻弄不清超凡的上帝屬意爲何、應該如何。」就我來看，《聖經》在你眼中似乎也不過就是另一個奇人異事罷了——因爲你就是這麼地在寫、發揮著這麼樣的想像力。連我自

82 貝拉吉斯（Pelagius, 360?-?420），英國僧侶、神學家。否定原罪說，強調自由意志，被斥為異端。和奧古斯丁意見相左。

己也都糊塗了，我不再往下寫了，如果我有說了什麼讓你覺得莫名其妙的話，還請你千萬見諒。我很疑惑，我承認一直以來我都是帶著疑惑在過日子的。就先這樣了！

我本來並沒打算寫這些的。如果能收到你的《史華莫丹》，我的欣喜之情想必你定然明白——如果，在你把詩寫完的那個時候，你還願意抄錄一份寄到我這裡來的話——我不敢保證自己能有什麼睿智的**評語**——但是你絕對可以想見——你的作品一定會得到全心全意**深切的閱讀**。我最感興趣的就是你提到他發現顯微鏡這事——還有他用來探查各種小得不能再小的**生物形態**的象牙細針。窩在這棟小屋子裡的我們也曾經用顯微鏡和鏡片做了一些小小的實驗——不過我們女人家生性慈悲——所以在這裡你不會見到被針固定起來且麻醉了的**收藏品**——我們有的只是一些倒過來放的**罐子**，爲的是安置臨時來訪的客人——像是有一隻很大的**家蜘蛛**——一隻仍在蛹裡的**蛾**——還有一隻長了許多腳的貪吃**蟲**，到現在爲止我們都還無法確定牠到底算是哪一種蟲，而且牠身上還附了一隻頑皮鬼——不過也或許是因爲牠太討厭自己那種**罐裝**蟲蟲的模樣吧！

我再寄上兩首詩。它們是塞姬系列其中的兩首——用的是現代詩的格式——寫一個可悲的女孩她滿心疑慮——錯把來自上天的靈愛當成了魔怪。

我還沒回答你問我關於我那仙怪詩的問題。我實在是很受寵若驚——而且還眞的打心裡發慌——你居然還會記得——因爲我是那麼心不在焉地說起這事——其實也是故意這麼做的——我想就把這當作是什麼有趣的事隨口閒聊——也可以當作是什麼不錯的玩意兒研究研究——反正那天就和平日一樣閒著也沒什麼事——不過說實話——我心裡確實是有個計畫想來寫首史詩——如果沒寫成史詩，至少也會是部長篇紀事詩，或是故事詩，又或是長篇神話詩——想不到這麼一個病懨懨的悲慘女子，別說她根本**後繼**無力，而且又是**才疏學淺**，居然膽敢向《北歐眾神之浴火重生》的作者夸夸而談自己的雄心壯志？不過我冥冥之中確知，這事是可以向你談起的——你一定不會嘲笑我——也不會潑上**冷水**把這位池中仙子給淹埋了。

就先這樣吧。詩就附在信裡，關於這個蛻變的主題，我還寫了很多——這是我們這個時代的一個難題——其實也是古往今來都會遇到的難題。還望閣下您——海涵我亢奮過度的嘮叨——如果你覺得可以了，而且意願也還在，就請將大作史華莫丹寄上，以茲教誨。

誠摯祝福您的
C・勒摩特

【附件】蛻變

這位亂糟糟毛茸茸的飛航家
她是否已不再記起自身的——源起——
那柔軟窄密緩行的最初——
　是否人類
一旦坐擁膨大輝煌的榮耀
仍能不忘回首前塵
憶起寸血寸肉那諸事的端肇
那空無的初始之根？

可歎者，這兩造終究難逃上帝俯瞰
蜷曲地在注視下走過無窮的白晝與夜晚
形體、生命始終均是來自他之——賜予
灌注以生命、奉送以墳塋——

塞姬[83]

在古老的故事裡——這些個小東西——助益頗大
尤其之於勞心勞力茫然無望可憎的人類
當時天地一家
而今人類自成烏合之眾

處子之蟻的國度
亟亟輔助悲傷欲絕的**塞姬**
只爲殘酷的**維納斯**
要她篩揀分類百草與百穀

他們帶來了百感的體惜
慰藉人類的苦惱與艱辛
他們將分工合作的佳績
獻給維納斯——訕笑——混沌
他們分類——清理——排序

83 塞姬（Psyche），羅馬神話中愛神丘比特所鍾愛的少女，亦為靈魂的化身，故psyche亦有靈魂之意。

那毫無用處——如山的堆積
賽姬——即便萬般無能
終究如願——緊守著她與愛的——祕密約會
切勿以爲——人之允准
即得享愛吻
那實是我們努力的賞恩
實是——得自秩序的保證

蟻群勞碌不爲何人
只爲所需得以安滿豐盛
只爲巢中日日的交流
只爲種子的儲備安妥
他們會見——交換訊息——
不見有誰——鞠躬哈腰
他們——思緒形同天神——彼此交談
但不見——形之於外——君之冠冕。

親愛的勒摩特小姐：

您眞的是十分豪氣——這麼快就來了信，而且還洋洋灑灑一大篇。我希望我的答覆不會太突兀才好——我眞的不希望讓妳覺得受到打攪和騷擾——不過我實在是對妳說過的話很感興趣，所以便想趁著自己的想法還正清晰、嶄新之際，趕快把他們給擷取下來。妳的詩讀起來很舒服，而且很有創意——如果我們是面對面地討論，我會放膽猜上幾回，在〈塞姬〉那首詩裡那謎一般的寓意究竟有何更深的意涵——只是在此白紙黑字之間，我就沒這個勇氣作此厚顏無恥之舉了。在開頭的地方你顯得很溫順，沮喪的公主、有益的小東西——可是到結尾就全反過來了，是非分明的道理出現——這從何而來呢？這整個問題——到底是出在君王體制——還是在於**人類的俗愛**——又或是用**伊洛斯**[84]來對應上帝對**人類的靈愛**——還是因爲怨怒的維納斯在作祟？難道蟻群所反映出的社群情誼當眞比男女之間的愛戀來得更加美好？反正，是非公斷都在妳手上——詩是妳寫的、寫得很好——況且歷史中也多有事證，多少通天高塔只爲一瞬間的激情焚毀在火中——又有多少可悲的男女困縛於父母之命的姻緣、受制於家世門第的約束——還有朋友之間自相殘殺——伊洛斯這個小神實在是很反覆無常而且極其惡劣——我一直這樣沒完沒了地自言自語，本是想找出妳的思路，勒摩特小姐，結果到現在我依然還是一頭霧水不明所以。

剛剛我已優先談了妳的詩文，當然那也是它們**理所應得的禮遇**，至於我現在要告訴妳的是，其實當我一想到自己的詩竟然會讓妳萌生疑惑，我就煩惱得不知所措。堅定的信仰——眞誠的祈求——那都是很美，**很真的**——儘管我們現在不得不去分析其中的道理——但那也都不需因R・H・艾許有限的智力所衍生出的漫談和質問，又或是這個時代裡某個心有困惑的學者而產生混亂。寫下《北歐眾神之浴火重生》，我問心無愧，當時的我對於《聖經》的可信度以及自我父親和多位先祖傳承至今的信仰完全沒有任何疑慮。這部作品**在某些人眼中**確實是會產生不同的讀法——當時即將與我結爲連理的那位小姐就是這些個讀者之一——那時我很震驚、很意外，料想不到自己的**詩**居然會被解讀成那麼一種對信仰的背離——因爲我自己純粹就只是想以某種形式，重申萬能之父（或用其他名稱也可以）確實存在的這項眞理，同時也宣示無論遭遇何等巨大災變，復活重生的希望是永遠都存在的。當奧丁（Odin），也就是在我**詩**裡化身爲**流浪者**甘格瑞德（Gangrader）的那個角色，他向巨人瓦夫余德納（Giant Wafthrudnir）問說，火葬禮舉行之時，眾神的

84 伊洛斯（Eros），希臘神話中的愛神，相當於羅馬神話中的丘比特。

天父在他死去的兒子巴德爾（Baldur）耳邊輕聲說的那個字是什麼——這個年輕人、也就是我——萬分虔敬地——所賦予這個字的意義便是——**復活**。而那個可以說是我、也可以說不是我的年輕詩人，他覺得若是把這位死去的**北歐光明之神**視作是那位死去的**神子**，也就是把他視爲**基督的前身**——又或是化身，這並不會有多大的問題。不過，如妳所瞭解，這是一種兩面手法，是一種可兩邊兼顧的刀法，是一種借喻——一方面說**故事**的**真理**就在意義之中，同時又說這個**故事**只是在象徵一項永恆的眞理，是很努力地在讓所有的故事都具有同等的意義……而存在於各種**宗教**之中的**真理**說法其實都是一樣的，這個論點本身，就等於是支持了**萬宗歸一**的**真理性**，同時卻也予以了否決。

寫到這——我得自行招認。之前我本寫了一封回信給妳，可後來被我給毀了——這絕非有何不軌意圖——在那封信裡我是認爲妳應該要堅持自己的信仰——不要讓自己落入**評判哲學**的「迂迴」和「曲折」之中——我另外還有寫說，女人的心，比起男人還來得更直觀、更加純潔，並且比較不會因爲各種扭力和壓力而庸人自擾，這話應該還有幾分道理吧——希望妳能堅持住我們男人屢因質疑、屢因制式空泛的言行而喪失的眞理；「男人之佔有眞理或許就像佔有一座**城池**，終究被迫得棄城投降」——這是湯瑪士．布朗爵士的妙言——倘若要向妳索討**那座**城池的鑰匙，去作些什麼虛妄的主張，那我可眞是一點也使不上力呢！

不過我認爲——而且我相信這個認爲鐵定沒錯，應該吧——也就是說若是將一切訴諸於妳過人的直觀，然後捨下了我這片田野，從此以往，便可免去你來我往的論戰，這樣的景況想來妳一定也很不願意見到吧？

我也不知道爲什麼——還是怎麼回事——可我就是打心裡明白，事實就是如此——所以我無法對妳另有說詞，而且更糟的是，我無法坐視這麼重要的事情被擱置不談。所以想必妳一定已經發現了——妳的聰慧——讓我寫這封信時根本無可置喙，我如何敢揚言自己所持守的就是《北歐眾神之浴火重生》裡那個年輕**詩人**單純、天眞的觀點。但如果說，我把自己眞正的觀點告訴了妳——妳又會怎麼看待我呢？妳還會再和我交流妳的想法嗎？我眞的不曉得——我只曉得，有一股衝動讓我覺得自己理應誠實以對。

我算不上什麼**無神論者**，當然也算不上是實證主義者，但至少我的宗教立場，不會像那些以**人道關懷**爲出發點而創立宗教的人那麼極端——因為我雖然也希望大家都安好，而且我也一直覺得人很有意思，不過，**天堂**和**俗世**裡的諸多事情，畢竟並不只是為了他們，又或是說，為了我們的福祉而存在。對宗教的熱望，或許是一種對安全感的需求——也可能是一種理解異象的能力——而我自身對於宗教的感情，一直都是比較依憑後者這樣的動力的。沒有了造物主，我發覺變異並不容易——我們所見所瞭解的愈多，萬事萬物那莫名交錯如山的**堆積**就呈現出愈多的不可思議——這一切都尚待整理就序。不過我是太急了點，而且我也不能、不應該，把這一切混亂至極、支離破碎，而且根本尚未成形的想法、感受、片面不全的真理、有用的虛構、掙扎著的、尚未佔有的事物全都坦誠不諱地招供出來，卻讓妳背負重擔。

我親愛的勒摩特小姐——其實這道理乃在於——我們生活在一個**老舊**的世界裡——一個疲乏了的世界——各種臆測各種觀察都持續地在累積，直到有一天，那原本在人類歷史**破曉見光**之時，經由年輕的普拉特納斯又或是被放逐到派特蒙斯島上欣喜若狂的聖約翰所攫取的種種真理——在周而復始的刮除與重刻之中終於黯去無光，只因清晰的靈視長成了又硬又厚的角——就像蛻皮中的蛇一樣，除非牠們自柔韌光亮的新皮之中破繭而出，要不便始終得蒙蔽在乾硬的舊殼之中——或者我們也可以這麼說，那就像是那些優美的宗教詩一樣，存在於古時候牧師、修士滿懷理想的高塔之中，卻因時間和污塵而逐漸毀損，無奈地蒙在我們那一堆髒兮兮的什麼工業城、富裕、新發現、**進步**之下。說到這裡，即便我並不相信**善惡二元論**這樣的說法，但我也實在無法相信，我們，以及這個世界現在的這個景況，難道就不是祂、這位造物主所造就的嗎？倘若祂當真存在的話。祂讓我們那麼地好奇，不是嗎？——祂讓我們不斷地質疑——而寫下〈創世紀〉的人則恰如其分地定位出我們因知識慾而飽受折磨的因緣，說起來，知識慾其實也是我們最大的動力——以某方面來說——它驅策我們向善。向善，也向惡。說到善與惡，我十分相信，我們絕對是比我們的老祖宗有過之而無不及。

現在，我有一個大哉問，那就是，**祂**，是否已從我們的靈視之中**自行退去**，好讓我們能在孜孜不倦的深思熟慮之中，努力找出通往**祂的道路**——然而那路此刻卻又距離我們如此遙遠——又或是說，我們是否已因罪惡，已因蛻變來臨之前表皮必然得加厚的過程——我們是否已然企及那樣的一個階段，於是就必得瞭解自己的無知與遙遠——而這種**必然性**究竟是健康的，抑或是一種病態呢？

《北歐眾神之浴火重生》裡面是有我——原本偉大的萬能之神奧丁，在詩裡卻成了一名流浪於**中古世界**的**質問者**——在**寒冬**將盡之際最後的一場戰役，他和他的豐功偉業，終究難逃滅亡的命運——我一直在摸索像這樣的一種問題——至今依然不得其解——

再來，整個問題應該是說，到底奇人異事能傳遞什麼樣的**真理**呢？且照妳之前所擬的這個頗爲中肯的詞來說——只不過我鐵定磨得妳不耐煩了——妳對我的耐心現在大概已快用完了吧——或許妳那犀利敏銳的注意力早就已經自我這兒離開了——

關於妳提到的**史詩**，這事我都還沒回答妳呢！嗯，如果妳還願意聽聽我的意見的話——不過那又何必呢？妳是個**詩人**，到頭來，妳該聽的就只是自己的意見才對——寫成**史詩**有何不可呢？十二卷的神話戲劇詩也不錯啊？如果有哪個女人下定了決心要寫這樣的一種詩體，我**壓根**不認爲她的表現就一定會輸給男人。

這話聽來很唐突是吧？那是因爲我心裡很惱，其實妳——才華如此過人——實在不需要如此大費周章地爲這麼一個**計畫**解釋道歉啊——

說來倒是我該爲這整封信的口吻**道歉**才是，不過這封信我不會回頭再讀一次了，因爲我會無法抑制地再重寫一封。所以，這封信是這麼粗率地來到妳手中，沒有該有的禮節，也未經琢磨——我會等候的——安分中帶著焦慮——等著看妳是否會有回音給我——

祝安

R．H．艾許

親愛的艾許先生：

如果我的**沉默**——久了點——還請海涵。我一再考慮的，不是我**該不該**回信——而是我該**回覆**些**什麼**——

因為我居然能有此榮幸，聽聞你出自肺腑的想法——我差一點就要把這榮幸寫成是，**沉痛的**榮幸——不過當然沒寫——事情也並不眞是這麼回事。我又不是福音故事裡的那種**小姑娘**，自己將心裡的懷疑坦白說出之後，卻又要發狂似地——**擺出清高的模樣**——**斷然回拒**別人的好意又或是頻頻舉證**反駁**別人——有些地方我的看法和你是一致的——懷疑，懷疑乃是眼下這個世界所特有的一種病態。你對歷史的憧憬我不多予**爭論**——我們離**光的源頭**尚遠——而且我們也都明白——那些能造就出某種**純粹信仰的事物**——哪是那麼容易就能體會、理解、解決的呢！

你不時地有提到——我們這位造物主——你沒稱他是天父——就只有在你那部類同基督教故事的北歐作品裡曾有這麼稱呼過。說到神子眞有其事的奇蹟，你也不覺得有什麼驚異——但這一切確實就在我們切身的信仰之**核心**——**神的生與死**造就了人類，他是我們的**摯友**和**救星**，是我們行為的典範，當他**死亡之後復而起身**，就等於賜給了我們未來的希望，倘若沒有了這樣的希望，此生此世處處可見的不公不義不就只是一則讓人難以忍受的笑話了。不過我寫這些——還眞像是個**傳道士**——而這個身分乃是我們**女人**——所不能勝任的——**照章行事**就是如此——所以我也不再就此多說，一切還是交由你自己——憑著你的智慧——長長遠遠地好好想想吧！

還有就是——如果沒有這番事實以為前因——我們又怎麼可能孕生出那**崇高的典範**、那**超然的犧牲**呢？

我可以舉個例證反駁你——其實你自己寫的拿撒勒詩篇就是個**證據**——不過這首詩的題目還眞像是個謎，哪天你可一定要把其中的祕密仔細地跟我說個明白。實在地說——那到底算是一種**似曾相識的感覺**，抑或是種**預知未來的力量**呢？我們可該怎麼解釋這回事才好呢？我朋友——就是和我住在一起的那位，我們最近對靈魂方面的事很感興趣——我們還參加了附近幾場討論**特異心靈**的演講會——還有**顯靈**大會——我們的膽子甚至大到去參加了一場由雷依夫人主持的降靈大會——雷依夫人她相信**似曾相識**這種現象確實存在——而這足可**證明**另一種不屬於這個塵世的時間始終都在運轉——而且**另一個與此世相連的世界**也確實存在，那裡永遠沒有變化，也沒有衰敗——經歷過這種感覺的人都很相信，現世種種其實都只是過往大部分的**重複**而已。至於早已驗明正身的**預知力**呢——則算是一種擁有**預感**的天賦，能夠預言、預卜——但終歸也都還是逃不過得**滲進**那種永遠不褪的**四次元時空續動**。所以說——由這個觀點來看，如果我對你的瞭解無誤，你的詩似乎就是在暗示，死掉的拿撒勒人進入了**永恆**，復而又離開了**永恆**——「自**此時**至**彼時**」，就像你在詩裡寫的——然後就從**永恆**這個透視點——親眼目睹**時光**的變化。這般巧思還眞非你莫屬呢——我現在可愈來愈瞭解你了——在他眼前升起的幻象、**藏在日常生活底下不可思議的現象**——羊兒豎著條紋的黃眼睛——**大盤子**上等著進灶的麵包以及櫛比鱗次的**魚兒**——這些事物對你而言全都是**生活的精髓**——就只有你詩中那位困惑的敘述者才會覺得那個活死人的目光麻木冷漠——其實萬事萬物的價值在他眼中可都明明白白得很——**萬事萬物啊**——

以前還不認識雷依夫人的時候——我對於你筆下的**預知力**，看法和別人沒什麼不同——我以爲那就是在**預示**我們所等待的**基督再臨**——在這位死去了的人的眼中，就算是一小撮沙也得要篩、要數清楚，就像我們頭上的髮絲一樣——

在你的詩裡，神子並沒有發聲說話，倒是**羅馬僧侶**道出了這則故事——他這個戶口調查員，盡是在搜羅些無啥重要的小事——儘管他的天性如此，儘管他有那種好作官樣文章的**小人物**習性——不過當他見識到這個人的存在，竟能如此地影響這麼一群爲數不算多的信徒——見他們個個甘心樂意爲祂而**死**——也願意安於貧困——難道他絲毫都不覺得驚訝嗎——「這對你毫無差別可言」他這麼寫道，透露著萬般的不解——但我們可清楚得很——因爲**祂**已爲他們打開了**永恆之門**，而他們也已隱約看見內心的光——闡明了現世的利益——難道不就是這樣嗎？

會不會是我自己太**單純**了？可是祂——那麼地爲人愛戴，又那麼樣地消失、那麼地死於殘暴——難道祂眞的會只是個**平凡人**而已嗎？

你曾經用過十分戲劇化的方式來呈現祂的**大愛**——拿撒勒人家裡的那些女人——是那麼地**需要**祂的**慰藉**——而此刻卻**消失無蹤**——熱情不盡的瑪莎和愛幻想的瑪麗，都各以自己的方式明白了祂的**出現**所曾代表的意義——雖說瑪莎將這看作是一道家法——而瑪麗則把這看作是一道**消失的光**——至於拿撒勒自己怎麼看——反正他在那一瞬之間——看到了什麼，就是什麼了——

啊！多麼難解的謎題啊！我笨拙地學著你這位大師扯了一堆獨白，現在終於撐不下去了——我是不是已經把存在於**眞理**之中的生命力說得夠清楚了呢——還是只是把信仰——把**需要**——呈現出一番戲劇化的話語而已呢？

你會不會說你這到底是什麼意思？難道你也成了基督門下的**使徒**，什麼事情全都是爲了眾生？我這可說到哪兒去了——我這到底是把自己——扯到了什麼地方了呀？

告訴我——祂活著——是因爲你

噯！我親愛的勒摩特小姐，我這可被綁在火刑柱上了，我一定要撐到最後才行——不過由很多方面來看，這等遭遇還是和馬克白不太一樣的。收到妳來信那時，我先是鬆了一口氣，知道自己還沒被判處驅逐之刑，然後呢，爲了能得到更好的判決，我於是思量多時，將信翻呀轉的，眞怕將來有哪一天，它會對我宣判說：燒了艾許！就讓他化成灰好了！[85]

打開信來看，發現字裡行間溢滿了豐沛的靈魂、躍動著熾熱的信仰，而且對我寫的文字竟會有如此細膩的體會——我指的不光是我那封充滿疑點的信，另外還包括我那首拿撒勒詩篇。妳知道那種感覺——妳自己也在寫詩——當一個人踽踽獨行地寫下了這麼樣的一則故事——心想著，這裡的筆觸很不錯——這個構思改換成**那個**——會不會太明顯反而不合一般邏輯？——可**顯淺易懂之處**著筆似乎又太深了點——這個人幾乎可說是最憎恨一目瞭然的義理了——可是，一般大眾就要這樣的東西，然後又要揚言說它太過單純、說它自命不凡——結果很明顯地，這個人原本想要傳達的道理全都因爲其中的莫測高深而不見了——然後——在這個人的

85 艾許原文作Ash，有灰燼的意思。

心裡，以及讀者的心裡——**故事的生命力**也就慢慢地跟著消失殆盡。

而後，妳卻出現了——不費吹灰之力輕而易舉地就把什麼都看透——整個故事因此重新活了起來——妳甚至在最後提出了那個疑點——祂這麼做了嗎——拿撒勒眞還活著嗎——還有祂，這位神人，在祂自己征服**死亡**之前，祂當眞曾讓死人復生嗎——還是說，這一切就像費爾巴哈所認定的，只是緣於人類企圖藉由**故事**實現自己的**慾望**而已——？

妳問我說——告訴我——祂活著——是因爲你——活著——是啊——可是怎麼活呢？要**怎麼**活呢？難道我眞的相信，這個人果眞曾經走進停屍間，一聲命令就讓屍身早已腐爛了的拿撒勒起身行走？

難道我眞的相信，所有這一切都只是虛構自希望和夢想，是則屢經竄改的民間傳說，潤飾改編的目的就只是爲了能讓單純的人深信不疑？

我們活在一個歷史科學化的時代裡——我們篩選著我們的證據——我們多少也清楚見證人的說詞爲何，知道自己在相信他們之前，一定要三思——然而至於這個**活死人**（我指的是拿撒勒，不是**救他的那個人**）看到了什麼、向大家說了什麼、想了什麼，又如何信誓旦旦地跟他親愛的家人說跨過那道可怕的界線之後是些什麼東西——則**隻字未提**。

所以說，如果我建構了一則虛擬的見證詞——那說詞十足有理十足可信——那我是不是等於在用我的虛構爲眞理注入生命呢——還是說，我是在用我一發不可收拾的想像力，把個大大的**謊言**說得言之鑿鑿呢？我這麼做，是不是就跟他們那些福音傳道士一樣，只是在翻造來生的**種種**？還是說，我跟那些虛妄的先知一樣，一再把空氣吹入不實的幻象裡？我是不是像個**巫師**一樣——一如《馬克白》裡頭的那幾個巫婆——把眞話和謊言攙和成了亮麗的模樣？還是說，我只是一個無足輕重的、一個在抄寫著預言書的人——訴說的眞理其實全都來自己身，使用的故事其實根本屬之於我，就如同普拉斯培羅（Prospero）認定卡利班

（Caliban）[86]屬之於他那樣——只是我卻毫無機會大聲說出，我那可憐的古羅馬戶口檢查員，一個頭長得圓滾滾的混帳，其實是屬於我自己的，其實根本是一張供我高聲鳴叫的空嘴。

這沒答案，妳一定會這麼說，然後把頭歪向一邊，細想著我，像隻慧黠的鳥兒似地，明快地認定，這全是我的**滿嘴胡言**。

妳知道嗎——唯一能讓我感到眞眞切切的生命力乃是想像的生命力。**無論在這個古早的死而復生的故事裡——到底存在著什麼絕對的眞理——抑或假理——詩卻可以讓那個人的生命與妳，以及其他人對祂的信仰同等的綿長**。我不敢說我像祂一樣——將生命施給了拿撒勒——但也許可說是和伊莉莎一樣——躺在死屍身上——將生命呼送到它裡面——

也許，也可說像是《福音書》裡的**詩人**一樣——因爲他正好就是個**詩人**，不然還能是什麼呢——管他是不是科學化的歷史學家，他就是個**詩人**。

妳抓得到我的意思嗎？當我在寫的時候，我是很**清楚**的。記不記得濟慈這個年輕人寫下的妙語——雖然沒什麼事能讓我覺得眞切，但能讓我覺得眞切的，就是那份出自**眞心**誠意的聖潔以及**想像**的眞實——我現在要說的可不是——美就是**真**、**真亦即美**，類似這種模稜兩可的說詞。我要說的是，若是少了**創造者**的想像力，就沒有什麼會是因爲我們而活著的東西了——管他本來是活著的還是死的、是以前活著現在已經死了的，還是那些等著復活重生的——

啊！我是很想把心裡的話據實說給妳聽的——結果寫了半天，只胡說八道地說了些詩啊什麼的。不過妳**明白的**——我很確信妳一定明白——

告訴我妳眞明白——**想像**確有其眞實所在——這並不單純——也絕不只是同不同意的問題。

86 典出莎士比亞作品《暴風雨》。

親愛的艾許先生：

馬克白是個**巫師**沒錯——可他難道不是女人所生，且他不也是拿了把利劍——把自己給了結了——你難道不覺得那個好好**國王**詹姆士——以他對**鬼神之說**的深究——根本早就冀想著把他給**燒**了？

不過活在我們這個時代，你要安靜地坐在那兒張口辯論倒是無妨——啊！可是我也只不過是個詩人——就算我強調說，我們若不透過**活生生的**——**熾熱熱的**——**謊言**——就無法獲取**真理**的話——**那**又有何妨呢——因爲我們大家不都在吸吮母乳之時，同時便吸入了眞理和謊言了嘛——而且無論如何都溶不掉——這就是身爲人類的處境啊——

祂說——我就是**真理**、我就是**生命**——那又該當何解呢？先生？那是否就是接近眞理的一種說法？抑或，只是一種詩意的摹擬？你怎麼看——是這樣嗎？那聲音是那麼地宏亮——穿過了永恆——大聲地說著：我**確實地存在**啊——

這並不是說我不認同你——不認同你那種種**道理**確實存在——好，現在我就走下我這說教的位置，畢竟，那是我怎麼也到不了的講壇。想想李爾王的大悲大苦吧——想想葛洛斯特公爵的心痛——那些判定是非的人又哪裡知道——這些苦痛的眞——即便這些人物並不曾眞的活過——不曾眞的如此活過——但你肯定會跟我說，就某一種層面來看，他們確曾活過——然後他——W．S[87]——這位睿智的巫師預言家——則又再爲他們灌注了龐大的**生命**——結果龐大得居然沒有一位**演員**——能將箇中苦痛生動演出，卻讓認眞的你我，不得不以血肉之軀親身體嘗。

不過在那樣一個**英雄**的時代裡，也就是剛剛說到的詹姆士國王以及他的**鬼神論**的那個時代，**詩人**又算是什麼呢？——當然那時存在著的不單只他的**鬼神論**而已——還有他以英語所傳遞的上帝的**訊息**——當時，訊息就這麼寫了下來，然後傳給了後代，每一個字都聲若洪鐘，滿是信仰與眞理——然後不斷地累積下去，至

87 William Shakespeare，即威廉·莎士比亞。

少單就信仰這一點，是累積得愈來愈多——然後就這麼過了好幾個世紀——直到我們自己失去了信仰——

到底在那個時候，詩人算是什麼呢——先知、精靈、自然的力量、**訊息**——那絕不會是我們現在這個物**質厚**植的時代裡所謂的詩人的——

或許也可以這麼說——你奮發努力的重構——就好像是用全新的色彩修復了古舊的**壁畫**——那是我們通往**真理**的道路——是細膩而謙遜的補綴。我這麼比喻你可認同？

最近我們又去聽了一場演講，談的是近來的**顯靈事件**，主講人是一位德高望重的貴格教友——他一開始先是說自己十分相信**靈魂**也有生命——但是他的想法並不是低俗地想去唬人、嚇人。雖然他自己也是英國人，不過當他形容起英國人的性格，那態勢倒是和詩人艾許有幾分神似。我們一直都在承受著——這位好好先生他這麼說——一種表裡不一的**僵化**。商業買賣——以及新教徒將靈性棄絕一事——在在都讓我們愈加地石化與固化。我們實在是道道地地的唯物論者——說起靈性上的事情——就只滿足於物質性的**證據**——大家不就都這麼說——於是乎，靈魂紆尊降貴地開口對我們說話，用著那些毫不入流的方式——**敲桌傳話**——**摩擦出沙沙的聲音**——以及**伴和著音樂的嗡嗡聲**——以前根本就不需用到這些——當時的我們，內心的信仰自然就會發出光彩，而且豐沛飽滿——

他還說英國人又格外地**僵化**，那是因爲我們的氣氛太過稠密，而且比起美國人來，英國人的性格又少了幾分電般的衝力、磁般的引力——比起我們，他們顯然較爲神經質、較容易亢奮——且社交手腕高明許多——非常相信**人性**終會向善——他們的**心智**，就跟他們的體制一個樣——生長速度之快，簡直像是熱帶叢林——所以接受力與感受力都比較強。他們有福克斯姊妹，有最早的敲桌傳話——他們有安德魯．傑克森．戴維斯的開示以及他的宇宙之鑰，他們造就了D．D．轟姆[88]非凡的天才。

然而反觀我們這個「塵境」（telluric conditions）（你是不是也跟我一樣地欣賞這個詞呢？），就不

88 丹尼爾．道格拉斯．轟姆（Daniel Dunglas Home, 1833-86），英國著名靈媒。

是那麼有利於傳送靈性方面的事物。

我不知道你對這些事情的看法如何——現在整個**社會**對這些事熱中得很——結果弄得連我們里奇蒙河濱這個安靜的小鄉也都翻天覆地的——

你上次談到的濟慈還有詩的眞實，還有以一位先知／巫師的身分所做的自我解析，那都很有意思，我這封信卻沒能好好回應。這些話沒有什麼**特別的情緒**——像某些人那樣——不過我還是得這麼聲明，我的狀況不是很好——應該說**我們**兩個人**的狀況都不是很好**——我的好友和我，多少都因爲有些發熱所以覺得很煩、情緒很低落。今天一整天我都待在黑漆漆的**房間**裡——覺得那樣很好——只是還是很虛弱。

處在這種虛茫的情境之中，一不小心就會任性。我大致上已經決定要發出這樣的聲明——別再寫這些信來了——就讓我安安靜靜地陪著我單純的信仰——讓我遠離你在書寫中**狂瀉**而出的才氣與力量——我是一只**迷失的靈魂**——先生——我一直非常努力地求取**自主獨立**，而現在卻感到岌岌可危。此刻，我這麼**拐彎抹角地**——遮遮掩掩地用著假設的口氣把我**本來**要說的話全都給說了出來——爲的就是要向您做出這番懇求。所以說，不論我聲明了什麼——抑或當眞**做出**了什麼聲明——我都將一切交由您來決定。

親愛的勒摩特小姐：

妳並沒有嚴加禁止我再寫信過來，眞是謝謝妳！妳甚至絲毫都沒怪我老是語意不明，也不怪我老是在胡扯些怪力亂神的東西。就這點，我也該好好謝謝妳才是！好了——先到此爲止吧——就別再說這些讓人難過的事了。

聽妳說妳病了，我心裡頭眞是又著急又擔心。我怎麼也想不到像**春天**這麼溫和的氣候——還有我十足善意的信，雖說是有幾分突兀——但是，竟然會讓妳有那麼不舒服的感覺——這可就讓我不得不懷疑起妳那位了不起的貴格教徒的滔滔大論了——他說的失磁的塵境、他觀察到的**僵化**——我其實都相當欣賞，一如妳所希望的那樣。但願他能召喚出一股力量，眞能「把地球的渾圓敲平」。在指控一個高唱**唯物論**的**時代**的同時，往往得要很有技巧地撇開邏輯，然後召喚出一股物質的靈性——不就是這樣嗎？

我不知道妳這麼喜歡出門散步，而且似乎還頗爲頻繁。我常常都在想像著，妳在妳優雅的大門後方搭築起一道防柵——這讓我心中浮現出一幅遮滿了玫瑰與鐵線蓮的畫面——我總是得用上想像力才能滿足得了自己。如果我告訴妳，我非常非常想親自聽聽妳那位知書達禮的貴格教友演講，妳會怎麼回應我呢？妳或可不許我吃小黃瓜三明治，但可不能不讓我吃些精神食糧吧！

不會的——別擔心——我不會這麼做的——我不會拿我們的友誼開玩笑的。

說到敲桌、拍手傳話——到現在爲止，我對他們都還不怎麼感興趣。我並不像某些人，或是基於宗教、或是因爲疑慮，就認定他們**空然無物**——這種空然無物乃是發自人類的軟弱與好騙，再加上那些早已失去了、錯過了的美好事物又總讓人格外地想去相信，這種感覺實是我們大家偶爾都會有的。我願意相信醫師、鍊金家帕拉切爾蘇斯（Paracelsus）的說法，他說世上是有一些卑小的幽靈，注定得居留在天空之中，永遠在世間飄流，當風向或是光影恰好到達那一點時，我們很可能偶爾就會，在一些特殊的情況下，聽到或是看到。（我也相信這事要解釋起來，很可能根本就是一場騙局。我相當願意相信D．D．轟姆一流的特技，但至於他身上開了什麼高超的靈性之口，這則又另當別論了。）

說到帕拉切爾蘇斯，我忽然想到了妳的仙怪曼露西娜，正好就是他書裡所提到的這一種**幽靈**——妳看過這段文章嗎？妳一定看過的——不過我還是把它抄下來好了，因爲那實在是很有意思——順便剛好問問妳，這，是不是就是妳對**仙怪**感興趣的情狀——還是說，妳其實是因爲她喜歡造築城池這個比較正面的性向才對她產生興趣的——我記得妳是有這麼說過吧？

> 曼露西娜個個都是國王的千金，因爲犯下大罪而自甘墮落。撒旦強硬把她們帶離，將她們變成了各種恐怖的東西，成了邪惡的幽靈、可怕的妖魔、駭人的怪物。一般認爲，她們擁有怪異的身軀、卻沒有理性的靈魂；她們完全仰賴自然的力量生長茁壯；如果她們不想在最後審判日那天魂飛

魄散，她們就必須與凡人成婚。如此一來，透過兩人的結合，她們便可以自然地死去，因爲她們若是走入婚姻，照理應該就會過正常的生活。關於這些妖靈，大家都認爲她們分別盤駐在沙漠之中、在森林裡、在廢墟和墳墓、在沒有人的墓室裡、在湖海的岸邊……

現在，可否告訴我，妳的作品進展得如何？我爲了自己好——於是便在妳豪情的驅策下——琢磨起我的《北歐眾神之浴火重生》以及我的似曾相識——但是說到《曼露西娜》——雖然有些建議，也許妳會願意參考著來寫她——但其實那也沒什麼。不過，說來倒是因爲她我們才開始通信的呢！我想，我們那一次談話的字字句句，我都會清清楚楚牢記在心的——我記得妳的臉——微微偏向一側——可卻顯出十分果決的模樣——我記得妳說起話來，總帶給人那樣一種感覺——那是來自「語言的生命」——妳還記得那個詞吧？我一開始是那麼地客套——妳說——妳希望能以曼露西娜爲題，寫出一首**長篇詩作**——然後妳的眼神似乎就在等著我挑戰發問似地——好像我就是有這份能耐，又或是我就是會這麼做——於是我就問了——這首詩是打算用斯賓塞詩體還是用無韻詩來寫呢？還是想用其他的什麼格式？——然後突然間妳就說起——詩歌的力量、**語言的生命**——接著，我不記得妳的目光是害羞還是覺得歉疚，不過妳看起來，原諒我這麼說，眞的是無可比擬——那一刻我是怎麼也不會忘懷的，因爲那爲我帶來了不可思議的奥祕——

說到這裡——我眞希望能看到妳告訴我說，妳，當然還有葛拉佛小姐——病體已無大礙，而且也能再次享受**春天**明媚的陽光。我眞的不很希望聽到妳說，妳還打算再去聽那些討論**怪力亂神**的演講——因爲我並不相信他們有何善意——不過如果貴格教友以及那些把桌子翻來轉去的人眞能對妳有所點化——或許將來哪一天，我企盼——如果眞的無緣吃到那切得薄薄的綠色圓片——至少，還能再來就詩歌討論討論——

親愛的艾許先生：

我這封回你的信是在一個不很快樂的**屋子**裡寫的——而且沒法寫得太多——因爲我身邊有個病人十分

需要我——我可憐的白蘭琪——因著可怕的頭痛——還有噁心——她眞是**飽受了痛苦**——而且幾乎已氣若游絲——再也無法繼續完成她視若生命的作品。她很投入地在畫一幅大型作品，主題是梅林和薇薇安——就在薇薇安得到勝利的那一剎那之間，她高聲唸起**咒語**，掌控了他，使他從此長眠千古。我們對這幅作品的寄望很高——作品採用了似有若無的表現手法，呈現了強烈的地方**風采**——只是她的病況實在太糟，根本就沒辦法繼續下去。我自己的狀況其實也好不到哪兒去——不過我做了些**藥湯**，發現那還蠻有效的——另外濕手巾的功效也不錯——反正我盡力而爲就是了。

家裡的其他成員——有傭人簡恩，我的狗兒小托，還有金絲雀多拉托大士，他們全都幫不上一點忙。簡恩這個護士笨手笨腳的——不過還算勤快——狗兒小托則是晃來晃去東張西望地——一點同情心都沒有——就只會抱怨我們沒陪牠到公園去或是和牠玩丟棍子的遊戲——

就是這樣，這封信鐵定是寫不了幾個字的。

你來信和我說起《曼露西娜》——這對我眞的很有**幫助**——那感覺好像她早就已經是個明確的計畫了——就只差沒下筆完成而已。我老實告訴你這個計畫是怎麼來的吧——這得要回到茫茫過去、話說從頭——那時我還很小，偎在我父親的身邊——我親愛的父親當時正在編纂他的《法國神話》——對於這部偉大的作品，我那時僅只一知半解、即便知道什麼，也都全是自己胡亂的猜想——我其實並不知道那到底是個**什麼作品**，也不知道，那竟然就是他自己曾打趣著說的，是他的**曠世鉅作**——不過我那時倒是知道，有史以來，再沒有一個爸爸——或是媽媽——或是保母——說起**故事**能像我爸爸一樣說得那麼精采。那時候，他很習慣跟我說些事情——只要他**說故事**的癮頭一上來——他儼然就成了那個說故事的老水手[89]（老水手是我小時候非常喜愛的一個老朋友，因爲**他的緣故**）——不過有時候他說話的樣子，又像是把我當成他這方面的工作夥伴似地，好像我也是個學者，博學多聞、富於思考——然後他的話裡就會出現三、四種語言——因爲他

89 典出英國浪漫派詩人柯立芝的詩作《老水手行》。

是同時用法文——英文——拉丁文——當然還有布列塔尼方言——在思考的（雖然必要的時候，他可以用德文思考，而且他也這麼做過，不過他並不喜歡，原因我會再跟你解釋）。他跟我說起曼露西娜的故事——而且經常說起——爲什麼呢，他說，因爲一直沒有人能確定是否眞的**存在**道道地地的法國神話——但是如果證實有的話，仙怪曼露西娜鐵定是其中一顆耀眼奪目的星星——我親愛的父親一直很希望能像格林兄弟爲德國人所做的那樣，也來爲法國人做點什麼——透過神話和傳說的見證，細說整個民族的**來龍去脈**，去發掘我們最古老的思維——就像居維葉男爵由一些可疑的骨頭和假想出來的接合線——加上他自己的**聰明**和**推理**，便拼接出古生物大地懶那樣。只是，德國和北歐都擁有豐富的神話和傳說，像你的《北歐眾神之浴火重生》就是取材自北歐神話，而我們法國有的則只是一些地方上風傳的鬼魔以及鄉下一些看似很有道理的騙人的故事——以及跟布列塔尼有關的題材——這也就等於是和不列顛有關的**題材**——還有督伊德教（the Druids），這我親愛的父親相當熟悉，還有史前的豎石和石板墓，但就是沒有連**英國**都有的小矮人和小精靈。我們還有Dames Blanches，也就是白姑娘——我把她譯爲白夫人。我父親說，就她的一些特質而言，曼露西娜就是白夫人其中一位，因爲她的出現，總是警示著**死亡**——

眞希望你認識我父親這個人。他的言談一定會讓你覺得很愉快的。他眞是無事不曉——就他喜愛的領域而言——而且他懂的知識絕不是**死的知識**。他的知識是有生命的，是那麼精采，對我們的生活別具意義。他經常愁著一張臉，瘦骨嶙峋，總是那麼蒼白。我覺得他的愁是因爲法國欠缺自己的神話——綜觀他所說過的話應該就是這樣。不過，我覺得他的愁，是因爲自己流亡國外，離鄉背井，而他最關注的正是古羅馬的家神拉爾（Lare）和佩內提斯（Penates）。

我妹妹蘇菲對這些事情完全不感興趣。她喜歡的東西都是一般女人所喜歡的，那些漂亮的東西。她也不看書，不喜歡我們住在這麼偏僻的地方——我母親也這麼覺得，還一直認爲眞正的**法國男人**應該要**很時髦**、**很講究**，要**有頭有臉**——也許應該說，是我自己認定她的想法是這樣，因爲他們兩個眞的很不相配。我的筆跟著我胡亂地跑——這三天來我幾乎都沒闔過眼——你一定覺得我的思緒非常凌亂——我當然知道你想聽的是我的曼露西娜，而不是我這些生平紀事！可是它們偏偏是那麼樣地**糾結交纏**，而你又是我那麼信任的人——

他臉上戴著小小圓圓的金屬框邊眼鏡，一開始只是爲了看書，後來就經常戴著了。我覺得這些**冷冰冰的**圓圈，是我所能想見最最親切、最最安適、最能給人安慰的形貌。他藏在鏡片後的那一雙眼睛，宛若來自水中，大大的、很悲愁，朦朧地透著親切。我好想當他的文書，還爲此遊說他教我希臘文、拉丁文、法文、布列塔尼方言和德文，他也很樂意教我，但不是爲了我的那個理由，而是因爲我學習的速度和效率讓他十分自豪——

我爸爸的事就先說到這裡吧！最近我特別地想念他——我想，是因爲我一直沒認眞地去處理我那部史詩的緣故吧——再加上其他的一些原因——

你從帕拉切爾蘇斯那兒抄下來的引文我當然知道。依你的聰明，你也知道我感興趣的是仙怪曼露西娜的另一種說法。她有兩面特質，一爲**怪異的妖獸**，另一面則是個十分傲氣、十分多情、十分靈巧的女人。現在還有一種說法很奇怪——雖然說奇怪，但好像也沒有什麼其他說法更貼切——那就是：凡是她接觸過的事物，都會完滿地呈現——她的宮殿建得方正結實，石材個個安置穩當，她的田地裡長滿了漂亮的穀物。根據我父親發現的一則傳說，她甚至爲普瓦圖這個地方帶來了豆子，很道地的扁豆。可見一直到十七世紀都還有她的存在，因爲根據他的查證，在那之前是沒有豆子的。你難道不覺得，她不只是個殘暴的妖獸嗎？她其實也可以算是主掌豐收的女神，是法國的大地女神席瑞絲。如果就你那則神話來說，那她應該算是荷達夫人[90]，或春天的福瑞雅[91]，又或者是守護金蘋果的伊督娜[92]？

她的**後代**，說眞的多少都有些地方很像怪獸。不光是大門牙傑夫利，或是野豬牙波爾，還是那些個在塞

90 荷達夫人（Lady Holda），日爾曼文化的傳奇人物，兼具家事女神暨農業守護神的雙重角色，《格林童話》中亦有收錄，但其實可能源自北歐民間傳說中的森林女妖赫爾德拉（Huldra），擁有美貌和一條嚇人的牛尾巴，用美妙的歌聲勾引經過森林的旅人，或是到森林裡砍柴打獵的男人，反抗她就會被殺害。

91 福瑞雅（Freya），北歐神話中的愛與美之神，也是戰神、魔法之神，因其名寓意春天與希望，故予人溫暖、和煦如春的感覺。

92 伊督娜（Iduna），北歐神話中象徵永恆青春的女神，守護著可以讓眾神回春、長生不老的金蘋果。

浦路斯或亞美尼亞據地稱王的——要不就是長了對壺柄似的耳朵——要不就是長了對大小不均的眼睛——還有那個小寶寶吼人伯，長了三隻**眼睛**，她在自己變形的那一刻，十萬火急地要求瑞門登親手將他給了結——對於他這個人，我們又該怎麼解釋才好呢？

如果我眞下筆去寫的話，我會想——稍稍從曼露西娜——她**自己的**——視界來寫。但不是像你那樣，直接用**第一人稱**來寫——好像自己棲在她的身子裡一樣——反之，我會從旁看著她，視她爲一名**不幸的女人**——充滿**力量**同時又**萬分脆弱**——無時不刻**害怕**著自己會再度回到**天空中浮游**——一處沒有永恆——且終有一天要被徹底毀滅的——**天空**——

有人在叫我了。我沒法再多寫下去。我得趕快把這信給封起來——我怕這信再寫下去恐怕會是**沒完沒了**的**滿腹牢騷**——**一場大病之後的發洩**——又有人在叫我了——我得就此停筆。相信我

順頌文祺

親愛的勒摩特小姐：

我相信現在妳家裡一切一定都已**安好**才是，還有妳們的創作——梅林和薇薇安——以及愈來愈讓人著迷的《曼露西娜》——都應進行得很順利吧！至於我自己——我最近才剛寫完了《史華莫丹》這首詩——整首詩我已有大略的腹稿——我很清楚自己要在**詩裡頭**寫些什麼，也很清楚哪些事情是絕對不會讓自己抱憾地就這麼放棄的——等我把裡頭一堆瑕疵修補好之後——我就會把第一份完整抄錄下來的稿子寄送給妳。

妳簡單地描述了妳的父親，我看了很喜歡，也很感動——他老人家的風範我一直都很欽佩，而且他的作品我也經常是一讀再讀。一位詩人能有這樣的父親可不是最好不過的嗎？由於妳提到老水手，我這才膽敢提問——妳的名字是否就是他所命名的，這個名字是不是就是取自柯立芝未曾完成的那首詩的女主角？我一直沒機會告訴妳一件事——這事我是逢人必講，就像親愛的克雷博經常會說起他拾獲那尊魏蘭特半身像的故事一樣——我曾經見過柯立芝本人，有人曾帶我到海格特（Highgate）那兒去——那時我很年輕、很青澀——結

果居然能親耳聽見那有如天使般的——（而且也有點自負的）聲音不斷地說著話——說著天使的存在以及紫杉木的長壽，還有**生命**在**冬季**時的暫時休止（說到這裡就細細瑣瑣頗有感觸地講了又講），還談了些預感、說起人的責任（不是**權利**），還有拿破崙的**密探**如何在他從馬爾他島回來的時候接二連三地趕到義大利——還有眞的**夢**和**假的夢**。另外又說了很多很多，我想就是這樣。不過就是**沒說到克莉史塔伯**。

我那時實在是太年輕太青澀了，我一直擔心他那源源不絕精采絕倫的長篇大論，會讓自己沒機會發表自己的高見——讓眾人聽聽我的思維——然後注意到我。不過如果我眞有機會說話，我實在也不知道自己會說些什麼。很有可能全是一些空洞愚蠢的東西——旁徵博引卻亂無頭緒地針對他**三位一體**的理論提出問題，要不就是毫不客氣地希望人家談談〈克莉史塔伯〉這首詩的結局。任何故事的結局我這個人都非知道不可要不我受不了。我會去細看最微不足道的東西——一旦開了頭——出於一種瘋狂的慾望，希望自己能將結局**一口吞下**——管它甜的酸的——我於是就會去做自己不該做的事情。妳是不是也和我一樣呢？或許妳閱讀的鑑別力更強？妳會不會跳過沒太大用處的地方呢？妳對於大詩人S．T．C所寫的《克莉史塔伯的故事》有沒有什麼獨家的見解，能不能看出結局會是什麼？——這個故事實在很吸引人，最有意思的故事確實就是這樣，完全無法預測出最後會**發展成什麼樣子**——然而事情偏偏又必然如此——只是我們始終無法得知——因爲那個故事已悄悄地伴著那名愛睏的不按常理的作者睡了去——人家作者可不喜歡我們這樣不知所措的庸人自擾呢——

我多少看懂了妳所認知的《曼露西娜》——不過就是不知道該不該把自己的想法寫出來，說不定我那些想法曲解了妳的原意——反會弄得妳因爲我的遲鈍而心煩——又或更糟的是，攪壞了妳清晰的思路。

《曼露西娜》這則神話之所以如此與眾不同，妳似乎是認爲，一來它**兼具**了狂野與詭異以及恐怖而且十分鬼怪——再者它同時也很實際，像是那種講述人世的故事——這是其中最妙的地方——它相當具體地——描述了家庭生活以及社會規範，還有農事的引進，以及母親對孩子的愛。

這會兒——我的膽子可大得很呢，因爲我相信如果我說錯了，妳也不可能飛奔而出對我冷嘲熱諷的——

我眞的覺得妳的天分很高，從妳的文字就可見得，妳把這**兩種**矛盾的元素掌握得非常巧妙——這個故事似乎就像是爲妳而存在一樣，它清楚地等待著——**妳**——來把它訴說出來。

無論是妳的奇人異事又或是妳細膩的抒情詩——妳對於事件和細節的觀察都非常地精準——譬如說，像是家用的亞麻布，又或是做女紅時種種的小動作——還有像是**擠奶**這樣的事情——凡此種種，都讓男人看到了一個小小的家，宛若天堂般地透露著美好——

但是妳並不只是滿足於這個景況……各種無聲的形體充斥在妳的世界裡……有著飄蕩的**熱情**……有著微微顫動的**驚懼**……即便是傳統中的**蝙蝠**、**騎著掃把的**巫婆，也都不及他們來得邪氣。

這似乎也就是說——妳是有這個本事讓呂姬孃這座城堡安穩堅固的——也許就像法國那本五顏六色的**古曆書**裡頭那些君主、貴婦、農夫周遭的城堡那樣——只是，妳同時也造就了——**天空的聲音**——造就了**哀聲哭號**——造就了**妖婦惑人的歌聲**——造就了經年累月沿街哭訴**慘無人道的悲痛**——

這會兒妳會怎麼看待我呢？我跟妳說過的——一旦想到了什麼事情，我就總非去**想像**不可，非得在心裡想像出他們的聲音他們的樣子。所以呢，照我這麼說的話，我對於妳家那道無形的**門廊**在心裡可都是看得一清二楚的，拱形的門上布滿了**鐵線蓮**——美妙的深藍色紫羅蘭叢中的一朵小花——還有攀緣蔓生的小玫瑰花。妳家的客廳我也一樣看得很清楚——裡頭有兩位和氣的人正在忙著——我不認爲是在編織，或許是在讀書吧——聲音很大，看的是莎士比亞的某部作品，也可能是湯瑪斯．馬洛禮爵士的著作——多拉托大士一身檸檬黃的羽翅，住在金銀絲編織的圓屋子裡——還有妳那隻小狗——這個節骨眼牠會是什麼德性呢？如果我放膽一猜的話，我猜牠可能是一隻查理王西班牙獵犬——沒錯，我看到牠了，眞不巧，看得好清楚，牠的耳朵一邊是巧克力色、另一邊則是白色，還有一只毛茸茸的尾巴——不過說不定牠根本就不是這個樣子——搞不好，牠是隻小小的獵狐犬——是個一身牛奶白的小東西，就像湯斯．懷爾特爵士筆下那些被囚在密室裡的貴婦一樣。怎麼我一點都看不到簡恩呢——不過早晚都會看到的。我還清楚聞到了妳做的藥湯——不過有時飄著馬鞭草的味道、有時卻是萊姆、有時則是懸鉤子葉的味道，我的好母親也覺得這個方子用來治療頭痛和疲勞非常地有效。

不過無論我再怎麼伸展想像的雙眼心無惡意地探望妳家的椅子和壁面，我也都沒有權利——沒有權利將我糟糕透頂的好奇心伸展到妳的作品上、妳的書寫。妳或會怪我其實想拿妳的曼露西娜去寫，不過事實絕非如此——這只是我一個很糟的習慣，想在心裡把妳可能會用的寫法具體地想個清楚——那就像是在布洛塞里昂德（Bro eliande）幽祕的森林裡、於光點班駁的陰影中長途跋涉時往前所看到的景致一樣——我覺得也就是說，她應會這麼下筆——也就是說，她應該是會著手這個計畫的。而且我還知道，如果沒有什麼獨創之處，妳的作品就沒什麼看頭可言——我這樣的想法實在是很冒昧。我該怎麼說才好呢？以前，我根本從來就不想和別的詩人——談我作品中**紛紜的關連**——又或是談他人作品的種種——我一路走來都是獨自一人、自給自足的——可是對妳，我第一次感覺到事情的絕對性——沒有什麼中間的選擇。所以我跟妳說話——也不算是說話，應是**寫信**給妳，把要說的話寫下來——眞是奇妙的組合——我跟妳說話，就像是跟那些深深佔住我的思維的人說話一樣——莎士比亞、湯瑪士·布朗、約翰·但恩、約翰·濟慈——然後我發現自己不可原諒地把自己的聲音，傳給了活生生的**妳**，就像我向來把自己的聲音傳給那些死去的人一樣——我有太多要說，所以——明明是在創作獨白——卻拙劣地又想建構出兩人的**對話**——結果是，同時侵吞了兩方。原諒我吧！

至此，這封信是否當眞算是兩人的對話呢——不過到底**算是什麼**，還是交由妳來作決定吧！

親愛的艾許先生：

你當眞清楚地**斟酌**過——你問我的事情嗎？我的**繆思**無法騰出**小小的空間**容納你的激勵——因爲**那**就等於是在抗拒**永恆的滅亡**——這樣的結果可不只**是**——**逸散**於空中如此而已啊！不過你眞的讓我小小的努

力**很感無力**——在那**思緒**與奇想的奧沙山上堆上了皮立翁山[93]——如果眞要我坐下來回答一切**理當**回答的問題——黎明已然**遠去**，著手準備邀宴又或是著手寫作《仙怪曼露西娜》，又會遭逢什麼樣的命運呢？

不過，別因爲這個理由就不再寫信給我——倘若我吝於分享這塊**仙怪**蛋糕——寫給你的回覆殘缺不全不清不楚——而且還拖拖拉拉地——倒不是說沒有在努力——只是請再多給《曼露西娜》一天——要不然，最後**多少**也就只能做出東修西補的劣品而已。

你說你想像不出簡恩。那好——我就告訴你，特別是這一點——她非常愛吃**甜**的東西——非常非常。她總是無法讓小小的牛奶果凍——又或是可口的杏仁餅乾——又或是白蘭地薑餅——好好地待在**貯物櫃**裡——除非小嚐一口試試——要不便是在**湯匙**上印下齒痕、留下她貪嘴的證據。所以說，悲傷的**我**以及寫作這件事也是一樣。我是不會這麼去做的，我是說，除非**這點**很確定——**那點**很篤實——只不過我心裡對這對那對其他種種其實早都已有定見——我對自己說——如果放棄了**這個**論點不用（如果嚐了**那個**甜食之後離了手）那我的心就會再度屬於我自己，沒有任何騷亂——

不，說起來這樣的藉口實在是太粗略了。我只是想表達——我並不屬於你思維的**領域**，也不擔心事情會演變成那樣——就這一點，我們兩個都是禁得起考驗的。至於**椅子**和壁面——儘管去想像吧——想看看你能想到什麼——我會不時地在信上給你一點**提示**——那樣你可能就會更加地摸不著頭緒。鐵線蓮和玫瑰花的部分我不予置評——不過我們種有一株很美的**山楂**——現在長得正盛，而且開滿了粉紅色和奶油白的鮮花、杏仁的香味處處可聞——好香好香——眞是香極了——香得連鼻子都難以承受了呢。我不會告訴你這棵**樹在哪裡**——也不告訴你樹齡如何、是大是小——這樣你就可以任意想像——不管它是**如何地美好而危險**——你知道**山楂花**是絕對不能放在屋子裡的。

現在我得克制住自己——讓我這游移不定的思潮好好回答你那些重大的問題——要不然，我們倆都會讓

93 傳說巨人族為登天毀滅諸神，所以先在奧林帕斯山上堆起奧沙山（Ossa），然後再於其上堆起皮立翁山（Pelion）。

無聊的想像、空洞的揣想給吞得屍骨無存的。

我以前也見過S·T·C。那時候我還只是個小嬰兒——他肥肥的**手**放在我金色的鬈髮上——他的**嗓音**繼而談起了這些鬈髮一如亞麻般淡黃的色澤——不過這是我用想像所聽到的——因爲我呢，也跟你一樣，非得想像一下不可，我絕不會讓事情僅止於現況的——那時他說——我相信他是這麼說的：「這個名字眞是美啊！我相信這個名字是不會帶來惡兆的。」好了，這就是我對克莉史塔伯這首詩所**提示**的結局——詩中的女主角注定要受苦受難——這不難想見——不過，**如果可能**的話，她在之後很可能就會得到**幸福**，只是這點就不是那麼容易想見的了。

現在，我得把我慣常使用的**口氣**整個地撤換掉。現在，我得不假辭色地寫這封信，不再隨興地扯些華而無當、不著邊際的東西弄得你一頭霧水。你假惺惺地說你很擔心我會很不滿意你所談到的《曼露西娜》，還有我的寫作能力——也就是我自己計畫的寫法，也許你的擔心是眞的，但這樣想實在很無聊。你看過信瞭解我的想法——也很清楚地跟我說過我的特質——那沒什麼**突兀**可言——那句句都是眞知灼見。她——我的曼露西娜——確實是集秩序、人道、怪亂、**狂野**於一身——一如你所提到的——她既是一位建立家園的女人，同時亦是具有破壞力的**惡魔**。（而且是女惡魔，這點你沒談到。）

我不曉得你有讀過像《訴說在十一月的故事》這類的兒童故事書。那些都是我父親說的故事，最重要的是——他講的時候都正值故事裡那些暗黑的月分——而且他也**只有**在這些時候才講。他常說，夏天的布列塔尼，大海偶有明媚之時，花崗岩上的薄霧上升，陽光因此幾乎可說是非常地燦爛，而那些在夏天前往布列塔尼搜集、研究故事的人——很可能怎麼也尋不著什麼結果。在塗桑、也就是萬聖去世了之後，眞正的故事就只有在暗夜裡才會有人說起。而在所有亡魂、惡魔、離奇、空中大力王的故事之中，**十一月的故事**便是最可怕的。還有安枯的故事——他駕著一輛恐怖的馬車，——一輛吱吱嘎嘎哼哼唧唧聲音刺耳的車子，只要在暗夜在荒涼的野地上每一個人都會聽見這個聲響自身後傳來——車上很可能全是枯骨，堆得滿滿地搖來晃去。**駕車的人**全身只見**骨骸**——大大的帽子底下只見兩個空洞的**眼窩**——你知道的，這個人並不是**死神**，他是**死**

神的侍從——隨身帶著他那把**大鐮刀**——那刀的刀身並不爲收割用而**彎向內側**，整個刀身彎向外側——爲了什麼呢？（我可以聽見我父親的聲音在暗黑的夜裡問著——爲了什麼呢？如果我索性告訴你說——哎呀——這是因爲白晝變得長了，而且外頭有隻畫眉鳥就在我那棵長了好多泡泡花的**山楂樹**上唱呀唱的——這些加在一起**很不搭調**吧！）假如我們到了十一月還有在繼續通信的話——我就來個故事開講——像我父親那樣——不過那時我們何需再通信呢？不過那時我們又何需停止呢？過了十一月，故事就溫和多了，那是**我主誕生**的故事——你要記住，布列塔尼的人都認爲，**馬廄**和**牛棚**裡的**動物**會在這個神聖的日子裡開口說話——只是沒有人能聽得懂牠們的話——沒人能懂這些睿智、眞純的畜生——牠們口中所談及的**死亡**的痛苦——

現在你聽好——你不許再在信裡說你對我的作品感興趣或許會成了干涉。雖然你對於這個我甚少涉足的大世界所知甚多，也很清楚出自**女性手筆**的作品通常都會得到什麼樣的回應——更不用說是出自於我，而且還是這麼個仍在**假設狀態**中的作品；不過艾許先生，你好像還是不很明白。我們所能企盼最好的回應也就只是——噢！寫得眞是不錯——就**一個女人家**而言。那麼大概會出現些什麼**題材**是我們不會去處理——會有些什麼事情是我們所不知道的吧。我並不想強調什麼，只不過在男人與我們狹隘的認知以及較差的理解力之間，必然會有——某種在**格局**和**氣勢**上的基本差異——而且這**確實存在**。只不過我著實認爲，我十分確定，這道界限目前的位置根本就是個**錯誤**——我們絕不只是用來擺放高風亮節的燭台——也非用來盛裝**貞潔純情**的聖杯——我們有思想、有感覺，而且啊！原來也是有在**讀書**的呢——說到這點，我們的情況、我的情況應該都不會讓**你**太感訝異才對，雖然說我並不曾透露自己——其實經由他人的經驗——非常知曉人性的善變。所以呢——如果有什麼理由讓我願意繼續這麼寫信下去——那個理由就是你的這番糊塗——居然會不曉得女人在一般人眼中的能耐爲何——不知你是眞的還是裝出來的。對我而言——這種狀況就好像是一棵強韌的**灌木**——用著自己牢固的深根，撐起了一棵在懸崖壁邊岌岌可危的同伴——而我就這麼緊緊攀著——由此得以穩固——

我要跟你說一個**故事**——不我還是不要告訴你，現況不容我再繼續往下想去——不過，我還是會告訴你的，好讓你明白我對**你的**——**信任**。

我曾寄出一些簡短的詩作——薄薄的一束紙——在顫抖之中被揀選出來——寄給了一位大**詩人**——此人向來隱姓埋名，我不能把他的名字寫出來——我問他——**這些**算得上是**詩**嗎？我的表達——還算**清楚**嗎？他很禮貌地立時回覆我說——這些詩寫得眞是不錯——不很合**常規**——通篇不拘泥於禮教的準則——不過他鼓勵我，相當中肯地說——這些作品肯定能讓我持續抱持生命的熱情，直到有一天——用他的話來說就是——我面臨了——「更甜蜜、更重大的責任。」這一番評語還讓我對**那一切**存有什麼渴盼呢——艾許先生——這要如何渴盼呢？你很清楚我的那個說法——**語言的生命**。你很清楚——在我生命中有**三件事**——單單這**三件事**一如驚鴻閃現——我必須把眼中**見到**的一切——寫成文字，也因此——文字本身也是一件，而最重要的還是文字——文字始終是我生命的一切、我生命的一切——這樣的需要就如同**蜘蛛**，爲自己備置了大量**不得不去織就的絲線**——絲線是她的命、是她的家、是她的平安符——供她吃喝——倘若蛛絲遭到攻擊、被扯了下來，唉，那麼她也只好再多加努力，重新織造，另行編織——你一定會覺得她很有耐心——她可能還有點**野蠻**——那是她的**天性**——她**不得不**——要不便會因**厭膩**而死——你可瞭解我的意思？——她的確是很有耐心——

我現在沒辦法再繼續寫下去了。我的心已到極限——說的話太多了——如果讓我回頭再看看這幾張信簡，我的勇氣是會離我而去的——所以這封信就只能保持在這種初稿的狀態中，若有不善之處也只能認命了——願上帝祝福你、護佑你！

克莉史塔伯・勒摩特

我親愛的朋友：

我這樣稱自己是妳的朋友，可以嗎？因爲我內心的思緒大多時間都與妳在一起，就這兩、三個月來，事實上，我的思緒在哪裡，我的人也就跟著在哪裡——即便，依據諭令，我所能及之處也不過就像那棵**山楂樹**一樣，僅只是個**入口之境**。這封信我寫得很倉促——我先不答覆妳上一封慷慨激昂的來信——我要趁著奇妙的感覺猶然尚存，訴說予妳一幅幻景。答覆我遲早一定會寫給妳的——不過這幅幻景我一定得先說給妳聽，以免我沒了勇氣。好奇嗎？希望妳眞感好奇。

首先，我得自行招供，這則幻境乃是起於我在里奇蒙公園的騎馬之旅。爲什麼這得說成是**招供**呢？難道一位詩人、雅士不能隨心所欲地和友人一道騎馬外出嗎？有朋友邀我一起到公園運動，我卻莫名地覺得不安，好像那兒的樹林、綠地全都不言而喻地籠罩在魔咒的禁令之中——妳的**小屋**也是一樣——想必騎士眼中的仙洛特就是這樣——一如故事中沉睡的森林，總是圍著一道道鋒利的白石南樹籬。說到**故事**，妳也知道禁令的設定往往就是爲了等著什麼人來予以破除，而且絕對會被破除——妳的曼露西娜不就是一個例子，運氣不好又遇上了不聽話的騎士。或許甚至可以這麼說，若不是有那一道屏障與圍籬發出了誘人的光華，我也許根本就不會來到公園這兒騎馬。不過有一點我不得不強調，既然身爲十九世紀的文人雅士，我當然就不會允許自己去到鐵線蓮、玫瑰花，以及長了好多泡泡花的**山楂樹**那一帶遊走，雖說我本來大可隨意地這麼行動的——畢竟人行道本來就是任人自由行動的地方。不過我不會拿我想像中的玫瑰花香閨去兌換眞實，除非有人邀請我跨步而入——不過這大概永遠都是不可能的吧。差不多就是這樣——我在公園裡頭騎呀騎的——想到某人的住處和這公園鐵門不過也就咫尺之間——於是便想像起自己不時看見眼熟的披巾或是一束帽飾消失在眼前，就像妳筆下某位白夫人那樣——然後我就惱起了那位貴格教派的好好先生，怎麼他那呆頭呆腦的什麼塵境，竟然會比R．H．艾許詩情的寓意來得更讓人信服——

於是，就像所有好故事裡頭的好騎士那樣——我一路騎呀騎的，和同伴保持著距離，深陷在自己的沉思之中。順著一條綠油油的林間道路，我不斷地往前走去，來到了一處安靜的地方，那靜，絕對會讓妳以爲是有魔法在作祟。公園裡的其他地方，盡是熱鬧的**春光**——一群棲在新生蕨叢裡的兔子讓我們給嚇了一跳，茂密的蕨長著小小的、堅韌的螺旋紋複葉，像極了剛出生的蛇，差不多就是剛長出毛、鱗片還沒長出來的那種——還有一大群黑渡鴉，一副很忙很了不起的模樣，繞著樹根大剌剌地踏著步、用著藍黑色的三角嘴啄個不停。還有雲雀高飛、有蜘蛛吐著閃爍的幾何形**陷阱**、有閃閃晃晃的蝴蝶，以及蜻蛉在速度不一的快衝中閃現的藍光。還有一種小型隼，從容無比地盯著明亮的地表，馳騁在大氣之中。

就這麼——我繼續地往前走，就我自己一個人——漸漸走入了這個林間道中沉靜的隧道——我並不知道自己身在何處，但我並不惶恐，也沒想到我的同伴，甚至還忘了某位友人——就住在咫尺之間。樹是山毛櫸樹，花苞初綻，艷麗美妙，照在上頭的光很新、舊去新來——間間斷斷地如晶鑽般閃著亮光——然而更深處一片漆黑，沉靜地宛如教堂中殿。沒有鳥兒在鳴唱，也或許是我沒聽見，沒有啄木鳥叩叩的啄聲，沒有畫眉鳥蹦蹦跳跳、嗶嗶作響。我仔細聽著愈來愈靜的**沉寂**——我的馬兒柔緩地走在落在地面的櫸實上——濕答答的雨後——櫸實並沒有劈劈啪啪地開裂，倒是含了些水，但還不至於濺得四處都是。我那時有個感覺，沒什麼特別，至少對我而言是如此，我覺得自己置身於時光之外，窄窄的林道，時而暗沉，兀自向前往後地漫岔開來，而我，立時成了過去的自己，同時也成了未來的自己——這一切全都同時地交織在一起——但我漠然地繼續向前，因爲無論我是往回、向前、停止，那一切早都已交融爲一了。對我而言，這樣的時刻就是詩。千萬別誤解了我的意思——我倒不是刻意地要把這叫做是「詩意」——我只覺得，詩篇湧現的起源就在於此——而當我寫下**詩篇**這兩字之時，我指的當然是文字的詩篇，但同時也意味著某種生命的**詩篇**，它們兀自來去於我的生命之中——自**初生之源**，以至**最終之點**。啊！我該如何向妳訴說才好？可是除了妳，還有誰能教我願意訴說這般難以言喻——這般彷佛**不容褻瀆**的一切呢？想像一幅抽象的素描畫，就像任何大師級畫家所畫的那樣，讓妳重新調整了自己的觀點——只見線條下隨意的一只扇葉、一座隧道，漸形消褪，但那並非隱沒於茫茫，亦非**逝去**，它們其實是臻至於**沒影**之點、臻至於無限之境。再想像那些呈現了葉片柔亮的**線條**以及葉上巍巍顫動著的灰白的光，以及藍色——高大的樹幹上，淡灰色的樹皮漸漸消隱——地上的轍痕——奇異地在地表上織出了赤棕、煤黑、泥灰、黃褐，和淺灰——這一切是那麼地各不相同卻又**同屬一體**——這一切無盡延伸卻同時又停滯不動……我無法形容……我相信妳必已了然於心……

遠處出現了個水池，就在小路的另一頭——是個棕褐色的池子——顏色頗深，水深如何則不得而知——平坦暗黑的水面上映現著浩浩蒼穹。我望著這個池子好一會兒才將目光移開，結果當我再度往池子望去，池水裡竟出現了一個**小傢伙**。之前水池裡明明不見有這個**小傢伙**的，但若說牠是之後才走到那裡的話，水面又不見有任何波動，這讓我不得不覺得，小傢伙的出現恐怕是有什麼小法術在作怪。

這個**小傢伙**是隻小型獵犬，一身的牛奶白，小小的頭尖得很有形，黑色的眼睛看起來很有靈性。牠躺在那兒——或說牠是蹲踞在那兒也許又更加貼切——牠就像是那個獅身人面怪物似地，**昂著首蹲伏在那兒**——身子一半在水面上、一半在水中，因此，牠的肩膀和臀部有浸到水，並且因著毛髮上一道壁壘分明的界線而分成了兩半，四肢則全落在水中，透過流動的水緣與黃褐閃閃發著亮光。漂亮的前腳向著前方伸得直直的，可愛的尾巴則呈捲曲狀。牠很靜，動也不動地，簡直就像是座大理石雕像一樣，而這樣的狀況持續了很長一段時間，並不只是一時片刻而已。

牠的脖子上繫著銀色的狗鍊，鍊上掛了一串圓圓的銀色鈴鐺——鈴鐺很大，並不是那種會叮叮發響的小鈴鐺，看起來與海鷗的蛋很相仿，甚至頗像是鬥雞的蛋。

我的馬和我都停下來睜著眼瞧，而那小傢伙始終像座石像似地動也不動，牠睜著眼回望我們，十足地從容自得，目光自上而下地呈俯瞰之姿。

就這麼好一段時間，我根本無法確定，究竟這幅顯影是眞？是幻？還是什麼？牠是否來自另一度時空？牠就那麼待在那裡，簡直不可思議，半沉在水中，一個千眞萬確的水怪，像是自水中冒出來的水靈，也像是沒入水中的地靈。

我無論如何都沒法再往前繼續，但也沒法讓這東西退讓、走開、消失。我睜著眼瞧，牠也睜著眼瞧。對我而言，牠似乎就是那麼實實在在的一首**詩**，而這時，我想到了**妳**，還有妳的小狗，以及妳那些行走於人世間的妖魔鬼怪。湯斯．懷爾特爵士的幾首詩這時也浮現在我心裡——大多都是些打獵詩，詩裡頭那些**狩獵**的傢伙個個全都是住在**宮廷的寢宮**之中。**別碰我**，這個怪物似乎傲慢地這麼說，而我確實就是無法朝著它走向前，我沒有這麼做，我只能再度回到時光之中、回到白日、回到每一個呶呶不休守在時光中的日子，我所能做的也就如此而已了。

這會兒，我把這件事寫出來告訴了妳——對妳或許沒什麼意義可言——任是誰看了這段文字大概也都這麼覺得。不過，這事**確實**是有其意義可言的。這是一個徵兆。我想到伊莉莎白年輕的時候，正好就是在這座公園裡打獵的，她帶的獵犬也正好就是這種小型獵犬——這麼一位**聖潔的女獵人**——這麼一位無情的阿爾特密斯[94]——我想像自己見到了她白淨中透著嚴峻的面容，見到鹿群從她身旁跑開。（我遇到的肥滿的鹿則是安滿自得地在吃草，要不便是狀若雕像地望著我，然後嗅著我離去之後的空氣。）妳知道嗎？**野獵的人**在經過農家之時，有時會留隻小狗在野地裡，那隻狗如果沒有嚇得中邪，便會在那兒待上一年，靠著農家的餵養，直等到**獵人**再度出現爲止。

關於這件事，我就先在此停筆了。我暴露了自己的愚蠢，任妳怎麼看待我都好——因爲對妳，我是絕對的信任，一如妳在上次那封我永遠不會忘懷的信中對我所表露的信任。至於上一封信裡的問題，我是一定會回的，這我在一開始時就說過了。

跟我說說妳對我這一番幻象有什麼觀感吧——

《史華莫丹》還得再多些著墨。他是個性情古怪的學者，靈魂深處無所適從——就像許多偉人一樣，總是厭惡、排拒——自身生命的景況，同時不可免的，他們對於自己一心所繫之物——不對，應是心中的執念——也一樣感到厭棄不已。我親愛的朋友，且想想人心的繁複以及其千變萬化無限的可能性——這會兒它可能是一間擁擠的荷蘭式櫥窗，展列著各式各樣希奇古怪的玩意兒——接著解析起顯微鏡下小小的心——然後凝想著一隻出現在明媚、盎然的英國盛景之中的虛幻的水狗——繼而漫遊到加利利，與勒南[95]一起想著那些野地裡的百合，不可原諒地在幻念中窺探著某個不爲所見的房間，想像妳伏首案上——想像妳微笑地望著自己的作品——因爲此刻，曼露西娜已整裝待發，而騎士也已來到**渴飲之泉**與之邂逅——

94 **阿爾特密斯**（Artemis），希臘神話中月亮與狩獵的女神。

95 厄尼斯特·勒南（Ernest Renan, 1823-92），法國歷史學家。

我親愛的朋友：

我**這麼**稱呼你——是**頭一遭**，而且也將是**最後一回**。我們**火速地衝**下了**坡**——**至少**，我是如此——我們或應就此小心腳步——要不就索性在此停步吧！我內心深重地覺得，我們若再繼續交談下去，那會很**危險**。我惶恐說出這樣的話會很失禮數——但我實在已是無路可走——我並不怪罪你什麼——也不會怪我自己——這只是我未經思慮的一番告解——再者**還有**就是——我深愛我的父親，而且我也已著筆在寫我的史詩了？

只是，世人並不會以正面的態度來看待這樣的書信的——一個是個像我這樣深居簡出、與友人同住的女人——另一個——則不但是個男人，他甚且還是位充滿智慧的大詩人——

有些人，他們會在乎世人——以及妻子的——觀感。另**有些人**，則會因爲他判斷的錯誤而受到傷害。有人明白地跟我說——說得眞的很對——如果我眞的珍惜我現在自由的生活——自己的事自己料理——創作自己想創作的——那麼，我就一定要**比常人更加地謹慎**，讓自己在世人以及他妻子的眼中足以抬頭挺胸——如此也才能避開他錯誤的判斷——不再因爲他細瑣的關切而限制住自己一舉一動的自由。

我這絕不是在批評你周到的禮數——也不是在責怪你對事情的判斷——以及善意。你難道不覺得這麼做會比較好——也就是說如果我們不再通信的話。

我會永遠祈願你一切安好的。

克莉史塔伯．勒摩特

我親愛的朋友：

妳的信對我而言如同晴天霹靂——當然，這點想必妳早已料知，因爲之前的那封信裡訴盡了妳我之間逐日俱增且持續發展（我覺得）的善意與信任，而這封信卻如天南地北般那麼地不同。我問我自己——究竟做了什麼事讓妳如此驚慌——然後我給自己的答案是，我僭越了妳私人設定的疆界，來到里奇蒙，而且不只去到那裡而已，我甚且把所見到的一切寫了下來。我懇切地請妳就把**那**當作是看到玄奇的事情所生出的誇張的異想——雖然其實並不然——我想了又想，如果我想得沒錯，那件事必然就是主要的原因了。可是那應該又不是——就算是，但照著妳信裡的口氣來看，那就又不可能是了。

我承認，一開始我不單只覺得震驚，我還覺得生氣，怎麼妳竟會寫來**這麼一封信**。不過有太多事情——諸如妳給我的美言：禮數、判斷、善意——在在都讓我覺得，即使滿腔憤怒，我也都非得回信不可。因此，我日思夜想地考量著我們通信的事情，考量著——一如妳自己所說的——一個「珍惜現在自由的生活」的女人所面臨的處境。我無意掠奪妳的自由，我要這麼爲自己辯駁——因爲事實正好相反，我對於那樣的自由，以及因那自由所帶出的一切，妳的作品、妳的文字、妳語言的網絡，一向都抱持著尊重、敬佩、仰慕的心情。我親身的體會使我深深明瞭，女人沒有了自由會是多麼地不快樂——我也十分明瞭種種約束加諸於身上的那種煩擾、痛苦、虛耗的感受。想到妳的時候，我其實都把妳看作是個優秀的詩人、看作是**我的朋友**。

不過，原諒我不得不如此無禮——妳信裡有提到一件事，那就是直截了當地把我們之間的互動定義爲男人與女人。這麼說來，只要這點不足以成立，那我們也就可以永遠地繼續這麼下去，單單就只交談——懷著一絲無傷大雅的殷勤，又或者也可說是一種雅致的情誼——不過主要的動力還是因著我們都亟亟地想討論藝術、討論技巧，這樣的念頭於法統並無大礙，我們倆不就都是這麼想的。我想，這樣的**自由**不就是妳一心想爲自己所爭取到的自由嘛！到底是什麼原因竟讓妳因人情世故那道多刺的籓籬而退縮至此呢？

事情是否還能有所轉圜呢？

我有注意到兩件事想在這兒說說。第一件就是，妳完全沒有確切地做下決定，言明我們絕對不可再互相寫信。妳信裡的口氣滿是質疑——可是又在在顧及我的看法，這種態度到底是一種柔性的抗議（**那根本說不通**），還是妳內心的反射——表示妳其實並不那麼確定想讓這事就這麼寫下句點。

不——我親愛的勒摩特小姐——我並不認爲（這是根據妳提出的說法推論而出的）如果我們不再通信，一切就會比較好。就我而言，那一點也稱不上好——因爲我始終都是一個**失敗的人**，我永遠無法安心快意地相信，當我決定不再繼續這般為我帶來極大歡欣——自由——並且毫無惡傷的通信，那會是件正確的、值得鼓勵的事情。

我也不認為那對妳稱得上好——不過我並不完全清楚妳的情況——我極願意聽聽妳的說法。

我剛說過，我有注意到兩件事要說。這個是頭一件事。再來的第二件事就是，妳寫的那封信——希望我這不算太離譜才好——就是說妳的信有一部分好像是照著別的什麼人的意見在寫的。我也不是十分肯定——只是那實在是很明顯——在妳的字裡行間，好像有**別的聲音**在說話——我的推測可正確否？若照這來看，應該就是這個某人的聲音比我還更努力地在敦促妳要忠於貞潔、要多加留心——可是妳千萬要知道，這個人的看法或許很對，可是也可能因為考慮過多而無法洞悉眞相。我不知道該用什麼樣的口吻寫信給妳，才能讓自己不顯得太過霸道，又或是太過哀怨。我實在不知道——在這麼短短的時日之間，妳竟然就這麼成了我生命中的一部分——倘若沒有妳，我可該怎麼走下去才好呢！

我還是很想把《史華莫丹》寄給妳看。至少就這件事，可以吧？

藍道弗．艾許　敬上

我親愛的朋友：

我該怎麼回覆你才好呢？之前我是那麼地**莽撞**、**無禮**——因為我擔心自己的**意志力**太過薄弱，而且，又因為我自身的這個聲音——沉默而微弱——於是我只能哀怨地在一片**狂風暴雨**之中呼喊——那樣的狂亂，恕我恐將無法據實以告。我是該給你一個解釋——不過我**不會這麼做**——只是我又實在**不該**如此——否則，只怕我的良心會因自己的惡形惡狀、**不知感恩**，以及其他諸多罪惡而飽受譴責。

但是坦白說，先生，那都是沒有用的。這些——**珍貴的**——信件——是那麼地豐富，同時也是那麼地微薄——而最最重要的是，我實在不得不這麼說，這些信是會惹人猜疑的。

好個冷酷、悲哀的說詞。這是**祂**的說詞——是**世人**的說詞——也是她的說詞，我指的是他那位拘謹的**妻**

子。可是這卻得付出自由以爲代價。

我會仔細解釋的——就自由和不公平這兩件事。

所謂的不公平就是——我要向**你**——要回我的自由——而你說你，非常尊重我的自由。你那樣的說法眞是冠冕堂皇——教我又能怎麼拒絕呢……

且讓我簡短地說個**真實**的小故事。故事裡盡是一些沒人記得的小事情。可是我們的**貝山尼**小屋——名字卻也就是由此而來的。就現在來講，貝山尼對你、以及你的大作而言——乃是特指以前的某個地方，在那兒，我主曾將他死去的朋友喚醒過來。

不過，對於我們**女性**而言，那裡則代表著一個我們不必去服侍別人，同時也不讓別人來服侍的地方——可憐的瑪莎擔負著許多工作——而她的妹妹瑪麗則曾**追隨**祂左右、聽聞**祂的話語**、揀選必要的事物，姊妹倆都很俐落。所以說，我寧可相信喬治．赫伯特所說的，「只要依據主之律法清理臥房——一切行事盡皆順暢。」我們訂定了一個**計畫**——由我親愛的**夥伴**和我自己——我們自成一個貝山尼，**不論何種工作**，我們都**滿懷著愛**、遵照著**祂的律法**去完成。讓我告訴你，我們之所以認識，是因著羅斯金先生一場精采的演講，那次的主題說的是**自食其力**的尊嚴。我們兩個——都是很渴求心靈生活的人——都希望能有**好的收穫**。仔細考慮之後，我們發現，如果我們把彼此微薄的收入湊起來——然後再靠著教人畫畫——或是寫些**奇人異事**，甚至寫**詩**來貼補——那這樣我們應該就可以過我們自己想要的生活，讓單調辛苦的工作成爲巧妙的**藝術**——一如羅斯金先生所堅信的那般神聖——而且一切由大家共享共擔，因爲這裡並沒有誰是**主人**（除了那位曾親臨貝山尼的我主耶穌）。我們決定**棄絕**，不過不是當時充斥於我們周身的生活方式——不是世俗狹隘的**女兒**對母親的**唯命是從**——也不是爲人管家這種高級的**服侍**——這些並不會帶來什麼損失——這些會在歡喜之後轉瞬即逝，這些個對立的方式終有一天會有所交集。我們決定要棄絕的，乃是外面的這個**世界**——以及女人再尋常不過的**渴望**（那同樣也是**女人**最常有的**恐懼**），爲的就是要換得——我不敢說是爲了**藝術**——至少那是每天都該親手去做的工作——精美的窗簾、**神祕的畫作**、綴有玫瑰糖的小餅乾，以及《曼露西娜》這首史詩。那是一個加了**封印的約定**——我就不再多說下去。反正那是我們所選擇的生活方式——你無法不相信，過著這樣的生活我曾經何等地快樂——而且一點也不感到孤單。

（還有我們之前所寫的那些信是那麼地讓我深陷其中**難以自拔**。我想問你——你是否有看過羅斯金先生所展示的**大自然的藝術**？他在水玻璃上描繪了一只布滿紋理的**石頭**，他的用色亮如寶玉，他的筆式和筆觸細膩典雅，他的描繪精準地一絲不苟，那麼我們爲何還非得要看清楚實際狀況是什麼模樣才行呢——不過我不能再寫下去了——我們是該停止通信沒錯——）

我已經選定好**生活方式**了——親愛的**朋友**——我一定要堅持下去。你大可把我當作是仙洛特小姐——她以**有限的智慧**——決定不到外頭的世界**暢快地呼吸**、決定不順著水流走上那一趟冰冷的死亡之旅——她決定讓自己的目光始終停留在自己所織就的亮麗的**網絡上**——勤快地擺動紡梭——編就出——一些作品——並且決定把**窗板**與**門孔**全都封鎖起來——

你一定會說，**那一切**並不會因你而出現什麼傷害。你一定會言之鑿鑿地——據理力爭。我們之間有些事情從不曾明說，就只除了——**那一件**——那是你曾清清楚楚——所**表明**過的。

我的**直覺**告訴我——**傷害**就要**發生**了。

請海涵！請包容！對不起

你的朋友

克莉史塔伯．勒摩特

我親愛的朋友：

先前的幾封信可眞像是諾亞方舟故事中的渡鴉一樣——牠們飛快地越過汪洋洪水，在下著雨的日子裡走過浮漲的泰晤士河——結果回返時，卻沒帶回什麼有生命跡象的東西。寄出上一封信以及墨跡方乾的《史華莫丹》之後，我原本抱著萬分的期待。我以爲妳一定明白，就某一方面而言，是**妳將他喚醒**——倘若沒有了妳深刻的理解，沒有了妳對非人類生物繁複獨特的見解，他所呈現出的面貌肯定會相當粗大，乾澀的骨骸也不可能銜接得如此天衣無縫。

我的**詩作**從來沒有哪一首是像這樣專爲一位特別的**讀者**而寫——我只爲自己而寫、爲**另一個**混沌半明的**自我**而寫。現在，妳所看到的這些文字——絕對都是發自肺腑的眞心之言——而現在正在聽我傾訴的，則是不一樣的妳、是另一個妳。現在，我一廂情願的想望——甚至是——我對於**友誼**的觀感——皆已不復完整，因爲妳竟然不能接受我的詩作——如果說妳是不敢這又未免太過荒唐。

如果我說妳久久以前寫的那封信充滿矛盾（事實**就是如此**）、畏首畏尾（事實**就是如此**）而冒犯了妳，那麼請妳務必原諒。妳大可問我，爲什麼我這麼堅持地非要寫信給一個已然表明自己不能再在這條友誼路上走下去（這段友誼她也曾表明於她乃十分珍貴）而且毅然決定保持緘默、什麼都不再要的人。若是身爲戀人，或許是可倍感榮幸地接受這樣的一個告別——然而對於一個平和安靜、難能可貴的朋友，那可又該當如何呢？難道是我曾經吐露——曾經隨筆寫下，又或是曾經在紙上留下了——那麼一丁點不該有的關注——但事實並非如此——不「倘若事情不是發展成這樣的話，啊那麼現在就……」——不「妳的眼睛，妳那雙我再瞭解不過的明眸，大可凝神檢視……」——不——一切的一切全都是直接發自我**眞誠的內心**，那幾乎就等於是本質的我，那絕不是在獻什麼愚昧的殷勤——難道就只這點，妳也都不能支持嗎？

至於我爲什麼要這麼堅持呢？我自己實在也不明白。也許，是爲了後續諸多的史華莫丹——因爲我很清楚，我已深切地把妳看作是——這並不是玩笑話——妳在我眼中幾乎就等於是一位繆思詩神。

如果仙洛特小姐當初不曾離開封鎖隔離的高塔，她會有機會去寫作《曼露西娜》嗎？

嗯，妳一定會說，妳很忙，忙著專心寫詩，所以無法勝任繆思這樣的角色。可我從不認爲這兩件事相衝——其實它們甚至可說有互補的功能。偏偏妳就那麼地固執。

千萬別因爲我字裡行間諧謔的口氣就誤解了我的原意。那些都只是表象罷了。即便已然絕望，但我仍會抱持一絲的希望——希望這封信會成爲諾亞的**鴿子**，在回來之時，口銜著想望中的**橄欖枝**。若果不然，往後我絕不會再去打擾妳。

敬頌文祺

R·H·艾許

親愛的艾許先生：

著筆寫這封信這已經不是第一次了。我實在不知該如何啓筆，也不知該如何繼續寫下去。這裡發生了個**狀況**——噢！我再也不知道該怎麼去寫才好了，狀況怎麼會就這麼**發生**了呢？這麼樣的一個人究竟會有著什麼樣的——面貌啊？

親愛的先生——你的信並沒有**來到**我手中——因爲某個**原因**使然。不單單是你那些宛如**渡鴉**的信簡——還有就是——你的**詩**——那實在是我永遠無法挽回的遺憾。

我很擔心——其實我清楚得很，就顯而易見的證據來看——這些信是有人存心拿走的。

我今天剛好——在**郵差**來的時候動作快了一點。就爲了區區幾張紙，還幾乎——**扭打**了起來。我**搶到**了。我很慚愧——慚愧的或該是我倆——我們倆——終於搶到了。

我請你——我求你——我已經把事情的**來龍去脈**都告訴你了——就別再**嚴詞苛責**了吧！有人試圖護衛我的名節——就算我並不苟同他人在努力**呵護**下所認知的名節，但我也應該心存感激，我理應如此，而且我**確實**是很感激。

~~只是墮落到去偷~~

噢！先生！矛盾的情緒令我分身乏術。我是很感激，一如我剛才所說的。可是，讓人給這麼瞞騙，我實在無法不感到**震怒**——而且，我之所以震怒也是**為了你**——因爲雖說我也認爲不去回覆那幾封信——可能是最好的做法——但是——無論動機爲何——都沒有任何人有權利多所干預。

那些信我**找不著**。它們全都被撕個粉碎了。有人是這麼告訴我的。史華莫丹的命運也是一樣。那教人如何原諒呢？只是——不原諒又能如何？

這個屋子——曾經是那麼地幸福快樂——而現在，卻只聞哭啼、哀泣、四處盡是**暗無天日的苦惱**，簡直像是座**令人心痛的棺罩**——狗兒小托鬼鬼祟祟地這走那走的——多拉托大士安安靜靜地不出一點聲音——至於我呢——我則來來回回地踱著步子——問自己究竟該向誰求助——然後便想到了你我的**朋友**，多少**哀愁**盡是因你的無心使然——

一切全都是誤會，這我明白。

我只再不明白**最初決定的那一步**——不再繼續寫信——其中的對錯究竟爲何——如果當初爲的是要保護——家庭的和樂——可現在卻弄成了**極度的**混亂，不但變了調，而且刺耳不堪。噢！親愛的朋友——我眞的覺得**非常地憤怒**——我看到了怪異的怒火閃現在我糊滿了淚的眼前——我不敢再往下寫了。我沒法確定往後你的任何訊息是否能——安然無恙地來到我手上——還是根本連收都收不到——

你寫的**詩**已經不見了。

我是否眞的——應該就這麼放棄了呢？我，不是還曾經爲了自己的**自主性**去與**家人**、與這個社會抗爭過嗎？不，我不會放棄的。即便我知道在別人眼中——我可能是個**前後不一**、**沒有原則**、**軟弱無用**、十足小家子氣的一個人——但我還是要問你——你能不能來里奇蒙公園這兒走一趟——時間該訂在什麼時候呢——明天起三天當中的任何一天早上大約十一點鐘——你就把時間挪出來。你肯定會説，這時節**天候**糟得不像話。這幾天確實是很嚇人。**水位**節節高升——每漲一次潮水，泰晤士河便更形**高漲**，整個地漫過了前灘和碼頭邊上的堤防——就這麼翻上了那兒，伴著險惡的水勢——極度地歡騰，一路甩著驚濤駭浪，前進到岸邊鋪著鵝卵石的小徑——入侵到公園裡，完全無視於公園入口的小門和樹籬——就盡是蜿蜒地潛行——泛著洶湧的水氣——褐褐的、很是強悍——間或還拖帶著**這些個東西**——廢棄的棉絮、羽毛、濕透了的袍子、死掉了的小東西——上頭還覆蓋著三色堇、勿**忘**我——説不定還有早發的**蜀葵**呢！儘管如此，我**會**去到那裡的。我會帶著狗兒小托出門——最起碼牠會由衷地感謝我——我會穿上結實的靴子、帶上一把雨傘——從里奇蒙公園的山門那頭進去——然後就在那一帶隨意漫走——無論你是否決定要來。

我有些**話**，想**當面**說清楚。

這就是你要的橄欖枝了。你可收得到嗎？

啊！那一首丟失了的詩——

你誠摯的朋友

我親愛的朋友：

希望妳已平安地返家。我一直望著妳，看著妳消失在我眼前——我一直望著那一雙穿著靴子、意志堅定的小腳以及四隻蹦蹦跳跳帶爪的灰腳在行走之中濺起美妙的水花，始終頭也不回地往前直去。至少妳就沒有——倒是狗兒小托，牠灰色的頭有那麼一、兩次轉呀轉的，我的希望終究還是落空了。妳怎麼可以故意這麼唬弄我呢？我在那兒，熱切地尋望著身邊，是否會出現個查理王西班牙獵犬，抑或哪個一身牛奶白的俐落的小獵犬——而妳卻在那兒，讓那麼一隻彷彿出自愛爾蘭神話抑或北歐獵狼傳奇中既魁梧又瘦削的灰蒼蒼的東西給遮著掩著。淘氣如妳還又給過我些什麼幻象呢？想到妳的貝山尼小屋，每天浮現在我腦中的影像都不一樣——屋簷一會兒這樣一會兒那樣，窗戶笑著加寬變長，樹籬笆時而在前時而後退——一切全都在無休無止地變形、修正——沒一處能恆久不變。啊！可是我看見了妳的臉，即便那只是在低垂的帽簷，在巨大、拱形、果決的傘影之下一閃而逝。我握著妳的手——自始至終——妳的手始終在我手裡靜靜安躺，是那麼地深信不疑。我希望事實眞是這樣，我相信事實一定就是這樣的。

在這樣的風中，這樣地一起散步，教人如何能夠忘懷呢！當我們傾身說話之時，妳的傘骨撞上了我的傘骨，接著便是一陣無可救藥的混亂。疾風帶走了我們的話語；綠葉飛落而過，陡峭的山上，只見一大片滾滾揚升的灰雲之中一群鹿奔呀跑的。我爲什麼要把這些說給妳聽呢？妳不就和我在一起看著這一切嗎？願我們在大風迅即落幕之際，不僅能共享疾風、肅穆，也能共享言語。我們一起走過的那個世界，是屬於**妳的**世界，是妳的水中王國，所有草地全淹進了水裡，簡直就是黎之城的寫照，樹木自根向上生長的同時也往下長去——雲朵我行我素地狂捲而起，既在空中的飛葉之中，同時也在水中的飄葉之中——

我還能有什麼可說的呢？我現在正在爲妳抄錄史華莫丹——由於一些小問題不斷出現，雖然努力有加，但仍舊未能定稿。有些小問題我修訂好了，有些則讓我甚感煩心。下禮拜妳就可以看到他了。下禮拜我們還要再一起散步，可不？現在妳非常清楚了，我並不是什麼食人妖怪，我只不過是個溫和，而且還有些善感的文人罷了。

不知妳有否發現——我自己是這麼覺得——我們透過紙筆交談，對彼此都已十分瞭解，但是當眞相處在一起的時候，卻又是那麼地靦腆，那實在挺奇怪的，不過說起來也是蠻正常的。我認爲自己非常瞭解妳，可是我尋遍了各種優雅的措辭、客套的問語——才發現妳本人比起妳在筆墨揮舞之間的表現（我想我們大多數人或許都是這樣）竟又是更加地**神祕難懂**。（或許我們大家都是這樣吧！我不知該如何形容才好。）

我就先在此停筆了。我會照著指示，把信寄到里奇蒙存局代領處那兒。我很不喜歡這種閃躲的做法——我很不喜歡這種像是犯了什麼錯似的**鬼祟的**做法——那讓我覺得很不自在。妳應該也不會覺得舒坦才對，因爲妳對人世是非的判斷是那麼地敏銳，而且對於自己不受倫理約束的自主性又向來自豪。我們能否再想想看有什麼更好的法子？那種迫切的感覺會減退嗎？我把一切都交給妳來決定，只是我心裡仍感不安。如果可以的話，讓我知道妳是不是有收到這第一封讓妳等待的信。讓我知道妳過得好不好，還有我們是不是有可能在近日再見一次面。代我向狗兒小托問好——

我親愛的朋友：

你的信已安然送抵。你所提到的——閃躲——確實是一針見血。我會再想想的——阻礙**悄悄潛伏、重重而起**——我會再**想想**的——希望我能想出點什麼來——而不光只是想到頭痛而已。

我們一身閃亮地走過那片濕透的土地，那眞是讓人永生無法忘懷。你什麼都**沒說**——倒也不是說那種講究禮貌的**不言不語**——但就是沒有多談一些**來生**的**真義**和**道理**。我希望你眞的能相信，李太太的降靈大會確實值得你好好考慮。他們爲深痛的心靈所帶來的**安慰**——眞的是讓人難以言說。上個禮拜，有位湯普金太太她謙卑地緊抱著自己死去的嬰孩，整整十幾分鐘之久——她說，她眞的感覺到了他的重量、感覺到他的手指和腳趾彎彎地在動——母親對孩子的愛能有什麼錯？還有那位**父親**也是，他都能感觸得到這個來去匆匆的小生命柔軟的鬈髮。另外還偶然有出現天外之光——還隱約飄著一絲甜柔的香味。

你說的眞的很對，見到了面的——交談——我差點就要把**交談**寫成對立了——讓**寫信**的思緒全亂了陣。我不知道——自己該寫些什麼。我遲遲無法下筆。你的聲音讓我很感震撼——老實說——還有**你本人**——無論哪一面都令人震懾。我們還該再見面嗎？這樣是好、是不好？狗兒小托——牠也向你致意——牠當然清楚這樣是最好不過的了——可我什麼都不知道——那就星期四好了——如果你沒來，我會到存局代領處那兒去瞧瞧，到了那兒，我會和那些水手的妻子站在一起，還有那些時髦的傢伙，以及一個陰沉的**商人**，每次沒有東西寄給他的時候，他的臉就會繃得像個雷公似地。

期盼**《史華莫丹》**的到來。

你誠摯的朋友

我親愛的：

原本我打算在一開始的時候這麼說，「我該怎麼道歉才好呢？」接著就表示——那是「一時之間的狂亂」——然後我想，我可能會設法不去談發生的整個事情，不承認我們倆之所以擁向彼此是因著一股自然的力量，然後就怎麼也不承認，於是謊言很可能便演變成一種有所保留的虛詞，其中又挾帶著某種眞相。可是，**自然法則**應該和其他任何事物一樣受到尊重才對，而人類律法的強悍又如鋼鐵、如**磁石**的磁場一樣地令人難以抗拒——如果我岔開主題去扯謊，而扯謊的對象還是我從不曾予以欺瞞的妳——我實已找不著自己了。

我要見妳——自那一時之間的狂亂尚未發生之前——直至我死去的那一天。妳那蒼白中透著直率的、小小的臉蛋，轉而望向我——妳的手伸出來——帶著水光的晶亮，在大樹之間。我是該把妳的手牽起來的——也或許我應該有些矜持——我該嗎？還是說不管牽手抑或矜持都無所謂？不過現在，結果畢竟就只有一種了。那樣的一種專注我壓根從來不曾**感受過**——整顆心就只關注**某一件**東西、**某一處**地方、**某一段**時間——短短的片刻竟帶來幸福的永恆，永永遠遠不會停歇，應該會是這樣的吧！我感覺到妳在**呼喚**我，雖然說妳的聲音實際上說的是別的事情，好像是在說什麼彩虹光譜之類的——但是妳整個人，妳的內心深處卻是不斷地在**向我呼喚**，面對妳無言的呼喚——我是一定要回應的——只不過不是以言語。這麼說來，這眞只是我的狂亂使然嗎？當我將妳攬進我的臂彎之時（回憶起這一切並將之付諸文字我竟禁不住顫抖了起來）我很確定那**絕不只是我的狂亂而已**。

現在，沒有妳在我身邊，我就不知道妳的想法，還有妳的感覺是怎樣的了。

不過我一定要說，我一定要跟妳說我心裡的想法。我不可原諒地將妳一把擁住，這絕非一時之間的衝動——也非一時片刻的亢奮——那是源自於我內心最深最深的感情，而且我其實也都考慮過怎樣做才是最好的。我一定要告訴妳——從第一次見到妳那時開始，我就知道妳是我的宿命，雖然有時候我很可能連自己都在欺騙自己這個事實的存在。

我曾在夜裡夢到妳的臉龐，每一天走在街上的時候，妳筆下的律動就在我安靜的腦中高聲鳴唱。我曾說妳是我的繆思詩神，所以說，妳，或許就是某個迫切的心靈之境的使者，在那裡，詩的精髓不時高聲地鳴唱。更坦白地說——我會把妳稱作是——我的**愛**——是的，就是這樣——因爲我深知自己對妳的愛，**涵括了人類所曾有過的所有愛意**，而且狂野至極。這樣的一種愛根本不屬於這個世界——我那已然消蝕的理性告訴我，這樣的愛，勢必會對妳我造成傷害，這樣的愛，讓我想方設法地去遮掩，在我所能控制的狀況下，用盡心機——就爲了保護妳**讓妳**不受任何傷害。（妳當然會說，我做盡一切但就是沒做到消失，這點恕我實在無法做到。）我們都是生長在十九世紀擁有理性的人，我們大可將**一見鍾情**這種事情拿去編成浪漫傳奇——不過我很明確地相信，妳一定明白我所說的事情，雖然僅只短短片刻（永無休止的片刻），但至少妳已認同，我所表白的一切都是眞的。

現在，我寫這封信是想問問，我們接下來該怎麼做才好呢？事情難道就這樣結束了嗎？照情況而言，這難道不才正剛**開始**？我十分清楚，這封信一定會在途中和妳的來信擦身而過，而妳會在信裡理所當然地用妳的智慧寫說，我們絕對不能再見面了，誰也不要再見到誰——甚至連信——這自由的園地——也都該到此結束。何況，那牽繫著我倆的**因緣**、那綁縛著我倆的成規，都在在宣示著，我，既是一名**君子**，就應該照著要求保持緘默，至少嘗試一段時間，然後期盼**宿命**，又或是主導這場因緣之人，在觀察了我倆的腳步之後，或會敕令我倆再度聚首，讓一切在不經意之間重新開始……

可是，**親愛的**，我不會這麼做的。這是在違抗自然的天性——不單單特指我自己的天性而已，這同時也包括了自然女神她本身——今天早上，她才化身爲妳，透過妳，對著我微笑，於是，所有的一切——像是擺放在我案前的秋牡丹，以至於窗外投影而進的一線日光中的纖纖微塵，以至於擺在我面前某張扉頁上的文字（約翰．但恩），全都閃耀著妳的光彩、妳的光彩、妳的光彩。我好快樂——我從來不曾如此快樂過——然而在我寫信給妳之際，心裡卻又會不住地說，好個內心的煎熬，充斥著罪惡感的同時，竟是滿載著可惡的想退縮的念頭。

我看到了妳**古靈精怪**的小嘴，我還重新又再讀了一次妳寫**螞蟻**、寫**蜘蛛**的那些充滿玄機的文字——我於是笑了，想到妳始終都在那裡，泰然自若地、機警伶俐地——而且就我所知悉的，應該還**不止如此**，無論妳是不是會……

我要問的是什麼呢？妳一定會很犀利、且滿是嘲謔地這麼問道——然後分毫不差地說出了我原本要抗議的說詞。我不曉得——我怎麼會曉得呢？我只能盼著妳大發慈悲，不要置我於不顧。不要吝於施捨一個我空盼了許久的吻，時候未到，那絕不是現在。我們難道就不能尋得一個小小的空間，就只那麼一段短短的時間——爲我倆的相遇相知驚呼讚歎！

妳還記得吧——噢不！妳當然會記得的——當時我們就那麼地一起看著**彩虹**，就在那陡峭的山上，就在我們的那叢樹下——滿空的水珠泛滿了亮光——**大水**也停住了——而我們——就站在彩虹的拱門之下，照著重新訂立的**約定**，彷彿坐擁了整個**世界**——雖說那一道明亮的曲線會因著我們的視野變動而跟著變動，但它畢竟一直都緊緊繫著彩虹的這一端直至遙遠的彼端。

眞是個歷經峰迴路轉的**信簡**！或許就那麼永遠地，停留在存局待領處裡，徒惹塵埃。我會不時去公園那兒散散步的，甚至，我會去到當初那幾棵**樹**底下，靜靜等著——我相信妳會原諒的——而且應該不會就只如此而已

妳的R・H・A

噢！先生——世事飄忽幻變，誠如星斗、誠如煙花、誠如閃電。漫漫長夜，我始終獨坐在爐火邊——坐在我**安全的椅凳上**——熾熱的雙頰面對著的是起伏於焰火和隕落之間的**殷盼**，是紅咚咚的低語、是燒炭的**崩陷**，然後化成了——我這是要把自己帶往什麼地方去呢——是**了無生氣的塵埃**吧——先生。

然後呢——就在**那個地方**——在黑暗中，一道**彩虹**浮現在淹沉了的世界之上——沒有**閃電**往那**樹叢**打去，也沒有水滴自它們的**枝幹滲落**至地面——只有**漫漫延燒的焰火**、層層繞起的焰火、旋旋螺紋的焰火——終於將一切焚燒盡淨，直至一切徹底燬滅——

電擊之樹枯死成焦
熊熊烈焰
不留絲毫**殘骨**
不留絲毫髮梢

咱們的**老祖宗**以前就是躲在這般盤旋的樹叢之下，我相信是如此——只是那雙**眼睛**在看著他倆——看著這兩個大意地吃下了致命的知識的人兒——

就算世界不會因第二次洪水而淹沉——我們仍舊注定要遭到毀滅——事情就是如此這我們都**知道**——

還有就是，在《北歐眾神之浴火重生》裡——你筆下那個火魔余圖爾（Surtur）——用著火舌拍打著海岸——在天地之間，啜飲著結實的地殼——唾得紅光閃閃的天堂布滿了鎔光似火的黃金——那著實堪與華茲華斯水世界裡那些轉瞬即逝的大水相比。

而在此之後——便是一陣落個不停的——**灰燼**[96]——

白楊樹、護佑避難的**世界之樹**，落不停的灰燼、帶來死亡的**雨霪**

於是乎，**塵復歸塵**、**灰燼**還復是**灰燼**——

我看到了陣陣流星——宛若金色的箭矢，飛掠在我漸漸沉去的雙眼之前——它們是**頭痛**的預兆——不過，在一切**黑沉**——以及焚滅之前——我仍擁有**小小**一方微不足道的餘地還可說些話——噢！要說些什麼呢？我不能任由自己在你煽起的大火裡受煎熬。絕對不可以。我會因此支離破碎——我會從此失去我深愛著、井然有序、安靜平和的**家園**——我會失去家中充滿喜樂的小天地、那繽紛的爲時不久的圍著柵欄滿是瑰寶的園地——不——我肯定會弄得支離破碎——像是**乾旱時節**裡的**麥稈**——成了一陣來去無影的疾風——化爲空中一陣震顫——一股烈火焚燒的氣味——一陣飄搖不定的煙霧——一落只在極小的一瞬間勉強尚有著片片碎碎形貌的白色粉末，爾後，隨即化成任意一處的**小黑點**——噢不我絕不可以——

96 艾許原文作Ash，即灰燼之意，另外又有白楊樹的意思；故下列詩文乃一雙關語。

你看，先生，我壓根沒談到**名節**這回事，也沒提及**道德**的問題——即便這兩件事著實不可輕忽——但我切入的是問題的**核心**，而這，就足足可讓這些不怎麼必要的問題剪不斷理還亂了。這個問題的核心其實就是我的**孤獨**，我那備受威脅的孤獨，那受著你的威脅的孤獨，沒有了孤獨，我就只是個空有身形的人——所以說，名節、道德，那又能奈我如何呢？

我懂得你的**心**的，我親愛的艾許先生。這會兒，你一定會抗辯說，火勢如何這你會注意、你會小心地嚴加**防範**——爐架上的鐵網一格一格地、有框欄、有銅製的尖頂——那是永遠都不可能讓火再往外蔓延的——可是**我的**看法是——你那艷紅熱情的**火精靈**根本就是隻**火龍**。那勢必會帶來——**燎燎大火**——在**偏頭痛**來臨之前，有一瞬間的狂亂。這是自墾地上的一場灼燒蔓生而出的——直到此時此刻——現下，終於清晰可見。

沒有人能夠置身火焰裡而不被吞噬。

我其實曾經夢想著自己行走在煉獄之中——就像謝德瑞克（Shadrach）、米謝克（Meshach）、亞伯尼歐（Abednego）[97]那樣——只是，我們這些事事**講究邏輯道理的現代人**，已不再有以前那些信徒的滿腔**熱情**，也因此，奇蹟再也無法使得上力——

我早就明白——白熱化的道理——恕我無法在此多作說明。

頭痛來得火速。我現在半個頭——就像是盛滿了痛楚的瓜瓢似地。

簡恩會把這封信寄出去，所以它就要上路了。信裡若有不妥之處還請原諒。也請原諒我。

克莉史塔伯

97 《聖經》中被尼布凱德尼撒二世（Nebuchadnezzar II）俘虜的三個人；此三人從烈火熊熊的火爐中走出來毫髮未傷。

我親愛的：

我該如何解讀妳的來信呢——我也才剛擲出了一封——一如我所預料，果然和妳的來信擦身而過——只不過，由於我沒有勇氣先去揣度，所以我壓根沒想到這封信非但不是冷酷的拒絕，而且還**熾烈地化解**了謎題，這可不就是妳習慣沿用的隱喻嗎？妳眞是一位天生的詩人——當妳心情高昂、混亂，又或是特別**著眼**於某件事情之時——妳就會用隱喻表達出妳的想法。就是這樣，面對這炫目的才氣，我可該如何解讀才好呢？就這麼說吧——當妳、我的**鳳凰**，從**火堆**之中展翅飛起之時，妳會獲得新生、同時保有原來的妳——金身愈加地光彩——目光愈加地明亮——**一切始終如一**。

這難道就是**愛情**的效力嗎——讓我們倆不顧一切，就那麼讓自己想像中怪異、非人的一面傾巢而出、徹底流露？於是，就那麼自然而然地，妳一下筆，便似出自熊熊火獄，宛若由灶中的火精靈化身而成空中的**火龍**，而且就那麼不費吹灰之力地，同時以兩則神話詮釋了我這個多變的名字——一株化作了殘紙片片的**世界之樹**。妳在這股力量之中——感覺到了一種**原始的自然**——這和我的感覺完全一樣。天地萬物在我們四周急急狂奔——土地、天空、火、水，而我們就在那之中，我求妳千萬不可忘記，那時在樹圍之中、在彼此的懷抱裡、在蒼天的拱門之下，我們倆是多麼地溫暖，享受著多麼濃厚的人情，多麼地**安全**。

這就是我一定要向妳解釋清楚的最重要的事情。我並沒有在威脅妳的孤獨。我怎麼會？怎麼能呢？妳一心想要**孤單一人**，而事實上，不也就是因爲妳這個可惡的念頭，才會讓某人受到了傷害？

難道我們就不能——劃出一個範圍——然後在這之中建立出某種默契——或許爲時不久，可能吧——雖說**愛情的本質**總是認定愛情是永恆不褪的——另外就是，我們難道不能劃出一個界限分明的小天地——難道我們就不能偷偷享有一些——一些美好的幸福——本來我差點就要把一些幸福寫成小小的幸福，不過我們的幸福是永遠都不可能只停留在小小的這個層面的。終有一天，我們免不了一定會覺得痛苦、覺得後悔——單單就我而言，我寧可讓自己是因事情發生了而後悔，而不是後悔著一切只能停留在空想，我寧可讓自己是因知道明白了而後悔，而不是後悔著自己僅僅只能盼望，我寧可讓自己是因有所爲而後悔，而不是後悔著自己一再猶豫卻步，我寧可讓自己因一場眞實的人生體驗而後悔，也不要讓自己病態地只能揣想著事情的種種可能。說了這麼多看似牽強的詭辯，我最親愛的，我想告訴妳的只是，回到公園這兒來吧！讓我再摸摸妳的手，讓我們再在一起行走於我們這場溫柔的風暴之中！許多理所當然的理由，總會在那麼一時半刻之間，讓人覺得這一切根本不可能再走下去——可是妳明白的，妳感覺得到，因爲我明白、我感覺得到，這樣的一刻**還**沒有到。這樣的一刻絕不是**現在此刻**啊？

我眞捨不得讓我手中的這枝筆離開這頁信紙，我眞捨不得把信摺起來——因爲只要我仍在對著妳書寫，我就會有一種感覺，覺得我們倆**連在一起**，覺得，我們擁有著上天賜予的幸福。說到之前我們有提到的龍、大火，還有肆無忌憚的延燒，妳知道嗎？在華語中稱作爲Lung的中國龍——其實並不是火性的動物，牠可是完完全全地屬之於水。這樣說來，牠豈不就是妳那個在大理石水池中戲水的神祕的曼露西娜的遠房親戚嗎？照這樣說起來，有些龍可能就並不是那麼地火熱，帶來的快樂很可能也就不會那麼地肆無忌憚。他的身影在中國式的餐盤上便可看到，藍藍的、全身盤曲起來，身上布滿濃密的鬃毛，只要一出現，身邊就會有一圈一圈的水紋，以前我還當那個東西是火花呢！

這麼一張閒話家常的紙頁即將以炸彈之姿停留在存局待領處。這兩天來，我已無奈地淪爲一個焦躁不安的無政府主義者了。

我會在樹底下等著的——一天又一天，等在妳出門的時間——四處張望地覓尋著某位女士，昂然挺拔地像是一道焰火似地，還有某隻灰色獵犬，一路噗噗飛奔地就像陣陣輕煙似地——

我知道妳一定會來的。總之，就我所知，事情就是這樣。這種狀況我並不常會遇到，以前也不覺得必要——不過我這個人向來坦蕩蕩，我很清楚時候到了，事情自然就是如此……所以說，妳一定會來的。（沒有專制的意思，只是很平靜地，就是知道——）

妳的R．H．A

親愛的先生：

我向來狂傲，實在很難開口說我早知道、我根本就不應該來——然後卻還是來了。我就一次全招了——我的**舉止行為**——我其實每一次散步都很驚慌無措——從亞拉勒山路到那座迷人的小山丘——還有狗兒小托跟在一旁團團轉地叫個不停——**他**並不喜歡你，先生——不過這句話還沒說完——「他其實也並不喜歡我」，還有，再來的這句結語應該會比較中聽，那就是「他才不會管我的感覺如何」。你是不是很**開心**看到我來呢？我們是不是一如你所承諾的那樣，**像神一般地**那麼聖潔呢？兩個人眞心誠意地踱著步子，在塵沙之中努力地伸著腳趾。

先別管什麼**電力**、什麼伽凡尼電流的——你有沒有注意到——我們倆在一起時都好害羞呢？如果沒有書信的交流，大抵也就不過是兩個互相認識的人罷了。我們度過了整整一個白天——**全宇宙的時間**就在我們手指相觸的那一剎那暫時停駐了下來——我們是誰？是誰呢？——你難道不會比較想選擇白色扉頁之間的**自在**嗎？一切是否爲時已晚了啊？我們最初的那股天眞是否已離我們而去了呢？

不——我要走出去——我要走出我的高塔、走出我的理性。我的小屋有短短幾個小時的時間能暫時屬於我一個人——星期二下午——約莫是下午一點鐘——你想不想來勘察看看你想像中的——**香閨**——其實也就不過是個平凡的小地方罷了？你要不要來喝喝**茶**呢？

噢！我好後悔！眞的好後悔！有些話總是沒法不說——而且用不了多久——就自然會找到說出來的機會。

我今天，很不好受，先生——情緒低落、內心感傷——我很感傷我們曾一起散步，而且也感傷我們不能一直就這麼散步下去。我就言盡於此了，因爲繆思已然棄我而去——**女人**一旦太過輕率地面對**她**——以及——**愛情**——她就會滿帶嘲弄地棄**她們**而去——

你的克莉史塔伯

我親愛的：

我現在終於可以眞眞實實地想著妳了——想妳在妳小小的**廳堂**裡——掌理著花團錦簇的小杯子——至於在一旁梳妝打扮、顫聲高唱的多拉托大士，則是住在火紅的銅絲所築成的一座泰姬瑪哈陵裡，而非如我所猜測的那樣，待在佛羅倫斯式的大殿之中。壁爐的上頭，里歐林伯爵面前的克莉史塔伯——妳讓自己像座雕像似地停留在那兒，讓彩光俗艷地劃過妳身，以及那一隻同樣冷冰冰的狗兒小托。小托四處閒晃著，忙不迭地在找著什麼，頸子上的毛直得像是波本泰（porpentine）豪豬頭上的翎管一樣，灰灰軟軟的唇不時露牙咆哮——老實講，妳說得沒錯，他一點都不喜歡我，就連我安靜地把注意力放在精采的種子蛋糕時，他也都來恐嚇了我一、兩回，弄得杯子碟子嗒啦嗒啦地作響。而且也沒有爬滿鮮花的門廊——一切盡如泡沫空想般地消失佚散——不過倒是有硬挺高大的玫瑰花，儼然像是一叢哨兵站在那兒似地。

我想，妳的家並不喜歡我，我實在不應該前去的。

還有，妳和我對坐在壁爐那時所說的話，一點都沒錯。我自己也有一個家，這個家我們從來都不曾多談，甚至是連提都沒提過。還有就是，我家裡有個妻子。妳要我談談她的事，我卻無言以對。我不知道妳是怎麼看待這件事的——我承認，妳**絕對有權利**提出妳的疑問——只是我實在無法予以答覆。（即使我早知道妳一定會問。）

我家裡有個妻子，而且我也愛她。那和我愛妳是不一樣的。此刻，我已坐在這裡坐了半個鐘頭，寫下了少少幾個讓人發顫的句子，而且再也無法繼續往下寫去。爲什麼我愛妳卻可以不必傷害到她——這要說得通，理由當然是有——只是我沒法多談，但那些理由，就算並不眞的那麼理直氣壯，確實也是有幾分道理可言的。我知道這話聽起來很無恥、很可笑。在我還沒說這話之前，這種話很可能根本就是許多男人、許多風流男人慣常的說詞——我不知道——這種事我並不熟悉，而且我也從沒想過自己會有這麼一天寫著這麼樣的一封信。我覺得我無法再多說什麼，但我一定要聲明的是，**我堅信我所說出的話全是眞的**，同時我也希望自己不會因爲這不得不說出的蠢話而失去妳。再就此事多說下去，無疑地，就等於是在背叛**她**。倘若這個問題落到了妳這一邊，無論是要和什麼人來談**妳**——我的感受也會是一樣的。即便只是這麼含混地作個類比，那都足以令人神傷不已了——這妳想必是感受得到的。妳的一切就只屬於**妳自己**——而我們倆所共有的——如果眞有什麼的話——便是只屬於我們倆。

這封信就請銷毀了吧——其他一切，任憑妳如何處置都好——唯獨這封信，本身就已具現了這背叛的行徑。

我希望繆思並沒有眞的棄妳而去——即便只是短短的、那麼**一盞茶的片刻**。我最近正在寫一首抒情詩——十足的死硬派——內容寫的是**火龍**和**中國龍**——像是一種咒語，這麼說應該很貼切。這詩是因**妳**而寫的——就像我最近所做、所想、所呼吸、所見的每一件事一樣，一切都是因妳而發——不過這詩倒不是直接以妳爲敘述的對象——那幾首詩即將就要**誕生**了。

如果說，這封坦白、誠懇的信能得到什麼回應的話——那麼我便終於明白，妳果眞是個豪氣之人，而在我們爲時不長的相聚之中——我們小小的天地終究只屬於我與妳——直到那不可能的一刻昭然若揭——

妳的R·H·A

我親愛的先生：

你的坦誠、你的緘默，著實只是更加彰顯了你崇高的**名節**——倘若那樣的說法就這只被我們開封了的潘朵拉的盒子——又或是，我們不顧一切擅自闖入了的濕淋淋的**野外**而言，還算不上太過離譜的話。我覺得我再也寫不出什麼東西來了——而且眞的，我的**腦袋嚴重地廢了**——還有這個**家**的種種事情也是一樣——到底是些什麼事情這我就不多說了，反正就是一些事情，同樣都是因自我一心指望著的名節——總之，諸多事情都不順遂。星期四你會到公園這兒吧！我有些事情想讓你知道，而且我比較想用說的。

永誌，C

我親愛的：

我的**鳳凰**怎麼一時之間滿面愁容了起來，甚且落魄至此——話變得出奇地少，而且唯命是從——有時甚至還畢恭畢敬的。這實在不是——這應該不是——我實在寧願放棄我滿心所有、所有的快樂，只要——只要能再見到之前那個開朗熱情的妳。我願意盡我一切的力量，讓妳回到之前的那個樣子，讓妳在妳的世界裡大放光芒——**即使是要我放棄我一直不願放棄**的對妳的要求與權利，我也在所不惜。來，就告訴我吧——不過我不要妳告訴我說妳很感傷，我要妳告訴我的是，妳的感傷究竟**因何而來**；眞的，我一定會努力地去把不善之處改正過來的，只要是在我的能力範圍之內！來，提筆寫封信給我，妳可以的，就星期二再見吧！

永遠，R・H・A

最最親愛的先生：

坦白說，我自己也不明白自己爲什麼會這麼感傷。不對——我其實是明白的——我之所以感傷是因爲你將我帶離了我自己，然後又再放我回到——一個已然削損的自己——我成了雙垂的淚眼——成了讓人觸碰的雙手——當然還有，雙唇——道道地地的一件禮品——極度貧瘠的——**一副女人**的殘骸——壓根沒有自己的慾望可言——然而卻又過度地擁有慾望——啊——這實在是很令人痛苦——

還有你說——「我愛**妳**！我愛**妳**！」——你眞的是很**善良**——我也眞的十分相信——只是，這個人是誰呢——這個「**妳**」又是誰呢？是不是——擁有一頭金色秀髮，並且——任何有此思慕之情的一切就可以是這個人呢——曾經我並不是這樣的一件東西——曾經，我孤伶伶的，猶勝於此——曾經，我是那麼地自足——而今，卻飄泊無定——鎮日盡是趕在一而再再而三的變化後端追著找著。如果我的**每一天**都過得幸福快樂，我大概就不會這麼樣的滿腹牢騷了，只是，這畢竟已淪爲薄薄的一層沉默、淪爲刺針般定時定點的譴責了。我高傲地睜眼望著——結果自己理應最最瞭解的部分——以及別人對我的**瞭解**——我卻似乎一無所知——不過這是要付出代價的——很難——很糟。

我讀了你的約翰·但恩。

然而我們，憑著如此精雅的愛戀
以致渾然不覺其中精髓
內心交感而信任
無所謂，觸不著的雙眸、雙唇、與雙手。

此話說得好——「內心交感而信任」。在咆哮的狂風中——要想覓得如此安全的碇泊之處——你認爲這眞有**可能**嗎？

最近我的用詞裡又多添了一個新的，即便滿心不願意，我卻無力擺脫得掉這個新詞——那就是「那麼倘若——」「那麼倘若——」那麼倘若我們擁有時間和空間能在一起——就像我們打心底裡所期許的那樣——那時，我們就可以自由自在地在一起了——只是眼前——我們仍然是身陷牢籠的吧？

我親愛的：

要能眞正做到所謂的自由——用個好聽、聰明、優美的說法便是——一定得要能在有限的空間裡自由動作——並且不會想去知道外頭有些什麼，也不會想去知道那些摸不到、嚐不到的事物。只不過，我們是人——身爲人類，就是會想盡法子去知道一切可以知道的事情。所以，一旦雙唇、雙手、雙眸都已漸成熟悉之物，而不再亟待探索、不再是神祕不可知的呼喚之時，要不去觸碰自然也就容易了許多。「那麼倘若」我們有一個禮拜的時間——又或是兩個禮拜——我們難道就不能好好打算做些什麼嗎？我們應該是會打算打算的。我們都是聰明人、都是熟知世故之人。

我再怎麼樣也都不會去削損妳一分一毫的。我知道，這種狀況自然會讓人抗議地這麼說道——「我愛妳、單單就只因爲妳這個人」「我愛妳、純純粹粹地愛妳這個人」——而那就像是妳、我最最親愛的，妳隱約所指稱的「純粹的妳這個人」——雙唇、雙手、雙眸。不過，妳一定要明白——這我們都很明白——事情其實並非如此。

親愛的，我愛妳的靈魂，因爲愛妳的靈魂，我也愛妳的詩——愛妳敏捷的才思所迸發而出的語法以及乍起乍落的構句——那樣的愛並不亞於我對妳純粹的愛，就像克麗歐佩特拉，她的飛躍漫舞不也就是她讓安東尼喜歡的一部分——說得更純粹一點，在那樣的一段時間之中，所有的唇、手、眼，根本已幾乎沒有太大的差異可言了（雖然說妳的唇妳的手妳的眼是那麼地令人心醉、那麼地充滿磁力）——妳行文之間的思維就是獨一無二的妳，它們因妳而誕生，一旦沒有了妳，它們便也就跟著消散無蹤了——

我之前提起過的那趟旅行，目前尚未定案下來。塔格威爾（Tugwell）覺得手邊的工作他放不下離不了家——雖然這個計畫很早之前就已定案，可因爲那時候推算天候應該會很和煦才對——這年頭要當個文明人，就得對那些小得不能再小的生物，還有那些奇形怪狀萬年不死的植物展現知識分子的興致——現在這個計畫暫時停緩了下來。曾經那麼滿心狂熱的我——現在也暫時停緩了下來——**暫時按捺住一心的狂熱**——因爲我怎麼能捨得離開里奇蒙這個地方呢？

到星期二那天再說吧

又及：《史華莫丹》已再次準備就緒。

最最親愛的先生：

我那遲疑不定的繆思又回來了。我把她要我寫下的東西寄上給你（尚不盡完善）。

綠草青青的山丘

在祂的環抱之中，震顫

祂的肌膂——起伏如流
延至四面——展至八方——祂的顏面
笑意似火如金
俯瞰著，陡峭的斜坡尖頂
每一處的交抱彎折
盡皆緊縮、僵硬——此刻
祂集聚力量
輝煌的身量
糾緊、再糾緊：群石
放聲狂喊，一如骸骨
受壓緊迫——大地——難耐痛苦
放聲狂喊——再度——
祂糾緊不放、揚起了笑意——

我萬分親愛的：

我忙不迭地提筆寫信——我很害怕妳的回覆——我不知道到底該不該離開——爲了**妳**，我會留下來的——除非妳曾提起過的萬一果然成了眞實。那事現在狀況如何？對於這樣的進展，妳大概不可能想得到什麼滿意的解釋吧？不過儘管如此，我又怎麼能放棄希望呢？

我並不想讓妳的生活受到什麼無可彌補的傷害。我多少是講理的，而且也十分瞭解。所以，就算撇開我自身的想望、希望，以及我眞誠的愛意不談——我也求求妳——千萬要愼重考慮才是。如果此事能用什麼好法子得到個圓滿的解決，此後妳也就可以去過妳自己想要的生活了——是的——**如果**眞有可能的話——我這並不是專指寫作這回事而言。明天中午的時候我人會在教堂。

寄上我的愛，永不停歇。

親愛的先生：

一切到此結束。**此乃命令**。我的怒喝鄭重如雷。聽好，**事情就是這樣**。從現在起**再**也不會有什麼問題——永遠都不會再有了。至於我非做不可的這個決定——就安靜老實地接受——很像個專制的暴君是吧！

現在，任何像之前那樣的傷害都再不會發生了——不是因爲你的堅決，倒有一點是源自於我的堅決——因爲我之前（和現在）都很生氣。

第十一章

史華莫丹

彎下來點兒，兄弟，如果你願意的話。我擔心的是
勞煩了你。這快得很，用不著多久。
這會兒我得謝謝你，趁著我的聲音、視力，
還有我不怎麼靈光的腦袋尚有一絲氣力之際，謝謝你陪我坐在這裡
坐在這空無一物的小白屋裡，圓圓的屋頂
白粉粉平蕩蕩，就像是蛋的內裡。
今晚我就要孵化出殼了。化入十足清澈
空寂之境，這她最是明白
德國崇高的神隱之女
她委任你照料我，並且向神發話
為的是我悲哀的靈魂，我這卑微的靈魂，就暫居在
這個祂照看著、薄縮若貝的膜片裡，
祂，一如每個笑盈盈的男孩，將此殼片
握在晶瑩剔透的掌心之中，優雅自如地
在行走之中戳刺穿孔，好讓無垠的亮光

自洞孔之中長驅直入，好方便自己
找出所能吸吮之物，看是一灘混沌原始的汁液
抑或是一雙尚未長齊的天使的羽翼。

我沒能留下什麼東西。曾經我擁有好多好多，
但那所謂的多或許是我自以為是，看在世人眼中卻不盡然。
那是將近三千隻的飛禽與爬蟲
注入了我精心的傑作，得以雖死猶生
牠們愉悅地讓針扎入，豁然開敞，充分地展示——
大自然種種神聖的型態，井然有序地
展露出她巧手之中的奧祕。
現在全都無所謂了。寫吧——如果你願意的話——就這麼寫
所有的手稿和作品，我將悉數留給我唯一的友人，
一位法國朋友，亦即舉世無雙的泰文諾，
他有著哲學家的靈魂，懂得珍重
那曾以無比勇氣所獲致的觀察。
他本該獲贈我的顯微鏡和螺旋鉗——
這只銅製的幫手，有著嚴謹的手臂
我們都叫它做人體模型；透鏡片若由它來夾起
其安穩可靠，比人手來得更勝一籌；因為它，
細細碎碎的薄紗、點點滴滴的膿水，

全都來到人類的銳眼之前，任由人類大膽探索
這些孤立無援的表象，同時挖掘表象之外的奧祕。
只可惜，這些個工具早沒了，全都換成了麵包和牛奶
好餵飽我這口如今已結成一團再沒力氣蠕動消化的爛胃。
我今生到死終究是還不了他這筆債了。他和我既有交情
他就一定會原諒我的。把這個期待寫下來吧！然後來寫寫
給她的部分，也就是這位布里尼翁[98]
（她曾在我絕望無助之時，對我說起上帝
祂那超越時間與空間的永恆大愛）
基於對她與祂的信任，我轉過我的臉
面對著空無一物的牆面，把此處所有一切物品都留贈給她
以回報她，在我前去德國
踟躕多時只為尋覓她時，所向我揭示的空然無物。
來，簽名吧！史華莫丹，順便把日期也寫下來
一六八〇年三月，然後寫下我的年歲
寫下他的四十三年。他短短的一生到此即止。他的一生——
在無數單調的表面上透視著數不盡的裂紋
並且因此而死。

---

98 布里尼翁（Antoinette de Bourignon, 1616-1680），十七世紀法國、法蘭德斯地區的基督教敬虔派（Pietism）代表人物，相信自己就是《啟示錄》裡那位「身上披著太陽的婦人」（woman clothed with the sun），寫過許多神祕主義作品。

你覺不覺得，人的一輩子走到某種境地
其實也就像幼蟲從卵蛋裡孵出成長那樣
之後，又從渾身上下裹滿了綳條的幼蟲之中
產生出兇殘至極的女王蜂、展翅高飛的雄蜂
以及忙東忙西的工蜂，然後大家各司其守？
我是個小人物，閉鎖在小小的天地裡，
專司微小的事物，專司所有微乎其微的事物，
專司一切微不足取的、沒人理會的，
千奇百怪的、朝生暮死的事物。
我很喜歡你的小窩，兄弟。貧乏
蒼白、一扇窗、水，還有你的手
不間斷地扶著那口燒杯，潤澤我乾裂的唇。
謝謝你！這樣就夠了。

我的誕生

同樣也是在一個小小的地方，但不像這裡，那兒並非空無一物
那有如一口漂亮的小櫃子，布滿塵埃、充滿神祕，
那是一間充斥著奇珍異寶的小屋子。
我首度睜眼後先是見到什麼了呢？那裡根本已沒什麼空位
能再容納一張小床，因為周身四處盡是裝滿珍寶的箱匣，

盡是小心加了栓蓋的瓶瓶罐罐，盡是倒懸如瀑的絲綢，
鳥羽、骨骸、石頭，以及空蕩蕩的葫蘆瓜
盡皆亂七八糟地堆放在桌上和椅上。
一小碟的月長石，造出了一大缽
蹲臥著的聖甲蟲石雕，以及那些
在滿是塵埃的架上，眨著眼瞧的異國小神的鮮亮小眼。
有隻美人魚在密封罐裡漂浮游蕩
瘦骨嶙峋的指頭抓刮著她的玻璃壁面
皺縮了的小頭上飄浮著硬梆梆的頭髮。
她那麥褐色的雙峰，乾癟地宛若一株紅木，
她的下身，盤捲而顯侷促，煞是了然無味
倒是她的一口白牙，亮晶晶的像是給上了一層古釉。
另外還有一枚雞頭蛇身怪獸的蛋，
渾圓的球體呈象牙乳白，說它渾圓應不為過
它平衡地立在一只古羅馬的酒杯上頭
推撞著一具木乃伊貓，貓屍上自頭至腳
依然包纏著黑漆漆的繃帶
因砂礫而乾燥，不過那繃帶和這緊裹著我小小身體的長條布
倒是不無相似，我自己是這麼想的。
那麼你的手，它們可願意？它們現在可願意收攏

這個躺陳在屍布裡的廢物，然後為我闔上雙眼？
衰敗的一雙眼，只因竭盡所能地望遍了各式小不隆咚
的生命，只因睜眼直視那滿帶嘲弄的堆積
閃亮著天真純潔的光彩
這些珍品，來自世界各地
堅忍不拔的船長駕起驕傲自豪的荷蘭船隻
悄悄地就在這阿姆斯特丹將錨拉起，
張起風帆駛出重重迷霧，乘狂風破大浪
航向赤銅烈日之下熾熱如火的國境
航向寒綠冰雪之中永不融化的山陵
航向赤道叢林奔騰熱流之中
神祕黑暗的所在，殊不知當地的烈日
自蒼穹之中劈下金箭，其本體之光
自始從不曾為萬物窺見
自始唯有如矛金光匆匆閃現
在墨綠與黑暗之際射下銀亮之箭。

年歲尚小的我，已然心生遠見
計畫為這些個掠奪而來的珍品分門編目
為它們整頓、排序，使之——
這麼說吧，依據人情常理來做分類，

要不就照著我們使用的方式來編列
要不便照著我們所賦予的重要性來安排。譬如說，
我會讓醫藥和神話有所區分，讓驅邪符
（典型的迷信）與礦物之間有所鑑別——
薔薇石英和水銀，我們可以拿來細磨成粉
用以治療瘧疾與熱帶熱病。活生生的玩意兒
自該有其物以類聚的安排
昆蟲歸昆蟲，風塵僕僕的鳥兒歸鳥兒，
至於各式卵蛋，上自鴕鳥的巨蛋
以至一連串殼面柔軟的蛇蛋，每一枚都將得到妥善編類
非但以彎腳規小心測徑，且將優雅地
綴以波紋綢布，安放在彎曲有致的木杯底裡。

我父親開有一間藥房
得子一事，最初似乎讓他頗為欣歡
因為心中滿懷預先設想的期盼。
他一心望子成龍。在他腦海之中
他已預見我為社群謀福造利，且為大眾
衷心推崇，在上帝眼中我極度謙恭
並為真理與公義雄辯滔滔。當他察覺我
不具律師之材，他的期盼並未因此落空

他將希望放在醫師一職。「身為醫師，既可濟世救人之身
同時也能救人靈魂。」我這位
心靈虔敬卻又身繫俗世的父親這麼說道，
「而且又能保你不乏麵包、美酒與肉食。
因為墮落的人必然會生病，所以醫師的照看
無論如何都少不得，正如墳墓之不可或缺那般。」
只是，我的興趣並不在此。不知這是否緣自於
嬰兒時期照顧我的諸位奶娘
她們的精明與嚴謹，以及魅人的魔力？
我認為道地的解剖
並非源自人心與人手
真正的源頭，應屬更為簡明的組織、原始的形體，
大凡爬行在地、盤纏繞捲、飛航在天、一切微小的生物。
要想解開生命之謎，就該先去明瞭盲目的白蛆
啃蝕人體繁複的軀體之後
白蛆終為農家小鳥捕食
爾後人類又再烹煮小鳥以為鮮美的一餐
如此成就一個完整的循環。生命乃是一共同體
這是我的想法，而理性解剖
的起始，就像是一截長梯之底
最是接近大地之母豐饒的熱力。

一切若非緣起於此，會否，乃是因為我的靈魂
已在漆黑的小屋子裡，讓一隻黑色的蜘蛛
給附了體迷了性；牠的身形大如人之拳握，
披著灰黑如炭的毛髮，實實在在就是一隻妖魔；
還是說，是巴巴利烏黑的飛蛾暗中作祟？
牠們脆弱的黑色翅膀為我們所穿透，而我們就為著自身的快樂
拿起大頭針，將牠們一把釘死。

這些東西說來玄奇
卻也都是生命的形體，和我沒啥兩樣
（只是我多了一具待人理解的靈魂）
而且和我堪稱同源，凡此種種想法，乃發自年少時期的我。
因為天地萬物似乎皆由本我相同的物質凝塑而成，
黃金般神祕的蛋黃、玻璃般透亮的蛋白
那是存在於古埃及神話裡的俗世之卵，
由烏羽般的黑夜將之安放在虛空之中。
自此誕生了愛神伊洛斯，全身閃爍著彩羽的光華
並且使混沌的凱亞斯受孕，造就出
人類的始祖，繼而繁衍出行走、生存於世界之中的芸芸眾生。
玄奧的神話，深藏著謎一般的玄機
它明白地指出，或許就在那裡，便可尋獲真理。

我努力地想明瞭生命的源起。
我認為這樣的瞭解於法有據。難道我的手我的眼
不是上帝所造？若非上帝的恩賜，我又如何能夠
將我的病患製造成銅鑄的人體模型
若非上帝將各種曲度的透鏡片
穩定地放在各種生命的微粒之上
我又如何能學習透過水晶之物占卜，並且持續漸進地以
極大、至小的比例
使物體接二連三地放大
直到我眼見接二連三的規劃與關聯
在目眩神迷的秩序與複雜之中浮現？
我能解剖蜉蝣的眼睛，
也能為蚊蚋重整角膜
因此，我能透過蚊蚋之眼窺見新教堂的高塔，
看著它翻覆而後又繁生，
一如萬般微小之物，那裡並沒有天使雀躍飛舞。
我在我們這個俗世，見到了另一個全新的世界——
充滿奇蹟的世界、昂揚著真理的世界
既駭人聽聞、卻又充塞了各式各樣難以想見的生命。

那杯你拿放在我唇邊的水，
如果我手邊有透鏡片的話，就會讓大家看個仔細
那水並非如我們所想的那般透明清澈——
那水並不純淨——倒是窩藏了一大落騷動不安、努力求生的
使力拍動著龍尾的微生物
其彈跳、盤捲、且竄動於綿密的羊齒葉間
儼然如巨鯨之橫越世界大洋。
透視鏡片就像把切割自如的刀劍。
它繁殖了世界，分割了世界——
我們在單一之中見到紛紜，如同這杯水，
我們所以為是的平滑，
結果卻如女人的皮膚其實滿是坑坑與洞洞，
閃亮的髮間其實藏匿了茸毛與鱗片。

當我愈是看清了這些紛紜
我便愈是亟欲尋求單一——
精華之萃，自然女神的種種幻變
在她的蛻變之中始終恆久彌堅。

我在一連串的形體之間尋得了她的法則
得自螞蟻、蝴蝶、甲蟲，和蜜蜂。

我先是辨認生長的型態
區分卵蛋、幼蟲，和包蛆，
一部分簡縮、一部分生長
那是嶄新的器官，出現於沉眠之中，直至驚蟄，
破開殘絲剩繭，繼而吐注，立時
抖動發顫，堅挺硬化，直衝入空
馳騁著光彩，茶褐黃、青玉藍，
翎眼斑紋宛若孔雀、雄壯條紋恰似老虎，斑斑點點
盡在羽翅之間，映現著黑暗死神無眼的頭顱。

只要進到透鏡片中的水晶圈圈
我堅硬似角的拇指立成巨大如象的厚墊。
我為自己建立出一座外科專用的兵工廠——
舉凡串叉、刀劍、解剖用的小刀、梳整用的掛勾——
皆非鋼鐵製品，實乃出自柔細有加的象牙，
其削尖、扭轉之巧，實非我們所能詳見，
柳葉小刀、雙刃小刀，凡胎肉眼
難以辨識的究竟，盡皆逃不過透鏡片的銳眼。
憑著這些個工具，我深深探入萬物生命的基底
以及生命代代相傳的源起。
這些個王國的組織並非如我們一般所知。

且看蟻丘之主，蜂巢之王
牠們羅列眾務，主掌其中
收取、運送、催告餵食，
建構自己的世界，嚴加保衛，牠們實是
社會階級結構之中的佼佼者、頂上峰——
再看橫陳鏡片之上的這個小東西，
揭露著傳宗接代的座席
那一個個孕育滋長新生的器官，
不正是卵蛋成形之地。她並不稱王
她乃眾生之母；巨大的側腹
爬滿嬌小的眾家姊妹，大家忙碌不休
只為照料有孕的她，陣痛時予以協助，
帶蜜酒給她，甚至必要時
犧牲自己的生命，極力將她挽救，只因她是蜂后，
是繁衍後代萬不可少的主宰。

首度見到卵巢的就是這對眼睛，
首度汲取卵巢的就是這雙手，至於這衰敗的智力
則認清了蛻變的法則
並將之記載下來，揭示於凡夫俗子面前。
沒有人讚揚我的所作所為。家人不讚揚——

我的父親教一文不名的我露宿街頭——
醫學界的同儕也沒人讚揚。當時，迫於貧困
不得不變賣我私藏一屋子的幻燈片，
以及我的展品和實驗，
放眼所及，沒有任何買家、科學家、
哲學家，和醫生，願意接納
我所展現的真理，以及我對生命
如此簡潔的透視；沒有人願意讓這一切得以有分毫的生機。
於是我一貧如洗，淪落街頭
向人乞討浸在菜湯之中的麵包和牛奶、零落的碎肉屑
間或散布著蟲蛆，那是蒼蠅的本我
牠們的繁衍曾是我努力發揚光大的目標。

偉大的伽利略和他透視遠望的鏡筒
就在一世紀前，致使地球
不再是眾所認知的中心，並且呈現出
太陽以及行星之間生生不息的運轉，
行星之外，無垠的太空運行移轉
各式天體應接不暇，觀諸我們這個旋轉的世界
青青綠草、漫漫黃沙、皚皚高山
莫測高深湛藍翻湧的大海，全都只不過如

星星漿湯之中的一粒細沙。舉目所望就是如此。
因為他的這番說法，大家原本決議將他燒死，
幸好有位賢士，基於對上帝的忌憚，以及對生命
熱烈的寄盼，對他的推測雖持反對，
但只將他遣至教堂，要他聽命於該處的醫生
這些醫生，則是經營著不同此道的真理和奧祕。

這麼個過程，唉，就是要讓人類
不再理所當然地自居萬事萬物的中心——
不過這麼個過程，也是要將上帝打落
祂將我們創造成如此這般，戰戰兢兢地
令人拍案叫絕地，創造出我們的智識，
創造出我們不眠不休追求知識的熱望，但是卻又
設下了限制，永遠跨不出祂的威權，
跨不出祂柔和、黑暗、無限的天地。那裡便是我們休息之處
一旦我們所有的問題都告結束，一旦我們的腦力
垂死欲哭，一如我這不堪負荷的心
垂死於蜉蝣的解剖。
是我發現牠們的形體，是我發現了那些活蹦亂跳的小東西，
這僅活一天的蠅蟲，我卻給了牠們我的平生，
牠們的生命只擁有白晝，牠們永遠不知黑夜為何。

我問自己，伽利略是否知道
什麼叫做恐懼，當他望見太空之中閃閃發光的球體，
一如當我發現透鏡片下的種種，我心生的惶恐——
那可不是無限的天空寒冷的光榮——
那是一群群蜂擁而至、騷動不安的微塵
那是非洲沙漠的爬蟲怪物，那是一身武裝的雞頭蛇身毒怪，
我們無能得見，卻持守著他們的職分——
不是嗎？——憂心著他們所憂心的——
我不敢再多說下去——為什麼微觀世界
就不能和人類等量齊觀，悲哀的人類啊！傲人的自尊一經煩惹
怎堪上帝層層擲出的質疑
小至極小、大至極大？

〔以下付之闕如〕

第十二章

何謂房舍？如此堅實——如此方正
在風中築出一片暖熱
並肩漫步，雙眼垂俯
靜靜安走——依憑簾幕的遮護
然而心神卻如載滿火藥的炸彈不時敲叩
然而理智在靜謐的絨毛之中尖聲狂吼
窗戶飛離寂靜之屋
崩於屋外的牆土——急遽而突兀——

——克莉史塔伯．勒摩特

他們站在步道上，抬眼望向刻在門廊上的幾個大字：貝山尼。這是四月裡一個陽光燦爛的日子。他們倆卻尷尬得不知所措，離得老遠地站著。這間屋子很乾淨很整齊，三層樓高，窗戶帶有窗框。窗簾的圖案是美美的小樹枝，就掛在銅製橫桿上的木雕環扣上。放在前窗裡頭的，是一株昂揚在碩大的明頓牌（Minton）陶缽裡的鐵線蕨。正前門則是漆上了戴夫特特有的深藍，並且懸了個海豚狀曲線玲瓏的銅製門環。門下方擺有含苞待放的玫瑰以及密密叢叢的勿忘我。樓層之間砌有一道模刻著向日葵的面磚，每一塊磚都呼吸著新鮮的空氣；每一塊磚的外層都剝落得不見蹤影，因此，每一塊磚上都水水地用熔接噴槍噴上了一層快速噴漆，也因此，整棟房子得以展現出它最原始的表層。

「整修工作做得還不錯。」茉德說道。「讓人直想發笑。偽裝得好假。」

「就像是用玻璃纖維去雕一尊獅身人面獸一樣。」

「沒錯！你到裡頭還可看到一座道道地地的維多利亞時期的壁爐。我搞不清那到底是真的骨董，還是拿舊的壞了的重新拼裝起來的。」

他們抬眼望了望貝山尼那平淡無味、模糊不清的面孔。

「這房子在它還沒這麼老舊之前，原本一定更黑，而且原本看起來一定更老舊。」

「好一句後現代風格的形容——」

來到門廊，上頭攀爬著新種的鐵線蓮初初發出的卷鬚，門廊的拱門很新，是白色木質的，儼然成了個小型的花棚。

就在這裡，她曾經翩然出現，踏著快捷的步子，果決的黑裙子掀起一陣旋風，雙唇果決地緊閉著，雙手則緊貼在手提袋上，雙眼大大地張著恐懼、含著希望，十足地狂野，那會是什麼樣子呢？他是否曾戴著高高的帽子、穿著外褂，從聖馬提亞斯教堂一路走來？而她、另一個她，又是否從高高的屋窗，透過鑲框的窗玻璃凝神細看，雙眼朦朧？

「從來沒有哪個地方——又或是什麼事情——會讓我這麼感興趣——就只因為那可以讓我聯想到一些事情——」

「我也一樣。我的研究主要是在分析文本。現代女性主義學者對於別人私生活的態度我真的很不能苟同。」

「如果說一定要這麼鉅細靡遺地分析才行，」羅蘭說道：「但是難道就非得這麼做才成？」

「那你就不要涉入**個人隱私**，去做精神分析啊——」茉德說道。羅蘭沒有多加反駁。當初建議到里奇蒙來討論下一步該怎麼做的人是他，而現在，他們也真的就來到這兒，望著那座令人困惑難安的小屋子。他建議進到馬路盡頭那棟教堂裡邊去瞧瞧，那一棟空蕩蕩的大房子展現著維多利亞時期的風格，裡頭的樓座卻是極具現代感的玻璃隔牆，而且還有一座安靜的咖啡館。教堂裡盡是小孩子玩的玩意兒，有彈彈跳跳的扮裝小丑、有仙女和芭蕾舞女娃、有畫板、有擦刮成聲的小提琴和尖聲鳴叫的八孔直笛。他們在咖啡館裡坐定下來，坐在一圈懷舊的光影中，那乃是透射自五彩繽紛的彩繪窗面。

打從一月分他們寄出了熱情的謝函之後，喬治爵士那兒就再沒半點音訊出現。茉德熬過了痛苦的一個學期，羅蘭則往四處找著工作——有一個是在香港，另一個是在巴塞隆納，還有一個則是在阿姆斯特丹。他的希望很渺茫——他看過布列克艾德放在艾許工廠裡頭的一份文件，那是他為他寫下的推薦信，信裡讚美他勤勉用功、一絲不苟、審慎小心，聽起來讓人覺得他簡直就是乏味呆笨。他們倆有過共識，也就是羅蘭和茉德，兩人說好絕不向任何人說起這事兒，而且除非他們倆有誰收到了喬治爵士的消息又或是兩人再度碰面，否則絕不輕舉妄動。

上一回在林肯郡冷極了的那一天，羅蘭曾跟茉德提過，照狀況看起來，在一八五九年的六月，克莉史塔伯很有可能曾經陪著藍道弗一塊兒前往南約克郡完成他的自然史之旅；由他來看，這事兒一想便知；可他沒想到，茉德對於R．H．艾許的事蹟根本就一無所知。他認真地解釋了起來。艾許曾有一個月的時間出門遠遊，他一個人四處行走，山川、海濱，研究著地質和海洋生物。原先本來有位法蘭西斯．塔格威爾，也就是《大英海岸海葵誌》一書的作者，要和他結伴同行，結果一場病耽擱了塔格威爾讓他沒法成行。羅蘭向茉德解釋，評論家都認為他這一個月的努力研究，就是讓艾許在詩作主題上有所轉移的原因。也就是說，艾許從此從歷史這個主題移轉到自然史。羅蘭本身對這個觀點倒不是很認同。那是那個時代整個知識運動的一個層面。《物種起源》出版於一八五九年。艾許的朋友米什雷，一位偉大的歷史學家，在當時也對自然研究極感興趣，而且還根據四大元素寫下了四本著作——《狂瀾》（水）、《峻嶺》（土）、《飛鳥》（空氣）、《昆蟲》（火，因為昆蟲都是住在炎熱的地底下）。艾許的「自然」詩就屬這一類，說起來，和泰納晚期畫自然光的鉅作也頗為相似。

艾許在這趟旅程中一直都有寫信給妻子，即使沒有每天寫，但也還算是寫得很勤。這些信都收錄在克拉波爾編訂的書信全集裡，茱德和羅蘭碰面的時候，兩人就有把那些信影印了帶來。

我最親愛的愛倫：

我和我那只裝著各式標本瓶罐的大籃子已經合而為一地來到了羅賓漢海灣——只是搖搖晃晃的火車、落個不停的煙塵，還有火車引擎打出的火花，硬是弄得人一身是傷且灰頭土臉，尤其是進到隧道裡的那個時候。匹克林至葛羅斯蒙這條幹線有經過牛頓谷——這個V字形的山凹乃是成形於冰河時期——而此時，就在漫漫一片荒蕪的原野上，火車引擎因著地面陡峭的坡度，有如火山爆發似地揚起了一大片壯麗。這讓我想起了米爾頓筆下的撒旦，想起他穿越混沌中柏油般的熱氣，為自己航出一條黑暗的道路——也想起萊爾[99]的作品，他寫這些因冰河而升起的山川，寫這些因冰河而雕塑成形的谷地，寫得真是實在、精采，而且耐性十足。我聽到麻鷸在叫，牠們正發出專斷而孤涼的聲音，我看到了我認為應該是老鷹的禽類，不過那說不定根本是子虛烏有——總而言之，反正就是有一隻準備掠食的禽類正在空中盤旋，在大氣中飄蕩。胸脯窄小的綿羊很是奇怪，牠們蹦蹦跳跳地跑開，把石頭散得到處都是，然後在空中搖著一身的羊毛，好似海中一排一排的海草——沉重而緩慢——接著牠們就從峭壁間瞪眼張望——這讓我很想用個殘酷的形容詞來描寫牠們——不諱言地——就所有家禽動物來說，牠們的目光簡直就像魔鬼一樣地充滿著敵意。牠們的眼睛一定會讓妳很感好奇的——黃黃的眼睛裡長著黑色條狀的瞳孔——而且是呈水平狀，不是垂直的——就是這樣才會讓牠們的目光看起來那麼地詭異。

喬治．史蒂芬生在他成功地設計發明出用馬拉曳的火車之後，現在又製造出這列新型的火車。只是這些噗噗亂叫而且還把我的襯衣給毀了的火龍（別擔心，襯衣我不會寄回家裡去的；客店的老闆娘，凱米旭太

99 **萊爾**（Sir Charles Lyell, 1797-1875），**蘇格蘭地質學家**。

太，她不但很會洗衣，而且還會把衣服漿得很整齊，這我非常確定），讓我覺得倒不如坐上那一種高雅得多的交通工具說不定還比較好呢！

在這裡，什麼東西都給人原始的感覺——岩石的形貌、大海的澎湃、駕著漁船（用當地方言叫做平底小船cobles）的漁夫，我覺得那種船，大概和古時候入侵此地的維京人所做的那種多用途的船沒什麼太大的不同。來到北海岸邊，放眼這灰綠淒冷的荒原，我深深感受到北國大地的風采——那和僅僅隔了一道海峽的法國所展現出的文明截然不同——就連空氣都帶著幾分古老清新的味道——有著鹽巴、石南，以及一種非常嗆人的爽淨，就像是這裡的水的味道——流經了浮誇的泰晤士河之後，這裡的水總是在坑坑洞洞的石灰石中香香地冒著泡泡，帶來的驚喜可不下於美酒呢！

不過妳一定會想說，我這是樂不思蜀，即使想到自己溫暖的家、想到書房、想到抽菸的斗子、想到書桌，還有想到與我作伴的好太太，我也一點都不覺得難過。我其實一直都惦記著妳，因爲一直愛著妳——我的這份愛妳完全不需要懷疑。妳過得好嗎？妳現在起身走動或是看書時，還會不會頭痛？寫信跟我說說，妳都在做些什麼。我還會再寫信給妳，這樣妳就會知道，我是如何勤快地在解析著那些單純的**生命型態**——眼下這個工作確實是比記錄人心的迂迴要來得讓人快活許多。

六月十五日

趁著天色尚**可**，我想利用散步和晚餐之間的空檔來做解剖；解剖做完之後，漫漫長夜，我便一直認眞地在讀萊爾。一道又一道簡單的金黃色派餅擺在我的餐廳裡隨處可取，我於是暫時將我的大標本罐棄絕在後——裝在罐裡的有Eolis pellucida，Doris billomellata，Aplysia以及幾種水螅的變種——如Tubularian，Plumularian，檜葉螅（Sertularian）——還有精巧的小Aeolides以及一些複雜的海鞘。想想這些完美精巧五臟俱全的小東西，愛倫，如果說這背後沒有個充滿智慧的造物者在設計創造，那又該作何解釋才好呢——然而，進化的理論證據確鑿，演化的痕跡歷經洪荒，清清楚楚地嵌在萬物之中，訴說著演變漸進的過程和原因，這又實在讓人不信也難。

告訴我，妳現在是不是好多了？有沒有辦法去聽赫胥黎教授演講的「動物界持續不變的生態」？他鐵定會和達爾文一樣，只要一有人再度提出上帝造物的這項說法，他便會拿出各種留在地球上的標本予以反駁——然而如果有人說現有物種乃是漸進演繹的結果，他則會大表贊同。妳能做些筆記下來嗎？那會很有幫助的——至少，對於妳這位滿心狂熱的業餘丈夫——可以舒緩一下滿心的好奇。

我今天從斯卡伯勒出發，一路走下了山崖，爲的就是要看看那個讓人聞之喪膽的傅家堡海岬，多少人曾在那裡、在大水的衝擊和猛烈的潮流之中遭逢死劫——那景象那聲音簡直歷歷在目，即使是在陽光明媚的日子，浪頭都還高高地甩呀拍的，像是**咕咕地在笑著**，就像以前那樣。這座山崖有著白堊地質的粉白，奇形怪狀全是來自大自然的雕塑、平刻，和細切——迷信的人可能會認爲這些怪模怪樣是出自神的雕刻，要不也可能把它們看作是由古代巨人所變成的石頭。有一處崖壁，直直地往海裡突去——上頭還撐著一塊無足輕重、卻又挺麻煩的斷石——那光景看上去好像是有什麼人正讓蒼白的痲瘋病在啃食著身體某處紮了繃帶的地方。這兒以前有兩處岩壁，大家都稱做是國王和皇后——現在則只有皇后還屹立於此。萊爾寫到這一帶的海岸時，說這個地方是無可奈何地步入荒蕪；他也寫到傅家堡荒廢的狀況，它之所以荒廢，乃是因爲浪花含有鹽分，可這麼一個過程，卻又因爲有好幾處泉水從陶質地層噴了出來，於是乎，這個過程愈往下游便愈失去作用，結果就讓這兒整個地亂了陣。

這讓我忽然地想到——如果說鹽水和清水眞能這麼有耐心地——就憑著這股讓人難以置信的懵懂的造因——於是便像是用鑿子雕刻似地，利用泉水水柱匯流時所造成的水壓落差來形塑，憑著涓涓細流以及地心引力的穿刺，切割出一道道細緻的溝渠，然後就成就了這些白色的大理石洞穴、教堂以及各種神怪的身形——

如果說，憑著這種礦物的力量，就能創造出鐘乳石和石筍這些形貌——那麼，耳道和心臟裡的細胞氣泡——爲什麼歷經了漫漫幾千年——卻不會因壓力和趨勢而有任何回應呢？

而這些憑靠著漸進的歷程所誕生而形成的事物，又是如何將這個**形貌**傳遞給後代子孫的呢——即使個別的特徵或將消失——但整體的樣態到底是傳遞了下來？這一點至今仍然是個未知的謎題，如果我的看法無誤的話。我可以從樹上砍一小根枝子下來——然後種出一整棵樹——就從那麼一根小樹枝，便可長出樹根、樹冠，長出所有該有的——可那小樹枝是怎麼辦到的呢？這麼根斷枝它怎麼會**知道**該怎麼把樹根、樹枝給長出來呢？

我們這一代是浮士德的一代——我們總不斷地想去知道某些事情，而那一切也許就是在刻意安排下不能讓我們知道的事情（如果我們背後當真有個刻意安排的主宰的話）。

萊爾還跟我們說到了不少以前曾存在於這個海邊的小村莊，現在，這些村莊早都已覆沒在海水之中——像是奧本、哈特本、海德、艾德家堡，現在全都已往內陸遷了去。對於這些黯然消失的村落，我相信一定存在著什麼神話或是傳說和它們有關，好比說，就像布列塔尼那樣——只是我始終都沒法把這些給找出來——倒是有些打魚的人曾在大海的沙洲上發現了房子和教堂的遺跡……不過再怎麼說，就算沒有淹沉了的黎之城自海底敲鐘呼喚，夜夜折騰著我，我也早就知道有個來自英國的小搗蛋，那就是哈伯小精靈，他沒什麼特別之處，就住在一個洞裡，而這個山洞自然也就叫做哈伯洞囉！這位好好先生哈伯，他能治好一種咳嗽病（這種病在這裡叫做百日咳）。至於哈伯洞，則是位在凱托尼斯村附近的一處崖壁之中——就在一八二九年十二月某個暗黑的夜裡，這個村子落進了海裡，整個地就這麼安安靜靜地往下滑落了去。

妳肯定會開始想說，那我是不是很危險，會不會落水淹死，會不會捲入海水海砂裡去。我無意間放在身邊的一具魚網，剛剛就被一道波浪給沖了去，那是我到伐利布里格某個深潭想混水摸個頑固的水螅時用的——我倒是沒受什麼傷，就只是讓藤壺的甲殼和幾個珠貝娃兒給刮下了一些光榮的印記。再過兩個禮拜的時間，我就會回到妳身邊——帶著我這些來自深海的失去生命了的奇觀——

「克拉波爾揚言說，那段假期的每一段行程他都已經考查出來了。」羅蘭向茉德說道。「『沿著羅馬大道前往匹克林，如此漫長的一段徒步旅行，想來一定讓詩人的腳十分痠痛，一如我便是這樣；只是他敏銳的目光，想必看到了不少讓他開心、覺得有意思的事情，不像我在後段行程，所見實在有限……』」

「他難道都沒想過艾許是攜伴的嗎？」

「沒有。讀了那些家書，妳還會這麼想嗎？」

「不會。這些信讀起來，根本就是一個獨自前去度假的丈夫，在跟太太說他是怎麼打發某個無聊的晚上。除非你覺得，他始終都沒講像『真希望妳就在我身邊』或是『我真希望妳也能親眼目睹』這樣的話，另有重大的意義。就一個分析文本的評論家而言，所能做出的解釋大概也就是這樣了吧！除了信中有簡單地提到沉沒了的黎之城，這點是我們都知道他早就知道的事。想想看——如果你就是寫信給克莉史塔伯那個情緒激昂的男人——就算是在不得已的情況下，難道你真能每個晚上靜坐下來，寫信給你的老婆——而且就在克莉史塔伯面前？你真有辦法寫得出那些個——旅遊記事嗎？」

「如果我覺得有必要的話——為了她——我是說愛倫——我可能會這麼做。」

「那恐怕得要有十分驚人的自制力，撒個漫天大謊吧！而且那些家書看起來又是那麼地平靜——」

「由某些地方來看——這些家書倒似乎真的是很刻意地在安撫她——」

「不管怎麼說，我們得再好好把信看一看，如果我們真覺得——」

「那克莉史塔伯呢？一八五九年的六月她在做什麼？這有沒有什麼紀錄？」

「檔案室裡什麼也沒有。所有資料記載的都是一八六〇年白蘭琪過世之後的事情。難道你是認為——？」

「白蘭琪她**怎麼了**？」

「她投河自盡。她在普特尼，從橋上跳下來——衣服全濕，口袋裡裝滿了圓圓的大石頭。為了讓自己必死無疑。根據紀錄，她是因為對瑪麗‧渥史東克萊福特[100]從同樣那座橋落水自盡的舉動相當欽佩。她顯然有注意

100 瑪麗‧渥史東克萊福特（Mary Wollstonecraft, 1759-97），十八世紀末英國著名的女性文學家及思想家。名字與註釋49瑪麗‧雪萊之名近似。

到，渥史東克萊福特當時幾乎沉不下去，因為她的衣服全都浮了上來。」

「茉德——有沒有人知道**這到底是怎麼回事**？」

「不怎麼確定。她有留下一封遺書，說她沒錢還債，還說自己是個『多餘的人』、說她在這個世上是『一無用處』。她戶頭裡連一毛錢都沒有。法醫診斷的結果，認定這是雌性生物特有的心理失衡。『女人向來如此，性情的變易既強烈且無道理可言』，他那時候是這麼說的。」

「女人是這樣沒錯。女性主義就是用這種論點來談車禍和考試的——」

「別岔到其他話題去！我懂你的意思。現在狀況是——學界的人一直都認定克莉史塔伯那時人是**在那兒**的——可她提出了證據，說那個時候她曾有一陣子『出門不在家』——我一直都以為那個一陣子應該就只是一天，要不最多，也不過就一、兩個禮拜而已——」

「白蘭琪是在哪一年過世的？」

「一八六〇六月。在那一年之前，克莉史塔伯幾乎沒留下什麼資料可查——有的話，那就是林肯郡的那些信了。還有，零零落落的《曼露西娜》我們覺得應該也算，還有她寄到《居家小記》的幾篇童話故事，其中有一篇——等等——其中有一篇講的就是治療百日咳的哈伯小精靈。不過光是那樣也不能證明什麼。」

「他很可能有跟她講過這個故事。」

「她也很有可能是自己在其他地方看到這個故事的。你覺得呢？」

「我覺得不是。妳覺得她有到約克郡去嗎？」

「嗯！問題是，要怎麼做才能證明真有這回事？或是證明根本沒這回事？」

「我們可以去查查愛倫的日記。妳看妳有沒有辦法聯絡到碧翠絲．耐斯特？而且不必提說為什麼而來、也不必說到我？」

「那應該沒什麼困難。」

一群瘦骨嶙峋的小小孩，裹著一身白床單，臉色灰蒼蒼綠薄薄的，嬉哈笑鬧地跑進了咖啡廳裡，大聲吵著說還要果汁、還要果汁、還要果汁。有個穿著連身緊身衣臉上塗得五顏六色的小孩蹦蹦跳跳地跑到了他們倆身邊，乍看他身體的線條，活脫脫就像是沒穿衣服充滿野性的小丘比特。

「克莉史塔伯會作何感想？」羅蘭問茱德，茱德則回說：「她編出了那麼多的妖精鬼怪。她很清楚我們人的本質。她應該不會為了面子這種事情覺得心煩的。」

「可憐的白蘭琪！」

「她那時候有來這裡──來這座教堂──然後就下定決心要跳水赴死。她認識這兒的牧師。『他之忍受我，就像忍受許多內心深受苦痛的小姐一樣。他的教堂裡滿滿都是女人，在那兒，女人不能開口說話，女人只能為小椅墊做些繡花，不過若想將畫作奉獻堂內，那則是連想都不該去想的──』」

「可憐的白蘭琪！」

「喂？」

「請問羅蘭．米契爾在嗎？」

「他不在。我不知道他在哪裡。」

「那我可以留個言嗎？」

「如果我有看到他，我會轉告給他。不過我不常看到他。他也不常看留言。請問妳哪裡找？」

「我是茱德．貝力。我只是想跟他說，我明天會到大英圖書館去。去和耐斯特博士見面。」

「茱德．貝力。」

「嗯！如果可能的話，我是想在赴約之前先和他談一下──以免有什麼人──這狀況說起來挺棘手的──我只是想讓他**知道**一下──這樣他好作安排。妳有在聽嗎？」

「茱德．貝力。」

「是，我是。喂？妳有在聽嗎？是誰把電話給掛了？該死！」

「凡兒？」

「怎樣？」

「怎麼了嗎？」

「沒有啊！沒怎樣！」

「可妳那樣子看起來就是有什麼事的樣子。」

「有嗎？那我是什麼樣子？難得你會注意到我是什麼樣子，這倒才希奇了。」

「妳整個晚上都一聲不吭的。」

「那也沒什麼奇怪的啊！」

「哪是！就算都不說話，**狀況**也是有不一樣的。」

「別想了啦！為這種事煩沒什麼意思！」

「好好好！我不想了！」

「明天我會出去，晚點才回來。那應該正合你意。」

「我也會在大英博物館待得晚些。那沒什麼關係。」

「你會待得很開心的。有個人**留言**給你。大家大概都認定我就是做祕書的料，專門負責在幫人留言的。」

「留言？」

「還挺傲的哦！說是你的朋友茱德．貝力。她明天也會到大英博物館去。至於其他細節我就不記得了。」

「那妳跟她說了什麼？」

「看來我是給你惹了麻煩了。我什麼也沒說。我直接把電話掛回去了。」

「噢凡兒！」

「噢凡兒！噢凡兒！噢凡兒！你每次就只會這麼說。我要去睡覺了。我得養精蓄銳，明天好長一天還有得熬呢！有個假報所得稅的大案子，很有意思吧？」

「茱德有沒有說我是不是該……我是不是別……她有沒有提到碧翠絲．耐斯特啊？」

「我不記得，我剛跟你說過了！我真不該這麼想。想像一下現下她的人在林肯郡，這位茱德．貝力……」

如果他夠氣魄，膽敢拉高聲音，大吼著說不許這麼胡鬧，然後再認真地把事情說清楚，事情也許根本就不會是這樣的收場。

如果屋子裡頭能多出一張床，那麼他就能展現他自我保護的天性，儘管把自己縮成一團什麼也不在意。現在，幾乎每個早上他睡醒的時候，身體都是僵硬地擠在床墊的最邊邊。

「事情不是妳想的那樣。」

「我什麼也沒想！我有什麼立場去想什麼！我什麼都不知道，什麼都沒我的份，所以說，我什麼都沒想。反正我就是一個多餘的人，無所謂啦！」

如果說得嚴重一點，這個人根本已經**不是凡兒**了，那麼那個凡兒是到哪兒去了呢？迷失了、變了、暫時消失了？而他又該做些什麼？能做些什麼？面對迷失了的凡兒，他該怎麼擔起他該有的責任呢？

茱德和碧翠絲初初見面時的狀況不太妙，一部分是起因於她們發現雙方的外形實在是很不搭軋，碧翠絲偏好將自己隨隨便便地包在針織羊毛衣裡，而茱德看起來則一派地安適穩重、直接明確、鮮明俐落。茱德針對維多利亞時期為人妻的女子，列出了幾個標題，然後據此設計了一份問卷調查，繼而逐步地將問題導向主題，也就是探討愛倫何以要寫日記，這讓她興致相當高昂。

「我非常非常地想知道，是不是這些所謂大人物的太太都——」

「就我來看，他在**現在**已經不算是什麼大人物了——」

「好的！那是不是這些人的太太都真的很安於丈夫的光環之下，還是說，她們會不會覺得，如果情勢許可的話，她們自己也可以做出一番成就。這些太太有很多都有在寫日記，寫得很勤，自己偷偷地寫，寫得非常地好。像是桃樂西．華茲華斯那一手精采絕倫的散文——她是不是有想過自己或許應該就是個作家——而不是作家的妹妹——會不會有什麼事是她原本可以做卻沒去做的呢？我想問的是——愛倫到底為什麼要寫日記？會不會是為了要讓自己的丈夫高興？」

「噢不對！」

「那她有把日記拿給他看過嗎？」

「噢不對！我覺得沒有。她從沒提過這回事。」

「那妳覺得她寫日記是有想出版成什麼作品嗎？」

「這個問題就又更不好回答了。我想，她一定知道有人會去看她的日記。說到那個時代為人作傳的那股潮流，許多人的看法都是相當不以為然的——狄更斯死後人都還沒入土為安呢，書桌就已經被翻得一乾二淨了，反正就那一類事情——那就是維多利亞時期一般的看法。她呢也很明白他那時候還是個大詩人，所以她一定也知道，這些人——這些專門耙糞的人——是不可能放過他們的——倘若她沒把日記給燒了，他們遲早也都會把它給翻出來的。可她沒把日記給燒了。妳知道，她曾燒了不少信。莫爾特模．克拉波爾認為信是佩仙絲和費絲燒的，不過在我來看，燒信的人是愛倫。有一些則是和她一起下了葬。」

「那妳覺得她為什麼要寫下這本日記呢？耐絲特博士？是想要有個說話的對象嗎？還是藉此反省自己的良知道德？還是出於一種使命感？到底是為了什麼？」

「我是有我自己的看法。不過我想，那也不是挺說得過去的。」

「妳的看法是什麼？」

「我覺得她寫日記，是為了要掩人耳目。沒錯，就是為了要掩人耳目。」

她們定睛地彼此互望。茉德又問道：「那是要掩誰的耳目呢？是幫他作傳的那些人嗎？」

「反正就是要掩人耳目。」

茉德等著。碧翠絲終於無奈地道出了自己親身的體驗：

「剛開始研究這些日記的時候，我心裡想的是，這個好女人還真是無趣得很。然後呢，我漸漸感覺到有些什麼東西隱約地藏在這些簡單的文字之後——噢不對，在我看來，那簡單其實是經過**精心設計**的。然後呢，我開始覺得——這些文字一直在引導我——引導我去想像這些隱約藏著的什麼——然後結果是，那果真除了無趣還是無趣。我前前後後想了又想，我很確定，她其實是可以說出什麼讓人覺得有意思的事情的——這要怎麼說才好呢——也就是說可以帶來些遐想——即使只是一時片刻——可是她卻往往就這麼**斷然地收筆不寫**了。幫一本無趣的日記作編訂的工作，那可真是拿事業在賭注，不是嗎？想想看，寫日記的人甚至還故意地在掩人耳目讓我不知如何是好？」

茉德回眼望了望碧翠絲，不知如何是好。她看見碧翠絲裹在柔軟點點的羊毛衣裡，兩只活像枕墊的前胸束出了繃緊結實的身形。羊毛的底色是粉藍色，那還真是難以招架得住呢！碧翠絲壓低了聲音說道：

「我猜妳一定在想，怎麼我花了這麼多年的時間研究這些日記，結果居然什麼成績也沒做出來。實在地說，那些時間總共是二十五年，而且現在還持續地在增加中。我自己其實清楚得很——相較於你們這類學者——也就是你們這些對愛倫・艾許和她作品已抱有某些想法的人——愈來愈高昂的興致——我這慢也實在是太慢了。我真的很能體會——她那種想做個好太太的心理——坦白說吧，貝力博士，我瞭解她對他——對藍道弗・艾許真的是萬分的推崇。**他們**都說，要做研究最好就是去——去研究這種不說自明的作品，因為我——我是個女的——還有，照他們的想法，我的能耐也就適合做這種研究，誰知道我到底有何能耐。在以前啊，貝力博士，有認真在研究女性主義的人，一定都會想盡辦法得到同意，好去**研究**艾斯克和安珀勒之詩。」

「得到同意？」

「噢我懂！反正就是想盡辦法去研究艾斯克和安珀勒之詩。」她略顯猶疑，接著又再說道：「貝力小姐，我想妳是無法想像以前那種狀況的。我們什麼都得仰賴別人，什麼事情都沒我們的份。在我年輕的時候——女人是**不可以**走進亞伯特親王學院裡的資深師生休息室的——其實一直到一九六〇年晚期也都還是這樣。我們有我們自己的休息室，小小的、挺**別緻**的。不管決定什麼事情都是在酒吧裡——大大小小所有重要的事情——沒人邀請我們，我們也不想去。我恨透了菸臭和啤酒的味道。可是總不能因為這樣就讓自己失去參與系務討論的機會吧！有工作做我們就得感激涕零了。我們都覺得年輕——貌美——不是件好事，貌美是有些人啦，不過不是我——反正更糟的是，我們的年華一天天地老去。有一種年紀，是會讓人醜惡得像個**巫婆**的，我打心底裡真是這麼覺得，貝力博士，那真的不難——只要老了就會這樣——歷史上多得是這種例子——所以也就有那些**搜捕巫婆大加迫害**的事情——

「妳一定覺得我是不是瘋了。我一直在——用個性做藉口——解釋自己何以拖拉了二十五年——二十年前妳根本就該把東西編訂出來了。可是坦白說，我真的不知道那麼做是不是對的。我不確定如果我這麼做她是不是會覺得高興。」

茉德情緒十分激動，她突然感到一股深深的、難以抗拒的感動。

「那妳怎麼不把它給擱下呢？去做妳自己的研究啊？」

「我覺得自己有責任。就這些年來，對我自己，對**她**，我都有責任。」

「我可以看看那本日記嗎。我很想看看一八五九那一年的。我讀過他寫給她的信。在約克郡寫的那些。

她後來有去聽赫胥黎的演講嗎？」

這是否做得太明顯了呢？當然不！碧翠絲緩緩起了身，從灰色的鐵櫃裡抽出了一本冊子。她像保護什麼似地一度緊抱著冊子不放。

「有位史鄧教授來過這兒。塔拉哈西來的。她很想瞭解——想瞭解——想弄清楚愛倫・艾許——跟他——又或是跟什麼人的——性生活。我跟她說這本日記裡沒有這方面的事情，她硬是說日記裡一定有——說是藏在隱喻裡——藏在沒寫出來的文字之間。我們可沒學過把重點研究拿去放在沒寫出來的文字上，貝力博士，當然了，妳一定會覺得我很幼稚吧！」

「不會啊！偶爾我倒是會覺得李奧諾拉．史鄧很幼稚。不對，這麼說並不對。應該說她是率直、熱情。而且她說的或許有幾分道理。說不定，妳感覺到的掩人耳目就是在刻意規劃之後沒寫出來的文字——」

碧翠絲想了想。「**就那點**而言我是可以同意。有些東西確實是省略了沒寫出來。我只是弄不明白，為什麼就非得要把那些東西想成是——是那一類的事情。」

這番欲言又止臉紅心跳的小小抗議再一次觸動了茉德的心弦，她緩緩地將座椅拉近，深深探進眼前這張疲累無力皺得畢畢巴巴的老臉。茉德想起李奧諾拉的猛暴，想起佛格斯惡劣的嬉鬧，想起整個二十世紀搞文學的人的基調和作為，想起某張骯髒得像是蛋白的床。

「我也這麼覺得，耐斯特博士。我真的這麼覺得。整個學界——大家的思維——沒有什麼逃得過我們的質疑，唯一例外就是性方面的事情——可偏偏呢，女性主義就獨獨要青睞這一類事情。我有時候都會想，當初我實在應該去走地質研究這條路才對。」

碧翠絲．耐斯特笑了笑，遞上了這本日記。

愛倫．艾許的日記

一八五九年六月四日

這棟屋子少了我親愛的藍道弗之後，就只剩下回音和沉寂。在他不在家的這段時間裡，我有好多事情要處理，我要讓他平常常用到的東西更好更方便。書房的窗簾，以及更衣室的窗簾，都得要拆下來，然後再把上頭的摺皺徹頭徹尾地給敲平。我一直在想，是不是能有什麼好法子，能把上頭那些個窗簾給

刷洗一番。客廳裡我試著去刷洗過的那兩道窗簾看起來總是各自一個樣子，要不是色澤不同，要不便是褶痕的「垂法」不同。我要讓伯莎勤快點地去把摺皺敲平，還要去刷去擦，然後看看還能再怎麼做才好。伯莎最近一直都一副懶洋洋的模樣，叫她過來的時候，她都很慢才出現，而且交代的工作也都不是做得很完滿（譬如說，像是那幾根銀色燭台，把藍的睡衫的鈕釦和車邊弄得髒兮兮一條條的，一直到現在睡衫都還是帶著髒）。我在猜，伯莎是不是出了什麼事。由於在她之前的那一位，既不可靠，又老弄壞東西——對，沒錯，非常粗魯、專事破壞——所以我真的很希望，伯莎能一直像她剛開始所表現的那樣，忙轉轉的像個不礙眼的小鳥似地，事事做得盡善盡美。她是有心事不開心呢？還是身體出了什麼狀況覺得不舒服？我怕是兩種狀況都有，我實在不願再想下去。明天我一定要直接問問她。如果她曉得，這麼做對我而言，其實需要極大的勇氣，而且這實在也不是我的個性會去做的事情（因為這可能會影響到她和我慣常的步調），她鐵定會大吃一驚的。我沒有母親強勢的性格，許多在我親愛的母親身上能夠見到的優點和優良的家族遺傳，在我身上都看不到。

再加上，我親愛的他沒有陪在我身邊，我真的好想念每一個夜晚我們一起安靜讀書給對方聽的那些時光。我在想，到底該不該繼續唸我們一起唸的佩脫拉克，就從他最後唸到的那一頁起，後來還是決定作罷。只有他美妙的聲音才能呈現出這位義大利古詩人的一腔熱情，一旦沒了這個聲音，真讓人感到若有所失。萊爾的《地質學原理》我讀了一、兩章，這樣我便可以和他一起分享他研究這些事物時的滿心狂熱。萊爾之所見，確實充滿了深沉的智慧，令人愛不釋手，但是追溯至地殼形成這段漫長的太古時光，他的看法則又實在令人沮喪不已——如果他的說法無誤的話，這漫長的時光至今仍在永無止境地形塑與變動。那麼說起來，我們這曾經存在過的、愛過的肉體凡身，究竟會給藏到什麼地方去了呢？詩人如斯問道。我覺得——我和波克牧師的看法並不一樣——雖然現在有人針對古時候的事情提出了新的觀點，但我實在不覺得，那會和我們既有的信仰產生任何衝突。或許是我太缺乏想像力，也或許是我對自己相信的事情太直觀、太憑直覺。如果說，諾亞方舟這個故事最後證明只是詩人虛構的想像，那麼我，這麼一個嫁給了某大詩人的人，難道就會因為這樣，從此再不關注故事所傳遞給我們的這個訊息：犯罪受罰，萬物恆常同等。如果說，那位偉人為了給世人一個典範而生，然後不可思議地樂於受死，一生就真的只是這樣一位唯善無惡之人，如果這樣的一切都要被看作是虛構，那無疑地定會令人感到另一種層面的恐怖。

只是，這個時代已將諸如此類的質疑醞釀成了一種風氣，身處這樣的時代……再怎麼說，赫伯特·波克的焦慮當然也就自有其理由了。他跟我說，我不應該讓這些問題擾亂了自己的判斷，憑我敏銳的直覺（他還特別註明，是那種女人特有的直覺，良善、純潔等類似這種說詞），我自當明白這些問題毫無意義可言。他跟我說，我很清楚我的救主仍然活著，而他則十分殷切地等著我對他的看法表示認同，好像我的認同也能帶給他力量似地。好的，我認同，我真的很認同。我的確是很清楚我的救主仍然活著。不過，若是赫伯特·波克能夠盡心盡力地釐清自己判斷的混沌，讓我們的禱告在我主眷顧之下充滿真誠的讚美、堅定的信仰，而不是像現在這樣，全是不知所以地在打謎，我自當會感到萬分的欣慰與感激。

時間晚了，我是不該再寫下去了。如果不是一個人落單在家——當然僕人自是另當別論——我是不會讀書寫字到這麼晚的。我即將把這本書給闔上，把自己完全地安放在枕上，我要認真地養精蓄銳，應付即將來臨的窗簾大戰，並且好好地問問伯莎。

六月六日

今天佩仙絲來了一封信，說是請我讓她和她那一群小蘿蔔頭來這兒住一夜，然後他們再繼續上路，前往伊崔塔的海邊避暑。我自然一定會讓她開開心心地——而且說真的，能和這麼多遠在他鄉的親人交流彼此的想法和近況，我絕對是樂意之至的。只是，這個節骨眼實在不是接待訪客的好時機，家裡有一半的家具全都拆了下來，而且現在才剛開始要徹底清點家裡的東西，所有陶瓷用具也都才剛開始清洗，什麼都沒做完，椅子有的收起來了，有的則教能幹的畢堯先生給釘起來了。他在藍道弗書房裡的一只椅子（是綠色那把皮製的半圓形安樂椅）的椅把和深嵌在椅上的靠墊之間發現了兩枚舊金幣和一張蠟燭帳單，曾經就因為找不著這張帳單而引發了一場爭執；另外，聖史威京教堂的夫人們所贈予的筆拭也同樣在那兒（難道她們真覺得有人會讓自己拿著這麼精緻的一個藝術品去往墨上沾得污髒這真讓我難以理解）。吊燈架拆下來了，上頭的水晶全都仔細地洗過、擦過。說到這個亂中有序的狀況，那就一定得讓伊妮德、喬治、亞瑟、多拉快快離開才成，這四個小東西，他們即使大剌剌地極其謹慎，其實也都還是無異於在淘氣嬉鬧一樣，那對水晶珠飾實在是很危險。不過再怎麼說，他們當然都是會來的。我已經寫信去這麼表示了。到底我是該將吊燈架裝回去呢？還是送走算了？我在自己的書房裡喝了點清湯、吃了一片麵包。

六月七日

收到藍道弗寫來的一封信。他一切都好，而且研究做得頗有收穫。等他回來的時候，我們一定會有談不完的話題。今天喉嚨好痛，而且猛打噴嚏——這很可能是因為拚命打掃沾染上了灰塵——所以下午我就窩回自己的床上，拉起帷幔，在那兒有一搭沒一搭地打著盹兒，覺得不很舒服。明天我還得振作起來去招呼佩仙絲呢！伯莎已經幫孩子把育嬰房裡的床都鋪整好了。我到現在都還沒開口問她到底有什麼煩心的事——不過不管是什麼事情，她現在的臉色又比一個禮拜之前還更難看，整個人毫無生氣可言。

六月九日

還好還好，這棟屋子的主人現在不在家裡，因為經歷了二十四小時之後，此處已徹徹底底地成了名副其實的「群魔大殿」。喬治和亞瑟這兩個小東西都很結實，這點我們一直很感欣慰，可愛的女生們呢——安靜的時候——她們白嫩的肌膚和明亮的大眼睛總是讓氣氛愉快美妙。佩仙絲說他們是我的天使——他們也確實就是我的天使，千真萬確，只不過擠在群魔大殿裡的盡是放縱的天使，而我靈巧的四個甥兒，則偏偏喜歡挑在最不應該放縱的地方放縱自己，把餐巾扯下來拖著走，花束散得到處都是，喬治則是撞東撞西，結果一如我當初所擔心的，他撞上了一只瓷缽，裡頭裝的正是從吊燈架上卸下來的水晶珠飾，霎時就像小卵石落入水中似地，咯啦咯啦地響個不停。佩仙絲請的保母無時不刻地親啊抱的，雖然這點她做得不錯，可她實在太不懂分寸。佩仙絲和氣地笑了笑，說她很明白葛瑞絲是真的在疼惜這幾個可愛的孩子，就這點而言，我也相信事實是這樣沒錯。

我跟佩仙絲說她看起來很亮麗，可其實事實並不盡然。無論如何，我希望上帝能原諒我這個善意的小謊言。看到她的種種改變，我實在無法不感訝異——她的頭髮光澤不再，疲憊的神色刻在她美麗的面容之上，而她一向引以為傲的身材，也不再如往日那般地勻稱苗條。她常常說自己很健康很快樂，可是卻也常抱怨說自己氣喘不過來，說腰椎在痛，說自己的牙齒和頭都疼個不停，說她身上一直犯有一些暗疾——而且在她生完上一胎之後——她說，這些毛病就又痛得更兇了。她說就這種狀況來說，一個女人能嫁到像巴拿巴這樣體貼的丈夫真是再幸運不過了。他很專心地在寫一些研究神學的文章——他的教派和赫伯特．波克的完全不同——佩仙絲跟我說，用不了多久，他應該就可以拿到牧師這個職位了。

六月十日

佩仙絲和我終於有時間能夠好好地說些體己話了，我們倆邊吃晚餐邊聊，因為那幾個可愛的小天使已經到攝政王公園那兒去呼吸新鮮空氣了。我們熱烈地暢談著記憶中在教堂院內所度過的時光，說起那時，我們如何地在果園裡奔跑，夢想著以後從女孩變成女人。我們就像小女孩似地喋喋不休，說起以前用過的扇子和長襪，說起以前聽道聽了很久的時候，帽子緊得讓人發痛，還說起親愛的媽媽當年所忍受的痛苦，她總共生了十五個小孩，其中只有我們四個女娃兒活了下來。

佩仙絲向來觀察敏銳，她很快地就察覺到伯莎有什麼事不對勁，而且她還煞有介事地猜著可能的原因。我說我應該自己和伯莎談談，我其實也一直在等適當的時機想開口問她。佩仙絲說，如果再等下去，太久了對伯莎和這個家都只有害無利。佩仙絲說，若是繼續任由罪惡存在，那就會帶來不好的影響。我說，我覺得照理我們應該要去疼惜犯罪的人，佩仙絲則反駁說，這不見得就表示一定得和顯然犯下了罪卻未受到懲戒的人共住在同一個屋簷下。我們都記得母親遇到這類事情時是如何地剛強，她覺得她必須親自懲處這些做錯事的姑娘，那是她的責任。有一個我特別記得，可憐的柴爾莎．寇莉特，她尖叫著在屋子裡跑來跑去，而母親則高舉著一隻手緊追在她身後。我永遠不會忘記那個尖叫聲。我永遠不會去毆打我的傭人，還有佩仙絲，雖然她揚言巴拿巴認為在某些合理必要的狀況下，這種做法乃有其益處，但不管她說了什麼，她一定也是不會這麼做的。我認為我親愛的藍道弗一定想都沒想過要動手去——或是拿起其他什麼工具——去對待我們所雇用的年輕人。我得趕在他回來之前請伯莎走路了。這是我的職責所在。

六月十二日

我親愛的丈夫洋洋灑灑地寫了一封長信來。他一切都好，而且研究頗有進展。我仔細地把自己忙碌的生活放入文字，寫成了一封長長的信，信已寄出，我現在既沒有時間，也絲毫不想把家裡發生的那些不好的事情記錄下來，因為他實在沒有必要因這些事而受到煩擾。有兩顆水晶珠飾最近出現了破損——大的那一顆是從中間最頂端那兒拆下的，小顆的那個則是從邊邊的圓圈那兒拆下的。我該怎麼做才好呢？我很確定——不對，那麼想實在很不公平——只是我不由得懷疑——這兩顆之所以會破損，都是因為有一回水晶珠子正放在盒裡浸洗時被亞瑟和喬治不小心地給踢了一下。我完全沒有跟親愛的藍提到我這般的勞心勞力；我真的很想以一個嶄新亮麗的家，給他一個意外的驚喜。我大可以想辦法把那兩顆有瑕疵的小珠珠給換掉——不過我確定，時間上這怎麼都趕不及，況且，這勢必又是一大筆開銷。只要一想到有個東西表面上已明顯出現了裂紋和缺口卻還掛在那裡，我心裡就感到十分地不舒坦。

我已經和伯莎談過了。事情果然一如我之前想的那樣，和佩仙絲說的也是八九不離十。到底誰是那個該負責的男人，她是怎麼也不肯說——就只突然放聲大哭，拚命地強調說，他是不可能為她負責的，他既不會娶她，也不會為她採取什麼行動的。她的表現看起來毫無悔意，可是又挺順從的模樣，不斷地問我說，「我該怎麼辦？」對此，我也想不出有什麼令人滿意的答案。「不管我想怎麼做，事情也就是這樣了。」她的這句話，實在是很奇怪。我說，我得寫封信通知她母親，她求我千萬別這麼做——「那會讓她傷透心的，她會永遠再不認我這個女兒的！」她這麼說道。那麼她該何去何從呢？還有什麼地方能收留她呢？奉基督的恩慈，我又能為她做些什麼呢？我不想讓這些事煩擾了藍道弗的工作，可是若沒有得到他的允准，我又哪有權力來為伯莎安排什麼。而且，若是真把伯莎給換掉了，又讓人想到其他一些可怕的問題，也就是說，若真另雇他人，又讓人擔心這些人是否會酗酒、會偷東西、會打壞東西、品性是否不端。我有認識一些夫人，她們都往城外或是鄉下去找傭人——倫敦城裡什麼風聞都藏不住，這種狀況我一直很不能忍受，也無力去面對處理。

佩仙絲說幫傭階層的這些人天生就有忘恩負義的劣根性，而且又沒受過教育。遇到像這樣的狀況——他們就不得不面對，然後任人公斷、質問——我常禁不住地想，難道他們心裡都不會有恨嗎？有些人心裡一定會覺得恨的這我確定。同樣地，我也不明白，何以一個奉基督之名的人會覺得人世間有主僕之分是理所當然的——祂甚至走向最卑微的人，而且或許還是優先走向最卑微的人——走向低賤之人，走向貧苦之人——帶來物資，帶來安慰。

如果藍道弗這時在家的話，我就可以和他好好討論這事。或許我也該為他的不在感到慶幸——這事畢竟是該由我來處理負責的。

六月

佩仙絲和她的小蘿蔔頭今早出發往多佛去了，大家都滿面笑容，不停地揮著手帕。我希望他們橫渡海峽時一切順利。我希望他們到海邊時能玩得非常盡興。又來了一封信，是藍道弗寄的，滿滿的全是

（當然是指那封信）大海的空氣、微微的海風，以及愉快自在的精神，好像是才剛從海邊寄出似地。倫敦城裡又熱又沉地可比黃銅——我想，暴風雨可能就快來了。天氣出奇地靜悶、燥熱。我決定要和赫伯特．波克商量伯莎一事。我覺得頭愈來愈痛，我慌亂得不知所措，突然覺得自己所在的這棟屋子遽然間沉寂而空無。我窩回房裡，睡了兩個小時，醒來的時候還蠻清醒的，就是還有些宿痛。

六月

赫伯特．波克來家裡喝茶聊天。我提議說來下盤棋——因為我覺得這樣應該可以適時轉移他的注意力，讓他不再去談他的疑慮他的主張那些激烈的話題，而且再加上，我也真的很喜歡這種小型的競賽遊戲。他很高興地跟我說，就一位女士而言，我下棋的功力算是很好的了——我當然願意接受他的稱讚，因為我漂亮地贏了這局棋。

我問起他伯莎的事。他告訴我有個機構就是專門收容像她這種處境的女子，各方面的條件都相當不錯，而且可能的話，還能習得一技之長，出去重新做人。他說他會去問問看她是否符合收容條件——我很大膽地開口保證——當然，那只是我代我親愛的藍道弗開口而已——我說，如果我提供她的生活費院方就肯收容她的話，那我很願意支付她的生活費，一直到她把孩子生下來為止。就他所知，那裡的房舍全都是由住在那裡的人自行打掃，而且整理得一塵不染十分乾淨，至於伙食，雖然簡單但卻很重視營養，同樣也都是由住在裡頭的女子自行料理。

六月

我睡得很不安穩，結果斷斷續續地做了個奇怪的夢，在夢中，我和赫伯特．波克下棋，他命令我走**皇后**這只棋子的時候，只能跟他的**國王**一樣移動一格。我明明知道這很不公平，可是在夢裡，我很笨地就是沒想到，這個規定不也同等地落在我的國王的身上，只見他大大的、紅咚咚地立在棋盤後方的陣線上，看起來一副無能為力的模樣。我很清楚她本來可以移走的方向，就像看一幅圖紋繁複的編織品、綢織品上織錯的地方那樣清楚——可是她卻只笨拙地移向前移向後，一次就只走一個方格。波克先生（他一直在我夢中）沉靜地說：「妳看我告訴過妳了，妳贏不了的。」然後我也明白事實確是如此，但是，我卻不由分說地火了起來，心裡直希望自己能自由自在地在對角線上移動皇后這只棋子。後來當我想起這個夢時，我覺得這真奇怪，在棋盤的世界裡，女人的空間是那麼地大，行動是那麼地自由無阻——而到了現實人生，卻完全地不是這麼回事。

波克先生下午再度來訪，他滔滔不絕、長篇大論地說，把詐欺的行徑納入《新約聖經》視為奇蹟實在甚為可惡，最明顯的例子就是拿撒勒人起死回生的那個故事。他說，他幫伯莎去問了那個機構，頗有希望。我還沒跟她提起這件事，因為我怕她好不容易興起的一絲希望轉眼就又破滅。她工作的時候老是慢吞吞、有氣無力地，還端著累吁吁的一張臉。

六月

真是個意外的驚喜！收到了個小包裹，裡頭裝的是我親愛的夫婿送給我的禮物，另外還附了一首詩，全都是要送給我的。他去了趟威特比，那是一個漁港小鎮，他在信中寫說，那裡的人手藝都很精巧，他們將散置在海邊的黑玉拿來磨光、雕刻，然後製成鈕釦使用，又或是做成裝飾用的物件和飾品。他寄了一枚十分精緻的胸針給我，上頭刻有一圈約克郡的玫瑰——帶刺的細枝交相纏繞、花葉葳蕤——不但極具美感，而且栩栩如生。其色澤之黑，連煤炭都自嘆弗如，而且不論以何種角度轉動寶石，它都會因應光線以及其自身一股風雨欲來的元氣而熠熠生輝——黑玉的其中一項特質就是，它在經過琢磨之後，就會吸收光體，好像是有磁力似地。它算是一種**褐煤**，藍在信中這麼寫道，顯然，他很喜歡這種**有機的礦石**，像煤之類的，這自不在話下。我自己也收藏有一些黑玉串珠，而且當然也看過不少黑玉製品，不過，說起色澤之黑沉、光澤之耀眼，我倒是不曾見過有哪一個能和這一枚相提並論的。

我把他寄來的詩抄在這兒，因為這首詩遠比他寄來的美麗禮物更值得我珍惜。儘管我們曾在一起度過了幸福的日子，眼下即使相隔兩地，也都只是讓我倆之間的信任與深情有增無減。

我性喜矛盾，於是我寄出
朵朵雕在暗沉黑玉之上的約克郡白玫瑰
盛夏的脆弱無休無止就此停駐
它們雖死猶生，抑且視死如歸

古老的森林回暖於黑暗的死亡
現代圍爐的家園因遠古絕跡的光亮而照
由是我倆之愛，安穩地在妳心中毫髮無傷
且熠熠生光，直至我倆白髮蒼蒼，照亮妳我暮暮與朝朝。

六月

不甚好的一天。我跟伯莎說她勢必得離開，只要她同意，赫伯特．波克會幫她安排寄住在從良之家。她一語不發，只是睜大了眼望著、望著，沉重地呼著氣，臉色一陣酡紅，彷彿一點也聽不到我在說些什麼。我一再地說，波克先生人非常好，她實在是十分幸運，結果我聽到的仍然就只有急促的嘆息、喘氣的呼吸聲，弄得我那小小的客廳裡幾乎全是這些聲音。我打發她下去，並且說我希望她好好考慮之後給我一個答覆；我實在應該再跟她說，我希望她就待到下個禮拜為止，可是我不能這麼做。她將來會有什麼樣的遭遇呢？

郵差送了一大堆的信件來，都是我們一直以來不斷收到的那類——裡頭附了詩作或是詩作的部分內容、為他的《聖經》又或是莎士比亞所壓製的花、要求親筆簽名的、為他的讀書內容所做的建議（真沒禮貌），還有些則是很謙虛地、偶爾也有些很霸道地，都是要求他去讀他們所作的史詩、論文，甚至是小說，原作者自認為這些作品應該會讓他很感興趣，有的則是認為經由他的推薦，作品或可得到更大的迴響。我很客氣地回覆了那些來信，祝願他們一切安好，並表明他非常地忙——這的確也是實情。如果他們不讓他有空餘的時間閱讀、研究、思考，他們又如何能期待他再以他「玄奧的哲思」繼續帶給大家「震撼與驚喜」呢？這些信件當中，還有一封是想要與**我本人**見面談話的，那人在信裡說，這件事對我本人而言非常地重要。這並不足為奇——很多很多人，尤其是年輕女子——他們都寄望於**我**，希望能藉此和我親愛的夫婿展開密切的交流。我很禮貌地回信說，以前也有許多人提出同樣的要求，但我向來不約見陌生人，不過，如果這位人士真有很特別的事需要交流，我希望她能先以書面具體地將事情指陳出來。我們就等著看這事兒是不是真有什麼重要性，還是只是虛驚一場，說不定，事情會像我猜想的那樣，或會帶來什麼瘋狂難解的事情。

六月

真是每況愈下！頭痛煎熬著我，我一整天都躺在黑漆漆的臥房裡，飄蕩在半夢半醒之間。身體出現很多感覺，雖然難以形容，但卻又清楚得一針見血，那就像是烤麵包，又或是要把金屬磨得光亮時的氣味，這一切，沒有親身體驗過的人是怎麼也不可能感受得到的。當那種暈眩、散滅的感覺初初降臨之時，身體也就這樣地因而失去了所有的力量，明白那乃意味著頭痛即將到來。一旦進入了這種境況——要再去想像自己之前置身其外時的感覺——那根本就怎麼也辦不到——照這麼說來，一直不得不吞忍這種感覺的佩仙絲，還真的是擁有無止無境的毅力呢[101]。接近傍晚的時候，頭痛稍稍退了一點。

101 佩仙絲原文作Patience，即毅力之意。

那位心急如焚的神祕女子又寫了一封信來。此事攸關生死，她這麼寫道。她是個知書達禮之人，就算情緒較易激動，但應不會癲狂至此！我把這封信置於一旁，情緒十分低落，完全不知該作何等決定。頭痛讓人進入了一種死氣沉沉極其古怪的世界，到了那裡，生和死似乎都不怎麼緊要了。

六月

依舊是每況愈下！品洛特醫生來家裡，幫我開了些鴉片酊，讓我覺得舒服了不少。下午的時候，門口有人用力地在敲門，伯莎心不在焉地，領了一位陌生的女子進來，那女子要求要見我。那個時候我正好起身，稍稍喝了幾口清湯。我跟她說，她是不是可以等我身體好些之後再來，她同意了，當下緊張兮兮地表示稍後會再來訪。我又再吃了些鴉片酊，然後便回到我黑漆漆的房間。從來不曾有人能將睡眠的美好生動地描寫出來。柯立芝寫過失眠的痛苦，馬克白揚言自己不再奢望好眠——可還是沒有什麼文字，是在述說那種從一個箍緊的世界解脫之後暖暖地一動不動地就能進到另一個世界的快樂。裹在層層交疊的床帳中、圍攏在毛毯密不透風的暖熱裡，那感覺，就好像是——

六月

這一整天下來，有半天是糟的，另外的半天則可想而知，蠻好蠻清朗的，也可以說，是煥然一新吧！在我昏昏沉沉休息著的時候，清理家具的工作一直都還是很順利地在進行——大凡扶手椅、桌布、燈、屏風——似乎都煥然一新了。

那位頻頻上門求訪的女子又來了，我們談了好一會兒。現在那件事我希望已大致有個了結並且已整個地明朗化。

六月

詩人並非神祇之流，然其所見一如天使。藍道弗一直都很排斥這種說法。他喜歡用威廉．華茲華斯的說詞：「面向芸芸眾生說話之人」，而且，容我斗膽說一句，華茲華斯留心的通常是內在的精神面，相較之下，藍道弗是更懂得人性的歧異和善變的。

赫伯特．波克來訪，他向伯莎說盡了好話，可是伯莎一如以往面對我的時候那樣，什麼話也不說，就只像塊紅面磚似地呆站著。

我們下了盤棋。我贏了。

七月

今早有人發現，伯莎已漏夜逃離，她除了帶走自己的家私，也拿走了些珍妮的東西，分別是一只毛氈製的旅行手提包以及一件羊毛披肩，她這麼表示。雖說家裡的銀器有的就放在外頭，有的則是陳列在沒上鎖的抽屜和櫃子裡，可家裡的東西她倒是一件也沒拿走。披肩應該只是她不小心錯拿了，要不就是珍妮自己搞錯了。

她會到哪兒去了呢？該怎麼做才是最好的呢？我應不應該捎封信給她母親？此事做與不做實在都有道理——她當初並不希望她母親知道她的情況，可現在，她說不定早就跑回家去躲起來了。

我把我的一件披肩、還有一只行李箱給了珍妮。她高興得不得了。

也或許，伯莎是去找那個男人去了，他〔此段字跡畫上刪除記號無法判讀〕

我們該不該去把她找出來呢？她是不可能會在街頭逗留多時的，她一向都不喜歡這樣。假如我們真找著了她，我們又該不該處罰她呢？那應該不會是我想做的事。

我在處理她的這件事上確實是有閃失。我的表現稱不上好。

赫伯特．波克不是個很懂應變的人。不過在一開始處理這事的時候我就知道了。我當初實在應該

七月

又是糟透了的一天。我一整天都躺在床上，將床帳敞開著，因為我很迷信，我害怕把自己關在垂著重重床帳的屋子裡那麼久。懶懶的太陽穿過團團迷霧與煙塵灑下金光。黃昏之時，則換成了更小更沒勁的月亮掛在墨黑的天空裡。我一整天動都沒動，一直都只保持著同一個姿勢。這是我的避風港，沒有痛苦、遲鈍無感，只要一曲折只要一繞轉，便是瀕臨死亡般的煎熬。我們有多少的日子就是這麼一動不動地躺著，盼著它們結束，我們才能得以享有安眠。我這麼無根飄搖地躺在這裡，或許，差不多就等於是躺在玻璃箱裡的白雪公主，人雖然還活著，卻不知外面的世界境況為何，呼吸尚存，整個人卻一動不動地。屋外，在塵世中，人們則正承受著冷暖、承受著搖擺不定的空氣。

等他回來的時候，我一定就會活力十足滿心開懷。一定會的。

茉德說道：「她寫得出東西啊！之前妳提說掩人耳目的時候我真的是不很懂，看了日記之後，我想我懂了。若是照日記這一部分的記載來看——我根本沒法清晰地想像她究竟**會是什麼樣子**，也不確定自己是不是喜歡她。她是有說了些事情，蠻有意思的，只是這些事情卻說得沒個所以然。」

「我們又有誰能把事情說出個所以然來呢？」碧翠絲反問道。

「伯莎後來怎樣了？」

「我們一直都沒找到答案。就算她有去找她，可她沒提。」

「伯莎的下場鐵定是**很慘**的。她——我是說愛倫——她似乎不是很懂……」

「是嗎？」

「噢！我也不知道。她提到她時不是說得很清楚了嗎？可憐的伯莎。」

「一把塵一抹煙。」碧翠絲出其不意地這麼說道。「往事已矣。想想那個孩子，如果後來真有生下來的話。」

「不管怎麼說，那都好讓人難過哦！結果到底如何都不知道。」

「克拉波爾教授有找到那枚黑玉胸針。就是日記裡說的那個。現在陳列在史坦特收藏中心裡。底下還墊了一塊海綠色的雲紋綢布，他跟我說的。我有看過照片。」

茉德沒多理會胸針一事。「那個情緒激動寫了信去的人妳還知道些什麼嗎？難道說，她就跟伯莎一樣，這麼無聲無息地消失了？」

「是沒什麼資料有再提到她。沒有了。」

「她的信她都有留下來嗎？」

「不完整！大多是有留下來。綑成一束束的，放在鞋盒子裡。這些信都在我手上。大部分的信就像她說的，都是書迷寫給他的。」

「我們看看可以嗎？」

「如果妳想的話當然可以。我是已經都看過了，一、兩遍有了。我以前還構思著想寫一篇討論維多利亞時期，就是說，那個時期創始了書迷俱樂部的人。不過真的著手去做的時候，我才發覺那實在是蠻無聊的。」

「我真的可以看看嗎？」

碧翠絲面無表情地轉頭望向茉德熱切的粉臉。從她的表情她可以感覺到事有蹊蹺，不過也並不是十分確定。

「當然了，我想……」她喃喃自語地說道，身子動也不動。「沒什麼理由不讓妳看吧？」

這是一個用結實的黑色紙板所做成的鞋盒，由於乾燥的緣故，盒面開了個裂縫，縫上纏了條膠帶。碧翠絲咳聲歎氣地將鞋盒打開，只見盒裡擺著的，正是一疊疊綑得整整齊齊的信。她們先以日期篩選出一些信來，打開信封一看，有的來信是為募款，有的則是自我推薦想當祕書，還有的是滔滔不絕地訴說自己熾烈的愛慕之情，雖是寄給藍道弗，但卻是說給愛倫聽。碧翠絲查看日期之後，想起了一封口氣激動、字跡優雅的信，嬝嬝娜娜地，用的是哥德式字體。這封信於是被找了出來。

親愛的艾許夫人：

　請原諒我這般冒昧地打擾妳至爲寶貴的時間和心神。我是個受過教育明白事理的女人，眼下妳對我是一無所知，但我有些事情一定得說給妳知道，這事對**妳我**而言關係重大，而且對我來說，**這著實是件攸關生死的大事**。相信我，我說的事情雖令人心寒但卻是千眞萬確的！事實眞的就是這樣！

　噢！我該怎麼做才能讓妳相信我呢？妳千萬要相信我啊！不知我是否能佔用妳的時間，到府上拜會妳？沒有必要我不會待很久的——我就只是想告訴妳那件事而已——也許我這麼做妳會感謝我——也或許不會——不過那都沒關係——只要妳知道了便行——

　妳隨時都可在信上所列的這個地址找到我。相信我噢相信我吧！我但願我們能**站在同一陣線**。

獻上我最誠摯的祝福
白蘭琪・葛拉佛

茱德沉下了她的臉，雙眼垂視著信上因吸墨粉而閃現的光亮。她努力地讓自己的聲音聽起來很是平淡地開口說道：「看來就是這封了。還有其他的嗎？這封信應該是她在日記裡提到的**第二封信**。第一封有在盒裡嗎？」

碧翠絲很快地翻了一下。

「沒有。就這樣了。不過——除非這兩封的筆跡都一樣。信紙看起來似乎也是一樣的。這封既沒落款也沒署名。」

妳把我的證據留了下來，實在是大錯特錯。如果說那個東西不屬於我，那麼它也同樣**不屬於妳**。我求求妳，請妳三思，請妳多爲我想一想。我知道我實在不該出現在妳面前。我用了不當的話語。可是，我所說的一切，全都是千眞萬確而且不容輕忽的，以後妳自然就會明白。

茱德端坐著，手裡緊緊握著這張信紙，心裡掙扎著不知該如何是好。到底愛倫留下了什麼證據呢？那證明的又是什麼？是與這位獨自研究生物的詩人的祕密通信，還是和他一道前往約克海岸的這件事情？愛倫她會怎麼想，她的感受又是如何呢？白蘭琪會把她偷來的《史華莫丹》的手稿交給她嗎？她要怎麼做，才能一件不漏地把這些文件複製下來，同時又能不讓碧翠絲起疑呢？當然，一旦碧翠絲起了懷疑，接下來便是克拉波爾，便是布列克艾德了。一股迫不及待的心情像把錘子似地叩著她的心門，接著，碧翠絲發出羊咩咩般粗厚的聲音狡猾地向她探問，為了解讀她的問題，她不得不緩下了她這股衝動。

「我不知道妳打算怎麼做，貝力博士。我也不知道自己是不是真想知道。妳來這兒找資料，而且妳也找到了。」

「沒錯。」茱德輕聲答道。她揮動起她修長的兩隻手，對著隔間牆做了個噤聲的手勢，隱藏在牆後的正是布列克艾德和艾許工廠。

碧翠絲．耐斯特沒什麼特別的表情，她很有耐心地擱著一臉的疑猜。

「這個祕密不光只是我一個人的。」茱德窸窸窣窣地輕聲說道。「要不是這樣，我是不會這麼不老實的——我自己其實也還不知道我到底是找到了**什麼**。等到有一天我可以把這件事說出來的時候，我第一個一定先告訴妳，真的。我想，白蘭琪跟她說的事情我知道。嗯，看來應該就是那兩、三件事情中的一件了。」

「那有很重要嗎？」灰暗的聲音這麼問道，讓人絲毫聽不出那所謂的「重要」到底是與學術有關，還是出自內心的慷慨激昂，還是有什麼重大的可能性。

「我也不**知道**。那很可能會改變我們對——對他的作品——的看法。我覺得，多多少少吧！」

「那妳希望我怎麼做？」

「把那兩封信影印下來。如果可以的話，把日記也拷貝一份，就那段時間的部分。千萬別跟克拉波爾教授說。還有布列克艾德教授也是。一直到現在為止，我們都是靠自己去找——」

碧翠絲．耐斯特似乎想了好一段時間，一張臉就撐在自己的雙手上。

「這件事——就是讓妳很感興趣的那件事——它該不會——它該不會讓她被人笑話——或是讓她被人誤解吧？我心裡一直很在意的是，千萬別讓她——別讓世人把她什麼都給看透了，對，看透，我想我就是這個意思。」

「基本上那跟她沒什麼關係。」

「那也未必就保險。」一種激動之中的靜默。「我想，我是應該相信妳的。我想我是該這麼做的。」

茱德快步走了出去，經過布列克艾德的辦公室時，波拉懶洋洋地舉了舉手；教授人沒在那兒。行到外頭黑暗處，來到走廊間，倒是有一襲熟悉的亞藍毛衣白亮亮得蓋過了陰霾，熟悉的金髮則閃閃發光。

「真想不到！」佛格斯．吳爾夫說道：「真的是想不到呢！啊哈？」

茱德停下步來，然後鄭重地向旁邊橫跨了一步。

「等一下。」

「我在趕時間。」

「趕著去做什麼？研究《曼露西娜》錯綜複雜的糾葛盤纏？還是趕著去見羅蘭．米契爾？」

「都不是。」

「那就別走。」

「不行。」

茱德跨步向前，他便跨向旁側。她換走別的方向，他則又出現在那裡。他伸出強壯的手臂，像手銬似地用力扣住了她的手腕。她看到了那張像蛋白一樣的床。

「別這樣，茱德。我要找妳談談。我痛苦極了，我完全搞不懂，而且我非常嫉妒。我真不敢相信妳就這麼和那個可愛的廢物羅蘭搞在一起了，我弄不明白妳親自駕臨這個垃圾焚化場到底是要做什麼，難道說妳真的和他有什麼關係。」

「垃圾焚化場？」

「就是艾許工廠啦！」他邊說邊拉住了她的手，她的身子和公事包於是整個地靠向了他那不時放送著令人難忘的如電般震顫的身體。「我一定得跟妳談談，茱德。我們一起好好吃頓飯，我請客，只要談談就好。妳是我見過最聰明的女人。我真的好想好想妳，妳知道的，我早就想這麼跟妳說了。」

「不行，我很忙。放手，佛格斯。」

「至少告訴我這是怎麼回事，是怎麼回事，說啊！如果妳跟我說，我會小心注意不讓別人發現的。」

「沒什麼可說的。」

「如果妳不告訴我，我會自己去找出來的，我自己找出來的東西我可就認為理當屬於我自己囉！茱德。」

「放開我的手。」

一名穿著黑色制服皮膚黝黑的女子面無笑容地出現在他倆身後。

「麻煩看一下告示好嗎！走在圖書館走廊間務請隨時保持安靜。」

茱德使力掙回了自己的手，隨即大跨步地離去。佛格斯在她身後大聲喊道：「可別說我沒先警告妳！」接著，身影便進入了艾許工廠，全身通黑的女警衛則在他身後啷啷地搖著成串的鑰匙。

兩天後，羅蘭和茱德約在「好多」碰面，那是位在博物館大街街尾的一間素食餐館。茱德把碧翠絲印給她的一大疊文件全帶了來。在打電話和羅蘭約定這場會面之前，她一度提不起勇氣來；還有李奧諾拉．史鄧寫來的一封熱情如火的信，也讓她心煩得不得了；得到太仁基金會補助的史鄧即將前來英國，信裡還熱情如火地寫道：「下個學期我就會**陪在妳身邊囉！**」

他們排隊點餐，規規矩矩地點了用微波爐烹煮的義大利菠菜寬麵；接著兩個人就躲進了餐廳的地下室裡，希望能避開好事者的注意。羅蘭讀起了愛倫的日記以及白蘭琪的來信。茉德望了望他，開口問道：

「你有什麼想法？」

「我覺得唯一可以確定的是，白蘭琪一定有跟愛倫說了什麼。說不定，是把偷來的信拿給她看也不無可能？我會覺得白蘭琪之所以這麼做，是因為克莉史塔伯和艾許一道去了約克郡。這完全都說得通，不過這還是不足以證明真有此事。」

「我也想不出來我們要怎麼做才能證明真有這事兒？」

「我倒是有一些變瘋狂的想法。我想到的是往詩的文字裡去找——就他和她——在那一段時間裡寫下的詩——心裡抱定著一定有些什麼東西就藏在那裡頭。我是想，如果我心裡認定她當時確實也在約克郡那兒，然後再回頭去追索他那趟約克郡之旅——也許，我真的可以弄明白些什麼。我們現在已經抓出一條脈絡來了，這條脈絡是每一個想挖關係的人想都想不到的。藍道弗・艾許寫信給太太的時候提到了能治療百日咳的哈伯小精靈，而克莉史塔伯則寫了一個哈伯小精靈的故事。然後呢，艾許在說起自己對約克郡那兒淹沒了的村落很感興趣的同時，也提到了黎之城和萊爾。人的心念其實是會互相影響的——」

「是啊！」

「到最後可能會發現愈來愈多類似這種一連串的巧合。」

「不管怎麼說，那都一定會很有意思的。」

「我甚至有發展出我自己一套對水和泉的看法。我跟妳說過，艾許在一八六〇年之後所寫的詩，大多都有碰觸到自然元素這個題目——也就是水，還有石頭，還有土和空氣。他把萊爾所提的間歇噴泉跟北歐神話還有希臘神泉寫在一起。哦還有約克郡瀑布。所以我對《曼露西娜》裡的渴飲之泉就覺得十分好奇。」

「怎麼說？」

「嗯，看看這是不是有什麼似曾相識的味道？這是從《艾斯克給安珀勒》裡頭找出來的。這裡的泉很可能也跟詩歌之歌裡頭的那個泉有些關聯。妳仔細聽哦：

我們深深飲入沃克呂茲之泉
來自北國的力量，原是無休無止地
攪和著一池靜水，如今卻自陷紛亂難平。難道那源源不絕
慰滿我倆乾渴的泉源，就將從此封死關閉？」

「再唸一次。」茉德說道。

羅蘭又再唸了一次。

茉德說：「你有沒有親身體驗過那種毛骨悚然的感覺？因為我剛剛就是這種感覺。刺痲痲地從整條脊骨直痲到髮根。你聽聽看我的。我這個是瑞門登對曼露西娜說的話，那時候他已得知她知道了他曾偷看她在大理石浴池裡洗澡的樣子，知道他已打破了禁令：

啊！曼露西娜，我違背了對妳的約定。
是否仍有挽救的餘地？我倆當真得要分離？
家中爐裡的灰燼將會漸漸暗去，難道那源源不絕
慰滿我倆乾渴的泉源，就將從此封死關閉？」

「家中爐裡的**灰燼**[102]將會漸漸暗去。」羅蘭唸道。

「壁爐這個意象在《曼露西娜》裡到處可見。她建造城堡、建立家園；壁爐就等於是家的意思。」

「誰的在先呢？是他先寫，還是她先寫？到底《艾斯克給安珀勒》寫於何時，這在界定上一直都有問題——顯然，我們現在就正在解這道謎，以及其他的問題。這唸起來好像古時候那種文字暗示哦。她那麼聰明，而且又是那種喜歡用暗示的人。看那些洋娃娃就知道了。」

「看來做文學批評的人就有當偵探的天賦異稟。」茉德說道。「你知道有個說法就是，古典偵探小說其實是源自於描寫男女偷情的小說——大家都會想知道到底誰才是親生父親，最初又是怎麼一回事，其中究竟藏了什麼祕密？」

「我們恐怕有必要，」羅蘭小心翼翼地說道：「得一起去解開這個謎。我清楚他的作品，而妳則清楚她的作品。如果我們能一起到約克郡的話——」

「這太瘋狂了吧！我們應該把這事兒說給克拉波爾還有布列克艾德當然還有李奧諾拉知道，然後再一起來商量對策。」

「妳真的會想這麼做？」

「不會。我想做的是——是——是照著脈絡——去走一趟。我覺得非這麼做不可。我很想**知道**到底發生了什麼事，而且我也希望發現的人會是我。想當初你帶著那封偷來的信到林肯郡來的時候，我真的覺得你發癲了。可現在，我深有同感。那種慾望真的不是為了事業什麼的，那倒是一種比較源自本我的感覺。」

「讓文字敘述給撩起的好奇心。」

「多少是吧！你能不能在聖靈降臨那一週安排幾天，然後實地到一些地方去看看？」

「那可能會有點困難。待在屋子裡事情不好進行。這妳大概也已經注意到了。如果妳和我——一塊兒到那

102 原文作ash，同艾許（Ash）。

裡去——那也不恰當。一定會有人誤會的。」

「我知道。我明白。佛格斯・吳爾夫就這麼想。他就這麼想。他揚言說他知道——知道你和我……」

「真夠惡劣的——」

「他還在圖書館那兒威脅我說，他會把我們之間的事都給挖出來。我們一定要多注意這個人。」

茉德困窘的模樣讓羅蘭有了些想法，但他沒去問她對佛格斯・吳爾夫作何感想。他們曾經有過一番激烈衝突這自不在話下。同樣地，他也並不想去多談凡兒這個人。

「真的很想趁著週末撒點野的人自然就會找得出藉口來的。不就是玩點障眼法的把戲嘛！就我所知，這是常有的事。我就想不通，難道我會想不出什麼法子來！倒是錢，還反而真是個問題。」

「你應該要去申請一筆小額的研究經費，這樣才能到別處去看點什麼東西，像是離約克郡不算太遠，而且又不會太靠近——」

「艾許曾在約克牧師圖書館那兒寫下一些作品——」

「就是類似那樣的東西。」

第十三章

離開了艾達平原，三位艾瑟[103]四處飄蕩
而平原上，只見眾神齊聚議商，目光炯亮
發言雀躍，殊不知罪惡的力量
亦不知世界邪道的影響。萬物閃動光芒
發自精工細製的太陽與月亮，而金色的樹椿
結著金色的蘋果，立於金色的牆。
他們跨入中間的園田——那為尚未造出的人類所造之園
並在時光的懷抱中昏沉入眠。

在他們神聖蓬勃的臉龐四周，毫不停歇地
只見嶄新的空氣奔湧而出。在他們優雅的腳下
嶄新的青草、韭菜一一聳立，原始如一、完整無遺
在第一個春天的活力之中展現清新亮綠。

他們一路來到大海之濱
鹹鹹的碎浪落在新生的沙上

103 原文作ash，同艾許（Ash）。

走出未曾所聞的道路，盤起未曾所見的浪峰
一切無可形容，因為這裡尚不曾有人
以心神才智予以任何命名與比擬。
他們形單而影隻，起起又落落
始終一變再變，恆久如新，全然不知，
後世之人置於內心以為準則的時間究為何物。

這三位艾瑟，實乃波爾之子
他曾在盛怒之中將巨人伊米爾殺死
以其巨人之身造出大地的元質
身軀、汗水、骨骸和捲髮，
成就了泥土、大海、山川和樹海，
灰色的大腦盤旋天際成為雲影朵朵。
這三位，分別是眾神之父奧丁，
以及他的弟兄，厚尼爾，又稱為光明，
睿智，以及深思。至於第三位，這位熾熱的
爐神，羅奇，以其熊熊烈火
為世界首度帶來暖熱，爾後，烈火日漸越出
家園與爐邊，漫無邊際地貪婪狂躍
世界與天界從此逆轉，化作成灰燼的微末。

兩具無知無感的形體，躺倒在世界濡濕的岸邊
躺倒在潮水與海濱的交界，任由水浪拍打衝擊，
隨著浪頭湧進，浮升而起
爾後，因應波浪行徑，復而悄悄退落。
他們本分地守在此地，簡單的兩具形體
分別是白楊與赤楊，一身驕傲的青綠已不復存
但那或許尚未全然枯死，那或許反倒隱隱醞釀
重生的希望，並且回流至那
環環木輪之中的精華與元髓。
（歲月的木輪並不為新木而存在
那乃永恆的年歲，延續至今的過去
時光的推手使之乍然留存
一如新池之中迴旋的水紋。）

嶄新的太陽屹立在蔚藍的空中；駕起馬車
她的馳騁尚且不到兩回，僅從最初的
一個黎明繞轉奔跑直至又一個黎明
而大地則在漸漸暗去的光線之中混沌冷去，
自始原不曾失誤，亦不曾偏離該有的方向
直至最終的一場大火，終於將一切吞噬盡淨。

萬能之父在她的熱力之中觸感到自己的力量。
他說：這些樹身的生命能否延展下去？接著，他便看到了生命
看到了出自植物的生命，看到他們在身上缺口之處奮力呼喊。

光明的厚尼爾說：如果他們能動能感覺
能看能聽聞，那麼躍動的光
便會進入雙耳雙眼。花園的果實
便會以生命復而造就生命。這個美麗的世界
便會得以揚名、得到愛護，因此便得以
依憑自身享有永生，而且他們將可聽聞
將可訴說世界之美，而那將是
有史以來眾所皆知首件美麗的事。

　　最後他說，亦即這位帶著神祕之光的
黑暗之神。他說：「熾熱的鮮血
我將授予，好讓他們的容顏光亮鮮明，
好讓他們的行止澎湃熱情
致使雙雙吸引靠近，好似鐵石
與磁石始終難棄難離。我所授之鮮血——
實乃人性的溫暖，在人性的熱情之中展現紅艷
是一道閃現生命火花的激流，只要鮮血尚留
就能憑藉神的力量遞延生命，倘若鮮血灑落

那便是時光之終極、凡人的死日
因為他們本是必死之凡人。」

由是，眾神放聲大笑，對自己的作品滿意至極
無知無感的殘株斷垣於是成了男人與女人
名稱是艾斯克與安珀勒[104]，以此紀念
他們的前身：白楊與赤楊。
奧丁將靈魂注入，光明的厚尼爾
授予了知覺與理解，又且使之
能站能動。說暗滅就暗滅的羅奇則在最後
為周身四布的血脈細細編織
並且吹入生命熱流的火花，一如鐵匠
狂吹怒吼只為火焰的助長。於是，鮮明
而熱烈的憂煩苦惱
為這向來沉靜的木塊掀起了生命
嶄新的身量顫慄而激動，直至最後狂聲大吼
發自溢滿鮮血嶄新的大腦與心房
以及耳內與鼻內曲折的膜片

104 北歐神話中，諸神取來白楊（ash）樹枝造成男人，以赤楊（alder）樹枝造成女人，男的取名「艾斯克」（Ask），女的取名「安珀勒」（Embla），賦予他們生命和靈魂，是為人類的始祖。

終於，嶄新的雙眼開向了嶄新的世界。

此時，這第一雙人類在亮光之下惶然而恐懼
創世初始，第一道帶雨的光，衝刷
沙地如銀似金，金色的液體
粉妝大海金光閃閃，照亮浪峰銀光萬丈
自盤起，而繞轉，而生皺，而平靜。

曾經依憑淌淌的樹液而生
亦曾感心明鑑空氣的震顫
粗糙的樹皮分曉光明與黑暗
平滑的樹衣曾享輕吻的暖熱與冰寒
如今則以雙眼，目睹光流任意波折
款款灑落，曲折如拱，金碧輝煌
淡粉如陽，虹彩之泉，在在閃現
微塵的晶亮、剔透的湧動。

他們放眼所及，猶勝目中所見，亦遠不及目中所見。
轉身回望，只見那堂皇的身量
盡皆出自眾神精巧的才華，他們留神端詳
這潔白的肌膚，映現著藍色的暗影與藍色的血脈，內中滿鑲

玫瑰與黃褐的金黃，如珍珠般明亮
原始而完好，呼吸著空氣的清朗。
四隻眼眸漸暗漸深，只因那火熱的臉龐
發自天空那位夫人的光茫，現在，他們的目光
望見了彼此溫柔圓瞳中的凝望
鬈曲光滑的金髮，高高盤繞在頂上。

當這首創而出的第一個男子以鐵藍色的眼眸
見到安珀勒以寶石般的眼眸回應以明媚的光彩
熱血羅奇乍然決定就為他倆
注入熾熱泛紅的臉龐。由是，他眼中的她
一如自身模樣，卻也自成一格；而她眼中所見
則是他笑意揚揚，由是她知悉自己亦笑容蕩漾——
於是他們定睛對望笑容朗朗，眾神亦微笑端詳
自身的作品精妙難仿，完滿的開端
展開於認同、肇始於互感。

艾斯克於是跨步向前，在沒有絲毫印記的海濱
他觸碰這名女子的手，女子亦緊持相繫。
默然無言，他倆相偕離去
走在海濱線上，耳中盡是大海的狂嘯。

留在他倆身後，是首度印在沙地上
漸深漸暗迤邐的足跡，載滿鹽沙
是世界第一道印記，記錄著生命、光陰
愛戀，以及極致的盼望，以及逐步的絕跡。

——藍道弗．亨利．艾許，摘自《北歐眾神之浴火重生》第二卷第一章以及下列等章

好夫朗水泉這間旅店早在一八五九年就已存在，不過艾許並不曾在信中提過這間旅店。到斯卡伯勒的時候，他住的是克里夫旅店，現在那兒已全數拆除，而後他到伐利之時，住的則是民宿。茉德由《美食導覽》找到了這間旅店，導覽手冊給它的評語是：「鮮魚料理堅持採用新鮮魚貨，服務態度不佳絕不寬貸。」再加上這間店並不貴，茉德一直很為羅蘭的狀況掛心。

旅店坐落在一處高沼地的邊陲，就在羅賓漢海灣前往威特比的路上。低矮的建物頗長，材質是灰石，看在北方人眼裡，那種材質代表著實在，然而對於向來習慣暖色磚材再加上少許曲線和缺角的南方人而言，那可能就會帶來一種極不友善的感覺。屋頂上鋪有一層石板瓦，屋邊則是一排鑲有白色窗框的窗戶。它就位在一處停車場上，一處大大的鋪滿了柏油的空場。蓋絲凱爾夫人（Mrs. Gaskell）[105]一八五九年為了構思《思維亞的情人》時，曾經去了威特比一趟，她那時就注意到園藝在北方並沒有蔚成風氣，就算屋子是座粗糙不平的石屋，也從沒有人會想在屋子的西邊或南邊種上些鮮花。春天時，乾巴巴的石牆會因為南庭薺這種十字科小花難得地發出光彩，可是大體而言，到了像好夫朗水泉這樣的地方呢，無花無草仍是很普遍的事情。

茉德開著綠色的小車，載著羅蘭一路從林肯來到這兒；抵達時他們正好趕上晚飯的時間。打理這個地方

105 蓋絲凱爾夫人（Mrs. Gaskell, 1810-1865），維多利亞時代英國小說家，當時以哥德式小說聞名，往來的人包括大文豪狄更斯、《簡愛》作者夏綠蒂．勃朗特等，也曾為夏綠蒂．勃朗特作傳。

的是個高大結實的北歐女子，當他倆帶著大包小包的書本走在旅店酒吧和旅店餐廳之間的樓梯準備上樓時，她只淡淡地看了他倆一眼。

餐廳近來才剛重新裝潢過，深色的木板隔出了一間間高尚的、暗颼颼的小廂房，讓餐廳儼然成了個迷宮。羅蘭和茉德約在那兒碰頭，點的餐看起來十分簡單：就是道家常的蔬菜湯、歐洲鰈魚加小蝦，以及奶油巧克力小圓酥餅。上菜的是一名年紀較輕的北歐女子，塊頭頗大，很是嚴肅；菜餚相當美味，而且量多得驚人，湯是用根菜和豆莢熬煮出來的濃濃的砂鍋，魚是用兩大片像盤子一樣的魚肉夾餡做成三明治，多達半磅的斑節鮮蝦肉就夾在厚實的魚片之中，小圓酥餅則大得可比網球，上頭淋了厚厚一層深紅色的苦巧克力醬。見識到這等巨型的分量，茉德和羅蘭在在驚聲大叫；當真得要說起話時，兩人又緊張得不得了。他們盤算的是，這一趟出門完全就只為公事而來。

他們有五天的時間。他們決定在前兩天往海邊一帶瞧瞧——去伐利、去傅家堡、去羅賓漢海灣、去威特比。然後，他們再順著河川、瀑布，重走一趟艾許當年在內陸所走的路線。最後一天則空下來，看看會否有什麼想像不到的事出現。

羅蘭房裡貼的是枝狀花紋的藍色壁紙，屋頂則斜斜地帶有坡度。地板凹凸不平，嘰嘰嘎嘎地；老舊的門上有一道彈簧鎖，另外還有一個年代久遠堪稱骨董的鑰匙孔。床鋪高高的，附有一個深色的木製床頭。羅蘭環視著這個小小的幽閉的空間，突然感受到一股徹底的自由。他就只一個人。也許，做盡一切根本就只是為了達成這個目的，就只為了覓得一處能讓自己獨處的地方？但即便他的孤獨早已讓種種回憶擾得亂了譜，像是上一回在離茉德那麼近的地方就寢，還有在喬治爵士家美極了的浴室外頭他們觸電般地碰在一塊兒，還有那一陣觸電般的震撼就那麼通過彼此的周身，一如艾許所說的「麻酥酥的電感」，這一切，即使早已侵入了他的孤獨，他卻猶然不肯承認。位在他們兩間房間之間的隔牆其實只是一塊上了層水泥的木板，於是他聽到了一些動靜，神神祕祕地、感覺近得就在眼前，於是他一時之間又在腦中想像起在林肯郡時，她那件繡了中國龍的日式睡袍上漫漫迆邐而逝的龍身。不過那到底不屬於現實，他對自己這麼說，不是嗎？他一骨碌地滑進床被裡，開始試著去和克莉史塔伯．勒摩特這個人打交道。茉德借了一本李奧諾拉．史鄧寫的書給他，書名是《勒摩特詩中的母題與母體》。他迅速地翻看了每一章的標題：「從維納斯山峰到荒蕪的野地」；「女性的圖景與完整無缺之水，難以探測的表面」；「從渴飲之泉到阿莫尼卡[106]海洋的表面」：

在以男權為依歸的文本中，女人——在在被理所當然地視為一只可容穿透的洞穴，無論迷人又或可厭，穴邊總是圍繞著連綴著——某些東西，對於這樣的一種性別而言，世界中的哪一種地表會是她們所樂於盛讚的呢？一直以來，女性作家和女性畫家的作品，向來都被認定是在亟思逃避的心念下創作出來的圖景，其特色是，為了矇騙、逃避銳利的凝望，渾厚堅實的圖景並不獨惠高高在上且具優勢地位者的注視。女主角往往悠然自得於一個一覽無遺、足以突現自我的世界，那裡有小小的山丘、有高地、有叢叢低矮的灌木，以及微微高聳的岩層，遮掩著斜斜下降的山坡、隱而不見的谷地，以及不下一處且是繁眾甚多的密洞和孔穴，而帶來生命的水泉便自此處沸騰而起，彼此交流。諸如此般將內心幻象具化為外在認知印象的例證便有喬治．艾略特的紅色深處（Red Deeps），以及喬治桑在貝利（Berry）中迂迴而封死的小徑，薇拉．凱瑟[107]經典作品中，那經由女人透視、為女人所樂見的大地之母的形貌。西克蘇[108]曾表示，許多女人在透過手淫和自我愛撫而達到高潮的喜悅之時，都曾親身體驗過洞穴與噴泉的幻象。那是一幅觸感和雙重觸感的圖景，因為一如伊瑞格蕾[109]所說，我們最深切的一切「幻象」乃是肇始於自我的刺激，亦即給予我們下體那兩道唇片的觸感與親吻，亦即我們自身的**另一重性慾**。女人早已注意到，

106 Armorican，布列塔尼舊名。
107 薇拉（Willa Cather, 1876-1947），美國女作家。
108 西克蘇（Helene Cixous, 1937-），提出「陰性書寫」的法國後現代女性主義者。
109 伊瑞格蕾（Luce Irigaray, 1932-），法國精神分析學派的女性主義者。

在文學中，女主角一般都只有在這些隱密的、無法看得到的圖景之中才能真正捕捉到自身最最極致的快感。我本身也認為，這層愉快還可再以海浪拍岸的快感予以補充說明，因為海浪規律的碎裂散去，與女性在高潮之後持續迭生的震顫的快感正好彼此呼應。我們大可形構出一種屬於海洋帶著鹹味的女性的潮水，但這絕非如「維納斯從海面升起」（Venus Anadyomene）那般，聚合自時間老人（Father Time）被其戀母情結之子去勢之際遍撒於大海之上的殘餘精液。諸如此般存在於無形無體卻又充滿圖紋、且綿延不絕的水浪之中的快感，本質上，在維吉尼亞．吳爾芙的創作以及其語句結構、表達方式之中皆可窺見。至於夏綠蒂．勃朗特，當她第一次正視到伐利大海的力量，她的友人立即轉身走向一旁，沉靜地按捺心緒，直到她身體發顫、臉龐紅亮、目光濕潤，直到她能夠再度加入友人行列，和她們一起繼續漫走；想到她這些女性友人發自本心的貼心與敏感，那著實是令我歎為觀止！

勒摩特作品中的女主角，往往也都離不開水。身為母系氏族之首的魔法師女后達戶，在阿莫尼卡灣平整的海水之下，統御著一個隱祕的王國。而仙怪曼露西娜更是原本便出自於水，至於後來所行的善蹟，亦與水有關。一如她神祕迷人的母親波瑞晶，她是在索芙泉首度遇見自己未來的夫婿，而索芙泉既可說是渴飲之泉，亦可解為慰滿乾渴之泉。雖說後者這種說法似乎較合邏輯，但在女性的世界裡，內在內涵原本就非關邏輯，組織的構成乃在於感覺與直觀，因此，這樣的觀點大可成立，也就是說，這座乾涸之泉，亦即渴飲之泉，乃存在有難以靠近，以及原始最初的這層意涵。針對這座索芙泉，究竟勒摩特向我們透露了些什麼呢？

她的詩作援引了僧侶作家吉恩．德．亞勒斯（Jean d'Arras）用散文體所寫的傳奇故事；吉恩說，泉水乃「自荒野的山邊湧現，上邊盤有巨石，在高大的森林後方，沿著山谷一路皆為美麗的草原。」曼露西娜的母親依憑在泉水之旁，有人發現她正在那兒高聲歌唱，「那聲音的和美，在所有美聲海妖、所有仙怪、所有女神的歌聲之中，實是前所未見。」由男人的觀點來看，她們因為具有自然界魅人的力量，於是便等同於媚惑男人的妖婦。相形之下，勒摩特的泉水顯得難以接近，而且隱祕難尋；迷了路的騎士和馬，勢必得失足落下，狼狽地來到此處，然後靠向仙怪曼露西娜「低微而清朗」的聲音，聽她「兀自鳴唱」，當這名男子和他的牲畜無奈地下滑並迸起一塊石頭之時，這個聲音便「自此停住不再歌唱」。勒摩特筆下的羊齒和簇葉，絲絲入扣、優雅精緻，正是前拉斐爾時期風格的表現——「渾圓完滿」的岩石上，覆蓋著一層「絨毛」般的「苔蘚」、「麥草」、「薄荷」、「孔雀草」羊齒植物。這座泉水並非「湧現」，而是「流滲」，直至「沉靜而神秘」的水池裡，而「低矮生苔的池石」四周，則盡是「奔流且聚攏」的水泉的「巔峰與清鮮」。

這或可解讀為專屬於女性語言的一種象徵，女性語言一來十足壓抑，一來極度自省，面對闖入的男性，往往啞然無言、無法發聲。男人的泉水迸發而出、泉湧而現。曼露西娜的泉則具有**女性獨有的**潮濕，自池中流淌而出，而非充滿自信地高聳而起，由是，這正反映出從未明顯出現在我們日常所使用的語言（language，源自希臘字langue，舌頭之意）中的女性分泌物——亦即那些因乾涸而沉默的女人的唾液、黏液、乳汁，和體液。

曼露西娜，她在這座神秘的泉邊兀自對著自己鳴唱，顯然正意味一股無比強大的權力，足以知悉萬物的起源與終結——同時，一如詩中所稱，當她身為水蛇之際，她乃完整的個體，擁有孕育生命、創造意義的力量，全然依憑自己，絲毫不需外界的援助。義大利學者絲爾薇亞．凡該媞．芬慈（Silvia Veggetti Finzi）則是以另一種觀點來詮釋曼露西娜「怪異」的身體；她認為，那乃是女性在自體性慾幻想下的產物，不需仰賴交配即可孕育生命，諸如此般的女性慾望，她表示，在神話中甚少有過描述。「在講述世界源起的神話中，我們發現這通常都是用來表述宇宙的混沌，目的是在為宇宙的秩序打前鋒、合理化。亞述—巴比倫古國的提阿瑪特（Ti ʻamat）[110]神話就屬這一類，又或是見識蛇群原始的再生、度量女性慾望的優質（**正面的價值**）還有萬苣生長週期這個神話主題[mitemi]的泰瑞西斯神話也同屬這一類。」

110 巴比倫神話中一條巨大的母龍，亦為鹹海的化身。

羅蘭輕聲歎了口氣，將李奧諾拉．史鄧放往一旁。對於他們意欲前往探索的那一片滿布著吸吮不絕的人體孔穴以及糾結交錯的人體毛髮的大地，他是有生出一個幻象沒錯，但他並不喜歡這個幻象，只是，就算拿魚卵石來做地質學的研究不見得會有什麼特別的意義，但身為這個時代下的產物，他發現什麼事物都得要附上一層意義似乎已是不得不然，也可以說，根本已是必然的趨勢。性意識就好比是一層蒙了煙霧的厚玻璃；一旦透過這層玻璃來看，所有事情便全都沾染上同樣模糊的色調。他壓根想像不出一個有石頭有水泉的池子。

他安躺在床上準備就寢。白色的床被，感覺上有些漿洗過後的硬挺；想像中，它們聞起來似乎帶著清新的空氣，甚至有著大海的鹹味。他將身子挪進那一床乾淨的潔白之中，兩條腿彎成了把剪刀，像是在游泳似地，接著，他盡情地攤倒在那裡頭，自在地飄浮。他身上那些不很習慣這種狀況的肌肉一一地放鬆，他於是入睡了。

反觀這道水泥木板的另一頭，茉德則是啪地一聲猛然闔上了《偉大的腹語大師》。她的看法是，這和許多傳記很像，說是在寫作者，其實大多是出自於自己的觀點。她發現和莫爾特模．克拉波爾為伍實在不是件愉快的事情。也因此，她覺得參考了克拉波爾的詮釋之後，要去喜歡藍道弗．亨利．艾許這個人實在是非常困難。某方面來說，她的心裡仍然很不能接受，怎麼克莉史塔伯．勒摩特竟會降服於艾許所說的迫切感，還是激勵什麼的。她還是比較喜歡自己詮釋下的她，傲氣凜然、遺世獨立，就像克莉史塔伯在信中的表現，理直氣壯地認定，她就是在做她自己。她到現在都還沒認真地去研究過艾許的詩作，她其實是沒什麼意願去做這事兒。一如以往，克拉波爾筆下的約克郡之旅仍舊是一貫地鉅細靡遺：

在一八五九年某個明朗的六月清晨裡，在伐利游泳沐浴的女子們，想必都曾注意過有那麼一襲孤寂的身影，跨著堅定的大步，沿著寂寥筆直的沙地，一路向著布里格走去，一身笨重的行當，全是為了新近萌起的癖好：內有抄網、有平淺的簍筐、有地質研究專用的榔頭、有冰鑿、有刮開牡蠣用的小刀、有裁紙刀、有化學實驗用的小玻璃瓶與寬矮的燒瓶，以及各種外表普通、用來戳刺、探測用的鐵線線段。他甚至還自行設計了一只裝標本用的盒子，即使是在郵寄之時也都能密不透水。那是一只外形高雅、上了漆的金屬盒，裡頭緊附著一只玻璃小盒，如此一來，細小的生物便能嚴密地封藏在適合自己的環境之中。當然，他自是不忘攜帶那株他幾乎從不離身的壯實的**白楊枝**[111]，況且，如我之前在文中所指，那已成了他個人的傳奇之一，確確實實地成了他個人自我的象徵（一直以來，我深深地感到遺憾，痛恨自己未能為史坦特收藏中心收羅到一只貨真價實的沃頓杖製品）。曾有人在他之前的出訪中，發現他就是拿著這只木杖，於黎明時分在一個岩石區潮水潭翻撥著池水，那情狀頗似那名採集水蛭的老人[112]，定睛注視著那因小小生物，如夜光蟲、又或是肉眼水母等所放出的磷光。

如果說，他就像許多與他同樣愛好採集的人一樣，強制自己非往水岸去走一趟不可，那肯定讓他的模樣十分滑稽，一雙靴子就靠著打了結的鞋帶掛在脖子上，這豈不成了擺飾在海邊的白衣騎士！此外，我們可別忘了，那同樣地也反映出他其他的特質，他追隨時代潮流的熱忱並非全然無傷無害。開啟了傳記與自傳這門現代藝術的評論家艾德蒙·構思，正是誤入歧途下場悲慘的自然主義學家菲利普·構思之子，而菲利普的《海洋動物學手記》正是這等採集考察之旅必不可少的一本書。因之，艾德蒙·構思認為，在他一生之中，他所見到的，實乃一場對純淨天堂的蹂躪，是一場等同於種族滅絕的殺戮行為。他是這麼跟我們說的：

111 白楊原文作ash，與艾許名同。

112 引自華茲華斯詩作*Resolution and Independence*。

那衝激至海岸邊上一圈圈帶著生命的美妙其實非常地單薄非常地脆弱。幾世紀以來，正因為無人聞問，正因為人類可喜可賀的愚昧，牠們的生存得以延續留存。這些岩坑，邊上鑲著珊瑚，裡頭滿是清淨如空的靜水，曾經群聚了多少美麗而脆弱的小生命——如今卻是不復存在，如今卻是慘遭玷污、掏空、成了鄙俗不堪之物。有一大批號稱「採集家」的人並未對牠們多加注意，因而蹂躪了牠們的每一處細部。美好的天堂於是破敗，幾世紀以來在天擇之中留存下來的精巧於焉在粗暴的動作中盡數摧毀，只為那股立意良好、卻粗枝大葉的好奇心使然。

就因如此，即便這位詩人尋尋覓覓的是他所稱的「生命的源起、傳承的本質」，但他的無心之舉仍需為大家莽撞的行徑負起責任，畢竟，他以他那包覆著透明橡膠的靴子帶來了衝擊，並以他的解剖刀以及專司獵殺的瓶罐，為這些他所尋獲的美麗生物帶來死亡，同時更以親身的參與，終結了這有著原始純美的海岸。

在藍道弗停留於狂風怒吼的北國的這段期間裡，每個早上他都在採集標本，而他那位什麼都依他的房東太太則將這些標本儲放在他客廳裡頭各式各樣裝派餅的碟子以及「其他的陶瓷器皿」裡。他寫信給他的妻子說，他每天就在岩石區的潮水潭中用餐，下午則拿著顯微鏡在那兒繼續努力，想來，幸好她見不到這些人造的潮水潭，因為她那顆秩序井然的心，必然無法承受他「澎湃的混沌」。他特別地針對海葵在研究——那片海岸的海葵，種類和數量都相當繁多——因此，他自己也不諱言，他的作為就等於是在默許那股席捲大英民眾的狂熱，全國幾千戶尊榮的客廳裡，誰不是用著各式各樣的玻璃罐和水族箱在養著那些細小的生物，放眼這些生物，其陰鬱的色澤，堪與鳥禽標本所呈現的灰茫相比，亦不下於那些釘在玻璃凸板下昆蟲標本的枯濁。

在當時，所有賢哲人士、未婚的女老師、一身大禮服的牧師，以及認真誠摯的工人們，大家都極力地在反對解剖這種行為；就只為了要瞭解神祕難解的生命，便向堅韌且細緻的組織下手，不擇手段地予以破開、切片、刮挖、刺穿。反對活體解剖的活動如火如荼地四處展開，這點藍道弗非常清楚，同樣地，他也十分明白，大家所控訴的殘暴，很可能就是針對他帶著滿腔熱情以解剖刀和顯微鏡所從事的活動。他有詩人與生俱來的審慎與剛毅；他從事各種精密嚴整的實驗，目的就是要證明，大家可能都以為原生物的扭曲蠕動是一種因痛苦而產生的反應，但其實真相是，那些動作都是出現於牠們死亡之後——而且是在他親手解剖了這些生物的心臟和消化系統久久之後。他的結論是，原生物對於我們所謂的痛苦是毫無感覺的，牠們發出的噓聲以及退縮的動作其實都只是無意識的自然反應。若不是他已得到此番結論，他大抵還會繼續嘗試下去，畢竟，他不能不點頭承認，知識和科學是有權向人類作出「嚴格的要求」的。

對於這些雀屏中選的生物，他格外地針對牠們的再生系統在研究。他對這些事物的興趣，可追溯至他創作《史華莫丹》的那個時期——這位作者顯然十分清楚，人類和昆蟲世界裡存在著卵細胞的這項發現，意義實屬不凡。偉大的解剖學家理查．歐文所研究的單性生殖，亦即憑靠細胞分裂而非性交的生殖方式，也為他帶來了深重的影響。他親自上陣，以各種水螅和羽狀軟蟲，進行起極為精嚴的實驗；就在一般人所稱的無性芽生殖的過程中，這些實驗下的生物，能自同樣的尾端萌生出新的頭部和斷面。此外，可愛的水母、透明的海蜇在某方面而言，顯然就是某種水螅蟲的未受精卵，這一部分也同樣讓他感到極大的興趣。他孜孜不息地切割著水螅的觸角，並將水螅蟲劃破成數段，每一段，都又長成一個新的生物體。這般現象令他驚喜萬分，因為這對他而言，似乎指陳出萬物生命的延續性與互相依賴性，而這，或許正有助於他修正，或是去除個體死亡這種觀念，也因此，或許就能正視他與那一整個時代的人，由於天國某些應許的搖動與減退，儘管內心極度不願，卻又不得不蒙受的強烈恐懼。

他的友人米什雷，在當時正戮力於《狂瀾》這部作品，爾後，這部作品於一八六〇年面世。在這本著作之中，這位歷史學家也同樣嘗試著想在海中尋找，是否有生命能擊敗死亡永遠不滅。當他把一大杯他稱作是「大海的黏液……帶著白色、黏稠的元素」的東西拿給一位化學家看，並且之後，又拿給一位偉大的生理學家看時，他談起了自身的這番體驗。這位化學家回覆說，這實實在在就代表著生命。這位生理學家則描繪起整個微觀宇宙的戲劇性演變：

對於水的構造，我們瞭解的程度不過僅只於對血的構造那般。以這個海水黏液的事例而言，最最明顯的狀況便是，它同時兼有結束與開端這兩種性質。它之形成，豈不就是來自死亡所帶來的無數殘餘，而這些殘餘，又再為牠們繁衍出生命？無庸置疑地，那就是一種定律；事實上，在這個海洋世界裡，吸收作用極其迅速，大部分的生物都經吸收作用而得以存活；牠們不會像地表上的生物一樣，拖拖拉拉地走向死亡，在陸地上，事物的滅絕要比水中更為耗時沉緩。

然而，如果生命的消散、脫皮、換毛尚未達到極致的地步，生命自身，仍舊會源源不絕地，滲發著那與生命本身無所關聯的一切。就我們來說，亦即我們這些陸生動物而言，我們的表皮不斷地在脫落。這些脫換下來的毛皮，可視為每日局部的死亡，而大海的世界裡，便充滿著由此而產生的豐富的凝膠，再生而出的新生命也都短暫地自中得到給養。這種存在於懸浮液中的凝膠，會讓日常的滲出物形成大量含油的物質，成為活躍有生命的微粒，成為充滿生氣的汁液，永遠不會有死亡的時刻。這一切，並不是還原至原始無知的狀態，而是迅速地演變成嶄新的生命體。就所有的假設來看，這項說法是最有可能成立的；如果我們將之揚棄，就等於是讓我們自己身陷極度困難的處境。

由此我們得以理解，何以艾許會在此時寫信給這位人士說，他「看見了柏拉圖所訓示——世界乃是一具巨大動物——的內在意涵。」

倘若就現今嚴謹的心理分析評論來看，這種狂熱的行徑又該作何解釋呢？這種對解剖以及觀測「生殖」的狂熱，所對應的又是一個人心靈深處的何種需求呢？

我個人非常相信，值此之際，藍道弗已面臨了我們概括所稱的「中年危機」，一如他所身處的世代。他，這位偉大的心理學家，同時亦是研究個體生命以及個體認同的大詩人學者，見到自己的眼前空無一物，獨剩衰退與朽壞，他明白自己這孑然一身，將沒有後代子孫予以延續，他清楚知道，人生匆匆而逝一如泡影。他就像許多人一樣，揮別了個人對垂死之人、對亡者的情懷，轉而挺身展現出對生命、對自然、對宇宙的大愛。那是一種浪漫主義的重生——可以說，正是萌發自舊時存餘的浪漫主義——然而，卻又交織著新時代機械論式的分析，以及新時代所呈現的、針對宇宙永恆天賜和睦、非關個人靈魂的樂觀主義。一如丁尼生，艾許在齒和爪之中，明白了自然的血紅之氣。無論何種形態的生物，小至阿米巴變形蟲、大至鯨魚，他對其消化系統所展現出的延續生命的功能都極有興趣，由此便可得知他的體會為何。

就憑直覺，茉德相信，從這整篇文章看來，克拉波爾的想像力實在非常恐怖。他等於是在把聖徒行傳倒過來寫，給予了一層十分惡質的外衣：他根本就是照著自己心目中的模型在處理筆下的主題。因為這層關係，茉德頗有興致地玩味起「主體」（subject）這個字眼所蘊含的幾個曖昧的意義。在克拉波爾的研究方法以及思想定律下，艾許當真就是這名研究中的主體嗎？是誰的主體性成了研究的對象？文中句子的主詞（subject）指的到底是誰？拉岡的看法是，在一個句子中，文法上的主詞並不等同於主體，也就是說，並不等同於句子中所討論的這個客體（object）：「我」；如此說來，若是以這套理論為框架，那克拉波爾和艾許這兩個人的位置又該如何安排才好呢？這些想法別具創意嗎？茉德也搞不清楚，她覺得應該未必，因為各種有關文學主體性的思維方式近來已有人不遺餘力地探討過了。

在克拉波爾這篇文章的另一個段落裡，他，多少已成慣例地，引述了《白鯨記》裡的一段文字。

納西瑟斯那個故事[113]的寓意又更加地深沉了，他因為無法抓住他在泉中所見，那只令人痛苦、溫柔的映影，於是往裡縱身一跳，就這麼淹死在裡頭。然而，就是那只映影，我們自己也都會在河中在海中見到。那映現的是生命難以捉摸的幻影；而這，正是關鍵所在。

納西瑟斯的自戀，反覆無常的自己，斷裂的自我，茉德在想，到底我是誰？一個讓文本和符號窸窣耳語的母體？這個想法很有意思也很令人討厭，這不可免地讓她覺得自己沒有完整感、沒有連續性。接續而來的問題關係著令人尷尬的身體。肌膚、呼吸、眼睛、頭髮、種種陳跡，這一切，當真似曾存在。

窗簾敞著，她站在窗邊，梳理起她的頭髮，仰首望向一輪明月；她聽到有些輕靈的流聲，遠遠自北海那方傳來。

接著她鑽進了被窩，姿勢就和隔壁房的羅蘭一樣，兩條腿彎成了把剪刀，然後游進了白色的床被之下。

語言符號學差不多就耗去了他們的第一天。他們開車前去傅家堡，坐在綠色的小車子裡，跟隨著某幾位前輩的足跡和導引，亦即：開著黑色賓士車的莫爾特模．克拉波爾，以及在他之前的那位，藍道弗．艾許，以及那位仍處於假設狀態的魂靈，克莉史塔伯．勒摩特。他們照著這些個足跡，走到伐利．布里格去，也不知道自己到底是想找些什麼，只覺得來到這裡，絕不可以只是為了貪圖快活。他們一起踱著步子，默契十足，不過他們自己卻沒注意到這點。兩個人走起路來都是精神奕奕健步如飛地。

113 納西瑟斯（Narcissus），希臘神話中不可一世的美少年，因為愛上自己在水面上的倒影，陷入自溺而不可自拔，最終為此殞命。在他死去之處，長出了水仙花，因此水仙花名即為Narcissus，納西瑟斯也成為西方文化中自戀的代名詞。

克拉波爾曾這麼寫道：

藍道弗久久凝望著布里格北區一個個深深淺淺的潮水潭。大家可以想見，他那拿著白楊枝的身影，正翻攪著池水中那些散發磷光的物質，並且不辭辛勞地將之採集至水桶裡，然後攜帶回家，努力鑽研這些唯有透過顯微鏡才能見到的微動物，如夜光蟲和肉眼水母，「肉眼水母是無法單用肉眼從泡沫之中辨識得出的」，但若仔細檢視，會發現牠們「呈膠狀，很有活力，尾巴移動迅速，聚成一大球狀。」同時，他也採集了**海葵**（**刺水母**），並將之浸放在帝王池裡——此池亦即傳說中某位羅馬皇帝曾親臨嬉水的一只綠色圓形的大水坑。藍道弗的歷史想像力一向都是那麼地活躍，而此刻能如此直接地與這個地區的遙遠過去產生聯結，想必定使他更感樂在其中。

羅蘭發現了一隻海葵，顏色像是一枚深暗的血疱，就縮在坑坑洞洞的暗礁底下，浮在一層亮晶晶的礫砂上，粉紅、亮金、淺藍、暗黑。那東西看起來很簡單、很古老，同時又很新，閃閃地發著亮光。牠正炫耀著頂上一圈精壯有力、極不安分、果決明快的觸鬚，並且持續撈動著池水。牠的顏色看似紅玉髓，也似某種深暗而紅潤的琥珀。牠的根部，又或是底部、還是腳之類的，緊緊攀在岩上，十足地結實。

茉德坐在一塊暗礁上，就在羅蘭那個水池的上方，長長的腿縮在身子底下，膝上則攤放著《偉大的腹語大師》。她引了克拉波爾引用艾許的一段話：

「想像一下，用點空氣，一只手套就可以擴張成一個美妙的圓柱，只要把拇指挪開，其他指頭，則排成兩或三列，將圓柱的頂端**圍攏起來**，至於手套的底部，則封上一塊平坦的皮面。倘若現在，我們往指頭圍起來的圓面中心用力壓下去，然後讓有彈性的皮面不得不**往裡凹進去**，使之成為掛在圓筒裡頭的一只液囊，就這麼著，我們便製造出了一個嘴巴以及一個胃囊……」

「好怪異的比喻。」羅蘭說道。

「勒摩特寫手套大抵都和祕密、禮數有關。把事情遮掩起來。當然，少不了也和白蘭琪・葛拉佛[114]有關。」

「艾許寫過一首詩，詩名就叫〈手套〉。寫的是中古時期的一個貴婦人，她以一只手套作禮物，送給一名騎士戴。手套是『鑲著米珠的乳白。』」

「克拉波爾在這本書裡頭說，艾許把海葵的卵巢想像在手套的手指裡很不妥當……」

「我一直弄不懂，在我小的時候，到底騎士能把手套戴在什麼地方呢。到現在，老實說，我也還是沒弄懂。」

「克拉波爾接著寫到艾許如何想像自己的名字。真有意思。克莉史塔伯當然是以葛拉佛的名字來發揮想像，還因此寫出了不少好詩以及讓人摸不著頭緒的作品呢。」

「艾許在《北歐眾神之浴火重生》裡有一段文字，寫的是天神索爾躲在某個很大的洞窟裡，結果，那個大洞窟原來竟是某個巨人的手套的小指。而拐騙他讓他去吞併大海的也就是那個巨人。」

「亨利・詹姆士不也談過巴爾札克，他讓自己不知不覺地潛入既定的意識之中，就好像指頭悄悄地爬進手套一樣。」

「那是一種陽物崇拜的意象。」

「是啊！我想，所有各種意象，多多少少也都可以和陽物崇拜扯上關係吧！不過白蘭琪・葛拉佛肯定另當別論。」

「這隻**海葵**一直在縮耶！牠不喜歡我戳牠。」

114 葛拉佛原文作Glover，意為製作手套的人。

這隻**海葵**此刻看起來像是一枚橡膠做成的肚臍，從中伸出了兩、三條肉鬚，不斷地向一旁縮去。接著，只見牠成了一座暗紅如血般的小肉峰，圍裹著一個夾縫中的小洞。

「我讀了李奧諾拉．史鄧寫的那篇〈維納斯山峰和荒蕪野地〉的論文了。」

茱德努力搜尋著形容詞想形容這篇作品，她沒採用「犀利」，最後說出口的是「很有深度」。

「文章確實是有深度沒錯。只不過，那看得我心很亂。」

「那是因為你認定它就是教人心亂！」

「不，不是那個原因，這和我是男的沒有關係，因為——

妳難道從來都沒想過，我們用的隱喻已經把我們這個世界給**吃得一乾二淨**了？我的意思是說，當然，事情和事情之間都環環相扣著一些關聯——一直都是這樣——我是覺得一個人會去——我會去研究——文學，就是因為這些關聯看起來總是那麼地有意思，而且在某方面而言，又同時有一種危險的力量——那就像是，我們手中握著的，正是指向事情真實面貌的線索？我的意思是說，就這些手套，一分鐘前，我們才在像鉤釦子似地玩著學術的把戲——中古時期的手套，巨人的手套，白蘭琪．葛拉佛，巴爾札克的手套，海葵的卵巢——接著這些就全送作堆地——扯上了人類的性慾。就像李奧諾拉．史鄧硬是要把整個地球解讀為女性的身體——還有語言也是——不管是哪種語言。然後所有草木就全成了女人的陰毛。」

茱德冷冷地笑了起來。羅蘭接著說：

「然後，說真的，結果呢？當我們瞭解了所有事情全是人類的性慾使然，我們到底又得到了什麼神奇的力量？那實在是讓人覺得**非常無力**。」

「是無能吧！」茱德說道，她傾身向前，看來頗有興致的模樣。

「我一直刻意在避的就是這個字，因為那真的**不是重點所在**。我們懂得那麼多知識。結果到頭來我們所發現到的，其實是一種出自本能、能帶來共鳴的魔力。形形色色各種幼稚的自以為是。什麼事情都扯上了**我們自己**，結果是，我們被困在自己的牢籠裡——我們什麼**事情**都看不明，於是我們就用這個隱喻來描繪所有的事情——」

「你對李奧諾拉很反感。」

「她其實很不錯。只是我並不想透過她的眼睛來看事情。那和她是女的我是男的沒什麼關係。反正我就是不想。」

茉德想了想，說道：「每一個世代，總都存有某些真理是大家所無法辯駁的——不管是不是真有人想去辯駁，也不管這些真理以後還會不會是真理。我們所在的時代，存在的是佛洛依德所發現的真理，不管我們是願意還是不願意接受，也不管我們做了多少修正，反正我們就是沒法隨自己的想法去想——去猜——說不定他解讀的人性還根本是錯的呢！當然，這是指細節上的——倒不是指整個大方向——」

羅蘭很想開口問她：那妳自己喜歡那種論調嗎？他想，他應該要認定她喜歡才對：因為她的研究走的就是心理分析，至少，她在研究閾以及邊界現象。他於是開口這麼說：

「那真的得要很用心地想像，才能想得出他們是怎麼看待這個世界的。還有艾許，或許他就曾站在這塊暗礁上，不知他又是怎麼想的。他對海葵很感興趣，對生命的起源也是，還有，他對我們為什麼會在這裡一定也會頗感興趣的。」

「他們知道自己的價值。以前，他們知道上帝在意他們。然後，他們開始覺得，根本沒有上帝，有的只是盲目的力量。於是，他們知道了自己的價值，他們愛惜起自己，他們傾聽自己的本心——」

「難道我們沒有嗎？」

「由歷史某些階段來看，他們的自我價值最後就是演變成——讓你心亂的那種東西。這種過度單純化，很可怕是吧！那可以讓人重新來過，也不必覺得內疚。有時候就是這樣。」

她闔上了《偉大的腹語大師》，整個人靠向暗礁，盤在那兒，然後長長地伸出了一隻手來。

「我們還要繼續往前走嗎？」

「去哪裡？我們要去找什麼呢？」

「我們最好開始往事實和意象下手。我建議到威特比去，那枚黑玉別針就是在那裡買的。」

我最親愛的愛倫：

來到威特比這個小鎮，這個位於埃斯克河口的繁榮漁村，我發現了好多好多的希奇古怪——這個小鎮整個是傾斜的，順著坡度往下，一路盡是優美如畫的小巷、院落、石梯級級下降，直通到水邊——在這個梯形的小鎮，你大可想見站在上方的**梯層**時，周圍四處始終有桅杆不停地在移動，還有冒著煙的煙囪，而你高高在這之上，下望這座小鎮、下望港口、下望大寺院的遺跡、下望整個北海。

處處皆是過往陳跡，荒原上的墳塚、大家認定真有其事的幾個古時候的殺人坑，還有羅馬人占領時留下的東西，以及早期聖希爾達傳道福音時的種種——在以前，這個小鎮的名字乃是斯特里昂歇爾，而我們一般認定的那場六六四年的威特比宗教大會，自然就該叫做是斯特里昂歇爾宗教大會才對。來到廢棄的大寺院裡，在海鷗不停的鳴聲中，我靜靜地想著，看見了更古老更黑暗的事情——荒原上的古墓、陰宅，以及可能是德魯伊教留下的廟宇，其中包括有新娘石，那是一排直立的石柱，就立在史雷慈那兒，一般認爲那是前往像史前時期巨石陣那樣一整群巨石的通道的邊側。而這些仙逝已久的人，便因著某些微細的事物，再度在想像之中活了起來。像是在這一帶，就發現有一枚心形的耳環，是和一具骨骸的頷骨放在一起；還有好多切割角度各自不同的大顆的黑玉珠子，發現的時候旁邊還有一具疑似葬在古墳裡的骨骸，這具骨骸在古墳裡的時候，膝蓋是向上彎起頂著下巴的。

說到這些讓我遐思不已的直立的石柱，其實是有個神話的，對照我們這個算是現代的時代，這讓人想到了遠古眾神的可愛。威特比這裡也有他們自己的巨人傳說——他是令人聞之喪膽的偉德，他跟他的妻子貝爾，只要撿到了巨大的圓石，便向著荒原丟去。偉德和貝爾這兩個人，很像是爲北歐神話中愛斯家仙境（Asgard）搭蓋城牆的林瑟斯，也很像是爲忘恩負義的人類建造了城池的仙怪曼露西娜——他們著名的事蹟，是建造了那條橫越整片荒原直通抵可愛的匹克林鎮的羅馬大道——那是一條很規整的道路，是用石頭築在荒原沙岩上一層砂礫還是什麼鬼東西的上頭。我很想到這條路上去走走，當地人都管這條路叫偉德公路，又或是石砌大道，據說，這條路是偉德爲了讓妻子貝爾行事方便而築出來的，貝爾在荒原上養了一頭大母牛，所以她得親赴荒原才能擠取到牛奶。這隻反芻的母牛巨怪，還留了根肋骨，就展示在瑪葛蕾城堡裡，其實，那根本是一隻鯨魚的頜骨。荒原上的古墓、陰宅，全都是勤快的貝爾，穿著圍裙，努力搬運而成的石堆，圍裙的繩帶有時都還斷了開來。查爾頓的看法是，偉德（Wade）這個名字其實是來自古盎格魯—撒克遜的主神渥登（Woden）。以撒克遜的時代來說，在位於東列溪上游的索爾迪沙這個聚落裡，天神索爾自然是大家膜拜的對象。所以說，人的想像力，乃會依據眼下關注的事物，將許多單一的元素融合編整成新的完整的東西——基本上這是很詩意的一種表現——於是呢，巨鯨和匹克林城堡，還有古老的雷神、古英國和撒克遜族長的墳地，以及登陸成功的羅馬軍士的好戰便這麼出籠了——所有這些東西全加在一起，變成了這個地方的巨人以及他的妻子的傳說——這時，羅馬大道上的石頭就成了搭蓋那原本索然無味的石牆的石材，犧牲了考古學，留住了教徒的信仰——而這時，史雷慈荒原上那一顆大圓石頭，也就是貝爾的巨人小孩所丟出、然後讓貝爾剛硬的大胸給壓陷的那顆——則爲了道路的修整，整個地全給打散了——然後，我便來到了這條路上。

我參觀了這裡的黑玉加工產業，它發展得相當不錯，而且做出了不少高水準的手工藝品。我不就寄了一副給妳——隨行還有一首小詩——發自我深切如一的情意。我知道妳喜歡精巧的玩意兒；大體而言，這個地方所做出來的特異的製品，一定會讓妳打心底裡歡喜的——有好多東西都可以拿來做成飾品——遠古時期的鸚鵡螺化石蟲因爲化身成了精美的別針而得到了新的生命。還有，讓我一直很覺得好奇的，就是這些化石遺跡到底是怎麼改造成精緻的商品的——整張亮光光的桌面上，展示的盡是一圈圈古老的讓人難以想像的死了老久的蝸牛之類的東西，還有遠古時期的蘇鐵植物留下來的蕨葉化石，都非常地清楚分明，儼然像是妳放在祈禱書裡頭的那些壓花和蕨葉一樣。如果說，有什麼主題是只屬於我自己個人的，親愛的愛倫，我的意思是，就我身爲一個作家而言，若是有這樣的一個主題，那便一定是死了老久卻未曾消逝且持續不斷在變換外在形態的生命。我很想寫的，就是那種因爲塑造得太精美了，所以在過了很久之後，也都還能留存在思想之中的東西，就像那些壓印在石上的生物一樣。雖然說，我並不覺得我們停留在斯塵的時間能夠等同於它們。

這枚黑玉曾經也是擁有生命的，這妳知道。「某些講究科學式精準的思想家一直都把那認定是硬化的石油，又或是礦質的樹脂——不過，現在一般的看法則是，這些東西的來源應屬木質——發現之時，它們大多壓擠在一起，看起來長而窄——外層通常有著一條條明顯的縱痕，和木頭的紋理很像，而它狀似貝殼的橫斷面，亮亮的光澤宛若樹脂，可見得它每一年都仍以扁長的橢圓形在持續地生長。」在此，我引了楊博士的一段文字來作說明，不過，我自己確實也曾親眼目睹一團團原始的黑玉塊在脫著殼，沒錯，而且我還把它們緊握在我手中，因著這時光所留下的痕跡感動得不知如何開口——就在它們這一圈圈的橢圓裡——時光，那久遠、久遠、難以言喻的久遠的過去，持續不停地仍在行進擴展。有時候，過量的矽質可能會讓它們產生污損——有在雕玫瑰、雕蛇、或是在雕雙手的師父，也許會突然間在素材之中發現一道矽石又或是燧石的線痕或瑕疵，於是便不得不暫時停手。我有注意過這些師父雕作的狀況——他們都是非常專業的工匠——切割的人會把切好的別針交給另一個專精雕花的人——有時候，雕刻黃金、象牙、骨製品的人也會加入做黑玉的行列。

這一切讓人大開眼界的新發現，我親愛的，妳應可想像得到，它們已開始全方位地啓動了詩的幼苗。（我用幼苗這個字眼，是借沃恩[115]所說的，「永恆的幼苗鮮明亮麗」，在這裡，這個字眼同時帶有火花的明亮、箭矢的飛快，以及火種延續這幾種意思——我希望妳能派人把我的〈矽之火花〉送過來給我，因爲打從我來這裡研究這些岩石之後，我心底裡就直惦著他的詩以及那個石頭的隱喻。當那枚黑玉別針送到妳手上時，我請妳一定要試著去摸摸它，然後留神它是怎麼像發出電似地把髮絲和紙片給吸附起來——它本身帶有磁性——所以一直都被用作是護身符，或是讓行善女巫拿來施法，又或是在古時候作成藥引來用。我的話扯

115 沃恩（Henry Vaughan, 1622-95），英國詩人。〈矽之火花〉（Silex Scintillans）為其著名詩作。

遠了，真沒個節制——我的心現在躍躍欲試地——心裡非常想寫一首詩，內容是關於近代有人在古自流井裡發現到的帶著一層矽石的小樹枝，就像萊爾在書裡所形容的那樣。）

好了，現在換妳告訴我妳過得可好——身體狀況如何、家務是否進行得順利，還有讀書讀得如何——

妳深情的丈夫

藍道弗

茉德和羅蘭在威特比港四處走著，窄小的街道以港口為中心，陡峻地向四面八方伸展，而他倆，就在這之間來來又去去。就在這裡，藍道弗・艾許曾見到過繁忙與興旺，而這廂，兩人見到的卻是各種透露著失業狀態以及無所適從的徵狀。港口裡幾乎不見有什麼船，另外一些，很明顯地全給釘上了條板，並且用鍊子鍊了起來；不聞馬達作聲，不見風帆翻飛。自始至終存在的，就是一股燒煤的煙味，不過，這對他倆來說，倒是有著截然不同的意味。

每一間店面都老舊得不得了，真是別有一番風情。有個魚販在店招的板上鑲上了張著大嘴的鯊魚頷骨以及一身是刺的怪東西；有間糖果店則是擺上了各式各樣的舊罐子，並且把五顏六色各種方塊狀、球體狀、彈丸狀的糖果胡亂地堆成了個小山。好幾家珠寶商都是專門在做黑玉的買賣。他們在其中一家店門外停下了腳步：哈伯與貝爾，黑玉飾品專賣店。整間店看來高高窄窄的，展示櫥窗活像是個直立的盒子，窗邊掛了一條又一條串著亮晶晶的黑珠的結繩，有些黑珠附掛有裝相片的小紀念盒，有的則是呈多面的，有的則是光滑圓潤。櫥窗的正面看上去很像是一個水手用的儲物箱，裡頭盛裝了各式在波浪之間翻來覆去的寶物，那是一堆布滿塵埃的別針、手燭，以及嵌在鋪了天鵝絨的紙卡上的戒指、小茶匙、裁紙刀、墨水池，還有各式各樣暗朦朦的死掉的貝殼。這就是北方，羅蘭心想，黑得像煤一樣，手藝實在，卻不見得雅緻，明亮之上滿是塵埃。

「我在想，」茉德說道：「如果買點什麼送給李奧諾拉，這樣不知好是不好。她向來喜歡一些奇奇怪怪的珠寶飾品。」

「那兒有個別針——邊邊圍了一圈勿忘我，還有兩隻緊握在一起的手——那代表的是**友情**。」

「她一定會喜歡的——」

一個小個子的女人出現在盒子般的店門口。她穿著一件大大的工作圍裙，裙子上繡有紫紫灰灰的小花，裡頭則皮包骨似地穿著件黑色套頭毛衣。她的臉很小、輪廓很生硬，膚色是咖啡色，灰白色的頭髮在頂上紮成了個圓髻。她的眼睛有著北歐人的湛藍，至於嘴巴，一張開來，裡頭明顯可見共有三顆牙齒。她雖然皺巴巴的，可是還頗有活力，就像老掉了的蘋果一樣；雖說穿著厚鞋綁著黑色鞋帶的她，長襪是那個樣地垮落在腳踝一帶，但是她的工作裙倒還整齊得可以見人。

「進來嘛！帥哥美女，進來隨便看看啊！裡面東西比較多。全都是上等的威特比黑玉哦！我是不做仿冒品的。你們在別地方不可能找到更好的啦！」

在櫃台裡邊，放有一具玻璃石棺，石棺裡亂七八糟地丟著許多繩線、別針，以及厚重的手獨。

「有看到什麼喜歡的，我可以馬上拿出來給你看。」

「那個看起來很有意思耶！」

「那是卵形的小紀念盒，上面刻有一個看起來蠻古典的人形，整個人都有刻出來，然後是彎在一個流著水的古甕上。」

「那是維多利亞時期服喪專用的紀念盒。有可能是湯瑪斯．安德魯做的。他是女皇御用的黑玉工匠。那時候，就在女王的丈夫過世之後，威特比可熱鬧的呢！在以前，大家都喜歡在心裡惦念著死去的人，而現在呢，則是眼不見，情也就不見了。」

茱德放下了這只小紀念盒。她說想看看那只手握著手的友誼別針，於是老太太伸手進櫥窗把別針拿了出來。羅蘭仔細看著幾個嵌在紙卡上的別針和戒指，那顯然是以細絲編織結辮之後做成的，有些旁邊鑲著黑玉，有些則浮綴著珍珠。

「這真漂亮！黑玉加珍珠加細絲。」

「噢！先生，那可不是**絲**哦！那是頭髮。那是另一種服喪用的別針，放有頭髮的。你看，這幾個別針的框邊還有寫上『以茲紀念』。他們在死者臨終之前去把頭髮剪下來。可以說，他們讓它又活了下來。」

透過玻璃面，羅蘭凝神望向那些以蒼白的細髮交織編成的髮束。

「像這類東西，他們做了各式各樣，都很精巧。你看——這兒有個錶鍊，就是用某個人的長髮編成的。還有這只手鐲，上頭還附了個美美的心形夾釦，作工還是一樣這麼精緻，這用的是暗色的頭髮。」

羅蘭接過了手，若撇開那枚金色夾釦不談，那東西還真輕，感覺不到半點生命力。

「這類東西妳賣了很多嗎？」

「噢！偶爾還好啦！大家都在蒐集這種東西，這你也知道啊！只要沾上歷史，大家就什麼都想蒐集。蝴蝶啦、領釦啦！就連我那把舊得不能再舊的熨斗都有人要，那東西我可是一直用到了一九六〇年才沒再用，因為那時候我們家的伊蒂絲非要弄把電熨斗來給我，然後就有個人過來我這兒，問東問西的。小伙子，那只手鐲**作工**真的是很細耶！花了不少工夫才有辦法做出來的。還有這金子多實在，整整十八開哩，這貴就貴在它們的年分，要不然你還不如去買那些便宜的仿製品是吧！」

茉德將別針在櫃台上一字排開。

「我看得出來，你是識貨的。來，我這兒有一個真的雕得很棒的，你不會再看到有什麼比這更好的了——小伙子，花語知道吧——鐵線蓮、金雀花、三色堇——這代表的是心靈之美還有恆久的摯愛還有『我始終念著你』。你實在應該把那個給買下來送給這位小姐，比買那些古時候的頭髮來得好。」

羅蘭發出了些聲響，表示不以為然。老太太坐在高高的椅凳上，身子整個地向前傾，同時伸出了一隻手指向茉德的綠頭巾。

「喂！**那個**可真是百年難得一見的好東西耶——照我這樣看上去，**那個**恐怕是以撒・葛林寶在巴克斯特門所出的殯葬用品中最好的一件東西了——歐洲各地都有人在賣這類東西給女王和王妃。我真的很想仔細地瞧它一瞧，小姐，不知道妳是不是可以——」

茉德兩手伸上了頭，只是不知把別針拔下來之後，該不該把整個包起來的頭髮也放下來。最後，她不知所措地，拔了別針也放下了頭髮；她先是把頭巾放到了櫃台上，然後自頭巾上一層層仔細盤起的摺層裡將別針拆下，接著這個黑黑大大像個球一樣的東西就交到了老太太手中。老太太急急走開，拿著別針就起窗外射進的塵光。

羅蘭定睛望向茉德。那編成細辮的白色、淡然的頭髮，層層圍繞著她的頭，在這種光線之中，那白實在白得不可思議，它讓所有東西的顏色全都消失不見，兀自發著奪目的光彩。她看上去，近似全身裸裎，像是櫥窗裡被剝光了衣服的洋娃娃，起初他是這麼想，可後來，當她將她高傲的臉龐轉向他時，他發現它有了變化，呈現出那麼脆弱，甚至給人無助的感覺。他很想鬆開那層層的密實，讓頭髮自然地垂下。他感同身受地覺得頭皮發疼，但讓髮夾給無情拉扯著的，可是她的頭皮啊！他倆同時把手伸向太陽穴去，他簡直像是她的鏡子似地。

老太太走了回來，把茉德的別針放在櫃台上，扭開了一架滿布灰塵的萬向燈，照亮了別針的暗沉。

「我還真從來沒看過像這樣的東西——雖然說，這很明顯確實就是出自以撒．葛林寶之手，我是在想——萬國博覽會的時候，他有個作品上頭也是有珊瑚和磐石，不過我是從沒看過美人魚**以及**這珊瑚——還有她的小鏡子之類那些東西。這東西是怎麼到妳手上的，小姐？」

「我想，這應該可以算作是一種家傳的寶貝吧！我是在家裡裝鈕釦的盒子裡看到的，那時候我還很小——我們家裡有一個好大的化妝箱，裡頭全是些舊的鉤釦、鈕釦，還有一大堆拉拉雜雜的東西，然後這個別針就放在那裡。我想，這恐怕是不會有什麼人喜歡才對。我媽媽覺得這個東西是維多利亞時期留下來的爛東西，她是這麼說的。我是在想，這**當真**是維多利亞時期的東西嗎？我會拿這個東西，是因為它讓我想起了小美人魚。」繼而她轉向羅蘭說：「然後就在最近，又讓我想起了仙怪曼露西娜，這是一定的。」

「噢！這是維多利亞時期的東西沒錯！我覺得，這應該是一八六一年女王丈夫過世之前的東西——在那之前，有好多有趣的玩意兒——只是傷感的東西總比較是主流。你看這手工，捲捲的像波浪一樣的頭髮，還有這條小尾鰭是那麼地逼真。這道道地地就是他們那個時代做出來的東西。像這樣的手工你現在找不到的啦！能往哪兒去找！這種工夫沒人記得，早失傳了。」

羅蘭從不曾這麼近距離地看過茉德的別針；果然，別針上真的刻有一隻坐在石上的小美人魚，亮亮的黑肩扭著轉向表面，這樣正好就可以不必刻出她的胸部。她的頭髮沿著美背蜿蜒地垂下，她的尾巴則靜靜地盤在石上。整個畫面的周圍鑲了一圈他看作是小樹枝的東西，然後在老太太看了之後，才知道那是枝狀珊瑚。

他向茉德問說：「克莉史塔伯傳下來的好幾本書現在也在妳手上……」

「我知道。我根本想都沒想過。我是說，這個別針一直就放在那裡，我壓根沒想過要去問這東西是打哪兒來的。這個別針——到了這個店裡它看起來還真是很不一樣，跟別的東西比一比的話。其實——這其實是我自己拿來好玩的。」

「那這會不會是**他**拿來好玩的。」

「就算是好了！」茉德激動地想了想，繼而說道：「就算是這樣，那也不能證明她真來過這兒啊！這能證明的就只是，他同時為兩個女人買了別針……」

「即使這點也未必能成立。她有可能是自己買給自己的。」

「**如果**她人有來這兒的話。」

「別地方或許也買得到啊！」

「妳真的要好好保存它。」老太太把東西遞了回來。「很特別，真的，我覺得。」她轉向羅蘭說道：「先生，你不打算帶有花語的那個嗎？那個和小美人魚真的很搭。」

「我要這個**友情**別針。」茉德急急地說道：「是送給李奧諾拉的。」

羅蘭很想買下些什麼，他非常想在這個艾許曾經來過、寫過的黑漬漬的怪地方買下些東西。他其實並不想要那個華麗的花別針，而且他也想不出他能把這只別針送給誰——這些東西和凡兒的格調完全搭不上，不論是新潮時的她，還是破舊時的她。擺在櫃台上有一個綠色的玻璃缽，他在那兒發現了一堆散亂的珠子以及雜七雜八的小玩意兒，每個開價七十五便士，老太太幫他挑了一些出來，有圓的、有扁扁的橢圓形，還有一個六角形的，以及一個精美亮滑用綢子做成的墊子。

「我拿了當安神念珠來用。」他跟茱德說道：「我的心真的很亂。」

「我感覺得到。」

第十四章

大家都說女人善變：確是如此，唯妳
卻在妳的善變之中，始終如一，
一如水瀑之中文風不動的水絲，
起自源始，直至最終，落入一池靜水倆相依偎
始終清新，始終前行
起自最初，直至最終，化作無數水珠
而妳——便是這股力量——讓我因此愛妳
驅動一切，使之豁然成形。

——藍道弗．亨利．艾許，《艾斯克給安珀勒》，卷十三

我最親愛的愛倫：

今天，我改變了我向來的養生之法，不做解剖、不做放大，而是浩浩蕩蕩地走遍了哥斯蘭谷、亦即哥德蘭這一帶的壕塹，也可以說，是走遍了這一帶的威權所在——來到這裡，我們目睹了這些事物的名稱是如何地成形、更迭，最後兩種都獲得認同，這豈能不讓你打心坎裡佩服呢！這些名稱是古時候北歐的人所留下來的——那時丹麥人移居到這一帶來，並且還接受了基督教的洗禮，而這時不信基督教的野蠻的挪威人，卻打算從愛爾蘭和北邊入侵——結果在布魯納本敗北。兩百五十年來耕作和作戰的紀錄，他們幾乎都沒留下——要有，也只剩下文字和名稱，可照W．華茲華斯的看法，這些文字和名稱現在早都已絕跡枯朽了。

看哪！萬事萬物是如何突兀地轉離
離開原本熟悉的方向，如夢一般地絕跡；
新的語言流傳在海岸之際：
或許不期然地，只剩憂鬱的小溪
以及若干憤慨的山陵仍舊留下舊的命名，
當法律、教義，以及舊有的人都已散佚！

墨克．埃斯克是由兩道小溪所匯成，分別是埃樂溪和輪谷溪，兩溪匯流的那個地方，則叫做溪洞——然後順著這些小溪流，有許多優美的壕塹——湯瑪辛壕塹、水橡和走磨大道壕塹——再來是耐莉．亞爾壕塹和梅莉安水泉——那是一座讓人印象十分深刻的百尺高瀑布，注入森林密布的深谷裡。光和影的效果非常動人，無論是一簇簇垂懸著的葉綠的變化，還是水池的深度，又或是天邊忽暗忽明疾走的雲，都十足地有其意趣。我往上走到格雷斯谷和輪谷那兒的沼地去——那裡就是小溪的發源地，涓涓細流，自石南和砂岩之中滲出。斑駁點點的小山谷是個冷颼颼的天地——山洞和水池暗影幢幢，再有力量的東西來到這裡，都會迅雷不及掩耳地被吞噬在靜默之中——空曠的地方則是一哩緊接一哩的黑暗，除了有鳥兒突如其來一聲淒厲的哀鳴——又或是發出啄啄的聲音之外，這裡根本就不會有半點動靜，也不會有一絲聲響——若把這幾個地方拿來比較一番，那還眞是各異其趣，而其間的差異卻竟又是如此渾然天成——還有流水，從一個世界奔往另一個世界——這也許會讓人覺得，這個地方，這個粗獷的北方，若非天堂，那必然便是**原始的人間**——岩石、石塊、樹林、空氣、水流——一切看起來，盡是那麼地具實、那麼地恆續——可這一切，卻又在光的奔馳以及暗影迅捷的遮掩之中，移轉、流動、疾走，讓其輪廓時而展露、時而掩隱、時而輝煌、時而斑濁。就在**這裡**，親愛的愛倫，這可不是南方那些肥碩的山谷，來到這裡，任誰都會感到自己與那些早已萬分遙遠的人是何其地親近，是他們的血他們的骨造就了我們的血我們的骨，而且讓我們的生命因此得以延續——英國人和丹麥人，挪威人和羅馬人——還有那一切早已遙遠難及的事物——那些地表發熱之時曾經在此行走的生物——巴克蘭得博士（Dr. Buckland）在一八二一年就曾探勘過克爾克谷的山洞，結果發現到一個土狼的巢窟，那兒有老虎、熊、狼，好像還有獅子和其他肉食性動物，還有大象、犀牛、馬、牛，以及三種鹿的骨骸，另外還有很多齧齒類動物和鳥的骨骸，全是土狼大吃大嚼後的傑作。

我沒法向妳形容這裡的氣息，那實在是難以比擬。我們的語言實在無法道盡各種獨特的氣息；若是真要這麼做，那恐怕也只會是毫無意義的強說愁，要不便是勉強湊出來的比喻——所以說，我不打算用酒，或是用水晶來形容它們，即便我心裡感應到的就是這兩樣東西。白朗峰的氣息我體驗過——那是冷冽、輕淡、乾淨的氣息，來自遙遠的冰河，擁有白雪的純淨，碰觸過松木的脂香以及高山牧草地上的乾草。**薄薄的氣息**，一如莎士比亞所言，那樣的氣息便是來自漸行消逝的事物與精純，並不是我們的感官所能領略的。約克郡這兒的氣息，也就是荒原的氣息，它們雖沒有這種帶著青草味的冷冽——但它們同樣地鮮活，始終移轉不停，就像水流穿越荒原織刻出自己的道路，它們也正是憑靠著這些水流織就出自己的路來。這樣的氣息是**看得到的**——你會見到它們在河中奔跑，見到它們在光禿禿的石肩上留下線紋——你見到它們在飄渺的泉水之中冉冉升起，在天熱之時，見到它們在荒原之上晃然顫動。至於它們的氣味——則很鮮明，讓人永生難忘——就像是驟然落下的乾淨的雨水，帶著古老森林裡的煙氣——以及溪水冷冷的清澈——再加上它本身某種精微細膩的味道——噢！我實在沒法形容出這樣的氣息，它讓一個人的思慮不停地擴張，我真覺得就是這樣，接著就額外地賦予他他一無所知的感覺，直到抵達那樣的極致與寬闊……

羅蘭和茉德一起散著步，感覺十分愉快，那是第二天，他們一塊兒沿著山溪走到壕塹去的時候。他們從哥斯蘭開始走起，然後看了梅莉安水泉的水絲以及間間斷斷像玻璃般光亮的水扇；他們笨手笨腳地順著河邊小徑，走在滿是泥煤的奔流之上，穿過荒原，又笨手笨腳地走回河邊。他們在岩石之間發現到一塊塊可愛迷人的草皮，草皮在細嚼慢嚥的綿羊持續的關愛下弭得平平的，四周則圍著直立的石塊以及一叢叢神祕兮兮冒著紫點的毛地黃。怪異的透明昆蟲一骨碌地飛了過去；河烏在淺水的地方奔跑著；來到一處沼澤地時，他們驚擾了一整群亮晶晶的小青蛙，小青蛙一一跳起，腳底濺起陣陣水花。午餐時間，他們坐在耐莉．亞爾壕塹附近的一塊青草地上吃東西，並且就著進度討論了起來。羅蘭曾在睡前把《曼露西娜》看了一遍，他很肯定，克莉史塔伯一定有來過約克郡。

「那寫的**一定**就是這裡。一般人**以為**那是哪裡呢？那裡頭的文字在在反映著這裡的特色，鰓嘴、石桅，還有石南。那就是這個地方的氣息，好像他信裡所說的那樣。她還說氣流好像夏日裡的小馬嬉戲在荒原之上，那就是約克郡的說法。」

「我想就算是，之前也從沒有人有注意到這點，因為大家並不往這方面去看。也就是說——一般人總覺得她筆下的景觀就是在寫布列塔尼，據說就是普瓦圖，而且也深受浪漫時期鄉土色彩的影響——像是勃朗特姊妹、史考特、華茲華斯。也說不定，那只是一種象徵性的寫法。」

「那**妳**認為她到過這兒嗎？」

「是啊！我很確定。只是我沒證據，能讓這個說法確切成立。哈伯小精靈、約克郡的文字，或許還加上我的別針。我到現在都還弄不懂的，是他怎麼寫得出那些信給她太太——那真的很讓我納悶——」

「或許他真的也很愛他太太吧！他不有說，『等我返家之時』。他心裡始終都打定主意要回去的，而且也真的回去了——這點我們不都知道。就算克莉史塔伯真有到這裡來，那也還是構不成私奔這樣的狀況——」

「但願我們真能弄得清**當時**的狀況到底是——」

「那是他們自己的事。是他們的私事。不過，我還是想跟妳說，我覺得《曼露西娜》和艾許一些詩作非常相像——至於她其他作品，則根本完全不像。可就是《曼露西娜》，那讀起來簡直就像是他下筆寫的一樣。對我而言。重點不在主題，是風格。」

「我不想這麼去看，不過我明白你的意思。」

從溪洞沿著一條陡峭的小路，就可抵達湯瑪辛壕塹，溪洞是個小村落，坐落在沼地丘陵的谷地裡。他們沒有直接從沼澤那兒走下來，而是順著這條路走到那兒去，目的是想到瀑布底下的那口水池看看。天氣非常鮮朗，四處充滿著動感。大朵的白雲在湛藍的天空中飛翔，底下則是乾燥的石牆和林地。羅蘭在其中一道牆面上，發現了一長排發著光的銀色玩意兒，後來證實那是隧道蜘蛛巢穴的裂口，而那些蜘蛛正急急走出，即使絲線般的隊伍因著一根麥稈有了些麻煩，但牠們仍揮舞著強勁夾箝般的手臂與下頷。前去壕塹的路上，路面陡然下斜，於是牠們不得不攀著一顆顆圓石手腳並用地爬走。水流落入一個天然形成的岩穴，就在下降的峭壁邊緣，裡頭長著各式各樣的小樹，全都努力地在險峻中求生存。那裡很暗，聞起來有一種冷冷的、雜滿苔蘚和野草的味道。羅蘭定睛望向瀑布微綠帶金且白的奔流，好一會兒，他又將目光移往那口濁水滾滾的池子的外緣。就在他往那兒看的時候，太陽現身了，光線射往水池，水面上反射出華麗的光彩，同時也照映出池底下各式各樣動個不停的活著的和死了的葉子和植物，那光景，就好像有一張密密織了斑斑光點的巨網把水池給網住了一般。他注意到一個頗值得玩味的自然現象。在山洞**裡頭**，以及洞口的圓石邊，那看起來像是白色光焰的東西似乎不斷地拚命向上伸展。自水面折射而起的光線無論是打在哪個崎嶇的石面上，無論裂紋是走直的還是橫的，同樣的這道光芒始終都跟著它的走向流瀉而下、輕輕顫動，蒼白不帶暗影，營造出一種夢幻般不存在的火相、交織著空無的絲網。他坐著看了好一會兒，就蹲坐在石面上，直看得自己忘卻了時間、忘卻了空間、忘卻了自己眼下身在何方，望著焰火的幻影，竟彷彿是望著意識的核心。茉德走過來往他身旁坐下，他的這番冥想於是便讓茉德給打斷了。

「是什麼東西讓你這麼著迷？」

「光、還有火。妳看那光照下來的效果。妳看這整個洞頂就像是點了火似地發亮。」

茉德說道：「她也看到了，我敢說她一定也看到了。你看《曼露西娜》的開頭。」

三大元素相融，造就第四元素。

日光透過氣流，漾出圖景一幅。
（橫亙穿過突兀凹谷，根植在寥寥無幾
零星泥炭中的白楊小樹）
在水光中，但見氣流格格分明：
水流不絕，震人心魄
一如蛇鱗層層如波，光照灼灼
在水下方，勢若熔光
恰似鎖甲連連：上方但見
水光相偕，攜手出現
在灰牆面上，在潮濕的洞頂
展示著跳躍的火焰，緩升的螺旋
那是光焰之舌，輕點花崗壁岩
沿著每道凹谷，每道耐火的崎路
巧妙攀升閃滅，緩慢匍匐蔓延
不見暗影疊疊，但見絲線綿綿
圓錐高如塔尖，火般形貌白潔
此座火焰，不予熱煉，不造焦炭，
不靠物質餵滿，但憑自我充填
燃亮冰冷石面，未曾使之燬傷
亦不自我傷燬，光是光石仍是石
冷火之泉遽然躍起，力量之源

便是水瀑與升湧之泉
賦予其活力與熱烈……

「她跟他一起到這兒來過。」茉德說道。

「就算有這段文字，那也不能算是證據。而且，剛才如果陽光沒有照下來的話那我也就看不到這個畫面了。不過，那的確就是證據，就我來看的話。」

「我有在讀他的詩。《艾斯克給安珀勒》。寫得很不錯。他並不是在跟自己對話，他是在跟**她**對話——安珀勒——克莉史塔伯，又或許是——情詩泰半都只是在自說自話。我蠻喜歡那幾首詩的。」

「真高興妳會喜歡他的東西。」

「我一直有在努力地想像他，想像他們。他們當時想必——一定相當狂熱。我昨晚就在想——你說起的我們這個世代，以及性的事情。我們瞭若指掌，就像你說的，我們懂得非常多的知識。好多各種各樣的事情我們都知道——我們知道何以自我不會單一地存在——知道自己是怎麼由各種矛盾的、互相影響的體系所構成的——然後我就在想我們當真**相信**這一切嗎？我們知道慾念是我們的動力，可是當真發生的時候，我們卻又不明所以，不是嗎？我們從不談愛這個字，對吧——我們都知道那是一個尚待查證的意識形態下的產品——特別是那種有浪漫色彩的愛——所以我們不得不認真努力地想像，以便知道就他們而言，來到這裡，那會是什麼樣的感覺，於是我們充分相信這些事情——愛——他們兩個——相信他們做過的事情都非常的重要——」

「我知道。妳知道克莉史塔伯說的：『難解的謎題，飛盪在我們安全的小屋之外。』我覺得我們也已經扼殺了那樣的東西——還有慾念，我們那麼小心翼翼地查證——我想這一切**查證**一定會相當怪異地影響到慾念這一點。」

「我也這麼認為。」

「有時候我覺得，」羅蘭小心翼翼地說道：「最好的狀況還是不要有慾念為佳。每次當我很真切地審視自己的時候——」

「如果你真有自己可言——」

「就我這輩子，就目前的狀況而言——我**真正**想做的——就是擁有空無。一張空蕩蕩的乾淨的床鋪。我腦中總是浮現著這樣一張放在乾淨的空蕩蕩的房間裡的乾淨的空蕩蕩的床，什麼都不需要，也沒什麼好要的。那樣的想法多少——是來自於我個人的情狀。不過也有一部分是屬於普羅大眾的，我想。」

「我知道你的意思。不對，這樣說根本不夠。說是巧合那會更加確切一點。那樣的想法其實也是我一個人獨處之時的想法。擁有空無，那可該有多好！沒有任何慾念，那又會是多妙的一件事！就連腦中浮現的畫面也都一樣，一張放在乾淨的空蕩蕩的房間裡的乾淨的空蕩蕩的床。白色的。」

「白色的。」

「完全一樣。」

「好奇怪。」

「也許咱們這一群被榨乾了的學者和理論家每個都會有這種症狀吧。也或許，那只是咱們兩個自己的毛病。」

「真好笑——真的很好笑——誰知道我們竟會跑到這兒來，為了這個目的，然後就坐在這兒，發現了——對方——**那樣的念頭**。」

他們起身回返，一路上很有默契地默不作聲，傾聽著鳥聲，以及樹林和水間的動靜。那天晚上吃晚餐的時候，他們在《曼露西娜》裡頭搜出了更多約克郡的用語。羅蘭說：

「地圖上有個地方叫妖靈洞，名字挺不錯的——我在想——也許我們抽出一天來，徹底離開**他們兩個**，別再管他們倆的事情，單單去看些我們自己想看的東西。不管是克拉波爾的文章還是艾許的信裡都沒有提到妖靈洞——只要別給卡死就好。」

「挺好的！天氣好多了，好熱！」

「那不要緊。我只是想看些東西，純粹是因為自己的興趣，而不是為了一層又一層的含義。要些新的不同的東西。」

新的不同的東西，他們是這麼說的。這一天他們十足的盡興。這一天，有著所有人都曾在童年時期打心底裡期待過的藍藍的金光閃閃的好天氣，也由於這樣一種前所未有的短暫記憶讓人認為這就叫做好天氣，於是過去的好天氣自然就是這個樣子，於是以後所謂的好天氣也應該就是這個樣子。這可真是個前往新鮮去處的大好日子。

他們在野外吃了簡單的一餐。新鮮的黑麵包，白色的文斯利代爾奶酪，深紅色的小蘿蔔，黃色的奶油，鮮紅色的蕃茄，圓圓的鮮綠色的史密斯奶奶蘋果，外加一瓶礦泉水。他們沒有帶書來。

妖靈洞是個藏在懸崖峭壁之下的小凹洞，有一道山溪在那兒直直穿過沙地直入大海，溪的源頭是一座舊時的磨坊，現在則已改建成一棟青年旅舍。他們穿過繁花盛開的小道一路走來。高大的樹籬密密地長著歐洲野玫瑰，大多呈清亮的粉紅色，偶有幾株白的，黃金色的花心上密布著黃色的花粉。這些玫瑰花密密地與繁茂的野忍冬糾結繁纏，但見粉紅與金黃之中，交織著蔓生的奶黃色鮮花。他們倆誰也不曾在這麼窄小的空間裡，見過或聞過如此豐沛的野花。暖熱的氣流在陣陣狂風以及上方搖曳不定的層層密林中傳送著花的香氣。兩人原本預期最多只會看到一、兩種花卉，就是那些自莎士比亞看過、莫理斯畫過的那片叢林倖存至現代晚期的開花植物。可是這裡應有盡有，這裡處處展露著生機，這裡有著一列又一列亮晶晶香濃濃的生命。

懸崖底下，完全不見有海灘，有的是長長一列的沙地，然後是一個又一個突出的潮濕的岩石，以及暗礁圍出來的潮水潭，就這麼一路延伸到大海。這些個暗礁多彩多姿：粉紅色的石、水底銀色的砂、紫藍綠的苔狀雜草、一坨坨玫瑰色的指狀雜草混在一排排橄欖色和黃色的泡葉藻裡。崖壁本身則灰灰的、層層粉粉的。羅蘭和茉德注意到崖底下平坦的石上有羽狀和管狀的化石鏤刻成螺旋狀的圖紋。有個告示這麼寫道：「請勿危損崖壁；尊重我們的遺產，並請為我們大家，一起用心維護。」鸚鵡螺的化石和烏賊的化石在威特比大肆販售。無論如何，可就是有個年輕小伙子拿著榔頭、帶著一只麻布袋，忙不迭地鑿著岩石壁面，就在那兒，到處都突長著各種盤捲的帶框的圓圈圈模樣的東西。那道海岸有個特點，就是它到處散布著大大的圓石，那情景，就像是砲轟過後的殘局，層出不窮、龐然不絕。這些石頭的顏色和大小各有不同，它們有的是黑的很有光澤，有的是黃的狀若硫磺，有的則呈一種老掉了的馬鈴薯色，亦即微微帶綠的蠟白、沙黃、白色，間或冒著一種玫瑰色的石英。茱德和羅蘭低著頭一路漫走，不時向對方說「你看這個，你看這個，你看這個」，並且立刻做起石頭辨識，全神貫注地，然後隨著新的發現出現，又再把這些石頭丟回原先大片的圖案之中，又或是任其隨意散置。

當他們停下來把餐點鋪放在岩石上時，他們這才得以向外伸展目光，享有廣博的視野。羅蘭把鞋子脫了下來，他的腳很白，放在沙地上，看起來就像是突然從什麼不知名的黑漆漆的地方冒出來的一樣。茱德坐在石上，身穿牛仔褲和短袖襯衫。她的手臂白白亮亮的；白色的肌膚、閃閃發光的頭髮。她倒出綠色水罐裡的沛綠雅礦泉水，說起這水純淨的來由，源流之水；紙杯裡，礦泉水的氣泡閃閃滅滅地。潮水已退；大海已遠。面對面說話的時刻已然到臨，兩個人都有這樣的感覺，兩個人也都很想，但卻始終按捺著。

「回去會讓你覺得難過嗎？」茱德。

「那妳呢？」

「這麵包真的很好吃。」然後是，「我的感覺是，我們兩個都會很難過。」

「那時我們就真得想清楚——如果真有什麼的話——我們又該怎麼跟布列克艾德還有克拉波爾說才好。」

「還有李奧諾拉。她就快來了。我真的很怕李奧諾拉。她那十足的熱力，是會讓人昏了頭的。」

羅蘭實在難以想像出李奧諾拉這個人來。他大致知道她體型龐大，眼下，他忽然把她想像成某個身披帳幔的古希臘女神，大手一伸，將龜毛的茱德挾帶而去。兩個女人，跑呀跑的。李奧諾拉的文字又讓他冒出更多想像。兩個女人……

他看著落單在此的茱德，在陽光底下，穿著她的牛仔褲和白襯衫。她猶然戴著頭巾——眼下已不是絲質的六角形，而是俐落的棉質六角形，綠白相間的方格，在她頸背上的髮下緊打著結。

「妳得要想清楚要怎麼跟她說才好。」

「哦！我已經想好了。什麼都不說。至少，要等到你我之間已得到某種——結論——又或是定案。那不是很容易。她很——她很——很有侵略性。很懂得怎麼和人親暱。我的空間讓她給弄得很小，我不是很懂那種事情。就像我們說的那樣。就某方面而言。」

「也許喬治爵士那邊會有什麼動靜。」

「也許吧！」

「我不知道回去後會有什麼狀況發生。我一直沒有一份固定的工作，這妳知道——就只偶爾勉強地接些課來教，再來就是些零星的編輯工作。我什麼都得靠布列克艾德。他幫我寫的推薦信，聽起來甚至讓我這個人更顯得乏味呆笨。這些事我也沒法跟他說，可是這又會讓下一步更加地不好走。然後又再加上凡兒。」

茉德沒在看他，她看的是一顆蘋果，她正拿著銳利的小刀，將蘋果切成紙片般的薄片，每一片都有一道半月形鮮綠色的果皮，有著如紙般白淨的鮮脆果肉，有著亮黑色的種子。

「凡兒怎麼樣這我不清楚。」

「我一直都沒提起過她。這樣比較好。我覺得我不應該。打從進大學起，我就一直跟她住在一起。養家活口全靠她，我想，我現在人在這裡，多少靠的也是她的錢。她不喜歡她的工作——花花綠綠的世界、一籮筐的事——不過她還是忍耐著在做。我欠她太多了。」

「我懂。」

「只不過那又有什麼用呢！就算有什麼好的說詞也都沒用。不過，因為那個——因為——我腦海裡一直浮現出那張白色的床——」

茉德把一小片扇形的蘋果弧片放在紙盤上，遞給了他。

「我知道。我跟佛格斯也這樣過。我想你聽人說過了吧！」

「嗯！」

「我猜是他告訴你的吧！我曾經過得很糟，和佛格斯在一起的時候。我們彼此折磨，我很不喜歡那樣，我很不喜歡吵鬧，困惑焦躁。有些事情我一直記著沒忘，我也有在想你談到的——海葵、手套，還有李奧諾拉寫的維納斯山峰。對！我記得佛格斯有很長的一段時間，老是拿陰莖嫉妒[116]來跟我說教。他就是那種男人，全靠著放大分貝來說服別人——所以呢，只要你張開了嘴巴，他就會說起別的事情，說得比你更行、更大聲。每逢早上六點，他便要引述佛洛依德的話給我聽。《有限的與無限的分析》。他起得很早，他經常在屋子裡**趾高氣昂**地走來走去——身上一絲不掛——還引用佛洛依德的話說『一個人在做分析之時，若是心有所慮，以為自己始終都只是在對空氣說理，那就等於以為自己是在設法說服女人放棄對陰莖的想望。』

我覺得他——我是說佛洛依德——這句話實在沒什麼道理——不過再怎麼樣，這種無聊的亂喊亂叫本質上就很荒唐——早餐都還沒吃——但又能怎麼辦——我根本沒法做我的事。那時候就是這麼一回事。我——我覺得很傷。連個好的說詞都找不著。」

羅蘭望向茱德，想知道她是否在笑，結果看到她微微笑著，笑得很尷尬、很誇張，但那畢竟仍算是笑容。

他在笑。茱德也笑。他說：

「那實在很累人。什麼事情都刻意地和政治沾上了邊。即使是有趣的事情。」

「獨身生活現在可是最誘人的新玩意兒。是最新寵兒哦！」

「如果真是這樣那妳就應該樂在其中啊！告訴我——妳為什麼老是要把頭髮包起來？」

有一時片刻他在想他或許冒犯到了她，不過她只垂著雙眼，然後帶著一種學究的嚴謹口吻給了答覆。

「這和佛格斯有關。關係著佛格斯、關係著頭髮的顏色。我的頭髮向來非常短——修剪得短短的。這顏色

116 心理學名詞，指女性想成為男性的潛在慾望。

很不對勁，你看，沒有人會相信這是天生的髮色。有一次開會還有人給我噓聲，說我是為了討好男人所以去染髮。然後佛格斯又說，這種削薄的髮型是一種逃避，是退縮，這讓我看起來簡直就像個骷髏頭似地，他這麼說。我只要把頭髮留下來就好了。所以我沒再剪。可是現在頭髮留長了，我卻不想要了。」

「妳要的。妳應該把頭髮放下來的。」

「為什麼這麼說？」

「因為如果大家都看不到妳的頭髮，那他們就會一直想呀想的，會好奇妳的頭髮到底長什麼樣子，結果妳就吸引了所有人的注意力。而且也因為，因為……」

「我懂。」

他等著。茱德解開了頭上的方格。一節一節的辮子，活像是一顆顆落著條紋發著亮光的卵石，有著白屈菜的黃，麥稈的黃，銀光閃閃的黃，炫耀著狹隘的生氣。羅蘭很覺感動——不完全是慾念使然，那其實是一種難以釐清的情緒，有一部分可說是憐惜，憐惜那一頭髮絲所曾忍受的這極盡的侷限，憐惜它們一再被編成重複的圖樣。如果他閉上雙眼斜覷著瞧，這個依著大海的頭顱頂上，便布滿了一個個角狀的疙瘩。

「人生何其短暫，」羅蘭說道：「它有權利享受呼吸的。」

其實，他的感受是因頭髮而起，那就像是某種遭遇監禁的生物一樣。茱德扯開了一兩根髮針，一大片頭髮頓時落下，然後垂在那兒，仍然編著髮辮，在她的頸子上歪歪倒倒地。

「你真是個怪人。」

「我並沒有逗引妳的意思，這妳知道的。我只是想看一次它們放下來的模樣。我知道妳會懂我說的都是實話。」

「嗯，我知道。最奇怪的就是這點。」

她開始緩緩地，伸出指頭拆解，將長長厚厚的髮辮給鬆開來。羅蘭定睛望著，非常地專注。直到最後一刻，仍有六條厚厚的髮束，兩兩成三，有模有樣地老實地披在她肩上。接著，她低下頭，往旁邊一甩，厚實的頭髮立時飛散開來，氣流倏然竄入。她彎著修長的頸子，愈發加快地甩動起頭來，羅蘭看到光朝著髮絲飛奔而去，然後在髮上、在迴旋不止的一大片髮上大肆閃著光彩，而身在其中的茉德，則見到了大海在金色線紋中翻騰不止，起伏盪漾，閉上雙眼，她看到了血紅的生命。

羅蘭覺得身上似有什麼東西釋放而出，而那，曾緊緊地控制著他不放。

他說：「那樣感覺起來好多了。」

茉德將頭髮擺向一旁，直直地望向他，臉色微微發紅。

「沒錯，那樣感覺起來好多了。」

第十五章

如是說來，愛戀豈只僅是
麻酥酥的電感
抑或灰燕[117]火山
大轟轟的雷吼
噴發自火山坑口
潛藏於內部的地火
究竟我們是自動的器械
抑或天使的同類？

——藍道弗．亨利．艾許

這個男的和這個女的，彼此對坐在火車的客車廂裡。他們的樣子很安詳很端莊，兩人的膝上都攤放著書本，只要火車搖動的狀況不是太嚴重，他們便會轉而看書。更確切地說，他其實是很慵懶地偎在他的角落裡，腳踝交錯相疊，顯出十分輕鬆的模樣。而她呢，大多時候都認真地讓目光停留在她的書上，不過偶有些時候，她會抬起尖尖的下巴，專注地望向外頭，看著變化連連的鄉村風景。看到這幅光景的人很可能得猜上好些時候，才能推斷出他們到底是結伴旅行的兩個人，抑或是各走各路，因為他們的目光很難得碰在一起，就算碰在一起了，兩人的目光也都極其小心，而且毫無表情。像這樣的一位人士，他很可能會在觀察一段時

117　原文作Ash，同艾許。

間過後得到一個結論，那就是：這位男士對這位女士，懷有仰慕之情，要不便是懷有相當高度的興趣。每當她毅然低下頭去看她的書，又或是看飛逝而過的田野、漸漸消失的牛群時，他的目光就會停留在她身上，只是那目光究竟是在推敲著什麼，抑或單純就是好奇，這又實在很難分辨得出來。

他長得相當英俊，一頭平滑的深褐色頭髮，深得近乎黑色，只不過，鬈髮之中仍可見到些黃褐色的光澤；至於亮光光的褐色小鬍，色澤則又更深了一點，相當於七葉樹的果實的顏色。他的額頭相當寬闊，智能器官發展得很好，不過他天生也極富熱情與同情。他有著黑色的眉毛，毛茸茸亂糟糟的，底下一雙大得不得了的眼睛，總是從容不迫地看向外面這個世界，大膽無畏，但又帶著幾分含蓄。鼻子的線條分明，嘴型堅定沉穩——這麼一張臉，可能會讓人覺得，它非常瞭解自己，而且早已打定主意要如何看待這個世界。他看的書是查爾斯．萊爾爵士的《地質學原理》，這本書，在他全神貫注之時，讀取的速度相當快速。他的衣裝很高雅，卻絲毫不顯浮誇。假想中的那位人士很可能會無法判定，究竟他觀察的這位男士，追求的生活是活躍積極，抑或沉思冥想：他看起來似乎果斷明快，可是，卻又像是個「思考良久、深沉」的人。

這位女士的打扮雖說不是最最時興的樣式，但卻十分高雅；她穿著灰色條紋的連身棉裙，外頭罩了件印第安式的披肩，那是件鴿子灰做底，搭配海水藍和孔雀藍渦紋圖案的毛織品；她戴著一頂小小灰灰的絲綢軟帽，帽沿底下，則可見得幾朵白絲結成的玫瑰花蕾。她長得很秀麗，白蒼蒼的肌膚，一雙眼睛，大得恰如其分，光線變動之時，會有特異的綠色閃現其中。她其實不能算美——她的臉太長，這就不夠完美，而且離青春已有一段距離，不過身量倒很標準，嘴型彎彎的十分高雅，不會鼓得像朵玫瑰花蕾突在那兒似地。真要挑剔的話，她的牙齒稍嫌大了點，不過很堅實、很潔白。到底她是已婚，抑或未婚的小姐，這點很難看得出來；還有，到底她的家境如何，這點也不易判定。她的東西，看起來都是整整齊齊、精心挑選，雖然不見有豪奢的氣度，但看在好奇的人眼裡，也看不出有任何貧窮、儉省的地方。她白色的羔皮手套十分柔軟，看起來不像是用了很久。火車移動時，她那一雙因著大蓬裙移位而不時出現的小腳，則藏匿在一雙結著緞帶亮閃閃的翡翠綠皮靴裡。她是否有察覺到她這位旅伴對她的興趣，她的表現也讓人無從知起，若真說有，那便是她的眼睛會很刻意地不去看他這個人，可這種表現不也就只是一種體統上該有的端莊。

一直到過了約克郡相當一段時間之後，他們倆的關係才終於能大致敲定，因為這位男士傾身向前問說，她是否還覺舒服，不會太累，態度十分誠懇。而那個時候，車上已不見有其他乘客，大部分都是在約克郡那一站就轉車或下車，沒有人坐超過莫頓和匹克林這兩站，所以，現在車廂裡就只剩下這兩個人了。她於是直視著他，說她不累，她一點都不覺累；她想了一會兒，然後又斬釘截鐵地說，她現在的心情是不容許疲累的，她很確定。因此，他們相視而笑，然後他傾身向前，著魔般地望著那小小的戴著手套的手，而那靜靜躺著的手，接著便緊緊握住了他的手。有些事情，他說，他們得趕快趁著目的地還沒到達之前討論一下，這些事情在他們匆忙混亂出發之際，一直找不著時間、也沒法平心靜氣地說清楚，這些事情，說起來有點尷尬，但他希望，憑著一股決心，他們終能克服。

打從他們過了國王十字架這站之後，他就一直在構思這番說詞。他一直沒法想像他會用什麼方式把話說出，而她又會用什麼方式回應。

她說她很專心在聽，小手放在他彎彎的弧線裡，被他緊緊地握著。

「我們正在一起旅行。」他說。「我們決定──妳決定了──要來。我不明白的是，在這個決定之後，妳是否會希望──妳是否會選擇──和我分開、自己單獨住宿、自己打理一切──或者說，妳是否──妳會否希望以我的妻子的名義一起旅行？這等於是往前跨出一大步，也同時會出現各種的不便、風險，以及──尷尬。我已經在斯卡伯勒訂了房間，是和『妻子』一起住。但我也可以再訂別的房間──用假名來訂。還是說，妳不想走到這一步──為了妳的名聲，也許妳想自己單獨地在其他地方落腳。原諒我這麼直接。我只是真心想知道妳會希望怎麼做。我們出門的時候是那麼地開心，我希望所有決定都能順其自然──不過還是看妳怎麼決定。」

「我要跟你在一起。」她說：「我已跨出很大的一步。既然走了，那就走吧。我很高興你叫我作你的妻子，就這段時間裡，無論你要在哪兒這麼叫我都成。我很清楚我──我們所作的決定是什麼。」

她的話說得很急、很清楚，只是那雙戴著手套的手，裹在溫暖的羔皮裡，始終在他手裡轉呀轉的。他開了口，口吻依舊像他們之前所表現的那般平靜安詳：

「世界上竟然有像妳這樣的女人。這種大方——」

「不是大方，而是必然。」

「可是妳沒表現出傷感，沒有一絲遲疑。妳沒有——」

「我不需要。因為這是必然的，你也知道。」她轉開了臉，向外望去，穿過一流細小的火山熔漿，看著平淡乏味的田野。「我會害怕，當然，可是那似乎沒什麼意義。之前的顧慮，之前的憂心，其實好像都沒什麼意義。它們不是薄薄的棉紙，只是看起來如此。」

「妳一定不會後悔的，親愛的。」

「你不需要說這種空話。想當然，我是一定會後悔的。你也會後悔，不是嗎？只不過，在此時此刻，那也一樣沒什麼意義。」

他們沉默了好一會兒。然後他小心斟酌著用詞，說道：

「如果妳願意作我的妻子，跟著我一起——那我希望妳能接受這枚戒指。這是我們家傳的戒指——是我母親留下來的。這是一枚很平凡的金指環，上頭刻有雛菊花。」

「我也帶了一枚戒指來，是我姨婆留下來的，蘇菲．德．蓋赫考茲。是綠色的玉石——看——翡翠——很簡單的一塊玉石，上頭刻了一個S。」

「妳是不是不願接受我的戒指？」

「我沒這麼說啊！這證明了我有先見之明，而且很有決心。我很樂意戴上你的戒指。」

他褪去一只小小的白手套，然後將他的戒指推向她那枚細緻的綠石戒指，於是，兩枚戒指疊在了一起。戒指和她很稱，只是有點鬆。他很想說些話——我以這枚戒指，娶妳為妻，我以我的身軀，敬妳愛妳——只是，這些真誠動人的話語，同時說給兩個女人聽，就等於是兩倍的背叛。未曾說出的話語迴盪在空中。他執起那小小的手，放往他的唇邊。然後他坐回去，若有所思地將手中那只手套自內至外地翻出，然後將軟軟的皮囊一個個地給鼓出來，並把細小的皺褶一一撫平。

打自倫敦出發，一路上，她那存在於他對面難以企及的角落裡的活生生的身影，一直讓他感到萬分困惑。幾個月來，他著了魔似地想像著她。她一直是那麼地遙不可及，是那麼一位高塔裡的公主，而他，則努力地靠著想像，使她的風采完完整整地貼近他的內心、他的感覺，想像她的敏銳，想像她的神祕、她的白皙，這些只是她極盡誘人的一部分，還有就是，那雙穿透人心、幾近密合的雙眼所透出的綠色的神彩。她的風采一直讓人難以想像，說得更貼切一點，其實是**只能**付諸想像。可是，她現在人就在這裡，而他，則全神貫注地打量著她的一舉一動，看著她，時而相像、時而不同於那名他夢寐以求、唯在睡夢中得以親近、且讓他願意放手一搏的女子。

年少的時候，他曾經讓華茲華斯和那孤獨的蘇格蘭高地女孩的故事感動得不知所以；這位詩人曾聽過迷人的歌聲，歌聲之美，讓他寫下了不朽的詩篇，從此拒絕再聽其他的歌聲。那他自己呢，他發現，他並不是這樣。身為詩人的他，強烈想要的是知識、是真相、是詳細的狀況。沒有什麼事會因太過瑣碎而讓他失去興致；沒有什麼事會渺小得不足重視；如果可以的話，他還真想標示出潮泥灘上的每一道波紋，並且仔細勘察風和潮到此一遊來去無影的痕跡。因此，眼下他對這名女子的愛戀，便讓他極盡所能地想知悉一切，因為他對這名女子雖已熟悉，但畢竟仍非徹底。他在熟習她的一切。他端詳她鬢角上一圈圈淡色的頭髮。它們銀亮的金光看在他眼裡，似乎帶著一絲綠色的味道，那不是銅器鏽蝕時的那種綠，那是一種植物初生淡淡的新綠，一條條地沒入髮間，就像是小樹苗上銀亮的樹皮，也像是藏匿在一束束新鮮乾草中的綠色暗影。而她的雙眼就是綠的，透亮的綠，孔雀石般的綠，挾雜著大量沙土的海水的雲紋的綠。眼上的睫毛雖是銀灰色的，但色澤卻濃得教人看得非常分明。面孔並不和善，臉上見不到有和善的面容。這張臉勻淨俐落，但並不精緻——而且骨架的線條很不柔和，因此明顯可見其鬢角，以及下削的臉頰，並且疊生暗影，暗影微滲著藍，這一部分在他的想像中，經常也都是現出綠的顏色，不過事實卻非如此。

如果他愛這張臉，這張不怎麼和善的臉，那便是因為這張臉清晰、敏銳、鮮明。

他看到，也或者，是他以為他看到，那些特質是如何地蒙蔽、遮掩在那些傳統拘泥的表情裡——佯裝出來的端莊、權宜之下的忍耐、遮掩著不屑的沉靜。她最糟的便是——噢！他簡直把她看得一清二楚，雖說他對她有如著魔般地癡迷——她最糟的便是，她會垂下雙眼，然後將目光移向旁邊，裝得很端莊地微微一笑，而這笑，幾乎可說是一種機械化的假笑，因為那代表著一種假象，代表著一種慣性，代表著她暫時勉強願意認同這個世界的期待。他就曾經看過，本質上真正的她，他覺得應是這樣沒錯，那時在克雷博・羅賓森的早餐會上她坐在桌邊，聽著男士們的爭辯，自認為自己在觀察別人而不是別人觀察的對象。他敢斷定，絕大多數的男士，若是真看到了那個表情之下的嚴苛、厭惡，以及專制，對，就是專制，那他們鐵定會離她離得遠遠地。她這種人就注定只能讓怯懦膽小的人來愛，因為這種人會暗暗地希望她來懲治、控管他們；要不就是讓些笨蛋來愛，因為這些人會把她嬌弱退縮的冷淡表情，看作是一種女人特有的純潔，而這種特質，在以前就是大家慾想的對象，至少表面上是如此。不過，他很快就明白，她是來讓他愛的，她是需要他的，就本質的她而言，又或是其他可能的她，又或是甩開包袱後原本可能的她。

打理這處住所的是凱米旭太太，她的身量很高，臉上有著貝葉掛毯（Bayeux Tapestry）上那些古北歐人糾結著濃眉的表情，這些古北歐人曾經，也乘著長長的船，落腳於這片海岸。她和她女兒提起大大小小的行李——帽盒、鐵製的行李箱、採集用的箱子、網子，以及寫字檯——這個物件是如此龐大，也因此讓這趟工程顯得相當浩大。裝修得十分堅固的臥房裡就剩他們兩人準備脫去旅行外衣，兩人都默不作聲，站在那兒，睜眼望著。他伸出雙手，於是她進入他的手中，但嘴裡卻說著：「現在不要，還不是時候！」「現在不要，還不是時候！」他附和著她說道，覺得她放輕鬆了些。他帶她走到窗邊，窗外的視野很棒，遠眺山崖，可看到綿長的沙地以及灰蒼蒼的大海。

「那兒，」他說：「就是北海。真像鋼鐵似地，裡頭湧著生命。」

「我一直都很想去看看布列塔尼的海岸，就某個層次來說，那裡等於是我的家鄉。」

「我從來沒看過那裡的海。」

「那裡非常地幻變。今天還藍藍的、很清澈，明天立刻就變成深褐色的狂浪，到處浮漲著海沙，一片混沌。」

「我——我們一定也要去那兒看看。」

「啊！別說了。這樣就夠了。也許這樣還太多了呢！」

他們有自己專用的餐廳，凱米旭太太供應了一大桌菜餚，大抵可以填飽十二個人的肚子，盛菜的盤子鑲著深藍色的框邊、浮染著大大的粉紅色玫瑰花蕾。有一大鍋奶油湯，有燙海鱈和馬鈴薯，有炸肉排和豌豆莢，有竹芋布丁和水果蜜餡餅。克莉史塔伯．勒摩特用叉子把她的食物掃進了她的盤子裡。凱米旭太太跟艾許說，他的夫人瘦骨嶙峋的，顯然很需要海邊的空氣以及營養的食物。當他們兩人再次獨處時，克莉史塔伯說：

「那樣根本沒好處，我們在我們自己家裡，食量都小得像小鳥一樣。」

他望著她瞧，發現到她惦記著她的家，有一時片刻他覺得很挫折，後來才從容地回說：

「妳不必讓房東弄得不自在。不過她說的是有理，妳是應該到海邊呼吸那兒的空氣的。」

他望著她瞧。他注意到她並不會刻意去做一些別人認為妻子該有的舉動。她沒夾菜給他。她沒親暱地傾身向前，她沒乖乖聽話。當她覺得沒有人在注意自己的時候，她便張起銳利的目光望他那兒瞧，可那並非出自關心，也無關情意，也不像他是因著內心難以按捺的熾烈的好奇心。她望著他，就像是一隻鳥睜眼望著那樣，是那種鍊在架台上的小鳥，有點像是那種來自熱帶森林羽翼艷麗的小東西，有點像是北方崖壁間那種兩眼發著金光的蒼鷹，繫著牠的腳帶，極盡所能地讓自己不失尊嚴，用著不經修飾的傲慢，忍受著人類出現在眼前，然後不時啄弄自己的羽毛，表示自己很尊重自己地在照顧自己，同時又可讓人知道牠的感覺不甚舒服。於是，她將戴著袖套的手腕向後一抽，於是，她挺直身子地坐進了她的椅子裡。他想改變這一切，他是能改變這一切的，他頗為肯定。**他懂她**，他確定。他想讓她明白，她不是屬於他的物品，他想讓她知道，她完全是自主的，他想看她高展她的雙翼。他說：

「我有個靈感，是一首詩，和必然有關。誠如妳在火車上所說的。在一生中，我們鮮少會覺得，自己的所作所為是那麼一件必然該做的事——完全由必然性在決定——我想死亡肯定就是那麼一回事。如果我們能有機會瞭解這個道理，肯定可以明白它現在已經完成了——妳明白嗎，親愛的——沒有其他勉強的選擇，也沒可能再拖拖拉拉推三阻四，就好像在平坦的坡面上一路下滑的球一樣。」

「毫無可能回頭。也像是向前行進的軍隊一樣，他們明明可以轉身而去，可他們沒辦法這麼想，他們一心一意、打定了主意——」

「妳還是隨時可以轉身而去，如果——」

「我說過了。我沒辦法。」

他們在海邊散著步。他向他們的腳印望去，他的，是沿著水邊長長的一列，而她的，則歪歪斜斜地迤邐退去，一會兒和他的遇在一塊兒，一會兒又跑開，然後復而又遇在一塊兒。她沒有攬住他的手，雖說有一、兩次當他們碰在一起，她有握起他的手，然後陪在他身邊快步地走了好一會兒路。他們倆都走得很快。「我們走的很有默契呢！」他跟她說。「我們的步伐很一致。」

「我想像中就是那樣。」

「我也是！我們對彼此都非常瞭解，在某些方面。」

「其他方面，則完全都不瞭解。」

「那是可以再補足的。」

「不盡然。」她說，並且再次移向一旁。一隻海鷗大聲嚎叫。一輪暮日，正要下山。一陣風吹皺了海面，海面有些地方綠綠的，有些地方則是灰的。他鎮定地走著，內心掀起了私密的劇烈風暴。

「他們這兒可有海豹仙子？」她向他問道。

「海豹？我想沒有。再往北一點，就有。而且還有很多傳說，什麼海豹夫人、海豹之女，在諾森伯蘭的海岸那兒，還有蘇格蘭也有。從海裡來的女人，她們會出現一陣子，然後不得不離開。」

「我從來沒看過海豹。」

「我在這片海洋的另一頭看到過——那是我到斯堪地那維亞旅行的時候。牠們的眼睛和人一樣，很清澈、很聰明，還有滑溜溜圓滾滾的身體。」

「牠們雖是野生的，但卻很和善。」

「在水裡，牠們游來游去就像條輕巧的大魚一樣。來到陸地上，牠們就得爬呀拖的，好像受了重傷一樣。」

「我寫過一篇海豹和女人的故事。蛻變這種情態讓我覺得很有意思。」

他無法對她說，妳以後可千萬不能像海豹夫人那樣地離開我。因為她會這麼做，而且肯定會這麼做。

「蛻變，」他說：「是一種方式，藉著打謎，表示我們知道自己是這動物世界的一分子。」

「你相信我們和海豹之間，並不存在有本質上的差異嗎？」

「說到這一點，我倒不很清楚。相似之處倒是多不勝數。手和腳的骨架，甚至是那幾隻粗笨的鰭狀肢。頭蓋骨還有脊椎骨。我們的祖先是魚類。」

「那我們不朽的靈魂呢？」

「有些生物，牠們的智能是很難和我們所謂的靈魂做出區分的。」

「你的靈魂已經走失了，我想，因為他不被尊重、又缺少滋養。」

「我挨罵了。」

「沒有誰在罵誰。」

時候差不多晚了。他們折返回克里夫，坐在自己的餐廳，一個茶盤送了上來。他倒著茶，她則坐著看他。他很像是個盲人，在凌亂陌生的屋子裡走動；似有若無的危險更讓人感到危險實實在在地存在。新婚蜜月通常要有某些殷勤的表現，這些慣例向來是父傳子知，要不朋友之間也會互相提醒。想到之前送那枚戒指以及那些婚禮用語的狀況，於是，當他一想到這些慣例，他便舉足難定。這畢竟不是蜜月，可這一趟卻也存在著和蜜月一樣高深莫測的莊重。

「妳要不要先上樓，親愛的？」他這麼說道，他在這漫長狂熱的一整天裡，始終都是用著這般輕柔和善的聲音，可聽在他自己耳裡，卻極盡的刺耳。她站著看著他，緊張萬分卻又一臉嘲弄，然後她笑了。「如果你這麼希望的話。」她說，這可不是柔順的服從，完全不是，反而，她帶了點消遣的意味。她端起一座燭台，走了。他又給自己再倒了些茶——如果這是白蘭地他恐怕會喝得更多——可是凱米旭太太對這類東西完全沒概念，而他自己當初又沒想到往行李裡放上一瓶。他燃起一根細長的小雪茄菸。他想到自己希望、期盼的事情，想到這些事情大多都是無言可喻。婉轉的說詞，男性集體的野蠻，書。在這個節骨眼上，他格外不想去想自己以前的種種，所以他想起了書。他在海煤嗆煙的火光中來回踱步，記起了莎士比亞的《特洛伊勒斯》：

那將會何如
一旦水之況味
恰如精煉三重愛之甘露？

他想到法國作家巴爾札克，從他那兒他學了不少事情，有些是錯的，有些格調太**法式**，所以不適用於他所待的世界。樓上那位女子多少可算是個法國人，而且是個喜歡讀書的人。這或可解釋她滿心的自信，以及她那讓人咋舌的就事論事的直接。巴爾札克載滿譏諷的文字無論如何都還是很浪漫的——道出了這等渴望、這等熱情。「厭惡，是因為看得透徹，佔有之後，男人的愛始見分曉。」為什麼會是這樣呢？為什麼厭惡就比慾念更能讓人看得分明呢？這些事物自有其律動的模式。

他還記得，小的時候，很小很小的時候，儘管不怎麼懂，但他還是懵懵懂懂地意識到，無論出現的是什麼狀況他都一定得長大成男人——他還記得他以前讀的《羅德利克．藍登》（*Roderick Random*），英國作家寫的，裡頭強烈的、柔性的不滿，都是針對身為人的這個情態以及其無奈而發，只不過它不像巴爾札克那樣，有著細膩的心理剖析。結局是喜劇收場。到最後，男主角被作者放在臥室門口，然後，用後記的方式交代他終於走了進去。

至於她——他忘了她的名字，好像是西莉亞還是蘇菲，沒什麼個性，結合了外表與心靈的完美於一身，不過說得更正確點，那其實是來自男人想像中的完美——她穿著絲質的肚兜式睡衣出現，手和腳自睡衣裡隱隱閃現，然後她將睡衣掀起來蓋在頭上，轉向男主角和讀者，其餘一切，承諾，就全交給了他們。這一刻成了他的試金石。他打小就弄不明白，這種「肚兜式睡衣」到底是怎麼回事，到現在，也還是弄不明白，最多也就只有胡亂想像過玫瑰般紅潤的手和腳等等之類的東西。不過他確曾亢奮過。他來來回回走啊走的。到了那上頭，她，會怎麼看**他**，會怎麼看這個她等待中的人呢？他開步向前。

樓梯很陡，亮光光的木製梯板上，快步走著一個滿面通紅的人。凱米旭太太把屋子打理得很好。木頭聞起來有蜜蠟的味道，地毯上銅製的嵌片則閃閃發著光亮。

臥房裡，大朵大朵的玫瑰花滿布在翠綠之上。那兒放著一張梳妝台、一座衣櫥，並有一個垂了簾幕的裡間，還有一張扶手椅，椅子扶手和彎彎的椅腳都套有墊子，以及一張銅製大床，上頭很氣派地鋪了一層又一層的羽毛軟墊，好像是為了把公主和豆莢分開似地。就在這層層羽墊之上，她坐等著，藏身在硬挺潔白的針織床罩以及拼布床被之中，將床被緊緊握在胸前，凝神注視。這裡沒有「肚兜式睡衣」，這裡只有包到頸上的白麻睡袍，頸子和腕上，盡是細瑣的皺褶、釘針花釦，以及蕾絲飾邊，一排亞麻小釦密密扣著。她的臉很白，輪廓鮮明，在燭光中隱隱閃現，很像具骨骸。不見一點粉色，還有頭髮，那麼地細、那麼地白、那麼地濃，因為編辮子的緣故，一頭秀髮彎彎曲曲地成了層層波浪，蓋住了頸子和肩膀，在燭光中亮晶晶地散發著金屬般的光澤，並且，由於有個種了株生命力旺盛的劍葉羊齒的花盆放在一只大大的釉盆裡，於是返照回來，透出了某種色澤，綠綠的微亮再次閃現。她靜靜地看著他。

很多女人常常弄得一屋子全是女性用品，要不便是掛得到處都是，但她沒有。椅子上，放著一個像是快要垮了的鳥籠的東西，那是裙子的內襯，再加上鋼圈和皮帶。在這底下，是綠色的小靴子。不見有髮刷，不見任何一只瓶罐。他歎了口氣，放下蠟燭，俐落地脫起衣服，光線照不著他，整個人全落在陰影裡。她望著他瞧。當他抬眼一看，他遇上了她的目光。她大可躺下、把臉轉開，可她沒有。

當他把她抱在手中時，其中一人開口說話了，那個人是她，說得粗聲粗氣地：

「你怕嗎？」

「現在，不怕了。」他說：「我的海豹仙子，我的白夫人，克莉史塔伯。」

那是往後一個個漫長而詭異的夜晚的開端。她熱情地迎接他，兩人同樣地狂熱，而且默契十足，因為她竭盡所能地自他身上得到了快感，為此，她敞開自己，誓不放手，如野獸般地發出了短促的狂喊。她輕撫他的髮，吻著他無法看清的雙眼，不過除此就沒再做出其他明顯的動作來迎合他，迎合這個男人——在往後那些個夜裡，她也從沒這麼做過。那像在抱著善於變形的海神似地，有一度他曾這麼想，彷彿她是液態的，穿梭在他緊握的指間，彷彿她是海裡的波浪，浮升在他身邊。有無數、無數的男人都曾出現過那樣的想法，他跟自己這麼說，在無數、無數的地方，無數的氣氛下、無數的房間和小屋和洞窟，所有人都以為自己浮游在鹹鹹的大海裡，隨著海浪載浮載升，所有人都以為自己——不，是明白自己——無可匹敵。此時、此時、此時，他的頭劇烈震盪，他的人生導引在他前方，一切的一切都牽引著他去做這一件事情，就在這裡，一切都是為了這個女人，這個在漆黑中潔白的女人，為了這移動不定的沉默，為了這無聲的結局。「別抗拒我！」他曾這麼說，然後她說：「**我不得不**。」一副鐵了心的模樣。於是他心想，「別再說話了。」接著便強力壓住她，愛撫起她，直到她放聲大喊。

這時，他才又再開口。「妳看，我是懂妳的。」然後她氣喘吁吁地答道：「沒錯，我承認，你懂我。」

之後好一段時間，他半睡半醒地回過了神，覺得自己聽到海的聲音，無疑地，那聲音發自那個方向，這時他才發覺到，她正靜靜地在他身旁低泣。他伸出一隻手臂，她便將臉偎進他的頸間，有些不知所措，並不是很貼近，但就是盲目地想讓自己不被看見。

「怎麼回事，親愛的？」

「啊！我們怎麼可能承受得了啊？」

「承受什麼？」

「這樣的狀況啊！時間是那麼地少，我們怎麼能在睡夢中就把時間給用盡了呢？」

「我們可以靜靜地在一起，然後假裝——反正這不過是才剛開始——所以我們還擁有全世界所有的時間。」

「然後一天天我們擁有的愈來愈少，最後不剩一絲一毫。」

「所以說，難道妳希望什麼都不曾擁有過？」

「不，這就是我一直以來的目的地，打從我的人生開始那一刻起。當我離開這裡，它將成為一個中間點，從前的一切只為了到達這裡，日後的一切也都將從這裡不斷遠離。可是現在，我親愛的，我們在這裡，擁有**現在**，現在以外的其他光陰不斷奔向別的去處。」

「很詩意，可是不是很讓人愉快的說法。」

「你知道，這我也是知道的，說起來，好詩是不會讓人愉快的。讓我抱著你，這是屬於我們的夜，而且才只是第一個夜，所以，最最接近無限。」

他感覺到她的臉，一臉嚴峻、帶著熱淚地倚在他肩上，想像起這具充滿生命力的骨骸，充滿生命力的軀殼，滿溢著藍色的血脈、藍色細緻的血管，以及高深難測的思維，盡皆奔流在她軀體深處。

「跟我在一起妳會平安無事的。」

「跟你在一起，我沒有半點平安。不過，我一點都不想離開這裡。」

早上，盥洗的時候，他發現大腿上有些血跡。他以前就在想，這些初始的事情，她是不是都不懂，而這，便是自古以來引以為證的東西。他站在那兒，手上拿著洗手綿，苦思著她這個人。技巧那麼精妙、慾望那麼飽滿，結果卻仍然是處子之身。照平常的可能，太過露骨的事情總會讓他有些反感，可後來，當他把事情清楚地再想了想，卻也覺得這狀況頗有意思。他是無論如何都不能開問。只要露出猜測的樣子，甚至表現出好奇，那一定就會失去她。當下立刻。他很清楚，想都不需多想。那就像是曼露西娜的禁令，可他並不像可憐的瑞門登那樣背負著故事情節，勢必得輕率地流露出好奇。凡事他都喜歡極盡所能地去瞭解清楚——就連這件事也是一樣——可他明白，對於不可能明白的事情，他對自己說道，他就不該傻到去好奇。那件透露著真相的白色睡袍，想必已教她給忙不迭地塞進了行李箱裡，因為，他再也沒見到過那件睡衣。

這些日子以來他們非常地愉快。她幫著弄他的標本，好勝地在岩石上爬來爬去，就為了讓東西到手。她唱起歌來，活像是歌德筆下的美聲海妖，也像荷馬筆下的海妖，那是在伐利．布里格的岩邊，那兒的海浪曾經捲走了皮柏帝太太一家人。她好勝地向著荒原前行，整個裙架、一半的襯裙全丟在了後頭，淡白的頭髮讓風吹得亂七八糟地。她專心地坐在泥煤升起的火邊，看著一位老太太用鍋煎著圓圓的小餅；她鮮少跟陌生人交談，這會兒是他開口詢問，得取了信任和資訊，並且學到了好些事情。就在他攔住一個鄉下人談了半小時，明白了swivens、明白了燒焦的荒原以及切割泥煤的方法後，她說：

「你愛的是整個族群的人類。藍道弗．艾許。」

「是愛妳。然後延伸而出，愛著跟妳幾乎不怎麼相像的所有生物，就是所有生物，因為我們大家都屬於某種我深信不疑的神聖的生命架構，這個架構它有著自己的呼吸，在這兒多了點生命，在那兒便朽去一點生命，但它終歸是永恆不滅的。而妳，便展現了這個架構奧祕難解的完美，妳是萬事萬物的生命。」

「噢不！我是個冷淡不討人喜歡的平凡人，就像凱米旭太太昨天早上在我披上披肩時說的那樣。你才是萬事萬物的生命，你站在那裡，一切就會向你靠近。一旦接觸到你的目光，再單調乏味的事物也都會大放光彩。然後要他們留下別走，他們還是會走，結果你便覺得他們的消逝同樣地別有意思。我就是愛你這點，可我也害怕。我需要安靜、需要空無。我告訴自己，如果待在你熾熱的光裡太久，我一定會枯竭，然後漸漸逝去。」

他最記得的是，當一切行將結束，時間已然到臨之時，有一天他們去了一個叫做妖靈洞的地方；他們之所以會去那裡，是因為很喜歡這個地名。她一直都很喜歡北方那種毫不妥協的用詞，他們收集了類似像石頭、刺狀的海中生物的這類字詞。尤哥邦比、加格窪地、咆哮荒原。她在她的小筆記本裡記下了美蕾絲以及他們在荒原上看到的直立之石的女性化名稱。胖子貝蒂、老祖母之石、口水王喜絲。「這兒有個可怕的故事可講，」她說：「還有幾錠白亮亮的銀子可賺，是跟口水王喜絲有關的。」那天一直都是那麼地美好，藍藍的金光閃閃的好天氣，這一天，讓他想起了上帝創造宇宙萬物的最初。

他們走過繁盛的草地，順著小徑一路走來，兩旁高大的樹籬爬滿了歐洲野玫瑰，其間盤纏著乳黃色的忍冬，真像是伊甸園的一幅織錦，她說，然後接著又說，聞起來輕靈香甜，讓人想起瑞典科學家史維東堡（Swedenborg）說的天庭，在那裡，花兒自有其一種語言，而顏色和花香都和自身的語言兩相應和。他們從磨坊沿著小徑一路走來，進了密閉的洞裡，味道轉變成強烈的鹽味，一陣自北海吹來的涼風載滿了濃鹹的海水，翻攪著魚形的生物和飄搖的水草，然後奔向北國的冰霜。潮水漲了進來，他們於是不得不緊緊依附住上方突懸的崖壁走出一條路來。他望著她明快前行的模樣。她的雙手張在頭頂上，牢牢地攀抓著山壁的裂口和隙縫，一雙著靴的小腳則走在底下濕滑的岩礁上，明快地尋著該走的路。這兒的石頭是一種很特別的青銅色板岩，帶有條紋、層層粉粉的，暗暗的沒什麼光澤，就只有在上頭滲著滴水的地方，出現了些微紅紅的土面。灰灰的層理，集聚著一圈圈起伏齊整的鸚鵡螺化石，它們盤捲在石上，是化成石體的生命，是活在石上的形體。她那一頭鮮明的灰白，盤捲著一條條的髮辮，好像就是在模擬那些形體似地。她那一身灰色衣裙，由於散現在裙上一盤盤的圈紋，便幾乎與石面的灰融為了一體。沿著那層出不窮細小的突岩，穿過那裂著細紋繁瑣難理的隙縫，奔跑著上百隻行色匆匆狀似蜘蛛的小生命，色澤是鮮明的朱紅。而帶了點藍的石頭的灰，則又更加深了這紅的艷。牠們就好像一道道細小的血路，牠們像是一張時起時滅的火網。他看著她白白的雙手，就像看著灰石面上閃著兩枚星星一樣，而那一個個紅通通的小生命，則在星星之間穿梭繞跑。

最特別的是，當他看著她的腰，看著那緊接著篷裙的窄縮。他還記得他所曾目睹的赤裸的她，而那時，他的手便是環在那窄縮的位置上。他忽然覺得，她真像是只沙漏，含藏著光陰，所有的光陰全讓她給攔住，成了一線細沙、一道石柱、一顆顆細小的生命，囊括著過去曾有的、以及未來的一切事物。她握住了他的光陰，她含藏著他的過去與未來，兩兩相纏，以如此殘暴之力，以如此柔善之姿，成了這麼一個小小的圓框。他記得有個奇怪的語言現象——義大利文說到腰的時候用的字是vita，意思是生命——那麼，他想，這肯定是和肚臍有關，我們每個獨立的生命不就是從那裡釋放而出，而那所謂的臍，在博物學家菲利普．構思這個可悲的傢伙的說法中，乃是上帝造給亞當的一種神祕記號，意味著在當下的時刻裡，永遠同時存在著過去與未來。他也想到了仙怪曼露西娜，談起腰這回事，這個女人她直直連至肚臍（jusqu'au nombril），一路通向腰際（sino alla vita），始終指向臍心（usque ad umbilicum）。這是我的核心，他想，就在這裡，在這個地方，在現下此刻，就在她的身上，在那窄縮的位置上，我的慾念就將在此終結。

在那道海岸上，可以看到很多種圓圓的岩石，有黑色的玄武岩、顏色各有不同的花崗岩、有沙岩和石英。她很喜歡這些岩石，野餐籃讓她給裝了滿滿一大籮筐，就像裝了一籃砲彈似地，有一顆煤煙黑、一顆硫黃金、一顆白堊灰，在水底之時，它們一個個完整浮現著最清澈最純淨的粉紅色圖紋。「我要把它們帶回家去，」她說：「然後用它們當家門的墊石，鎮住我巨大的詩作，之所以說大，好歹，那耗去了不少的紙頁。」

「到那時候，我幫妳把它們帶回去。」

「我自己該扛的我可以自己扛。這是我該做的。」

「妳不必這麼做，只要我還在這裡。」

「你不會再在這裡了——我也不會再在這裡——時間已經沒有多少了。」

「我們可不可以別去想**時間**的問題。」

「我們已經置身在和浮士德一樣的困局裡了。我們對著每時每刻說：『別走呀，你是那麼地美好。』然後，就算我們沒有立刻遭到天譴，星星也還是照舊運行，時間仍然不會稍作停歇，鐘聲依舊照時報響。可是對於我們來說，每個消逝的分分秒秒，卻全在等著我們去懊惱去後悔。」

「我們的力氣終會用盡的。」

「『那麼，那樣的狀況不正好可以做個結束？人都會死，即使沒什麼苦惱不適，但只要反覆做著一樣的事情，一次又一次，讓人厭倦已極，那就夠了。』」

「我永遠都不會對妳感到厭倦——不會對這——」

「厭倦是身為人必有的本質。這是值得慶幸的。且讓我們和必然同聲一氣吧！讓我們開開必然的玩笑！

『所以，如果我們無法讓我們的太陽
就此駐留，我們倒是可以讓他競逐快走。』[118]」

118 典出英國詩人安德魯・馬爾維爾（Andrew Marvell, 1621-78）詩作"To His Coy Mistress"。

「我很喜歡的一位詩人。」她說。「雖然我最鍾愛的還是喬治・赫伯特，但也或許，是藍道弗・亨利・艾許。」

第十六章

仙怪曼露西娜

序文

她是何方神聖？這位仙怪曼露西娜？
人云：夜晚時分，城砦四方
暗黑的空氣翻騰，只見上方
頎長飛物伸展入侵，仗著強健的尾巴
皮質的羽梢，擊打龜裂的穹蒼
駕乘擾擾流雲飛奔閃逝，暗黑如煤，
聲聲號叫震人心魂
凌風而起，咆哮悲痛之心、悲聲失意之境，
盤旋在驚叫的風裡，自此離去。

人云：呂姬孃的地主
在其非死不可之日，將會遭逢某物，
那既是陰黑之蛇，亦為服喪之后
頭戴皇冠、面罩厚紗。他們於是合掌祈福

與天國神聖君主立下和平之盟
苦痛的呼號乍起，她就此消融，
從此那廂名號，再也無人聽聞，大家如斯說道，
那名號，從此徹底流放，不復有天國的盼望。

老老的奶媽則說，在城砦之內
天真的小兒相擁而眠
為保心臟和四肢不受風寒。
沉寂夜裡，纖纖細手一隻
輕撥垂簾，撩起沉睡的身形
使之蜷曲吸吮母親豐乳
一如夢境成真；暖熱的淚水
始終靜地與乳汁相融
在夢寐的口中，既甜美亦鹹澀，
他們因溫暖而微笑，因失去而落淚，
夢醒之時，既希望又恐懼此夢再度降臨。
老老的奶媽如是說道，而眾小兒則日日茁壯。

難解的謎題，飛蕩在我們安全的小屋之外。
我們聽見它同風一道怒吼；我們看見
它的力量，帶起一道道漩渦

盤旋在暗黑的深處，好像打著陀螺的孩子
隨意使之旋起，間之揮起長鞭
繼而任其無力踟躕。來到灰色的牆面
我們見到鋸齒凹痕來自它不為所見的牙齒。
我們聽見它悄悄爬行在森林底層之下
迂迴行進於樹根的生與死之間，曲折爬走於
樹幹與嫩枝經緯交錯的網間
歎惋著陽光拂照的頂天
怎會搖擺以致改變，歎惋艷光四照而後衰敗而後墜陷。
超人的力量交織抗逆於我們卑微的生命之間。
鯨魚溫熱的乳汁，流淌在冰封的下方海面。
傳遞於眼際之間的電流
傳遞於磁極之間，那磁性的訊息
竟是源出身軀之外，而後穿透身軀，繼而超越。
蛾螺之腳緊扣如鉗；海浪堆疊碎片片
就在平坦緊實的海砂上方，骷髏殘骸的貝類
角狀甲殼矽石火花的殘片
砂岩、白堊、砂礫，自此一切
沙丘雕造而出，形如排排恐龍、毛象成列
一旦風吹裂滅，復歸塵埃點點。

我讀到，古代年史的記載
作者是亞勒斯的約翰（他乃為我主而寫，
既為訓示亦為喜樂），他寫道：「大衛王說
我主的審判至大至深
無有高牆圍堵亦無底部之限，靈魂在此
自在旋轉，毋需依憑
吞噬人心之基底
儘管人心不明所以。」這位名為約翰的僧侶，
謙卑地斷言，人類的靈魂並不應該
採用理性，因為理性無法廣結善緣。
理性的人，這位善良的僧侶說道，
定要懂得亞里斯多德所言之理
此理他說得十分堅定，亦即世界之中
囊括之物概有隱形與有形
兩者雙雙自成一型。然後他援引聖人保羅
此人宣稱世界頭一樁無形之物
亦即上帝造物神力之見證
那已超越人類性好探索之心界
時時揭示於文字與書籍
先賢為之記錄，引導迂迴的人智。

天空之中，這位好人僧侶說，飛行著
各種東西、形體、生物，永遠不為我們所見
然其力量，卻強有力地展現在他們盤旋的世界，
不時橫越我們繁複的道路，
他說，這些便是仙怪，又或說是命運女神
一如帕拉切爾蘇斯[119]（Paracelsus）所言，她們本是天使
雖未遭詛咒打下地獄，如今已失去天國祝福，於是
從此永遠被丟擲在堅實的大地
與天國緊閉的金色大門之間……
這些空中的精靈，並非值得拯救的善類
但亦並非邪魔歪道，她們的內心
從不存害人之心，她們只是輕浮無常。

天國的律法橫行於世間，一如柱桿
依照祂的吩咐，地球扭曲旋轉
天際披覆網絡（為了改變象徵）
五湖四海，眾家翻騰的巨形
全然收攏於緊迫的密網之中

119 帕拉切爾蘇斯（Paracelsus, 1493-1541），中世紀歐洲煉金術士，並將醫學和煉金術結合起來。他在著作中提出名為「西爾芙」（Sylph / Sylphid）的神祕生物，也有譯為風精、氣精，用來表示「空氣」此一不可見的存在，亦為其元素論中的風元素精靈。

無一物得以掙脫，人心永難跨出
唯獨，那些陷在恐怖與絕望
充滿幻象的形影。
　　他們究竟為何
縈迴於我們的夢鄉，動搖著我們的渴望
阻撓我們無法得見事物的實相？
恐怖的姊妹們、流放自天國的女后
自萬能的聖靈淪落而成幻想？

我主眾家天使，自天國大門
頭戴帽盔行進，列列如金似銀
君權，統御，王位，美德，力量，
其快速敏捷，一如心思遊走於慾想與行動之間。
他們是律法與恩典的化身。
如是，那些迂迴飄泊之流是為何人
他們的慾想直登天空之絕壁
自在容易有如眨一眨眼，要不便是驟然墜落
於山谷裂口之中尋求駭人的快感
情願佇在高空雲朵的愁顏
以及淡空的蛋白石大洋之間？他們究竟為何
是誰柔軟的雙手移不開固著的鍊環

那綁縛著地與海的導因與律法
綁縛著冰、火、凡胎、鮮血，與時間？

當天神伊洛斯偎在塞姬之側，
她嫉羨的姊姊說，白天的光
會讓她的夫君現身而為駭人之蛇。
當她決定違約，高擎顫晃的火焰
照向床間，蠟滴迅速下落
落向那體態完美的愛戀，他於是起身
憤怒熊熊，隨即消失於轉瞬。

然而，且讓力量以女人之姿現身
而此番力量卻亦注定遭受懲罰。試問有哪位男子
膽敢接近可怕的魅杜莎（Medusa）與她扭動的蛇髮？
誰會為盤踞在骨骸之洞的喜拉[120]泫然淚下？
當她揮拍著尾巴，張著身上眾獵犬的嘴巴
為自己的命運怒吼狂囂，想來她不亦曾貌美如花
海神愛她的神祕愛得痴狂

120 喜拉（Scylla），希臘神話中專吃水手的女海妖，有六顆頭、十二隻腳，口中有三排利齒，並且有貓的尾巴。當船隻經過她據守的海峽，她便要吃掉船上六名船員。看守金蘋果園的海絲佩拉蒂姊妹、蛇髮女妖魅杜莎都是她的姊妹，

而她的母親黑卡蒂（Hecate）[121]，不亦曾美麗一如暗黑的夜光？
誰會為海德拉[122]那些斷頭泫然淚下？
美聲女妖賽倫（The siren）一唱再唱，正直的男子
縛綁眼耳，斷然揚帆離去
無視她的苦楚；她的愛人注定必死，
因為她的慾望，即便唱聲美好
凡間男子若是親吻必死無疑。
外形似貓的獅身女怪史芬克斯（Sphinx）於空中遊蕩
並在乾旱沙漠笑望愚昧男子一個又一個
他們看不透她狡猾的謎底
說的根本就是人類自己，單單如此而已，並無什麼神祕，
然而一旦揭穿謎底，他們隨即使之鮮血四溢
只因她的姿態驕矜，只為她的外形怪異。
男人為自己正名，於是得取力量
駕馭有所質疑之人，直到他的天數盡去——
其後，使之成為他的奴隸、他的祭品。

那麼她是何方神聖，這位仙怪曼露西娜？

121 黑卡蒂（Hecate），希臘神話中前奧林匹亞的泰坦族（Tiran）女神，也是象徵暗月之夜的「月陰女神」、「黑月女神」，
122 海德拉（Hydra），希臘神話中的知名九頭蛇怪，雌性，最後為英雄海克力士（Hercules）斬殺。

她的同類可是，針鼴蜎陰森可怕的群窩，
長著鱗片專事吞人之流，又或，稍善之類
才是她的同屬，亦即那些飛蕩在黑暗中的浪者
在夢之光、在晨之光、在不見光之中
她們可愛而神祕，天生有著允諾的能力——
白夫人、逗人的樹精、眾家外形善變之流——
一如帶笑的雲朵，又似水澗絲絲之光
她們是大海與天空明媚的怪妖
有求必應，從不害人
但卻消失在理性的光晝之中
因渴求人類的靈魂而注定毀滅，
因渴求圍爐的穩定家園而不得善終。

我可該冒昧訴說，這位仙怪的故事？
在詩歌之中，擅自言說命定與神力
大膽深入幻影的國度
將安全與堅實拋諸腦後？我可當真有此勇氣？
助我一力！記憶女神寧默心（Mnemosyne），
古老的泰坦神祇，天與地之女，
繆思女神們的母親；繆思她們並不住於
繁花盛開的山間，亦不住在水晶般透明的泉間，

她們住在暗黑幽禁的骷髏洞窟——
噢記憶之神，妳手中緊握的絲線
將今日我心，聯結至古老的思線
聯結至暗寞如夢民族之源，
當有形與無形
安謐靜闃地共存，噢妳，言語的泉源
請賜予我智慧的話語、穩當的表現
自爐邊訴說故事的起始，及至外邊
昏暗的天空，然後再度回歸入眠，
得享基督的慰藉，得享合宜的床眠。

第一卷

一位渾身污濁的騎士，騎馬越過荒原。
恐懼緊隨身後，空無展在眼前。
他的馬兒，渾身是血，無精打采，
緩慢前行，雖說他一路蹣跚，
他仍感到騎士的懈怠，以及那
套在他汗水淋漓的頸上，鬆脫了的轡繩。日暮將盡
荒原上，細小的幻影鼓動翻騰

吃食石南之根，高聲喧嚷迅捷湧動
柔軟海豹皮似的狡黠靈身
在山之凹谷與黑暗的鰓嘴之間
就在這裡，只因意志不堅，他們於焉落陷。
因為整片荒原，盡是碩大單一的景觀
盡是叢叢灌木，無所定形，延伸直到他們腳邊
既無攀緣支點，亦無引路小徑
有的只是為了吃草的綿羊胡亂留下的蜿蜒。

在荒原與太陽之母之間
閃閃光亮與憂憂蹙眉交相映現。
當她藏身不見，叢叢如瘤的石南
亦即紫鐘的石南與粉紫的石南
盡皆綿延在不見返影陰沉的幽暗。
粗黑的表層，不偏不倚，就披露在
泥炭、砂岩、堅硬的石上，無盡地延伸
直至高聳的石桅，直至無人得見。
當她面露微笑，成千成千的光彩
發自細小的樹枝與花朵，同時
泥炭之中烏鴉石上的白沙
在琥珀水色的池下閃現層層繁光

那是閃耀的落雨，整片荒原全然活了起來
溫暖而開懷，都只因她的笑容展開。
落雨之後，活躍的煙氣浮升、搖晃
騰躍、旋轉，就在活絡的石南之上，
一波波氣流、一道道逆流，宛若大海
又似放牧之人所說，狀似夏日裡的小馬
嬉戲在草地之上，也似鵝群
飛行之中輕輕掠去空氣與水氣。
如此一致不變，如此多重善變，就是這片荒原。

但是他繼續乘馬前行，既不看左，亦不望右
一切黯無光彩，最初的狂猛不復存在
儘管他曾逃過野豬的追捕、躲過死亡的追逐——
由他一手造成的劫數，任意落入
艾梅禮[123]之身，他的親屬，他的君主。
一記反擊，造就無情的命運
落在最親切最和藹最美好的他身上

123 艾梅禮（Aymeri），為中世紀法蘭西史詩《武功歌》（*Chansons de geste*）中的傳奇英雄，查理大帝時代的一名騎士。在〈納邦尼的艾梅禮〉（Aymeri de Narbonne）一詩中，所有騎士都怯戰，只有年輕英勇的艾梅禮例外，征服了納邦尼（位於今法國南部），獲查理大帝賞賜為其封地，並迎娶該地的公主為妻。

這人是他最愛，這人他最不願傷害。
在他疲倦的眼前，紅紅朦朦
迸出一道鮮血，他的腦門鼓鼓振動
希望淪喪而至死亡，只因無物殘存？
走在兩塊禿無草木的圓石之間，此馬跨步向前
走入谷口之中狹窄小徑
馬腹迎風吹襲，馬身杜松滿披，
以及覆盆子和矮小的荊棘。泉水緩緩滲出
自濕黏的岩面，水色棕褐
乃因泥炭的汁髓，水色漆黑，則因粉煤
來自古老的火耕之地。沉重的馬蹄
踏破了一列列蹦跳的石子
唧唧，步入下方清流小溪。
石面發著陣陣寒意。山谷一路蜿蜒而降。
到底向下走了多久，他並不知曉。
然而，因著他那沾血的悲傷，以及極度的疲勞
他漸漸知道，耳邊聽聞的聲響
乃是先前水瀑嘩然落下
那聲音，難以捉摸，任風吹拂，急急俯衝，咯咯輕笑，
時斷時續的樂聲，而出。

然後他聽到，就在水聲之中
旋律乍起，順暢且奇異，
清脆銀亮的吟詠，綿延似水
流淌於流水匆匆的河道
兩相交織，聲聲交纏
銀光閃現，冷酷如石。他們持續前行
從容堅定，認真傾聽，然後其中一側
潮濕的牆面，漸行漸窄。接著，繞過彎口
一片空地乍現；這匹馬兒與這名男士
全都就此站定，耳邊嗡嗡作響，眼前炫耀奪目
他們定睛望向一個難解的謎題。

山中凹陷的一處空洞
遮蔽著一窪安靜神祕的水池，其上
是蹙眉的險崖，崖邊有縫，
恰成落瀑之口，在空中泛白
如同一道又一道的玻璃碎針
在迴旋中飛轉，而後平穩直落
如同銀白長髮綿綿無盡
盆緣底下豁然成形
依憑己身之力、緣自飛馳之水

快衝之氣，然後散布延續
如同灰蒼慘白堅實的石冰
冰下，則見水池在暗黑之中泛著點點苔青。

渾圓完滿的岩石一座，低低聳立於野生之草
之叢叢纏捲、模糊難辨；蕨葉擺動
起自而出眾多小泉
流滲走過盤絲纏綣，
翻掀漆黑水面，舞出凌波翩翩。
一層鮮艷絨毛覆蓋石上
那是苔蘚、孔雀草、薄荷的翡翠綠面
黑色齒冠、香冽草莖，斑駁點點
盡皆徜徉在水泉的巔峰與清鮮。
順崖下攀是懸垂的簇葉
接連著委陵的直立與麥草的圓葉
齊於下方盤錯織作，織成鮮鮮綠茵。
暗墨之綠，卻閃現出金光與紫晶。

就在石上，一位女士端坐高唱。
她兀自鳴唱，聲音十分清朗
靜謐中既低微亦清朗，黃金般的音嗓源源流暢

彷似毋需呼吸也毋需思量，
彷似馳騁飛瀑，純淨無盡處，
彷似活泉，突兀之驚艷
聲音盤旋野草叢中，此起而彼落。

如同白日將盡乳白的玫瑰
閃亮在某處荒蕪的深閨
散發一身炫然蒼灰，她的嬌媚
柔美似水，她的光彩如珠珍貴
值此荒野所在，她安坐在此，高歌自在。
她身穿寬鬆長裙，是最白的絲縷
裙裾翻飛，只因歌聲輕美
綠青的環腰，青如翡翠珍寶，綠如潤美牧草。
她的雙腳滿布青藍血脈，嬉笑在水汪汪的地帶
透過水中鏡般的折射，恰似白魚斜斜的姿身
狂猛飛震。當她兩腳直直前伸
水花四奔，頓成銀珠滾滾，自成腳踝之鏈
鑽光的水珠，澄澈的珍珠，閃爍無度
晶光亮艷，浮泛頸邊
宛若無價鑽鍊，瀟灑垂懸
閃現著寶石藍、翡翠綠、蛋石白。

她的髮絲蓬勃有勁，明艷髮色猶勝寒金
迭迭濃密，下送一束束艷麗
朝向四方紛離，照亮微暗的空氣
如同磷之火光，燃起大海蒼蒼，
正當她發聲高唱，她冉冉梳起頭髮
神妙的髮梳精工巧細，竟是烏木與黃金，
狀似編織著白亮髮絲，使成髮辮束束
泉水的聲音是為基底，還有吟唱的聲音，以及來自髮絲自身
鮮明的低語，溫暖而亮麗
在在逗引他的慾意，渴盼撫之觸之，渴盼伸長
儘管只是一隻手指都好，但求穿越此方
自他鮮血沸騰、僵直呆滯之身
來訪這搖曳生姿光鮮的柔順，
只是有處禁地，那便是她的臉龐。

這樣的一張臉龐
有著女王的高貴與沉靜，精雕的臉龐強勢堅定
面容不露詭異，不顯親近，不見冷僻，
但見其自主獨立，兀自放聲唱吟。
當他迎上她的目光，她停止了她的吟唱
四方頓時清靜無聲，他隱約感到

在這無聲之中，所有喃喃耳語盡皆不再
不聞葉片颯颯、水聲潺潺，獨獨只剩他倆，
他倆四目對望，無有發問，
無有應答，不見皺眉，不見微笑，無有動靜
無論是唇角、眼眸、眉毛，抑或蒼白的眼瞼
唯獨深長對視，焚燒他的靈魂
化成慾望陣陣，義無反顧地渴盼
義無反顧不疑有他忘記了絕望，
於是，他的心形合一，他的心他的身，
再無恐懼、再無矛盾、再無痛苦，
浪子的尋歡、弱者的空幻，
從此消失佚散，永遠不再，一切
灰飛煙盡，在這靜謐之地
在這蒼白女子從容精鍊的眼裡。

暗影之中出現晃動，他因此意識到
一隻枯瘦的獵犬，就如一朵黑雲似地站在一旁
蓬鬆的捲毛，煙般的燻灰，雙眼金亮
面龐高潔而包容，鼻子在空氣中嗅尋
並且靜聽感應空氣靜止不動的流動，
警敏安靜地，待在祂的女主身邊。

於是，瑞門登憶起自己之前的行獵
憶起自己犯下的罪愆，憶起自己爾後的飛奔，
他立在鞍上，微微欠身
懇求她，大慈大悲，讓他一飲
泉中之水；行旅的困頓
使他心神昏沉，一身痠疼，極需一瓢之飲。
「我乃瑞門登，來自呂姬孃
我將前去何方，我將成何模樣
我皆無法知曉，我但求一個棲身的地方，
但求解渴之水，因為，塵土令我窒息難言。」

她於是開口說道：「瑞門登，來自呂姬孃
到底你是何人，你將成何人——
還有你的所作所為，你將如何得到解救
並且如何飛黃騰達，所有的這一切，我皆知曉。
所以，跨下馬來，自我手中接過這只小杯，
這杯清泉，乃是取自這口水泉
此泉名為索芙之泉，
是為渴飲之泉。所以，走過來，喝了吧！」

她手拿小杯，而他則下馬前來
自她手中取過水杯，立時深深飲墜。
她的注視，令他一心迷醉、暈眩魂飛。
她奉侍他，至為狂熱的需要
他的面容，承接了她目光的鮮亮
一如布滿塵埃的石南，承接陽光滿面
滾滾射線，復而回照，射入穹蒼。
如今，他已屬之於她，只要她願開口要求
無論身體抑或靈性，他將奉獻無遺。
她將一切看在眼裡，終於，這位仙怪揚起了笑意。

第十七章

詹姆士·布列克艾德作了一條註記。他現在忙著編訂的是《媽咪著魔了嗎》（一八六三）。他的寫法就只一種，後來出現的新方法他一樣也沒學過；他的手稿波拉會轉鍵到文字處理機亮晃晃的螢幕上。屋裡的空氣聞起來有種金屬、塵土、金屬粉塵，以及焚燒塑膠的味道。

藍道弗·亨利·艾許至少參加過兩次在知名靈媒荷拉·雷依夫人家中舉行的降靈大會；這位夫人是早期能讓靈魂現身，尤其是嬰靈，以及能讓人觸摸到亡者雙手的專家。一直以來，從不曾有人攻擊雷依夫人為江湖術士，及至今日，當代精神主義論者猶視她為此項領域的開山祖師。（參見F·帕德莫爾〔F. Podmore〕，《現代唯靈論》，一九九二年，卷二，第一三四至一三九頁。）顯而易見的是，這位詩人參加降靈大會，乃是抱著實事求是的理性精神，而不是因為他本人願意相信這目睹的一切，因此，他將這位靈媒的所作所為記錄了下來，那是出自極度的厭惡與恐懼，而不只是單純的對騙術的摒棄。他意有所指地將她的所作所為——也就是將亡者的生命**虛妄地**、**虛構地**重現一事——拿來對照自己寫詩的作為。就兩人會面這一部分的說明（渲染得有點過火，虛構成分重大），參見克拉波爾，《偉大的腹語大師》，第三四〇至三四四頁。另可參見女性主義者抨擊艾許選用這個詩題的一篇匪夷所思的文章，作者是柔安·威克博士，刊登在一九八三年三月分的《女巫期刊》。威克博士極力不滿艾許所採用的這個標題，她認為那是在儆斥他詩裡的那位敘述者：席必拉·希爾特（這顯然是在指涉荷拉·雷依）「憑靠直覺的女性的」行徑。《媽咪著魔了嗎》，這個標題自然是出自約翰·但恩的〈愛情的神力〉，「不盼女人有理有智；在其最柔美，最聰明的時刻，她們充其量也只是，媽咪[124]，心著了魔。」

布列克艾德整個地看過一遍，然後把「女性主義抨擊」後面那個「匪夷所思」的形容詞刪掉。他也在考慮要把克拉波爾說明降靈會那裡的「渲染得有點過火，虛構成分重大」刪掉。這些多餘的形容詞透露出他個人的觀點，所以毫無必要。就整體而言，他則在考慮是否要將克拉波爾和威克博士的參考文獻給刪掉。他寫出來的東西多半都會面臨這樣的命運。稿子寫定了，個人色彩去除了，然後是刪除的工作。他的時間多半都花在決定是否要把什麼東西給刪除掉。他向來都是這麼做的。

一襲白色的身影悄悄出現在他桌邊，此人乃是佛格斯．吳爾夫，他大剌剌地往桌角一坐，目光朝下，大剌剌地看著布列克艾德的文稿。布列克艾德伸出一隻手蓋住了文稿。

「你實在應該上去曬曬太陽的。上頭的天氣正好著呢！」

「這是當然的。牛津大學出版社可不管天氣怎麼樣。有什麼要我幫忙的嗎？」

「我要找羅蘭．米契爾。」

「他現在休假。他排了一個禮拜的假。他從來都沒休過假，說到這兒，我這倒才想起來。」

「他有沒有說他要去哪裡？」

「什麼也沒說。北部吧！我想他是這麼說的。他說得很模糊。」

「他有帶凡兒一起嗎？」

「我想有吧！」

「那他的新發現有什麼眉目了嗎？」

124　Mummy，在英文中另有木乃伊之意。

「新發現？」

「耶誕節那時候他樂得不得了。好像是發現了一封祕密的信還是什麼的，我想他是這麼說的。也許是我弄錯了。」

「我根本不記得有那樣的東西，要不，你說的應該是那些夾在維科裡頭的筆記吧！那實在沒什麼重大的價值，真可惜。一堆無聊的筆記。」

「那牽涉的是他私人方面的事。跟克莉史塔伯・勒摩特有點關係。他顯得很激動，我打發他去林肯找茉德・貝力。」

「搞女性主義的人並不欣賞艾許。」

「有人看到她有來過這兒，就在那之後。我是說茉德・貝力。」

「勒摩特有什麼事情，沒先查過，我也不清楚。」

「我倒確定羅蘭他很清楚。不過也許那根本沒什麼大不了，要不然他早就跟你說了。」

「他應該是會說的。」

「那當然！」

凡兒正在吃玉米片。待在家裡時，她很少會去吃其他東西。玉米片輕巧，玉米片可愛，玉米片給人慰藉，而且放上一、兩天後，它們就會變得像脫脂棉。後屋外頭，玫瑰花沿著台階一路飄搖，兩旁則閃耀著萱草和月雛菊的光彩。倫敦熱極了：這讓凡兒很想到別的地方去，離開塵土，離開貓尿。門鈴響起，她抬眼往上望去，多少以為會是尤恩・麥克英太爾以及一頓晚餐的邀約，結果她看到的是佛格斯・吳爾夫。

「哈囉！寶貝，羅蘭在嗎？」

「不在！他出門去了！」

「真可惜！我可以進去嗎？他是去哪兒啦？」

「好像是蘭開夏郡，還是約克郡，還是坎伯蘭的什麼地方吧！布列克艾德要他去查看一本書。他說得有點模糊。」

「妳有他的電話嗎？我得趕快聯絡上他。」

「他是有說他會留。他走的時候我出去了。可他沒留。也或許他有留吧，不過我沒看到。而且他到現在也都還沒來電話。禮拜三他應該就會回來了。」

「我懂了！」

佛格斯在舊沙發上坐了下來，跟著抬眼望了望天花板上一灘灘不規則狀似半島的水漬。

「那沒讓妳覺得有什麼蹊蹺嗎？我的小可愛，怎麼他到現在都還沒消沒息的？」

「他向來不覺得我是那麼講究的人。」

「我懂。」

「我不明白你懂什麼，佛格斯。每次你懂的都比實際該懂的要多出一點。到底有什麼事？」

「我只是在想——是不是那麼巧，妳會知道茉德．貝力人在哪裡？」

「我懂了。」凡兒說道。然後是一陣沉默。接著凡兒又問：「那你知道她在哪裡嗎？」

「不很確定。是有一些狀況發生但我不很清楚。不過，事情是這樣沒錯。用不了多久我就會去把狀況弄清楚的。」

「她有打過電話來這兒找他，一、兩次。我不是很客氣。」

「可惜！我還真想知道發生了什麼事。」

「應該是跟藍道弗．亨利有關的事情。」

「就是，這一點絕對沒錯。雖然說這事也扯上了茉德。她這個女人可不是個簡單人物。」

「他們耶誕節的時候一起在外頭，研究著什麼。」

「他到林肯去找她。」

「哦！好像是吧！他們倆一起去了什麼地方，說是去看個手稿。說實話，他的什麼註記啦、東西啦，還有那些死人寫的死人信，講什麼沒搭上火車、支持著作權法案，所有那些有的沒的，我老早就不感興趣了。誰想把自己的一輩子投資在大英博物館的地下室裡啊？那裡的味道就跟嘉維絲太太上頭那間屋子一樣臭，到處都是貓尿。誰想把自己的一輩子投資在貓尿裡淨看些古時候的菜單啊？」

「沒人想。他們想的是把人生投資在開國際研討會時住的美美的飯店。妳難道沒想法子去問問，他們到底在讀些**什麼**東西嗎？」

「他沒說。他知道我沒這個興趣。」

「所以說妳根本就不知道他們跑哪兒去囉？」

「我手邊是有個電話號碼啦！緊急時候用的。如果說這間屋子燒光了，還是說我付不出瓦斯費的時候。當真遇上這些狀況，**他**是什麼力也使不上，其實。有的人就是在企業文化裡賺錢，有的人呢就不是。」

「這檔事**說不準**就是有利可圖的呢！妳找到那個號碼了嗎？有嗎？小可愛？」

凡兒走到門廳裡頭，電話就放在地板上，平穩地站在一大疊紙上——那全是以前的《泰晤士報文學副刊》、以前買書的發票、記有小型計程車號碼的卡片、歐莫洗滌劑達茲洗衣精柯達繆瑞克斯（MUREX）的優惠折扣卡、邀請參加學術會議以及合格會計師學會的信函。她似乎很清楚該往哪兒下手。才一會兒工夫，她抽出了一張壓在底層的印度外賣店發票，然後號碼就到手了。沒寫是誰的號碼。在凡兒手上，就只有「羅蘭，在林肯」這幾個字。

「大概是茉德的電話吧！」

「不，不是，茉德的電話我知道。這可以給我嗎？」

「當然啊！你要這電話是想做什麼？」

「我也不知道。反正我就是想知道到底是有什麼事情。妳懂嗎？」

「或許是為了茉德。」

「或許吧！我對她很有好感。我希望她快樂。」

「或許她跟羅蘭在一起很快樂啊！」

「不可能的！他根本不是她那一型，**壓根**就不是，妳不覺得嗎？」

「我不知道。我沒給他什麼快樂。」

「他也沒給妳快樂呀！光看這樣子就知道了。出去吃個晚餐，把他給忘了。」

「挺好的！」

「挺好的！」

「喂！我是貝力。」

「貝力？」

「請問是喜思博士嗎？」

「不，不是。我是羅蘭．米契爾的一個朋友。他在忙著……在冬天的……我是想，不知您是不是知道他人在哪裡……」

「完全沒概念。」

「那他回去了嗎？」

「應該沒有吧！不、沒有，他沒回去。你是不是可以把電話給掛了？我現在得要找個醫生。」

「不好意思打擾到您！請問您有見到過貝力博士嗎？茱德．貝力博士？」

「沒有，沒看過，而且我也不想。我們只想安靜地自己過日子。再見。」

「那他們的工作進行得可好？」

「那個仙怪詩人！我想應該吧！他們一副很高興的樣子。我是沒去想過。我只想得個清靜，我很忙，我太太她人很不舒服，真的真的很不舒服。麻煩你把電話給掛了吧！」

「那一定是克莉史塔伯．勒摩特了，那個仙怪詩人？」

「我不知道你到底想打聽什麼，不過我希望你把電話給掛了，**馬上！**如果你不掛的話我就——我就——你看看你，我太太病了，我現在得想法子打電話找醫生，你這他媽的白癡。**再見！**」

「我可以再打過來嗎？」

「沒必要！**再見！**」

「再見！」

莫爾特模．克拉波爾在法式蝸牛之家與休德布蘭．艾許一塊兒吃了午餐。休德布蘭是艾許男爵湯馬斯的長子，而湯馬斯則是藍道弗．艾許那個曾接受首相葛萊斯頓封侯的姪兒的直系子孫。艾許爵士是衛理公會派的教徒，現在的他，已是年邁體衰。他對克拉波爾向來都很客氣，不過也就僅止於此。他比較喜歡布列克艾德，因為他那陰鬱的氣質以及蘇格蘭人特有的淡漠讓他打心底裡欣賞。再加上他又是個國家民族至上的人，而且他名下所有的艾許手稿也都一直寄存在大英圖書館裡。休德布蘭年屆不惑，頭髮漸禿，為人尖刻，興致高昂，說起來還有幾分蠢。他曾在牛津念過一年的英語系，之後，便在旅遊公司、園藝出版社，以及各大處理遺產的信託公司不怎麼起眼地上著班。克拉波爾不時會邀他出來，而且還發現到他內心深處十分渴慕表演事業。他們已講好了一個計畫，其中做夢的成分不少，那就是馬不停蹄地到美國各大學做巡迴演講，屆時將由休德布蘭上陣展示艾許的重要物品，並且放投影片，予以解讀，然後再就艾許時代的英國社會背景發表一番高論。說到這裡，休德布蘭便說他手頭很緊，真的很希望能夠再有一筆金援。克拉波爾便問起艾許爵士的健康狀況，然後知道了他身體很弱。他們就巡迴會場和費用討論了一番。他們吃了填鴨、歐洲大比目魚，以及土味很重的新鮮小蕪菁。一頓飯吃下來，克拉波爾的臉色是愈來愈蒼白，而休德布蘭則愈來愈紅潤。休德布蘭的夢想是擁有一票癡狂崇仰的美國聽眾，而克拉波爾的夢想則是得到新的玻璃箱，裡頭裝著只有他一個人能朝聖凝望的寶物：如女王寫給詩人的信、手提式的寫字檯，以及內有《艾斯克給安珀勒》墨水字跡的手稿冊子，這本冊子這一家人始終都不願割愛，始終都展放在他們列德伯里家裡的餐廳裡。

看著休德布蘭．艾許坐進了計程車，克拉波爾便在蘇活區大街小巷地胡逛起來；他隨性地看著櫥窗，看著一個個發光的樓梯口。脫衣秀。模特兒。誠徵少女。即時色情不打烊。來吧找樂子。嚴肅的訓誨。他個人的品味十分明確，褊狹，而且多少已經專成了精。他四處遊走，一襲黑色的身影，漫漫走在櫥窗之間，品嚐美食美酒留下的一絲精魂。突然間，他還是停下了腳步，觀望他隱約瞥見的一具白色扭曲的人體，擺在那個地方，那似乎是在向他暗示，說不定裡邊就有他想要的東西，不過——其實那算不得是什麼美女，加上另一具胸前偉大極其豐滿的人體又搶去了它的風頭，而他自己每天就生活在一個充滿暗示以及隱現不定的徵兆的世界裡，那樣就很夠了。因此，他想著，他是不會走進去的，他要回家……

「克拉波爾教授」——在他身後有個聲音喊道。

「啊！」克拉波爾回道。

「佛格斯．吳爾夫。還記得我嗎？在你發表你那篇討論艾許所寫《契迪歐克．梯契伯》書中[125]敘述者身分的大作之後，我有去見過你。很精采的推論。那當然是那個行刑的人了。你記得嗎？」

「我怎麼不記得。榮幸之至。我剛剛才和艾許爵士的兒子一起吃完午飯，他很希望來羅伯特．岱爾．歐文大學談談他們家族所留著的艾許手稿。不過《契迪歐克．梯契伯》現在放在大英圖書館裡，這是當然的。」

「當然當然！你現在要過去那兒嗎？我跟你一起走好嗎？」

「那太好了。」

「我很有興趣想知道艾許和克莉史塔伯．勒摩特之間的關係。」

125 契迪歐克．梯契伯（Chidiock Tichborne, 1558-86），英國詩人，此處指艾許所寫《契迪歐克．梯契伯》一書。

「勒摩特？哦！對了，《曼露西娜》。女性主義者以前有一次靜坐抗議，是在七九年秋天，她們要求我得在教十九世紀詩選時也把這首詩列入教材，而且不可以教《亞瑟王田園詩》，或是《北歐眾神之浴火重生》。我記得，這件事後來成了。不過後來女性研究接手，我終於得到解脫，而且也才終於能夠再教《北歐眾神之浴火重生》。不過那實在很難扯上什麼關係。我覺得我實在是想不到那之間會有什麼關係。」

「我想，是有一些信出現了。」

「我早該想到的。我從來都沒聽人講過他們之間有什麼關係。那，我可有知道克莉史塔伯·勒摩特的什麼事呢？是有一些事情才對。」

「羅蘭·米契爾就發現了一些事情。」

克拉波爾在希臘街的人行道上停下步來，結果連帶使得兩個中國人不得不跟著乍然停步。

「一些事情？」

「我不是十分清楚。不過，他是很看重那個發現的。」

「那詹姆士·布列克艾德呢？」

「他好像還不知道。」

「你讓我覺得很有意思，吳爾夫教授。」

「希望如此，教授。」

「一起喝杯咖啡吧，如何？」

第十八章

手套相依偎
柔弱安詳
手指對手指
手心對手心
以最白的質料
永久保存

靜謐寶盒中
白手自夢鄉緩然甦醒
伸展十指
手指握住手指
許下承諾

——克莉史塔伯·勒摩特

茉德坐在女學研究資源中心，一張蘋果綠的椅子上，前面是張橙色的桌子，翻找卷宗箱子裡面他們僅有的白蘭琪·葛拉佛的遺書，裡面有一篇新聞報導，一份審訊過程副本，還有遺書的副本。有人在亞拉勒山路的貝山尼找到遺書，以花崗石壓在桌子上。箱子裡面另外也有幾封寫給從前學生的信，這位女學生的母親是國會議員，對女性議題不無關切之心。茉德一一檢視這些少得可憐的資料，希望找出勒摩特在約克郡之行到審訊之間這段時間行事的線索。葛拉佛留下來的蛛絲馬跡少之又少。

敬啓者：

我採取的作爲，全都是在心智健全的情況下行動，無論我做了什麼決定，全都經過長考反省。我的理由很簡單，三言兩語即可陳述完畢。首先是貧窮。我再也買不起顏料，過去幾個月來，賣出的畫作也很少。我留下了四張眞正漂亮的花草畫，包裝起來，放在里奇蒙丘的畫室裡，正好是克雷西先生過去一直很喜歡的類型，如果可行的話，希望他出價夠高，足夠爲我的葬禮籌足款項。我**特別**希望這件事不要讓勒摩特小姐負責，因此希望克雷西先生能成全我的心意，否則我也黔驢技窮了。

第二，且讓我感受到比較大的責難，就是自尊心作祟。我再也無法貶抑自己，以管家的身分進入任何人的家中。那樣的生活有如人間地獄，就算是雇主待人親切，我寧可一死，也不願當他人奴隸。我也不願接受勒摩特小姐的**施捨**，因爲她也有她自己的責任義務在。

第三個是理想落空。我已經嘗試過了，一開始是與勒摩特小姐合作，後來則獨自在這間小屋裡努力，因爲我堅信，對於獨立自主的單身女性而言，度過完滿而有用的一生的確有可能，女性可以互相依靠，無須求助於外界，無須求助於男人。我們相信，以簡樸、慈善、富哲理、充滿藝術氣質的方式來過生活，彼此與自然和諧共處，是辦得到的事。令人遺憾的是，情況並不然。不是這個世界對我們的實驗敵意過於深重（我相信的確是這樣），就是我們自己資源不夠豐富，心智不夠堅定（我也相信這兩點都正確，時時可見端倪）。我希望我們打頭陣嘗試的經濟自主，以及我們身後留下來的成果，能夠引發性靈更加堅強的後人再接再厲，進行實驗，不再失敗。獨立的女性必須對自己要求更高，因爲男人和其他比較傳統的居家婦女都不認爲我們能成氣候，也認爲我們必定一敗塗地，一事無成。

我的身外之物很少，留下來的物品希望能以下列的方式來處理。礙於環境限制，這份遺書並無法律效力，然而我還是希望看到遺書的人能當作具有法律效力一樣加以尊重。

我的衣物留給傭人簡恩．薩莫斯，她喜歡什麼就讓她帶走，剩下來的衣物任憑她處置。我要藉此機會求她原諒，因爲我撒了一點謊。她的薪水我一點也付不出來，我只能假裝對她不滿意，藉機請她走路。其實我對她不滿意的地方很少。我現在要做的事，我早已下定決心，導致什麼樣的結果，我都不希望她牽扯其中。我假裝生氣，就只有這麼一個原因。掩飾眞意，我並不拿手。

這棟房子其實並不屬於我，屋主是勒摩特小姐，房子裡的動產與家具是我們用積蓄來買的，她的份比我多，因爲她比較有錢，希望她能以自己的意思來處置這些物品。

我希望能將莎士比亞、濟慈詩集，以及丁尼生詩集送給依萊莎．道頓小姐，如果她用得到這些讀到破舊的書籍最好。我們經常聚在一起閱讀這些書。

我的珠寶不多，沒有什麼價值，唯一例外的是珍珠十字架，我今天晚上要佩戴。其他的小飾品就留給簡恩，如果她喜歡的話。雙手包在友誼兩字的黑玉胸針不包括在內，因爲這是勒摩特小姐送給我的，希望能物歸原主。

我擁有的東西就只有這些，除了我的作品之外，因爲我堅決相信我的畫作具有價值，只不過現階段並不爲大眾接受。目前房子裡總共有二十七幅畫，全都是完稿，另外還有很多素描和圖畫。這些大型畫作中，有兩幅屬於勒摩特小姐，分別是「里歐林爵士面前的克莉史塔伯」以及「梅林與薇安」。我希望她能保留這些作品，希望她能掛在工作室裡，和她以前一樣，但願能勾起歡樂的往昔。如果她認爲太痛苦，我命令她不可在有生之年以餽贈或販賣的方式脫手，必須和我一樣，在過世前才能處理。這兩幅是我最得意的作品，她很清楚。萬物無法長久維持，然而藝術傑作能忍受一段時間的考驗，而我也想讓尚未出生的後代瞭解我的作品。反正除了後代之外，還有誰能瞭解？我其他畫作的命運，同樣交給勒摩特小姐處置，因爲她具有藝術良知。如果可能的話，我希望所有作品都能聚集在一起，直到哪天眾人培養出對我作品的品味，能評估它們眞正的價值，才算對我蓋棺論定。然而，再過一小段時間，我將放棄看管自己作品的權利，任憑畫作分崩離析。

再過一小段時間，我將離開這個房子，再也不回頭。我們曾在這裡度過許多快樂時光。我打算效法《爲女權辯護》的作者，不過我會在斗篷的口袋裡縫進幾塊大大的火山岩。這些石頭排放在勒摩特小姐的寫字檯上。我希望這些石塊能保證過程快速明確。

我並不相信死亡是終點。我們聽說過，在雷依夫人的降靈會上，發生過很多奇事，參加者都曾目睹往生者以無痛苦的方式生存在一個更美好的世界，在另一邊。由於這份信念，我堅信上帝能瞭解我，原諒一切，今後能在愛情與創作方面善用我的能力——我的能力很不錯，今生今世卻無用武之地。我的確感受到了，**在這裡**，我只是一個多餘的生物。**往生後**，我能恍然大悟，別人也能認識我。日後我們在晦暗的光線中窺視時，透過隔離先人與我們的薄紗，我相信或許我能發言、原諒，讓他人原諒我。現在但願上帝悲憐我可憐的靈魂，悲憐世人的靈魂。

老小姐白蘭琪．葛拉佛

茉德打了一個寒顫，和她每次看到這份遺書時一樣。勒摩特看到這份遺書時，作何感想？在一八五九年七月到一八六〇年夏天之間，勒摩特跑到哪裡去了？為什麼不在家？艾許跑到哪裡去？羅蘭說，艾許為何不在家，已經沒有紀錄可循。他在一八六〇年並沒有發表任何作品，信件也寫得不多，即使寫了信，也是和往常一樣，從布倫斯貝利寄出。勒摩特在葛拉佛自殺時顯然失蹤，研究勒摩特的學者也找不出令人滿意的解釋。學者曾經假設她們兩人吵了一架。茉德心想，現在看來，這場口角相當不一樣了，詳細原因卻沒有更為明朗化。她拿起剪報來看。

六月二十六日晚上，在狂風暴雨中，又有一名不幸的年輕婦女縱身躍入洶湧的泰晤士河中，慘遭溺斃，屍體一直到六月二十八日退潮時，才漂到普特尼橋下游附近，擱淺在砂石河灘上，並無他殺嫌疑。該名女性屬於中上流婦女，並不富裕，在自己衣物口袋中仔細縫入數顆大圓石。死者經證實為白蘭琪．

葛拉佛小姐，獨居，曾經與女詩人克莉史塔伯．勒摩特小姐同住，而勒摩特下落不明。根據甫遭解雇的女傭簡恩．薩莫斯所述，勒摩特已經有一段時間不知去向。警方正在找尋勒摩特小姐目前的住所。警方在亞拉勒山路的住處找到遺書，足以證明死者葛拉佛確有自我了斷的意圖。

警方找到了勒摩特並加以審訊。在哪裡？

隔板後面傳來倉促的腳步聲。爆出一個人聲。「嚇妳一大跳。」茉德從椅子上起身一半，這時被一雙溫暖的大手臂摟住，摟進麝香的香水味中，摟進柔軟寬敞的胸部裡。

「親愛**親愛的**茉德。我心裡在想，她會跑到哪裡去，然後我告訴自己，她一定在上班，因為她除了上班就沒有什麼別的地方好去，所以我就直接過來找到妳，正如我所料。妳有沒有嚇一跳啊？妳是不是真的嚇了一大跳？」

「李奧諾拉，放我下來，我喘不過氣了。我當然是嚇一大跳。我有預感妳會來，就像暖鋒面從大西洋對岸來襲——」

「比喻得真好。我就是愛妳講話的方式。」

「可是，我並不認為妳會飄進這裡。就算會來，也不會是今天。我好高興。」

「可不可以讓我借住一、兩晚？能不能在妳的檔案室放張書桌讓我坐？我老是忘記妳的地方小得可憐。空間很小，我猜是意味著外人不尊重女性研究，或者只是英國大學寒酸吝嗇？妳會不會法文，親愛的？我有東西要讓妳看看。」

茉德一直很害怕李奧諾拉來訪，但是一看到她，至少是一開始的時候，總是會興奮異常。茉德的這位友人體積龐大，小小的資源中心幾乎擠不下。李奧諾拉是個福福態態的女人，身高和體重都稱霸群雌。她穿著合身的衣物，一襲長裙，一件類似長襯衫的寬鬆夾克，全部都印上橙色和金色的太陽或花朵。她的膚色呈古銅色，表面有一層擦亮的光澤，鼻粱高聳，嘴型豐潤，嘴唇稍微帶有非洲人的血統，濃密的波浪狀黑髮及肩，洋溢天然油光，屬於那種用手可以攏成一束的頭髮，而非飄揚型的髮質。她佩戴了幾條項鍊，上面有幾塊琥珀，還有形狀不一的蛋形飾品，外觀俗麗，卻顯然價值不菲。她在頭上纏了一條黃色的絲質髮帶，算是向六〇年代末期、她還是嬉皮時的印度樂團致敬。她出生在美國南方的巴頓魯治，具有法裔美國人與印第安血統。她娘家的姓是湘皮雍[126]，她說是法裔美國人的姓。她第一任丈夫姓史鄧[127]，全名是納善尼爾·史鄧，是普林斯頓大學的副教授。他原本是個一絲不苟又很快活的新評論家，碰到李奧諾拉之後卻完全一籌莫展，敗在她的結構主義、後結構主義、馬克思主義、解構主義以及女權意識。他出了一本小書，探討波士頓居民的和諧與衝突，出得不是時候。他的書中贊同詹姆士對一八六〇年波士頓「性愛情操」的觀點，李奧諾拉因此加入女權運動分子，一同加以抨擊，後來跟著嬉皮詩人薩奧·德拉克私奔，到新墨西哥州的嬉皮群居村同居。納善尼爾生性急躁、膚色蒼白、身材瘦小，茉德是在渥太華的一個會議上認識他。他為了平息女權分子的眾怒，因此著手撰寫瑪格列特·富勒·歐索利[128]的傳記。二十年之後，他還在寫，寫出來的東西人見人嫌，特別是女權分子更看不順眼。李奧諾拉每次提到納善尼爾都說他是「混帳」，卻還是保留夫姓，註明在她首部鉅著的封面上。這份作品名為《有家最好》，是研究十九世紀女性小說中有關家事的意象，後來中期的李奧諾拉變得驍勇好鬥，然後又歷經一段拉岡[129]時期。李奧諾拉和薩奧·德拉克生了一個兒子，名叫丹尼，今年十七歲。根據李奧諾拉的敘述，薩奧·德拉克有一臉捲捲的薑黃色鬍子，上半身也有一層厚實的薑黃色胸毛，一直往下延伸到肚臍眼，再向下連接到陰毛。對於薩奧·德拉克的外表，茉德所知就只有這些。他的詩充斥著打炮、垃圾、大便和精液，而且他顯然個頭也夠大，能夠不時抓李奧諾拉過來毒打一頓。

126 「湘皮雍」法文為Champion，意指冠軍。
127 史鄧原文為Stern，有嚴厲之意。
128 瑪格列特·富勒·歐索利（Margaret Fuller Ossoli, 1810-1850），美國女權主義作家暨文學評論家。
129 指賈克·拉岡（Jacques Lacan, 1901-1981），法國精神分析學家。

要毒打李奧諾拉可不是一件簡單的事。他最著名的作品是《千喜爬行》，敘述的是加州死亡谷男人與巨蟒的復生，詩中影射到大詩人布雷克、惠特曼以及以西結[130]。李奧諾拉說，寫了太多不營養的東西。「不是應該寫成『千禧年』嗎？」茱德曾經問過。李奧諾拉的回答是，「那樣的寫法筆畫比較多嘛。妳這個人凡事講求精準，還真的沒看出他的用意，真令人高興。」她將德拉克稱為「肌肉男」。她後來棄他而去，因為她結交了一位印度籍的人類學女教授。這位女教授教了她瑜伽、素食，以及如何達到多重高潮，做到暈頭轉向的地步。對於自焚殉夫的習俗與崇拜男根的觀念，女教授也灌輸她感同身受的憤怒。薩奧．德拉克現在負責管理蒙大拿州一處農場，「他不會打馬。」李奧諾拉說。丹尼和他住在一起。他已經再娶，根據李奧諾拉的說法，現任妻子對丹尼全心奉獻。在女教授之後，她又跟了瑪姬、布莉基塔、波卡杭塔、瑪汀娜。「她們全部，我都很愛，」李奧諾拉會這樣說，然後接著說：「可惜我對持家抱有疑神疑鬼的態度，受不了那種一定下來就爬不起來的感覺，這個世界到處充滿了太多其他美好的人物……」

「妳在幹什麼？」她這時對茱德說。

「看白蘭琪．葛拉佛的自殺遺書。」

「為什麼？」

「我在想，她跳河的時候，勒摩特究竟人在哪裡。」

「如果妳會法文的話，我可能幫得上忙。我弄到了一封信，是住在南特的雅瑞安．勒米尼耶寫的。我拿給妳看。」

她拿起那封信。

「可憐的葛拉佛，滿腔怒火，滿腔自尊，一塌糊塗。她的畫作有沒有流傳下來？有的話，一定很有意

130 以西結（Ezekiel）為猶太先知，舊約聖經《以西結書》作者。

思，記錄了女同志以女權運動為主題的作品。」

「沒有一個流傳下來。我猜勒摩特可能都自己保留著。不然就是因為難過而全部燒掉。無從得知。」

「或許她全都拿到那個假城堡去放了，有那個可惡老頭帶槍守著。我那時真想拿把剪刀刺他，死豬一條。葛拉佛的畫，可能全在城堡的雜物間裡發霉了。」

茉德並不想繼續探討喬治爵士，不過李奧諾拉提出的想法很不錯，的確有可能。她說：

「李奧諾拉，就妳想像，她畫得怎麼樣？妳認為畫得好不好？」

「我當然拚命希望那些作品畫得很不錯。她很盡心盡力。她確信自己畫得不錯。就我想像，她的作品全都很軟弱無力，很緊繃，妳不覺得嗎？就是情慾僨張卻又蒼淡，柳條般的可愛人物，胸部起伏，頭髮畫得像前拉斐爾派畫家那樣碩大。不過，如果畫得真的很有創意，我們就怎麼也沒有辦法想像，除非找到她的作品。」

「她畫過一幅叫做『荷拉．雷依降靈會上的靈魂花環與美麗靈手』。」

「聽起來恐怕創意不太大。不過也許靈手畫得和杜勒爾（Dürer）一樣好，也許花環畫得像梵亭—拉圖（Frantin-Latour）。當然是畫得具有個人色彩，而不是模仿。」

「妳這麼認為嗎？」

「不對，可是，我們應該至少帶有懷疑的態度，不要一概否決。她是我們的姊妹。」

「她確實是。」

當天晚上，她們在茉德的公寓裡坐著，由茉德來翻譯李奧諾拉帶來的那封勒米尼耶博士寫的信。李奧諾拉說：「我大概知道裡面在講什麼，可是我的法文程度不夠好。受過英文教育不過爾爾。」

茉德沒有多想，直接在她平常坐的地方坐下，就在高高的檯燈下面的白色沙發角落，而李奧諾拉也重重在她身邊坐下，一手搭在茉德後背的沙發上，臀部彈起來的時候，一邊還碰到茉德的。茉德感受到威脅，緊張起來，幾度要起身，無奈英國人天生有禮，這種禮教觀念緊緊約束她，礙手礙腳。她很清楚，李奧諾拉完全知道她的感覺，也因此感到得意。

這封信，有可能是寶藏。如今的茉德，掩飾的工夫做得比葛拉佛欺騙簡恩的手法來得稍微高明，以單調的語氣唸出信件內容，把信當作是稀鬆平常的學問。

親愛的史鄧教授：

我是法國南特大學的學生，研究女性文學，非常景仰您對某些女性詩人的含義架構所做的研究，特別是在克莉史塔伯．勒摩特方面，因爲我具有一半布列塔尼血統，對勒摩特很感興趣。勒摩特也是布列塔尼人，以很多布列塔尼傳統的神話與傳奇創造出一個女性的世界。特別是您對《仙怪曼露西娜》一詩當中將風景元素性愛化所做的評論，更是精采萬分，也對我具有啓發的作用。

我聽說您正在蒐集勒摩特在從事女權運動方面的資料，我找到了您可能會感到興趣的東西。我目前正在研究一名作品幾乎從來沒有出版的作家莎賓．德．蓋赫考茲，她在一八六〇年代發表了幾首詩，其中包括幾首十四行詩，讚美喬治桑。她從來沒有見過喬治桑，但是對她的理想與生活方式懷抱強烈的仰慕之情。她也寫了四部小說，沒有出版，分別是《歐蕊安》、《歐瑞莉雅》、《莊維芙受苦記》、《達戶第二》。我希望能加以編輯，不久的將來可以公開。勒摩特曾寫過關於水底城黎之城的優美詩篇，莎賓的小說也引用。

您可能已經知道，德．蓋赫考茲小姐是勒摩特祖母那邊的親戚。您有所不知的是，一八五九年秋天，勒摩特似乎曾到夫斯南探望家人。我的資料來源是莎賓寫給表妹索琅潔的一封信，和我發現的其他文件放在一起。這些文件未經編輯，我相信也沒有人察看過，因爲全都存放在大學，寄放人是莎賓的後代。（莎賓後來嫁入波尼克的德．科嘉霍家族，於一八七〇年難產而死。）謹附上這封信，如果您有興趣，我一取得進一步的資訊時，當然會很高興與您共享。敬上。

「翻譯得很彆扭，真抱歉，李奧諾拉。接下來是莎賓。」

我親愛的小表妹：

這裡的日子過得單調乏味，卻因爲不期然來了一位遠親——至少對我來說是不期然——生活變得活潑起來。她是勒摩特小姐，住在英國，父親是伊瑟多爾．勒摩特。她喜歡收集所有法國的神話故事，也收集布列塔尼的故事與傳奇。妳可以想像我有多興奮，因爲這位蹦出來的遠親是詩人，發表過很多作品，可惜都是英文，在英國評價很高。她目前身體不好，因爲不久前從英國搭船過來時遇上狂風暴雨，渡輪被迫停泊在聖馬洛防波堤外將近二十四小時，所以現在臥病在床。她下了船之後，馬路又因積水、強風不停歇而幾乎無法通行。我們在她房間裡生了火，她大概不知道，在這個勤儉的家庭中，那樣的優渥待遇是絕無僅有。

我很喜歡她的樣子。她身材瘦小，臉色非常白皙（或許是因爲暈船的關係），牙齒很大很白。頭一天晚上她坐起身來用晚餐，只說了幾句話。我坐在她身旁，低聲告訴她，我也希望能成爲詩人。她說：「寫詩是沒有辦法帶給妳幸福快樂的，小妹。」我說，正好相反，只有在寫作的時候，我才覺得人生完滿無缺。她說：「如果妳那樣說的話，不管是幸運或不幸，不論我怎麼說，都無法勸阻妳了。」

當晚狂風呼嘯不止，相同的哀嚎音調，毫不歇止，因此身心都拱起來，只爲求片刻安寧，一直到清晨風勢驟然減緩，變成了氿呼波呼──赫哩波哩的聲音，而非尋常的聲響，我因此醒過來。早上的時候，勒摩特似乎一夜沒睡，我父親堅持要她端著桑椹葉草藥湯回房休息。

我忘記說了，她帶了一條狼犬，如果我沒聽錯的話，名字叫做「狗兒小托」。可憐的小托在暴風雨中也吃盡苦頭，躲在勒摩特小姐房間的小桌子下，用前腳捂住耳朵，不肯爬出來。勒摩特說，天氣變好的話，他可以到布洛塞里昂德的森林去跑步，因爲那裡才是他自然的天地……

「看來，是值得調查一下。」茉德翻譯完畢後李奧諾拉說。「和我猜的差不多。我可能要過去南特一趟——南特到底在哪裡?——看看勒米尼耶博士那邊有什麼東西。可惜我看不懂古早的法文。親愛的，妳非和我一起去不行，會很好玩的。有勒摩特，有海鮮，又有布洛塞里昂德。怎樣樣，去不去?」

「過段時間會比較好，現在我要趕一篇約克會議的論文，主題是暗喻，我正好寫不出東西，很慘。」

「寫什麼?兩個臭皮匠，勝過一個諸葛亮。什麼暗喻?」

茉德不知如何是好。她剛轉移話題，讓李奧諾拉暫時不去想勒摩特，卻被迫要討論一個腦中幾乎尚未成型的論文，而這個題目最好再擺上一個月不去理會，等它自行成長。

「我還沒有搞清楚要寫什麼。總之和曼露西娜以及蛇髮女妖有關，佛洛依德認為蛇髮女妖的頭其實象徵閹割幻想，象徵女性的情慾，令人害怕，而不是令人神往。」

「對了，」李奧諾拉說:「我跟妳說，有個德國人寫信給我，提到歌德的《浮士德》，九頭蛇的幾個頭被割了下來，還在舞台上爬來爬去，以為自己還活著——我最近在注意歌德——注意母親的象徵等等的東西，如女巫、人面獅身像……」

李奧諾拉講個沒完。她這個人向來都不怕找不到話題，講起話來總是上氣不接下氣。茉德開始感到安心了，因為話題從布列塔尼轉移到歌德，再從歌德轉移到廣泛的情慾課題，然後再從一般的情慾轉移到細部內容，以及李奧諾拉兩個丈夫的特殊癖好，而李奧諾拉喜歡以一種熱烈的吟誦方式來哀悼兩個前夫，只有在很少的情況下才會興高采烈。茉德總是以為，關於那兩個男人的事，她已經無所不知了，很清楚他們的怪癖和自負的地方，清楚他們私下的肉慾與不體貼的地方，知道混帳與肌肉男的氣味與奇怪的聲響以及驚叫聲與射精的模樣。但是她知道的總是不夠多。李奧諾拉講話起來如同埃及艷后，能在她最能滿足的地方創造出食慾，拿床笫之事來製造她個人無窮盡的世說新語。

「妳呢?」李奧諾拉突然話鋒一轉。「妳自己的感情生活怎樣?今天晚上妳的話不多。」

「我無從開口啊。」

「正中紅心。我真的是話匣子一打開就講個沒完。不過正合妳意啊，反正講到性向時妳都愛講不講的。

那個狗雜種佛格斯．吳爾夫傷害了妳，可是妳不應該被他**摧毀**才對啊。不應該倒地不起。妳應該多多向外發展。試試看其他美好的東西。」

「妳要我試的是女人。目前，我想試試看的只有禁慾生活。我很滿意。唯一的壞處是有人會以自己的行事方式來對妳傳教。妳應該禁慾看看。」

「噢我試過啊，試了一個月，今年秋天的時候。一開始的時候是不錯啦，變得像跟自己談戀愛，然後我覺得愛戀自己愛得很不健康，應該跟自己分手才對。所以我遇上了瑪麗—露。讓別人爽，比讓自己爽來得痛快，而且也顯得比較慷慨，茱德。」

「妳看看，我講的傳教，正是這個意思。妳少來了，李奧諾拉。我現在的樣子，我很滿意。」

「愛不愛是妳自己的選擇。」李奧諾拉說，語氣平靜。她接著說：「我要搭飛機過來前，想過要打電話給妳，可是沒有人知道妳人在哪裡。你們系上的人說，妳坐上一個男人的車子跑掉了。」

「誰？是誰說的？」

「不告訴妳。希望妳跟那個男的玩得愉快。」

茱德變得人如其名，冰冷端正，漂亮空虛。她冷若冰霜地說：

「沒錯，謝謝妳的關心，」然後臉色蒼白，雙唇緊閉，茫然盯著空氣。

「我懂我懂，」李奧諾拉說：「閒人勿近。妳有喜歡的人，我很高興。」

「才沒有。」

「好吧好吧，沒有就沒有。」

李奧諾拉在茱德的浴室裡沖了好久，出來的時候到處是小水灘，瓶罐的蓋子沒有蓋上，還有幾種不同的辛辣氣味，來自不明的軟膏。茱德將蓋子蓋回原位，拖乾了地板，在充滿鴉片或毒藥香水氣味的淋浴布簾中間沖了個澡，才剛爬上冰冷的床鋪，李奧諾拉就出現在門口，衣不蔽體，身上只穿了絲質的深紅色浴袍，小得可憐，腰帶也沒綁上。

「給我一個睡前吻。」李奧諾拉說。

「辦不到。」

「辦得到啦。很簡單的。」

李奧諾拉走到床邊，把茉德抱進懷中。茉德掙扎著讓自己的鼻子自由，鬆開的雙手碰到李奧諾拉碩大的肚皮和沉重的乳房。她無法**推開**她，因為推開她和認命一樣糟糕。她開始哭了起來，讓她很不好意思。

「妳怎麼啦，茉德？」

「我告訴過妳了。那種事情，我已經不碰了。完全不碰了。我早跟妳講過了。」

「讓我來放鬆妳的心情。」

「**妳根本是在製造反效果，妳自己一定看得出來**。回去睡覺，李奧諾拉，拜託。」

李奧諾拉發出幾種不同的聲響，像是大型犬或是熊的聲音，最後終於打道回府，邊走還邊笑。「明天又是全新的開始，」李奧諾拉說：「祝妳做美夢，公主。」

茉德心裡突然興起一陣絕望。李奧諾拉龐大的身軀橫躺在她客廳沙發上，躺在她和她的書本之間。她注意到她四肢拚命拱起，擺脫緊繃的束縛，令她回想起佛格斯．吳爾夫最後可怕的那幾天。她想聽聽自己的聲音，聽自己說些簡明扼要的東西。她盡量動腦筋去想究竟想對誰講話，這時想起了羅蘭．米契爾。他也總是孤單一人躺在白色的床鋪上。她並沒有看手錶——時間不早了，卻還不算太晚，對學者來說不算太晚。她就讓電話一直響，響了幾聲，然後如果他還不接，就趕緊掛掉，這樣如果他真的被吵得心煩了，就永遠不知道是誰打來的。她拿起床邊的電話筒，撥了倫敦的號碼。她要告訴他什麼事情？她不想談莎賓．德．蓋赫考茲的事，但是總算有東西可講。她總算不是孤零零一個人。

兩聲，三聲，四聲。話筒拿起。電話另一端的人靜靜聆聽。

「喂，羅蘭？」

「他在睡覺。妳知不知道現在幾點了啊？」

「對不起。我是打越洋電話。」

「妳是茱德．貝力對不對？」

茱德不作聲。

「對不對，對不對，茱德．貝力？妳為什麼就是不放過我們？」

茱德默默拿著話筒，傾聽憤怒的嗓音。她抬頭一看，看到李奧諾拉站在門口，黑色鬈髮和紅色絲袍閃閃發光。

「我是來向妳道歉，想問妳這裡有沒有治頭痛的藥？」

茱德放下電話。

「別讓我打攪到妳。」

「一點也不會。」

隔天，茱德打電話給布列克艾德，犯下了策略上的錯誤。

「請問是布列克艾德教授嗎？」

「我是。」

「我是茱德．貝力，是林肯大學資源中心女性研究的研究員。」

「噢，是妳啊。」

「我有事想跟羅蘭．米契爾聯絡，相當緊急。」

「我不知道妳為什麼會找上我，貝力博士。我最近一直沒看到他。」

「我還以為他——」

「他最近都不在。他回來之後身體就一直不太好。我猜大概他是身體不舒服，因為我一直沒看見他。」

「真抱歉。」

「妳有什麼必要道歉？他身體欠安，妳大概不用負責吧？」

「或許吧。如果你看到他，請轉告他我打電話找他。」

「如果看到人的話，我會的。要不要我轉告他其他事？」

「能不能請他打電話給我？」

「要怎麼跟他講，貝力博士？」

「就告訴他，史鄧教授從塔拉哈西過來這裡了。」

「如果我看見他，如果我記得的話，我會轉告他的。」

「謝謝你。」

茉德和李奧諾拉從林肯一家商店走出來，差點被一輛大車撞到，當時車子一聲不響地高速倒車。她們拿著木馬，馬頭以絨布包著，綁在堅固的掃把柄上，製作精美，上面有飄逸的絲質馬鬃，還有邪門的繡花眼睛。李奧諾拉買這些木馬，是要送給幾個乾兒子乾女兒，她說這些東西看起來很有英國風味，有奇幻色彩。正在倒車的駕駛透過灰藍色的玻璃看到她們兩人，覺得她們外表怪異，有點像是信奉邪教的女人，因為她們身穿長長的裙子，頭上裹著頭巾，還拿著圖騰似的野獸胡亂揮舞。他隨便用輕蔑的手勢指著水溝。李奧諾拉舉起木馬，搖動上面的鈴鐺，指著他大罵爛人神經病。被她這麼一罵，他繼續猛然倒車，嚇到了嬰兒車，嚇到了一個老阿媽、兩個單車騎士、一個送貨生，以及一輛科提納。這輛車子被嚇得整條街倒車回去。李奧諾拉記下車牌號碼：ANK666。茉德和李奧諾拉都不認識莫爾特模．克拉波爾。她們兩人的勢力範圍互異——她們參加的會議不同，做研究的圖書館也不一樣。因此，在那輛賓士車開走，進入不適合賓士開進的狹窄老街後，茉德並沒有感覺到威脅或擔憂的陰影籠罩下來。

如果克拉波爾之前就知道這兩個邪教女子之一是茉德．貝力，他可能就不會停下車子。他認出了李奧諾拉的美國口音，沒有表現出太大興趣。他另有所圖。沒過多久，賓士車開到巴格－恩德比附近，碰上一輛運送乾草的馬車，在蜿蜒的原野小徑上行走，他的車跟馬車找碴，逼馬車開進小樹叢，令人捏一把冷汗。他關上車窗，開起冷氣，吹著無菌的真皮車內裝備。

進入思爾圍地的車道入口到處是花花綠綠的招牌，又陳舊又帶有些許綠色，白色油漆上有新的紅色字體。「**私人土地，閒人勿入。禁止擅入。發生意外恕不負責。**」克拉波爾開車進去。依他的經驗，告示牌囉嗦那麼多，其實只是用來取代陷阱，而非顯示陷阱。他開進山毛櫸大道，進入天井，停下車，引擎嗡嗡響，他心裡盤算著下一步。

喬治爵士帶著散彈槍，從廚房窗戶向外觀望，隨後從門口走出來。克拉波爾坐在車子裡。

「迷路了是嗎？」

克拉波爾搖下灰色的車窗，看見外面的東西是碎石堆，而非拍片現場的鋼筋鐵架。他以充滿心機的眼光四處打量。城垛受到侵蝕而頹圮。門歪斜地掛著。馬廄裡雜草叢生。

「喬治．貝力爵士嗎？」

「嗯。想做什麼？」

克拉波爾從車子裡探出頭，將引擎熄火。

「請你接下我的名片。我是莫爾特模．克拉波爾，是新墨西哥州和睦尼市的羅伯特．岱爾．歐文大學的史坦特收藏中心的教授。」

「你找錯地方了。」

「噢，我想不會吧。我跑了這麼遠，只希望你能撥出幾分鐘。」

「我是大忙人。我太太生病了。你想幹什麼？」

克拉波爾靠近他，想問他是不是能進房去；喬治爵士稍微抬起散彈槍。克拉波爾在院子裡停下腳步。他身穿寬鬆高雅的黑色西裝外套，質料是蠶絲與羊毛，下面是木炭灰的法蘭絨長褲，以及一件乳白色的絲質襯衫。他身材精瘦；有點神似電影《維吉尼亞人》裡面的人物，像是關在獸欄中的貓咪一樣鎮定，準備隨時跳出，隨時出招。

「我是，我想這樣說應該沒錯，是全世界研究藍道弗．亨利．艾許最頂尖的專家。根據消息來源，我相信你可能擁有出自他筆下的某種文件，大概是一封信，是什麼作品的草稿……」

「消息來源？」

「是透過多層關係輾轉得來的消息。這些事情遲早都會公開的。喬治爵士，我現收集管理的艾許手稿，數量在全球首屈一指——」

「聽著，教授，我沒興趣。這個叫做艾許的人，我不認識，我也不打算開始——」

「我的消息來源——」

「**而且**，我也不喜歡英國文物被外國人買走。」

「連你們知名的祖先克莉史塔伯．勒摩特的作品也一樣嗎？」

「她不知名，也不是我的祖先，兩件事都講錯了。滾蛋。」

「如果你能讓我進去稍坐一會兒，討論一下，純屬學術目的，只想知道你手上可能有沒有——」

「我們家不喜歡再多出學者。我不喜歡別人打攪。我還有工作要做。」

「你沒有否認你的確有——」

「我什麼也沒有說。不關你閒事。滾出我的地。可憐的神話小詩人。別去打擾她了。」

喬治爵士麻木地向前走了一、兩步。克拉波爾以優雅的姿勢舉起優雅的雙手；他的鱷魚皮帶在細瘦的腰際稍微滑動，猶如槍帶。

「別開槍，我走就是了。別人如果真的很不情願，我從來都不會去麻煩。只不過，且讓我告訴你這件事，你曉不曉得，這樣的作品，如果存在的話，究竟值多少？」

「值多少？」

「我講的是金錢。值多少錢，喬治爵士。」

一片空白。

「舉例來說，如果是艾許寄來的一封信——只是和人像畫家預約作畫時間——最近在蘇士比以五百英鎊賣出。當然是由我標上。喬治爵士，不是我們放膽吹噓，我們是沒有大學圖書館的預算來資助，我們有的只是一本支票簿。如果你擁有的信**不只一封**，或是不只一篇詩的話——」

「繼續講啊——」

「比方說，你有十二封長信，或是二十封沒寫什麼的短信，輕鬆就可以賣到六位數，可能更多也說不定。英鎊的六位數啊。我看得出來，你這棟豪宅是需要不少維修。」

「神話詩人寫的信？」

「藍道弗．亨利．艾許寫的信。」

喬治爵士沉思，紅色的眉毛皺在一起。

「如果你弄到了這些信件的話——」

「就保存在和睦尼市，讓所有國家的所有學者都能接觸到。這些信件會和其他信件保存在一起，以完美的狀態保存起來，控制氣壓、濕度、光線。我們的保存與展示技術全世界無人能比。」

「我的觀點是，英國的東西應該留在英國。」

「我能瞭解。你這份情操很令人景仰。可是，現代縮微膠卷和影印技術發達，情操搭不太上關係吧？」

喬治爵士拿著散彈槍陡然做出一、兩下動作，或許是因為他在沉思。克拉波爾將銳利的視線鎖定在喬治爵士的眼睛上，雙手仍向上舉起，顯得相當荒謬，對喬治微微一笑，笑得深沉陰險，表現得並不焦急，而是靜觀其變。

「喬治爵士，如果你告訴我，我完全搞錯了，你根本就沒有什麼具有重大意義的未問世手稿，什麼手稿也沒有，你大可明講，我馬上就離開。只不過，我希望你能收下我的名片，或許再仔細察看克莉史塔伯．勒摩特的任何老舊信件，任何老舊的日記，任何記事簿，都有可能找出艾許寫的東西。如果你對任何手稿有任何疑問，我會非常榮幸提供意見，提供完全沒有偏見的看法，告訴你手稿的出處以及價值。以及價值。」

「我不知道。」喬治爵士陷入沉思，皺成一張牛臉，活像恍神大地主；克拉波爾可以看見他的雙眼正在算計，馬上確定他的確握有東西，可以弄得到。

「我遞給你一張名片，可不可以不要開槍轟我？」

「大概吧。給我一張好了。告訴你啊，我沒有說我用得上這張名片，我沒有說……」

「你什麼都沒有說。你一點預設立場也沒有。我完全清楚。」

賓士車回頭開過林肯的速度，比剛才過來時還快。克拉波爾這時想過要打電話給茉德，卻又決定不要。他想到勒摩特。在史坦特收藏中心的某處——他一旦回想起這些收藏品，都帶有甜蜜之情，幾乎能過目不忘——有件和勒摩特有關的東西。究竟是什麼？

茉德穿越林肯市集廣場的攤位，突然轟的一聲，撞上了喬治爵士，沒有想到他會穿西裝，尺寸很緊，顏色是棕色帶點綠。他伸出一隻手，抓住她的袖子。

「妳知道嗎？」他大聲叫，「小姐，妳知道電動輪椅一張多少錢？升降椅多少錢，妳算得出來嗎？」

「算不出來。」茉德說。

「建議妳應該算算看。我剛剛去找我的律師，他對妳的評價很低，茉德．貝力，評價很低啊。」

「你在講什麼，我不太確定——」

「少在那邊裝模作樣。六位數字，或者更高，是那個開賓士的狡猾牛仔告訴我的。還虧妳說得出來，什麼妳的口風很緊，密不透風。」

「你是說，那些信件……」

「諾福克的貝力家族從來都對思爾圍地不屑一顧。老喬治爵士蓋了思爾圍地是要氣死他們，依我看來，思爾圍地很快就會崩壞，他們看到一定很高興。可是，電動輪椅，小姐啊，妳早該想到的。」

茉德的腦筋一時轉不過來。為什麼是開賓士車的牛仔，為什麼不是國家健康局的人？那些信件的下場會如何？幸福得什麼都不清楚的李奧諾拉跑到哪裡去了？是在市集攤位間散步選購淺碟嗎？

「很抱歉，我之前不清楚信件的價值多少。我當然是知道價值一定是有的。我認為信件應該留在原處。放在勒摩特存放的地方——」

「我的瓊恩是活人，勒摩特是死人。」

「當然，這一點我知道。」

「當然，這一點我知道。」他學她講話的口氣。「妳才不知道咧。我的律師認為，妳是想**自己**得到好處，對自己的工作有所幫助，甚至想要脫手賺錢。妳看我什麼都不懂，想佔我便宜，對不對？」

「你誤解了。」

「我才沒有。」

李奧諾拉從一堆堆幽香的鮮花和一架子的皮夾克中鑽出來，皮夾克上面畫著骷顱頭。

「親愛的，是不是有人在騷擾妳啊？」她問道。然後她大叫：「噢，原來是這個森林裡帶著槍跑出來的野人。」

「妳。」喬治以高高在上的口氣說。他抓著茉德的衣袖又捏又轉。「到處都有美國人出現，妳們一定是串通好了。」

「串通什麼？」李奧諾拉詢問。「是串通要打仗嗎？是國際事件嗎？茉德，他是不是在威脅妳啊？」

她走近喬治爵士，像座高塔般低頭俯視他，絲毫不掩飾心中的憤慨。

茉德在受到壓力時能維持理性，這一點她很自豪，現在卻想決定，究竟哪一個比較可怕，是喬治爵士大發雷霆，還是李奧諾拉在這麼不湊巧的時候發現她隱瞞了信件的事。她決定放棄喬治爵士，反過來說，李奧諾拉如果受到傷害，如果感覺到遭人背叛，可能會很嚇人。不過這樣也無濟於事，她想不出應該怎麼說才好。李奧諾拉用自己長而有力的雙手，握住喬治爵士精瘦的小拳頭。

「你放開我朋友的手，不然我要叫警察來。」

「需要警察服務的人不是妳，是我。擅闖民宅，小偷，可惡的禿鷹。」

「他想用的詞是『貪財無饜的人』，可惜他沒受過教育。」

「李奧諾拉，算我拜託妳行不行。」

「我在等妳一個說法，貝力小姐。」

「在這裡不行，時候也不對，拜託嘛。」

「茱德，他要的是什麼說法？」

「不重要啦。拜託你，喬治爵士，你應該看得出來吧，現在講這個不適合。」

「我看得出來。妳把手拿開，粗魯的女人，給我滾開。希望永遠都不要再見到妳們兩個任何一個。」

喬治爵士身手矯健地轉身，撥開已經在聚集圍觀的一小群人，然後快步離去。

李奧諾拉說：「他要的究竟是什麼說法，茱德？」

「以後再告訴妳。」

「一定要跟我講，我很好奇。」

茱德覺得快到全然絕望的境界。她但願此時此刻置身任何地方都行，就是不要待在這裡。她想起了約克郡，想起了湯瑪辛壕塹的白光，想起了妖靈洞的硫磺石以及若隱若現的菊石。

叮噹作響的守衛一臉陰暗嚴肅，對臉色蒼白的波拉做手勢。

「電話。」她說。「找艾許的編輯。」

波拉循著鑰匙以及厚重夾克拍打臀部的聲音方向走去，走向鋪有地毯的隧道，來到艾許工廠允許在安全檢查點裝設的電話，算是提供很大的福利，讓他們在緊急時可以使用。

「波拉・手瑟卡。」

「你是藍道弗・亨利・艾許詩集的編輯嗎？」

「我是編輯助理。」

「有人建議我應該找布列克艾德教授。我的名字叫賓恩。我是律師。我是代表客戶打電話來詢問——這個嘛——某些——嗯，某些可能是手稿的作品的市價。」

「**可能**是手稿，賓恩先生？」

「我的客戶講得很不明不白。妳確定我沒有辦法直接和布列克艾德教授講電話嗎？」

「我去找他來。要走很長一段路。務必耐心等候。」

布列克艾德和賓恩通了電話。他回到艾許工廠時臉色蒼白痛苦，情緒高度憤怒激動。

「有個笨蛋有艾許寫給身分不詳的女人的信件，數量不明，想要我估價一下。我說，五封還是十五封，還是二十封。賓恩說他也不知道，不過客戶要他說，大約有五十封左右。他說，都是長信，而非和牙醫約時間的信和感謝函。他不願意說出客戶是誰。我說，這東西可能很有重要性，在未見實物的情況下，我怎麼估價？我一直都討厭**未見實物**這種說法。妳覺得呢，波拉？根本就是廢話，其實意思只是沒看過而已，對不對？接著，賓恩先生說他相信，已經有人提出六位數左右的價格想買。我問，買主是英國人嗎？賓恩說不是，不盡然是。不管那個地方在哪裡，克拉波爾那個混帳已經去過了。我說，可不可以告訴我，你人在哪裡。他說，他在林肯的塔克巷會館。我說，那些東西給我看看總可以吧？賓恩說他的客戶非常不喜歡被人打攪，脾氣非常暴躁。聽到這裡，妳有什麼看法？我的印象是，如果我把價格高估，他們可能會讓我瞧一瞧。不過如果我故意高估，我們永遠弄不到錢來買，因為克拉波爾那個混帳的支票簿是個無底洞，賓恩先生的客戶也已經問到了價錢，而不是問學術上的價值。

我告訴妳啊，波拉，羅蘭·米契爾最近舉止怪異，跑去林肯找那個貝力博士，一定和這一切有關聯。我想知道的是，羅蘭這小子在打什麼如意算盤？他人究竟在哪裡？等我找到機會叫他過來報告……」

「羅蘭？」

「不是。妳是誰。是不是茉德·貝力？」

「我是波拉·手瑟卡。我的聲音和茉德·貝力相差十萬八千里。凡兒，我有急事非找羅蘭談不可。」

「我一點也不驚訝。他已經不上圖書館了。他就坐在這裡寫……」

「現在他在那邊嗎？」

「每次都說有急事，妳和茉德·貝力都一樣。」

「幹嘛一直提茉德·貝力呀？」

「她最喜歡在講電話時不吭聲，拚命呼吸。」

「凡兒，他在不在嘛？我在的地方是開放的走廊，不能講太久，妳也知道，這些個蠢得要命的電話——」

「我去叫他。」

「羅蘭，我是波拉。你麻煩大了。布列克艾德大發脾氣，嚇死人了。他在找你。」

「跑到哪裡去找？我就在這裡啊。在寫我的文章。」

「你不知道啦。聽我說，有個叫做賓恩的人打電話找布列克艾德，說他手裡有大約五十封信，是艾許寫給一個女人的，我不知道這個消息對你重不重要？」

「什麼女人？」

「賓恩沒說。布列克艾德認為他知道。他認為你也知道。他認為你偷偷在他背後搞鬼。他說你是叛徒——

羅蘭，你在聽嗎？」

「有啊。我是在想東西。波拉，妳真好，打電話跟我通風報信。我不清楚妳為什麼要刻意找我，不過還是謝謝妳。」

「原因是，我痛恨噪音。」

「噪音？」

「沒錯。如果你來上班，他會對你大吼。吼個不停。聽到會讓我心煩。我討厭別人大喊大叫。何況我也蠻喜歡你的。」

「妳真好心。我也討厭大喊大叫。我討厭克拉波爾。我討厭艾許工廠。真希望我人在別的地方，什麼地方都行，真希望我能從地球表面消失。」

「調到紐西蘭或亞美尼亞共和國去做研究。」

「鑽進地洞裡還比較速配。告訴他，妳不知道我人在哪裡。多謝了。」

「凡兒好像不高興。」

「那是她個人毛病。我討厭大喊大叫，這就是原因之一。多半是我的錯。」

「守衛回來了。我要掛掉了。好好照顧自己。」

「謝謝妳幫我這麼多。」

羅蘭走出去。他感覺到全然無助，走投無路。如果告訴自己，換成任何有點頭腦的人，都能預見這些可能的發展，這樣做只會讓心情更低落。他在情緒上完全相信，那些信件只有他一人知道，在他選擇公開之前，在他調查出故事結局之前，在他——在他得知艾許在世的話希望如何解決之前，都是屬於他自己的祕密。凡兒問他要上哪裡去，他並沒有回答。他走在普特尼大道，看能不能找到一個沒被破壞的電話亭。他走進印度人的雜貨店，買了電話卡，換來一袋子零錢。他走過普特尼橋，走到富勒姆區，找到了可以使用電話卡的公共電話，一看就知道一定還能打，因為大排長龍。他等著等著。有兩個人，一個黑人男子和一個白人女子，用光了電話卡上點數。另一個白人女子拿著自己車子的鑰匙在電話上玩弄複雜的把戲，講個沒完。羅蘭和其他排隊的人彼此乾瞪眼，開始學土狼一樣在電話亭外徘徊，以帶有威脅意味的眼神看她，然後偶爾隨意以掌心拍打玻璃。後來女人終於跳出來，不向左看也不向右看，之後排在羅蘭前面的人都很有禮貌，電話都很簡短。他在隊伍中並沒有不高興。沒有人知道他人在哪裡。

電話通了。

「茱德嗎？」

「她不在。要不要留言？」

「不用了。沒有關係。我在打公共電話。她什麼時候回來？」

「其實她不是不在，只是正在洗澡而已。」

「事情有點緊急，而我後面排隊的人很多。」

「茱德。」她大聲叫。「剛剛是我在叫她。乾脆請你先掛掉，等我看看她——」她又大叫茱德。

他們什麼時候會開始拍玻璃？

「她快來了。你是誰？」

「如果她快來接就沒關係了。」

他想像茱德全身濕答答，圍著白色浴巾。這個美國人是誰？一定是李奧諾拉。茱德有沒有跟李奧諾拉講什麼。在李奧諾拉面前，她能不能跟他講什麼……？

「哈囉？我是茱德．貝力。」

「茱德。終於找到妳。茱德。我是羅蘭。我在打公共電話。大事不妙了——」

「的確不妙。我有事情要非跟你商量不可。李奧諾拉，我把電話轉到臥房裡，沒有關係吧？這通電話有點隱私。」通話暫停。重新接通。「羅蘭，莫爾特模．克拉波爾來過了。」

「有個律師打電話給布列克艾德。」

「喬治爵士在林肯堵我，嚇死我了。講什麼電動輪椅。他要的是錢。」

「是他的律師搞的鬼。他是不是很生氣？」

「氣炸了。碰上李奧諾拉，更是火上加油。」

「妳跟她說過了嗎？」

「沒有。可是，再這樣下去，她一定會亂猜。情況一天比一天糟糕。」

「他們會認為我們很可惡。克拉波爾、布列克艾德、李奧諾拉。」

「說到李奧諾拉，她啊，發現了下一個步驟。勒摩特跑到布列塔尼的親戚家。那裡有個表親會寫詩。有個法國學者拿到了她的作品，寫信給李奧諾拉。她在那裡住了一段時間。可能有提到自殺的事。沒有人知道她到哪裡去了。」

「希望沒有人知道我人在哪裡才好。布列克艾德派人來抓我回去，我現在其實在逃亡。」

「我本來想打電話找你。我不知道她有沒有告訴過你。看來她好像不會。我連我們是什麼身分，想做什麼事，都不知道了。這種事情，我們怎麼可能瞞得過克拉波爾和布列克艾德嘛。」

「還有李奧諾拉。我們本來就沒有希望要瞞他們。在我們弄清楚了所有能發現的線索後，他們非知道不可。我們只是需要多一點時間。這是我們的追查任務。」

「不見得。他們看待這件事的方式一定不是那樣。」

「但願我能消失就好。」

「你講了好多次。我也希望如此。和李奧諾拉住在一起已經夠慘了，沒有喬治爵士和那些——」

「真的嗎？」他發現自己竟然肉慾薰心，將李奧諾拉排除在外，掀開那條他想像中的白色浴巾。他從來沒有見過李奧諾拉。茉德壓低嗓音。

「我一直想到我們在佛斯對彼此講的話，有關空床的事。」

「我也是，還有白光照射在石頭上的事。還有在妖靈洞的太陽。」
「在那邊的時候，我們知道身處何處。我們應該就此消失才對。像勒摩特一樣。」
「妳的意思是說，去布列塔尼嗎？」
「也不盡然。至少。畢竟。為什麼不行？」
「我沒錢。」
「我有。我也有車子。法文也講得通。」
「我也是。」
「他們不會知道我們到過哪裡。」
「連李奧諾拉也不知道。」
「我跟她撒謊的話，她就不會知道。她還以為我藏了祕密情人。她本性浪漫。撒這種謊很差勁，帶走她的資訊還背叛她。」
「她知道克拉波爾和布列克艾德嗎？」
「知道，沒跟他們講過話。她也不認識你。連你的名字都不曉得。」
「凡兒可能會告訴她。」
「我會設法讓她搬出公寓。想辦法請別人邀請她過去。這樣如果凡兒打電話來，就沒有人會接聽。」
「茉德，我這個人天生不會和人串通做壞事。」
「我也不會。」
「我不敢回家了。要是布列克艾德……要是凡兒……」
「你非回去不可。你一定要回去大吵一架，偷偷拿走護照，以及所有文件，然後搬出來。住進布倫斯貝利隨便一家小旅館。」
「太靠近大英博物館了。」

「那就到維多利亞。我會去應付李奧諾拉，然後和你會合。我以前住過一家……」

第十九章

狂風咆哮，海浪滔天，
達戶的雄偉頂冠
在海牆與高塔上開展，
達戶與情郎噤聲，
純白如絲
相倚併臥漫漫長夜。
街上行人熙來攘往，
恐懼之聲，潮濕之手
敲打緊閉鐵門
一如以往，全然平順寧靜。

依傍在達戶懷中，
他興起不祥預感
雙耳從她白皙肌膚上豎起
暫別心音，傾聽人群喧鬧
傾聽人群之外
憤怒海神在門口狂嘯。

「到窗邊去，」她這時說，
「告訴我，海水動態如何，
海水色調與計策為何。」

「女士，浪濤碧綠如琉璃
蒼天漆黑如玉，
小帆如海鳥周遊海灣
海水浸透，落難下沉，雙翅難展。」

「回到我身邊，進入我懷裡——
讓我在你臉上熱吻
臉上熱度與稜角將吸收
眾人低語，
吸收海水無禮之隆噪。」
他迷惘失神，奉行不悖，
直到聽見塔門門檻激盪聲起，他呼叫，
「女士，他來了，我們非起身不可。」

「該起身的是他，」她快速回應，
「鐵門挺得住，我們就安全。
到窗邊去，告訴我，海水動態步調如何，

海水色調與計策為何。」

「女士，浪濤鉛灰色，
蒼天罩上飛沫薄紗，
落海人自浪頭呼喊，載浮載沉。」

「過來靜躺在我懷裡，
何須掛念弱小身受之苦難？
且看我以魔力鎮懾他。」

他再度騷動，再度哭喊，
「海神駕到，我們非起身不可。」

「到窗邊去，告訴我，海水動態浪高如何，
海水色調與計策為何。」

「女士，浪濤漆黑奔騰，
如暗穴薰臭，如油水翻攪，
往上直撲，張牙舞爪
抓攫高塔，泡沫白牙扭曲，
是夜間變形惡獸，

忽而一，忽而眾，大開，昂揚。
女士，我看不見蒼天。
在城鎮原址之上，
星星露臉，海水奔騰
尖塔消失，鐘塔的笑顏亦然。
如今一片洶湧狂盪。
我聽見鎖鏈碾軋之聲
我們的高塔搖擺扭曲
他忿然狂笑，揮下重拳。
趕緊起身吧，女士，否則我們將溺斃。」

——克莉史塔伯．勒摩特，《黎之城》

他們兩人關在布列塔尼王子號上的一個艙房裡。當時是晚上：他們可以聽見引擎沉穩的推進聲，在身邊，在更遠處，盡是奔騰激昂的海面。他們兩人都因為激動過度而感到昏眩。他們之前站在甲板上，看著樸茨茅斯的燈火閃耀，逐漸減弱。他們站得很開，沒有碰觸到對方，只不過稍早在倫敦的時候，兩人因為充滿曖昧的情愫，曾經衝撞到彼此的手臂。現在他們一起坐在下鋪，喝免稅威士忌和喝水，都是用漱口杯來喝。

「我們一定是發瘋了。」羅蘭說。

「我們當然是瘋了，那還用說。而且還很惡劣。我對李奧諾拉撒謊撒得毫不羞恥。我還做出比撒謊還糟糕的事——我趁李奧諾拉沒注意的時候，抄下了雅瑞安．勒米尼耶的地址。我跟克拉波爾和布列克艾德一樣惡劣。所有的學者多少都有一點瘋瘋癲癲。不管是對什麼東西著迷，都會有危險。對這件事著迷，已經有點失去理智了。不過能享受清新的海風，不必在自己的公寓跟李奧諾拉住上幾星期——」

聽見茱德‧貝力漫天暢談瘋狂和享受，是件奇怪的事。

「我曾經擁有的一切，或是曾經在意的東西，我認為我剛剛已經全部失去了。我在艾許工廠的工作。凡兒。我的家，因為房租是她付的，所以算是她家。我應該感到害怕才對。我可能會感到害怕吧。不過目前我的感覺很完整——頭腦很清晰——而且很**單一**，希望妳能瞭解我的意思。感覺這麼好，大概是因為海洋的關係吧。如果我在倫敦上岸的話，我會覺得很鈍。」

他們沒有碰觸到對方。他們坐得很靠近，距離和善，卻沒有碰觸到對方。

「很奇怪，」茱德說：「假設我們對彼此著迷，沒有人會認為我們發神經。」

「凡兒認為我們兩個對彼此著迷。她甚至還說，反正比對艾許著迷來得健康。」

「李奧諾拉認為我接到情人一通電話，立刻跑出來幽會。」

羅蘭認為，腦筋之所以清晰得荒唐，其實都是因為兩人都沒有對彼此著迷。

他說：「這兩張床都是很乾淨的白色窄床。」

「是啊。你喜歡上鋪還是下鋪？」

「我無所謂。妳呢？」

「我選擇上鋪。」她笑了一下。「李奧諾拉會說是因為莉莉絲女妖的緣故。」

「為什麼是莉莉絲女妖？」

「莉莉絲女妖拒絕接受較低等的位置。因此亞當支開她，而她則流浪阿拉伯沙漠，流浪到荒涼之徑以外的黑暗國度。她是曼露西娜的化身。」

「上鋪或下鋪，我倒看不出來有什麼差別。」羅蘭麻木地說。她這番話的範圍廣泛得荒謬，囊括了神話地理、情慾偏好以及雙層床鋪的分配，荒謬之處羅蘭完全體會到了。他覺得很開心。所有事物都一致荒謬。

他打開蓮蓬頭。

「要不要洗澡？水是鹹的。」

「是鹹的沒錯。在海底洗海水浴。我們這間艙房**在**海面下對吧？你先洗。」

水聲嘶嘶作響，尖尖噴灑，靜靜落下。外面，相同的海水幽幽奔走，被巨型的船身切割開來，在船身後面的海流中藏有看不見的生物，有數群小鯨魚和受到威脅嗚嗚作聲的海豚，以及飛快游走的青花魚和白粉鱈魚，以及大片推進的魅杜莎水母，鯡魚的精液散發出磷光，歷史學家米什萊稱之為乳之海，因為他習慣將性別與肉體功能混為一談。羅蘭平靜地躺在較低等的下鋪，想起了梅爾維爾寫過的一個神奇的句子，描寫枕頭下面快速游動的——什麼來著？他聽到蓮蓬頭水聲斷續打在茉德的身體上，雖然他看不見，還是能在心裡輕輕地模糊地想像，不疾不徐，也不需要精準，和牛奶一樣潔白，在水柱與揚升的蒸氣中左右轉動。她爬上梯子時，他看見她的腳踝，又白皙又細緻，穿著白色棉質衣物，空氣中瀰漫著蕨類植物氣味的粉以及潮濕頭髮的味道。他覺得心滿意足，因為她竟然就橫躺在上面，雖然看不見也摸不著，卻的確在上面。「好好睡。」她說。「晚安。」他也以相同的話來回應。然而，他有好長一段時間睡不著，只是在黑暗中睜大眼睛，以色慾的聽覺傾聽細微的吱嘎聲和棉被摩擦聲，歎息聲和變換姿勢的聲音，聽著她在他上面移動的聲響。

出發前，茉德已經先打電話給雅瑞安．勒米尼耶，她正要南下度假，不過還是答應留下來短暫見他們一面。他們平靜地開車前往南特，天氣很好，在一家令人驚艷的餐廳見面吃午餐。這家餐廳的瓷磚是世紀末的土耳其瓷磚，裝飾得神祕又明亮，也豎立了幾根柱子和綴有珠寶的彩色玻璃。雅瑞安年輕、親和、果決，頭髮烏黑亮麗，雕塑成精確的幾何形狀，在頸背形成一個角度，穿越額頭。她們兩人彼此欣賞對方，在學術研究上的態度同樣熱情，同樣實事求是，也討論到了閾，討論到曼露西娜醜惡外形的本質，套用小兒心理學家溫尼克特的說法其實是一種「轉型區」——是一種想像出來的建構方式，讓女性從性別認同中解放出來。羅蘭的話很少。這是他在法國吃的第一餐，對於感官的精準度、對於海鮮、對於剛出爐的麵包、對於醬料的些微差別，無不深受感動。醬料的些微差別需要分析才能清楚，分析卻也得不到結果。

茉德的任務很微妙。她需要對方同意讓她接觸到莎賓的文稿，卻不能講明原因。對於李奧諾拉不在場，她卻提出這樣的要求，其間的關係，她也不能解釋給對方聽。她的任務一開始顯得更為艱難，因為雅瑞安即將遠行，文稿都鎖了起來，雅瑞安不在的話，要弄到手其實不可能。「要是我知道你們要來的話……」

「我們本來也不知道要來，只是正好有時間度個小假。我們想到可以走過布列塔尼，看看勒摩特家族的住所──」

「哎喲，也沒有什麼好看的。第一次世界大戰時都燒光了。倒是可以參觀菲尼斯泰爾和歐迪恩灣。傳統上黎之城就是坐落於此。也可以看看死人灣──」

「勒摩特在一八五九年秋天來過，你還有沒有發現其他的線索？」

「啊。我有個消息一定會讓妳大吃一驚。我寫信給史鄧教授之後，發現了莎賓的私人日記，勒摩特來訪的過程，幾乎全部記載在裡面。我認為莎賓寫日記是在模仿喬治桑──因此她用的是法文，而不是布列塔尼語。如果用的是布列塔尼語的話，或許會顯得比較自然一點。」

「我真的非常想看看──」

「我還有更進一步的大驚奇。我幫妳影印了一份。是要給史鄧教授看的。也因為我對妳研究曼露西娜的作品非常佩服。也算是補償我不能作陪，還關上了檔案室的遺憾。影印機真是一大發明，解放了文件資料。我們應該分享資訊，對不對？女學分子的原則就是合作嘛。我認為日記內容一定會讓你們大為驚訝。我希望妳看過之後能和我討論其中涵意。我就不多說了，不想洩露天機。」

茉德在腦筋仍稍微混亂時，向她表達驚奇與感激之意。李奧諾拉知道的話會講的話，在她的腦海中清晰響亮。然而，更為清晰響亮的是好奇心與想霸佔敘述權的貪婪心。

隔天，他們開車穿越布列塔尼，開到地球終點，開到菲尼斯泰爾。他們開車穿越培因坡與布洛塞里昂德的森林，來到夫斯南這個寧靜封閉的海灣，在科茲角找到旅館。這家旅館揉合了北方受盡風襲的滄桑粗獷，以及比較具有南方風味、比較詩意、比較柔緩的感覺。旅館有個平台屋頂，也種了棵棕櫚樹，往下看有一大片幾乎全是地中海松樹的雜樹林，樹林之外是環狀的沙灣以及藍綠色的海。接下來三天，他們就在這裡閱讀莎賓的日記。至於他們的感想如何，以後再介紹。以下就是他們看到的內容。

莎賓．露葵喜．夏洛特．德．蓋赫考茲私人日記。
於狄肯納美宅邸起筆。

一八五九年十月十三日。

這些空白紙張，在我心中填滿了恐懼與慾望。我想寫什麼，都能在這裡表達出來，這麼說來，我怎麼決定從何開始？從這本日記，我將使自己轉變為真正的作家；我將利用這本日記來學習文字技巧，將我經歷過或發現到有興趣的事物記錄下來。這本筆記簿是我從親愛的父親那裡央求而來的。我的父親名叫哈吾爾．德．蓋赫考茲，他都是用這種線裝書來撰寫民間傳奇故事以及科學觀察。我開始動筆，是因為詩人表姨克莉史塔伯．勒摩特的建議，因為她的一番話讓我猛然覺醒。「作家唯有靠練習文字技巧，不斷從事語言實驗，才能成為真正的作家。偉大的藝術家也是以黏土或油料來做實驗，一直到手法成為第二本能，希望創作出什麼樣的作品，就能創作出來。」我向她透露自己這份極大的寫作慾望時，向她表示自己日常生活缺乏有意思的事物、事件或熱衷的東西，無法帶出詩文或小說的主題，她聽了之後也說道，我應該要有基本的紀律，生命中發生值得注意的事情時一定要全部記錄下來，不管我覺得再怎麼稀鬆平常或無聊都照寫不誤。她表示，養成每天記錄的習慣有兩個好處。我的寫作風格能因此增加彈性，觀察也能更為精準，有朝一日便能發揮。所有人的生命中都有這麼一天，什麼重大的事件大聲喊叫希望別人注意到——她用的是「大聲喊叫」一詞。養成寫日記的習慣，也能讓我理解到，沒有什麼事情本身就是無聊的事情，所有事物本身都具有特定的含意。她說，妳看看家裡那片多雨的果園，看看自己那片美麗絕倫的海岸線，以陌生人的眼光來看待，以我的眼睛來欣賞，妳就能看出一切充滿了神奇與感傷的意境，卻又多彩多姿，美麗無比。以你們廚房裡的舊鍋子和簡單耐用的大淺盤為例，以新的維梅爾的眼睛來看待，為鍋盤添加一點日光和陰影，就能創造出和諧的氣氛。這一點，作家無法辦到，但是想想看作家能夠辦到的事——一定要不斷假設文字技巧無功不克。

我發現我現在已經寫了一整頁了，全都要歸功於克莉史塔伯。這樣說不是沒有道理——就目前而言，她是我生命中最重要的一個人，更是一個閃閃發光的效法對象，因為身為備受肯定的作家，具有某種重要性，同時她也是女性，因此帶來了一絲希望，對所有女性而言具有帶頭的作用。她扮演了這麼重大的角色，我不太確定她自己喜歡的程度多寡——她內心世界的想法與感覺，我的確所知很少。她看待我的態度，是以最溫柔的方式來表達，將她自己視為女管家，將我視為令人疲於奔命的小孩，充滿熱切之情，靜不下心來，對人生無知到了無可救藥的地步。

如果說她像是女管家，我確定她像的是浪漫的簡愛，具有衝擊性，熱情洋溢，在平靜的外表下具有高度觀察力。

最後這兩個句子，讓我想起了一個問題。我寫的日記，是不是希望克莉史塔伯看到，或是當作是作家的習作，或者甚至當作一種親密的書信，希望她能在獨處時閱讀，在冥想與閉關時欣賞？或者我只是在私下寫作給自己看，好讓自己能全然誠實對待自己，目的只有一個，就是道出事實？

我知道她會比較喜歡後者，因此我會將這本日記鎖起來——至少在早期階段——只有寫給自己看，也寫給天神看（我父親拜的神。他似乎不太信奉很古早的神如陸格（Lug）、達格答（Dagda）、塔漢尼（Taranis）。克莉史塔伯篤信耶穌，特別具有英國人的風格，我並不能完全理解，我不清楚的還包括她信仰的是哪一派，是天主教還是新教）。

我學到的是，只寫給作者一雙眼睛看的作品，會欠缺部分活力，但是反過來看，也獲得了某種程度的自由，讓我相當驚訝的是，也同時具有成年人的特質。作品中女性與童稚的慾望轉變為魅力。

我的作品就以描述克納門特開始，時間就是今天下午四點，天色陰暗，秋意盎然，煙霧瀰漫。

我的人生很短暫——有時候感覺很漫長，有歹戲拖棚之感——一輩子都在這棟房子裡度過。克莉史塔伯說，她對這房子的美麗與簡單感到吃驚。我不打算寫出克莉史塔伯的說法，我只打算記錄下我自己注意到的部分，這一切都那麼熟悉，但是我在心情倦怠時幾乎視而不見。

我們的家是以花崗石建造，和這裡海邊多數房子一樣，長而低矮，屋頂高而尖，以石板搭建，還蓋了幾個尖頂。房子蓋在高牆圍起來的天井裡，在風中創造出寧靜空間，同時也能將任何事物排除在外。這裡所有的建築物，都要能抵擋大西洋來的強風與勁雨。石板潮濕發亮的時候，比乾燥的時候還多。我也喜歡石板在夏天時候的樣子，在發熱時能夠閃閃發光。我們的窗戶很深，高高向上拱起，有如教堂窗戶。我們家只有四個大房間，兩個在樓上，兩個在樓下，每個房間都有兩扇深陷的窗戶，分別開在兩面牆壁上，以便在任何天候都能提供光線。房子外面也有一個角樓，上面有個鴿舍，下面也有小狗住的地方。儘管如此，狗兒小托和我父親的獵犬蜜莎待在房子裡。房子後面，果園將房子與海洋隔開，我小時候喜歡在這裡玩耍，當時感覺空曠無邊際，如今卻顯得擁擠。果園也搭建一堵擋風牆，以乾石與海裡的大圓石砌成，這裡的莊稼人都說是用來「累」風，以牆上無數的洞口與裂縫來減弱風勢。暴風雨來襲時，風吹到果園的擋風牆時，整面牆壁會唱起歌來，這種石頭之歌，聽起來像是走在圓石海灘上。這裡的鄉下到處充滿風中之歌。颼風的時候，大家走動時下腳比較穩重。在風中高歌，男人壓低了低音，女人提高音調。

（描寫得並不賴嘛。寫出了這樣的句子，如今我對國人與強風充滿了一種美學上的愛。如果我是詩人，我會接著寫出痛哭的風聲。如果我是小說家，我接著敘述，單調的歌聲，事實上會讓人在風聲寂靜時接近瘋狂，因為在漫長的冬季沒有風聲，令人有在沙漠口渴的感覺。在烈日下，風吟唱著巨石下涼爽的蔽蔭。我們在這裡渴望一、兩滴乾燥、明亮的寂靜。）

此時在房子裡，三個人靜靜坐在三個房間裡，寫著東西。我表姨和我的房間在樓上。她的房間以前是我母親的房間，我父親總是禁止我進去（反正我自己也從來都不想進去）。從樓上的房間，可以望遍原野，一眼看到懸崖邊緣，看到波動的海面。天氣不好時，海面波動，上下起伏。天氣好的時候，光線讓海面表現出波動的模樣。真的是這樣嗎？我非調查個清楚不可。又找到了有興趣的題目。

我父親的房間在樓下，臥房兼書房。房間有三面牆壁擺滿書本，他經常抱怨潮濕的海風對書頁與裝訂處有不良的影響。我小時候負責的工作之一就是擦拭皮質的封面，用的是一種蜂蠟加上我也不清楚的東西——阿拉伯膠吧？——混合而成防腐劑。這種防腐劑是他自己發明出來的。這樣的工作，取代了女紅。我會縫補裙子。我是在有需要的情況下才學會的。素面的縫紉，我也做得不錯，但是比較精細的女性技巧，我則一個都不會。我記得味道香甜的蜂蠟，就像嬌縱的大小姐記得玫瑰水與紫羅蘭香精一樣。我的雙手因為經常碰蜂蠟，因此顯得豐潤閃亮。當時我們兩人大部分都住在那一間房間，爐火燒得旺盛，火爐是陶瓷爐。

我父親的床鋪是那種老式的箱形床，像是個巨大的碗櫥，附有專用的梯子和通風門。我母親的床鋪有厚重的絨毛吊飾，有穗帶，有繡花。兩個月前，我父親吩咐我清理這些絨毛吊飾；他並沒有說為什麼；我一時突發奇想，以為他打算娶我，因此準備將母親的臥室拿來當作新娘閨房。我們取下吊飾時，上面堆滿沉重的灰塵，葛德拿到中庭去撢，結果身體弄得很不舒服，因為她的肺部吸滿了一輩子（**我的**一輩子）的蜘蛛網和穢物。清理完畢後，吊飾卻也沒有什麼看頭，因為所有東西都隨著結痂的外皮脫落掉，到處顯現出大大的裂縫和襤褸不堪的破洞。那時我父親說了，「妳住在英國的表姨要來，一定要加裝新的寢具。」我搭馬車搭了一整天的時間到坎佩爾去找克納門特的李奧諾拉夫人，她給我一套可以用的紅色寢具，她說這一套未來大概用不上。這套寢具的邊緣繡上百合花和石南玫瑰，我的表姨非常喜歡。

在布列塔尼我們流行使用箱形床，相當於房間裡的木頭小房間，據說是發明來保護人類，防止野狼侵襲。在這裡的荒野和高地，仍然有一些野狼四處走動，在培因坡和布洛塞里昂德等等的森林也可以看到牠們的蹤跡。據說從前在村莊和農舍裡，野狼經常入侵民宅，從壁爐邊的嬰兒床上叼走沉睡的幼兒。因此種田和畜牧的莊稼人為了保障幼兒安全，會在出去幹活前將小孩關在箱形床裡，把門緊緊關上。葛德說這種措施，也可以防止豬的入侵，因為豬什麼都吃，也可以防範貪吃無饜的母雞。這些牲口隨意進出農舍，看到什麼就啄就咬，不管是眼睛或是耳朵，不管是小腳或小手都照吃不誤。

我小時候，葛德經常講這些可怕的故事來嚇唬我。不論白天晚上，我都很害怕野狼，也害怕狼人，只不過我從來沒有真正看過野狼，連狼嚎也沒真正聽過，但是在雪夜有**某種生物**在嚎叫時，葛德舉起一根指頭，對我說：「野狼要來囉，牠們肚子很餓喲。」我父親說，在這個煙雨濛濛的地方，神話、傳奇和事實之間的分野並不明確，就如同石拱門無法隔開兩個世界一樣，比較像是兩個房間之間掛了一連串會移動的薄紗或針織網。野狼會來；也有人類和野狼一樣惡質；也有相信自己能夠控制這些外力的巫師，也有農人堅信野狼的故事，堅持一定要建造一道道堅實的門，以防兒女遭受到上述的危險。我童年的時候，遇到野狼的恐懼，幾乎不比關在密閉空間的恐懼來得大，因為被關起來後與光線隔絕，箱形床雖然是安全的避難處，有時候也像家中收藏室裡的大箱子或是架子。（我以前的避難處是一個隱士居住的山洞，當時玩遊戲時我假裝自己是亞瑟王裡的蘭斯洛爵士，後來才知道，我只是女人，只能滿足於扮演白手依蓮〔Elaine aux Mains Blanches〕，這個女人什麼事也不做，只會承受苦難，只會發牢騷，然後一死。）箱形床很暗，害我大叫人來開燈。只有在我病得很嚴重或是很不高興的時候，我才會將身體蜷曲成小球，宛如豪豬或是在睡覺的毛毛蟲，靜靜躺著裝死，或是假裝出生前的樣子，或是假裝在秋天和春天之間（豪豬），或是在爬行的階段和飛行的階段之間（毛毛蟲）。

我現在寫的是暗喻。克莉史塔伯說，亞里斯多德認為，暗喻寫得妙，顯示作者具有真正的天賦。一路寫來，我已經寫了不少，從正式的開場，回到過去，往內在發展，來到我童年階段的箱形床，進入保護牆裡面的宅邸，進入宅邸裡面的房間。

寫作的組織能力，我有待加強的地方還有很多。我在描寫父親床鋪的時候，我也想描寫母親的床鋪，接在父親的描述後面，以針對箱形床來建構出一番研究或是離題之作，後面也接著寫到事實與想像之間的分野。我稱不上完全成功，因為行文還是有很彆扭的轉折和跳躍式的說法，像是石牆上的大洞。然而，我還是寫出了東西，而且感到非常有意思，可以將作品視為手工藝品，能夠加以改善，或是重新來過，或者當作是學徒的作品扔掉。

接下來要寫什麼？寫我的過去。寫我們的家庭史。寫情人？我一個也沒有，什麼人也看不到。我不但沒有對任何人形成過依戀之心，也沒有婉拒過任何人的追求，而且也從來沒有和任何可能發展戀情的人在一起過。我父親似乎認為，這一切的問題都要順其自然，「等到時機成熟」，自然會水到渠成。而他認為時機還太遙遠。我卻相信，所謂的時機早已成為過去式。我現在二十歲。關於年齡的事，我不會多寫。我的思緒，我自己無法控制，克莉史塔伯說寫日記的時候，一定不能受到「反覆清談以及狂喜歎息」的影響，不能像「情感普通的普通少女一樣」。

明顯的是，我已經描寫了部分房子的結構，卻沒有寫到裡面的人。明天我再來描述人。亞里斯多德說：「悲劇的本質在於行動，而非人物角色。」我父親和表姨昨天晚餐時為了亞里斯多德而爭論。我很少看到父親這麼激動。我認為悲劇的本質如果以很多現代女性為例子，在於「沒有行動」，然而我並沒膽加入辯論，因為他們是以希臘文在辯論。克莉史塔伯是從她父親那裡學到希臘文。可惜我不懂。我一想到十字軍東征時期，中古世紀的公主管理家務的模樣，或是修女院的院長管理大修女院的情況，或是像喬治桑筆下的札克說的，聖泰利莎還是小女孩的時候外出大戰壞人，每次一想到這些，我就認為現代人的生活變得太適意了。巴爾札克說，由於男人在城市裡有了新工作，奔走於商業圈，因此將女性轉變為漂亮的附屬的玩具，全身都是蠶絲料，塗滿了香水，充滿了閨房中的奇情幻夢。我很想看看絲綿，也想體驗一下閨房的氣氛——但是不論我走到哪裡，我都不願意成為相對而被動的人。我要的是生活、愛、寫作。這樣的要求算不算太多？我講這番話，算不算是清談？

十月十四日，星期四

我說過今天要來描述人物。我發現自己很害怕，害怕描寫我父親。「害怕」這個詞用得好。他一直在我身旁，一直在我身旁的也只有他一個人。我母親不算是母親，充其量也只不過是他講的一個故事，小時候我也分辨不出他說的究竟是真是假，只不過他每次都堅持要我誠實。我母親是南方人，出生在亞爾比。「她很想念陽光。」他會這麼告訴我。她臨終的景象，我記得很清楚。父親告訴我，她叫我過去要看看我，她心急如焚，擔心我在這片荒蕪之境、在沒有母親照料的情況下，會遭遇到什麼問題。她哭了又哭，希望見到女兒，力氣耗盡。我來到她面前時，她很鎮定，將蒼白的臉龐轉向我，很鎮定，父親說。他說他答應要身兼母職，母親說他最好再娶，父親說不要，永遠也不會再娶，因為他是那種一生只愛一次的人。他盡力想身兼父母兩職，可憐他這個好人，在實務上他技巧貧乏。他是很溫柔體貼，但是問題不是出在這裡。比較大的問題是，他無法做出女人能做的實務上的決定。我心裡害怕什麼，渴望什麼，他也無從得知。不過我還是嬰兒的時候，他會將我抱在懷裡，表現出無限的溫柔，這一點我記得，他也會親吻我安慰我，講故事給我聽。

我看出自己寫作有一個缺點，就是我經常會變得漫無主題，一次同時描述很多事情。

我很害怕描寫父親，是因為我們之間的事都默默承受，都不明講。他晚上在屋子裡的呼吸聲，我都聽得見，如果呼吸不規律或停下，我立刻知道。我認為，如果他發生什麼事情，我應該會知道，儘管我們的距離相當遠，我還是會知道。我也很清楚，如果我有了危險，或是生病，他也會知道。他好像若有所思，非常專注在工作上，不過他還是有第六感，具有心靈耳朵，能聽見我。我很小的時候，他會用一大條像是長麻繩一樣的亞麻繩將我固定在他的書桌上。我會在他的房間和那個大房間裡跑進跑出，感到相當滿意。他有一本書，上面有個耶穌基督和靈魂的圖樣，書中敘述靈魂在房子裡四處跑動，身上也綁著類似一條亞麻繩；他說，他就是從中獲得靈感。之後我讀到《織工馬南傳》的故事，敘述一名年邁的單身漢將棄兒以同樣的方式綁在織布機上。每次我的想法過於叛逆，或是衝得太快，就能感覺到綁在身上的亞麻繩在輕輕牽動，感受到他的憤怒和父愛。我不太希望以太客觀的方式來描寫他。我愛他就像愛空氣和砌爐石一樣，就像愛果園中被風吹得扭曲變形的蘋果樹一樣，就像愛海洋的聲響一樣。

巴爾札克在描寫人臉時，總是會將人臉視為荷蘭大師的畫像：蝸牛般捲曲的鼻子，表現出感官慾望，白眼球帶有紅色血絲，眉毛向上凸起。要我用這種方式來描寫父親的眼睛、頭髮或駝背，我辦不到。他太接近了。如果你在燭光微弱的情況下將書本拿得太靠近自己的臉，裡面的字體會變得模糊不清。我的父親也是一樣。他的父親是**哲學家**，擁護共和政體，這些事實我從嬰兒時代早期就已經記得到現在。祖父的長髮鐵灰，和以前布列塔尼的貴族一樣，會將頭髮往上梳。他的鬍子造型好看，比頭髮的顏色還白。他出去探望別人，或是參加婚喪典禮，都會戴著皮質的長手套去。雖然他真名是德．蓋赫考茲男爵，大家都稱他班瓦，稱我父親為哈吾爾。他們如果碰到自己不太清楚的事情，碰到自己一無所知的事情，都會向他們請教。我們有點像是住在蜂窩裡面的蜜蜂；凡事都必須經過告知或請教過他人，才能做得完滿。

克莉史塔伯來的時候，我的情緒紊亂，如同漲潮時的波浪，有些還在前進，有些就開始後退。我從來沒有真正擁有一個女性朋友或是**閨中密友**——連我的保母和女傭都太老，我對她們敬重有加，無法將她們視為閨中密友，只不過我還是很愛她們，特別是葛德。因此克莉史塔伯一來，我心中就燃起希望之火。同時，我從來沒有和另一個女人分享父愛或同住一房，很害怕自己可能不會喜歡這種安排，害怕沒有指名道姓的干擾或批評，或是至少會感到尷尬。

或許這些感覺，我仍然全部都感受得到。

怎麼樣描寫克莉史塔伯才好？她來到這裡正好滿一個月，現在看她，和她剛到的時候有很大的差異。我要盡量重新回想第一印象。我並不是要寫給她看。

她乘坐暴風雨的翅膀來臨。（這樣會不會寫得太浪漫？這樣寫，無法充分表達出那個禮拜風雨交加的情況，打在我家的風勢和雨勢驚人。如果想打開窗簾，或是想走到戶外，外面的天氣會如同冥頑不化的野獸一樣和你正面衝突，決心要擊倒你推垮你。）

她來到中庭時，天色已經轉暗。鋪在地上的石頭被馬車輪一壓，發出磨動、斷續的聲響。即使馬車已經開進院子牆裡，前進時仍不時微微搖動。馬匹全都將頭放低，外套上布滿泥巴和白色鹽花。我的父親穿著齊膝外套和防水衣到外面迎接：強風吹在馬車門上，父親的手差點就握不住。他打開門，陽恩將梯子放好，在陰暗的天色中一個灰色的幽靈緩緩滑出，是一頭巨大的野獸，安靜多毛，在黑暗中製造出一種蒼白的空間。緊跟在這個巨大野獸後面的，是一位非常矮小的女人，穿著斗篷，戴著連身帽，拿著派不上用場的雨傘，清一色是黑色。她走下階梯後腳步不穩，跌進了我父親的懷抱中。她用布列塔尼語說「避風港」。我父親將她摟在懷裡，親吻她濕答答的臉孔——她的雙眼緊閉——然後說：「妳想住多久，都可以將這裡當作自己的家。」我站在門裡面，盡力在強風中穩住身體，雨水打在裙子上，濕成大片。巨獸緊緊依偎在我身旁，潮濕的外皮讓我發抖得更加厲害，也被泥巴沾得更髒。我父親抱她進門，經過我身邊，將她放在自己的大椅子上，讓她躺在上面，人已經半暈半醒。我往前走去，告訴她，我是她的表姪女莎賓，歡迎她光臨我們家：她好像幾乎看不見我似的。後來我父親和陽恩兩人合力將她抬上樓，我們一直到隔天晚餐時才再度看見她。

一開始的時候，我大概沒辦法說我喜歡她。如果真的如此，至少有部分原因是因為她好像也不喜歡我。我認為我很善於表達情感。如果有人能給我一點溫暖，對我表達人類的善意，我相信將感情依附在對方身上。儘管克莉史塔伯表姨對我父親表現出一種接近全心奉獻的態度，她對待我的方式則是——我怎麼說才好呢？——有點冷淡。她第一次下樓吃晚餐時，穿的是深色方格的羊毛洋裝，有黑色有灰色，披了一條很大的披肩，披肩上有花邊，非常好看，顏色是深綠色加上黑邊。她不算高雅脫俗，卻一絲不苟，穿著也很講究，脖子上掛了一條黑玉十字架，項鍊是蠶絲繩，小小的綠色靴子顯得優雅。她戴了一頂蕾絲帽。我不知道她年紀多少。或許有三十五吧。她的頭髮顏色很奇特，是銀黃色，光澤幾乎接近金屬，有點像是在冬天母牛吃沒有受過日曬的乾草，以其乳汁製成的奶油，而奶油的金色褪去後的那種顏色。她將頭髮在耳朵上捲成小團，我覺得並不適合她。

她的小臉蒼白尖銳。她第一次下樓的那個晚上，我從來沒有看過有人像她一樣白（現在也沒有好到哪裡去）。連鼻孔內圈，連嘶嘶的小嘴唇，都是白色，不然就是稍微沾有象牙白。她的眼睛是一種奇怪的淡綠色；她將眼睛半遮。她也將嘴巴緊緊抿住——她的嘴唇很薄——張開嘴巴的時候，會讓人對其大小感到驚訝，對整齊寬大的牙齒表現出明顯的力道也會感到驚奇。她的牙齒顏色是非常顯著的象牙白。

我們晚餐吃的是煮雞肉——我父親已經買好雞肉存放起來，以便拿出來幫助她恢復元氣。我們在大廳裡圍著餐桌享用晚餐——通常我父親和我會吃起士，配一碗牛奶和麵包，坐在他房間的火爐邊吃。我父親跟我們提到伊瑟多爾．勒摩特的事，提到他收集的大批故事和傳奇。他接著對我表姨說，他相信她也是作家。「名聲，」他說：「從大不列顛傳到菲尼斯泰爾，速度很慢。如果我們看的現代書籍不多，務必見諒。」

「我寫的是詩，」她邊說邊將手帕放在嘴邊，稍微皺了一下眉頭。她說：「我用心創作，希望寫得匠心獨具。我認為我的名聲還沒有到能引起你注意的地步。」

「克莉史塔伯表姨，我非常希望能成為作家。我一直都有這種志願——」

她用英文說：

「很多人都想，成功的人卻少之又少，」然後她又用法文說：「如果妳要的是美滿的人生，我並不建議妳成為作家。」

「我從來沒有要過美滿的人生啊，」我的心被刺痛。我父親說：「莎賓和妳一樣，都是生長在一個奇怪的世界裡，在這個世界中，皮和紙張與麵包和起士一樣普通，一樣不可或缺。」

「如果我是善心仙女，」克莉史塔伯說：「我會許願給她一張漂亮的臉蛋——她的臉蛋本來就漂亮——賜給她具有在平凡中發現樂趣的能力。」

「妳希望我成為瑪莎，而非瑪麗。」我大聲說，口氣微慍。

「我可沒有那樣說。」她說。「正好相反。肉體和靈魂無法分離。」她再度將小手帕放在嘴唇上，皺著眉頭，彷彿我剛才說了讓她痛苦的東西。「只是就我所知而已。」她說。「就我所知而已。」

稍後，她要求先離席，回到自己的臥房，葛德已經幫她在房間裡生火。

星期日

寫作具有各式各樣的樂趣。反省的文字本身就有樂趣，敘述文的樂趣又別有風味。以下敘述可以說明我如何終於得知表姨的心事一二。

暴風雨持續了三、四天，絲毫沒有減弱。那天晚上她頭一次下樓吃晚餐之後，她就一直躲在房間裡不出來，坐在拱形窗戶的花崗石凹處，不太向外觀看。她的窗外有果園，有石牆，交融為一堵厚實的迷霧牆，上面有圓形的東西，如同迷霧圓石一樣。葛德說她吃的飯太少，如同生病的小鳥。

我盡量在沒有打擾她的情況進出她的房間，看看可以做什麼來讓她舒坦一點。我想用比目魚排來吸引她，端來一點用葡萄酒煮成的牛肉布丁看看她想不想吃，不過她都只吃一、兩勺而已。有時候，我一、兩個小時後再進去，發現她還是保持先前的位置沒有移動，我會覺得自己太快回來，很不禮貌，不然就是對她來說，時間根本不存在。

有一次她說：「表姪女，我知道我為你們帶來很多麻煩。我不值得你們忙，身體又有病，心地又狹小。妳應該讓我坐在這裡，讓我想想其他事情。」

「我希望妳在這裡住得舒服快樂，」我說。

她說：「上帝並沒有恩賜我太多舒服的餘地。」

我很傷心。儘管我從十歲就開始照料家事，表姨卻認為所有家務事都由父親處理，對他表現出很大的敬意，還感謝他體貼好客。雖然父親充滿善意，不過體貼好客的能力他不太具備。

那條大狗也一樣，不想吃東西。他躺在她的房間，鼻子朝向門口，在地板上躺平，每天只爬起來兩次，希望出去走走。我也會拿小東西來給他吃，不過他都不要。她看著我跟狗講話，起初很被動地看著，沒有鼓勵我。我一直繼續跟狗講話。有一天她說：

「他不會應聲的。他對我非常生氣，氣我把他帶離開家。他本來在家過得很快樂，害他在船上擔心害怕還暈船。他有生氣的權利，不過我不知道狗也能賭氣這麼久。一般相信狗的腦袋不太靈光，很容易原諒別人，對於假裝『擁有』他們的人，狗甚至也能發揮基督精神。現在我認為他一心想死，痛恨我帶他離開家。」

「才不會哩。妳那樣講未免太殘酷了。這條狗只是不開心而已，不會想痛恨妳的。」

「痛恨的人是我。我害慘了自己和其他人。好心的狗兒小托從來都沒有傷害過其他生物。」

我說：「他下樓的時候，我會帶他去果園散步。」

「恐怕他不會去。」

「要是他去的話呢？」

「妳的耐心和親切就算拿我沒辦法，也早就會對我的狗狗起作用。不過我相信他屬於忠貞的狗，不然我就不會帶他一起來。我最近才稍微離開他一下，他就不吃東西，一直到我回家才停止絕食。」

我繼續嘗試，漸漸地，他變得比較有心，到院子裡、馬廄、果園走一遭，在大廳裡舒服起來，離開她門口的崗位，看到我的時候會推推大嘴巴，表示歡迎。有一天，他吃了他女主人不想用的兩碗雞湯，吃完後還搖搖大尾巴，表示開心。她看到了，用相當尖銳的口氣說：

「看來我錯估了他的忠心程度，早知道就乾脆留下他。狗兒小托真可憐，布洛塞里昂德這麼多神奇的林地，還比不上在里奇蒙公園跑步來得好。他或許會比較舒服一點如果——」

講到這裡她突然噤聲。我假裝沒有注意到，因為她顯然情緒低落，不想透露心聲。我說：

「天氣變好了，我和妳可以一起帶他到布洛塞里昂德散步。我們可以去郊外走一趟，看看赫茲角的荒野以及崔帕斯灣。」

「天氣變好的時候，誰知道我們會在哪裡？」

「妳是要離開我們了？」

「我又能上哪裡去？」

我們兩人都很清楚，那樣不算是答案。

星期五

葛德說：「再過十天，她就能恢復元氣。」我說：「妳有沒有給她喝燉草藥，葛德？」因為我們都知道，葛德是女巫。葛德說：「我有燉，但是她不願意吃。」我說：「我會告訴她，妳的藥方對她身體只有好處沒有壞處。」葛德說：「太遲了。她下個星期三之前就會好起來。」我轉告克莉史塔伯，邊說邊笑，她聽了什麼也沒說，然後問說葛德會變什麼樣的魔法。我告訴她，葛德能夠治療腫瘤、腹痛、不孕、女人病痛、咳嗽和食物中毒。她也會接骨，接生小孩。她也有讓人復活的能力。她曾經讓溺水的屍體躺平，讓人恢復生命。我們全都是在這裡學習到的。

克莉史塔伯說：「讓她治病的人，從來都沒有人死掉嗎？」

我說：「就我所知是沒有。她非常謹慎，非常聰明，不然就是非常幸運。把生命交給葛德，我很放心。」

克莉史塔伯說：「把生命交給別人，可不是說著玩的。」

「任何人的生命都一樣。」我說。她嚇到了我。我弄懂了她的意思，她讓我感到害怕。

正如葛德預測，克莉史塔伯身體逐漸好轉，十一月初有三、四個晴天，在這個氣候多變的海岸，這個時節的確會有幾天放晴，我帶著她和狗兒小托去看海，到夫斯南灣去。儘管冷風在吹，我本以為她可能會和我在沙灘上跑步，不然也會爬爬岩石。不過她只是站在水邊，靴子陷入潮濕的海沙，雙手鑽進袖子裡取暖，聽著海浪拍擊沙灘的聲音，聽著還有尖叫，一動也不動，一動也不動。我來到她身邊時，她的雙眼緊閉，每聽到海浪捲下來的聲音，她的眉毛就稍微皺一下。我幻想著，海浪猶如拍打在她頭骨上，幻想她是在忍受浪濤聲，原因是什麼，只有她知道。我再度離開她——我從來沒有遇到過這樣的人，她給我的印象是，連最普通的友善表示，她都當作是致命的侵犯。

星期二

我還是決心要和她談談寫作的事。我等到有一天她的心情好像比較放鬆，比較友善；她先前答應要幫我織被單。她的手藝比我好太多了——她的針線功夫很道地。這時我說：

「克莉史塔伯表姨，我說我很想成為作家，我是說**真的**。」

「如果是說真的，如果妳有天分，不管我講什麼，也無法改變結果了。」

「妳自己知道，那樣講是不對的。表姨，講那樣太多愁善感了，請原諒我。有很多東西會讓我成為不了作家。孤獨。缺乏同情心。對自己缺乏信心。妳不屑的態度。」

「我不屑的態度？」

「妳一開始就把我當作傻女孩，不知道自己想追求的是什麼東西。你看到的是自己的想法，不是我的想法。」

「而妳也下定決心，不要讓我繼續抱持錯誤的想法。妳至少擁有小說家的天分之一，莎賓，妳堅持要追求表面幻象下的事實。還保持禮貌風度。我能接受他人的糾正。妳告訴我好了，妳寫什麼東西？我猜妳真的有在寫東西吧？如果只是空想而沒有行動，等於是賞自己一個耳光。」

「我寫的是我可以寫的東西。不是寫我喜歡寫的東西，而是寫我知道的東西。我希望寫女性情感的歷史。一個現代的女性。不過我又能知道多少？我住在梅林的荊棘監獄與理性時代之間的花崗石牆裡，又能懂什麼？所以我寫我最清楚的東西，寫奇怪和幻想的東西，寫我父親的故事。舉例來說，我也寫了黎之城的傳奇。」

她說，她很樂意看看我寫的黎之城的故事。她說，她也用英文寫過相同題材的詩。我說，我懂一點英文，懂得不多，如果她願意教我的話，我很樂意學習。她說：「我當然會盡量教妳。我不是一個好老師，我沒有耐性。不過我盡量就是了。」

她說：「自從我到這裡來之後，就沒有想過要動筆寫東西，因為我不知道應該用哪一種語言來思考。我就像仙怪曼露西娜、像美聲海妖、像美人魚一樣，半英半法，在英文和法文的後面，是布列塔尼語和克爾特語。萬物都會改變形狀，我的思想也包括在內。我想寫作的慾望遺傳自我父親，他和妳父親並不能說不相像。但是，我寫作的語言——其實是我的**母語**——並不是他的語言，而是我母親的語言。我母親並不信教，她的語言屬於柴米油鹽醬醋茶的小事，屬於女性風格。英文這種語言充滿了小小的磚塊，充滿堅實的物體與本質與不相關的事實，充滿觀察。英文是我的第一語言。我父親說，每個人類都需要有**母語**。在我還很小的時候，他變得只肯以英文和我交談，講英文的故事給我聽，唱英文歌曲給我聽。後來我從他那裡學到法文，以及布列塔尼語。」

這是她第一次對我講內心話，是作家的真心話。當時，她發表對語言的看法，我並沒有加以思考太多，讓我想得比較多的反而是她說她母親不信教。她遇到了大麻煩，這一點很清楚，因此不是轉向母親求救，而是向我們——向我父親求救。我並不認為我在她的決策中具有什麼分量。

星期六

她看了我寫的故事，裡面寫的是葛瑞德龍德國王、達戶公主、駿馬莫瓦克以及海洋。她在十月十四日拿走我寫的故事，一直到兩天之後才進來我房間歸還。她把故事放在我雙手裡，態度唐突，臉上的微笑很詭異。她說：「我把故事還給妳。我並沒有刪改，只是在沒有徵求妳同意的情況下，在另外一張紙上寫下了一、兩句評語。」

終於有人認真看待我了，這種快樂，究竟要如何形容才好？她帶走我寫的故事時，我可以看出她認為裡面寫的不外乎多愁善感的清談以及玫瑰色的歎息。我知道我的故事不會讓她有那種感覺，不過她確定的態度比我還要確定。我知道，她一定會發現我有某些地方有待改進。儘管如此，我也知道寫出來的東西就是**寫出來的**東西，有其**存在的理由**。所以我其實是以一半的心來期待她無可避免的輕蔑，另一半的心卻知道，應該不至於如此。

我從她雙手抓過自己的作品，快速看過她寫的評語。她寫得很實際，很有智慧，認出了我想達到的目的。

我想達到的目的，是將狂野的達戶變成一種**象徵**，象徵我們女性對自由、自主、應有的熱情的渴望，而這些東西女人都有，對這一點男人似乎心懷恐懼。達戶是女魔法師，海神愛上她，而她因為不知節制，導致黎之城遭到（同一個海神）淹沒吞噬，葬身海底。我父親撰寫的神話修訂版中編輯說：「在黎之城的傳奇中，可以感受到遠古異教的恐怖以及感官慾望的恐怖，如同龍捲風過境一般，在女人心中釋放出來。這兩項恐懼之外還有海神。在這個傳奇中，海神扮演了復仇之神與命運的角色。異教、女人與海神，這三種慾望，這三項男人最大的恐懼，交雜在這篇詭異的傳奇中，在狂亂可怕的情況中劃下句點。」

從另一個角度來看，我父親說，達戶這個名字，又稱為達哈，在遠古時代代表了「善良的女魔法師」。他說，她必定是異教的女祭司，與冰島傳奇有關，不然就是中心島中督伊德教的處女祭司。他說，甚至連佚思之城（Ys），都有可能是關於另一個世界的退化回憶，在那個世界裡，女人勢力強大，戰士與男祭司都還沒出現，當時的世界類似阿瓦隆樂園、浮游列嶼，或是蓋爾人的席得（Sid）、往生者國度。

為什麼女人懷有慾望和感官，就一定很可怕？作者憑什麼斷言男人害怕的就是這些，而他所謂的男人指的是全人類？他把我們當作是女巫、浪女、**女魔法師**、怪獸……

克莉史塔伯對我的評語當中我比較喜歡的部分，我會抄在這本日記上。我其實應該據實將其他批評也寫出來，把她認為陳腐平庸或過度誇張或拙劣的部分也謄出來——不過這些東西都已經深深刻印在我腦海中。

克莉史塔伯．勒摩特對莎賓．德．蓋赫考茲撰寫的《善良女魔法師達戶》所做的部分評語。

「在這篇可怕的故事中，妳憑著本能或智慧，找出了讓故事更有意義的方式，也為故事增添了妳自己的一致性，而這種方式並非寓言也非**故作天真**。妳的達戶是人類個體，同時也是具有象徵意義的真理。其他作家或許會在妳的故事中發現其他真理。（我就是其中之一。）然而妳並沒有因為想賣弄學問而將上述的東西排除在外。

表姪女，所有的陳年故事，都禁得起傳述，禁得起一再以不同方式來傳述。作者必須下的功夫是活化故事簡單潔淨的形式，並加以潤飾，而故事本身一定**要有**。所謂的故事本身在此就是憤怒的海神，駿馬縱身一躍，達戶從馬背上跌落，遭到淹沒吞噬等等。然而，在故事本身之外，還必須加上妳自己的東西，也就是作者自己的東西，以讓故事顯得新穎，顯得具有原創性，而不是為了私人或個人的目的來傳述故事。這一點，妳辦到了。」

星期五

表姨閱讀過我的作品之後，一切變得比較順利了。我無法一一回憶，不過現在我寫的東西幾乎都是最近才發生的。我告訴表姨，她把我的作品當作一回事，讓我如釋重負，而且她也知道如何給予評價。她說，這樣的經驗在任何作家的一生中都很罕見，而這樣的經驗，如果不期待也不依賴的話，會比較有好處。我問她，她是否也有一個不錯的讀者來評斷她的作品。她稍微皺了一下眉頭，然後很快說：「有兩個。比我們能希望的還要多。其中一個太過於放任縱容，不過充滿了心靈的智慧。另一個是詩人——是比我高明的詩人——」她沉默下來。

她並沒有生氣，但是她也不再多說什麼。

知道陌生人錯誤評估了自己未來可能做出的成就，而在作品受到讚賞後發現對方口氣轉變，用語轉變，在各方面也都較為尊重，這樣的情況，一定男女作家都會經歷到。然而，這種情況發生在女人身上的機會必然大得多，因為正如克莉史塔伯所言，大部分人認為女人寫不出好東西，也比較不可能會去嘗試，而在女性作家的確成功了，做出一番成就，會被視為小醜八怪或是怪物。

十月二十八日

她就像布列塔尼的天氣。當她微笑的時候，當她耍嘴皮講笑話時，實在很難想像她情緒低落的模樣——和這裡的海岸一樣，海岸可以在陽光下微笑再微笑，在貝格—梅爾封閉的小海灣裡可能會長出圓松，甚至會長出棗椰樹，顯示出陽光比較充裕的南方氣候。我從來沒有去過南方。空氣可能比較輕柔和煦，因此就如同《伊索寓言》裡的農人一樣，你會脫下厚重的外套，脫下盔甲。

她的身體就如同葛德預測的一樣，已經好了很多。在我邀她同行或是在她接受我邀請的時候，她也會帶著狗兒小托和我一起去健行。她也堅持要參與日常家事，我們在廚房煮飯或在壁爐邊縫補衣物時，是談得最貼心的時候。我們談論到很多神話與傳奇的意義。她非常想看看我們的直立之石，位於懸崖邊，距離這裡有一段路——我答應要帶她去看。我告訴她，慶祝五月節時，村子裡的女孩仍會身穿白衣，圍著巨石柱跳舞。她們圍成兩個圈子，一個以順時鐘轉，另一個以逆時鐘方向旋轉，如果有人累了，動作遲緩下來，因此跌倒，或是不管用什麼方式碰觸到巨石柱，其他人便會加以無情拳打腳踢，如同海鷗攻擊入侵者一樣，或者如同海鷗欺負弱小一樣，群起對付她。我父親說，這個儀式是古早的獻祭流傳至今的版本，也許是督伊德教的版本，跌倒的人代表了準備犧牲的代罪羔羊。他說，直立之石是男性的象徵，象徵的是陽具；村子裡的女人趁夜摸黑前去握住，或是用某種事先準備的東西去摩擦（是什麼東西，葛德知道，我和父親都不曉得），以保祐生得壯丁，或是保祐丈夫平安歸來。我祖父說，教堂的尖塔其實只是這種古老岩石的形變——他說，只不過是用石板柱來取代花崗石而已——女人簇擁在尖塔下有如白色母雞，和從前在石柱前一樣舞蹈。我不太喜歡聽這個故事，在轉述給克莉史塔伯聽時也猶豫了一下，因為她信奉的一定是某種基督教。不過我還是說了出來，因為她的心智無所畏懼，而她也笑了起來，說果然是這樣，教會成功吸收了古老的異教神祇，部分征服了異教。現在大家都知道，有很多本地的小聖人，都居住在特定的清泉或樹木中。

她也說：「這麼說來，跳舞時跌倒的女孩就準備受難，其他人就用石頭砸她。」

「不是石頭，我說，現在不一樣了，只是用手或腳打她。」

「還不算是最殘忍的一群。」她說。

星期五

奇怪的是，她的生活，似乎就只有在這裡，不存在其他任何地方。彷彿她從那場暴風雨中走出來，彷彿她是什麼妖精或是水妖，全身濕答答，進來避風躲雨。她從不寫信，也從來不過問是否有人寄信給她。我知道——我又不傻——她一定是發生過什麼事情，我想像得到，一定是可怕的事，讓她逃離家園。這一切我都沒有問她，因為我很清楚，她不希望別人多問。不過偶爾我還是會在不經意的情況下惹她生氣。

舉例來說，我問她，狗兒小托的名字還真奇怪，是怎麼來的，她開始告訴我，取這個名字是當作笑話，是引用莎士比亞的《李爾王》——「眾多愛犬——小托、小白、甜心，全對我吠叫。」她說：「他以前住的地方有人叫做小白，也有人開玩笑叫我甜心——」然後她將臉轉開，不再多說，好像噎到似的。接著她說：「有首兒歌叫做〈哈柏老媽〉，這首歌有些版本中，發現碗櫥空空如也的狗叫做狗兒小托。或許他的名字由來其實是來自老婦人的那條狗，什麼都沒找到，只發現了失望。」

十一月一日，諸聖節[131]

故事祭於今天展開。在布列塔尼，故事祭在諸聖節揭幕，於黑色月分[132]展開，一直進行到十二月，極黑之月，一直講到耶誕節的故事。說書人到處都有。在我們的村子裡，大家聚集在製鞋匠柏創或是鐵匠陽尼克的工作檯邊。他們帶著作品出來，以宜人的態度——或是以鍛爐的熱度——溫暖了大家，傾聽黑暗信差傳送的訊息。厚牆之外的夜幕深沉，不明的木頭迸裂聲，或是拍動翅膀的聲音，或是最難聽的吱嘎聲，發自安枯的爛運貨車的車軸。

在這個黑色月分期間，每天晚上我父親習慣會講故事給我聽。今年也不例外，不同的只是多出了

131 十一月一日是天主教的諸聖節，法國民間習俗是在這一天去墓地獻花憑弔已故親人。

132 凱爾特人稱十一月為黑色月分。

克莉史塔伯。我父親的聽眾不像柏創或是陽尼克那麼多，說實話，他說故事的技巧也不如他們那麼戲劇化。他講故事的風格具有他本來就有的學者的殷勤，實事求是，非常挑剔——沒有「轟！」也沒有「嘩！」的一聲，惡魔或狼人現身。然而多年來，他還是讓我全然相信他神話與傳奇中的生物。他會展開巴哈頓之泉，即仙子之泉的故事，將現場帶到布洛塞里昂德的魔幻森林裡，以學者的精神道出布洛塞里昂德所有可能的稱呼。所有的稱呼，我倒背如流：Breselianda, Bercillant, Brucellier, Berthelieu, Berceliande, Brecheliant, Brecilieu, Brocéliande。我聽得見他以學究式的神祕口吻說：「這個地方的稱呼會變，會隨邊際、夜行的方向以及森林小道的不同而變化，無法固定一致，裡面無形的住民與神奇的事物也無法定型，但是森林一直都存在，所有的稱呼都只能顯示一段時間或一個層面……」每年冬天，他都講同一個梅林和薇薇安的故事，每次講得都不一樣。

克莉史塔伯說她的父親也會在冬天講故事給她聽。她似乎已經準備要成為我們爐邊說書族的一員。她會講什麼樣的故事？有一次，我們有個客人，講了一個死亡的故事，是小巧的政治寓言，將拿破崙比喻為食人魔，將法國比喻為他的獵物，講著講著彷彿魚網網上了一群死魚，魚鱗都快脫落，大家都不知道要將視線投向哪裡，也不知道應該怎麼微笑才對。

不過，她很聰明，而且具有部分布列塔尼血統。

「我是可以講故事。」我問她會不會講故事時，她用英文告訴我（我知道她引用了《哈姆雷特》的話，是屬於亡魂的語言，非常**切題**）。

葛德每次都會加入我們的行列，講述這一年來陰陽兩界之間的交流，談談門檻另一邊的世界，在諸聖節可以雙向交通，生人可以走進陰界，陰界也會派來密探或前哨或信差前來陽界短暫停留。

諸聖節，深夜

我父親講的故事是梅林和薇薇安。這兩個角色，每次都和前一年相異。梅林總是年老又有智慧，對於自己的末日看得一清二楚。薇薇安總是很美麗，總是又複雜又危險。結局每次都相同。故事本質也一樣——都是梅林這位魔法師來到古老的仙泉，召喚出仙女薇薇安兩人在山楂樹下相愛，她迷倒梅林，讓梅林對她透露出魔咒，而這樣的魔咒可以在他四周豎立堅固的高塔，只有他看得到，摸得著。然而我父親在這個故事架構下，講了很多故事。有時候，仙女薇薇安和魔法師梅林真心相愛，他們的現實世界只存在這個夢想中的臥房，在房間裡她藉由梅林的協助，利用空氣製造出永恆之石。有時候，故事中的梅林年邁體衰，準備放下重擔，而她卻飽受折騰。有時候，兩人在鬥智，她是效法男性熱情的化身，以仙人的意志來征服梅林，而梅林聰明絕頂，卻無法運用聰明才智。今天晚上，故事中的梅林並沒有那麼衰老，也沒有那麼聰明——他客氣得可憐，知道她的氣數已盡，準備享受這種永恆的迷戀，或者是夢幻或是沉思。父親將仙泉描述成冒著冰冷黑暗的水泡，具有大師風範。用來裝飾這兩位情人床鋪的花朵也一樣——我父親用了很多想像出來的櫻草花和藍鐘花；他讓冬青樹和紫杉上的小鳥高歌，如此一來，我記得自己的童年生活是活在故事中，如此我看見花朵和清泉和隱藏的小徑和具有權力的人物，然後在自己心靈中憎惡——不對，應該是削弱——真實事物的世界，包括房子、果園、葛德。

他講完故事，克莉史塔伯用非常微弱卻尖銳的聲音說：

「哈吾爾表哥，你自己講起故事來也很神。你會在黑暗中製造光線與香味，描寫出熱情燃盡的處境。」

他說：「我只是發揮技巧而已，正如老魔法師梅林為仙女薇薇安做的事一樣。」

她說：「你才不老。」她說：「我記得我父親也講過相同的故事。」

「這個故事人人會講。」

「故事的道理何在？」

這時我對她很生氣，因為我們在黑色月分的夜晚，不會去談什麼大道理，那是十九世紀學究才會談的東西。我們只是講故事，聽故事，相信故事而已。我還以為父親不會回答，不過他發言了，說得很有道理也很得體。

「有很多故事都是講對女人的恐懼，我相信這是其中之一。故事的道理或許在於男性恐懼臣服於熱情之下，擔心理性沉睡在——怎麼說才好呢，沉睡在慾望、直覺、想像力的宰制之下。但是，這個故事的年代更為久遠——說穿了其實是對地球古老女神表示敬意，這些女神在基督教降臨之後被取而代之。正如同達戶在成為破壞者之前，也是善良女魔法師，薇薇安也是本地山泉與溪流的神祇之一。這些神祇，我們至今仍祭拜，供奉在小小的什麼女神神廟裡——」

「我讀到的東西和你不一樣。」

「怎麼個不一樣法？」

「這個故事講的是女性仿傚男性權力——她要的不是他，而是他的魔法——後來她才發現，魔法的功用只是奴役他——隨後，她得到了魔法，人跑到哪裡去了？」

「妳那種讀法有異常人。」

「我有一幅畫，」她說：「上面描繪出勝利的那一刻——照你說來——或許真的是有異常人。」

我說：「講太多道理，在諸聖節行不通。」

「理性必須沉睡，」克莉史塔伯說。

「故事優先於道理。」我說。

「再強調我剛才說過的，理性必須沉睡。」她又說了一遍。

他們講了那麼多的解釋，我一點也不相信。解釋會逐漸淡去。女人的概念，比不上聰慧的薇薇安，梅林的概念也無法拿來與男性智慧相提並論。他就是梅林而已。

十一月二日

今天，葛德說了幾個崔帕斯灣[133]的故事。我答應過克莉史塔伯，如果天氣轉好，我們可以到那裡做一日遊。她說，這個海灣的名稱讓她感動。這個往生者海灣名稱的由來，與其說是獻給跨越陰陽兩界障礙的亡魂，倒不如像我父親所說的，可能並非來自陰陽兩界的關聯，而只是因為這片顯然很寬敞又面帶微笑的海灘上，經常有船隻在外圍的赫茲角和凡恩角觸礁，將船隻的碎片與水手拋到海灘。不過他也說，這個海灣一直為外人視為陰陽兩界交界之處，如同維吉爾的金枝園，或是譚林[134]的山腳之行。在遠古克爾特的時代，來到陰陽兩界交界處的死者，會走上最後一道旅程，走向中心島，督伊德教的女祭司會迎接他們（她們的島不准任何人登陸）。根據部分傳說，死者在島上可以發現通往人間樂園的路，長了金蘋果的人間樂園裡有強風有暴雨，有陰暗的水刀。

葛德講故事的方式，我無法轉換為文字。我父親有時候會鼓勵她講故事給他聽，由他來盡量逐字抄錄下來，保留住她口語的節奏，一分不增，一分不減。可惜的是，她的故事形諸紙筆之後就失去了生命力，不論他再如何忠實記載也一樣。他有一次在嘗試抄寫之後對我說，他現在總算瞭解了，為什麼古代督伊德教相信口語是生命的氣息，而寫作則是一種形式的死亡。我最初寫日記的動機，是想看看怎麼遵循克莉史塔伯的建議最合適，怎樣才能精確記載我聽到的故事，儘管我用心良苦，不知何故，越用心卻越無法獲得精髓，在傾聽的方面、在葛德講故事的方面都一樣，因此我為了表示禮貌而停止。（然而，**興趣本身還在，一定能找出**寫作的正確方法。）

現在，我有故事要講，卻和葛德的故事無關，只不過在當時的確有關。再重新開始。像寫故事一樣寫出來，為了寫出來而寫出來——我決定不讓別人看日記，多麼聰明。從現在開始，我可以靠寫文章的

133 崔帕斯灣原文為Baie des Trépassés，直譯即為往生者灣。

134 譚林（Tam Lin）為蘇格蘭民謠與傳說中的人物，被精靈女王俘虜，後為一名少女解救出來。

方式來探究我看到的事物。

將一種痛苦轉變為一種興趣，轉變為一種好奇，未來可望解救我。

我父親講的故事，很多建築在說故事人與聽眾感覺到的外在的黑暗與室內的接近感，這種成分在葛德的故事中更為明顯。我們的大廳白天時就已經夠淒涼空曠了，無法製造出親密感。不過在黑色月分的晚間，情況就不一樣。我們在大煙囪下燃燒木頭，在夜幕降臨時燒得光亮激烈，熱火沒有燒到的地方留下黑色的空間——燒到後來，煤渣呈現紅色與金色，下面是厚厚一層溫暖的灰燼，上面是燃燒中的木材。大椅子的真皮椅背形成一堵牆，遮掩住大廳另一邊的寒寂，火光在我們所有的臉上鍍金，照紅了袖口和衣領。我們晚上不點油燈，都是靠著火光來做活，做一些可以在陰影移動的光線中做的事，如縫紉、剪裁、編辮子。葛德甚至會端來她在攪拌的蛋糕，或是一碗待剝皮的烤栗子。不過她一講故事的時候，她會舉起雙手，或是將頭往後仰，或是甩甩披肩，這時長長的襤褸的陰影便會狂奔到天花板另一端，進入房間看不到的另一半的黑暗之中，或是形成大臉，張開大口，鼻子和下巴都大得嚇人——這些都是我們自己的五官，被火焰扭曲成巫婆與鬼影。葛德講故事時，將這一切都納入其中，火光和手勢的影子，加上流動的光線與黑暗——全部的動作她都集中運用，我想像她如同管弦樂隊指揮一樣。（我從來沒有聽過管弦樂。我是在科梅斯聽過一、兩架有如仕女的豎琴以及橫笛和鼓，不過我閱讀過有關管弦樂如天籟般的聲音，要我想像，最多只能利用教堂風琴的聲音來聯想。）

我父親坐在火爐邊的高椅上，鬍子上顯現出紅潤的色澤。他的鬍子還沒有全部轉白。克莉史塔伯緊坐在他身邊，位置比較低，半身處在黑暗中，雙手忙著針織。葛德和我坐在圓圈的另一邊。

葛德說：

「很久很久以前，有一位年輕水手，他一無所有，全身上下只有勇氣和明亮的雙眼——**非常非常的明亮**——還具有天神賜予他的力氣，有這些東西就足夠了。

他配不上村子裡任何一個姑娘，因為大家認為他魯莽又貧窮，但是他路過的時候，年輕姑娘都喜歡看他，想也知道，她們特別喜歡看他跳舞，他的腿很長很長，雙腳伶俐，嘴巴總是帶笑。

其中有一位姑娘最欣賞他，她是磨坊主人的女兒，既美麗又脫俗又高傲，裙子上縫了三個深深的絨毛緞帶，絕對不願意讓水手知道她欣賞他，每次水手沒有注意到的時候，她就斜眼半閉看著他。其他有很多人也都是這樣做。每次都這樣。有些人會受人注目，有些人可能會吹口哨來吸引仰慕的眼光，一直到惡魔跳到他們身上為止，因為上帝會想盡辦法達到這個目的，怎麼樣也無法制止。

年輕男子來了又去，因為他喜歡長途航行，他到世界邊緣追逐鯨魚，來到海水沸騰之處，大魚在下面游動，大如沉至水面下的島嶼，美人魚拿著鏡子歌唱，身上有綠色的鱗片，頭上有鬈曲的頭髮。如果故事能信得過的話。第一個爬上船桅的人是他，魚叉磨得最鋒利的人也是他，但是他卻賺不到錢，因為所有利潤都歸船主，因此他來了又去。

他來的時候，會坐在廣場上，告訴人們他看見的東西，大家都會洗耳恭聽。磨坊主人的女兒也來了，全身潔淨，態度傲然動人，他看見她坐在邊緣聽故事，對她說，如果她喜歡的話，他帶回來東方的絲緞帶給她。她不置可否，不過他看得出來她想要。

他再度出航，向一位蠶絲商人的女兒買來緞帶。在那個國家，女人的皮膚都是金黃色，秀髮如黑絲，但是她們都喜歡看長腿男人跳舞，看雙腳伶俐、嘴巴總是帶笑的男人跳舞。他告訴商人的女兒，他會帶著緞帶回來，包在香水紙中，他會在下一次村人跳舞的時候送給磨坊主人的女兒，對她說『這條緞帶請收下。』

她的心臟噗噗跳，你可能會相信，但是她技巧高超，冷靜問他，應該要付他多少錢。這條緞帶很美，是彩虹色的絲質緞帶，這附近從來沒有見過。

好心送禮卻受到如此侮辱，他非常生氣，他獲得這東西的代價，一定要她付出不可。她說：

『什麼代價？』

他說：『一直到我回來之前，晚上不得安眠。』

她說：『那樣的代價未免太高了。』

他說：『不能討價還價，妳非付不可。』

她付出了代價，你盡可相信，因為他很清楚她的心境，一個自尊受損的男人什麼代價都能接受，因此他接受了，因為她看見過他的舞姿，心中不斷縈繞著他的自尊以及他的舞姿。

他說，如果他再度出航，在海外某地找到了未來，她願不願意等他回來，等他向她父親提親。

她說：『我必須漫長等待，你呢，在每個港口都有女人等你，每個港灣的每道微風中都飄揚著一條緞帶，如果我等你的話。』

他說：『妳會等我的。』

她不願意說會或是不會，不願表明是否願意等待。

他說：『妳這個女人脾氣難拗，不過我會再回來看妳，到時候妳就知道了。』

經過一段時間，大家看得出來，她的美色逐漸暗淡，腳步也越來越沉重，頭也抬不起來，渾身上下身都提不起勁。她開始習慣在港口等待，觀看船隻進港，雖然她沒有明講她在等誰，大家都很清楚她為什麼在港口等，都清楚她為誰等待。然而她對任何人什麼也沒講。只是看到她站在聖母堂的岬角，大家一定認為她在祈禱，只不過沒有人聽見過。

又經過一段時間，許多船隻進進出出，沒有進出港的船隻就是遭遇海難，水手遭到大海吞噬，但是他的船還是沒有蹤影，也沒有人聽說，磨坊主人以為他聽見了穀倉裡有貓頭鷹在哭叫，不然就是貓在喵嗚叫，但是他到穀倉察看時，什麼人也沒有看到，什麼東西也沒看到，只有看到乾草上沾有血跡。因此他把女兒找來，她的臉色死白，揉揉眼睛，彷彿還在睡夢中，他說：『乾草上面有血跡。』她說：『只是狗在穀倉裡咬死了老鼠，不然就是貓吃掉了老鼠，如果只是這樣，你不要來打擾我的美夢的話，我會感謝你的。』

他們都看得出來她臉色蒼白，但是她挺直腰桿站著，拿著蠟燭，大家重回屋子裡。

後來他的船隻進港了，穿過海平面駛進海港，年輕人跳上岸，看看她有沒有在等他，她人並不在。環遊世界的期間，他一直在腦海中想像著她，在港口等待，歷歷在目，驕傲的漂亮的臉蛋，彩色緞帶在微風中飄揚，如今她不在港口，你可以瞭解，他的心腸鐵了起來。然而他並沒有指名找她，只是親吻港口上的幾個女孩，面帶微笑，然後跑上山丘，回到自己家裡。

不久，他看到有個蒼白細瘦的東西沿著一堵牆爬動，行動遲緩，腳步凌亂。他一開始沒有認出是她。她本來也想就這樣晃過他眼前就算了，因為她的面貌已經改變。

他說：『妳沒有到港口去。』

她說：『我不能去。』

他說：『妳卻能在街上亂晃。』

她說：『我已經不是以前的我了。』

他說：『對我來說又有什麼意義？可是，妳還是沒有去港口等我。』

她說：『如果對你來說沒有意義，對我來說可是意義重大。時光流逝，過去的就算過去了。我要走了。』

她真的走了。

那天晚上，他和鐵匠的女兒吉恩共舞。吉恩一口潔白美齒，小手豐潤，如同豐滿的玫瑰花苞。

隔天，他去找磨坊主人的女兒，在小山上的祠堂找到她。

他說：『跟我一起下山去。』

她說：『你有沒有聽到小小的腳，赤著腳在跳舞的聲音？』

他說：『沒有，我聽到海水打在岸上的聲音，聽到空氣奔馳在乾草上的聲音，聽見風向雞在風中吱嘎轉動的聲音。』

她說：『那些小腳，一整個晚上都在我腦袋裡跳舞，跳過來再跳回去，所以我一晚沒睡。』

他說：『跟我下山去。』

她說：『難道你沒有聽見舞者的聲音？』

就這樣，經過了一個星期或是一個月，或是兩個月，他和鐵匠女兒吉恩共舞，然後上山到聖母堂去，只從磨坊主人的女兒那裡得到同樣的一個答案，最後他累了，畢竟他是個英俊魯莽的男人，他說：

『我一直等妳，妳卻不來，現在就跟我走，否則我不再等下去了。』

她說：『你聽不見跳舞的聲音，我怎麼跟你走？』

他說：『那妳就留下來陪妳的小腳跳舞好了，如果妳喜歡跳舞的聲音勝過我的話。』

她不發一語，只是聆聽海水與空氣與風向雞的聲音，他就此離開她。

他娶了鐵匠的女兒吉恩，婚禮上跳了很多舞，吹笛人也演奏樂曲，你盡可相信，而鼓聲叮噹隆隆，他用長腳高高躍起，雙腳靈活，一臉笑意，吉恩因為又舞又旋，臉色變得紅咚咚，戶外的風勢加大，雲層吞噬了星星。但是他們上床的時候還是心情愉快，喝了很多上等蘋果酒，關上箱形床的門，將風擋在外面，在羽毛被單下蜷縮翻滾。

磨坊主人的女兒穿著直筒連身裙走到街上，沒穿鞋子，伸出雙手東奔西跑，活像是在追逐跑掉的母雞，她邊跑邊叫『等一等，等一等。』**有人**宣稱看到了她前面有個小小的兒童，全身赤裸，又跳又跑，一下子順時鐘轉，一下子又以逆時鐘方向旋轉，他伸出小小尖尖的手指頭來比畫，頭髮有如一小叢黃色火焰。也**有人**說，馬路上什麼都沒有，只有一點點風沙被風吹得團團轉，裡面有一、兩根頭髮和小樹枝跟著動。磨坊的學徒說，他在幾個星期之前，聽見過閣樓有沒穿鞋的小腳又踏又蹬。老婦人和少年郎並不清楚，都說他聽到的是老鼠。然而他說，他一輩子聽過很多老鼠的聲音，是不是老鼠他分辨得出來，而且一般都認為他不會亂講話。

因此磨坊主人的女兒追著跳舞的小孩跑，穿越街道和廣場，爬上小山，來到聖母堂，小腿在路上被有刺的黑莓戳傷，雙手還是一直伸出，呼喚著『等等，噢等等嘛。』然而，那個東西一直跳個不停，活力充沛，你盡可相信，小腳在圓石和草地上又閃耀又扭轉又旋轉又用力踏，強風吹得她裙子亂舞，她在風中奮力前進，臉上一片漆黑。就這樣，她掉下懸崖，一面還叫著：『等等，等等。』因此掉到懸崖底下，遭針石刺斃。別人在退潮的時候將她運回來，全身上下都是瘀青骨折，美貌不再，你盡可瞭解。

但是，他走到街上，看到她的屍體，握住她的手說：『都是因為我不相信妳，不願意承認妳說的會跳舞的小東西。不過現在我聽見了，一清二楚。』

可憐的吉恩，從那天起，就無法體會到他的喜悅了。

諸聖節到來的時候，他在床上驚醒，聽見小手拍打的聲音，聽見小腳踏地的聲音，從床鋪四邊傳來，也聽見微弱的尖銳嗓音，用他不懂的語言在呼喚，儘管環遊過世界，他還是聽不懂。因此他掀開被單向外看，看到一個小人，全身赤裸，他覺得這個小人被凍得發青，卻又熱得呈現玫瑰色，如同海魚，如同夏日花朵。小人甩了一下火紅的頭，像跳舞一樣跑開，他也跟著過去。他跟了又跟，一直跟到崔帕斯灣。這天晚上晴朗無霧，在海灣上空卻籠罩一層薄霧。

長長的海浪線，一道接著一道進來，永不歇止，他可以看見往生者，騎坐在海浪頂端，從另一個世界過來，又瘦又蒼白，伸出無助的雙臂揮舞，尖聲呼喚。跳舞的小人又踏地又擺頭，持續不斷，他也跟著來到一艘船，船頭對準大海，上了船之後，他感覺到船上載滿了生物，緊緊擠著動著，幾乎要被擠出船身，不過他卻什麼也看不見。

他說，在這艘船上，在浪頭上，有許許多多往生者，擁擠不堪，他的心裡因此充滿恐慌畏懼。這些往生者虛幻不實，因此他大可自由移動自己的手，然而，這些人擠在他周遭，在浪頭上尖聲亂喊，好多好多人，彷彿跟在船後面的不是一群在叫的海鷗，而是羽毛，布滿了整個天空和海面，每根羽毛代表一個靈魂。因此他開口了。

他對著跳舞的小孩說：『要不要一起搭船出海？』

小孩一動也不動，不願意回答。

他說：『我已經走了這麼遠，心中恐懼萬分，但是如果我能找到她，我願意繼續走下去。』

小孩說：『等一等。』

他想到她也在海面上，和其他孤魂在一起，臉龐細瘦蒼白，胸部平坦，口舌飢餓，他對著她大喊，『等一等』，她的聲音宛如回音般對他嚎叫：

『等一等。』

他用雙手攪動空氣，空氣裡充滿了東西，用靈巧的雙腳踢開甲板上往生者的灰塵，然而往生者太沉重，無法踢開，海浪一波接著一波捲過船身，一波接著一波，再接著一波。他說，然後他想跳進去，卻怎麼也跳不下去。所以他就一直站著到天亮，聽著海浪來來去去，席捲進來然後退下，聽見了海浪的呼喚聲，也聽見了小孩說：

『等一等。』

翌日破曉時，他回到村子裡，狀極落魄。他和老人坐在廣場上，他正值盛年，嘴巴卻鬆垮，臉頰卻癱弛，多半時間一句話也不說，只是說『我聽得很清楚』，不然就是『我等你』，就只講這兩句話而已。

兩、三年前或是十年前，他抬起頭來說：『你們難道沒有聽見小孩跳舞的聲音嗎？』大家都說沒有聽見，不過他回到家，有模有樣整理好床鋪，叫鄰居前來，將水手箱的鑰匙交給吉恩，以大字形躺在床上，又瘦弱又失神，說道：『最後，我等的時間最長，不過現在我聽到了踏地的聲音，這個小孩很不耐煩，不過我非常有耐心。』午夜時分他說：『哇，你終於來了。』就這樣，他嚥下最後一口氣。

吉恩說，房間裡盡是蘋果花和蘋果成熟的味道。吉恩嫁給了屠夫，幫他生了四個兒子兩個女兒，全部都健壯活潑，卻天生不會跳舞。」

不對，我講故事的風格不像葛德。我抓不住她聲音的節奏，加入了自己的音調，一種我盡量避免的文學調調，而這種調調帶有優美或不吉祥的感覺，讓《格林童話》有別於拉莫特福格（La Motte Fouqué）的《水女神》。

我寫下來的東西，一定是我看到過的東西，如果能退而求其次的話，至少也寫出我的想法。葛德在講故事的時候，我看見克莉史塔伯越織越快，低著亮麗的頭努力工作。過了一段時間，她會把針織擺一旁，一手放在胸口，一手放在頭上，彷彿她很熱，或是喘不過氣來。隨後我看到我父親握起她遊走不定的小手。（其實她的手不小，只是寫得詩意一點而已。她的手很有力，雖然緊張，卻很能幹。）克莉史塔伯讓我父親握著她的手。故事講完了，他彎下頭親了她的頭髮。克莉史塔伯伸出另一隻手，緊握著他。

我們看起來活像一個家庭，圍著爐火團團坐。我一直習慣將父親視為很老很老的老頭。我將『表姨』克莉史塔伯看作是和我年齡相仿的年輕女子，當作是一個朋友，比方說，就像是一個閨中密友。

但是事實上，她的年紀比我大很多，不過她的年齡和我的差距，還是比和我父親的差距來得小。何況他也不算太老。她告訴我父親，他的頭髮還沒花白，不像梅林那麼老。

我不喜歡這樣。我希望她能留下來，能當我的朋友，能成為我的友伴。

而不是來取代我。不是來取代我的母親。

這兩件事有很明顯的差別。我從來沒有想過要取代母親的地位，不過我有今天的地位，都是因為母親缺席的緣故。我不希望別人來照顧我父親，也不希望他一有想法或新發現，第一個告訴別人。

也不希望有人來偷走他的親吻，寫下來吧，我當時的感覺正是這樣，不希望有人來偷走他的親吻。

我們上床睡覺時，我並沒有表示要抱抱他。他伸出雙手時，我只是倚過去匆匆一抱而已，既僵硬又呆板。我並沒有注意去看他的反應如何。我跑上樓回房間，然後關上門。

我一定要當心，不要表現得很沒禮貌。自然表現出來的善意，我沒有權利去憎恨，也沒有權利去害怕一種他或許認為我會歡迎的狀況，因為我們這裡的生活無聊，我經常向他抱怨。

暗夜裡的賊，我真想大叫，暗夜裡的賊。

最好別再寫了。

十一月

我父親最近很喜歡陪她。我記得，克莉史塔伯開始和他講話的時候，我很開心，因為我當時認為，這樣她就不會離開，我們家也會更有生氣。克莉史塔伯會問他一些很好的問題，問得比我現在和以前都好，因為她的興趣比我還新穎，也能帶給他新的訊息，她念過的書也不一樣，有她父親念過的，加上她自己念的。反觀我所有的想法——除了屬於我自己的想法之外，他都不感興趣，因為他認為我的想法都微不足道，都是女人的想法，都不知感激——我能讓他感到興趣的所有想法，都是他自己的想法。在克莉史塔伯到來的最近，我對這一切都沒有興趣，對永遠都煙雨濛濛、下雨天、憤怒的海洋、督伊德教團員、史前墓碑，以及那些個老套的魔術，一概不感興趣。我想認識巴黎，穿著長褲和馬靴和優雅的夾克走在街上，如同喬治桑小姐一樣，自由自在，不至於落入空想寂寥中。如此一來，或許我讓他很失望，只想到自己，心裡有部分認為他讓我很失望，因為他看不出我可能還有其他的需求。我父親對待克莉史塔伯畢恭畢敬，對她講話時嗓音回復了活力。他說今天克莉史塔伯對他的想法感到興趣，讓他精神為之振奮。以下這句話字字出自他的嘴裡。「妳對這些深奧的事情感到興趣，讓我精神為之一振。」

午餐時，他們兩人談論到陽界與陰界之間的交岔口。我父親用他經常講的話說，在布列塔尼的這一帶——空威而、拉摩利克——一直流傳著古代克爾特的信念，認為死亡只是人生兩個階段間的一個步驟，只是一個過程。他也說人生有很多階段，今生只是其中之一，他也說，很多世界都同時存在，都彼此並存，偶爾或許會有幾個地方重疊。有些不太明確的地區，使者會在陰陽兩界徘徊，如黑夜、或是睡夢中、或是陸地與海水交接處水氣形成的簾幕中，而這道水氣本身就是生死關卡，很多人就此踏進鬼門關，或是撿回一條命。所謂的使者，最好的例子就是葛德的跳舞小童。曾經有貓頭鷹或是蝴蝶會隨著大西洋上的鹽質廢料漂上岸，牠們也可能是使者。

他說，就他所知，督伊德教具有**中間點**的神祕意義——沒有連續的時間性，沒有之前和之後——只是一個靜止的中間點——也存在著樂土席得——他們的石廊就是模仿席得，指向席得。

反過來說，就基督教而言，今生就是全部，是我們的試煉場，死後有天堂和地獄，明確絕對。

然而在布列塔尼，如果有人掉下井裡，可能會發現自己來到一個夏天種滿蘋果的地方。或者在另一個國度的水底教堂的鐘塔上被魚鉤鉤住。

「或者走過一個古墓的大門，進入阿瓦隆（Avallon）。」她說。

她說：

「我一直在問自己，克爾特人現在對靈魂世界興味盎然，是否顯示他們對這些事情的看法正確。斯維登堡[135]進入靈魂的世界，看到了他所謂的存在的連續境界，一切都經過淨化，一切都有自己的住所，自己的祠堂，自己的風格的圖書室。近來，有很多人穿越陰陽兩界的薄幕，追尋來向不明的明牌。我親眼見過一些無法解釋的小小舉動。我看過無形的雙手捧著靈魂花圈，亮晃晃的白色，美得不像人間事物。小手不斷痛苦地拍打出訊息，儘管覺得以他們進化過的本性來進行這種溝通形式笨拙透頂，他們還是持續不斷，因為他們深愛他們離開的世人。我也看過隱形的手在彈奏手風琴，而手風琴蓋在絨罩之下，所有人都碰不著。也看過移動的燈光。」

我說：「這些邪門小把戲，我不相信和宗教有什麼關係。也和我們道聽塗說的東西沒有任何關聯。」

對我這麼激烈的回應，她顯得很驚訝。

「那是因為妳假設錯誤。妳以為靈魂都和妳一樣，很不喜歡粗俗的事物。靈魂可能會和葛德之類的農人講話，因為這個境界如詩如畫，她的一邊是充滿傳奇色彩的峭壁，另一邊則是極富原始風格的小屋與壁爐，她的房子籠罩在真正濃厚的精神陰影之下。但是如果真有靈魂存在，一定會無所不在，不能

135 譚林（Tam Lin）為蘇格蘭民謠與傳說中的人物，被精靈女王俘虜，後為一名少女解救出來。

假設他們不會無所不在。妳盡可以辯稱，靈魂的聲音可能被堅實的磚牆堵住，被華麗的裝潢以及椅罩蓋住。然而，磨光桃花心木的工人以及布料店的店員，也同樣需要救贖，他們在最後關頭，與詩人或農人同樣渴望獲得來生的保證。他們心中有信仰卻不去多想，一旦信仰確定——一旦教會成為他們心中堅定的思想，上帝的靈魂會靜靜坐在祭壇欄杆後面，一般而言會將世人的靈魂留在教堂墓地上，留在教堂石頭的周遭。然而，如今他們擔心，他們可能不會上天堂，沒有人來掀開他們的蓋子，天堂與地獄也只不過是陳舊的教堂牆壁上褪色的壁畫，教堂裡面還擺了天使和可怕妖怪的蠟像。他們問，那裡有什麼東西？如果腳踩著亮晶晶皮靴、戴著金色手錶鏈的男人或是穿著黑色斜紋布和鯨骨的女人留了下來，而女人還穿了硬裡布的裙環準備越過水塘，如果這些又胖又無聊的人和葛德一樣**迫切希望**聽見靈魂的聲音，他們為什麼不可以？福音是唱給所有人聽的，如果我們存在的境界是連續的，我們當中重視物質享受的人也一定會在這個世上甦醒過來，也會在來生甦醒過來。斯維登堡看到他們流汗，表現出不信任的態度，如同一堆堆閃閃發光的蛆一樣憤怒蠕動。」

「妳講得太快，我沒辦法跟妳辯，」我的口氣很鬱悶，「不過，我在爸爸的雜誌上看過桌子團團轉和靈魂扣扣敲的報導，我敢說聽起來就像招魂的把戲一樣，信者上鉤。」

「妳看到的說法屬於懷疑派。」她動了肝火。「要嘲弄的話，這一點嘲弄起來最簡單。」

「我看到的說法是信徒的說法。」我很堅定地說。「我認出了**可信度何在**。」

「莎賓表姪女，妳為什麼這麼生氣？」她說。

「因為我在此之前，我從來沒聽過妳說過這麼傻的東西。」我說。我說的是真話，然而無疑的是，我生氣的原因並不在此。

十一月

「用邪門的小把戲，的確可以召喚出真正的惡魔。」我父親沉思後說。

我總是認為自己是個重感情的人。我抱怨過，可以讓我愛的人不夠多，讓我表現愛的機會也不多。我真的認為，我一直到這個時候，才真正經歷到仇恨。我討厭仇恨的感覺，因為這種感覺似乎來自我自身之外，佔據我的身體，彷佛是隻大鳥用鉤嘴扣住我，如同某種飢餓的野獸，毛皮燥熱，透過我的眼睛向外怒視，讓我原來甜美的微笑和親善的態度一掃而空，讓原來的我變得無助。我抗拒再抗拒，似乎都沒有人注意到。他們坐在餐桌前，交換後設理論，我坐在那邊像是會變形的魔女，一下子漲滿了怒氣，一下子又因羞愧而縮水，而他們卻什麼也沒有看到。在我眼中，她也會起變化。我痛恨她蒼白平滑的頭，痛恨她的綠色眼睛，痛恨她裙子下那雙光亮的綠腳，彷佛她是什麼大蟒蛇，如火爐裡的鍋子一樣默然嘶嘶作響，受到了善心煽動時卻準備攻擊。她的牙齒大得像虎姑婆，或是像英國故事中的野狼，假裝是老祖母。她說她希望做點工作時，父親將我的工作交給她，還在傷口上撒鹽巴，說什麼『反正莎賓覺得抄寫的工作分量很重，讓其他技巧高明的手和眼睛來做也好。』父親走過她身邊時會撫摸她的頭髮，撫摸她脖子上的鬈髮。她會咬他一口的。一定會的。

寫到這裡時，我知道自己很荒謬。

寫到上面那句時，我知道我並不荒謬。

十一月

今天我到懸崖邊散步走了很長一段路。今天的天氣並不適合散步，大片大片的濃霧飄來飄去，又有海浪飛沫——風勢極為強勁。我帶著狗兒小托去散步。我並沒有徵求她的同意。現在我走到哪裡，他就跟到哪裡，一想到這一點，我就很開心，儘管克莉史塔伯說過，這條狗很專情，而且只愛一次。我很確定，他愛上了我，他的心情也和我契合，因為他是隻傷感內向的動物，無論風雨再大，他都勇往直前。他卻和其他小狗不同，不喜歡玩耍，也不喜歡微笑。他的愛，是以難過的方式來表示信任。

她在我後面跟了過來。這種情形以前從沒發生過。我以前一直巴望她能跟我一同散步，希望她能跟過來，她卻都不跟，除非是我央求，或是哄她說是為她健康著想。然而，現在我想藉散步來擺脫她，她卻追在我後面，腳步稍微匆忙了一點，不希望別人看到她在快步走。她披著大斗篷和連身帽，愚蠢的雨傘在風中拍動吱嘎叫，一點用處也沒有。人性就是這樣。你再也不愛對方，再也不要對方時，就有人會心甘情願跟著你過來。

在懸崖邊的步道上，沿路有很多聳立的石像——有史前墓碑，有傾倒的史前巨柱，有小小的聖母堂，在裡面的花崗石桌上供奉著花崗石的肖像。這座聖母堂和墓碑、巨柱不經雕琢的程度不相上下，可能就是從其中之一切割出來的。

她追上我，說：

「莎賓表姪女，我可不可以跟妳一起去？」

「想跟就跟啊。」我把手放在狗的肩膀上，對她說。「隨妳高興。」

我們走了一小段路後，她說：「我擔心我是不是哪裡惹妳不高興了？」

「沒有啊，一點也沒有。」

「妳一直對我很好，我真正感覺到自己找到了避風港，在我父親的故鄉找到了家的感覺。」

「妳有這樣的感覺，我和父親都很高興。」

「我並沒有感覺到妳很高興。我講話很衝，外表也顯得難以接近，要是我說了什麼——」

「妳沒有。」

「是不是我侵犯到妳平靜的生活？可是妳一開始的時候，好像對平靜的生活不是完全滿意。」

我說不出話來。我加快腳步，大狗在後面小跑步。

「不管我碰什麼，」她說：「都會被我碰壞。」

「至於這一點，我就什麼都不知道了，因為妳什麼也沒告訴過我。」

接下來不出聲的人是她，她靜了一陣子。我越走越快；這裡是我的家鄉，我又年輕身體又健康；她想跟上，感覺有點吃力。

「我不能告訴妳。」過了一陣子她才說。她的口氣並不平淡，因為平淡不是她的風格，她講得很刻薄，幾乎帶有不耐煩的語氣。「我不能把自己的祕密告訴別人，我天生就是這樣。我把事情藏在心裡，才能活得下去，只有這樣，我才活得下去。」

少騙人，我想這樣對她說，可是沒有說出口。妳對待我和我父親的方式，完全是兩回事。

「大概是妳不信任女生吧。」我說。「不信任，也是妳的權利。」

「我信任過女生——」她開始說，卻沒有講完。然後她又說：「結果受到傷害。傷得很重。」她的口氣有種不祥的意味，好像預言家的口氣。我又加快腳步。她稍微再走了一小段路，然後說她的腰痛，想回家了。我問她需不需要我陪她回去。我問話的態度，讓她一定會因為嚥不下這口氣而拒絕，而她的確也拒絕了。我把手放在大狗身上，叫他停下腳步，他很聽話。我看著她轉身，一手叉腰，在風中低頭行走，腳步有點蹣跚。我心想，我很年輕，形容詞應該再補上「也很可惡」，可是我沒有加上去。我看著她離去，面帶微笑。我心中有部分希望能不顧一切，挽回以前的氣氛，希望她不要胡鬧，不要故作可憐，但是我只是微笑，然後大步繼續走，因為我至少年輕又健康。

雅瑞安．勒米尼耶的註腳

接下來少了幾頁，內容寫得敷衍又重複。這個月分接下來的部分我沒有影印，接著就是耶誕節當天晚上，供妳參考。

一八五九年耶誕節晚上

午夜時分，我們全都到教堂望彌撒。我父親和我每年都去。我的祖父不願意踏進教堂；他不信神，擁護共和政體。我父親如果和牧師討論到宗教信仰，我不太確定牧師會不會高興，而我父親也沒有討論到信仰的問題。不過他堅定支持這個社群應該延續下去，這個社群指的是布列塔尼民族，也包括了耶誕節以及所有相關的意義，不管是新的舊的都一樣。她說，她信的是英國國教，不過在這裡，她祖先信奉的是布列塔尼派的天主教。我認為，如果牧師發現她的想法，一定也會大吃一驚，不過他似乎也歡迎她踏進教堂，尊重她獨處的意願。在耶穌降臨日期間，她越來越常上教堂。她站在寒風中，看著耶穌受難像。這些雕像雕刻得很粗糙，原料是堅硬無比的花崗石，因此費盡心力。我們的雕像是聖約瑟夫牽著驢子前往伯利恆，雕工不錯（我們的教堂供奉的就是聖約瑟夫）。我父親說過，在我們這一帶，在耶穌誕生之日，穀倉裡所有牲口都會講話，因為這時全世界都回歸原始純真，順從創世主，和亞當誕生時一樣。她說，信奉清教的米爾頓正好相反。他認為耶穌誕生日就是大自然死亡之時——即使不是，至少他引用了一個古老的傳說，敘述希臘旅人當天晚上聽見祠堂傳出嗚咽聲，而大神潘恩（Pan）也因此死去。我什麼也沒說。我看著他將自己的斗篷披在克莉史塔伯的肩膀上，牽著她走到教堂前的定位，這時我看到了，上帝救救我吧，看到了我們未來生活的預兆。

燭光點燃，代表嶄新的世界，新的一年，新的生活，每年點燃燭光都美輪美奐。我們這座沉重的小教堂，和大家想像耶穌誕生的洞穴其實有幾分相似。大家跪下來祈禱，不管是牧羊人還是漁夫都一樣。我也跪下來，用我自己的方式來祈禱，想將混亂的思緒轉換為善心與善意。我和往常一樣祈禱，希望大家能瞭解到，我父親慶祝這些節日，只是將這些節日當作放諸四海皆準的節日來慶祝——對他來說，耶穌降生日是冬至，是地球轉向光明的日子。牧師很害怕我父親。他知道應該加以規勸，卻沒有那份膽量。

我看到她並沒有跪下，然後又看見她還是屈身下來，小心翼翼，好像快昏倒似的。蠟燭點燃之後，我們再度坐下，我轉頭看看她是否安好，然後頓悟。她往後靠在長椅的角落，頭頂在柱子上，眼睛嘴巴緊閉，疲憊地閉上，卻很沒耐心。她的人籠罩在陰影中，教堂的陰影吞噬了她，不過我還是看得出來她臉色蒼白。她雙手緊握在胸口下，我從她的肢體語言中看出，從雙手的那種古老的保護作用明顯看出，她隱瞞的是什麼祕密，而我這個善良的村姑、家中的女主人，早就應該明瞭才對。我看過太多女人握緊雙手，希望被人誤解。從她的姿勢，我看得出她有多麼堅定。她來這裡住，的確是想尋找避風港。就算沒有完全解釋清楚，也解釋了大半。

葛德知道。對這類事情，她的眼光敏銳，充滿智慧。

我父親也知道，我猜，就算是在她搬來之前不知道，他也知道了一段時間了。他覺得很同情，很想保護她，我現在才看清楚。我以前看出的情緒，其實只存在自己熱昏頭的想像中。

我應該怎麼說，我應該怎麼做才好？

十二月三十一日

我知道我最好什麼都不要對她說。我下午上樓到她的房間，帶著大麥砂糖送給她，也帶給她一本我在生氣之前向她借的書。我對她說：

「表姨，我很抱歉跟妳鬧彆扭。有些事情是我誤解了。」

「沒錯。」她口氣並不太和善。「妳知道是誤解，我很高興。」

「噢，我現在才知道實際情況。」我說。「我希望能善待妳，幫助妳。」

「妳現在終於知道實際情況了，對不對？」她慢慢說。「妳知道實際情況。人類真的能瞭解對方嗎？莎賓，我就請妳來告訴我，**我的實際情況如何？**」

她用白皙的臉和無神的眼睛盯著我看，害我講不出話來。就算我說出來了，她會怎麼說怎麼做？她說得對，我知道了。結果我支支吾吾，不知道自己在講什麼，我相信這樣做讓她很不高興，然後在她注視之下，我嘩然哭出眼淚。

「我的情況好得很。」她說。「我是成年人，妳還年輕，充滿年輕人的幻想，心浮氣躁。我自己可以照顧自己。我不希望妳幫忙，莎賓。不過我很高興的是，妳已經不再滿腔怒火了。生氣會傷到性靈，我付出過代價，因此很清楚這一點。」

我知道她什麼都清楚，清楚了我懷疑過、害怕過、憎恨過的東西。我也知道她決定不要原諒我。接著我又開始生氣，轉身離去時還在啜泣。她說她不需要幫忙，可是她的確需要幫忙，她已經要求協助了，不然她為什麼要搬進來？她未來會變成什麼樣子？我們未來會怎樣？小孩未來會怎樣？我應不應該跟父親討論？我還是覺得她像是《伊索寓言》中被凍僵的蛇[136]。即使在不恰當的時機，比喻的寫法還是可以抓住想像力。我們三人，究竟誰是蟒蛇？然而，她注視我的眼神非常冰冷。我心想，她是不是有點精神失常。

〔元月下旬〕

今天我下定決心要跟父親談談克莉史塔伯的情況。我想過了一、兩次，到頭來卻總是打消主意。可能是因為我擔心他也會責備我。可是，我和父親之間的冷戰啊。所以我等到她上教堂的時候——任何有點經驗的眼睛都必定看得出她的狀況了。她身形非常瘦小，怎麼樣也掩飾不了。

我去父親的書房找他，以很快的速度開口，以免被他澆冷水。「我想跟你談談克莉史塔伯。」

「我很遺憾，發現妳好像對她沒有以前那麼親近。」

「就這一點，我並不認為她想要我親近她。我誤解了她。我還以為她逐漸和你打成一片，到最後你們之間就沒有我的餘地。」

136 寓言中，農夫將凍僵的蛇抱入懷中給予溫暖使其復甦，但蛇醒來後卻反咬農夫以致死亡。

「那樣講太過分了。對我對她都不公平。」

「我現在知道了，因為爸爸，我已經看出來了，我已經看出她的情況了，不會有錯的。我以前瞎了眼，不過現在我看得一清二楚。」

他將臉轉向窗戶，說：「那件事，我覺得還是不談的好。」

「你的意思是，我不應該談那件事。」

「我覺得我們不應該去碰。」

「可是，她以後會怎樣？小孩會怎樣？他們要一直在這裡住下去嗎？我是家中的女主人，我想知道，我有必要知道。我也想幫幫忙，爸爸，我想幫幫克莉史塔伯的忙。」

「最好的辦法，大概就是閉嘴不多說話。」

他的口氣迷惘。我說：「好吧，如果你知道她有什麼打算，我就滿意了，我這就閉嘴，什麼也不多說了。我只希望能幫得上忙。」

「啊，親愛的，」他說：「對於她的打算，我知道的不比妳知道的多。我和妳一樣都懵懂無知。她只在信中要求借住『一段時間』，我就讓她借住。不過她並沒有允許讓我提到她借住的原因。其實，葛德很早就點醒了我。到了時候，她可能會向葛德求助。她是我們的親戚——我們要提供給她避風港。」

「她不說出問題不行。」我說。

「我試過了。」他說。「她將所有事情埋在心裡，就好像她想否認一切，連對自己也想否認一切。」

二月

我注意到，我對日記的興趣已經喪失了。有段時間，這本日記既不是寫作練習簿，也沒有將我的世界記錄下來，只是敘述了嫉妒之心以及疑惑以及憎恨。我也注意到了，寫下這些東西，無助於解決事情，只是賦予這些東西實際的生命，如同巫婆熱了蠟像娃娃，捏出形狀，娃娃動了起來，然後巫婆再用針刺下去。我開始寫日記的動機，並不是要將別人私底下的痛苦揭發出來。而且，我也害怕有人會不慎看到我的日記，對內容產生誤解。基於上述原因，也基於精神上的原則，我暫時就此歇筆。

四月

我看到了奇怪的事，怪到我非寫下來不可的地步。儘管我說過我不再動筆。我寫下來是要幫助自己瞭解事情。我的表姨現在很龐大、很成熟、很沉重，可能快了，然而她不准我們討論到她的情況，也不想提自己的打算。她讓我們好像陷入魔咒中，因為我們都不敢讓她工作，也不敢帶她出去外面，也不敢提到眼前明白卻又有所隱瞞的事實。我父親說，他有好幾次想讓克莉史塔伯說出來，卻一次也沒有成功。他想告訴她，他很歡迎她住下來，也歡迎小孩的到來。這個小孩不管來自何方，都是我們的親戚。我們會照顧小孩，好好撫養他長大，確定他衣食無缺。不過他說他講不出口，原因有兩個。第一，她讓他**心生畏怯**，她一眼看他，就禁絕了他的意圖，也打斷他提起這個話題的念頭。儘管他知道自己在道德上應該這麼做，他還是沒有辦法。第二個原因是，他真的很擔心她精神失常了。他擔心，她不知何故，分裂成兩個人，她不讓良知和外表知道即將發生在身上的事情。雖然他覺得克莉史塔伯有必要做好準備，他也擔心做錯舉動，嚇得她陷入完全孤立、狂亂、絕望的處境，如此一來可能讓分裂出來的兩個人同時死去。父親對她呵護關照有加，她也照單全收，很有風度，如同公主一樣，彷彿這是她應受到的待遇。她也跟我父親談論摩根．勒菲[137]、普拉特納斯[138]、亞伯拉爾，以及貝拉吉斯，當作是客氣回報他的善意。她的心智和以前一樣清明。思想靈活，尖銳鋒利，口舌伶俐。我的父親和我一樣，覺得他自己越

137 摩根．勒菲（Morgan le Fay），亞瑟王傳奇裡的女巫。

138 普拉特納斯（Plotinus, 204-270），新柏拉圖學派哲學家。

來越接近瘋狂的地步，因為雙方相敬如賓，也因為原先在進行繁複的辯論、修訂和朗誦是一種樂趣，如今卻讓人發狂，因為應該談論的，是實實在在的血肉和實際上的準備措施。

我對他說，她並不是一無所知，因為她的衣服越來越鼓，腰圍越來越寬，在手臂下面也很緊，在她悉心縫補之下，接縫處縫得很堅實。他說，他懷疑是葛德幫她縫的。我們因此決定，既然我們沒有勇氣，臉皮也不夠厚，不敢去當面質問克莉史塔伯，至少可以問問看葛德知道什麼，看她是否可能因為幫了她忙而獲得特殊待遇，可能聽到了克莉史塔伯什麼祕密。不過葛德否認，說那些針織不是出自她手，說小姐總是轉移話題，每次葛德自願幫她，她總是假裝誤解。「她喝我泡的香草茶，不過好像故意喝來讓我開心。」葛德說。葛德說她看過這類的例子，有些女人決心決意不想知道自己的情況，卻能上床睡得香甜安穩，如穀倉中的小牛。她說，也有些情緒比較鬱悶的女人，會極力抗拒而精神崩潰，因此害死了母子之一，或是兩者同歸於盡。葛德認為，我們還是將一切交給她，時候到了，出現了確切的徵兆，她會知道的。她會泡茶給克莉史塔伯喝，讓她寬心，然後讓她心情篤定下來。我認為葛德在對待多數男人或女人時，都很有辦法，至少在動物功能與直覺方面都很拿手，然而碰到我表姨克莉史塔伯卻一籌莫展。

我考慮過寫信給她，將我們的恐懼與所知據實相告，因為我們覺得她閱讀起來比說話簡單，能對我們精心寫出的字句獨自反省。不過我想不出來應該怎樣投遞這封信，也不知道她會如何回應。

星期二

後來這段時間，她以她自己的方式，對我非常好，跟我討論事情，跟我要作品過去看，還偷偷幫我的剪刀繡了一個小盒子，很漂亮，上面以藍色和綠色的絲繡了一隻孔雀，全是眼睛的花紋。然而，我不可能和以前一樣喜歡她，因為她並不坦白，因為她隱瞞了重要的事情，因為她驕傲或精神失常，逼得我活在謊言中。

今天，我們能夠來到果園裡，在櫻花下談詩。她撥開落在大裙子上的花瓣，表現出明顯不在乎的態度。她談到《曼露西娜》以及史詩的本質。她想寫神話史詩，她說，不是根據歷史事實，只是根據詩人的事實與想像出來的事實——如同斯賓塞的《仙后》，或是亞力奧斯托，在這些詩中，靈魂不受歷史與事實的羈絆。她說，傳奇（Romance）這種文體對女人很適合。她說，在傳奇的世界裡，女人可以自由表達真實的本性，如同在中心島或是在席得裡，只不過在這世上找不到。

她說，在傳奇裡，女人的兩個本性可以獲得調和。我問，哪兩種本性，她說，男人將女人視為雙面人，一半是狐狸精，一半是惡魔或無邪的天使。

「所有女人都是雙面人嗎？」我問她。

「我並沒有那樣說。」她說。「我是說，所有男人都將女人視為雙面人。曼露西娜自由的時候，沒有人看到她的時候，誰知道她是什麼模樣？」

她提到了魚尾，問我知不知道《安徒森童話》中的小美人魚，為了取悅王子，將自己的魚尾剪開，變成啞巴，之後被他打入冷宮。「魚尾代表了她的自由。」她說。「她覺得用雙腳走路，像是走在刀口上。」

我說，我看完那篇故事之後做過惡夢，夢見自己走在刀口上，她聽了很高興。

她因此繼續講下去，講到曼露西娜以及小美人魚的痛苦。至於她自己未來的痛苦，她隻字未提。

現在我希望自己頭腦夠好，分辨得出比喻的說法或是寓言，我看得出她以上的說法，可能可以當作她用自己講謎語的方式，來講述身為女人的痛苦。我只能說，當時那些話並沒有給我這樣的感覺。她的聲音忽明忽暗，一面以堅定的手來縫紉，一面創造出美麗的圖案。在她的洋裝之下，我敢發誓，我看見**那東西**在動，我看得出在動的不是她，而以她的聰明才智，她也沒有察覺到。

四月三十日

我睡不著。我應該拿出她送我的禮物寫下來，寫下她做過的事。

兩天來，我們一直在找她。她昨天早上出門，散步到教堂。過去這幾個星期，她上教堂的次數越來越頻繁。村人是有看見她，說她站了很長一段時間，在基督受難像的底部用手去摸聖母的生死歷史，一面還靠在基督像上喘氣，她用自己的手指去撫摸小小的聖像，一名村人說「如同盲女一般」，另一名村人說「如同雕刻師傅一般」。她也在教堂裡待上好幾個鐘頭祈禱，不然就是靜靜坐著。這些事情，我們知道，我們所有人都知道，我們和村人都知道，她的頭蓋著黑披肩，雙手緊握在大腿上。他們昨天看到她和往常一樣走進去。沒有人看到她走出來，不過她一定已經走出教堂。

我們一直到晚餐時刻才開始找她。葛德過來站在我父親的房間裡，說：「我應該把馬和馬車牽出來，先生，因為小姐還沒回來，而且她的時候快到了。」

我們的腦海裡充滿了克莉史塔伯跌倒痛苦的可怕景象，可能是跌進水溝或是田裡，也可能是在穀倉裡跌跤。因此我們把馬和馬車牽出來，在馬路上行進，在石牆之間走，注意看空洞以及孤立的小屋，有時候會呼喚，可是喊得並不多，因為我們覺得很可恥，因為我們讓她走丟了，因為她迷路了，在這種情況下迷路。這段時間，我知道對我們所有人都很悽慘，因為我是最清楚的人。每一吋路都走得痛苦——我認為，**不確定的感覺**，或許是所有感覺中最痛苦的一種，因為不確定的感覺會讓人一直心神不寧，會讓人失望，讓人痲痺。每一大塊黑漆漆的地方——一叢勾住破布的金雀花，被蛀蟲啃噬過的廢棄空桶——都是讓人希望一振、讓人恐懼的物品。我們爬上小山來到聖母堂，透過史前墓碑的開口往裡面瞧，卻什麼也沒有瞧見。我們就這樣一直找，找到天黑，然後我父親說：「上天保祐，她不要跌下懸崖才好。」

「可能她跟某個村人在一起。」我說。

「要是在一起的話，他們會告訴我，」我父親說：「他們一定會找我過去。」

之後，我們決定到岸邊去找——我們製作了大火把。有船隻擱淺在岸邊，有人倖存時，或是需要撿拾殘骸時，我們就會做大火把。陽尼克生了一小盆火，我父親和我從一個小海灣找到另一個小海灣，一面呼喚，一面揮動手裡的火把。我一度聽見哭叫的聲音，卻發現只是海鷗的鳥巢被干擾到時發出的叫聲。我們就這樣一直找下去，沒有進食，也沒有休息，在月光下尋找，一直到過了午夜，然後我父親說，我們不回家不行了，我們不在家的時候，可能來了新消息。我說，一定沒有消息，不然他們會派人來找我們，我父親說，他們人手不足，沒辦法又照顧生病的女人，又過來這裡找我們。所以我們就打道回府，心中懷抱著些許的希望，不過什麼消息也沒有，什麼人也沒有，只有葛德，她以煙來占卜，表示一直到明天之前都不會有任何消息。

今天我們去打攪附近鄰居。我父親手上拿著帽子和他的尊嚴，挨家挨戶敲門，詢問是否有人知道她的下落。大家都說沒有，只不過能確定她昨天早上人在教堂裡。農人都再度到外面的農田和小巷去尋找。我父親去找牧師。他不喜歡去見牧師。牧師沒受過教育，竟然還想跟我父親辯論宗教觀點，讓他自己和我父親都覺得很尷尬。他一定認為我父親的看法一點宗教的道理也沒有。因為他不敢爭辯——一辯起來他會辯輸，如果讓人知道他敢去干涉德．蓋赫考茲先生，不管他有多麼關心德．蓋赫考茲先生的不朽的靈魂，也會在附近鄰里顏面盡失。

牧師說：「我很確定，善良的上帝照顧她照顧得很好。」

我父親說：「神父，你**看見**她了嗎？」

牧師說：「我今天早上在教堂看見過她。」

我父親認為牧師或許知道她人在何處，因為大家合力搜尋時，他並沒有主動出門加入。如果他心神不定，應該一定會出來幫忙才對吧？可是話說回來，牧師臃腫肥胖，行動不便，既缺乏想像力又愚昧，可能認定有年輕人和四肢靈活的人幫忙就綽綽有餘了。我說：「牧師怎麼會知道？」我父親說：「她可能過來向他求救。」

怎麼會有人過來找牧師求救，我怎麼也無法想像得到，更何況她的情況這麼特殊。他的眼神呆滯，嘴巴厚嘟嘟，只為了自己的肚子而活。不過我父親說：「他會去拜訪聖安修女院，就在前往坎佩爾勒的路上，主教在那邊設有無家可歸與失足婦女的照料設施。」

「他不會把她送到那邊去啦，」我說：「那個地方是個不快樂的地方。」

陽尼克的妹妹的朋友茱莉生了一個小孩，沒有人出來認，因為據說沒有人能確定孩子的父親是誰，因此被父母趕出家門，之後被帶往修女院。茱莉聲稱，那裡的修女會捏她，逼她去刷洗髒臭的地方，逼她去搬各式各樣的髒東西，好讓她悔改，而當時她即將分娩。茱莉說，小孩死了。她到坎佩爾的一個蠟燭商幫傭，老闆娘打得她死去活來，她沒過多久就過世了。

「可能是克莉史塔伯自己要求過去。」我父親說。

「她為什麼要？」

「她做過的事情，又有什麼能解釋？她人在哪裡，我們找了又找還是找不到。也沒有人被沖上岸來啊。」

我說，我們至少可以去問一問修女。我父親明天會坐馬車到修女院去。

我心裡感到不安。我擔憂她的處境，也很生氣，也為父親覺得很難過，因為他好好的一個人，現在身受哀傷、焦慮、羞辱的重擔。現在我們全都知道，除非她發生意外，不然她就是拋棄我們提供的避難所。不然就是外人會假設我們趕她出門，這樣講的話也是恥辱，因為我們絕對不會趕她出門。

不過或許現在她的屍體躺在某個洞穴裡，或者躺在某個我們無法爬到的小海灣的沙灘上。明天我要再出去找。我睡不著。

五月一日

今天我父親坐馬車去過修女院一趟。他說，院長端酒給他喝，說沒有叫做克莉史塔伯的人或是符合他描述的人這個星期被帶來修女院。她說，她會為這位年輕婦女祈禱。我父親希望修女能告訴他，克莉史塔伯是不是自己過來的。「這個嘛，」修女說：「就要看尋找避風港的人自己怎麼說了。」

「我希望她能知道，我們會提供給她和她的小孩一個家，和我們住在一起，只要她有需要，我們會一直照顧她。」我父親說。

修女說：「我很確定，不管她人在哪裡，她一定已經知道了。或許她在遇到麻煩的時候，不能跟你求助。或許是為了面子，或是其他原因吧。」

我父親想告訴修女，克莉史塔伯很頑固，不透露隻字片語，不過顯然是修女變得很唐突不耐煩，請他離去。他不喜歡這個修女，認為這個修女很喜歡那種高他一截的感覺。他感到萬分挫折，非常沮喪。

五月八日

她回來了。我父親和我坐在桌子前，滿懷哀悽地再度討論還有什麼地方可以找，或是她失蹤的那天正好有兩輪驢車或是客棧老闆的二輪馬車經過，她上車就走，而我們只聽見中庭有輪子滾過的聲音。在我們起床之前，她已經站在門口。第二次看到她站在門口的景象——光天化日之下的一個亡魂——比她初次到來的那個暴風雨夜更加陌生駭人。她又瘦又虛脫，用一條很大很重的皮帶將衣服紮緊。她蒼白如枯骨，所有骨頭似乎都失去了肌肉，全身瘦骨嶙峋，彷彿裡面有個骷髏想掙脫而出。她也剪短了頭髮。她頭髮原有的小捲髮和小波浪全都不見了——她戴了一種帽子，上面有鈍鈍白色突起物，像是死掉的乾草。她的眼睛看起來蒼白無神，彷彿剛從無底洞中探出來。

我父親向她衝過去，眼看就要以雙臂輕輕摟住她，然而她卻用骨瘦如柴的手將他推回去。她說：

「我很好，謝謝。我可以自己站起來。」

因此她在小心翼翼的情況下走動，那種走路的方式，我只能稱之為驕傲的爬行，步伐無限緩慢，腰桿卻總是挺直，一直走到爐火邊坐下。我父親問她，是不是需要我們扶她上樓，她說不必，再說一遍，「我很好，謝謝。」不過她卻接下了一杯葡萄酒、一些麵包和牛奶，吃喝起來幾乎是狼吞虎嚥。我們坐在她身邊，張開嘴巴，有一千個問題準備要問，結果她說：

「別問了，求求你們。我沒有權利求你們行行好。你們一定看出來了，我濫用你們的善心，只不過我別無選擇。我不會再濫用太久了。請什麼都別問。」

我們的感覺，我怎麼寫得出來？她禁絕所有正常的感覺，所有平常人類的溫情與溝通。她提到說她不會濫用我們的好意太久，是不是真的想，是不是真的害怕或預期自己會死在這裡？她是不是精神失常，或者她只是非常聰明，非常注重隱私，她是一直在實行來這裡以前早就擬定好的計畫嗎？她會留下來，還是會離開？

小孩在哪裡？我們備受好奇心的折磨，而她也以很高明或是很絕的方法，反用好奇心來對付我們，讓好奇心顯得像是一種罪過，禁絕所有正常的關切和詢問。小孩是生是死？是男是女？她打算怎麼辦？

我這裡想寫的是，有件事我覺得很羞愧，不過也算是人類天性的一部分，這件事就是，如果對方欠缺開誠布公的態度，實在不可能讓人喜歡。看到她這副模樣，如此乾瘦的臉龐和小平頭，能想像到她的痛苦。但是我的想像不夠完整，因為她禁止我去想像，結果很奇怪的是，她禁止我的態度，將我對她的關心轉化為一種憤怒。

五月九日

葛德說，如果你將幼兒的上衣拿到仙泉的水面上漂流，就可以看見小孩未來是否長得健壯活潑，或者會虛弱多病或是夭折。如果風灌滿了上衣的手臂，如果身體的部分也灌滿了風，被風吹著漂過水面，小孩未來就能存活茁壯。然而，如果上衣躺平吃水下沉，小孩就會夭折。

我父親說：「既然我們沒有小孩也沒有上衣，這種占卜的方式沒有多大用處。」

她在懷孕期間沒有縫製什麼上衣，只製作了漂亮的鉛筆盒和我的剪刀套，只縫補了床單。

她多半時間都待在房間裡。葛德說她沒有發燒，健康也沒有走下坡，不過身體還是很虛。

昨天晚上我做了一個惡夢，夢到我們坐在很大的水池邊，池水非常黑，表面如同黑玉，充滿烏塊，上面還有色澤。我們四周都是冬青，厚厚的一叢——我小的時候，我們時常撿冬青的葉子來玩，輕輕用手指去一一碰觸上面的刺，繞著圈子，「它愛我，它不愛我。」我教克莉史塔伯玩這個遊戲，她說用冬青來玩這種賭運氣的遊戲比較適合，在英國的話，他們都是用雛菊的花瓣，一瓣一瓣撕去。我在夢中很害怕冬青。我害怕冬青的態度，就好像——如果有東西在樹下草叢蠢動——立刻就會害怕被蛇咬一樣。

在夢中，我們幾個女人站在水邊——和很多夢境一樣，不可能算出總共幾人——我察覺到肩膀後面有幾個人向前擠過來。葛德放出一個小包裹——有時候，這個包裹綑綁包紮妥當，如同摩西被藏匿在蘆葦叢中的畫像[139]。有的時候，包裹看起來像是個僵硬的小睡衣，滿是縐褶，向水池的中間漂去——沒有泛起波紋——接著舉起空心的手臂，在空中掙扎，想將自己從沉重的水面舉起，結果水面以極為緩慢的速度將睡衣吞噬下去，與其說是水，倒不如說像是泥漿或是果凍，或是液體石頭。睡衣就不斷扭轉，揮舞著相當於手的手。而這東西顯然是沒有手。

這個夢境在說什麼，非常明顯。不過也改變了我對事件大致情況的看法。如今我問自己孩子的下場如何，我看見漆黑一片的水池，看見動作很多的白色上衣往下沉。

五月十日

今天來了一封信，是米什萊先生寫給我父親的信，裡面附上一封給克莉史塔伯的信。她很鎮定地接過信，彷彿一直都在等待信件寄到，之後她仔細看了一眼後，調整好呼吸，將信件放在一邊，連打開都

139 《舊約聖經》畫作主題，描繪埃及法老王下令殺害以色列男嬰，摩西的父母暗中將三個月大的他放進蘆葦做的筐籃，藏匿在尼羅河邊的蘆葦叢中，結果為法老的女兒發現並收養。

沒有打開。我父親說，米什萊先生在信上寫道，那封信是一個朋友寄的，並不確定勒摩特小姐人在哪裡，只是希望她或許待在我們這裡。他要求我們，如果她不在這裡，請將信件轉寄回去。一整天，她都沒有拆開。她什麼時候會看信，是否有看信，我無從得知。

雅瑞安·勒米尼耶請茉德·貝力注意。

親愛的貝力教授：

日記到此爲止，筆記簿也幾乎寫到最後一頁了。莎賓·德·蓋赫考茲可能是換了另一本日記，果眞如此，至今仍然沒有人發現。

我決定不要先向妳透露太多日記的內容，因爲我或許有點孩子氣，希望妳在閱讀過程中，能體會到我發現時的震驚與樂趣。我從塞馮回來後，我們一定要互相交換心得，妳和我和史鄧教授。

我本來有種很確定的印象，認爲研究勒摩特的學生相信她的生活很封閉，和白蘭琪·葛拉佛過著快樂的女同志同居生活。妳知道她有什麼愛人，有什麼可能愛上的人，或許是這個小孩的父親？這個問題本身也引出一個問題——白蘭琪的自殺，是否和這日記敘述的歷史有所關聯？或許妳能夠對我開導一番？

我也應該告訴妳，我自己也下過功夫，找看看小孩是否存活下來。聖安修女院是明顯的目標，我也去過那裡，確定在她們有點凌亂的紀錄中沒有勒摩特的任何蹤跡。（一九二〇年代有個熱心過度的女院長，將很多紀錄清理一空，因爲她認定堆滿灰塵的文件浪費了很多空間，沒有必要保留，也和修女亙世的任務無關。）

即使是因爲沒有其他人可以懷疑，我仍然懷疑那個牧師，我也不太相信小孩出生在穀倉裡然後被殺害。然而，小孩還是很有可能沒有活下來。

莎賓的物品中還有幾首英文詩和詩的片段，在此也附上。我手邊沒有勒摩特的眞跡，不過我認爲這些詩可能出自她手，我懷疑她過得不太好，這裡獲得了證實。

記錄這些事件之後，莎賓的人生故事苦樂交雜。她出版了我之前提到的三本小說，其中以《達户的故事》最爲動人，描寫的女主角具有強大的意志力與熱情，是個傲慢而令人神往的女性，蔑視傳統女性的美德。女主角死於船難，一生摧毀了兩個家庭的寧靜，遇難時身懷六甲，孩子的父親可能是個性軟弱的丈夫，也可能是她那位具有拜倫風格的情人，而情人也跟她一起溺斃。這部小說的優點在於她運用了布列塔尼的神話來加深主題，並建造出想像的秩序。

莎賓於一八六三年結婚，結婚前長期和她父親爭執，希望父親能允許她多和其他人交往。她的丈夫個性無趣又陰沉，年紀比她大很多，對她全心奉獻到如癡如迷的地步，莎賓在生第三個小孩時喪生，一年之後，據說他也因爲悲傷過度而過世。她生了兩個女兒，都沒有活過青春期。

我希望妳對這些東西都有興趣，日後有空或許可以互相比較心得。

容我最後向妳表達我對妳在閾方面的研究非常景仰，我希望可以見個面，當面告訴妳。我認爲，從閾的觀點來看，妳也可以發現可憐的莎賓她的日記也很有意思。正如她所言，布列坦尼充滿了陰陽交界和陰陽門檻的神話。

雅瑞安·勒米尼耶敬上

以下是幾首詩的片段，由雅瑞安·勒米尼耶寄給茉德·貝力。

我們的女士——身懷——痛楚
身負十字架背負之苦，
身懷痛楚，一再痛楚——
宛若巨石上的疤痕般深刻

榔頭將她撬出粗岩之古老——睡夢——
以啜泣之星辰四處雕琢——啜泣——

刻印於石上之痛楚——
他身負之痛楚——她背負過的痛楚
她聽見脆弱之形體崩裂——
心知——他——將一去不返——

萬物靜止
不願停留的微物——
我們質問——

沉重呼吸
一聲兩聲三聲——
隨後暫停
永遠停歇——

肉身寶石
深紅色——一去不返——
來時如任何岩石般靜止——

我的主題是潑灑出來的牛奶。
白皙的偽裝
靜肅潛行滑溜
平白浪費之養分

他人舉起厚壺
美酒氣醞溫沉——
盛於殷實酒壺中，
馨暖外溢之白——屬於我——

以下為矛盾之論
漂白的污漬，
純潔無邪之白的污點
再度歸化塵土——

有夏日乾草香
母牛嘎吱嘎吱嚼——絕妙——
溫煦脅腹與愛的香味，
比我更安靜，比我更沉寂

牛奶在桌面流動
往地上滴下
我們聽見液體下降
濕點滴落在軟塵之上。

我們帶著熱血與鮮奶跑步，
能夠奉獻卻潑灑一地
嗷嗷待哺之口抬起
因為流失無法餵哺

無法復原，
流失之奶無法彌補
白皙之處無法擦拭乾淨
卻看似漂白

任憑我擦拭再擦拭
任憑我再狂亂——洗滌
潑灑出來的牛奶，
其靈魂讓我的空氣酸臭。

第二十章

我將手心按在
窗上白十字架
玻璃外面，
是不是你的黑色身影？

他們如何過來驚擾我們？
他們身穿長袍或戴羽毛帽
或赤裸著白皙如大理石般的肉體
是經冷凍過——是嗎？

他們的記憶驚擾到我們，
以手腕的把戲
在當時備受愛慕——自動的——
握住、親吻

如今已然逝去，
幻化為腐肉枯骨
無限天恩

包紮——為一
別在外面寒風中孤獨行走，
我要陪你走，
赤身、大膽

你鋒利的手指
靈巧挑出我潤骨中的活肉
讓我痛徹心扉——

我的溫暖是你冷漠的食物——
你寒冷的氣息是我的空氣
我倆的白嘴結合之際
混為一體——當下——

——克莉史塔伯．勒摩特

如果是平常的情況，莫爾特模．克拉波爾想擺平喬治爵士的話，花再長的時間他都不會介意。到最後，他一定可以安然坐在那棟破敗的假城堡裡面，聽著行動不便的妻子講述小小的苦處（他雖然沒有見過，卻能想像得栩栩如生。他的想像力很豐富；想像力當然是運用得當，因為這是他吃這一行飯的最主要資產）。晚上的時候，他本來可以一封接一封翻閱信件，心情愉悅，尋找裡面的線索以及祕密，放在照相機前面用閃光燈照下來。

然而，現在卻跑出了詹姆士．布列克艾德，沒有時間來運用手腕與喬治爵士耐心周旋。那些信件，他非弄到手不可。他感受到真正的痛楚，有如一種飢餓的感覺。

他是在時髦的市立教堂講述「自傳作家的藝術」，這座教堂的牧師很歡迎大家前來聽課，還以各式各樣的手法來招攬聽眾，用到了吉他、宗教療法、反種族歧視示威、為和平守夜、激烈辯論大財主是否能進天堂，也探討愛滋病對性愛的影響。他是在主教茶會認識牧師，說動了牧師，鼓吹自傳和性愛或政治活動一樣，都是現代人性靈飢渴的表現。他要牧師看看銷售量，看看星期日報紙裡面專欄的篇幅，就能明白大家都想知道別人的生活方式，以幫助他們自己過生活，而這是人類本性使然。牧師說，這是一種形式的宗教。克拉波爾說，這是一種形式的祖先崇拜。或者意義更為深遠。基督教的福音，不也只是針對自傳藝術進行的一連串不同的嘗試嗎？

這堂課已經排定時間，他發現可以拿來利用一番。他私底下寫了幾封信給數個學院，是敵是友不計。他打電話給新聞界，通知說他即將宣布重大發現。和睦尼市裡有些新的美國銀行以及金融機構正在擴展規模，他也引起了負責人的興趣。他邀請了喬治爵士，不過喬治並沒有回信；他也邀請了律師拓比．賓恩，律師回信說這堂課一定非常有意思。他邀請了碧翠絲．耐斯特，還為她保留了最前排的座位。他也邀請了布列克艾德，並不是因為他認為布列克艾德會來，而是因為他喜歡想像，布列克艾德在接到邀請函的時候，一定覺得很煩。他邀請了美國大使。他邀請了電台以及電視。

克拉波爾喜歡講課。他不屬於老一派的講師，不是以富有魅力的眼神，不是以抑揚頓挫的嗓音抓住聽眾。他屬於高科技派，是喜歡用白色布幕和雷射光筆、是喜歡用音效與放大效果的魔術師。他在教堂裡面擺滿了投影機以及一籠籠透明提示卡，可以幫助他效法雷根總統，上到高度複雜的課程內容時，能表現出即席演說的自然。

他的演說在熄燈的教堂裡舉行，同時在雙重銀幕上打出一系列明亮的影像。超大幅人像油畫，如珠寶般光亮的縮小相片放大圖，留鬍子的賢人站在哥德式大教堂破敗拱門間的古老相片，穿插了羅伯特・岱爾・歐文大學的光線與空間的影像，設有史坦特收藏中心的玻璃金字塔閃耀出晶亮的色澤，精美的小盒子存放了艾許與妻子愛倫交織成捲的頭髮，愛倫繡上檸檬樹的坐墊，有約克玫瑰圖案的黑玉胸針放在專屬的綠色絨毛墊上。克拉波爾如老鷹般的頭，不時會如不經心一般，讓投影機將其活蹦亂跳的陰影投射在銀幕上明亮的物體上，彷彿他的頭是剪影似的。發生了這種情形時，他會大笑出來，向聽眾道歉，以半認真、精心撰寫過的口氣說，你們看到的就是自傳學者的圖像，他是全景中的一個元素，是會移動的陰影，在他研究的事物當中，不容遺忘。一直到艾許那個時代，歷史學家的直覺才開始受到尊敬，甚至成為知識界注重的一項基本客體。從事歷史研究的人，本身就是他研究的歷史中不容分離的部分，如同詩人也是作品中不容改變的部分，如同隱身幕後的自傳學者和研究對象的一生之間的關係一樣……

講到這裡，克拉波爾再度進入投影中，時間很短暫。他的措辭謹慎簡單。

「當然了，我們希望同時也害怕的是做出重大發現，能夠證實或推翻，或至少能改變一生的心血。如一部莎士比亞失傳的劇本。如希臘悲劇詩人艾斯奇勒斯消失的作品。最近也傳出了類似的重大發現。有人在閣樓的大木箱裡找到華茲華斯寫給妻子的一堆信。之前學者說，華茲華斯只對妹妹充滿熱情。這些學者認為他的妻子平凡無趣，沒有重要性可言。結果現在發現了，在他們多年的婚姻生活中，他寫了這麼多信件，充滿了雙方的肉慾激情，歷史因此也必須重寫。學者懷抱謙恭的心，很榮幸能重寫歷史。

我在此要向各位報告的是，我在個人研究的領域，藍道弗・亨利・艾許，也剛剛做出類似重大的發現。我發現了他和女詩人克莉史塔伯・勒摩特之間的信件，在相關領域中即將具有催化——**推翻**——的作用。恕我無法在此引述信件內容，我目前只看過一小部分。我只能希望這些信件能公諸於世，讓所有國家的所有學者都能自由接觸到，秉於國際交流、思想與智慧財產自由流通的原則，應該讓眾人都能取得。」

克拉波爾在演說的結尾，灌注了個人的熱情。他取得的物品製作成明亮的投影片，他愛上的其實就是這些投影片，熱愛的程度幾乎和物品本身不相上下。他想到艾許的鼻煙盒時，想到的不只是拿在手裡的重量，冷冷的金屬在他乾燥的掌心裡逐漸加溫，也想到琺瑯質的盒蓋在銀幕上放大的樣子。艾許從來沒有看過這樣子鍍金的天堂鳥，沒有看過如此結實纍纍的葡萄，沒有看過顏色如此深紅的玫瑰，只不過所有的顏色在他的時代都比較鮮明而已。克拉波爾的投影機將光線打在珍珠般的邊緣時發出的光澤，艾許也從來沒有看過。演說快要結束時，克拉波爾會展示文物的投影片，如同神奇的飄浮物體，在教堂裡浮動。

「各位，」他會這麼說：「考慮一下未來世界的博物館。俄國人已經開始充實他們的博物館，不是拿雕刻或是陶瓷，也不是拿玻璃纖維或石膏的複製品，而是以光線來架構。所有物品都能放到各地展示，我們的文化也可以成為全球文化，也已經是全球文化。原版必須存放在空氣最佳的地方，不會受到人類呼吸的傷害，不能像法國南方拉斯科的壁畫一樣受到前來觀賞者的破壞。有了現代科技，對這些古代文物握有所有權，重要性已經小之又小。重要的是，託管人必須具備技巧，能照顧這些脆弱又逐日衰敗的物品，必須具備相關資源，以無限延長文物的壽命，能夠以新鮮、生動的方式加以呈現，甚至比文物本身更生動，帶往世界各地展出。」

在演說最後，克拉波爾會取出艾許的大型黃金懷錶，看看他時間是不是算得精準：這一次講了五十分鐘又二十二秒。他年輕時喜歡裝傻，公然拿出懷錶來看時間，講個小笑話，說是想對艾許時間和克拉波爾時間。這一套他已經不用了。原因是，儘管他是用自己的錢來買下艾許的懷錶，依他自己的說法，這個文物應該安全存放在史坦特收藏中心的櫃子裡，他不想自打耳光。他也一度想要打出投影片，展示懷錶拿在他手上的模樣，然而他也清楚，他的感情強烈，自己對艾許懷錶的感情屬於私領域，不能和公開演說混為一談。因為他相信，是懷錶自己找上他，天生注定就是要找上他，相信他必須握有艾許的文物。懷錶在他心口滴答作響。要不是成為學者，他也想要當詩人。他把懷錶放在講桌的邊緣，計算回答問題的時間，懷錶也以愉快的動作計時，而媒體則專注在《維多利亞時代名人不為人知的性生活》。

這個時候他繼續追溯模糊的記憶，他記得在他祖先普莉希拉・賓・克拉波爾的文件中提起過克莉史塔伯・勒摩特。他打電話給和睦尼市，希望能幫他尋找普莉希拉・賓・克拉波爾的通信，一有新資料，他定時會拷貝加入電腦的檔案中。隔天有人傳真給他下面這封信。

親愛的克拉波爾夫人：

即使您遠在大西洋對岸，隔著野外雜物如尖叫的海鷗和翻攪的海冰，能對我感到興趣，我非常感激。這的確是一件奇怪的事，您身處舒適炎熱的沙漠，竟然會知道我這邊小小的奮鬥，因爲那封電報裡應該提及販賣奴隸與商品的當務之急——從大陸的一邊賣到另一邊。然而，有人告訴我，我們身處的年代是改變的年代。賈基小姐優雅的心智居住在無形力量的強風中，昨晚獲得啓發，知道肉體與感官的薄紗即將被撕毀，再也沒有遲疑，再也不會輕敲大門，而與我們相關的智天使（Cherubim）、生物，會在地球上存活。這一點，她知道是事實——她寂靜房間裡的月光與火光——貓咪——所有的電光與頭髮豎立發出的光線——全都在庭園裡進進出出。

妳說——別人告訴妳——我具有某種力量，靈媒的力量。其實我沒有。讓雷依夫人敏感原動力歡喜的，讓雷依夫人敏感原動力欣然疲憊的力量，我看到聽到的都不是很多。我曾經看過她創造出來的奇蹟。我也聽過鏗鏘作響的樂器——全部都透過空氣傳播，一下子從這裡傳出，一下子從那裡傳來，一下子從各地一起傳來。我也曾看過靈魂的雙手，非常美麗，感覺到在我自己的手中暖和起來，並且融化，或是從我的掌握中蒸發。我也看過雷依夫人頭上戴著星星，成了眞正的普西芬尼[140]女神，成了黑暗中的一道光。我也看過一塊紫羅蘭色的肥皂，如同憤怒的鳥兒一般從我們頭上迴旋而去，發出奇怪的嗡嗡聲響。但是我沒有——技巧——這不算是技巧——我沒有吸引力，無法讓消失的物體產生磁力，這些物體不會現身——雷依夫人說它們會現

140 普西芬尼（Persephone），即羅馬神話中的冥后／豐收女神普羅賽比娜（Proserpina）之希臘名。

身，我也對她說的話有信心。

我似乎擁有透視未來的占卜能力。我能看見生物——活動的生物或靜止的——或是錯綜複雜的景象。我也試過水晶球，試過在碟子裡淋上一小灘墨水，也從水晶球和墨水中看過以下事物：一個女人在縫紉，她的臉轉向另一邊；一條大金魚，每個鱗片都清晰可見；一個鍍金時鐘，我在一個星期或更久之後才首度發現——它實實在在地擺在納索一世夫人[141]的書架上，當時她全身裹在一大團羽毛中，讓人感覺就要喘不過氣來。這些事物一開始時——只有光點而已，逐漸模糊不清，然後出現在眼前，彷彿具有實體。妳問我是否相信，我不知道，只有在遇上的時候，我才眞正相信——就像喬治．赫伯特[142]每天和主子說的一樣，像用以下的嚴厲口氣加以責罵：

噢，你竟然賜予灰塵唇舌
讓灰塵對你呼喊
事後卻聽不見呼喊聲！

然而在他的〈信念〉一詩中，他提到了墳墓，以及來生——口氣非常自負。

我的肉身爲何化爲塵土？
信念穿越其上，細數每一塵粒

141 納索一世夫人（Mrs Nassau Senior, 1828-1877），英國首位女性公務員，也是一位慈善家。
142 喬治．赫伯特（George Herber, 1593-1633），英國詩人，曾在劍橋三一學院教授修辭學，也曾擔任國會議員，頗受英王詹姆斯一世賞識，一生中堅持不懈以一種精確的語言來創作宗教詩。

堅守單一信念
只願來生重獲肉身。

妳認爲，它們是以什麼樣的肉身、以什麼樣的實體，朝我們的窗户群集過來，存在濃密的空氣中？它們是復活之身嗎？它們如奧莉維雅·賈基相信的，是在大無畏的靈媒暫時撤回物質與動力時才現形的嗎？如果我們再度榮獲無法言喻的恩典，能再度**擁抱**時，會擁抱到什麼東西？克拉波爾夫人，是會擁抱到東方與不朽的小麥，永垂不朽，或是我們墮落肉身的幻影？

我們每天走路時，會從身上掉下塵埃，我們的塵埃，在空氣中生存幾許，再遭踐踏——我們掃除了我們身上的一部分——這一切——細微無物——都能**凝結在一起**嗎？噢，我們每天都會死去——來生時——是否全部都受到認可，全部收集起來，再使外殼恢復光澤與**青春**？

花香洋溢的花朵——放在我們的桌子上——沾上了今世的聖水——或是**來世**的？但是，鮮花也有凋零枯死的一刻，和萬物一樣。我有個花圈——現在全都枯黃了——曾經是白色玫瑰花苞——花苞會再開花嗎？

現在，我想請教妳，如果妳充滿智慧的話，爲什麼冥界來的那些人——訪客、亡魂、親人愛人——爲什麼他們傳達意念時，如此開朗愉悦，與眾不同呢？我們不是都學到，幸福快樂是持續漸進的過程，永不歇止，慢慢達到完美的境界，不是一蹴可幾。爲什麼我們聽不到正義憤怒的聲音？我們對這些聲音感到罪惡，我們爲了自己的好處而背叛——難道這些聲音不應該責罵我們，對我們發怒？

我想請問妳，克拉波爾夫人，什麼樣的肉體束縛，或是禮教，讓那些聲音變得一概如此甜蜜？在我們的悲傷年代中，不管是人間或是神明，難道沒有完全愼重的憤怒？以我而言，很奇怪的是，我很渴望聽到——不是希望聽到和平與聖化的保證——而是希望聽到眞人的聲音——聽到受傷的聲音——以及悲傷的聲音——以及痛苦的聲音——或許我可以與人分享——因爲我應該與人分享——因爲我所有東西都應該與人共享——與我親愛的人——在我今生——

我離題了——或許講得不知所云。我有份慾望。是什麼慾望，我不會告訴妳，因爲我信心堅定，什麼人也不透露——一直到——我掌握住了這份慾望的實質成分。

克拉波爾夫人，我手中握有活生生的塵埃的一小塊。一小塊。到目前爲止，一直無法獲得……

想念妳的朋友
C．勒摩特

克拉波爾判定，這封信強烈顯示出精神失常的症狀。他暫時不去解讀，因為這樣可以給他一種純粹狩獵的樂趣，苦樂交纏。他聞到了氣味。就是在奧莉維雅．賈基小姐的家中，在雷依夫人的降靈會上，藍道弗．亨利．艾許進行了他曾經寫信告訴拉斯金的「我的迦薩功勳」（my Gaza exploit），一般在學術圈也以這個名稱來稱呼此一降靈會發生的事，因為克拉波爾在《偉大的腹語大師》中引用為章節的標題。事實上，只有在這封信裡，艾許才提到這件事，據信從中衍生出他的詩《媽咪著魔了嗎》。克拉波爾把書架上的《偉大的腹語大師》拿下來，查看艾許提到降靈會的部分：

這些個鬼魂精靈，利用了我們最神聖的恐懼與希望，我認為你不應該輕信。這些把戲說穿了只是以戰慄的氣氛來鼓動沉悶的心靈，或是加以穿鑿附會，玩弄傷痛欲絕、走投無路的人不堪一擊的心。我不否認，人類與非人類的事物，或許會在這個時候現身——愛搗蛋的小精靈可能會走動，敲打，顫動墨水池——男人和女人身處黑暗，可能會產生幻覺，大家都知道生病或是受傷的人也會產生幻覺。我親愛的朋友，我們全都會受到慾望矇騙，任何情況都有可能，聽見我們盼望聽到的話語，不斷在眼中或耳朵裡形成失去的事物，這種人類的感覺，幾乎是放諸四海皆準——很容易利用，因為在這種情況下人類極為緊繃，極為不穩定。

我在一星期前，也參加過一次降靈會，讓自己變得很不受歡迎，到了旁人發出嘶聲亂抓的地步——

我伸手去抓一個浮動的花圈，花圈滴水在我的眉毛上，結果發現我抓的是靈媒的手——是荷拉．雷依夫人的手。她在正常的時候，舉止莊嚴，外表福泰，她的臉色鐵青，水汪汪帶有些許黑色的眼珠下方是深色的陰影。然而，當靈魂控制住她的時候，她會又扭又叫又打，原本有人預防出事，將她的雙手握在桌子上，這時大家倏然縮回。我們坐在黑暗中——月光透過窗簾灑進來，火爐裡即將熄滅的火發出光芒——我們看到了我認為是稀鬆平常的現象，一隻手出現在桌子另一邊的上方（手相接的部分掛著長長飄逸的薄棉布），從空中掉下來溫室裡的花朵，角落裡的扶手椅向前拖行，有種具有肌肉而且必然具有溫度的東西拍打我們的膝蓋和腳踝。風將我們的頭髮吹起來，磷光飄浮，你應該可以想像得到。

我確信，我們全都讓人拿來當實驗——我不願意說是簡單的騙局——變把戲的人靠這種把戲來討生活。因此我舉起雙臂，四處亂抓亂拉，結果整個把戲全部崩塌，在地上發出紮實的鏗鏘聲，有火鉗移動的聲音，有書本和桌腳的重擊聲，還有隱藏不見的手風琴發出不和諧的音符，也有手鈴鐺的叮噹聲——這一切，我毫無疑問，一定是雷依夫人用看不見的細絲在牽動。自從我那次「迦薩功勳」之後，我就備受責難，他們認為當時有生性敏感的人因此精神崩潰，也破壞了靈魂實體，硬要我負責。我認為我當時成了瓷器店裡莽撞的大牛，四周是浮動的紗布與鏗鏘的鐃鈸與柔和的香水。就算往生的靈魂被召回，又有什麼好處？我們真的有必要白花時間，坐著眺望陰影邊緣的世界嗎？很多人提到蘇菲亞．寇崔爾的經驗，據說她曾將自己死去的嬰兒抱在膝蓋上，抱了二十五分鐘，而嬰兒的雙手同時還拍拍父親的臉頰。如果這是詐欺行為，玩弄為人之母的椎心之痛，的確可惡至極點。然而，如果不然——如果膝蓋上柔軟的重量並非小精靈或是想像之物，如果不然，看到黑暗中如此瘋狂的事物，是否仍會令我們感到噁心失格而顫抖？

不管怎麼說，這些都是騙人的把戲……

克拉波爾腦筋轉得很快。勒摩特似乎當時也在奧莉維雅．賈基的家中，要是她也在「迦薩功勳」現場的話，又怎麼樣呢？對這場降靈會的敘述，也出現在《陰影大門》，是雷依夫人自傳式的回憶錄。雷依夫人依照她的習慣，保護了客戶的姓名，對他們收到的訊息內容也隱而不談。那次降靈會有十二人出席，三人退席進入裡面的房間，接收特別訊息，是靈魂的嚮導透過雷依夫人向他們指示的。從普莉希拉・克拉波爾的信件中可以清楚看出，奧莉維雅・賈基的家中這個積極推動善行的人，在當時位於頹肯翰的家裡招來一群尋找啟蒙的女性。普莉希拉・克拉波爾和賈基夫人一直有來往，賈基夫人也不斷轉述雷依夫人出神入化的舉動，也告訴她其他活動的進展，包括慈善活動和會議，主題有精神療法、傅立葉教條、女性解放或禁止強烈飲料。

頹肯翰的這群人通稱為「處子之光」，克拉波爾認為這個名稱是成員使用的暱稱，而非具有正式意味的名稱。克莉史塔伯・勒摩特可能也加入了「處子之光」。克拉波爾當時正在趕讀勒摩特的傳記，因為接觸不到在林肯郡那些文件而受阻，也因為無法弄懂拉岡式的謎語而受到阻礙，而這些謎語表達的是女性主義的臆測。他當時那個階段不清楚勒摩特生命中有一年的時間不知去向，也不完全知道白蘭琪・葛拉佛之死的狀況。他到倫敦圖書館，那裡最上層有個書架存放了性靈書籍，藏書豐富。他想借《陰影大門》，卻已經被人捷足先登了。他也試過英國圖書館，經人禮貌指點，才知道那裡的這本書也被敵軍摧毀。他寄信到和睦尼市調借縮微膠卷，靜候回音。

詹姆士・布列克艾德可沒有克拉波爾那份閒情逸致，他仔細在倫敦圖書館的《陰影大門》中尋找線索。他一開始的時候也完全不知道克莉史塔伯・勒摩特的動向，對於勒摩特與荷拉・雷依兩人在一八六一年的任何關聯也有所不知。不過，先前喬治爵士曾拿一封信來勾引他，信中提到了雷依夫人，他有注意到，因此將艾許已知的作品，以及一八五九年那關鍵幾個月的生活記載，拿出來徹底重新讀過。他也念過一篇有關海葵的文章，無所斬獲，也注意到一八六〇年初缺乏艾許的訊息。他也重新讀過《媽咪著魔了嗎》。文中對女主角的敵意，引申為對所有女人的敵意，他總是認為反常。他現在也自問，自此之後突然冒出的不滿，找不到合理解釋，是否與艾許對克莉史塔伯・勒摩特的感情有關。或者是，當然了，對自己妻子的不滿。

《陰影大門》一書在色調上屬於濃厚的紫羅蘭色，封面上印有鍍金的樹葉以及字體的設計也以凸字來處理，上面有隻鍍金的鴿子，戴了花圈，從鑰匙孔狀的黑色空間中飛出。書裡面，有張靈媒的相片，呈橢圓形，黏在卷頭頁上，外框是普金[143]風格的拱門。相片中的婦女穿著深色裙子，坐在桌子前面，戴著沉重戒指的雙手握在大腿上，飾有小珠子的正面掛了幾條黑玉項鍊，還有沉甸甸的喪禮小盒。她的頭髮散亂在臉上，黝黑光亮，有個鷹鉤鼻，嘴巴很大。她的眼睛深陷，眉毛沉重黝黑，和艾許的說法一致，她的眼睛籠罩在陰影之中。這張臉頗富震懾力，骨架堅強，肌肉豐富。

布列克艾德翻閱簡介的資料。雷依夫人出身於約克郡家族，與貴格教派有關聯，在早期貴格教派的聚會中「看過」灰色的陌生人。在會議中，她很習慣看到細絲與催眠光產生的雲霧，在長老的頭上肩膀上亂竄。她十二歲時跟隨母親探望乞丐醫院，觀察到病人上空盤旋著濃密的雲彩，有鴿子般的灰色，或者是淡紫色的光，而且預測誰會死誰會復元時，一直都很準確。她有一次在聚會時變得恍惚起來，並且以希伯來文發表演說，而她對希伯來文一竅不通。她曾經在密室裡招起大風，也看過死去的祖母坐在床尾，微笑著唱著歌。之後，她也會拍打東西，讓桌子移動，在石板上寫字，從事私人靈媒的工作。她也在公開演說方面小有成就，題目是靈魂語言，控制她演說的人是靈魂嚮導，多半是一個紅色印第安女孩，名叫茄莉（是切若基印第安族的暱稱），另外有位靈魂嚮導姓名是威廉．莫頓，是已故的蘇格蘭籍化學教授，他在往生過程非常艱辛，因為他必須釐清自己對靈魂的懷疑態度，然後才能瞭解到自己真正的本質，瞭解到自己的使命是要幫助仍然在世的凡人，教育他們。她演說的題目有「靈魂主義與物質主義」、「肉體現形與靈光」、「站在門檻上」，也都附加在回憶錄後面。這些演講稿，撇開表面的主題不談，全都具有某種相似性——可能是受到精神恍惚的影響——與「人類語言攙雜輕微宇宙情感的原形質」有關，心靈學家波德莫爾在「死亡層次」的風格中，在另

143 普金（Northmore Pugin, 1812-52），英國建築師。

一個受到感召的演說者的情緒中，也發現了這種現象。

艾許的「迦薩功勳」讓她非常憤怒，無法原諒他，怒氣的強度很不尋常。

有時候，你可能會聽到一個樂觀向上的人說：「有我在場，靈魂永遠無法顯靈。」非常有可能——的確非常有可能！然而，不應該拿來吹噓才對。如果是事實的話，這樣的事實幾乎可稱得上讓人顏面無光。如果能如此篤定，如果對這種力量保持懷疑，如果有能力抵擋住出殼靈魂的影響力，當然不是這個人的功勞。樂觀向上的心智，進入了降靈會或是魔法圈中，調查靈魂真偽，就如同在沒有必要的時候將一道光線引進攝影師的暗房的做法一樣。不然就像是從地底下挖出種子，看看有沒有發芽一樣。不然就像是在大自然的過程中粗暴予以干涉一樣。

樂觀向上的人大可以說：「靈魂能在黑暗中現身，為什麼不能在光天化日之下出現？」莫頓教授的回答是，我們看到有多少自然過程受到光與影的波動。沒有陽光，植物的葉子無法產生「氧氣」，德瑞普教授最近也展示了不同光線分解碳的相對能力，通過光譜時顯現出如下的顏色：黃色、綠色、橙色、紅色、藍色、靛色、紫色。現在，靈魂很穩定地指出，現身的最佳條件是在光譜的藍、靛、紫那一端。如果降靈會能從稜鏡中產生紫色光線，我們或許可以看到奇景。我發現到，如果在燈籠之上放出少量靛色光芒，透過一片厚玻璃，最能讓靈魂自由發揮奇蹟，能帶給我們具體的禮物，或者是讓它們自己具有空氣狀的形體，維持一段時間，組成的成分是靈媒用的物質，以及房間裡面的氣體與固體。它們無法在強烈的光線下顯靈，過去幾世紀所做過的實驗也已經證明這一點。鬼魂不是出現在黃昏時刻，不是由凱爾特人在他們所謂的黑色月分與亡魂的使者來見面嗎？

現在，樂觀向上的心智通常會帶來催眠之火的雲彩，顏色是很令人不舒服的紅色或黃色，又灼熱又憤怒，靈媒與任何其他敏感的人都能察覺到。這樣的人，也可能散發出一種寒冷的感覺——如同雪靈

（Jack Frost）手指發射出的冷光——能夠穿透大氣，阻擋靈氣氛圍，或是防止靈魂體聚集。這種冰冷的形體在我肺臟重擊一下，讓我感受到了，而我的表皮甚至還沒有察覺出來它們的存在。所有的滲透動作都停止，結果是產生不出靈魂現身的氣氛。

這種人在場時，對微妙的通靈行為所造成的影響，最嚴重的例子是藍道弗．艾許，這位詩人以自以為是的行為，破壞了我在奧莉維雅．賈基家中舉行的降靈會，那段時間有群感覺敏銳得出奇的女人處子之光，聚集在她家中，為的是持續追尋靈魂真理。賈基小姐的房子稱為紫杉居，很漂亮，位於頹肯翰，附近有河流，有很多神奇的事情發生在此，有很多活人與亡魂在此聚集，有很多神蹟，很多高度慰藉人心的聲音與話語。從水中跳出來的四大元素，在她的草坪上玩耍，傍晚時分可以在窗戶前面聽見它們嬉笑的聲音。她的賓客向來都是有頭有臉的男士與女士：立頓爵士、卓洛普先生、寇崔爾爵士與女士，克莉史塔伯．勒摩特小姐、卡本特博士、狄摩根夫人、納索一世夫人。

在我提到的那個日子，我們與靈魂和嚮導進行一連串的意義深遠的對話，也蒙靈魂獻給我們許多奇蹟。我後來知道，應該是立頓爵士告訴我的，他說艾許先生非常希望能參加降靈會。我提出異議——因為如果一群人在一起已經能產生作用，加入外人通常會擾亂平衡——他告訴我，艾許先生親友最近遭逢不幸，極為需要精神上的慰藉與安撫。我還是抱著懷疑的態度，不過在對方強力要求下，我還是答應了。他提出一個條件，要求艾許先生的身分不能在事先讓大家知道，也不能讓人知道他出席的目的，這樣一來，他說，艾許先生就無法侵犯到這群人的自然性。我答應了他的條件。

艾許先生一進到賈基小姐的接待室，我立刻感受到一陣懷疑的冷風，迎面撲來，感覺到喉嚨裡有種濃霧，讓我喘不過氣來，這樣的說法一點也不過分。賈基小姐問我是不是不舒服，我說我認為有陣寒意襲來。艾許先生很緊張地和我握手，被他一碰，他手上的電流讓我看清了他矛盾的一面——在他懷疑的冰霜之下，燃燒著性靈的敏感度，也埋藏了不尋常的力量。他以歡娛的口氣對我說：「將靈魂從無盡深處中召喚出來的，就是妳嗎？」我告訴他：「你不應該嘲諷才對。我沒有召喚靈魂的力量。我只是它們的工具而已；它們透過我發言，講不講話，都隨它們高興，和我高不高興無關。」他說：「靈魂也會對我講話，是透過語言的媒介來溝通。」

他四處觀望，神態緊張，沒有對在場人士發表意見。在場人士包括我在內，共有七名女士和四名紳士。所有處子之光的成員都出席，和先前的降靈會一樣，有賈基小姐、尼夫小姐、勒摩特小姐，以及佛利夫人。

我們圍坐在幾近全暗的桌子前，和我們習慣的做法一樣。艾許先生並沒有坐在我身旁，而是坐在我身邊那位紳士的右手邊。和我們習慣的做法一樣，我們全都緊握著手。我仍然感覺到肺臟與喉嚨中有種冰冷的重量，忍不住一直咳嗽，賈基還因此問我是不是生病了。我說，我已經準備好了，看看靈魂是否願意發言，不過我擔心，它們可能不願意，因為這裡的氣氛不甚友善。經過一段時間，我感覺到一陣可怕的寒意爬上雙腳，我的身體也開始劇烈顫動。在一陣噁心與暈眩之後，有很多次進入出神狀態，而在出神之前，感覺如同在搖擺的狀態下接近死亡，我右手邊的瑞特先生表示，我可憐的雙手和石頭一樣冰冷。接下來有關那場降靈會的事情，我再也記不起來，不過賈基小姐做了筆記，我以下據實登錄：

雷依夫人全身振動，有個陌生沙啞的聲音大聲說：「別逼我。」我們問，你是不是茄莉，對方說：「不是，不是，她不會來。」我們再問它是誰，對方說「無名氏」，然後發出怪笑。尼夫小姐說，在開我們玩笑的，一定是尚未開化的靈魂。隨後傳來一陣劇烈的碎裂聲和敲擊聲，我們當中有幾個人都覺得裙子被掀起，靈魂用手拍打我們的膝蓋。佛利夫人問她的小女兒艾德琳是否在場。怪聲大叫：「哪來的小孩。」然後接著說，「好奇心殺死九命貓」以及其他無聊的句子。在笑聲中，雷依夫人旁邊的桌子裡拋出一本很大的書，從房間一邊拋向另一邊。

尼夫小姐說，可能是房間裡具有敵意。在場另一位女士，先前從來沒有展現出任何靈媒的技巧，卻開始又哭又笑，用德文大叫「靈魂永遠都以否定句回答問題。」有個聲音透過雷依夫人說：「記住那些石頭。」在場有人大叫：「你在哪裡？」我們全都聽到的答案是流水和波浪的聲音，清晰得令人稱奇。我問，目前是否有哪位靈魂，希望和我們之一進行對話。靈魂透過雷依夫人回答說沒錯，在場有位靈魂很難讓大家認識，如果靈媒說話時，任何人覺得是針對自己，就要跟靈媒進入裡面的房間，這樣靈魂才有可能開口。正當她在傳達的時候，有個甜美得出奇的聲音說：「我帶來了和解的禮物，」大家看到一隻白手在桌子上空飄浮，拉著一個神奇的白色花圈，上面的露珠還在，花圈周遭圍繞著一圈銀色光芒。靈媒慢慢起身，走進裡面的房間，有兩位女士深受感動，感動得啜泣起來，也起身跟著她進去，這時艾許先生大聲說：「噢，你們逃不過我的，」然後對著空中一抓，大叫「燈光！燈光！」靈媒暈死過去，另一位女士也往後跌進椅子裡，燈光亮起時，大家很快就發現她已經不省人事。艾許先生抓住靈媒的手腕，他宣稱是靈媒用手在傳送花圈，然而從花圈落下的地點來看，從大家發現這位「紳士」和靈媒坐的地方來看，他的說法令人不解。

如今這裡混亂一片，具有相當程度的危險，全都是因為艾許先生衝動又具有毀滅性的行為造成的。有兩人因為纖柔的心智受到干擾——我自己以及另一位女士，她在這些狂亂的局面中首度經歷到出神狀態。一個脫離肉體的心靈正以英勇大膽的態度，嘗試**顯現出實體**，進入一個新而實驗性的形體，艾許這位詩人對自己的行為可能造成的傷害相當無知。根據賈基小姐的紀錄，我臉色鐵青冰冷躺著，發出深沉的呻吟聲。詩人這個時候蠢上加蠢，放開我的手腕，衝向另一位女士身邊，抓住她的肩膀，儘管其他處子之光的成員很緊急地警告他，一個人入迷三分，如果搖醒的話，可能會有危險。他們告訴我，他以無法控制又狂亂的口氣大吼：「小孩在哪裡？告訴我，他們究竟把小孩怎麼樣了？」我當時以為艾許先生是在詢問他自己往生的小孩的靈魂，不過有人告訴我，實際情形恐怕並非如此，因為艾許先生膝下猶虛。這個時候，有個聲音透過我的嘴唇講話，說：「這些石頭是誰的？」

另一位女士變得非常不舒服，臉色非常蒼白，呼吸變得很不規則，脈搏虛弱不正常。賈基小姐要求艾許先生離席，艾許先生拒絕離開，只說他希望求得答案，說他是被人「尋開心」。這個時候我清醒過來，看到他；他看起來極為可怖，失去了控制，眉毛上青筋暴突，表情有如雷電交加。他的四周盡是火紅沉悶的光線，具有敵意的能量發出嘶嘶聲。

他這時在我眼中看來，像是個惡魔，我虛弱地要求他離去。同一時間，兩位處子之光的成員將不省人事的朋友抬走。整整兩天，這位女士**都沒有恢復意識**，讓我們這群人心急如焚，她最後總算清醒過來時，似乎無法開口講話，也不願意吃喝，顯然是當時發生行為過於可怕，她纖弱的體質承受不住。

儘管如此，艾許先生還是自顧自地和幾個人溝通，說他察覺到降靈會「做假」，他說他是以旁觀者的角色來觀察到的。他說的話其實和實情有很大一段距離，相差太多，我希望賈基小姐的敘述以及我自己的說法都能作為見證。他後來寫了一首詩《媽咪著魔了嗎》，指桑罵槐的功夫很高明，社會大眾將他視為**理性**的支持者，對抗壞人壞事。我想，我們大概不得不這麼說，由於相信真理而遭到迫害的人有福了，然而，再也沒有什麼比**間接惡意**來得更令人難以忍受，這種惡意，我確定必然是從無能為力的失望中產生的，因為艾許先生整個態度就像是一個**尋求真理的人**，受到自己樂觀向上態度的背叛，進而對他接收到的任何溝通方式產生挫折感。

至於我個人的痛苦，以及另一位吃苦受難的女士，他一點也不在意，一點關心的念頭都沒有閃過他的腦海！

對艾許和勒摩特之間書信往來可能會感到關心的所有機構，布列克艾德能想出名字的，全都寫信過去通知了。他也遊說了藝術品輸出評議委員會，要求進見藝術部長，結果只和一位公職人員交談，他態度咄咄逼人又不完全紳士，說部長全然得知了這項發現的重要性，卻不認為有必要因此干涉市場運作力。或許有可能從國家遺產信託中撥出一小筆款項。有人認為，布列克艾德教授可能是想從私人贊助或是公開募款來募集相等資金。如果將這些古老信件保留在國內，真的對本國有所利益，這位年輕公僕露出狡詐的微笑，稍微顯出張牙舞爪的模樣，似乎是想這麼說，那麼市場力量會保證，即使國家沒有進行任何人為的協助，信件也能保留在國內。

他一面帶著布列克艾德走到電梯，走過的走廊具有微微的球芽甘藍和黑板板擦的氣味，像是被遺忘的學校，一面補充說，他在高中的時候要念艾許，卻一直無法看出道理何在。「你不覺得嗎？那些維多利亞時代的詩人都是這樣，都把自己當作是多了不起的人物？」他邊說邊按下電梯按鈕，從深處召喚電梯上來。電梯一路吱喳作響升上來時，布列克艾德說：「人類做得出來的事當中，把自己當作是了不起的人物，又不是最可惡的一種。」「很自以為是，你不覺得嗎？」年輕人回嘴，態度圓滑，無動於衷，將布列克艾德教授關進電梯箱子裡。

布列克艾德一直埋首苦讀《媽咪著魔了嗎》與荷拉．雷依的回憶錄，這時心情沉悶，覺得市場力量都是看不見的風，都是具催眠作用的電流，和任何被「艾許迦薩功勳」打斷的勢力一樣狂野無可預測。他也感覺到，莫爾特模．克拉波爾能直接接觸到的市場力量，大過自己的力量無限倍，他能直接接觸到博物館較底層的部分。他也聽說過克拉波爾講道似的演說，就是在宣揚市場力量。他有氣無力思考著自己下一個動作，這時有個電視記者打電話來，她的名字是舒西拉．帕提爾，在深夜新聞分析節目《深度探究事件》中，偶爾會有五分鐘的亮相時間。帕提爾的立場與克拉波爾相左，因為克拉波爾代表的是資本家和文化帝國主義。她到處詢問。有人告訴她，要找專家上節目，就要找詹姆士．布列克艾德。

一開始的時候，布列克艾德想到，能拉到電視在背後撐腰，不禁興奮起來，表面鎮定，實際上卻非常激動。他並不是習慣上廣電媒體的學者；他從來沒有在學術期刊之外發表過評論，也沒有上過電台節目。他寫了一疊疊的筆記，彷彿是在寫會議論文，針對艾許，針對勒摩特，針對全國藝術珍藏，針對這些信件的發現對《偉大的腹語大師》中錯誤的詮釋會產生的影響。他沒有想到應該問一下，是否克拉波爾本人也會出席；他想像中的廣播，是像一場短講那樣的演說。隨著時間越來越逼近，他開始感到憂心，心中起了一陣寒意。

他看電視，觀察政治人物、外科醫生、策劃人以及警察，被充滿敵意的訪談人峻然打斷，大聲插嘴。他晚上會因為做惡夢驚醒過來，夢見臨時有人通知他要參加期末考，考題是他從來沒有看過的，有關大英國協文學，以及後德希達（post-Derrida）學者的非詮釋（non-interpretation）策略，或是夢到有人以機關槍式口氣問他，如果藍道弗．艾許在世，他對於社會保險預算刪減、布理克斯頓暴動事件，以及臭氧層破洞等等問題會有何看法。

電視台派賓士車來接他，司機操著貴族口音，臉上表情好像很怕布列克艾德的防水外套會弄髒乾淨的坐墊。等到布列克艾德抵達如同養兔場的隔間辦公室，這裡灰塵密布，到處是情緒激動的年輕女士，兩者間的落差讓他一時之間不知所措。他興致勃勃坐在地毯絨毛的單人圓背沙發，是一九五〇年代中葉的產品，他盯著飲水機看，抓著一本《牛津標準艾許》。有人端給他塑膠杯，裡面的茶水很難喝，請他等帕提爾小姐。她終於到了，拿著一個夾了黃紙的夾板，坐在他身邊。她極為美麗，骨架優美，如絲的黑髮綁了一個複雜的結，脖子裝飾著細細的銀色加土耳其藍的項鍊。她穿著孔雀藍的印度紗麗，以銀色花朵點綴，身上的氣味有點微微的異國風情，檀香，肉桂？

她對著布列克艾德微微一笑，簡短地讓他覺得完全受歡迎，完全被看重。然後她變得一板一眼，取出筆記說：

「藍道弗．亨利．艾許有什麼重要性？」

布列克艾德對自己一生的作品有種不甚連貫的觀點，有時在這邊畫下一條細線限制自己，有時在那邊對自己開點哲學意味的笑話，感覺到很多人交織而成的思想形狀，卻無一能直接形諸文字。他說：

「他瞭解十九世紀的人喪失了宗教信仰。他寫了歷史——他瞭解歷史——開發的這種新觀念，對人類的時間觀念產生了影響，他也看出來了。他是英詩傳統裡的中心人物。如果不瞭解艾許，就無法瞭解二十世紀。」

帕提爾小姐表情是一頭霧水，表現得卻很有禮貌。她說：「老實說，我在做這則報導之前，從來沒有聽過他的大名。我念大學時修過一門文學課，但是上的都是現代美國文學以及後殖民時代的英國。好吧，請你告訴我，為什麼現代人還有必要看重藍道弗・亨利・艾許？」

「如果現代人對歷史還有一絲絲關心的話——」

「**英國**歷史——」

「不只是英國歷史。他寫的詩有關猶太人歷史、羅馬史、義大利史、德國史以及史前時代，當然也有英國史——」

為什麼現代英國人必須一直道歉個不停？

「他想瞭解任何一個時代的個人，如何看待自己人生的狀態——觀點可以從信念到柴米油鹽——」

「個人主義。我懂了。好吧，我們為什麼應該把他的信件留在國內？」

「因為留在國內的話，可能有助於瞭解他的想法——我看過了其中幾封——他寫了關於《聖經》裡的痲瘋乞丐拿撒勒的故事——他對拿撒勒很感興趣——也寫了研究大自然的觀感，以及開發生物體——」

「拿撒勒。」帕提爾小姐覆誦，不帶感情。

布列克艾德看著光線不足、顏色像粥的小隔間，眼神相當狂亂。他快得密室恐懼症了。如果要用一句話為艾許發表看法，他不是適合的人選。他無法抽離艾許，無法看出還有什麼別人不知道的地方。帕提爾小姐看起來有點意志消沉。她說：「我們有時間可以回答三個問題，然後以一個簡短的問題來結束專訪。這樣好了，我就問你藍道弗・艾許對我們目前社會的重要性，你覺得怎樣？」

布列克艾德聽見自己說：「他的想法很周密，不會倉促做出決定。他相信知識很重要——」

「對不起，我沒聽懂——」

門打開了。一個聲音響亮的女人說：「我幫妳找來另一個受訪者。就是這個，對不對？這就是《深度探訪事件》的最後一個。這位是李奧諾拉・史鄧教授。」

李奧諾拉衣著輝煌俗麗，穿了鮮紅色的絲質上衣和長褲，微微顯出東方風情，微微顯出祕魯格調，長褲的邊緣織上了彩虹色。她的黑髮放到肩膀上，手腕和耳朵以及看得見的胸部都掛滿了黃金的太陽和星星。她站在飲水機旁邊的小地方，綻放光芒，發散出陣陣濃郁的麝香味。

「我猜你應該認識史鄧教授。」帕提爾說。「她是研究克莉史塔伯．勒摩特的專家。」

「我借住在茉德．貝力的公寓。」李奧諾拉說。「他們打電話找她，結果找到我，事情經過就是這樣。我很高興認識你，教授。我們有東西要討論一下。」

「我剛剛才向布列克艾德教授請教了幾個有關藍道弗．艾許的重要性的問題。」帕提爾小姐說。「關於克莉史塔伯．勒摩特，我想請教妳相同的問題。」

「盡量問吧。」李奧諾拉很大方地說。

布列克艾德看著她，心中很不是滋味，夾雜了對她技術性的仰慕，對她單純的畏懼，看著她為勒摩特構築了令人回味無窮的拇指大的迷你肖像。未受重視的偉大詩人、眼光敏銳、筆鋒銳利的小女子，對女性情慾、女同性戀的情慾、對小事情的重要性等等，都能做出重大而堅定的分析。「很好。」帕提爾說。「太好了，這個發現非常重大，對不對？我最後會問妳，這項發現的重要性何在——現在別回答。現在該去上妝了，時間快到了。半小時之後攝影棚見。」

布列克艾德被留下來和李奧諾拉獨處，心裡七上八下。李奧諾拉在他身邊用力坐下，大腿碰到他的腿，從他手上拿去艾許的書，連個請字都沒說。

「大概現在惡補一下比較好吧。我從來對藍道弗．艾許都不是很有興趣。太陽剛了。太冗長了。老式——」

「不對。」

「顯然是不對。我跟你講啊，這一切公開之後，我們很多人都要被迫收回自己以前的說法，多到一牛車都載不完。我應該把這本書擺一邊才對，教授。我猜我們只有**三分鐘**的時間可以發言，對貪婪的社會大眾表示這項發現的重要性，沒有加上註解。你啊，應該把你的艾許先生刻劃成這附近最有價值的房地產，應該直搗觀眾的黃龍才對，教授。讓觀眾大叫。想想看你想說什麼，然後那個美眉想叫你講什麼，你照講就是了。如果我講的話你懂——」

「我懂，我——知道妳的意思。」

「輪到你發言時，講最要緊的一個東西，一言定江山啊，教授。」

「我知道。嗯。一個東西——」

「有價值的東西，教授。」

上妝時，布列克艾德和李奧諾拉緊挨著對方，靠在躺椅上。他接受粉撲和粉刷的洗禮，心裡想的是殯儀業者的手，看著眼睛四周如灰色蜘蛛網的小細紋，在蜜思佛陀粉餅著實一刷後，全都不見了。李奧諾拉的頭往後仰，不過嘴巴卻沒有閉上，繼續以漠不關心的口氣對他和化妝小姐講話。

「眼皮邊緣，我想多上點顏色——再多加一點，我可以接受。我的五官很明顯，顏色也很分明，畫那麼多沒有問題——我是說啊，教授，你和我已經好好坐下來談談。我猜你和我一樣很急著想知道茉德・貝力上哪裡去了，對不對啊？太好了，眉毛下面，畫一點那種雷電黑粉紅怎樣——還有，我要的口紅顏色是那種殺人紅，對了，我包包裡面有，現在啊，體液交流，不小心一點不行，用妳畫得出來最好的方式，那還用說——我是說啊，教授，或者是我剛剛沒說的是，茉德這個小女生跑哪裡去，我很清楚——你的研究員也跟她跑了——是我指點給她方向的——小姐，你們有沒有那種金屬亮彩，可以搽這邊一點，那邊也來一點，我想在電視螢幕上閃過一道出奇光芒，表示學術界總算出頭天了……教授啊，我現在牙齒和爪子都是紅色的，不過你鎮定一點，我要抓的人不是**你**。我是想突襲克莉史塔伯，然後在那個狗雜種莫爾特模・克拉波爾的肚子上海扁一頓。他啊，不但認為克莉史塔伯擋到他的路，還威脅要告我的好朋友毀謗，他還真的去告了。我猜啊，做了這些動作，讓他顯得有點傻乎乎的。」

「不盡然。這種事很常見。」

「如果你想保留那些信件的話，你最好說那種事讓他顯得很笨。」

帕提爾坐在兩位來賓之間，面帶微笑。布列克艾德看著攝影機，感覺就像一個灰頭土臉的酒保。身上盡是灰色粉塵，在灼熱的燈光下，坐在兩隻孔雀中間，孔雀臉上也盡是粉塵──連聞都聞得到。上鏡頭之前的這段時間感覺像一世紀那麼久，然後突然間，他們像是參加短跑競賽，講話要講得飛快，突然間又靜了下來。剛才講過什麼，他只能回想起一小部分。這兩個女人有如顏色誇張的鸚鵡，談論著女性情慾以及情慾受到壓抑時的象徵，講到仙怪曼露西娜以及女性的危險，講到勒摩特以及地下情，提到克莉史塔伯可能愛上男人時，李奧諾拉似乎大吃一驚。

他自己的聲音說：「藍道弗．亨利．艾許是英文情詩作家中相當偉大的一位。《艾斯克給安珀勒》這首詩，真正表達出熱切的性慾，很了不起。大家都不太清楚，這些詩的對象是誰。依我的看法，標準版的傳記中所做的解釋，總是顯得說服力不夠，顯得很蠢。現在我們終於知道他的情詩對象是誰──我們發現了艾許的地下夫人。學者夢寐以求的，就是做出這種發現。這些信件非保留在國內不可──是我們國家歷史的一部分。」

帕提爾說：「史鄧教授，妳不會同意吧？因為妳是美國人。」

李奧諾拉說：「我認為那些信應該保存在英國圖書館中。我們還是能接觸到縮微膠卷和影印，留不留在英國只是感情問題而已。我希望克莉史塔伯能在自己的祖國得到尊重，也希望在座的布列克艾德教授能全權保管信件，因為他是目前最有成就的艾許學者。我不貪心，我只想要有機會在信件公開時，能寫出最佳的評論。我很高興向大家宣布，文化帝國主義的時代已經結束了……」

訪問結束後，李奧諾拉抓住他的手臂。「我請你喝一杯。」她說。「我猜啊，你需要喝一杯。我也是。你表現得不錯嘛，教授，比我想像的還好。」

「還是多虧妳的影響。」布列克艾德說。「我的說法誇張拙劣，我向妳道歉，史鄧博士。我不是故意要暗示妳的影響讓我講得誇張拙劣，我的意思是妳影響了我，讓我能夠講清楚**自己的想法**——」

「我知道你的意思啦。我打賭你喜歡喝麥芽威士忌。你是蘇格蘭人。」

他們來到一間昏暗的啤酒吧，李奧諾拉在裡面亮得像棵耶誕樹。

「現在，我來告訴你，我認為茉德．貝力就在……」

第二十一章

媽咪著魔了嗎

看，潔若丁，細看這些寶石
我在絨布上伸出手——
靠近一點，小朋友，如果妳願學習占卜術
學習解讀我戒指上的象形文字！
看到沒有，石頭在乳白肌膚上閃耀的模樣——
綠寶石與翡翠與綠石髓——
貴族男女的禮物，我重視
重視的不是價值，而是神祕感
是大地之母微妙無言的話語。

妳的雙手和我一樣，柔緻白皙。
我撫摸妳的手指，靜電火花
在我們皮膚之間蹦出——感覺到了嗎？那就好。現在看看
寶石上的光線閃動，看看
是否顯出任何影像

或許有張神祕的臉孔，徹底煥發出
飄浮的光彩，
或者可能顯現出上帝非人間的慾望果園
當中的交纏樹枝。
妳看見的是什麼？是光線交織成的蜘蛛網嗎？
好的開始。很快線條就會形成
靈魂世界顯靈的景象。
光線是我們頭腦中的才智，只有在此
才能理解到其力量，在這些
金光閃爍的珠寶裡，我們可以說
玫瑰色或藍寶石的藍或是翡翠如何穩定閃耀，
或是讓所有光明色彩亮眼的物體
在阿拉伯鳥的喉嚨上閃閃發光，
而在此，在較舒緩的空氣中，她的頸項灰白，
或在極地真空中顯出亮麗的白色。
寶石如此在上帝的庭園中說話、閃亮。
在此，我們可以讀出寶石的靜默，或是
以俗世光塊占卜出永恆形體。
拾起水晶球，可愛的潔若丁。
盯著球體看。觀察左右

上下顛倒的樣子
在水晶球深處有個晶亮的空間
如同被水淹沒的世界，火苗由上而下竄出，
整個房間具體而微，一切顛倒。
仔細看，妳會看到一切
都在靈魂視界的薄紗下移動，看看
不在**此地**，而是來自陰陽兩界邊緣的事物。
我的臉孔也顛倒，沐浴在玫瑰色的棕櫚葉中
彷彿在她的岩石洞穴中，海葵
那海之銀蓮花散放出雲霧
放出隱藏在內的光環，具有催眠魔力——
在我的臉孔之後，妳會看見其他形體
在其他光線中，悠遊進入眼簾中，
妳會看到的，我發誓。只要耐心靜候。
這份魔力時有時無，生命火花
在靈媒心中燃起，為喜愛到靈界冒險的朋友
點亮通靈管道，
如同鬼火般跳躍、熄滅
或如同沼澤光一樣忽明忽暗。
我召喚妳過來是想教導妳一些事情。

大家都同意，妳做了很好的開始。
上週日的入定深沉絕對。
我抱住妳暈眩的身體，靠在我胸口
靈魂推擠妳的美唇
說出靈魂單純安慰的話語，儘管靈魂惡意
強迫妳說出一些話，以妳的純真本性
在清醒時刻絕不可能想到或說出。
對這些靈魂，我大喊「退下！」
擊退它們，耳際聽見
靈魂以鐘聲般的嗓音歌唱
訴說妳是雀屏中選的水晶杯
是它們晶瑩明亮的容器，連我
用盡所有疲憊的智慧，都可能大喝一口
神力之液，以甜美的滋味提振精神。

我的用意是，現在我選擇妳來
與我主持降靈會，妳是我的可愛合作夥伴，
現在是我的助手，未來，
說不定妳自己也能看穿神力。

妳認識今晚要來的女士。

男爵夫人心情鬱悶。她哀悼著
一條胖哈巴狗，以前在原野上耍鬧，
在更遠的鮮花原野上，可以聽見滿足的吠叫聲。
當心轟姆先生。他是法官，
心中習慣懷疑的惡鬼
揮之不去，安眠時，
看見或聽見任何異狀
立即抬起頭來。
最具潛力的——以靈界術語來說——
最心痛的、最難過的人，要屬年輕的
克雷果夫伯爵夫人，她失去了小孩，
她的獨生子，就在一年前，當時他
還只不過是兩歲大牙牙學語的嬰孩
於夏日旅遊期間發高燒遭病魔毒手。
他小小的聲音聽起來支離破碎——
他說，他會製作萬世不朽的雛菊花圈
在豐美的草地上——然而她一再啜泣，
不聽安慰，隨身攜帶他的一綹金髮
在他身體冰冷歇息時，從大理石般的額頭剪下。
她最期盼的是撫摸他的手，
親吻他的小脖子，知道他現在和過去

都沒有落在混亂之神與黑暗之神手中。
我告訴妳這件事是因為——我告訴妳——
最後告訴妳，因為我必須
勉強解釋靈魂對我們說話時，
送出的不規則訊號與禮物
偶爾以視覺和觸覺的方式呈現
以及冥界的聽覺，以我們本身的——
怎麼說才好？——顯靈方式，
以虛構的手法來展現它們所謂的真理。

有時候，沒錯，我們的訪客會敲響鈴鐺，
火光在室內跳躍，天上之手
碰觸到凡人肉身。有時候出現了物體顯形——
一杯杯美酒，或是香味撲鼻的花圈，
或是來自深海猛夾不停的龍蝦。
有時候神力失靈無效。
然而在這些沉悶的時刻，我痛楚的身體
只是一塊塊肉，無法發出聲音——
尋求指示的人，焦急聚集過來，
憂慮與悲慟無法平息，懷疑的態度亦然——
我曾請教過靈魂，它們教導我

想辦法幫助他人，臨場反應
展現出神祕，替代神祕
藉此來安慰傷心人，藉機混淆
以可見的證據來駁倒不信邪之野人。

白手套與薄紗線移動，令人稱奇
如同脫離身體的雙手一般；天使花環
從吊燈上以極細之線垂掛而下。
一位靈媒有這樣的能耐，親愛的，
兩位就能合作，改進的空間無限。
妳的體形如仙女般纖細，親愛的，
能不能在一瞬間溜進兩道簾幕之中？
妳穿著小羊皮的小手，也能
以挑逗的手法，撥動抱有懷疑態度的男子膝蓋
或是拉動蓬裙，或是摸摸鬍子
灑點健康的香水，妳的小手辦得到嗎？

妳說什麼？妳不喜歡撒謊？
我希望妳記得妳的現在
和過去，一個漂亮的下女，
美貌不討女主人歡心

或是因為對年輕男主人投以熱切注目禮。
我問妳，當時是誰幫助妳，給妳一個家
給妳一個家基本的舒適、麵包與衣物，
發掘出妳未經發現的天分
縱容妳，將妳的熱情
活用在靈魂和獲利上。
妳很感激？我想也應該。那麼，
就讓感激之心打開大門通往信任！

我們小小的騙局是一種形式的藝術
有簡單之處，也有高難度的地方
女人揮霍在蠟像娃娃身上的技巧與慾望，
男人省下來製造天使的大理石像，
女人在卑微坐墊上縫了鮮艷花叢，
男人則發揮在油畫上，掛在牆上供人仰慕
掛在公爵的大廳或都市裡的藝廊。
妳說這種靈魂的**布局**是謊言。
我說這是藝術手法的發揮，簡稱為藝術，
是一則故事、一篇小說，裡面或能隱含真理
如同神話故事一樣，連在聖經裡都不例外。

考慮一下。藝術品都有媒介——
有花腔、有蛋彩、有石材。
透過顏料的媒介，永恆之母的理想形象顯露出來
（只是擔任模特兒的人，或許只是某個沒用的女僕
不會比她本身更好，我們可以這樣猜測）。
透過語言的媒介，偉大的詩人
讓理想事物維持固定，正如碧翠絲
仍對我們傾訴，而但丁的肉身卻已化為塵土。
因此透過這個可憐肉身的媒介
以汗水和呻吟、暈眩與哭喊
表達出獸性的苦悶，最神聖的靈魂
也會在坐著等的人面前現身。
透過相同一具肉身，它們要求那些技巧用來
點燃磷光火柴，綁牢細線
或是從地毯上抬起沉重的椅子。

靈魂利用空氣編織給它們肉身和長袍，
利用空氣，也利用我較低俗的呼吸
以我溫暖的吻輕輕擦過妳的額頭——
如果有天晚上它們不來，也不編織——
妳和我就可以讓大家感覺到它們的動作

以輕妙的手指和相同的呼吸
舉起肉身較具實體的薄紗……
妳聽懂了嗎？

有天晚上，笛子充滿了靈魂氣息
甜美得令人暈眩。隔天，我的氣息，或是妳的氣息，
在它們調教之下，須將其聲音具體化。
既然它們忘記吹笛，音符
相同的音符仍引發相同的歎息
甜蜜悔恨的歎息，期待未來還有更甜蜜的希望——
藝術道出真理，可愛的姑娘，只不過藝術女神說的故事
搬上法庭時全為謊言，在化學家的實驗瓶中亦然——
為了道出靈魂的真理，我們不得不動用藝術手法
而我們的確受過靈魂的調教，妳懂了嗎？

別用妳那對美麗的大眼睛盯著我看
充滿了疑問，淚光閃爍。
喝下這杯真心的野花酒——
心情會平靜下來——靠過來——鎮定一下
直盯著我的雙眼，手放在我的手裡，
感覺我們一同呼吸。好了。我第一次

對妳催眠時，妳青春的靈魂對我開啟，如同晨花
對著和煦的朝陽打開花苞，我當時就知道
妳已經不是原來的妳，是一個
對我神力有所反應的靈魂，也易受控制。
往上仔細看我的眼睛，我說。妳看到了
一名善良婦女的愛，或是不管靈魂之主在我眼中顯示什麼，親愛的。
毫無畏懼接受影響。現在開始昏昏欲睡
讓脈搏平靜下來，我力氣較大的手臂
支撐住妳柔軟的身體。在此，潔若丁。
我的愛對妳好到五體投地。

妳難道不知道，我們女人沒有神力
在這個冷漠的物質世界裡，理性宰制一切，
一切都經過測量，都以機械化進行？
在物質世界裡，我們都是家財、美觀廉價品、動產，
是鎖在花瓶中的鮮花，根全被切斷，
只能亮麗一天，然後凋零。但是妳知道嗎，
在這個祕密房間裡，四周掛上窗簾
以最模糊的輕柔，四處點著微弱燭光
閃爍晶亮，所有形狀
模糊不清，所有聲音曖昧不明，

在此，我們擁有神力，在此
無形神力的不理性與直覺
對著我們女人的神經發言，具有電力的線頭
聚集起來，傳譯轉達
無形神力與看不見的意志。
這是**我們**反面的世界，看不見、
聽不到、摸不著、無拘無束的東西，
全都對**我們**開口，透過**我們**來發言——聽見的人是我們，
我們的天性接收到它們令人毛骨悚然的力量。
進來這個反面世界吧，潔若丁，
這裡的力量往上游動，如同在玻璃球裡一樣，
左邊變成右邊，時鐘以逆時針方向走，
女人坐在寶座上，身穿長袍，
芬芳玫瑰的花環與后冠，
頭髮中的珠寶，纏絲瑪瑙，
月長石與紅寶石與珍珠，
皇家寶石，在此我們全是女祭司
權力強大的女皇，所有人都聽命行事。

所有的魔術師都會耍詭計。我們和所有的高僧比較起來，
沒有比較高尚，也沒有比較低級。

高僧為信眾舉行彌撒，表演
出煙火與魔法，閃亮著天堂的象徵符號
令駑鈍凡人的眼睛一亮
駑鈍的人無法從我們言語中理解意義。
妳現在比較平靜了。這樣才好。這樣才好。
我用戴著戒指的手
撫摸妳手臂上的青筋，
力量從我身上流向妳。妳感覺到
好處。妳平靜下來了。相當平靜。

妳自稱是我的奴隸。其實不然，親愛的。
避免過度虛飾的辭藻或語氣
如果妳想在這個新的領域品嚐成功滋味的話。
妳是我的學生，也是我親愛親愛的朋友，
說不定，妳會成為席必拉．希爾特的接班人，
但是現在妳必須端莊謹慎，
對女士們表現謙恭之意，
對粗魯男性溫柔相待，端茶水
微笑、傾聽，因為我們需要知道
他們在閒談中無意間透露出的線索。

在此，妳也看到了，紗布藏起來，在此，
鮮花可以落下，在此，手套
準備憑空飛過。

我需要妳的協助，幫我應付克雷果夫女士。
她想念兒子，希望能感受到他觸摸的感覺，
也想抓住他細小的手指，想得幾乎發狂。如果房間陰暗——
妳偷偷進來——就這樣——將手肘放在——就這樣——
短暫地——碰碰她的臉頰——妳的手指
極為細緻柔嫩。
妳說什麼來著？怎麼會傷到她的心？
她願意相信，很好，我們略施小計
親切宜人的騙局，好上加好，
在無害的情況下行善。
這裡有簇頭髮——是下女的頭髮——
和她兒子金髮的顏色一樣，也同樣細柔——
在最適當的時機讓頭髮落下
妳瞭解我的意思——落在她的大腿上——或是落在
她緊握的手指上——如此算是做出大善事——
能給予極大的快樂，妳我
也能在如此和善溫馨的氣氛中成長茁壯。

我們將獲得禮物，她也獲得了短暫的希望，

不對，她獲得的還有確定感……

以下付之闕如

第二十二章

凡兒坐在新市馬場的看台上，看著空曠的跑道，扯著耳朵拚命想聽到馬蹄的聲響，看到小陣灰塵以及規則的振動轉變為一股閃亮的肌肉與亮麗的絲毛，然後以迅雷不及掩耳的速度衝過眼前，棗紅色、灰色、栗褐色、棗紅色，期待這麼久，為的就是這麼一小段閃電式的生命。然後是壓力釋放出來之感，汗水淋漓的馬匹，冒著熱氣的鼻孔，人們不是歡呼就是聳肩。

「誰贏了？」她對尤恩・麥克莫太爾說。「太快了，我沒有看見。」話雖這麼說，她當時還是跟著大家一起大喊大叫。

「我們贏了。」尤恩說。「反射者贏了。他太棒了。」

凡兒張開雙臂，抱住尤恩的脖子。

「我們可要好好慶祝一下。」尤恩說。「二十五賭一，不賴嘛，我們就知道他一定厲害。」

「我就賭他會贏。」凡兒說。「我是壓了一些錢在白夜上，只是因為名字好聽而已，不過我打賭他會贏。」

「看吧。」尤恩說。「妳看吧，我讓妳心情變好了。賭博，再加上一點動作，是最佳藥方。」

「你又沒有告訴我賭馬這麼漂亮。」凡兒說。

這天天氣很好，有英國的味道，普照的日光白晃晃，視線邊緣有幾撮雲霧，在跑道看不見的那一端，在馬匹聚集的那邊。

凡兒本來以為，賽馬就像小時候那種下注店一樣，充滿啤酒與菸蒂的氣味，對她來說，似乎就等於木屑和男人的小便一樣。

而這裡，有青草，有乾淨的空氣，有愉悅的感覺，還有會跳舞的可愛動物。

「其他幾個人有沒有來我不知道。」尤恩說。「要不要去找找看？」

尤恩這夥人有兩個律師，兩個股票交易員，聯合擁有反射者。

他們迂迴來到勝利者的圍欄，反射者站在裡面，上面披著毛氈在發抖，顏色是亮麗的棗紅色，腳呈白色，因為流汗而略顯黑色，汗水向上蒸發，和煙霧混在一起。凡兒心想，他的味道真奇特，有乾草的香味，有健康和努力的味道，聞起來很鬆弛，很自由，很自然。她將他的氣味吸進去，他則皺皺鼻孔，甩甩頭。

尤恩跟騎師和訓練師講過了話，帶了另一名年輕人回來見凡兒，介紹給她認識。他的名字叫做拓比．賓恩，是聯合養馬的人之一。拓比．賓恩比尤恩瘦，臉上有雀斑，還有一小撮金色鬈髮，只有在他耳朵上方有。他禿頭的地方如同粉紅色的剃度部分。他穿著騎兵斜紋布，套上優雅的背心，在鄉村毛呢夾克下面閃出時髦的孔雀光彩。他笑得很柔和，因為愛馬跑贏了，高興得講話稍微前後不搭調。

「我請你吃晚飯。」他對尤恩說。

「不行不行，我來請才對。不然至少我們現在可以開瓶香檳，因為我今天晚上還有事。」

他們三人漫步離開，氣氛祥和，買了香檳、煙燻鮭魚、龍蝦沙拉。凡兒心想，自從她有記憶以來，從來沒有做過任何單純享樂的事，除非你把電影或是晚上到酒吧去也算在內。

她看著節目單。

「這些馬的名字簡直像開玩笑。杜斯妥也夫斯基從《愛麗絲夢遊仙境》改編而成的白夜。」

「我們都念過書。」尤恩說。「管你們那種人會怎麼想。妳看看反射者。他的爸爸是蘇格蘭詹姆士，媽媽是鑽岩器，我認為命名為反射者的原因是，鑽岩器會引起振動反射，而美國人亨利．詹姆士寫過小說或是什麼東西，題目是反射者。為馬兒命名時，一定要影射到父母親的名字。」

「名字都像詩一樣。」凡兒說。她越來越覺得充滿了淡淡的金色善意，灌滿了香檳。

「凡兒對文學有興趣。」尤恩對拓比說。說這句話前，他明顯在盡量想出一個不會提到羅蘭的方式來解釋凡兒。

「我可以說是文學律師。」拓比說。「和我的本行差得很遠，告訴你也沒關係。我接了一個案子。有人最近發現了兩個已經過世的詩人寫的信，展開一場爭奪戰，戰況慘烈無比。幾個美國人要付我的客戶一大筆錢，想買下信件手稿。不過英國人發現了，想把所有信件列入國家寶藏，禁止輸出。雙方似乎彼此痛恨對方。我把雙方都找來辦公室。英國人說，這些信件會讓國際學術因此改觀。他們一次只能看一點——我的客戶是個脾氣古怪的老頭，不讓所有的信件一次出手……現在媒體也找上門來。這位英國教授還跑去找藝術部長。」

「是情書嗎？」尤恩說。

「對呀。複雜的情書。那個時代的人啊，寫信寫得很勤快。」

「什麼詩人？」凡兒說。

「藍道弗·亨利·艾許，是我們小學時念過的詩人，我怎麼念也念不通，另外一個女的我從來沒聽過。克莉史塔伯·勒摩特。」

「林肯郡的人。」凡兒說。

「對呀，我就住在林肯。妳聽過是吧？」

「茱德·貝力博士？」

「對對。他們全都想找她，可惜她消失了。一定是度假去了。現在是暑假。學者都會出去走走。她發現他們在——」

「我以前的同居人專門研究艾許。」凡兒說，然後停下來，被自己自動改用的過去式感到全然迷惘。

尤恩把手放在她的手上，再多倒一點香檳。

他說：「如果是**信件**的話，問題一定會牽涉到版權與所有權的問題，很複雜。」

「布列克艾德教授去找過艾許爵士。艾許多數的作品，他好像都擁有版權。不過那個美國人——克拉波爾教授——幾乎所有信件都保存在他的圖書館裡——他還負責將大批信件編輯成書——因此他聲稱擁有版權不是沒有道理。貝力家族似乎也擁有手稿。茱德．貝力似乎已經找到。克莉史塔伯是個老處女，貝力在她過世的房間裡找到信件——藏在洋娃娃的小床之類的地方——**價值**多少，茱德．貝力沒有告知我們的客戶，所以客戶非常不是滋味。」

「也許她自己本來也不知道。」

「也許吧。如果她回來的話，他們所有人都會很高興。」

「我認為她不可能會回來。」凡兒邊說邊看著尤恩。「我認為，她不告而別，一定有她的原因。」

「有各式各樣的原因。」尤恩說。

羅蘭突然失蹤，凡兒向來都以為只是因為他想和茱德．貝力私奔。她在盛怒之下，曾經打電話到茱德的公寓，接電話的人嗓音卻是厚實的美國口音，告訴她說茱德不在。凡兒問，茱德到哪裡去了，對方的口吻是好氣又好笑，「我無福知道。」凡兒也對尤恩訴苦過，而尤恩也說：「可是，妳也不想要他了嗎，對不對，已經結束了吧？」凡兒大聲說：「你又怎麼知道？」尤恩說：「因為過去幾個星期以來，我一直在觀察妳評估妳，這是我的職責所在。」

就這樣，她暫時和尤恩住在一起，住在馬廄旁邊的房子裡。夜色清涼，他們繞著院子走，院子打掃得整潔有序，大眼睛的長長馬頭從馬廄門上探出來，以很優雅的姿態向前傾，接受蘋果，有皺皺柔軟的嘴唇以及不具侵犯性的素食動物大牙。低矮的磚房覆蓋著爬牆玫瑰和紫藤。在這樣的房子裡，早餐都吃腰子、培根、洋菇，或是用銀色盤子裝的印度燴飯。臥室經過設計，到處都是乳白色和玫瑰色的印花棉布，在堅固的舊家具外圍起泡。凡兒和尤恩在類似山洞的房間裡面，湊著玫瑰色的燈光做愛，望向沒關的窗戶外面，看到黑色的陰影，聞到真正玫瑰發出隱隱的夜香。

凡兒往下看著精光的尤恩．麥克英太爾身體。他的色澤和他的馬兒正好相反。他身體中間部分全部都很蒼白——從淺黃色到純白色。不過他的四肢呈棕色，而反射者的腳則是白色。他也有一張馬臉。凡兒笑了出來。

「噢愛情，蘋果堪折直須折。」她說。

「什麼？」

「是詩啦。羅伯特．葛瑞夫斯寫的。我喜歡羅伯特．葛瑞夫斯。他能感動我。」

「那就繼續唸下去吧。」他叫她唸兩遍，然後自己覆誦。

「行走於黑暗與黑暗之間——閃亮的一處
帶有墳墓狹隘氣氛，卻沒有墳墓的平靜。」

「這個我喜歡。」尤恩．麥克英太爾說。

「我還以為你不——」

「妳還以為雅痞不喜歡詩。親愛的凡兒，妳少粗俗了，少頭腦簡單了。」

「對不起。我不知道，講得確切一點，我不知道你為什麼喜歡我。」

「我們合作無間啊，不是嗎？在床上啊。」

「也對——」

「這種事啊，做過自然會懂的。而且我想看看妳微笑的模樣。妳本來是在折騰自己可愛的臉蛋，折磨成永遠失望的表情，再不注意，很快就來不及了。」

「原來是日行一善啊。」凡兒混進了一半普特尼的口音。

「別鬧了。」

話說回來，他的確一直都喜歡修補東西。摔壞的模型啦，走失的貓咪啦，墜毀的風箏啦。

「告訴你好了，尤恩。快樂，我並不在行，你的生活會被我搞壞的。」

「會不會被搞壞，就要看我肯不肯了。我是說，我也有責任。噢愛情，蘋果堪折直須折。」

第二十三章

闖入的行為，或者說是干擾的行為，發生在崔帕斯灣。當時是布列塔尼綻放微笑的一天。他們站在沙丘之間，欣賞寬闊的海浪靜靜從大西洋匍匐前進。大海將琥珀沙的光線交織在灰綠色的本身上。空氣如牛奶般溫煦，有鹽巴的氣味，還有溫暖的海沙，遠方氣味鮮明的樹葉，是石南或是杜松或是松樹的氣味。

「要是沒有這個名稱的話，會不會仍然顯得這麼神奇或是邪惡？」茉德問。「看起來既簡單又陽光普照。」

「要是妳曉得海流，妳可能會覺得很危險。如果妳是行船人的話。」

「《綠地指南》裡面說，這個名字的由來是小溪灣，誤傳變成傷心灣。據說黎之城傳統上都是在河口的濕地上。崔帕斯，英文解釋近似遭到擅闖，經過，過去。名稱都有自己的意義。我們來這裡，就是因為這個地名。」

羅蘭觸摸她的手，她也伸手握住他。

他們站在沙丘的凹處。隔壁沙丘以外傳來橫越大西洋的哭喊巨響，既厚實又奇特。

「那一定就是中心島（Ile de Sein）了，就在那邊，我一直都夢想要見見那個地方。那裡住了九個可怕的處女，名字和島名Sein類似，是叫做Seines或是Sénas或是Sènes。這個島名充滿了奇幻意味，一詞多義，暗示女性身體的神聖性，因為法文裡的sein表示胸部，也表示子宮，都是女性的生殖器官，從中也衍生出魚網的意思，可以網住魚類，也表示脹滿風的風帆，這些女人能掌控強風，吸引水手進入她們的網子裡，像美聲女妖一樣，還為死去的督伊德教團員建造這座葬身的祠堂，我猜是個墓碑吧，另一個女性的形體，在建造的過程中，有各種禁忌，不能碰到泥土，也不能讓石頭掉落到地上，因為她們擔心太陽或泥土會污染到他們，或者他們會污染到太陽或泥土，就像槲寄生一樣，只能在沒有泥土的地方叢生。一般通常都會認為黎之城女王達戶是這些女魔法師的女兒，當她成為淹沒之城的女王時，她就變成瑪麗—摩根（Marie-Morgane），屬於一種美聲女妖或是美人魚，會吸引男人前來並置之於死地。一般也認為她和Senes一樣，在她們的漂浮島嶼上，都是母系社會的遺跡。你有沒有讀過克莉史塔伯的《淹沒之城》？」

「沒有。」一個男人的聲音。「錯過了她的作品，我非補上不可。」

「李奧諾拉。」茉德說。

「還有布列克艾德。」羅蘭說。

可以看到，他們兩人正往海的方向前進。李奧諾拉的頭髮鬆開來，走出沙丘的蔽蔭後，受到小小的海風吹襲，頭髮向上飄揚，形成蛇狀的黑色小圈圈。她穿著希臘的太陽裝，質料是上等的棉料，有一圈小小的皺摺，銀色月亮搭配著鮮紅色的圖樣，由一條銀色的寬布條綁在豐滿的胸口上，在沒有英國太陽的光線中露出黑金色的肩膀。她勻稱的大腳沒有穿鞋，腳指甲輪流塗上紅色與銀色。她一面前進，風也吹亂了衣服上的皺褶。她舉起雙臂，手環互相碰撞發出的聲響如同風鈴。在她身後跟著的人是詹姆士·布列克艾德，穿著厚重的鞋子，披著深色厚外套，深色長褲邊出線條。

「那邊一定就是南塔吉，是新大陸柔軟翠綠的胸部。」

「費茲傑羅講的東西和督伊德教團員幾乎沒有關係。」

「可是他將凡間的天堂變成女人。」

「令人失望的女人。」

「那當然。」

茉德說：「他們一定聚在一起，想出我們到了什麼地方。」

羅蘭說：「如果他們找到**這裡**來，他們一定也見過了雅瑞安。」

茉德說：「也看過日記正本。如果李奧諾拉想找雅瑞安，她一定找得到。我猜布列克艾德看得懂法文。」

「他們一定對我們非常生氣。騙了他們，佔了他們便宜，他們一定會這樣想。」

「你認為我們應不應該過去安慰他們？還是等著他們過來質問？」

「妳認為呢？」

茉德伸出雙手，羅蘭握住。

她說：「我認為我們應該過去，我也認為我們**不能**過去。我認為我們非走不可。趕快。」

「到哪裡去？」

「回去，大概吧。」

「魔咒解除了嗎？」羅蘭說。

「我們中了魔咒嗎？我認為我們一定要再開始**動動腦筋**，要找時間動腦。」

「還不是時候。」他很快說。

「對，還不是時候。」

他們不發一語開車回到旅館。正當他們要轉進旅館停車場，有輛黑色大賓士車開了出來。由於賓士車窗貼了濾光紙，車子開過時茉德看不見克拉波爾是否看到她在開車。不管他有沒有看到，賓士車並沒有減速，只是消失在他們開回來的方向。

旅館的女老闆說：「有個美國紳士在問你們是不是在這裡。他說，他今天晚上會回來這裡用餐。」

「我們又沒有做錯什麼事。」羅蘭用英語說。

「沒有人說我們做錯事啊。他是想買下我們知道的東西，不然就是想知道我們知道的是不是更多。他要的是信件。他**要的**是故事——」

「我覺得我們阻止不了他。」

「我們也幫不了他忙，對不對？如果我們這就離開的話。你認為他有沒有見過雅瑞安？」

「他可能是在跟蹤李奧諾拉。還有布列克艾德。」

「他們可以對付過去。他們可以找出故事的結尾。我認為情況很糟糕。我覺得我——現在這個時候我覺得我——什麼都不想知道。以後或許會想吧。」

「我們現在可以回家了。收拾包包回家去。」

「非走不可。」

他們在布列塔尼待了三個星期。起初他們倉皇離去時假定，會在南特的大學圖書館花上三星期當雅賊。結果，由於圖書館關閉，雅瑞安·勒米尼耶也不在，因此他們兩個只好度假，一起度假，是這個暑假第二次度假。他們分別住兩個房間——白色的床鋪是免不了的——然而，他們在這裡留連，無疑具有一種婚姻或是度蜜月的含義。他們兩人都深深感到困惑，對這一點也非常矛盾。如果換成了佛格斯·吳爾夫那樣的人，一定會趁機佔便宜，也會認定讓他佔點便宜是天經地義的事，一切由他負責。但是，茉德不會在自己願意的情況下，再度與他出遊，但她很願意和羅蘭出遊。

他們一起逃家，很清楚知道這種行為通常會有什麼樣的含意。他們講話口氣平靜，古早以來已婚人習慣用的「我們」，他們也有樣學樣。「我們要不要去亞文橋？」其中之一會這樣淡然問，另一人會回答，「我們可以去找找看高更的黃色基督裡面那個十字架的原形。」然而，他們並沒有討論到使用這個代名詞的情況，只不過兩人都想過。

艾許在那些鎖起來的信件中的某處，曾經提到命或運似乎主宰或掌握了死去的愛人。羅蘭心想，他和茉德是受到命或運的驅使，至少有這種可能性，而這份命或運並不是他們的，而是別人的命或運。他這樣想的時候，部分感受到精準的後現代主義的樂趣，部分真正感受到迷信的恐懼。任何一位後現代主義者在玩弄的鏡子遊戲或是線圈式情節時，如果能夠自知、自省、回歸自我，受到某種成分對於迷信的恐懼，而有可能承認玩得過火。關聯也有可能隨機滋生，換言之，這些關聯的滋生同樣逼真，滋生時顯然是呼應某種殘忍的序列原理，不受意識意向控制，而這種意向出自善良的後現代主義者，當然也必須用到偶然即興，或是多重意義，或是自由之身，卻又層層結構，卻又重重控制，卻又猛烈驅使，為的是達成某種──究竟是什麼？──目的。

一致性與終結，這兩種人類深層的慾望，目前已經不流行了。特別的是，「談戀愛」能梳理世界的表面，梳理這位戀人的歷史表面，解開任意一個髮結，梳成前後一致的情節。羅蘭認為相反的說法或許才是正確，一想到這裡，他感到很困擾。發現自己身處一個情節中，他們或許可以假設依照情節來行動很合適。這樣的話，等於就是壓低他們一開始就保持的某種正直廉潔的情操。

就這樣，他們繼續討論，幾乎都跳不開死者的問題。他們在亞文橋坐著享用蕎麥煎餅，從涼涼的陶土酒壺中倒出蘋果酒來喝，問些很難回答的問題。

那個小孩後來怎麼樣了？

白蘭琪被拋棄的時候，究竟知道多少，不知道多少，究竟是如何被拋棄，為什麼被拋棄？艾許和勒摩特如何分手？艾許知道他可能有個小孩嗎？

將所有信件退回給克莉史塔伯的那封信，並沒有註明日期。那封信什麼時候寄出？還沒有進行更多接觸？是藕斷絲連，還是快刀斬亂麻？

雅瑞安附上的詩，讓茉德說不出話來，覺得很難過。她翻譯第二首詩，表示孩子一出生就死亡，而那首

「潑灑出來的牛奶」的詩，就是克莉史塔伯嚴重罪惡感的證據，對嬰兒感到罪惡。

「奶水會痛。」茱德說。「女人分泌乳汁卻無法餵小孩，會很痛苦。」

提到克莉史塔伯的時候，她也討論了情節的模仿。

「大約在那個時候，她寫了很多有關歌德的《浮士德》。這個基調經常出現，無辜殺嬰，當時在歐洲文學很常見。葛瑞倩、海娣．索睿爾[144]，以及華茲華斯在〈花刺〉一詩中的瑪莎，都是死了小孩而傷痛欲絕的女人。」

「有沒有死，我們還不知道。」

「我只是沒有辦法停止這樣想，如果嬰兒不是注定要死，為什麼她要跑到別的地方去生小孩？她到法國親戚家是要找避風港。為什麼不留在安全的地方生產？」

「她不希望任何人知道發生了什麼事。」

「看到小孩出生，對古代人來說是禁忌。曼露西娜神話的早期版本提到的是小孩出生，而非洗澡。」

「重複出現的模式。又來了。」

他們也討論到這項計畫的未來，也就是這項研究的計畫，卻不知道下一步應該如何進行：回到南特是明顯的一步，也可以藉此原諒留連不走的現狀。茱德說，克莉史塔伯在一八六〇年代初曾經到倫敦朋友家中借住——她不清楚他們和處子之光的關聯。羅蘭記得在艾許的作品中瞥見他提到赫茲角，說過這個地方就是「tristis usque ad mortem」[145]，但不能證明他的確到過這裡。

144 葛瑞倩（Gretchen），歌德的大作《浮士德》中的角色，生下浮士德的孩子後，因為處於錯亂狀態而殺死自己的嬰孩。海娣．索睿爾（Hetty Sorrel），喬治．艾略特的小說《亞當．貝德》（*Adam Bede*）裡的角色，拋棄了自己的嬰孩，導致其死亡，最後被判絞刑。

145 拉丁文，語出耶穌受難始末，原為「我的心憂悶得要死」（Tristis est ánima mea usque ad mortem），艾許將此語略為「憂悶得要死」。

在這項計畫的未來之外，羅蘭還擔心他自己的未來。如果他允許自己去想，他一定會恐慌起來，然而現在日子過得如詩如夢，珍珠似的光線與熱情的藍色交互出現，讓對未來的思考可以暫時擱置。他的情況並不樂觀。他對布列克艾德不告而別。對凡兒也來同一套。他認為凡兒不輕易原諒別人，也很依賴別人，兩者比重相當，要回頭的話，他一定會挨罵，然後要怎麼離開？他要上哪裡去？他怎麼過日子？

儘管如此，他們兩人之間的情況有所變化。他們出生在一個不信任愛情的時代與文化，「戀愛」、浪漫愛情、完全浪漫，卻反過來產生了一套性愛語言、語言學情慾、分析、解剖、解構、暴露。理論上的東西，他們都很清楚：他們都知道什麼是男權主義和陰莖嫉妒、穿刺、打洞與戳入，也曉得什麼是多角愛情關係和多重伴侶變態學、口交、美胸與不美的胸部、陰核充血、陰囊迫害、體液、固體，以及暗喻這些東西的詞彙、慾望與傷害的體系、嬰兒貪婪與壓抑與罪過、子宮頸的圖像意義與擴張伸縮肉體的意象，受人渴望，被人攻擊，被人消費，被人害怕。

他們變得喜歡靜靜不語。他們彼此互碰，卻沒有說什麼，也沒有進一步的動作。一手放在一手上，穿了衣服的手臂放在手臂上。他們坐在沙灘上時，一個腳踝交疊在一個腳踝上，沒有移開。有天他們一起躺在茉德的床上，一起分享一杯卡瓦多蘋果白蘭地，喝著喝著就睡著了。他彎著身體靠在她背上，相當於一個深色的逗點掛在她這個蒼白優雅的句子旁邊。

這件事他們都不去談，卻靜靜商量再學那天晚上過夜的方式。對他們兩人來說，碰觸不應該進一步發展成任何一種形式的激烈動作或是刻意擁抱，這一點，兩人都覺得很重要。他們覺得，就某種方面而言，這種不承認的接觸可以產生堂皇的平靜感，可以重新賦予他們個別形體之下個別生活的感覺。

言語，他們知道的那種言語，會破壞這種感覺。海霧突然瀰漫的日子，將他們包裹在牛奶白的繭中，什麼也看不見，他們就整天懶洋洋躺在一起，躲在沉甸甸的白色蕾絲窗簾後面，躺在白色床鋪上，一動也不動，一句話也沒說。

兩個人都不太確定，這一切對另一個人的意義究竟有多少，究竟有什麼意義。

兩個人都不敢問。

理論上來說，羅蘭學會了將自己視為一個幾種體系轉換的地方，這些體系彼此的關聯鬆散。從他受過的訓練，他懂得將自己「個人」的這個概念當作是幻覺，可以由非連續的機制與電子訊息網絡來取代。這種電子訊息網絡的組成分子，是各式各樣的慾望、意識形態信仰以及反應，語言的形式與荷爾蒙與費洛蒙。多半時候他很喜歡這種安排。他不希望費盡力氣做出浪漫的自我主張。他也不渴望知道茉德本質上是什麼人。不過他多數時間都想知道，他們對彼此無言的樂趣是否能夠有所進展，是否會和來的時候一樣走，或是會變，或是能變？

他想到了公主站在玻璃山丘上，想到他們初次見面時茉德臉上微微鄙夷的表情。在真實的世界裡，因為一個人不能偏心愛一個世界而不愛另一個世界，他們總是還要回歸他們的社交世界，總是要離開這裡的白夜以及陽光普照的日子。

在真實的世界裡，他們兩人之間的真正交集很少。茉德是個漂亮的女人，像他這樣的人沒有資格擁有。她的工作穩定，具有國際聲譽。舊時的英國社會階級體系，他並不屑一顧，不過卻覺得這樣的體系冥冥之中發生作用，緊緊抓住他不放，茉德是貴族，他則是城市裡的中下階級，在某些地方比茉德更能為人接受，在某些地方則不然，不過幾乎在所有地方，兩個人都門不當戶不對。

那一切，全都是傳奇故事的情節。他置身於傳奇故事中，是部粗鄙的作品，同時也是品味高尚的傳奇之作，而這樣的傳奇故事是控制他的體系之一，因為傳奇故事中的期望，幾乎宰制了西方世界裡的每一個人，不管這種宰制是好是壞，一生中都會發生。

他認為，傳奇故事必定要對社會現實主義讓步，就算當時的美學氣氛不容許也一樣。

不管怎麼說，既然布列克艾德和李奧諾拉以及克拉波爾都來了，整件事已經從追尋轉變為追逐和競賽。追尋是個不錯的傳奇寫作形式，而追逐和競賽這兩種也同樣不錯。

他待在法國期間，愛上了一種淡白、冷凍、微甜的布丁，稱為浮島，是個白色的泡沫島嶼，漂浮在一灘奶油狀的黃色香草布丁上，被甜味——就只有甜味——的靈魂盤踞。他和茉德匆忙收拾行李，將車子開往海峽，他想到自己會多麼想念浮島，想到浮島的滋味會在他的記憶中逐漸消散。

那天晚上，布列克艾德和李奧諾拉回到旅館時，也看到了那輛賓士車。他感覺很緊繃。雅瑞安的確給了李奧諾拉一份莎賓日記的影印本，他想翻譯給她看，成果相當不錯。起初的時候，他是被李奧諾拉存在的力量拖著走，她堅稱羅蘭和茉德一起私奔，為的是在學術上踏著他們的身體捷足先登，布列克艾德也是因為這樣而被迫跟著李奧諾拉行動。他們剛拿到日記的時候，他曾經建議過，應該先回家找人好好翻譯，然後追查下去。

李奧諾拉問了雅瑞安很多關於羅蘭和茉德的問題，因為她擔心他們「心懷不軌」，應該在菲尼斯泰爾做地毯式搜尋，把他們找出來。要是天氣不好，布列克艾德可能會乾脆堅持回到他的地洞去，動用他這一行的工具，他的打字機，他的電話。然而，艷陽高照，他吃了幾頓好飯菜，表示既然來了，他願意去看看克納門特以及周遭環境。

李奧諾拉負責開車。她的開車技巧華麗又靈活，坐起來卻很不舒服。他坐在她身邊，心想自己怎麼會讓她說服來做這種事情。她的香水充滿了全車，車子是租來的雷諾。

她的香水混合了麝香與檀香，再加上某種刺鼻的味道，薰得布列克艾德哭笑不得。他認定，這種氣味會令人窒息。在心底，他卻感受到不一樣的東西，對黑暗、豐滿、肉體的未來展望。他有一、兩次往下看，看著李奧諾拉裸露出來的寬肩以及包得緊緊的胸部。她的皮膚近看的話，在黑金色之上布滿了非常小的細紋，這種皺紋不是上了年紀的皺紋，而是綜合了較早變柔和的以及因太陽而變堅韌的。他覺得這些皺紋很令他感動。

「茉德這個人，我不瞭解。」他一面看的時候，李奧諾拉說。「我不明白，她為什麼一句話也沒對**我**說就跑掉了，因為那封信如果追究所有權的話，再怎麼說也是我的，但是在朋友之間，我就不認為是這樣了。我們好友一場，曾經貢獻想法，合作寫過論文，也一起做過其他事。或許你的羅蘭．米契爾是什麼喜歡發號施令的大男人。我就是想不透。」

「他才不是大男人。他不會咄咄逼人。他最大的缺點就在這裡。」

「一定是因為愛了。」

「那也解釋不了雅瑞安．勒米尼耶啊。」

「的確解釋不了。真是一大發現啊。不但是個女同志，也是落難女，還是未婚媽媽。具備了所有典型在一身。我猜旅館就是這個。他們之前好像就是住在這裡。也許已經回去了也說不定。」

她開始轉彎進入旅館的停車場，卻發現前面擋了那輛賓士，而賓士車似乎是以彆扭的方式倒車穿過大門的門柱。

「給我滾開。」李奧諾拉說。「混蛋，你給我滾。」

「天啊，」布列克艾德說：「是克拉波爾。」

「是他也得滾。他擋住了門口。」李奧諾拉很威武地說，用力按了幾下喇叭。賓士車後退又前進，只為了精確對準一個停車位，他的車子只能剛剛好塞進去。李奧諾拉搖下車窗大吼：

「你這個狗雜種，給我聽好啊。老娘沒時間跟你瞎混。我一下子就過去，你暫停別動，聽到了沒？」

賓士車前進之後撤退。

李奧諾拉往前進入大門。

賓士車往前開到門口，橫著擋住。

「老天爺啊，被擋住入口呀，你這個爛人。」李奧諾拉大叫。

賓士車後退了一點點，橫放的角度更大了。

李奧諾拉一腳穩穩踩在油門上。布列克艾德聽到具有回響的金屬碰撞聲，感覺到自己的脊椎傳出刺耳的聲音。李奧諾拉又罵了一句髒話，將雷諾車推至倒車檔。這時傳出了金屬撕裂聲，他們也感覺到了。兩車的保險桿糾纏在一起，兩部車也像牛角撞在一起的兩頭牛，糾纏在一起。李奧諾拉繼續倒車。布列克艾德緊張地說：「不行。停車。」

賓士車憤怒的噗噗聲驟然停止。深色車窗落下，克拉波爾探出頭來。他用法文說：

「請停車。信不信由妳，我在法國從來沒有遇見過像妳開車技術這麼糟糕的人，這麼沒有禮貌——」

李奧諾拉打開車門，射出一條赤裸的大腿。

「我們也懂英文。」她說。「你這條傲慢的豬。我記得在林肯遇見過你。在林肯的時候差點被你害死。」

「哈囉，莫爾特模。」布列克艾德說。

「啊，」克拉波爾說：「詹姆士。你們撞壞了我的車。」

「撞壞的人是我才對。」李奧諾拉說。「還不都是因為你態度不好，也不打燈號。」

「莫爾特模，這位是史鄧教授，」布列克艾德說：「她是塔拉哈西來的。是克莉史塔伯・勒摩特作品的編輯。」

「在找貝力和米契爾。」

「答對了。」

「他們已經退房了。三個小時前。他們在這裡做了什麼，沒有人知道。也沒有人曉得他們上哪裡去。」

布列克艾德說：「莫爾特模，如果你往後拉保險桿，我們不動，或許可以用硬扯和搖動的方式來分開。」

「分開了也無法恢復原狀。」克拉波爾說。

「你是要住這裡嗎？」李奧諾拉說。「我們可以喝一杯討論討論。這輛租車的保險不知道能付多少。」

晚餐吃得並不愉快。克拉波爾失望的模樣，比布列克艾德以前看過的還糟糕，不知道是因為車子被撞，還是為了羅蘭和茉德私奔的事，還是因為有李奧諾拉在場。

他點的菜色很豐盛，先點了一大盤法式海鮮，一大堆蚌殼和長鬚和堅硬的甲殼，旁邊用金屬基座放著海苔，之後上的菜是一隻巨大的煮海蜘蛛或是蜘蛛蟹，顏色是憤怒的火紅，外殼有突起物和甲殼狀的頭部，揮舞著多支觸角。吃這一餐，餐廳提供他一兵工廠的器具，猶如中古時代的酷刑室，有鉗子有夾子，有狼牙棒也有軟木塞開瓶器。

布列克艾德很有節制地吃著鱈魚。李奧諾拉吃的是龍蝦，談論著克納門特。

「真可惜，只剩下地基和果園圍牆，其他都沒有了。史前巨柱還在，不過房子已經倒得差不多了。克拉波爾教授，勒摩特來這裡之後發生什麼事，你知不知道？」

「不知道。我在美國有幾封信，有寫到她在一八六一年的去向。不過妳提到的那個時間一八六〇年底，就沒有消息了。我會去查個清楚。」

他揮動螃蟹鉗子以及一支蟒蛇舌頭狀的籤。他盤子上的廢物堆，比原先食物堆得還高，裡面每一吋甜美的白肉全被掏空。

「如果可以的話，那些信件我打算弄到手。」他說。「我打算發現其他的事情。」

「其他事情？」

「他們小孩的下場。他們究竟隱瞞了什麼事。**我打算查個清楚**。」

「真相可能永遠埋藏在墳墓底下了。」布列克艾德舉起酒杯，對著桌子對面那張凶猛又憂鬱的臉說。

「我們來乾個杯怎樣？敬藍道弗・亨利・艾許以及克莉史塔伯・勒摩特。願他們永遠安息。」

克拉波爾舉起酒杯。

「我可以敬一杯，不過我還是要查個清楚。」

他們在樓梯底下各分東西。克拉波爾對布列克艾德和李奧諾拉鞠躬，然後自行離去。李奧諾拉一手搭在布列克艾德手臂上。

「他有點嚇人，那麼激烈，太認真了吧。好像他們故意要欺騙他似的。太認真了。」

「他們大概是真的要騙他。其他人也是。莎士比亞預見到他的出現，所以寫下了咒語。」

「刮到他那輛大殯儀車，我很高興。你要不要跟我一起上樓？我覺得很難過，我們可以互相安慰。海洋加太陽，讓我多愁善感。」

「謝了，我不上去了。妳帶我來這裡，我很感動，也很感激很高興。來到這裡，我可能會後悔一輩子。不過我最好還是不要上去。我——」他接著想說的是「不太想要」或是「和妳不同等級」或只是「不夠堅強」，不過上面三種講法聽起來都微微讓人感覺受到侮辱。

「別擔心了。不想讓美好的合作關係複雜化是吧？」

她親吻他，向他道晚安，力道用得相當大，然後大步離開。

隔天，他們靜靜開在一條小路上，因為他們決定稍微繞道，去看看供奉高更的耶穌木雕的小教堂，這時他們聽到身後傳來奇怪而令人生畏的聲響，結合了咳嗽聲和規律有節奏的碰撞聲，然後是搔刮聲，聽起來就像是野獸在痛苦呻吟，或是輪子不平衡而吱嘎作響的推車。原來是那輛擋泥板被撞壞的賓士車，顯然風扇皮帶也受損。賓士車在下一個交岔口超越他們，發出摩擦聲，駕駛還是看不見，傷口很明顯在痛。

「可怖，」李奧諾拉說：「邪惡。」

「克拉波爾就是安枯。」布列克艾德突然妙語如珠起來。

「他當然是。」李奧諾拉說。「我們早該知道才對。」

「憑他那種速度，別想抓到貝力和米契爾。」

「我們也一樣。」

「其實有沒有抓到他們，並不是真的很重要。我們可以吃個野餐。」

「行。」

第二十四章

茉德回到林肯，坐在書桌前，從佛洛依德裡抄下一段話，可以用在她探討暗喻的論文上：

只有在一個人完全戀愛時，性慾的主要配額才會轉送到對象身上，在某種程度之下，對象取代了自尊。

她寫道：「當然了，自尊、自我，以及超自尊，還有不能忘記性慾，都是暗喻的基礎，必然可以視為——」

她刪掉「視為」，改成「可以感受為」。

這兩者都是暗喻。她寫道：「可以解釋為發生在一個無法異化的經驗上的事件。」

她寫了「經驗」兩次，筆跡很醜。「事件」可能也是一個暗喻。

她全然清楚羅蘭的存在，因為他就坐在她身後的地板上，穿著像是毛巾的白色浴袍，靠在白色沙發上。他第一次來訪時，就是睡在這張沙發上，現在也是。她撫摸著他柔軟的黑髮，從眉毛上方的頭髮開始摸，用幻想的手指去碰。她在自己雙眼之間感覺到他在皺眉。他覺得自己的工作丟了；她感受到他的感覺。他覺得自己無所事事。

如果他走出這裡，會變得灰暗空虛。

如果他真的走出去，她又怎麼能專心？

時間是十月。她的學期已經開始。他還沒有回去找布列克艾德。他也還沒有回去自己的公寓，只回去一次，因為他打了好幾通電話，凡兒還是怎麼也不肯接聽，回去只是確定她還活著。有個板子寫了大字，靠在空的牛奶瓶上，上面寫著：離開幾天。

他正在列一些字彙。他寫的這些字彙，都抗拒被安排進文學批評或理論的句子裡。他曾經希望過——但願能接近名聲顯赫的地步——希望寫詩，不過到目前為止，再寫也只不過是字串。然而，他列出的這些字都是忍不住想寫出來的，具有絕對的重要性。他不知道茱德是否能瞭解——或看出——這些字的重要性，或者只是認為寫這些字的行為很傻。他完全知道茱德的存在。他能感受到她感覺到他覺得自己的工作飛了，她感覺到他無所事事。

他寫下：血，黏土，陶土，康乃馨。

他寫下：金髮，燃燒的草叢，廣布。

他的註解是：「如同詩人但恩所謂的廣布，『極端而廣布的明亮』，與象限分布圖無關。」

他寫下：海葵，珊瑚，煤炭，頭髮，複數的頭髮，指甲，複數的指甲，皮草，貓頭鷹，魚膠，聖甲蟲。

他排除了木頭、尖端、連線，也排除了其他含意不明確的字眼，還包括了墨水漬與空白，只不過這些字眼全都蹦（這個字他也猶豫過）進腦海中。他不太確定在這個原始的語言中動詞的地位如何。Spring（蹦跳），springs, springes, sprung, sprang。

箭頭，粗枝（不是樹枝，不是樹根），樹葉堆，水，天空。

字彙是重疊的圓圈與環節。我們人生的意義，都是由我們選擇橫越的線條來決定，或是由我們選擇的線條來限制。

他說：「我出去好了，這樣妳才能思考。」
「沒有必要。」
「我最好還是出去。要不要我買什麼東西？」
「不要。要用的都有。」
「我可以去找工作，到酒吧或是醫院或是其他地方找工作。」
「花點時間想想。」
「時間不多了。」
「不多還是騰得出來。」
「我覺得我只是無所事事。」
「我知道。情況會改變的。」
「我不知道。」
電話響起。
「是貝力博士嗎？」
「我是。」
「羅蘭．米契爾在嗎？」
「找你的。」
「誰？」
「年輕男人，很有教養。請問哪裡找？」
「妳不認識我啦。我的姓名是尤恩．麥克英太爾。我是律師。我想找妳談談，不是找羅蘭，不然至少也很歡迎羅蘭，因為我也有事情想找他談。不過我有些很有意思的東西想跟妳溝通一下。」

茱德捂住話筒，跟羅蘭傳達上面的內容。

「今天晚上七點半到白鹿一起吃晚餐如何？你們兩人一起來。」

「最好去吧。」羅蘭說。

「非常謝謝你，」茱德說：「我們很樂意。」

「我可不知道什麼叫樂意。」羅蘭說。

那天晚上，他們走進白鹿的酒吧間，忐忑不安。兩人公開以情侶的姿態出現，這是第一次，如果硬要說他們是情侶的話。茱德穿著藍鐘花的藍色，頭髮紮得很實，閃閃發光。羅蘭以愛與絕望的眼神看著她。這個世界上，他除了茱德之外一無所有——沒有房子，沒有工作，沒有未來——這些否定詞非常負面，如果要茱德長時間繼續認真看待他或是希望他陪在身邊，也是不可能的事。

有三個人在等他們。尤恩．麥克英太爾穿著炭色西裝、金色襯衫，凡兒穿著閃閃發亮的磨粉色亮光外套，裡面是梅子色的襯衫，第三個人打扮中規中矩，禿頭部分旁邊的頭髮蓬鬆，尤恩介紹他的姓名是「拓比．賓恩。我們兩人都是一匹馬的一條腿的主人。他是律師。」

「我知道。」茱德說。「喬治爵士的律師。」

「他來這裡的目的並不是為了喬治爵士，並不盡然。」

羅蘭盯著光鮮亮麗的凡兒看，身上閃耀著真正昂貴又上等衣物的光澤，更重要更錯不了的是，她閃耀出性滿足的自我愉悅感。她做了新髮型——又短又柔又有型，甩頭時會揚起，然後重新回復完美的造型。她全身是不說話的紫羅蘭，子彈銀的鴿子顏色，一切都平衡有致，絲襪，高跟鞋，墊肩，塗上顏料的嘴巴。他脫口而出：

「妳看起來很快樂，凡兒。」

「我決定了我是可以快樂起來。」

「我一直在找妳。電話打了又打，看看妳是不是還好。」

「沒有必要嘛。我是想，既然你可以不告而別，我也可以如法炮製。所以我就消失了。」

「我很高興。」

「我要嫁給尤恩。」

「我很高興。」

「我希望你並不是完全高興。」

「當然不是了。可是妳看起來——」

「你呢。你快樂嗎？」

「有些地方是。有些地方呢，我一團糟。」

「房租我付到十月的第一個星期。就是這個禮拜。」

「不是那一方面的糟糕。至少——」

「真正糟糕的事情，尤恩想出來了，是有關藍道弗和克莉史塔伯之間的事。」

他們坐在角落的桌子，有粉紅色的桌布，有僵硬的粉紅色餐巾紙。這個餐廳很大，有金光閃爍的水晶吊燈以及木板牆。餐桌上擺了一束秋天的鮮花：灰粉紅的翠菊，淡紫的菊花，幾朵鳶尾。尤恩點了香檳，然後上了煙燻鮭魚、雉雞加配料、斯提耳頓乾酪，以及蛋奶酥。羅蘭覺得雉雞吃起來太硬。麵包醬讓他回想起母親耶誕節做的菜。他們用英國的方式談論天氣，餐桌上泛起小小的性焦慮，也是具有英國風格。羅蘭可以看出凡兒打量茉德後認為她是冰山美人；他可以看出茉德在打量凡兒，將他擺在凡兒身邊評議一番，不過他不清楚茉德的判決是什麼。他可以看到，這兩個女人對尤恩和善熱心的態度都有所反應。尤恩讓大家開懷大笑，而凡兒也閃爍出驕傲幸福的神色，也讓茉德放鬆心情，微笑起來。他們喝了上等勃艮地，笑得更加開懷不拘。茉德與拓比．賓恩發現兩人竟然小時候有相同的朋友。尤恩和茉德談到打獵的事。羅蘭覺得自己邊緣化，是旁觀者。他問拓比．賓恩，瓊恩．貝力最近如何，拓比告訴他，她住院好長一段時間，現在已經出院。

「莫爾特模．克拉波爾讓喬治爵士相信，如果賣掉那些信件——至少如果是賣給**他**的話——所得會用來重建思爾園地，還可以提供最新科技給貝力夫人。」

「那樣對人也有好處，」羅蘭說：「至少。」

尤恩傾身靠向桌子中間。

「我們要討論的就是這件事。拿到好處的人是誰？」

他轉頭看茉德。

「克莉史塔伯．勒摩特的詩和故事，版權歸誰所有？」

「歸我們所有。歸我們家族。我們是這麼認為的。那些文件一直保存在林肯的女性研究資源中心，我就在那邊上班。這些手稿包括了《曼露西娜》、《黎之城》、兩本神話故事，以及許許多多散見的歌詞。我們手中的信件其實並不算太多——我們是在蘇富比的拍賣會中買下白蘭琪．葛拉佛的日記——相當保密，因為沒有人知道那本日記的重要性。女性研究的經費現在還不算太多。當然了，作品一旦印刷出版，和其他作品一樣，三十年一過，版權就消失了。」

「妳有沒有想過，那些信件克莉史塔伯擁有一半的版權，妳可能就是那一半的版權所有人？」

「我是有想過，可是我不認為是這樣。我不認為有人留下遺書之類的東西。當時事情經過是這樣的，克莉史塔伯死於一八九〇年，她的妹妹蘇菲雅寄了一整個包裹給她女兒玫，而玫就是我的曾曾祖母。她當時大概三十左右，我曾祖父出生在一八八〇年，玫於一八七八年結婚。期間發生了一些不愉快的事——當時的喬治爵士不贊成表兄妹結婚，而他們的婚姻正是如此。兩家人相處得也不融洽。因此蘇菲雅寄出這些信件，附上一封信，上面確切寫了什麼，我不太記得，大概是『親愛的玫，我要傳達給妳一個非常傷心的消息。我最親愛的姊姊克莉史塔伯昨天晚上突然去世。她經常表達出意願，希望妳能保有她的信件和詩篇——妳是我的獨生女，她非常堅持要將事物透過女人來傳承。所以我把我所能找到的東西全都寄給妳。我不知道這些東西的價值多少，別人對它們的興趣能持續多久，只是希望妳能安全保有，因為她至少相信，而其他權威也說過，她是個很有才華的詩人，只是沒有獲得一般認同而已。』

她說，如果她能前來參加葬禮，會讓她覺得很安慰，不過蘇菲雅知道，我的曾曾祖母上一次生產時出了差錯，這時心亂如麻。沒有證據顯示她去參加葬禮。她是保存了那些東西，不過沒有證據顯示她對那些東西感到任何興趣。」

「要有興趣，就等妳了。」尤恩說。

「大概吧。沒錯。不過講到**所有權**，假設克莉史塔伯過世前沒有留下遺囑，我手上東西的所有人，可能到頭來會變成是喬治爵士，這一點還是有可能……我覺得克拉波爾那幫人不會承認我擁有任何權利。」

尤恩說：「我想的差不多和妳一樣。我讓凡兒把她知道的都告訴我——」

「知道的不多。」凡兒說。

「關於克拉波爾那幫人的事，知道的夠多了。所以我找來好朋友拓比，幫我查他公司擁有的古老文書保管箱。我的要求讓他很擔心，因為他畢竟是喬治爵士的家庭律師。事實上，我的請求，他沒有辦法再進一步。不過他——我們——發現了某件事（東西），我們認為妳應該知道——我們會讓妳知道，妳以後會知道的，不過我**希望**，妳能同意讓我為妳行動——以後我們一定要考慮得很周到，然後才能繼續行動下去。不過總而言之，以我專業的角度來看，那些信件的所有人是誰，是無庸置疑的事。我帶來了影印版。上帝保佑影印機。我趁妳不在女性中心的時候，證實了簽名。妳覺得如何？」

茉德將那一張影印紙拿過去。

由於我病弱，提筆寫不清楚，因此由我來口述，請妹妹蘇菲雅代筆，日期是一八九〇年五月一日。我希望將我的錢和家具以及瓷器留給蘇菲雅。如果里奇蒙的簡恩．薩莫斯還活著，應該給她一些可以記得我的東西，六十英鎊。我所有的書籍以及文書，我的版權，都歸玫雅．湯瑪辛．貝力所有，希望時機成熟之際，她也能對詩發展出興趣。簽名克莉史塔伯．勒摩特，見證人下女露西．塔克，以及園丁威廉．馬其蒙。

尤恩說：「這封信摺疊起來，放在蘇菲雅的檔案堆中。顯然她看到了這封信，找到簡恩．薩莫斯，將遺產交給她。而且保存了這封信。我猜她覺得自己有必要做的事情全都做完了——實現了姊姊的遺願，因此就把這封信收起來。」

茉德說：「這樣說的話，這些信是歸我所有囉？」

「沒有出版過的信件，版權歸寫信的人所有。信件本身屬於收信人所有。信件被退回的話例外。這些信就是被退回的。」

「你是說，她寄給他的信被退回去了？」

「沒錯。我相信——這個嘛，是拓比說的——這些信當中，有一封是他寫的，表示他將這些信件退還給她，讓她保有。」

「這麼說來，如果你沒說錯的話，這些信件**全部**都歸我，她信件的版權也是我的。」

「沒錯。歸屬的定義不是很明確，有爭議的空間。喬治爵士就能提出異議，而且他也可能應該提出異議。那份文件並不是具有法律效力的遺囑，發信的地方不是薩莫瑟宅邸，有各式各樣的漏洞和裂縫可以拿出來找碴。不過我個人的意見是，妳應該能夠證明自己是整批信件的主人，他寫的信加上她寫的信。我們的問題是，我們要怎麼進行下一步，而不會影響到拓比的權益，因為他在職業道德上的立場很危險。這份文件如何不透過他的公司來公開？」

拓比說：「如果喬治爵士對妳的聲明提出異議，妳可以把整個收益拿來付給律師——」

「就像狄更斯的《廢屋》一樣。」凡兒說。

「沒錯。」尤恩說。「他**可能**會要求和解。我們現在需要的是，想辦法讓這東西曝光，假裝不是拓比刻意去發掘出來的。我想我一定要編出個故事，把他變成我的受害者。我可以說動他，找藉口去搜他，叫他拿那些信件給我看，然後嚇他一大跳——」

「像海盜一樣。」凡兒說，帶有仰慕的口吻。

「如果妳考慮雇用我——」

「你不會從我這裡撈到太多錢的。」茉德說。「如果文件是我的，會全部歸女性資源中心所有。」

「瞭解。我跳進來，不是為了錢。為的是看好戲，為的是滿足好奇心，妳知道嗎？雖然我認為妳應該考慮一下妳手邊有什麼可以賣——不是賣給克拉波爾而是賣給英國圖書館或是可以接受的地方——補償一下喬治爵士。」

羅蘭說：「貝力女士對我們很好，送她電動輪椅的話可以。」

茉德說：「女性研究資源中心自從成立以來，資金就少得可憐——」

「假如所有的文件都放在英國圖書館，妳就有縮微膠卷，有經費，也有輪椅——」

茉德看著他，具有戰鬥的表情。

「如果那些文件全都放在資源中心，也會吸引資金——」

「茉德——」

「喬治．貝力對我一直都極為很不友善，而且對李奧諾拉——」

「他很愛他的老婆啊。」羅蘭說。「也愛他的樹林。」

「是啊。」拓比．賓恩說。

「我覺得，」凡兒說：「東西還沒到手，我們——應該說是你們——不應該就開始吵起來。我認為我們應該一步一步來。我認為我們應該敬尤恩一杯，因為這全部都是他想出來的點子，然後一起思考下一個步驟。」

「我又想到了一、兩個點子。」尤恩說。「不過還需要一點思考和研究。」

「你認為我很貪心。」他們回到家時茉德說。

「沒有啊，我怎麼會？」

「你不贊成我的做法，我可以感覺得到。」

「妳搞錯了。我有什麼權利不贊成？」

「那就表示你的確不贊成。你認為我應該叫尤恩滾開嗎？」

「隨妳便囉。」

「羅蘭。」

「和我沒有什麼關係嘛。」

問題就在這裡。他覺得自己是個邊緣人。對她的家族、對她的女性主義、她在自己社交圈子裡神態自若，都讓他覺得是個邊緣人。這裡有很多圈子，他一個都摸不到邊。他開始進行這件——應該怎麼稱呼才對——這項調查，結果失去了所有東西，這段時間裡交給了茉德的東西，她可以用來大大改善她自己的生活——工作、未來、克莉史塔伯、金錢……他痛恨自己吃的晚餐不是自己付的錢。他痛恨自己吃茉德的軟飯。

茉德說：「我們現在不能吵架——我們已經度過了那麼多——」

他正要說，他們並沒有在吵架，這時電話響起。

對方是女生，嗓音顫抖，非常激動。

「請貝力博士聽電話。」

「我就是茉德・貝力，請講。」

「哇，是妳，哇。天啊。我想了又想，不知道應不應該打電話給妳──妳可能會以為我是瘋子，也可能會認為我只是惡劣──或是太放肆──我也不知道──我只能夠想到妳──我在這裡坐了整個晚上一直在想，現在才發現打電話的時間未免也太晚了，我一定是完全失去了時間感，我或許應該明天再打，如果現在太晚了，我明天再打好了，或許不是明天，也是最近的將來，如果我沒錯的話──只是因為妳當時顯得很**關心**，告訴妳，妳真的顯得很**在意**──」

「對不起──請問妳是？」

「天啊，對了，我**向來都不**主動打電話找人。我怕死了電話。我是碧翠絲・耐斯特，代表愛倫・艾許。不對，不盡然是代表──只不過我真的覺得──真的覺得──都是因為她我才──」

「發生了什麼事，耐斯特博士？」

「對不起，讓我平靜一下，講得會比較清楚。我之前有打過電話給妳，貝力博士，但是沒有人接聽。這一通，我本來也以為妳不會接，就是這樣所以我才這麼狼狽，讓我不知所措。」

「我瞭解。」

「我是要談有關莫爾特模・克拉波爾的事。他進來過──其實不是進來這裡，因為我現在在家裡，在莫特雷克，不過他進過我在博物館的房間裡好幾次，特別在看日記的**某些部分**──」

「關於白蘭琪・葛拉佛來訪的部分嗎？」

「不是不是，是關於藍道弗・艾許葬禮的部分。今天他帶了小休德布蘭・艾許過來──他啊，年紀並不算小，也不算太老，很胖倒是錯不了，不過年紀比艾許爵士本人還年輕，那還用說──如果艾許爵士去世，休德布蘭．艾許會繼承他的財產，這一點妳大概不知道。他現在身體不太好，是詹姆士．布列克艾德說的。他這個人啊，一點也不喜歡回信。我並不常寫信，因為沒有什麼實際需要，不過我寫信給他的時候啊，他都不回——」

「耐斯特博士——」

「我知道。妳確定嗎？要不要我明天再打給妳？」

「不了。我的意思是，不用明天再打了。我的好奇心在折磨我。」

「我不經意聽到他們在聊天。他們相信我已經走了——走出那個房間。貝力博士，我絕對確定，克拉波爾教授打算要去打擾——去**挖**艾許家族的墳墓，在禾德旭的墳墓。他和休德布蘭要一起去。他想找出盒子裡裝的是什麼東西。」

「什麼盒子？」茉德說。

碧翠絲．耐斯特繞了一大圈，上氣不接下氣，解釋她說的是哪個盒子。

「他好幾年來一直在說，應該去挖墳墓才對。艾許爵士不會贊成，不論如何，如果要動祖墳，一定要經過主教的同意，他過不了這一關，但是他說休德布蘭．艾許對那個盒子具有著作人格權，而他自己也有——權利——因為他——他啊——幫藍道弗．艾許做了那麼多貢獻——他說他——是我聽見他自己說的——『為什麼不能像偷走莫內《日出印象》畫作的小偷一樣，為什麼不能乾脆去拿出來，然後再想出一個可以解釋發現東西的方法？』——我還聽到他說——」

「妳有沒有跟布列克艾德講過話？」

「沒有。」

「妳難道不覺得妳應該嗎？」

「他不喜歡我。他誰都不喜歡，可是他討厭的所有人當中最討厭的是我。他可能會說我發瘋了，不然就是會認為，莫爾特模．克拉波爾想出了這麼卑鄙的計畫，都是我的錯——他也痛恨克拉波爾——我覺得他聽不進去。我很討厭小小的羞辱。妳對我講話的時候很合情合理，妳**瞭解**愛倫．艾許，妳會知道，為了她，一定要阻止他們才行。」她繼續說道：

「要是羅蘭．米契爾沒有失蹤的話，我也會告訴他的。妳認為我應該怎麼辦？能夠怎麼辦？」

「羅蘭在這裡，耐斯特博士。或許我們應該到倫敦去一趟。這種事又不能報警——」

「就算報警，還能講什麼？」

「就是啊。墳墓所在地的教堂牧師，妳認不認識？」

「札克斯先生。他不喜歡學者。也不喜歡學生。我想他也不喜歡藍道弗．艾許。」

「跟這件事有關聯的人，好像每個都很難纏似的。」

「而艾許本人卻是個**大好人**。」耐斯特博士說。她並不是要反駁茉德的評語。

「但願他可以趕走莫爾特模．克拉波爾。或許我們應該去找他？」

「我不知道。我不知道應該怎麼辦。」

「我來請教別人好了。我明天再回妳電話。」

「拜託妳——貝力博士，請儘快。」

茉德很興奮。她告訴羅蘭，他們非上倫敦一趟不行，還建議去請教尤恩．麥克英太爾，告訴他克拉波爾可能採取的行動，看看如何制他。羅蘭說，這個計畫不錯，其實就計畫本身來說的確不錯，只不過這樣做會增加他不真實的孤立感。他晚上獨自一人，清醒躺在白色床鋪上，很擔心。原來一直是祕密的東西，現在卻公開了。他和茉德都很急著想隱瞞這個「研究」上的祕密，儘管是祕密，他們兩人卻彼此靜靜分享，也分享彼此。現在，一切都公開在光天化日之下，這份祕密不知怎麼的，在尤恩和拓比興奮的好奇心影響下，在克拉波爾和布列克艾德狂熱的慾望與憤怒影響下，祕密色彩也逐漸消散。尤恩的魅力和熱心，不但撫平了凡兒臉上憎恨與落寞的神情，也不知何故，帶給茉德明亮、不羈的態度。他幻想她對尤恩和拓比講話的口氣比先前更加自由自在。他也幻想凡兒主導追查過程時興味盎然。他記得自己對茉德最初的印象——一板一眼、傲慢自大、喜歡批評。她曾經是佛格斯的人。他和茉德之間的這種怪異的無聲遊戲，其實是運氣的產物，只是簡短的人工的獨處，只是祕密。走到陽光下，他們就無法存活。他連自己都不清楚要不要讓這份關係曝光。他尋找自己最主要的想法，對自己說，在遇上茉德之前，他擁有藍道弗・艾許和他的文字，現在即使是這些，其他撇開不說，連這些東西都已經改變，都離他遠去。

這一切，他都沒有對茉德說，而茉德似乎也什麼都沒有注意到。

隔天，他們請教尤恩，尤恩也很興奮。他們**全部**都要上倫敦一趟，他說，去跟耐斯特小姐談一談，討論作戰計畫。或許他們可以跟蹤克拉波爾，在他下手時逮個正著。侵犯埋葬地與墓園，法律定義稍微有所不同。禾德旭聽起來像是英國國教的墓地，可以視為是埋葬地。他和凡兒可以開保時捷去，和羅蘭與茉德會合。為什麼他們不乾脆到他的公寓，從那裡打電話給耐斯特博士？他在巴比肯地區也有棟公寓，非常舒適。

茉德說：「我可能可以到蕾提絲阿姨那裡借住。她年紀大了，住在卡多更廣場。你要不要一起去？」

「我想我還是待在普特尼的公寓好了。」

「要不要我跟你去？」

「不用了。」

那種地方不適合她，裡面的印花棉布骯髒，充滿貓的氣味。而且那裡到處都是他與凡兒共同生活的回憶，到處都是他的論文。他不想讓茉德過去。「有幾件事我要好好想想。關於未來的事。想想未來**怎麼辦**。想想這個公寓，怎麼付房租，或許怎麼樣才能不付。我需要自己一人過夜。」

茉德說：「有什麼事不對勁嗎？」

「**我非得好好想想自己的生活不可。**」

「對不起。你是可以到我阿姨家——」

「別擔心了。我想獨處一晚，一個晚上就好。」

第二十五章

愛倫．艾許的日記

一八八九年十一月二十五日

我此時此刻坐在他的書桌前，時間是凌晨兩點。我睡不著，而他躺在棺材裡睡他最後一覺，靜止安詳，靈魂已經離去。我坐在他的物品之間——現在都成了我的所有物，或者不屬於任何人——我在想，他的生命，他的存在，遠離這些無生物的物體速度，比離開他的肉身還慢。他曾經具有生命，如今，我寫不下去了，早知道不應該提筆寫日記才是。我親愛的，我坐在這裡寫日記，除了你之外，還有誰看得見？我坐在這裡，坐在你的物品之間，感覺比較舒服。我的筆很不情願寫出「你」、「你的」，因為那邊一個人都沒有，不過這裡卻還有人存在。

這裡有封沒寫完的信。這裡有顯微鏡，有幻燈片，有一本書和畫線筆，還有——噢，親愛的——還沒切開的封頁。我害怕睡覺，我害怕可能會做的夢，藍道弗，因此我坐在這裡寫日記。

他還躺在那裡的時候說：「他們不該看到的東西全燒掉。」我說：「好的。」我答應了他。在這種時候，好像會興起一種可怕的能量，會想儘快處理事情，趁行動變得不可能之前行動。他很痛恨新出現的現代自傳，認為粗俗難耐，搜刮狄更斯的書桌去找他最微不足道的備忘錄，佛斯特擅闖卡萊爾斯的私人苦痛與私密，做法令人不齒。他經常對我說，將我們認為具有生命的東西都燒掉，這些東西具有我們回憶的生命，別讓他人拿去當作珍品，或是拿來編織謊言。我記得看過哈莉葉．瑪提諾在個人自傳中寫道，發表私人信件是一種形式的背叛——彷彿像這樣的親密對話，應該是兩個好友冬夜坐在壁爐前，把腳翹在圍欄上的時候講的故事。我看了大為吃驚。我已經在這裡生了一盆火，也燒了一些東西。我還會再多燒一些。不願意讓他遭到禿鷹啃噬。

有些東西我燒不得。那些東西我連看也不想再看一眼。這裡有些東西不是我的，我沒有權利焚燒。也有一些是我們親愛的信件，是我們愚昧分居的那幾年寫的。我怎麼辦呢？我無法留下這些東西，讓這些東西隨我入土，因為可能信不過別人。我只好任其與他一同安息，等待我的到來。讓泥土帶走它們算了。

莫爾特模．克拉波爾：《偉大的腹語大師》，一九六四年，第二十六章，〈來生的陣熱〉，第四百四十九頁，以及下列等等。

委員會在倉促之中成立，以決定是否不可能埋葬西敏寺的偉人。萊藤爵士去找教區主教，因為大家知道教區主教對藍道弗．艾許的宗教信仰存有疑慮。艾許的遺孀在他臨終前盡心盡力、不眠不休守在床邊，她寫信給萊藤爵士以及教區主教，希望將他埋葬在一個安靜的鄉間教堂空地，位於北當斯邊緣的禾德旭的聖湯瑪斯教堂，而她確信丈夫遺願也是如此。她妹妹費絲的丈夫在那裡擔任牧師的工作。她希望死後也能葬在此處。因此在陰雨綿綿的英國十一月天，很多名人與文人走過當蘭德（Downland）綠葉盎然的小徑，黃葉被馬蹄猛踩進入泥巴中，紅色的太陽斜倚在空中。（註22）抬棺人是萊藤、哈藍姆．田內森、羅蘭德．麥可斯爵士、以及畫家羅勃．布魯南特。（註23）棺材入土後，蓋上白色大花圈，這時愛倫在擺了一個盒子在上面，裡面有「我們的信件以及其他紀念品，捨不得燒掉，也過於寶貴，永遠無法暴露於公眾視線中。」（註24）雖然墳墓裡撒滿了鮮花，憑弔者離去，把最後鏟土的傷心工作留給教堂司事，在黑檀木的棺材上以及脆弱的鮮花上填滿當地的白堊、燧石和黏土混合體。（註25）。愛倫的小外甥艾德蒙．梅瑞迪斯從墳墓邊拾起一叢紫羅蘭，小心壓在他的《莎士比亞》內頁保存。（註26）

接下來幾個月，愛倫．艾許請人立了一個簡單的黑色墓石，上面雕刻了一株白楊木，枝葉和樹根都刻劃出來，如同他偶爾會開玩笑似地在部分信件簽名旁邊畫的一樣。（註27）在白楊木樹下面雕刻的是他翻譯的卞柏主教為拉斐爾撰寫的墓誌銘。這首墓誌銘也雕刻在眾神殿裡拉斐爾的墓碑周遭。艾許的詩《神聖與褻瀆》中，有關梵諦岡畫室的部分也有寫到相同的內容。

此處安息之人，在世時
偉大的聖母為之顫抖，因為聖母的技巧
被他超越，如今聖母站在他屍體旁，
唯恐自身的神力將永遠無法施展。（註28）

下面寫著：

此墓石由傷心的遺孀愛倫．克莉絲甜娜．艾許獻給大詩人藍道弗．亨利．艾許，他是真正體貼的丈夫，結褵四十餘載，謹願「一覺倏醒，永生不眠」（註29），再也不分開。

將這位多產的維多利亞時代詩人與偉大的拉斐爾相提並論，後來的評論者有的表達出興趣，有的認為「陳腐虛偽」（註30），只不過這兩者在本世紀初時都已經不受歡迎。墓碑上竟然沒有提到基督教的信仰，讓人不敢苟同，而相反地，可能也有人佩服愛倫迴避提及的技巧，這兩種反應，竟然都沒有流傳到現代，或許更讓人感到驚訝。她之所以選擇引用上述的詩句，是希望以她先生的詩和拉斐爾與卞柏，和整個含意不明的文藝復興傳統扯上關係，而這樣的傳統顯現在圓形的眾神殿上，顯現在最先以古典寺廟形式出現的一座基督教堂。我們不應該假設她腦海裡必然想過，但是他們夫妻或許曾經一起討論過。

和藍道弗．艾許一起入土的盒子，裡面究竟裝了什麼，我們就無法避免去猜測了。四年後，艾許遺孀過世，棺材放進先生棺木旁邊時，該盒子仍在原處。（註31）愛倫．艾許和她同時代的人一樣，對於出版私人信件具有假正經、不願苟同的態度。經常有人聲稱，出版信件的事情，藍道弗也同樣有所疑慮，不是只有愛倫自己擔心。（註32）可幸的是，他並沒有留下任何遺囑，沒有表明不願公開信件，對我們而言更加幸運的是，他的遺孀在執行他的禁令方面，也只是偶一為之而已。我們失去了什麼樣價值無限的證據，這一點我們並不清楚，但是我們從留下來的這些文件中已經獲得豐富的知識。儘管如此，我們仍忍不住希望，在一八九三年打擾他墳墓的人，至少有打開那個祕密盒子，加以檢視，將裡面的物品記錄下來供後人研究。足以作為典範的人生紀錄，如果和艾許一樣決定加以摧毀、隱藏，都是一時衝動做下的決定，更常見的情況是因為感受到不久人世的絕望，這種情況下做出的決定，幾乎稱不上是考慮周詳的判斷，後人希望獲得完整平靜的知識，也與其決定無關，而知識的前提勝過上述阻絕的做法。就連羅塞提也知道要將自己的詩作與可憐的妻子一起下葬，結果後來還是貶損了自己和妻子，把那些詩挖掘出來。佛洛依德探討過我們原始祖先和死人的關係，我經常思考，因為這樣的關係可以矛盾地視為惡魔與鬼魂，或者可以視為備受尊敬的祖先：

「人們總將惡魔視為最近過世死者的靈魂，這種態度最能顯示悼念往生者的行為，影響到了人類最早相信惡魔存在的看法。哀悼時具有相當明確的任務：其功能是讓活著的人將希望與記憶從死者身上剝離開來。一旦達成這項任務，痛苦越變越小，悔恨與自責之心也逐漸減弱，因此對惡魔的恐懼也變小。一開始大家將靈魂當作是惡魔，感到畏懼，後來卻可能會受到比較和善的待遇，受後人尊敬為祖先，如果需要幫助的時候，就轉向祖先求救。」（註33）

如果我們將一睹隱藏事物的慾望放在一旁，是否能夠站出來講話，指責那些不贊成的人其實是將他們最親近最親愛的人當作是惡魔。這些靈魂其實現在都成了我們摯愛的祖先，難道我們不應該在天日之下珍惜其遺物？

註22：記錄在斯溫柏恩（Swinburne）寫給瓦茲當頓（Theodore Watts-Dunton）的信中。斯溫柏恩的詩〈老伊卓斯爾與教堂山毛櫸〉據說是因艾許過世而獲得靈感寫出的。

註23：報導於一八八九年十一月三十日的《泰晤士報》。記者指出，「在文學雄獅旁，有幾名年輕貌美的女子，不顧顏面淚如雨下，也聚集了許多值得尊敬的工人。」

註24：愛倫．艾許於一八八九年十二月二十日寫給艾迪絲．華頓的信。轉載於《艾許的信件》，克拉波爾編輯。她日記裡有段未經發表的內容，也表達出類似的意圖。該部分的日記是在艾許逝世的兩個晚上之後。日記即將（一九六七年）出版，編輯是碧翠絲．耐斯特，倫敦大學亞伯特親王學院。

註25：我曾在這個庭院裡待過好幾個小時，觀察過泥土一層層的特徵，也將夾在白堊層中的燧石踢開，而白堊在犁過的田上花白似雪。

註26：這本《莎士比亞》以及裡面的紫羅蘭，如今保存在羅伯特．岱爾．歐文大學史坦特收藏中心。

註27：舉例來說，可以參考他寫給詩人田納森的信件，現在保存在史坦特收藏中心（一八五九年八月二十四日）信件周圍全部畫上如此劃一的樹木，樹根與樹枝彼此交纏，不能說不像威廉．摩里斯那種重複出現的圖案。

註28：拉丁原文是Ille hic est Raphael timuit quo sospite vinci rerum magna parens et moriente mori.

註29：出自但恩《聖詩》一書的〈死神別驕傲〉一詩。海倫．賈德納編輯。

註30：李維斯（F.R. Leavis）在《審視》一書中發出怨言。「維多利亞時代的人認真將藍道弗．艾許視為詩人，從他們的弔念讚揚辭中其認真程度足見一斑。艾許的墓誌銘由妻子準備，內容是陳腔濫調，聲稱他足與莎士比亞、米爾頓、林布蘭特、拉斐爾與拉辛相提並論。」

註31：摘自佩仙絲．梅瑞迪斯寫給姊姊費絲的信，現在所有人是瑪麗安．沃莫德（Marianne Wormald），她是艾德蒙．梅瑞迪斯的曾孫女。

註32：與上同。也出自未出版的日記，一八八九年十一月二十五日。

註33：出自佛洛依德的《圖騰與禁忌，作品集》一書。

一八八九年十一月二十七日

老婦人輕輕漫步在陰暗的走廊上，爬上階梯，數度在歇腳處駐足，因為無所適從。從背後——我們即將能清楚看到她了——從背後，在陰影中，她或許和我年齡相仿。她穿著絨毛睡衣，腳下穿的是柔軟的刺繡拖鞋。儘管她肌肉退化，身體仍硬朗，腰桿打直，沒有吱嘎聲。她的頭髮綁成一長條花白的辮子，垂在肩膀中間。在她的蠟燭照耀下，頭髮可以看作是淺金色，不過事實上是從柔和的棕色轉變而成的乳白色。

她傾聽房子的聲音。她的妹妹佩仙絲睡在最好的空房間裡，她的外甥喬治也睡在二樓某處。他是個力爭上游的年輕律師。

在藍道弗·亨利·艾許自己的房間裡，他雙手交握，雙眼緊閉，靜靜躺著，柔軟的白髮外圍是縫了軟襯料的緞子，頭躺在絲繡的枕頭上。

她發現自己睡不著時，會過去找他，靜靜打開他的門，站在那裡往下看，將他的改變看在眼裡。在他剛剛過世後沒多久，他的外表就像他自己，在一番掙扎過後，變得既溫柔又平靜，正在休息。如今他已辭世，沒有人躺在床上，有的只是越來越像雕刻出來的骨架，泛黃的皮膚在骨頭頂尖處撐緊，眼眶深陷，下巴線條明顯。

她看著這些改變，對著安靜的被單喃喃祈禱，對著床上的東西說：「你在哪裡？」

整個房子和往常每天晚上一樣，都是煤炭熄滅的氣味，都是火爐變冷、炭煙滯留的氣味。

她走進自己的小寫字房，寫字檯上蓋滿了悼念信，等待她回覆，還有參加明天葬禮的來賓名單，她已經看過了。她從抽屜裡取出日記，也拿出一、兩張紙，猶豫不定看著桌上堆積的物品，再度走到外面，傾聽睡眠與死亡的聲音。

她再往上走一樓，走向房子最頂樓，藍道弗的工作室就在那裡。她的任務是擋駕所有人、任何人，甚至連她自己都一樣。他的窗簾沒關。煤氣燈光投射進去，滿月的月光也是，優柔銀輝。書房裡依稀可以聞到他的菸草味。他的桌上擺著成堆的書籍，在他最後那場病之前就沒有人動過。他仍在書房裡工作的感覺仍留在房裡。她坐在他的寫字檯前，將蠟燭放在面前，感覺並沒有舒服一點，感覺剛才的想法是錯誤的，然而卻也比較沒有那麼荒蕪淒涼了，儘管如此，不論仍然逗留在這裡的究竟是什麼，總是比起樓下沉睡的，或者說像石頭般靜靜躺著的東西比較不淒涼可怕。

她將丈夫的錶放在睡衣口袋，和她帶來的幾張紙放在一起。她將錶取出，看著錶。三點。他在房子裡最後一個早上的三點。

她四處看了一下玻璃面的書架，隱隱約約反射出身後增生出來的火焰。她打開一、兩個書桌的抽屜，發現幾疊紙，字跡有他的，也有別人的。這些東西，她應該判斷決定如何處置？

有一面牆上放著他收集的動植物。顯微鏡放在木箱中，木箱有鉸鏈也可以上鎖。有幻燈片、圖畫、標本。沃德式箱中密封了植物世界，裡面瀰漫了植物自身的氣息。還有製作高尚的海水水族箱，裡面有海草，也有海葵和海星，後面有幅馬奈為他畫的畫像，畫中他身旁是他種的羊齒植物，或許是意味著原始植物沼澤或是海灘。這一切東西都必須清除。她會與他在科學博物館的友人商量，如何找到適合的歸宿。或許應該捐獻給合適的教育機構——工人俱樂部，或者是某種學校。她記得，他以前有個特別的標本盒子，密不透風，內部是玻璃襯裡，密封起來。她在存放盒子的地方找到了盒子。他生前愛整潔。這個盒子正好可以用來做她想做的事。

有個決定，她非下不可，明天再做決定的話就太遲了。

他這個人從來沒有生過大病，碰上了也是最後一場病。而這場病拖得很久。他最後三個月一直臥病在床不得起身，夫妻兩人都知道結局如何，只是不曉得什麼時候，也不知道快慢。最後這幾個月，他們兩人都住在他的臥房。她無時無刻隨侍在旁，整理他的儀態或是他的枕頭，到接近最後時還餵他吃飯，在連最輕的書本都變得太沉重時，也由她唸書給他聽。她認為，不需要文字，她就能感受到他的需求與不舒服的地方。痛苦也是一樣。就某一方面而言，她也能感受到相同的痛苦。她當時靜靜坐在他身邊，握著他蒼白如紙的手，感覺到他的生命一天一天退潮。他的智力卻不然。在他臥床初期，曾經有一段時間他不知何故非常熱中但恩的詩，對著天花板朗誦，聲音宏亮優美，嘴邊的鬍鬚也跟著吹動。他找不到某一行時就會叫，「愛倫、愛倫，快一點，我找不到了」，她只得快速翻找。

「親愛的，假設沒有妳的話，我該怎麼辦才好？我們走到了盡頭，緊緊相依。妳是我一大安慰。我們過的生活幸福美滿。」

「我們是過了幸福美滿的生活。」她會這麼說，是真心話。即使在那個時候，他們還是很快樂，和他們以前一樣快樂，緊坐在一起，話說得很少，一起盯著相同的東西看。她走進房間時會聽到：

平庸凡俗之愛
（本質為感官肉慾）無法承受
別離，因為別離代表
割捨凡俗之情的內涵。

他死得有尊嚴。她看著他掙扎，與痛苦、噁心、恐懼搏鬥，只為了想對她說一些話，讓她以後回想起來心裡感覺溫馨、驕傲。他說的話，有些是當作結尾來說。「我現在知道為什麼史華莫丹盼望寂靜的黑暗。」或者是，「我嘗試過以公平的方式來寫作，看看以我當時的立場能寫出什麼。」或者是，對著她說，「四十一年沒有發過脾氣。我認為能講這種話的夫妻不多。」

儘管講這些話很好聽，她將這些話寫下來，並不是因為講得好，而是因為這些話讓她想起了丈夫將臉轉向她的模樣，聰明的眼睛在潮濕皺摺的額頭下，曾經強壯的手指如今羸弱無力。「親愛的，妳記不記得，妳坐在雜草中的石頭上，像是女水妖一樣坐在石頭上，地點是——名字我記不起來了——別告訴我——是詩人之泉——泉水——是沃克呂茲之泉。當時妳坐在陽光下。」

「我那時候很害怕，水流得很急。」

「妳那時並不顯得——害怕。」

說了那麼多，所有的話都講完了，他們在一起多數時間都靜默不語。

「都只是靜不靜的問題了。」她對艾許大聲說，在他的工作室裡。在這裡，她再也不期望得到任何答案，沒有怒氣，也沒有諒解。

她將決定有關的物品擺出來。一包信件，綁著褪色的紫羅蘭色緞帶。一條頭髮編成的手環，是她在最後那幾個月用他倆的頭髮製成，現在她打算拿來和他葬在一起。他的錶。一封沒有寫完的信，沒有註明日期，筆跡是他的，是她先前在他桌上發現的。一封寫給她自己的信，字跡如蜘蛛般潦草。一封沒打開過的信。

她拾起這封一個月前寄來的信，雙手微微顫抖。

親愛的艾許夫人：

我相信妳對我的姓名不會陌生，我知道妳對我略有所知，我想像不到妳對我一無所知，只不過，假如這封信對妳來說是完全出乎意料之外，容我向妳致歉。不論如何，我都要向妳道歉，不應該在這個時候打攪到妳。

我聽說艾許先生病倒了。報紙上的確如此報導，也沒有隱瞞他病情的嚴重性。根據可靠消息來源，他可能不久人世，只不過，如果我消息有誤，我也再次希望妳能原諒，因爲我實在希望向妳道歉。

我寫下了一些我希望他最後應該知道的事情。在這個時候出現，究竟是否明智，我自己也相當懷疑——我寫這封信究竟是想爲自己或是爲他求得赦免，我也不知道。在這件事上，我任妳處置。我一定要信任妳的判斷力，信任妳的寬容心，信任妳的善意。

我們現在都是老女人了，而至少我的心火焰已經熄滅，已經熄滅很久了。

我對妳一無所知，原因再明顯不過了，我在任何時候，什麼都沒有聽說。

我也寫了一些東西，只能讓他過目，有些事情，我覺得我無法說出究竟是什麼事情，我黏上了信封。如果妳想看，信就在妳手中，只不過我誠摯希望，如果可能的話，可以由他來看信，由他來決定。

如果他無法或不願看信……噢，艾許夫人，我又再度落入妳手中了，請隨妳的意思處理，權利在妳手上。

我做出了會造成很大傷害的事，只不過我並沒有針對妳，上帝可以當作我的見證，我希望我也沒有對妳做出無可彌補的憾事。

我覺得，如果妳可以寫封信給我的話，不管寫的是原諒、可憐，或是憤怒——如果妳非生氣不可的話，我都會非常感激。妳願不願意這麼痲煩呢？

我像個老巫婆一樣住在角樓裡，寫些沒人要看的詩。

如果妳心地善良，請妳告訴我他情況如何——我會對上帝爲妳祈禱的。

我任憑妳處置。

克莉史塔伯．勒摩特敬上

就這樣，艾許在世最後一個月，她就帶著這兩封信，一封是給她的，另一封沒拆開過，放在她的口袋裡，就像把刀似的。進出他的房間，進出他們共享的時光中。

她插花送給他。冬日茉莉、耶誕玫瑰、溫室紫羅蘭。

「耶誕玫瑰，為什麼綠色的花瓣看來這麼神祕——愛倫？妳記得嗎？我們在念歌德時，植物的形變，全部都是一體，葉子，花瓣——」

「就是你寫拿撒勒的那一年。」

「啊，拿撒勒。即使我死了……妳認為——就妳心裡認為，人死後能繼續嗎？」

她低頭尋找真理。

「我們都獲得承諾——人類非常美好，非常獨一無二，不可能會就此消失，消失無蹤。我不知道，藍道弗，我不知道。」

「如果真是消失無蹤的話，我就不會感到——不會感到寒冷了。親愛的，就把我放在戶外——我不想——被關在修道院裡。放在外面的泥土上，放在空氣之中，好嗎？

愛倫，別哭了。我忍不住想講而已。我沒有在傷心。我又沒有——什麼事都沒有做過，妳也知道。我的生命過得——」

在他的床鋪以外，她在腦海裡寫信。

「我無法將妳寫的信轉交給他。他現在很平靜，幾乎可以稱得上是快樂。我怎麼捨得在這個時候破壞他心靈的寧靜？」

「妳一定要瞭解，我其實**一直都曉得**你們的——」用哪個字眼才合適？關係、戀情、愛情？

「妳一定要瞭解，我先生告訴過我，在很久以前，毫無保留，實話實說，坦白說出他對妳的感情，而那件事在我們兩個取得默契之後，就擺在一邊，當作是過去往事，已經獲得諒解。」

重複太多「瞭解」和「諒解」了。不過這樣更好。

「我向妳保證，妳**對我一無所知**，我很感激。我也要誠實回報妳的善意，告訴妳，**我對妳基本上也一無所知**——只知道一些最必要的東西——只知道我丈夫愛過妳，只知道他說他愛過妳。」

一個老女人寫給另一個老女人的信。而這個老女人自稱是住在角樓裡的巫婆。

「妳怎麼敢要求我，怎麼敢破壞我和他共處的這短暫時間，**我們**共有的生活，我們小小的親切和默契，妳怎麼能威脅我最後這幾天，這幾天也算是我最後的幾天，**他是我的幸福**，我即將永遠失去，妳難道無法瞭解？我沒辦法轉交妳的信件。」

她什麼都沒有寫下。

她坐在他身旁，編著他倆的頭髮，用針固定在一條黑色絲帶上。在她喉頭下，掛著他從威特比寄來的胸針，約克的白玫瑰雕刻在黑玉上。白髮，或者是蒼白的頭髮，在深色的地上。

「亮麗頭髮的手環——和骨頭有關。在別人把我的墳墓挖開的時候——哈，愛倫？那首詩啊，永遠都要將那首詩當作是——我們的詩，妳的也是我的——好嗎。」

這是他情況比較不好的時候。他有時候清醒一段時間，然後看得出來思緒在漫遊，心智在漫遊——漫遊到哪裡？

「真奇怪啊——睡眠這種東西。一睡了——到處都去得了。田野。庭園。其他世界。在睡夢中，可以到別的國家去。」

「對，親愛的。我們其實對自己的生命都不太瞭解。對我們所知也不太瞭解。」

「夏天的原野——稍微——眨一下眼皮——我就看見她了。我先前真應該——照顧她才對。我怎麼能呢？那樣做，只會——傷害到她——

妳在做什麼？」

「編手環。用我們兩人的頭髮。」

「我的懷錶裡。她的頭髮。告訴她。」

「告訴她什麼？」

「我忘記了。」

他閉上眼睛。

頭髮還在懷錶裡。非常長，非常細，紮成辮子，顏色是極為淡的金色。她把頭髮放在眼前的書桌上。上面綁了淺藍色的棉繩，綁得整齊。

「妳一定要瞭解，我先生告訴過我，在很久以前，毫無保留，實話實說，坦白說出他對妳的感情……」

如果她真的形諸文字，也不會加油添醋，然而她那樣寫的話，看起來也顯得虛假，無法傳達向來就是如此的真相，無法表達出在傾訴中的靜肅，在傾訴之前與之後的靜肅，永遠都是靜肅。

一八五九年秋天，他們坐在圖書館壁爐之前。桌子上擺著菊花，還有銅色的山毛櫸樹葉以及變色變得很奇怪的羊齒植物，有淡黃褐色和深紅色和金色。那個時候，他有幾個飼養動物的玻璃箱，養了蠶，長成了色澤單調的小黃蠶蛾，粗圓形的小繭黏在無樹葉的小枝上，供他作為形變的研究。她這時正在抄寫《史華莫丹》，他則來回走動，看著她抄寫，心裡在思忖著。

「愛倫，稍微停一下。我有事情非告訴妳不可。」

她還記得當時情緒激昂。如同蠶絲卡在喉嚨，如果指甲流進血管，她渴望不要被告知，不想聽見他的話。

「你沒有必要——」

「我非講不可。我們一直都誠實相待，其他的不用說，愛倫。妳是我親愛親愛的妻子，我愛妳。」

「可是，」她說：「講這樣的話，最後一定會接著講『但是』。」

「過去這一年，我可能愛上了別的女人。我能說只是一種精神失常。像是被附身，被惡魔附了身。屬於一種盲目的舉動。一開始的時候只是通信，然後——去約克郡的時候，我不是一個人去的。」

「我知道。」

兩人默不作聲一段時間。

她重複說：「我知道。」

他說「多久了？」原本雄赳赳的雞冠垂了下來。

「沒有多久。不是從你的言行舉止看出來的。是有人告訴我的。有人來找我。我有東西要交還給你。」

她先前在旋轉桌裡面藏了第一本《史華莫丹》，這時拿了出來，放在信封裡面，收信人是勒摩特小姐，里奇蒙，貝山尼的亞拉勒山路。

她告訴他，「這個版本裡面有關俗世之卵的部分很棒，我認為，比我們這裡的東西還好。」

再度陷入無聲。

「要是我沒有告訴妳——這件事——關於勒摩特小姐的事——妳會交還給我嗎？」

「我不知道。我認為不會。我怎麼會？可是，你還是告訴了我。」

「葛拉佛給妳的嗎？」

「她寫信兩次，然後過來。」

「她沒有講什麼傷害到妳的話吧，愛倫？」

可憐的這個瘋女人，臉色白皙，穿著整潔卻老舊的皮靴，來回踱步，穿著當時女人常穿的裙子，鴿灰色的小手不斷互握又鬆開。在鐵框的眼鏡後面，她有雙非常亮麗的藍色眼珠，如玻璃般湛藍。她的頭髮有點紅，白堊色的臉部肌膚上有幾點橙色的雀斑。

「我們以前都很快樂，艾許夫人，我們全心全意相待，我們當時都沒有惡意。」

「你們的快樂，我可管不著。」

「你們自己的快樂都被毀了，都是個謊言，我告訴妳。」

「請離開我的房子。」

「如果妳願意的話，妳可以幫我忙。」

「請離開我的房子。」

「她的話很少。她心懷怨恨，心痛欲絕。我要求她離開。她把詩交給我——當作是證據——還要求收回。我告訴她，當賊的人應該感到可恥才對。」

「我不知道該說什麼，愛倫。我並沒有想再看到她——勒摩特小姐。我們當時同意——這個夏天一定要結束——徹底結束。就算沒有結束——她也突然消失了，她離家出走了——」

她聽出了話中的傷痛，也注意到了，卻什麼也沒說。

「我無法解釋，愛倫，可是我可以告訴妳——」

「夠了夠了。我們以後不要再提了。」

「妳一定很生氣—很傷心——」

「我不知道。沒有生氣。我不想知道更多了。我們不要再談這件事了好不好。藍道弗——這件事並不是**你我之間的祕密。**」

她表現得好嗎？還是表現得不好？她做的事，出自於本性，在艱苦的時刻，她打從深處不想知道，希望安靜，希望逃避，她對自己說。

她從來沒有讀過他的那些信件。換言之，她從來沒有因為好奇而翻閱他的文件。不管是否出自本身的意願，她甚至也從來沒有整理過，或放回原信封。她幫他回過信，回覆讀者、仰慕者、翻譯，有些信，竟是從來沒見過他卻愛上他的女人的來信。

有一天，在最後那一個月，她上樓去，兩封信放在口袋裡，一封打開過，另一封尚未拆開。她擅自翻了他的書桌。這個舉動，讓她身體裡充滿了迷信的恐懼。他的工作室裡有道冷冽的光線。白天的時候有天窗，晚上照進來的，就是幾顆星星，和一朵鬆散的雲在奔馳，不過那天天空清澈，一片空曠的藍色。

好多散落的詩。好多散亂的紙頁堆。她心想，這一切，是否都要她負責，她推開了這種想法。她現在不負責。還用不著負責。

她找到那封沒寫完的信，彷彿是冥冥之中受到指點才找到。信被收藏起來，塞在滿是帳單和邀請函的抽屜最裡面。要找到，應該會花上好幾個鐘頭才對，而不像她事實上只花幾分鐘就找到了。

親愛的：

我每年在萬靈節左右都會寫信，因爲我一定要寫，只是我知道——我正要說——只是我知道妳不會回信，只是我知道無法確定妳會不會回；我只能希望；我也許會記得，或是忘記，就這麼隻字片語，只要妳能寫信給我，就能對我稍微啓蒙，減輕我苦力承受的無形累贅。

恕我要求妳原諒幾件事。這些事我都有錯，指責的人是妳的沉默，妳冷酷的沉默，以及我自己的良心。我請妳原諒我在性急魯莽的情形下趕往克納門特，因爲我認定妳可能會在那裡，而我並不太確定妳是否允許我前往。我最希望妳原諒的，莫過於我言行不一的程度。我回來之後，混入雷依夫人圈子裡，取得她的信任，嚴重驚嚇到了妳。從此妳就一直懲罰我，妳一定也知道，我每天都接受懲罰。

是什麼樣的心境，才逼得我採取這些行動，妳有沒有充分思考過？我覺得我也因爲妳的行爲而罪嫌在身，因爲我曾經愛過妳，彷彿我的愛是蠻力的行爲，彷彿我是什麼華而不實的羅曼史裡面心狠手辣的橫刀奪愛者，而妳非逃離我身邊不可，感到被強取豪奪，身敗名裂。如果妳誠誠實實回想——如果妳還能誠實的話——妳一定知道當時事實並非如此——想想看我們一起做過的事，捫心自問，哪裡有殘忍，哪裡有脅迫，克莉史塔伯，我哪裡對妳缺少愛，哪裡缺少尊重，不管是將妳看待爲女人也好，知識分子也好，哪裡有愧對妳的地方？我認爲，我們兩個都同意，那年夏天過後，就無法繼續抬頭挺胸談情說愛——只是，就因爲這個原因，妳就突然在兩個日子拉起黑色被單，不對，應該說是一道鋼板鐵幕嗎？我當時是全心愛妳；現在我不會說我愛妳，因爲那樣的話就會成爲浪漫情懷，頂多也只是奢望——我們兩人都很懂心理學——妳也知道，愛情就如戴維電解瓶中的蠟燭一樣，如果沒有補充空氣的話，如果刻意不補充養分和氧氣，就會熄滅掉。然而

倘若你願意，一切重新來過，
他可能由死復生，回到過去。

或許我這樣說，只是因爲適合引用而高興吧。果眞如此，妳會會心一笑的。啊，克莉史塔伯，克莉史塔伯，我強迫自己細心寫出這些字句，要求妳三思，我也記得我們能看通彼此心思，速度很快，速度很快，快到一個句子沒有講完就能瞭解——

有某件事我非知道不可，妳也知道我指的是哪件事。我說「我非知道不可」，聽起來具有強制意味。不過，如今的我握在妳掌心裡，必須央求妳告訴我。我的小孩後來如何了？他還活著嗎？我在蒙在鼓裡的情況下，怎麼問妳問題？我在蒙在鼓裡的情況下，怎麼能不問？我後來找到妳的表姪女莎賓，她將所有在克納門特的人都知道的事告訴了我——她只講到事實——無法確定後果——

妳必須知道的是，我到那裡，到布列塔尼，是愛妳，關心妳，擔心妳，擔心妳的健康——我很急著想要照顧妳，盡量讓一切順利——妳爲什麼躲著不見我？是因爲愛面子，是因爲恐懼，是因爲獨立，是因爲突然間產生的仇恨，是因爲男女命運互異的不公平嗎？

儘管如此，一個知道自己有個孩子或曾經有過孩子的男人，卻不知道更進一步消息，這樣的人值得些許同情。

我怎麼說出口呢？不論那個孩子發生了什麼事，我要說在前頭，不論發生什麼事，我都會諒解，如果能讓我知道的話，我早已有了最壞的心理準備，可以說早已無所謂了。

妳知道嗎？我無法寫出來，所以也無法將這些信件寄給妳，所以結束後又寫了其他信件，寫得比較不直接，比較隨意，妳卻沒有回信，我親愛的惡魔，折騰我的人……我被妳禁絕在外了。

在那個怪力亂神的通靈會上，妳講的那句話眞可怕，我永生難忘。

「你讓我成了殺人兇手。」妳說，妳怪罪我，說出來的話無法收回；我每天都聽到。

「沒有小孩」，這句話出自那個愚昧的女人口中，大聲呻吟，混合在狡詐、不自主的驚歎、眞正的心電感應，我怎麼分辨得出來？我告訴妳，克莉史塔伯，永遠也無法看到這封信的妳，就像很多人一樣，因爲這封信已經超越了溝通的最大極限——我告訴妳，我充滿了憎惡、恐懼以及責任感，愛情的殘痕盤踞我的心，我興致勃勃想讓自己成爲殺人兇手——

這個時候，她輕巧地拿起信件的角落，將信件當作是受到驚嚇會咬人的動物，當作是黃蜂或是蠍子。她在藍道弗的閣樓爐架上生了一小盆火，燒掉那封信，用火鉗撥弄，直到化為黑色焦片為止。她拿起尚未拆封的信，轉過來，心裡考慮也一起燒掉，不過卻任憑火苗消散。她相當確定，他們兩人都不希望他自己的信件留下來；做出明確指控的克莉史塔伯．勒摩特也不會願意——她指控什麼？最好別去想。

她生了一小盆火，用來取暖，加了柴薪和幾粒煤炭，穿著睡袍湊在火上，等著火光燒旺，等著暖氣上升。

她心想，我的人生建築在謊言之上，建築在一個包藏謊言的房子裡。

她向來都以痲木、固執的態度相信，相信她逃避和接近的做法，她整個視而不見的態度，就算沒有道理，至少也經由嚴格自我要求誠實對待自己而掌握住情況，中和了偏激的想法。

藍道弗原來一直很配合。他究竟如何看待他們的夫妻生活故事，她並不清楚。他們之間並不會去討論這類事。但是，如果她不知道實情，也不會不時正視一下實情，她至少感覺到自己其實是站在活動的泥板岩上，往深淵下滑進去。

對這種不說出口的實情的感覺，她曾經以查爾斯．萊爾爵士一段極為優美的文章的角度來想過，出自名為《地質學原理》一書。這一段，她有天晚上唸給藍道弗聽，而他對於前面一段非常感興趣，內容有關柏拉圖的岩石形成理論。

她把這段抄寫下來。

因此，由於結晶體如花崗石、角閃片岩，以及其他岩石，與我們熟悉來源的所有物質截然不同，因此足以作為現今地底活動成因的影響。這些結晶體不屬於已經死亡的物種，也不是史前時代的遺跡，上面沒有刻印著已經不流通的古老語言的字句。然而這些結晶體能教導我們認識那一部分大自然活生生的語言，我們無法因為日常接觸適合生存的地表上的生物學到這類知識。

這些堅硬、結晶的物體在高溫、在「適合生存」的地表下形成，而非史前遺跡，只是「大自然活生生語言的一部分」，愛倫很欣賞這種見解。

我又不會像平常人一樣自欺欺人，也不會在歇斯底里的情況下欺騙自己，她多少是這樣對自己說。我認為火焰和水晶確實存在，不會假裝適合生存的地表就是**一切**，因此我既不是毀壞者，也不會被扔進陰暗的外圍。

幾絲火舌迂迴向上升起。她這時回想起蜜月往事，而她偶爾也會想起，故意去想起。

蜜月往事，她不是用文字來記憶。往事沒有附加文字，可怕之處就在此。她從來沒有對任何人說過，連藍道弗也沒有，就是沒有對藍道弗講過。

她記住的是影像。一扇窗戶，朝南邊，垂掛了很多藤蔓和爬牆虎，炎熱的夏日陽光正逐漸減弱。

蜜月晚上她穿的衣服，質料都是白麻，都繡了情人結和勿忘我以及玫瑰，白色繡在白色上。

一隻細瘦的白色動物，就是她自己，正在微微顫抖。

一條複雜的生物，裸體的男性，毛髮蜷曲，潮濕閃亮，一會兒是蠻牛，一會兒像海豚，氣味如野獸，濃烈得無法呼吸。

一隻大手，親切伸出，不只是一次，而是多次，遭到拍打推開，遭到拍打而退下。

一條狂奔的動物，蜷臥在房間角落，牙齒格格顫動，血脈僨張，呼吸淺促。是她自己。

一陣休息，對方很大方同意，幾杯黃湯，幾天的伊甸園式野餐，一個歡笑的女子，穿著淺藍色府綢裙，棲息在岩石上，一個留著腮鬍的英俊男子，將她舉起，還引述佩脫拉克的名言。

嘗試。沒有被推開的一隻手。有如鋼鐵般的肌腱，咬牙忍痛，雙手緊抓，雙手緊抓。

接近，大門深鎖，恐慌，在嗚咽哀嚎中逃離。

不是一次，而是一次又一次又一次。

不論他如何溫柔，無論他如何耐心，都沒有用，永遠都沒有用，他是什麼時候開始知道的？

她不喜歡回想起他在那幾天的臉，卻能真實記住他疑惑的眉頭，充滿問號的溫柔表情，它的巨大，深信它殘暴無人性，拒絕讓它接近。

為了補償他，補償他的禁慾，她表現得積極，對他愛得過火，為他準備了千百種小小的安慰，蛋糕和小東西。她成了他的女奴。每說一個字就不住發抖。**他接受了她的愛。**

而她也因此而愛上他。

他也愛上她。

她將克莉史塔伯的信翻過來。

她哀嚎。「沒有了你，我該怎麼辦？」她一手摀住嘴巴。她也對姐姊妹妹撒過謊，以羞赧的口氣斬釘截鐵向她們撒謊，他們夫妻生活美滿至極，只是無福弄璋弄瓦……

就某種意義而言，另一個女人其實才是他真正的妻子。似乎也曾經是他小孩的母親很短暫一段時間。

她發現，自己並不想知道信件內容。那封信本身也最好眼不見為淨。什麼也不知道，什麼也不提，不去製造沒有必要的折磨，如果看到的話確實會造成折磨，不管內容是好是壞都一樣。

她將黑色漆器標本盒拿來，在玻璃襯裡中，有個塗油的絲質口袋，將信件放入其中。她也將頭髮手環放進去——在此，白髮蒼蒼的他們，彼此互相纏繞——那條從他懷錶裡拿出來的捲捲長長又濃密的金髮辮——已經不是了——將金髮辮放進手環中。她將他們的情書綁成幾綑，也放了進去。

二十四歲的年輕女子，不應該被迫等到三十六才結婚，等到青春年華早已流逝就來不及了。

她記得自己在教堂院內的那段時光，有一次看到自己在穿衣鏡裡一絲不掛的模樣。她當時一定還不到十八歲。小而挺的胸部，有著暖棕色的圓圈。肌膚有如活象牙，長髮如蠶絲。一位公主。

最親愛的愛倫：

我無法停止想念妳——而我的確是希望，以最迫切的心情希望，單純想念妳的這個念頭，能將我完全佔有——我無法將妳整個影像從腦海中消除，看著妳穿著白衣，坐在玫瑰色的茶杯花之間，旁邊的鮮花還有蜀葵、翠雀草、飛燕草，身後的顏色有灼熱的深紅，有藍色，有皇室紫，只能襯托出妳可愛的白。妳今天對我微笑得很親切，頭上戴著白帽，綁著極淡粉紅的緞帶。妳輕微細緻的一舉一動，我全都記得，可惜的是我不會作畫，只是渴望成爲詩人，否則妳應該能看出我多麼珍惜妳的一顰一笑。

我會珍惜妳送我的鮮花，一直珍惜到它們死去爲止——而不是到我死去爲止，因爲我還想多活幾世紀，因爲我需要漫漫長生來疼愛妳，也一定要再等一輩子，但願不要一語成讖，一輩子等待疼愛妳的權利——我是說，我會珍惜妳送我的鮮花，在我寫這封信時正放在我眼前，放在一個非常精緻的藍色玻璃花瓶中。我最喜歡的是白玫瑰——還沒有開花——我可以等上好幾十年的時間，至少在我迫切等待的這幾日能欣賞。白玫瑰並不單是白，妳知道吧，儘管它們看起來是白色沒錯。它們的白包含了雪白、奶油白，以及象牙白，全部都有明顯不同。而且，玫瑰花心現在也還呈綠色——帶有新鮮朝氣，帶有希望，帶有精純清涼的植物鮮血，等到綻放時會稍微紅潤一點（妳知道嗎？以前的畫家爲了表現出豐潤肌膚的象牙光澤，會在底部畫上綠色——利用到了光學錯覺，顯得很奇異，很討人歡心）。

我將白玫瑰捧在臉前欣賞。白玫瑰微微發出香氣，讓人感覺以後一定會更濃郁。我將急著想獲得答案的鼻子湊過去——並非想傷害或擾亂漩渦狀的花紋——我可以耐心等候——每天它們會稍微打開一點——每天我會將臉埋藏在白色的暖氣中——妳小時候有沒有玩過一種遊戲，拿大朵的罌粟花來玩——我們小時候玩過——我們會將花萼和緊緊包住的絲瓣向外折，一片接一片折——全部折彎——結果可憐愛炫的紅色花朵就此駝背死去—與其強迫開花，最好還是讓大自然和炎熱的太陽來作用，反正很快就會開花。

我今天作了超過七十行的詩，因爲我記得妳規定我要忙著工作，避免分心。我正在寫的是有關巴德爾火葬的故事，以及巴德爾妻子娜娜的傷心，也寫到赫摩度（Hermodur）勇敢前往死亡之國、請求地獄女神赫拉（Hel）放他一馬[146]，卻徒勞無功。這一切都非常激烈有趣，親愛的愛倫，是敍述人類的心智想像編造出一個人類的故事，來解釋巨大、美麗、可怕、局限的存在現實，解釋金色陽光的升起與消逝，解釋春花（娜娜）的綻放——在冬天凋零——黑暗的反抗（黑暗指的是女神娑克〔Thöck〕，她表示不管巴德爾是生是死，對她都沒有用處，因此拒絕爲他哀悼）。這樣棒的題材用在現代詩中，不是和先人以神話

146 巴德爾（Balder / Baldur），北歐神話中的光明之神，奧丁之子。當巴德爾在火神洛基（Loki）陷害下喪生，妻子娜娜（Nanna）也心碎而死。由於擺放兩人遺體和陪葬品的船隻太大，諸神推不動，最後在火煙女巨人的協助下，由雷神索爾（Thor）舉垂點火，完成葬禮。「光明之神」巴德爾之死，是造成「諸神的黃昏」——北歐眾神之死、世界沉沒——此一劫難的導火線。

臆測來創作的道理一樣嗎？

然而，我寧願坐在某個庭園中——在某個院子裡——坐在綠色和白色的玫瑰花中——有某個——絕對要有某個——身穿白衣的年輕淑女，一對濃眉，突然閃漾出陽光般的微笑——

愛倫讀不下去了。這些信可以跟他一起走。等待她的來臨。

她也想過，要把他從威特比寄來的黑玉胸針放進盒子，卻決定還是不要。她會佩戴在喉頭下，陪著他一起坐馬車到禾德旭。

她在火裡添了一些煤炭和木塊，火焰燒得有點旺，而她坐在旁邊製造她細心編輯過，細心淡化事實的日記（她用到的暗喻是做果凍）。日記如何處置，她以後再決定。她這樣的做法是為了保護自己，也是為了引誘惡人和禿鷹圍過來搶食。

為什麼這些信件保存得如此細心，還封了起來？在她要去的地方，她還能看信嗎？他能看信嗎？這棟最後的房子不是房子，為什麼不乾脆留給在黏土中挖地道的生物，留給白蟻和蚯蚓，留給那些用隱形嘴巴啃食的生物，任其清理消失？

我希望這些信件能保留一段時間，她對自己說。一種半垂不朽的狀態。

萬一它們後來被惡人挖掘出來呢？

到時她就會罪有應得，雖然我無法親眼目睹。

她心想，總有一天，不是現在，現在還不是時候，我會拿起紙筆寫信給她，告訴她。告訴她什麼？

告訴她，他死得很安詳。

告訴她嗎？

結晶體——花崗石、角閃片岩，隱隱照耀出她的念頭，她心想，她不會去寫信，她想寫的那封信會在腦海中變化多端，最後可能會來不及，太遲了，不得體，絕對來不及。另一個女人可能會死，她自己也可能會死，兩人都已經上了年紀，一步步往死亡前進。

早上，她要戴上黑色手套，拿起黑色盒子，在無香味的溫室白玫瑰上灑水，玫瑰在房子裡擺得到處都是，然後帶著閉上雙眼的他走最後一程。

我在妳手中，任憑妳處置。

第二十六章

既然謎語是今日社會趨勢，
過來這裡，我的愛人，我來說個謎語給你聽。

有個所有詩人前往的地方，
有些人尋覓良久，有些人不知方向，
有些人與怪獸搏鬥，有些人睡著
在夢境深處巧遇路徑，
有些人在神話似的迷宮中迷路，有些人
受到恐懼死亡的指引，或對生命的慾望，或是思想
有些人迷失在阿卡迪[147]……

以下東西都在那裡。有庭園，有樹木，
蟒蛇躺在樹根上，金色禁果
女人在樹枝的陰影下
有流水，有綠地。

147 阿卡迪（Arcady），即Arcadia，古希臘山間的一個理想鄉，人情淳樸、生活愉快。今為「世外桃源」的代名詞。

一切如故。花園、綠樹，
盤根其上之蛇、金澄的果實，
枝叢蔭網下的女子，
奔流之水、碧綠之方，
一切如故、自始如舊。古老世界的邊緣，
海絲佩拉蒂姊妹的金蘋果園，果實
閃亮在永恆的枝椏上，在此
守護之龍拉登，捲起珠寶頭冠，
刮抓金色龍爪，磨尖白銀龍牙，
打盹小睡，歷經久遠的守候，
直到狡黠的英雄海克力士
前來強奪、盜取金果

遠方，在北國冰雪中
在冰霜密實之高地，
在冰齒參差、玻璃長釘聳立的荒原上，
在冰霜雲霧之惡魔視線外，
隱藏了福瑞雅女神的圍牆庭園，果樹蓊鬱，
夏日綠葉清翠欲滴，水果晶亮

讓神族艾瑟[148]前來享用能賦予永恆青春與活力之蘋果。
附近白楊木世界從黑暗中升起，
讓樹根刺穿進入黑暗之獸尼德哈葛[149]的洞穴
牠蜷縮在洞內，伸出分岔的舌頭
啃噬生命之根，而生命依然能夠重生。
那裡也有水旱草地，
有厄德之泉[150]，在這裡，過去與現在混合
具備所有色彩，也毫無色彩，依舊如玻璃般平靜
或者狂亂蜿蜒得予人不祥之兆。

這些地方，是一個地方的多重陰影嗎？
這些樹木是一棵樹木的陰影嗎？神話似的野獸
來自人類腦海的洞穴中的生物，
或是來自大蜥蜴仍大行其道的時代
大腳沉重如樹木，
或是在原始沼澤溪流沿岸跳躍的生物，
這些地方人類足跡未曾涉入……

148 艾瑟（Ases），北歐神話中最強大的神族，「諸神之主」奧丁即隸屬此族，雷神索爾亦然。
149 尼德哈葛（Nidhogg），北歐神話中的邪龍，盤據在世界之樹（Yggdrasil）底部，不斷啃蝕著其根部。
150 厄德之泉（Urd），北歐神話的聖域之一。

是我們拋棄的黑暗上帝嗎？
或是我們以上帝之名為自己命名
為我們的殘暴、我們的狡詐、我們的嫉妒命名
在閃亮的人生中，為我們受傷的自尊命名？

第一批人類為此地命名，也為全世界命名。
他們創造出文字：庭園與樹木
毒龍或蛇以及女人、青草與黃金
以及蘋果。他們創造名稱，創作詩文。
命名萬物，創造萬物。接下來
他們混合名稱，創造出暗喻，
或是真理，或是看得見的真理，金蘋果。
金蘋果引進大批文字
銀色流水
與蜿蜒巨獸的倒豎鱗片，
樹葉在彎曲樹枝上綠意盎然，光亮閃耀
（蜿蜒的樹枝）讓人想起
女人臂膀可愛的姿勢
她彎曲的臂膀，蜿蜒的臂膀，
森林以黑暗的樹枝編織成圍牆
將綠草圍起，成為聖地

金球狀水果宛若小太陽
照耀進入他們以樹葉搭建的蔽蔭洞穴
如此一切益發清晰分明，一切
相互纏繞蜿蜒，
是整體的一部分，後人看出閃耀物體後做出聯想，
接著看到動作（攫取、偷竊、刺戳）
以及後續的故事，故事中，
那棵樹木曾經孤寂聳立，穩定照耀。

我們看到了，我們創造出來，噢，親愛的。
讓我們腦中生物在那裡定居繁衍，
有妖婦、精靈、雙尾美人魚，
也有火龍，綻放火花、滑行、蠕動前行，
我們在那裡製造騷動與神秘
製造飢餓、悲傷、歡樂與慘劇。
我們添加，我們帶走，
我們讓植物與鳥類多元繁衍
讓天堂鳥棲息在樹枝上，
讓溪流泛流鮮血，然後再流清澈河水，
流在細石狀的寶石上，鑽石與珍珠
還有翡翠綠和藍寶石與無名石

將寶石沖走，留下美好的細沙
保留流水痕跡
如同開天闢地以來一樣，我們說。

我看到那棵樹凹凸粗大，
在節瘤狀的底部，軟木樹皮厚實。
你看它宛如銀色廊柱，直挺
呼吸用的皮膚形成樹皮，手臂優雅。
此地位於迷宮中心點
不斷有人喪生於多刺的死巷。
此地位於沙漠，
人類看到此地後因口渴而死，他們看到的
不是真正的寶地，而是踉蹌走過一個接一個海市蜃樓，
如同在烈日下，如融冰般消失，或者
如細沙紛飛的海灘上，泡沫從浪潮邊緣飛散。

這一切都真實，一切都不真實。那地方就在那裡
是我們命名的地方，也非我們命名的地方。的確是。

——藍道弗．亨利．艾許，摘自《冥后普羅賽比娜的花園》

羅蘭走下台階時，有個體形龐大、圍著圍兜的女人靠在欄杆上。

「小子，那邊已經沒有人在了。」

「我住在這裡。」

「是嗎？人家來抬走她的時候，你人在哪裡？她痛苦躺在信箱下面兩天，虛弱得發不出聲音。是我注意到牛奶瓶，去通知社會保險局的人。他們帶她到瑪麗皇后醫院。」

「那時候我住在林肯的朋友家。妳指的是歐文夫人嗎？」

「對。中風又跌斷大腿，希望他們沒有斷電。他們有時候會。」

「我回來只是——」羅蘭開始這樣說，後來想起了倫敦人應有的警覺心，也想到在附近閒晃的小偷。「我回來只待到找到另一間公寓為止。」他很小心地說。

「留心一下貓咪。」

「貓咪？」

「他們來帶她走的時候，那些貓全都又喵又叫，往街上衝出去，在附近亂走動，到垃圾筒找吃的，煩死人了。我打電話找防止虐待動物協會的人過來收拾。他們說會過來處理。我認為大概沒有貓咪被關在房子裡面。那些貓咪全像蟲子被甩開毛毯一樣跑出去了。十二隻以上。」

「天啊。」

「可以聞得出來。」

他聞得出來。那種氣味，是腐敗酸臭的舊味道，再加上新的濃度。

房子裡面和往常一樣，黑漆漆的。他打開玄關的燈光，燈亮起來，他發現自己站在一堆沒拆的信件上，受信人是他，多半已經潮濕又軟趴趴。他把信件收集起來，穿過公寓，打開燈。天剛黑沒多久。大窗戶是深沉的長春花藍色。外面有隻貓在喵喵叫，距離比較遠的另外一隻簡短地嚎叫一聲。

他大聲地說了一句「聽聽那寂靜的聲音」。濃厚的寂靜包圍住他的聲音，讓他懷疑自己究竟有沒有真的講出口。

玄關裡，馬奈的畫像在光線下對著他跳出來。陰影厚實的頭，鮮明沉思的臉，穿過他、往外眺望的眼神，表情是一貫的好奇而鎮定。

玄關燈光投射在水晶球上。畫像中相片裡的水晶球發出亮光。水晶球也照亮了頭後面玻璃箱中的叢林蕨和海底水族，襯托出玻璃箱反射出來的微光。馬奈一定曾經靠近過來，盯著燈光看，死去多時的雙眼因為燈光而重獲生命。

對面是G・F・瓦茲的《白楊木（艾許）》複製品，從黑影樹幹中長出銀色頭髮，禮服大衣若隱若現，他的凝視，或許有點預言的意味，絕對美麗，熱切機警，彷彿是古代的老鷹盯著對面具體而美麗的生物看著。

認得出來，他們都是相同一個人，不過卻也完全相異，相差很多年，在視覺上也有很大的差距。不過還是看得出來是同一個人。

羅蘭曾經將他們視為自己的一部分。當他從遠處以隔離的眼光看，沒有角度，沒有骨頭，一點也無法理解，也看不出和他自己有什麼關係。這個時候他總算瞭解，他們對他究竟佔有多大分量。

他把玄關裡的火爐點燃，也點燃客廳裡的煤氣暖爐，坐在床上看信。

一封寄自布列克艾德，他馬上插到這堆信最底部。有些是帳單，有些是朋友去度假時寄來的明信片。也有的信看起來很像是他最後照例寄出去的那批求職信的回音。信封上面有外國郵票。香港、阿姆斯特丹、巴塞隆納。

親愛的米契爾博士：

很高興能通知您，經過英文研習董事會推薦，我們想聘請您擔任香港大學的英文系講師，職位可維持兩年，之後經過評估後可以續聘……

薪水是……

我非常希望您能接下這份工作。您在應徵信上附了R．H．艾許論文〈逐行解析〉，容我在此向您表達敬佩之意。我希望能有機會和您討論。

如果您能儘早回信，我們會感激不盡，因爲這份工作競爭激烈。我們曾經打過電話卻沒有人接聽。

親愛的米契爾博士：

我們很高興能通知您，您應徵阿姆斯特丹自由大學的助理講師一職已經獲得核准，於一九八八年十月開始上班：在接下職位的兩年之內，我們希望您能學習荷蘭文，但是上課絕大多數時間都是用英文進行。

我們會很高興您能儘早回信。德．葛魯特教授希望我轉告您，他對您分析R．H．艾許字彙的論文〈逐行解析〉非常重視……

親愛的米契爾博士：

我很榮幸能寫信通知您，您應徵巴塞隆納自治大學講師一職已經獲准，職位自一九八八年元月生效。我們對於十九世紀方面的教學特別希望能夠加強，而您這篇R．H．艾許的論文受到非常大的矚目……

很習慣承受一敗塗地這種感覺的羅蘭，一點也沒有心理準備面對成功時血氣上衝的感覺。他的呼吸起了變化。陰暗的小房間這時在他視線中四處跳動，時間很短，然後在遠方平靜下來，是他有興趣的物體，而非令人窒息的封閉空間。

他重新讀過信件。世界開啟了。他想像起飛機，想像起從哈維奇到荷蘭虎克的渡輪，想像起奧斯德利茲車站到馬德里的臥鋪。他想像起運河和林布蘭特、地中海柳橙、高第和畢卡索，想像起舢舨和摩天大樓，瞥見神祕的中國一眼，想像起太平洋上的太陽。他最初規劃〈逐行解析〉時，充滿了興奮之情，現在想到這篇論文，當時的興奮感又猛然衝上心頭。茱德對理論的確定感與靈敏度，曾經讓他自我貶抑得抬不起頭，如今宛如雲霧般消失無蹤。有三名教授特別欣賞他的論文。一個人需要別人的肯定，才能確定自己存在的意義，這個道理果然真實。他寫的東西，沒有任何改變，一切卻都改變了。在他的勇氣退去之前，他飛快拆開布列克艾德的信。

親愛的羅蘭：

有一段時間沒聽到你的消息，我有點擔心。我希望你能在適當時間告訴我艾許—勒摩特信件的內容。你或許也想知道，我採取了什麼樣的步驟來將這封信保留在國內。你也有可能不想知道；你在這方面的做法令我很難理解。

話說回來，我現在寫這封信，目的並不在此，也不是因爲你從英國圖書館不告而別，而是因爲我接到了幾通緊急電話，分別是阿姆斯特丹的德．葛魯特教授、香港的劉教授和巴塞隆納的維佛第教授，他們都很急著想對你下聘書。我不希望你白白喪失這些良機。我向他們保證，你一回來，馬上會給他們回音，也告訴他們你很樂意接受。不過我需要你告知你的計畫，以幫你保住機會。

希望你沒有生病才好。

詹姆士．布列克艾德 敬上

羅蘭聽出了布列克艾德話中帶刺，用最諷刺的蘇格蘭風格調侃他，讓他很不悅，然而過了一下子，他瞭解到，這封信其實很有可能是真心慷慨的信，親切的程度超過他應受到的待遇。除非是，信中暗藏了奸詐小人的計畫，想藉此重新跟他搭上線，然後狠狠整他一頓？這種假設似乎不太可能；從這種新的角度來看，布列克艾德地下室裡張牙舞爪又高壓統治的惡魔，似乎只是他自己主觀想像出來的產物。布列克艾德曾經將他的命運握在手裡，也曾經似乎一點也不想助一臂之力。現在羅蘭能擺脫他了——而他正主動幫忙，沒有阻礙他，讓他自由。羅蘭再三思考整件事。他為什麼要不告而別？部分原因是茉德——這項發現有一半是她的功勞，兩人之中任何一人如果和別人分享這項發現，必定等於是背叛對方。他決定不要去想茉德。還不是時候，在這裡不行，不能在這種情況下去想她。

他開始在公寓裡心浮氣躁地走來走去。他想過要打電話給茉德，把他收到回信的事情告訴她，後來還是決定不打。他需要獨自一個人好好想一想。

他意識到公寓裡有種奇怪的聲響——一種又鋸又刮的聲音，彷彿是有人想破門而入。聲音停了下來，然後再度開始。羅蘭仔細傾聽。刮動的聲音，伴隨著一種奇怪而斷續的呻吟聲。經過一段時間的恐懼，他想到原來是貓咪在他前門外面抓著門前墊。在庭園裡，有隻貓扯開喉嚨大吼，附近有貓呼應。他心裡隨意想了一下，究竟有多少隻貓，牠們以後的下場會如何。

他在思考藍道弗．亨利．艾許。在追尋艾許的信件過程中，他們接近了艾許的生活，他卻和他疏遠了。在羅蘭純真無邪的日子裡，他不是獵人，而是讀者，瞧不起莫爾特模．克拉波爾，覺得自己在某些方面能和艾許平起平坐，或覺得自己和艾許有血緣關係，而艾許寫詩是為了讓他能盡可能動腦來閱讀。但艾許寫的信，不是要給羅蘭或其他人看。他的信只寫給克莉史塔伯．勒摩特看。羅蘭的發現，最後卻成了一種失落。

他從安全的藏放之處取出信件草稿——所謂的安全之處，是他書桌上一個標著「伊尼亞德史詩第四章筆記」的卷宗——拿出來重新讀過。

「自從我們那一次令人驚喜的談話，我的腦中就再也容不下其他思緒。。」

「自從我們不期而遇並愉悅地交談之後，我的腦中幾乎再也容不下其他思緒。」

他想起那一天，那些黯淡的紙頁從艾許的維科《新科學》書中冒出來。他想起自己翻查維科的冥后普羅賽比娜。他想起當時他研究了艾許的《金蘋果》，想在維科的普羅賽比娜和艾許這首詩中的她之間找出關聯。羅蘭將他的艾許從書架上取下，坐到書桌前閱讀。

作家有可能為讀者製造出——或者至少是重新製造出——吃、喝、旁觀、性愛等人類最基本樂趣。小說有它本身的強制性原力，是加上甜香料、綠點斑斑的金色蛋捲，是融化的奶油，形成夏天的滋味，或是奶油一般光滑的臀部，堅實而溫暖，勾勒出熱情的孔穴，還有一、兩根蜷曲的毛髮，性愛的驚鴻一瞥。習慣上，小說不會一直經營這種強烈的閱讀樂趣。原因很明顯，最明顯的一個原因是：樂趣具有退化的本質，甚至稱得上一種「敘事內鏡」（mise-en-abîme）：文字將吸引來的注意力轉移到文字的力量和趣味上，就這樣退化、退化再退化，結果使我們的想像經驗變得如同紙張一般平面而枯燥，變成一種自我陶醉，也遙遠得令人覺得不適，找不到性愛的立即潤澤，或上等勃艮地香味濃郁的深紅色光澤。然而，擁有羅蘭這種天性的人，在閱讀的激動之中又同時保持沉著，既保持最警覺，又最陶醉其中（「陶醉」〔heady〕這個詞非常不可思議，可以暗示感官的靈敏度，也可以同時表達相反的意思，智性的喜悅對立五臟六腑——雖然，這兩種官能同時運作時，彼此會受到對方牽動，這一點我們都很清楚）。

這麼一來，羅蘭想到，重新閱讀《冥后普羅賽比娜的花園》這首詩第十二次，或甚至第二十次，他可以說自己「瞭解」這首詩，因為他已經體驗過裡頭的所有文字，照文字的先後順序，或是不照順序；在記憶裡，或是選當中的句子來引用，或是錯誤引述。另外還有一種「瞭解」是，他可以預測——有時還能背誦出來——接下來會出現的字，或甚至更遠處的文字，那些他的心思所棲之地，像鳥爪抓著樹枝一樣。他想到：作家創作時獨自一人，讀者閱讀時也是獨自一人，雙方卻又是與對方同在。沒錯，作家可能曾經和斯賓塞《仙后》裡的金蘋果單獨同在，在普羅賽比娜花園裡的灰燼與煤渣之中閃閃發光的金蘋果。作家可能在腦海中看過他心心念念的蘋果，波提伽利《春天》（Primavera）畫裡的金色果實，看過失樂園，在夏娃想起波摩娜[151]和普羅賽比娜的花園中。他寫作時單獨一人，卻又並非單獨一人，這些所有的聲音合唱著，相同的文字，那些金蘋果，那些不同地方的不同文字，愛爾蘭的城堡，看不見的小屋，眼動脈和圓滾滾的灰色盲眼。

相同的文字，也可以讀得很乖巧盡責：去勾勒、解剖，去聆聽聽不見的聲音在窸窣作響，細數灰色、微小的代名詞當作消遣或指引，讓你有段時間沒注意到金色或蘋果。其他還有非常個人的閱讀，抓取純屬個人的意義：讓自己充滿愛意，或是滿心作噁或恐懼；掃掠愛意，或是憎惡、恐懼。請相信，也有那種非關個人的閱讀，腦海裡看到的是字句往前推進，聽到的是字句的一路吟唱。

偶爾，閱讀會讓人頸背上有形或無形的毛髮直豎、顫抖，在每個文字燃燒並閃耀之時，如此激烈、顯著、無限、精確之時，有如寶石，有如黑暗中的星點。在這種閱讀中，我們會知道該作品與眾不同、更為精采，或為之感到心滿意足，而且是在我們能夠說出什麼道理之前就已經知道。在這種閱讀中，你會感覺其內容似乎是全然嶄新的，是你從來沒有看過的，又隨即心生一種感覺，覺得這樣的內容其實一直都存在，我們讀者也知道它一直存在，知道它**一直**是這個樣子，只不過我們現在才頭一次體認到它、對我們的所知有全然的認識。

羅蘭讀了《金蘋果》，或者說他重讀了。他慎重的樣子，彷彿當中的文字是活生生的生物或寶石。他看到樹木，看到水果、水泉、女人、青草，看到單一卻外形多變的蟒蛇。他聽見艾許的聲音，確定是他的聲

151　波摩娜（Pomona），羅馬神話的果樹女神，職司促進草木輪迴，確保來年豐收。

音，是他自己的聲音錯不了，他也聽見了語言往前進，蛇行出自己的花樣，讓任何人類都觸摸不到，不論讀者和作者都一樣。他聽見維科說，最早出現的人類是詩人，最早出現的文字是名稱和事物。他也聽見自己奇怪、必要卻無意義的字彙表，是他在林肯郡時整理出來的，也看出它們是什麼了。他還看出克莉史塔伯既是繆思也是普羅賽比娜，也看出她其實都不是，而一旦他瞭解了這一點，它在他眼裡顯得非常有趣、適切，讓他因此笑出聲來。艾許當年展開了他的追尋，找到了讓他展開追尋的那個線索，然後一切都拋開了，那封信、那些信、維科、蘋果、字彙表。

「牠們在庭園裡嚎叫，提高嗓門嚎叫，表示飢餓與孤寂。」

他的書桌上擺的那一小張藍道弗．艾許的石膏塑像相片複製品，意義很曖昧。有兩種解讀的方式任君挑選；彷彿你正盯著一具空模子，彷彿他臉頰與額頭上的平坦處、無神的雙眼、寬厚的額頭都是刻出來的，正在向外望。你可以在裡面——在那雙緊閉的眼睛後面，像演員一樣帶著面具：你可以在外面，看著告一段落，如果不是完結的話。他的書本首頁有張艾許臨終時的相片，茂盛的白髮，在生死交橫之際表現出疲憊的神情。這些死人，以及馬奈筆下機警又聰明的感官主義分子、瓦慈筆下的先知，全都是同一人——只不過他們也是馬奈和瓦慈——文字也是一體的：樹木、女人、流水、青草、蛇與金蘋果。他一直都將這些層面視為自己的一部分，羅蘭．米契爾的一部分。他和它們共同生活。他記得曾和茉德談論到矛盾自我的現代理論，組成的成分有信仰、慾望、語言、分子等衝突體系。這一切全都是艾許，也全都不是艾許；而他瞭解艾許，如果他沒有完全掌握艾許的話。他摸過艾許摸過的信件，艾許的手曾經在上頭游移，急切又猶豫，推敲、斟酌自己的文字。他看著詩作依然灼熱的痕跡。

艾許說的是——不是對羅蘭一個人說，他沒有受到特別眷顧，只是他恰巧出現在那裡，在那個時候，所以可以理解——字彙表很重要，是命名事物的文字，是詩的語言。

他也學過，語言本質上有所欠缺，永遠無法表達出存在的東西，只能表達出語言本身。

他思考著石膏塑像。他可以，也不可以，說那塑像和那人是死的。發生在他身上的改變是，可以用很多方式來說，已經變得比「不說」更有意思。

他飢腸轆轆到了極點，正要幫自己拿來甜玉米罐頭時，他再度聽見貓咪在哭叫，抓著他的大門。他找到一堆沙瑙魚和沙丁魚的罐頭——他和凡兒生活儉樸，拿罐頭當主食。他打開一個罐頭，放在淺盤上，放在公寓門口裡面，打開門，幾張臉往上看他，三角形的光滑黑臉，金色眼睛，臉上長了貓頭鷹般的腮鬚，有虎紋貓，有煙灰色的小貓，也有一條胖胖的橙色公貓。他放下淺盤，用他聽過老婦人呼喚貓咪的方式招呼貓咪過來。牠們杵在那裡一陣子，偏著頭，他則看著牠們的鼻孔擴大，嗅著空氣中的油香。然後牠們急速衝過他身邊，肚子貼地，罐頭食物一掃而空，有兩個頭又咬又吞，多隻腳在交戰，身體扭曲迂迴，失望的貓咪發出一長哭叫聲。他再開一些罐頭，在地上放了一排淺盤子。柔軟的貓腳很快跑下台階，針狀的白牙撕裂魚肉，滿足的皮毛蜷曲起來，在他腳踝邊呼呼叫，引起小小的靜電火花。他看著牠們。十五隻貓。牠們也抬頭看著他，清澈的綠色玻璃眼睛，黃褐色眼睛，也有黃色和琥珀色的眼睛，在玄關的燈光下瞳孔縮小成窄窄一線。

他認為，他沒有理由不能到庭園裡去。他回來時走過地下室，後面追來幾頭腳步輕盈的野獸，拉開禁忌門閂，狠刮粗糙的鐵鏽。門邊有幾堆紙，他不得不移開（凡兒說過，這些東西會引起火災）。中央的鎖是耶爾牌的鎖，開鎖後推開門。晚間的空氣流進來，又冷又濕，又有泥土味，貓咪也跟著他出來，跑在前頭。他走上石階，繞過牆壁，走過他受到局限的視線以外之處，站在狹隘的庭園中，站在樹下。

這個十月，雨下得很多；草坪覆蓋著潮濕的落葉，儘管有些樹木仍然蓊鬱。樹木將複雜的手臂向上舉起，呈現黑色，背景是街燈散發出的粉紅色霧光，蓋在更遠處黑色的空間之上，而非混成一片。在他的想像中，他無法進入庭園時，似乎裡面有一大片呼吸的樹葉和真正的泥土。現在他走出來了，顯得比想像中還小，不過仍然神祕，原因是有泥土，植物在上面生長。他可以看見蜿蜒的紅磚牆上的桃子樹，這道圍牆以前圍起來的是菲爾費克斯將軍在普特尼的地產。他走過去觸摸圍牆，烤磚當時砌得很結實，現在依舊穩固。安德魯．馬爾維爾曾經擔任過菲爾費克斯的祕書，曾在菲爾費克斯的庭園中寫詩。羅蘭不太確定自己為什麼這麼高興。是因為那些國外來的信件嗎？還是因為艾許的詩？還是因為未來已經開啟？還是只是因為自己獨自一人？

他偶爾會迫切需要獨處，最近卻苦無機會。他走在小徑上，走在圍牆裡，來到庭園盡頭。他回頭看著那棟淒涼的房子，在草坪的另一邊。貓咪跟著他後面過來。牠們如蛇般的身體在草地上的樹影間穿梭，一下子在燈光中閃現光澤，一下子在黑暗中如絨布般漆黑。牠們的眼睛時而猛然射出光線，空洞泛紅的眼球，中間帶有微藍色的光芒，在黑色的部分有綠色的彎曲線條，閃閃發光，然後消失。他回想起過去幾年來牠們濕臭的味道，他住的地方簡直是滴水的山洞，現在即將離去——這一點他很確定，他是走定了——卻感覺到單純想對牠們友善一點。明天，他要好好想一下，如何安排牠們的出路。今天晚上，他開始想到文字，從心底某個井口湧出的文字，一個一個字彙表自動排列成詩。「石膏塑像」、「菲爾費克斯磚牆」、「幾隻貓咪」。他能夠聽到，或是感覺到，甚至幾乎可以看到，一種他還不認識的聲音所構成的那些樣式（patterns），而那是他自己的聲音。他的詩並非細心觀察之作，也還不是魔法，或是對生、死的省思，雖然以上的成分，他的詩裡全都找得到。他又加上一個字彙：「貓咪搖籃」[152]。因為他發現了應該說什麼，而他要說的事，可以用形狀從何而來又是如何展現來描述。明天他要去買本新的筆記本來寫下。今天晚上他單憑記憶寫下來的應該足夠了。

他有時間去感受之前和之後的奇異之處。一小時前，他還寫不出詩；現在，詩句如同雨水般落下，真實無比。

152 拉線形成圖案的遊戲。

第二十七章

在某些心境下，我們逐步葬送生命
快速、連續、貪婪；我們必須擁有更多生命
只是**更多的生命**消磨掉我們僅存的少量時間與祥和。
我們受到結局的驅使，同樣受到飢餓的驅使。
我們**必須知道**，整體的形狀，
必須知道線條連接處是強是弱，
是錯綜複雜，抑或是粗製濫造的大線團。
我們順著連線處摸索前進，無法放開
這條光亮的好奇心之鏈
鎖鏈成為枷鎖。枷鎖拖著我們
走過光陰之路——「然後，再然後，再然後」，
走向我們悟出的極致終點。
我們必須擁有刀子、飛鏢，與圈套，
最後的擁抱、結婚金戒指
是戰爭的號角，還是臨終的刺耳聲
雖然我們知道，必須知道，它們全為一，
結束、終結、最終的震驚
終結了所有震驚，也終結了你我。我們渴求

腳步輕盈、思考、緊張生活
動作停止或咽喉塞滿
最甜美的確定感，只不過，有了這樣的幸福
我們戛然停止，如同雄蜂在激烈的求偶舞蹈中，
發現了幸福，也發現他在空中的短暫性命
快速終止。

——藍道弗．亨利．艾許

莫特雷克會議的氣氛歡欣，具有共謀的意味，是很不可能發生的情況。會議舉行的地點在碧翠絲．耐斯特的家，由她主動邀請（大家串通之後同意，莫特雷克會議必須在莫爾特模．克拉波爾的雷達範圍之外舉行）。碧翠絲做了洋蔥奶油塔、綠色沙拉、巧克力慕斯，和她曾經做給自己的研究生吃的一樣。奶油塔和慕斯看起來很可口，碧翠絲很高興。她將注意力集中在手邊的事，而且遠離了莫爾特模．克拉波爾的威脅，因此她忽略了賓客之間暗潮洶湧，有些事情隱瞞沒說，講出的是替代的話。

茉德最先抵達，看起來很嚴肅，若有所思，綠色的絲圍巾再度纏繞在頭上，用黑玉美人魚固定住。她站在角落，靜思立在碧翠絲小寫字檯上銀框的艾許相片。放相片的地方，一般人都會拿來擺父親或是另一半的相片。那張艾許的相片，並不是晚年銀髮智者的模樣，而是早年的照片，大團黑髮，外表幾乎像海盜。茉德自動開始分析其中的記號語言；相框的實心阿拉伯式花紋，選擇的相片，相框座顯然能抓住觀眾視線，發明快照之前的十九世紀那種靜止不動的眼神。她也注意到，相片裡面是艾許本人，而非他的妻子。

跟在茉德之後到來的是凡兒和尤恩．麥克英太爾。碧翠絲並不太瞭解這種組合。她偶爾會碰到凡兒，從艾許工廠的工作組邊緣鬱鬱寡歡地盯著看。她注意到了凡兒新而稍顯叛逆的光彩，不過礙於學者一次只應付一個問題的態度，並沒有想去做合理的解釋。尤恩稱讚她，能在無意間聽到莫爾特模．克拉波爾的談話內容

時加以注意並報告出來，他也宣布整件事會轉變得非常刺激，這些再加上奶油塔和慕斯的成功，進一步改變了碧翠絲的心情。碧翠絲最初顯得很警覺，有種壓抑感。

跟在凡兒和尤恩後面來臨的，是羅蘭。他什麼話也沒有對茱德說，只是和凡兒開始進行冗長的對話，討論如何養活大群野貓，要不要打電話給動物福利協會。碧翠絲並沒有聽到羅蘭和茱德之間的靜默，當然也沒有察覺羅蘭並沒有告訴大家關於香港、巴塞隆納和阿姆斯特丹的事。

碧翠絲自己先前打電話給布列克艾德，以理所當然的口氣告訴布列克艾德，她已經和貝力博士以及羅蘭·米契爾聯絡過，他們希望能見個面，討論一下艾許—勒摩特的信，也將她偷聽到克拉波爾教授的對話內容轉告布列克艾德。最後一個客人到的時候，她打開門時，布列克艾德介紹她給李奧諾拉·史鄧教授，他臉上的表情混合了尷尬與趣味。李奧諾拉身穿著紫色羊毛斗篷，附有連身帽，顯得燦爛輝煌，衣服外圍點綴著黑絲辮子，裡面穿的是一種紅色的俄國束腰寬外衣，絲意厚重，下面是寬鬆的黑色中國長褲。李奧諾拉對碧翠絲說：「我跟著過來，希望妳別介意啊。我保證不會騷擾到任何人，只是這些東西，在學術上，我自己也感到興趣。」碧翠絲能夠感覺到自己的圓臉做不出歡迎的微笑。李奧諾拉說：「噢拜託啦，我會和老鼠一樣，盡量不出聲。我可以事先發誓，我不會用偷偷摸摸或公開的方式拿走任何手稿。我只想**看看**那些個東西而已嘛。」

布列克艾德說：「我認為史鄧博士對我們可能會有實質上的幫助。」

碧翠絲開著門，讓他們登上狹窄的樓梯來到二樓小小的接待室。布列克艾德認出羅蘭，對他點點頭，這時有種複雜的寂靜圍繞在現場，碧翠絲自然注意到了。然而李奧諾拉擁抱茱德時又長又富戲劇性，其間欠缺的資訊或是指責，碧翠絲卻無法完全看懂。

他們圍坐在接待室的邊緣，坐在扶手椅和廚房椅上，盤子放在膝蓋上。尤恩·麥克英太爾打開話匣子。他說，他認為他可以解釋自己為什麼要來，是為了替茱德提供法律上的建議，因為依他所見，茱德確定是勒摩特信件所有權的繼承人，至於艾許的信件手稿，也幾乎能確定歸茉德所有，只不過信件的版權就不是同一回事了，因為版權屬於藍道弗．艾許的繼承人。

「信件是收信人的財產——就信件實體而言——但是版權仍然歸寄件人所有。以這些信件來說，很明顯的是，克莉史塔伯．勒摩特要求艾許寄還她寄出去的信，而藍道弗．艾許也照辦。羅蘭和茉德已經看過所有的信件內容，非常確定這一點。我也有法律上的證明——一份遺書，有克莉史塔伯．勒摩特的見證和簽名，她將**所有的**手稿留給玫雅．湯瑪辛．貝力，就是茉德的曾曾祖母。我認為，真正的繼承人應該是茉德的父親，因為他還活著，不過他已經將這些手稿贈與茉德，而茉德也已經將手稿存放在位於林肯的女性研究資源中心。茉德還沒有將我的發現告訴他，對於媒體報導克拉波爾教授願意花大錢向喬治．貝力爵士買下，茉德認為父親一點興趣也沒有。喬治爵士認為他是這些信件的所有人。然而茉德認為，她父親幾乎完全不可能將信件賣給史坦特收藏中心基金會，因為她希望能將信件留在國內。

你們可能在思考著版權法，或許我應該補充說明，版權所有權的保護期間，是**從出版的那一刻起**，到作者死後五十年之間。如果是死後才出版，版權期間從出版時間算起的五十年。信件沒有出版過，因此版權還是屬於信件原作者的繼承人所有。我剛才也說過，手稿屬於收信人所有，版權屬於寄件人所有。我們不清楚艾許爵士希望如何處置，但是從耐斯特博士告訴我們的話來判斷，似乎克拉波爾已經教休德布蘭．艾許答應他，信件本身和版權都要給他。」

布列克艾德說：「他這個人很讓人生氣，做法不擇手段，不過他的版本完整，研究做得也一絲不苟，依我的看法，如果不允許這些信件以標準版來發表，未免也太卑鄙了。我認為，如果這些信留在國內，理論上就有可能拒絕讓他接觸到，理論上也有可能讓休德布蘭．艾許拒絕任何人編輯，因此會產生進退不得的情況。當然了，還有艾許爵士本人了。他可能會允許英國的版本先出來，這樣就能保護版權，然後再允許克拉波爾接觸到。你認為我們以後和喬治．貝力爵士會官司打個沒完嗎，麥克英太爾先生？」

「如果依照他逞強好鬥的個性，以及他對於信件在實際上、有實無名的擁有權來說，我認為會。」

「艾許爵士身體非常不好。」

「我知道。」

「容我請教一下，貝力博士，如果妳果真擁有所有信件的手稿，妳打算如何處理？」

「現在要談信件的歸宿，我認為時間還沒有成熟，我也有種迷信的恐懼——那些信件不是我的，可能永遠也不會是。**如果**信件以前是的話——如果現在是的話——我希望能留在國內。我自然會希望勒摩特的信能保存在女性研究資源中心，而資源中心並不是十分安全，不過她其他的所有東西，從我的家族繼承而來的東西，都已經保存在那裡。另一方面來說，我並不希望保存在女性研究資源中心，因為我全都看過，覺得信件全部應該保存在一起。這些信件彼此依存。原因不僅是這些信具有連續性，一封接一封看才能看懂，也因為每封信都是彼此的一部分。」

她很快看了羅蘭一眼，然後迅速轉移視線，盯著艾許的相片看。艾許的相片放在羅蘭身後，在他和凡兒之間。

「如果妳賣給英國圖書館的話，」布列克艾德說：「也可以透過其他方式來造福資源中心。」

李奧諾拉說：「如果來自世界各地的學者都到中心，那樣才算造福吧。」

羅蘭說：「我希望貝力夫人**能**擁有一部新的電動輪椅。」

大家突然將注意力轉到他身上。

「她那個時候對我們很好。現在她生病了。」

茉德撥平頭髮輪廓。

「輪椅的事，我自己也想過。」她說，語氣中帶有些許憤怒。「如果信件**是**我的——如果我將所有信件或是一半賣給英國圖書館——我們就有能力負擔輪椅了。」

「他可能會把輪椅往妳身上扔。」羅蘭說。

「你希望我把手稿全**給**他嗎？」

「不是，只是希望能想辦法——」

布列克艾德看著這兩位最早開始研究的人開始吵起架來。

「我想知道的是，」他說：「妳最初是怎麼發現信件的？」

大家看著茉德，茉德看著羅蘭。

這是個表白的時刻。也是拋棄附身靈魂的時刻，或者更貼切的說法是驅魔。

「那時候我在念維科。」他說。「是艾許那本米什雷翻譯維科的版本。在倫敦圖書館裡。結果一些文件全跑出來了。文具帳單、拉丁文筆記、信件、邀請函。我當然告訴了布列克艾德教授。但是我發現的重點並沒有告訴他。我發現了一封信開頭的兩份草稿，對象是女性——裡面並沒有說是誰——不過是在他和克雷博·羅賓森吃早餐後寫的——所以我研究了一下——發現了克莉史塔伯·勒摩特。所以我去找茉德，推薦人是——誰啊，對了，是佛格斯·吳爾夫。我不知道其中的家族關係之類的東西，她拿白蘭琪·葛拉佛的日記給我看，然後我們開始想知道思爾園地會不會也有東西。我們過去看——遇到了貝力夫人，她帶我們去看克莉史塔伯的角樓，茉德記得有首詩寫到洋娃娃守著祕密，查看一下還放在她房間裡的娃娃床，結果就在那裡，信件就在那裡，藏在床墊下的空間裡……」

「貝力夫人喜歡上了羅蘭，因為羅蘭救了她一命。羅蘭忘記告訴各位了。羅蘭說他可能會回來看看信件，給他們建議——所以我們在耶誕節時過去——」

「我們先看過一遍，做了筆記——」

「然後羅蘭理解出來，一八五九年艾許到約克郡進行動物學探索研究時，勒摩特可能跟著一起去。」

「所以我們到約克郡去，發現了——很多**文字上**的證據，證明了兩個詩人或許都到過那裡——約克郡的用語以及《曼露西娜》裡面的景觀——兩個詩人的作品裡都有相同的詩句—我們認為她一定到過那裡——」

「然後我們發現了勒摩特在白蘭琪·葛拉佛自殺之前失蹤一年，是跑到布列塔尼躲起來——」

「啊，對了，你們不就是那樣嘛。」李奧諾拉說。

茱德說：「李奧諾拉，我錯得很離譜。我拿走妳那封雅瑞安．勒米尼耶的信，然後不告而別——因為這個祕密不只是我的祕密，也是艾許和羅蘭的祕密，就算不是，當時我的感覺是如此。不管怎麼說，勒米尼耶博士給了我們一份莎賓．德．蓋赫考茲的日記影印本，我們這才清楚，原來她在那裡生了小孩——後來不見蹤影——」

「然後你們就來了，還有克拉波爾教授，然後我們回家。」羅蘭簡短地說。

「接著尤恩奇蹟似地帶著遺囑出現了——」

「我認識喬治爵士的律師，我們共同擁有一匹馬。」尤恩解開了碧翠絲腦中一大謎團。

「現在似乎很清楚了，」布列克艾德說：「《媽咪著魔了嗎》針對的是勒摩特和荷拉．雷依之間的關聯，而大家都知道艾許擾亂的那場降靈會中，勒摩特也在場，我的**猜測**是，艾許相信勒摩特想在降靈會上對死去的小孩講話。如果是**他的**骨肉的話，會讓他勃然大怒的。」

「我知道，」李奧諾拉說：「因為我有個好朋友，是我們女權分子姊妹，她在史坦特收藏中心的辦公室上班，她說克拉波爾一直在看信件的傳真，上面寫著勒摩特非常愧對普莉希拉．賓．克拉波爾，這個人是靈魂學家、社會學家、女權分子、催眠家，也是克拉波爾的曾曾祖母。」

「講到這裡，」布列克艾德說：「我們能歸納出兩個，不對，應該是三個，最後的問題。

第一：小孩後來怎麼樣了？是生還是死？

第二：克拉波爾想發現的究竟是什麼？他有什麼樣的根據？

第三：原先的信件後來怎麼樣了？」

大家再度看著羅蘭。他取出皮夾，打開裡面安全的藏放之處，拿出信件。

他說：「是我拿走的。我也不知道為什麼。我從來沒有打算——沒有打算要永久佔為己有。我不知道當時是被什麼樣的靈魂附身了——當時似乎很簡單，似乎就是我的發現——我的意思是，因為他把信件藏在維科裡，當作是書籤或是什麼的，沒有其他人碰到過。我一定要歸還。這些信是誰的？」

尤恩說：「如果那本書是給倫敦圖書館的禮物或是遺贈品，可能就屬於圖書館。版權屬於艾許爵士。」

布列克艾德說：「如果你交給我，我保證歸還給圖書館，不會問你任何問題的。」

羅蘭起身，走到接待室另一邊，將信件交給布列克艾德，看得出來他忍不住想當場看一下，以很有愛心的方式將紙張翻過來，如同著魔似地，認出了筆跡。

「你真有兩把刷子啊。」他挖苦羅蘭。

「只是碰巧事事順利而已。」

「沒錯。」

「結局好的話，一切都好。」尤恩說。「感覺就像莎士比亞一個喜劇的結局。在《皆大歡喜》結尾的時候，坐著鞦韆下來的那個人是誰啊？」

「海曼。」布列克艾德淺淺一笑，說。

「或者像是推理小說最後揭開面具的情節一樣。我一直很想當艾柏·坎比恩[153]。我們的壞人還沒有解決掉。我建議讓耐斯特博士把她聽見的東西說出來聽聽。」

「這個嘛，」碧翠絲說：「他們是過來看愛倫日記的結局——不，不是結局，應該說，她怎麼描述艾許的結局，也看看裡面說到克拉波爾教授一直很有興趣的那個盒子，就是愛倫下葬時有人看到還好端端的那個盒子。你們知道，就是那個。我去上洗手間——那天沒有其他人在，布列克艾德教授，辦公室裡你那一區，一個人也沒有——你們也知道，上洗手間要走很長一段路。所以我回來的時候，他們沒有料到，結果我聽見克拉

153 艾柏·坎比恩（Albert Campion），「推理小說黃金時代」四女傑之一瑪格麗·艾林翰（Margery Allingham, 1904-1966）創作的一系列偵探小說和短篇小說中的知名虛構角色。

波爾教授說——我的文字記憶不好，所以我轉述的話並不是逐字不改，我聽到後非常震驚——他說：『這東西可以繼續保密好幾年，只有我們兩人知道，然後你繼承遺產時，這東西就會**出現**，我們就能找到——你就能**找出來**——然後我就向你買——全部都是檯面上的交易。』休德布蘭．艾許說：『道德上來說，不管牧師怎麼說，這東西都是我的，對不對？』然後克拉波爾說：『對，不過牧師這個人很愛搗蛋，英國法律裡有很多笨蛋條款，禁止侵擾埋葬地，還需要主教認可，那種險，我覺得我們不能冒。』休德布蘭．艾許又說了：『那東西是我自己的財產。』克拉波爾教授說，那東西屬於休德布蘭，也屬於全世界，他自己會是個『謹慎的監護人』。休德布蘭說，會像是個萬聖節的歷險記，克拉波爾教授嚴肅地說，這是很嚴肅的專業行動，他不久後回到新墨西哥州時……

「然後我覺得我應該咳嗽還是什麼的，以免他們注意到我站在陰影裡。所以我往後退了好幾步，然後**弄出聲響**走過去。」

「我相信他幹得出盜墓的勾當。」布列克艾德嘴唇緊閉地說。

「我知道他有那種能耐。」李奧諾拉．史鄧說。「在美國，有各式各樣的謠言，比如說，有些地方性的小收藏，玻璃櫃中的東西也會消失，是有特殊意義的珍品，例如愛倫坡的典當的領帶夾，梅爾維爾寫給霍桑的信之類的東西。我有個朋友幾乎說服了瑪嘉烈．富勒的一個朋友的後代，賣給她有關富勒到翡冷翠和英國作家見面的信，是在她上了死亡之船之前寫的，充滿了女性主義關心的東西——結果殺出了克拉波爾這個程咬金，給了對方一張空白支票，對方拒收。隔天，他們過來找手稿的時候，已經不翼而飛了。怎麼找都找不到。不過我們認為，他就像那種神話似的百萬富翁，專門買通小偷幫他偷《蒙娜麗莎》和《食薯人》——」

「他覺得那些東西**屬於他**。或許吧，」羅蘭說：「因為最愛那些東西的人是他。」

「那樣講太仁慈了。」布列克艾德邊說邊將手裡的原版艾許信件翻過來。「這麼說來，我們要假設他趁著夜闌人靜闖空門，打開裡面閒人不得接近的珍品櫃，裡面的東西從來沒有人看過——」

「謠言是這樣傳的沒錯。」李奧諾拉說。「你知道謠言這種東西是怎麼一回事，會隨風飄動，生根萌芽。不過我認為這個謠言並不是空穴來風。富勒那個故事確實不假，這個我確定。」

「我們應該怎麼阻止他？」布列克艾德說。「報警嗎？還是跟羅伯特．岱爾．歐文大學申訴？還是跟他正面衝突？後面兩種方法，他四兩撥千斤就解決了，第一個辦法有點荒謬——接下來幾個月，他們沒有人來阻止他。如果我們現在打消他的念頭，他會乾脆很有風度縮手，過陣子再來。我們又不能讓他被驅逐出境。」

尤恩說：「我打過電話到這家旅館，也打過電話到休德布蘭鄉下的房子，發現了一些東西。我假裝是他們的律師，表示有急事要告訴他們，然後就得到他們真正的去處。就是在北當斯的老山梨樹旅館，有點靠近，又不是很靠近禾德旭。兩個人都在那裡。耐人尋味。」

「我們應該警告一下札克斯牧師。」布列克艾德說。「就算通知他，用處也不大，他痛恨**所有**的艾許學者，也討厭為詩尋根的人。」

「**我**認為。」尤恩說。「我這樣講，可能聽起來有點胡鬧，有點像偵探坎比恩先生的老套，不過我真的認為，我們必須當場把他逮個正著，然後從他手裡拿走——不管他挖到的東西是什麼。」

一陣興致高昂的低語聲在接待室裡傳開來。碧翠絲說：

「我們可以在他正要褻瀆墳墓之前抓他。」

「理論上可以，理論上可以。」尤恩說。「實際上呢，我們可能需要採取保護措施，保護裡面的東西，如果裡面真的有什麼東西的話。」

「你認為他覺得，」凡兒說：「故事的結局在盒子裡嗎？因為沒有原因顯示結局在盒子裡啊。那個盒子裡，任何東西都有可能，也可能什麼東西也沒有。」

「這一點我們知道。他也知道。不過這些信件讓我們全部人都顯得——在某些方面來說——有點愚蠢，因為我們就手中的證據來概論很多人的一生。艾許在一八五九年的詩，沒有一首不受到這件事的污染——我們有需要重新評估**每一件事**——他對靈魂學家懷有敵意的原因就是其中之一。」

「還有勒摩特，」李奧諾拉說：「我們一直都將她標籤為女同性戀／女性主義詩人。她的確是，但是這麼看來，似乎也不完全是。」

「還有《曼露西娜》，」茉德說：「如果早期的景觀都當作是約克郡一部分的話，《曼露西娜》就大異其趣了。我最近一直在重讀。一用到艾許這個字，就不能假設與艾許無關了。」

尤恩說：「這次聚會的主要目的是要研究怎麼破壞盜墓人的好事吧？我們應該怎麼辦？」

布列克艾德很懷疑地說：「我想我大概可以去找艾許爵士出面。」

「我有個更好的想法。我認為我們派間諜去監視他。」

「怎麼個監視法？」

「我在想，如果耐斯特博士沒說錯，他一定很快就要過去開挖。我也認為，如果我們派我們之中他完全不認識的兩個人，去待在同一家酒館，這樣就能通風報信，不然的話，如果有必要單獨跟他正面衝突時，跟蹤他到教堂墓地去，拿張看起來具有法律效力的文件擋駕他的車子——到時候我們不得不隨機行事。可以派我和凡兒一起去。我有點假期可以用。你呢，布列克艾德教授，我相信你不是獲得同意，在遺產顧問董事會下決定之前，不准輸出艾許的手稿吧。」

「如果能阻止他不要去打擾他們安眠的話。」碧翠絲說。

「我真的很想知道，」布列克艾德說：「那個盒子裡面，現在或是以前究竟有什麼東西。」

「還有，是為了誰才把東西放進盒子裡的。」茉德說。

「她吸引你的興趣，然後讓你一頭霧水。」碧翠絲說。「她想要你知道，也不讓你知道。她很有心寫下盒子放在那裡，然後埋藏起來。」

凡兒和尤恩先走，手牽著手。羅蘭看著茉德，而茉德立刻和李奧諾拉開始熱烈對話起來，還擁抱個不停，表示原諒。不知不覺之下，羅蘭和布列克艾德一起離開。他們一起走在人行道上。

「我的行為很惡劣，我很抱歉。」

「我相信是可以理解的。」

「我當時覺得像是被附身了一樣。我非知道不可。」

「要對你下的聘書，你都聽說了吧？」

「我不知道該怎麼辦。」

「你大概有一個星期的緩衝期。我跟他們全部都說過了，還跟他們稱讚你。」

「你真好。」

「你的作品很不錯。我喜歡那篇〈逐行解析〉。很完整透徹。我獲得一個全職研究基金的經費，專門研究艾許。如果你有興趣的話。你一定會說是因為我上了電視之後的意外之財。有個律師對艾許很著迷，而他正好主持一個蘇格蘭的慈善信託。」

「我沒辦法決定應該怎麼辦。我甚至都不確定要不要留在學術界。」

「好吧，和我剛才說的一樣，給你一個禮拜考慮。如果你想討論利弊，歡迎隨時過來。」

「謝謝。我會想一下，然後去找你。」

第二十八章

山梨樹旅館距離禾德旭大約一哩，坐落於北當斯彎曲處的庇蔭中。這個旅館是十八世紀的燧石與石板建築，狹長而低矮，屋頂是長滿青苔的石板。旅館前面有條蜿蜒的馬路，如今現代化後拓寬，穿越植被稀疏的丘陵地；馬路對面有條長長的青草小徑，走上一哩，就可以到禾德旭教區教堂，是十二世紀建造的低矮岩石建築，屋頂同樣是石板，教堂的高塔並不會給人壓迫感，風向儀的形狀是飛龍。這兩棟建築物遠離禾德旭村，在丘陵支線的後面。山梨樹旅館有十二間房，其中五間面對前面的馬路，另外七間在現代的擴建屋裡，以相同的本地岩石建造，蓋在原先房子的後面。這裡有個果園，裡面有餐桌和木鞦韆供夏天的客人使用。所有的美食指南中，都會提到這一家。

十月十五日，這裡的客人很少，天氣比往年這個時候來得暖和——樹葉都還在——不過非常潮濕。有五個房間住了人，其中兩個房間住的是莫爾特模．克拉波爾和休德布蘭．艾許。克拉波爾的房間最好，位於雄偉的正門上方，向外看可以望見通往教堂的小路。休德布蘭．艾許住進他隔壁。他們已經來了一個星期，在各種天候到當斯去漫遊，穿著長統靴、油布夾克以及輕便的連帽防寒外套，保護妥當。莫爾特模．克拉波爾在酒吧裡面說了一、兩次，他想在這附近買棟房子，一年可以撥一段時間過來休息寫作。酒吧有著木板牆，光線暗淡，微微的燈光外面套著暗綠色燈罩，黃銅閃出黃金光彩。他去找過幾家房屋仲介，看了幾個房地產。他很懂森林學，對有機農業很感興趣。

十四日，艾許和克拉波爾走進雷德海，拜訪丹雪與溫特邦的辦公室。他們出城之前順路參觀一個庭園中心，用現金買下幾種不同的重量級鐽子和叉子以及一支鶴嘴鋤，放進賓士車的行李箱裡。十四日下午，他們散步到教堂，而教堂和往常一樣上了鎖，防止外人破壞。他們在教堂墓地裡漫步，看著墓碑。小墓園以搖搖欲墜的鐵欄杆圍住，入口處有張告示，表示這個聖湯瑪斯教區是三個教區的一部分，而這個教區的牧師是朴西・札克斯。聖餐與晨禱於每個月第一個星期天舉行；晚禱在最後一個星期日舉行。

「這個札克斯我不認識。」休德布蘭・艾許說。

「他是個非常討人厭的人。」莫爾特模・克拉波爾說。「軒內塔迪（Schenectady，紐約州）詩文研究基金送給這個教堂艾許在美國巡迴演說時用的墨水池，也送了一些他為美國詩迷簽名的書，裡面還貼了他的相片。他們也送了一個玻璃箱，用來展示這些寶物。結果札克斯先生把東西擺在最不起眼的角落，上面還蓋了滿是灰塵的厚毛呢罩子，外面也完全沒有標明物品的性質，這樣一來，不知情的遊人會完全錯過……」

「反正遊人也進不去。」休德布蘭・艾許說。

「就是啊。這個札克斯，如果研究艾許的學者和艾許迷向他借鑰匙，他的脾氣就變得非常衝。他說——他寫信給我——說教堂是上帝的房子，不是藍道弗・亨利・艾許的陵寢。**我**倒是看不出有什麼矛盾之處。」

「那些東西，你可以用錢買回來啊。」

「可以是可以。我曾經答應要捐龐大的捐款，為的只是外借一下那些東西。那些書在史坦特收藏中心裡面已經有了，不過這個墨水池很獨特。他的回信說，很可惜的是，當初贈送的條件，不包括可以處置這些物品。他沒興趣更改贈禮的條件。他這個人脾氣古怪得可以。」

「那些東西我們也能拿。」休德布蘭說。「順便嘛。」

他笑了一下，而莫爾特模・克拉波爾皺了眉頭。

「我又不是一般的小偷。」他很嚴肅地說。「我要的只是那個盒子，因為裡面有什麼，我們只能猜想——一想到我們取得開棺的法律權利之前那盒子在地下腐敗，一想到**可能永遠也不會知道**——」

「價值——」

「價值多少，有部分要看**我**要多少。」

「很高吧。」休德布蘭口氣中帶有疑問。

「就算裡面什麼都沒有，價值還是很高。」克拉波爾說。「只為求心安而已。可是，裡面不可能什麼都沒有。我很清楚。」

他們在教堂墓地裡轉了一、兩個彎。一切都很寂靜，很有英國風味，到處滴水。這裡的墳墓多半是十九世紀的墳墓，有些年代還要更早，有些比較晚。藍道弗和愛倫的墳墓在教堂墓地的另一端，有長滿青草的圓丘，或是土丘，作為屏障，圓丘上長了一株古老的西洋杉，還有一株年代更為久遠的紫杉，遮掩住了這個安靜的角落，任何人如果走在通往教堂大門的小路上，都不會看見。教堂的欄杆就在墳墓後面，欄杆之外有片田野，修建整齊，長了柔軟的青草，有幾隻行動遲鈍的綿羊，還有一條小溪，將田野一分為二。已經有人在挖了；綠色的草皮整齊堆放在欄杆邊。休德布蘭數了一數，總共十三片。

「一個放在前面，兩排可以蓋住……我做得來。我會切草皮。我對我們家的草坪很有興趣。你是不是在考慮在事後弄得看起來像沒有人動過？」

克拉波爾心想。「我們是可以試試看。整齊放回草皮，上面撒一些枯樹葉和其他東西，希望能在別人注意到之前恢復原狀。我們應該試試看。」

「我們也可以聲東擊西，留下一連串假線索，看起來好像我們信奉邪教，在這裡舉行黑色彌撒之類的東西。」休德布蘭又用鼻子哼一聲，獨自高聲咯咯笑，笑聲拉得很長。克拉波爾看著他粉紅色的肥臉，感覺到對這個人徹頭徹尾的厭惡。他和這個低級動物還要再多混一段時間，讓他覺得很不舒服。

「我們能希望的最好情況，就是沒有人會注意到。如果發生任何事就大事不妙了——如果任何人發現墳墓被動了手腳，也會注意到我們很可能會來到這裡。如果我們找到盒子，拿走盒子，沒有人能證明盒子的確存在，就算他們再挖一次去看一下。他們不會去挖的。札克斯不會允許他們去挖的。不過，我們希望最好的情況——我再重複一次——是希望不要引起注意。」

他們離開教堂墓地時，經過了兩個遊客，一男一女，身穿綠色，夾克裡面縫了襯料，鞋子是長統靴，阻擋無孔不入的雨水，兩人身影融入背景，頗具英國風味。他們在查看的是兩個高聳傾斜的巨石上歡笑的天使或是小天使雕像的頭部。小天使將軟乎乎的腳放在腳凳型的骷髏上。「早安。」他們以相同的音調回應。沒有人和對方四目相接；非常有英國風格。

十五日，克拉波爾和休德布蘭一起在餐廳用餐，餐廳的木板貼得和旅館的酒吧一樣，在岩石壁爐裡用木頭燒了一盆火，令人愉悅。克拉波爾和休德布蘭坐在火爐的一邊，另一邊則是一對年輕情侶，只注意到彼此，面對面在餐桌上握著手。木板牆壁上掛著十八世紀油畫，畫的是牧師和士紳，從上往下看，畫像已經開始龜裂，顏色被蠟燭煙和變濁的亮光漆弄得暗淡。他們在燭光中用餐，吃的是鮭魚慕斯淋上龍蝦醬、雉雞加上所有配料、斯提耳頓乾酪、招牌黑醋栗冰砂。克拉波爾帶著遺憾的心情品嚐這一切。他有相當長一段時間不準備回到這裡，而他很喜歡來這個地方。他喜歡山梨樹旅館；這裡一樓的地板凹凸不平得很浪漫，上面鋪了地毯，在下面吱嘎作響；這裡的走廊很低很窄，高頭大馬的他必須被迫彎腰駝背。這裡的水聲沉重喧譁，讓他很珍惜，他也同樣珍惜的是在新墨西哥州家中那道銀色流水，在裝設黃金水龍頭的流線型浴室裡川流不息。兩種流水各具風情，小巧、擁擠、古代煙燻的英國，乾燥烈日、玻璃、輕鋼鐵、寬廣的新墨西哥州。他熱血沸騰，很興奮，而他真正有所動作時，他的想法像月亮一樣高掛在一地到另一地之間的拋物線上時，不在這裡也不在那裡時，總是會有這種感覺。只是這一次，他比往常都還要來得興奮。晚餐之前的時間他在房間裡做運動，做柔軟體操，扭曲肌肉，轉體、搖擺、打擊，強迫自己的身體柔軟起來。他很喜歡這樣的感覺。他外表仍然很不錯。他穿著運動專用的衣服，黑色長褲，毛巾料的毛衣，站在古鏡前面。他長得很像以前從事海盜生涯的祖先，或者像是電影當中的海盜，銀色的頭髮很浪漫地散亂在眉毛上。

休德布蘭說：「明天啊，美國，我們就要來了。你知道嗎，我從來沒去過美國。只在電視看過。在演講方面，你可要教我幾招。」

克拉波爾在想，或許他可以，或是早該自己一個人包辦。不過這樣的話，就是不折不扣的竊盜罪，不折不扣的入侵，而用現在的方式，他只不過是加速了自然的程序，以後，沒有多久的以後，就可以向休德布蘭買過來，反正這東西遲早都要歸休德布蘭所有，如果艾許爵士的健康狀況確實堪慮。

「你的賓士停在哪裡？」休德布蘭問。

「跟我談談你的——」克拉波爾說，心裡到處搜尋一個安全的談話主題。「談談你的園藝，談談你的草坪。」

「你怎麼會知道我草坪的事？」

「是你之前告訴過我的。別管了嘛，你的庭園是什麼樣子的？」

休德布蘭開始冗長描述起來。克拉波爾四處看了一下餐廳。蜜月小兩口在餐桌上頭碰頭。男方清秀英俊，身上穿的克拉波爾認出來是深孔雀色的克麗絲汀・迪奧的綿羊毛加上喀什米爾羊毛的夾克，握著她的手，拿到嘴邊親了女生的手腕內側。她穿的是象牙白絲質襯衫，在平滑的喉嚨上露出一條紫水晶項鍊，下面是紫色的裙子。她撫摸著對方的頭髮，顯然在那種著迷又不由自主的情況下，將旁觀者排除在意識之外。這種情形在人類一生中發生的時間很短暫。

「我們要等到多晚才要出發？」休德布蘭說。

「不要在這裡討論。」克拉波爾說。「跟我談談有關——」

「我們要退房，你告訴他們了嗎？」

「我已經付了明天晚上的費用。」

「今天晚上真好，很安靜，月亮很不錯。」

上樓到臥房途中，他們撞見那對年輕男女，兩人從大廳裡的木頭電話亭中走出來。莫爾特模・克拉波爾偏著頭。休德布蘭說：「晚安。」

「晚安。」那對男女一起說。

「我們要早點上床。」休德布蘭說。「運動後累壞了。」

女孩微笑，握住男伴的手臂。

「我們也是，要上床睡覺了。晚安。好好睡啊。」

克拉波爾等到一點才出發。萬籟俱寂。壁爐仍在冒煙。空氣很沉重，靜止不動。他之前把賓士車停在停車場門口旁邊；回到旅館時也不會有問題，因為房間鑰匙都附上了前門的耶爾牌鑰匙。他的大車很平穩地噗噗開走，越過馬路，開到通往教堂的小路。克拉波爾把車子停在教堂大門旁邊的樹下，從行李箱裡取出防風提燈和剛買的工具。這時下著小雨；腳下的土地濕滑。他和休德布蘭在黑暗中走向艾許夫婦的墳墓。「你看。」休德布蘭說。他站在教堂和長了紫杉與西洋杉的圓丘之間的一片月光中。有隻巨大的白色貓頭鷹在教堂鐘塔上空盤旋，不急不徐，威武又全然安靜，全心專注在自己的事上。

「真怪。」休德布蘭．艾許說。

「很漂亮。」莫爾特模．克拉波爾說。他這樣說，將自己很興奮、感覺到肌肉與頭腦中充滿力量與確定感，拿來與貓頭鷹做比較，認為自己和貓頭鷹篤定揮動翅膀、輕輕鬆鬆的飄浮很類似。在貓頭鷹之上，飛龍稍微動了一點，一下子往這邊，一下子往那邊，發出吱吱聲，停止，在不連貫的風勢中移動。

他們要趕快行動才行。這項工程兩個人做起來，可能很費力，要在日出之前完成。他們將草皮切割下來，堆在一起。休德布蘭邊喘氣邊說：「那東西的位置，你知不知道？」克拉波爾這才發覺，雖然他的確非常確切知道，那東西放在那塊比人體大的土地底下的某處，其實也只不過是他熱切想像的產物；他經常看到盒子重新埋葬的場面，經常在腦海中看到，盒子的位置是他**憑空編造**出來的。然而，他好歹也是靈魂學家和震盪教徒的後代，很信任直覺。「我們從墳墓頭開始挖，」他說：「挖到可以的深度，然後按部就班往腳部挖過去。」

他們挖著。他們鏟起的泥土堆越來越高，混合了黏土與燧石，也有樹根被砍斷的零頭，有野鼠和鳥類的小骨頭，有石頭，有小鵝卵石。休德布蘭一面挖一面喘氣，禿頭在月光中閃閃發光。克拉波爾揮動鏟子，帶有一種喜悅。他覺得自己站在受人允許的邊緣，一切都沒事。他才不是什麼頭髮花白的老學者，身上發出油燈的味道，一屁股坐著。他正在**動作**，他會找到的，這是他的命運。他將鏟子固定在泥土上，然後帶著狂亂喜樂的心境往下戳了再戳，切割刺穿爛泥巴和頑強的東西。他脫下夾克，以愉悅的心情感受到雨水落在背上。他自己的汗水在肩膀鎖骨之間往下流，也流下胸口，充滿喜悅。他戳了又戳，戳了再戳。「別急嘛。」休德布蘭說，「繼續挖。」克拉波爾以氣音說。他赤手拉著一長條蜿蜒的紫杉樹根，取出沉重的刀子來砍。

「就在這裡。我知道就在這裡。」

「輕一點。別打擾——打擾到——盡量不要。」

「對。我們沒有必要去打擾。繼續挖。」

這時颳起了一陣風，稍微擺動了一、兩棵樹木，發出吱嘎聲，呻吟了一下。突然來了一陣強風，短暫颳起克拉波爾脫下來掛在一旁石頭上的夾克，掉落在地上。克拉波爾心想——他到目前為止都還沒有想過這一件事——在他們挖掘的這個泥土坑底下，躺著藍道弗．艾許和他的妻子愛倫，或是說躺著的只是他們剩下來的遺骸。防風提燈只顯示出他們鏟子鏟出的痕跡以及粗糙、氣味冰冷的泥土。克拉波爾嗅嗅空氣。有個東西好像在空氣中移動搖擺晃動，彷彿準備要一巴掌朝他打過來。他頓時感覺到，非常單純的感覺，**有個形體**，不是人類，而是某種會移動的**東西**，因此稍微倚在鏟子上休息，知覺遲鈍，感覺受到禁止。在這個時候，強烈暴風侵襲薩塞克斯。一長串風呼嘯而過，有如一堵牆壁似的風打在休德布蘭身上，害他突然跌坐在黏土上，喘著氣。克拉波爾再度開始挖掘。一種沉悶的呼嘯聲和口哨聲吹起，然後又是一群呻吟以及吱嘎歎息聲，還有樹木的聲音，發出抗議之聲。有塊瓦片從教堂屋頂滾落下來。克拉波爾開口，然後又閉上。吹進墓園的風，有如從另一個空間闖進來的生物，被困住了，尖叫不停。紫杉和西洋杉的樹枝拚命比手劃腳。

克拉波爾繼續挖掘。「我會的。」他說。「**我會的**。」

他叫休德布蘭繼續挖，不過休德布蘭聽不見他，也沒有注意看；他坐在一個墓碑旁邊的泥巴裡，抓著自己夾克的脖子處，不讓空氣鑽進去。

克拉波爾挖著。休德布蘭開始緩慢爬行到克拉波爾挖掘出的土坑邊緣。紫杉和西洋杉的根基開始動搖，開始橫向移動，開始喊痛。

休德布蘭拉著克拉波爾的袖子。

「停。回去。這已經——超過極限了。不安全。躲雨。」雨點垂直鞭打下來，切割著他臉頰上的肉。

「現在不行。」克拉波爾說。他把鏟子固定住，有如占卜用的棍子，然後再往下挖。

他碰到金屬了。他往下跳進土坑，用雙手亂扒一通。挖到了——是一個橢圓形的東西，蓋滿了腐蝕的痕跡，這種形狀他能認得出來。他坐下來，坐在附近的石頭上，抓著這東西。

強風在教堂屋頂上再度撬下幾塊瓦片。樹木在哭叫在搖擺。克拉波爾的手指頭不聽使喚，還是推著盒子，用刀子砍盒子的一個角。風颳起了他的頭髮，在他頭上瘋狂轉動。休德布蘭．艾許雙手捂住耳朵。他挨過來，對著克拉波爾的耳朵大喊：

「就這個了？是不是？」

「對。大小。對。就是這個了。」

「現在怎麼辦？」

克拉波爾指著土坑。

「填滿。我把盒子放到車子後車廂——」

他走過教堂墓地。空氣中充滿了雜音。有嗚咽聲、撕裂的聲響，他發現是發自小路旁樹木的聲音，以及灌木樹籬前後抽動的聲音，將上半部垂下來的小枝從地上搖上天，再搖到地上。又有瓦片劃破空氣，發出自己的聲音，跌落到地上，或是撞在墓碑上，發出尖銳的碰撞爆炸聲。克拉波爾繼續快步走，拿著盒子，臉上貼著亂飛的樹葉，還有樹汁的痕跡。儘管如此，他還是繼續走，用手指頭摸著他挖掘出來的東西，搜尋、撫摸盒子的邊緣。教堂墓地大門精神錯亂似地在鉸鏈上狂舞，他拚命抓住，這時大門從他手中掙脫，因此救了他一命，他聽見某種聲音從泥土中升起冒出，就好像他在德州看過石油湧出的情形一樣，混在一起的還有另一種聲音，撕裂、拉扯、吱嘎可怕又宏亮，如同在哭吼。在他腳底下的地表震動；他坐下來；這時又有扯裂的聲音，在他眼前有一大團灰色宛如山崩一樣垮下來，伴隨著一大團樹葉細枝在活動空氣中抽打的聲響。這一切聲響的最後一種——除了最先那種衝刺的聲音一直持續下來之外——混合了鼓聲、鐃鈸和劇場用的雷板聲。他的鼻孔充滿了潮濕的泥土和樹汁和汽油味。有棵樹直挺挺倒在賓士車上。他的車子完蛋了，他回到旅館的路也封死，罪魁禍首至少有一棵樹，可能還有更多。

他往艾許墳墓的方面走，迎面而來的是如呼嘯狂潮的空氣，還聽見其他樹木在四周倒下的聲音。他來到圓丘，打開放在上面的防風提燈，看見紫杉舉起手臂，在略呈紅色的樹幹上短暫出現一個巨大的白嘴，張得很開，出現在靠近粗大的樹根附近，而紫杉本身則暈沉沉倒向一邊，繼續緩緩裂開，緩緩裂開，倒在一大叢針葉上，最後終於啪嚓折斷，橫躺在墳墓上發抖，將整個墳墓遮住。他現在進退不得了。他大叫：「休德布蘭！」自己的聲音似乎反彈回來，如同臉上的煙霧一樣。比較接近教堂的地方，是不是比較安全？能走到那邊嗎？休德布蘭哪裡去了？風勢暫時減弱時，他再度大喊。

休德布蘭也大喊：「救命，救命。你在哪裡？」

另一個聲音說：「這裡，在教堂旁邊。撐著點啊。」

克拉波爾從紫杉的樹枝間看到休德布蘭，在墳墓之間的草地上往教堂爬行。在等待他的，是一個漆黑的身影，拿著手電筒，燈光往他的方向晃過來。

「克拉波爾教授嗎？」這個身影說，聲音清晰，具有權威，是男性的嗓音。「你還好吧？」

「好像被樹木壓住了。」

「我們應該可以救你出來。你拿到盒子了嗎？」

「什麼盒子？」克拉波爾說。

「有，他拿到了，」休德布蘭說：「噢，救我們出來啦。這裡太恐怖了，我受不了啦。」

這時出現了爆裂聲，好像是在荷拉．雷依的降靈會上出現的靜電。

「對，他在這裡。對，他拿到盒子了。我們全都被倒下來的樹木擋住去路了。你們還好吧？」爆裂聲。爆裂聲。

克拉波爾決定來個沒命狂奔。他回頭看。一定有可能繞過小路上的樹木——只不過那邊似乎還有其他樹木，一個樹叢，一個先前沒有的巨大鱗狀障礙物，豎立在那邊。

「沒有用了。」身影以驚人的語氣說。「你被包圍了。有棵樹倒在你的賓士車上。」

克拉波爾轉身過來，另一道手電筒的光柱出現，穿過樹枝，如同奇怪的花朵或是水果，又濕又白，羅蘭．米契爾、茱德．貝力、李奧諾拉．史鄧、詹姆士．布列克艾德，還有一個如羊毛般白髮飄逸的人降臨，宛如什麼巫婆或是女預言家，是變形的碧翠絲．耐斯特。

他們花了一個半小時才赤腳踉蹌走回山梨樹旅館。這些倫敦人從莫特雷克開兩輛車在暴風雨之前出發，在前往教堂之前才發現風雨強烈的程度，他們從布列克艾德的標致車裡拿來小鋸子，也帶了尤恩配給他們的對講機。有了這些東西，再加上克拉波爾的鏟子，他們蹣跚行進，爬過也鑽下躺平的樹幹以及歎息的植物，伸出手來幫忙、又推又拉，直到他們來到馬路，看到串串電線和陰暗的窗戶。停電了。克拉波爾讓他們全部進去旅館，手裡仍然緊抓著盒子。大廳裡已經聚集了一群受困的卡車司機、機車騎士，以及兩、三個消防隊員。旅館主人在大廳中走來走去，手裡拿著裝了蠟燭的瓶子。廚房裡的阿嘉牌瓦斯爐上燒著大鍋開水。在凌晨時分，闖進了這麼多濕答答又髒兮兮的學者，外人卻沒有大驚小怪，這是從來沒有見過的情形。一壺壺咖啡和熱牛奶——還有尤恩建議的一瓶白蘭地——都帶到克拉波爾的房間，大家守著他。大家在克拉波爾的包包和休德布蘭嶄新的行李箱裡找出了睡袍和多餘的毛衣，給所有人穿。一切都很不真實，有種共同歷劫歸來的感受，強烈到讓他們乖乖坐著，微笑得很吃力，又濕又冷。奇怪的是，克拉波爾和其他人都沒有力氣發脾氣，甚至連生悶氣的力氣都沒有。盒子放在兩根蠟燭之間，放在窗戶邊的桌子上，長滿了鏽，蓋滿了泥土，又濕答答的。三個女人全都穿著睡衣——茱德穿的是克拉波爾的黑絲睡衣，李奧諾拉穿的是他的紅色棉衣，碧翠絲穿的是休德布蘭的薄荷綠加上白色條紋的衣服，三人靠在一起，坐在床上。凡兒和尤恩穿了自己的衣服，代表了正常狀態。布列克艾德穿的是休德布蘭的毛衣和棉褲。尤恩說：

「我**一直**都想說，『你被包圍了』。」

「你講得很棒。」克拉波爾說。「我不認識你，不過我看過你。在餐廳裡。」

「還有，在庭園中心，在丹雪與溫特邦，昨天在教堂墓地也是。沒錯。我是尤恩．麥克英太爾。是貝力博士的律師。我相信我可以證明她就是那些信件在法律上的所有人，雙方信件都算，目前信件由喬治．貝力爵士持有。」

「但是，這個盒子，和她一點關係也沒有。」

「以後會變成我的。」休德布蘭說。

「除非你有主教的認可，還要經札克斯先生的允許，經艾許爵士的許可，以盜墓的方式取得，可判重刑，我可以從你手中把盒子拿過來，以平民逮捕的方式將你扣留下來。另外，布列克艾德教授也有封信，在裡面的東西確定是否為國家遺產寶藏之前，不能輸出國外。」

「原來如此。」莫爾特模．克拉波爾說。「當然了，裡面可能什麼也沒有。或者只有灰塵而已。我們要不要一起看看裡面的東西？既然走不開這個地方，也無法脫隊……」

「不應該去干擾盒子。」碧翠絲說。「應該放回去才對。」

她四下看著這群人，沒有看到有人支持。莫爾特模．克拉波爾說：「如果你真的相信，早該在我挖出來之前就對我進行平民逮捕啊。」

布列克艾德說：「完全正確。」

李奧諾拉說：「如果她不想要別人打擾的話，為什麼她要放在那裡等人去找？為什麼不緊抱在胸前，或是緊抱在他胸前？」

茉德說：「我們需要看看故事的結局。」

「沒有人能證明**那**就是我們會找到的東西。」布列克艾德說。

「可是，我們**非看一看不可**。」茉德說。

克拉波爾取出一罐油，將油塗在接合處，用自己的刀子撬開，削下了鏽粒。經過很長一段時間，他以刀尖抵住接合處下方用力推。盒蓋就此跳開，顯現出藍道弗．艾許的標本玻璃箱，模糊又骯髒，不過安然無恙。克拉波爾也打開了標本箱的蓋子，很細心很細心地以刀子繞著盒子切開，取出裡面的東西。裡面有個塗油的絲袋，裝了：一條頭髮手環、一個兩手交握的銀夾子、一個藍色信封裝著一長條極細的淡色金髮辮，另一個上油的絲袋裝了厚厚一捆信件，以緞帶綁著，一只長信封，曾經是白色，沒有打開過，以棕色的字體寫著：**致藍道弗．亨利．艾許，同封信附上**。

克拉波爾撥弄一下那一大包信件，說：「他們的情書。照她的說法來判斷。」他看著沒拆開的那封信，交給茉德。茉德看著上面的筆跡，說：

「我**認為**……我幾乎確定……」

尤恩說：「如果沒有打開過，信件的擁有權就變得很有意思了。究竟是寄件人的財產——如果沒有收到的話——或者是收信人的財產，因為這封信畢竟還是沒拆開，躺在他的墳墓裡？」

在大家都無法想出為什麼不能拆開之前，克拉波爾拿過信封，用刀子拆開了信。裡面有封信，還有一張相片。相片邊緣有污漬，蓋滿了銀色的小點，有如下了大冰雹或是開了白花，上面還有深色煤灰狀的記號，有如多面鏡子，然而，在這一切之下，微微閃出新娘如鬼魂般的身影，手裡捧著一束百合花和玫瑰花，從厚紗和沉重的花冠裡面向外看。

李奧諾拉說：「是哈維善（Havisham）小姐。是科林斯新娘。」

茉德慢慢說：「不對，不對，我開始覺得是——」

尤恩說：「妳這麼認為嗎？我想也是。看看信。那筆跡妳看得懂。」

「我可以看嗎？」

就這樣，在旅館房間裡，她湊著燭光唸出克莉史塔伯．勒摩特寫給藍道弗．艾許的信，給這群奇怪而多樣化的追尋者聽，外面強風呼嘯而過，有飛散的小碎片打在窗戶上，在不停歇的風勢下弄出嘎嘎聲，也在高地上呼呼作響。

我親愛的——我親愛的——

他們告訴我說，你病得很嚴重。我很不希望在這個時候以不合時宜的往事來打擾到你，但是我發現，我畢竟還是有事情非告訴你不可。你會說，你早該在二十八年前就告訴我了——否則就永遠什麼都別說——因此或許我早該說了吧——只是我說不出口，或是不願說。如今我不斷想著你，也爲你祈禱，我知道——這些年來我一直都知道——我辜負了你。

你有個女兒，現在人很好，也已經結婚了，生下一個漂亮的男孩。我附上她的相片。你看得出來——她很漂亮——而且我喜歡這樣想——她長得像她的父母親。她並不知道自己親生父母是**誰**。

這件事——寫出來並不容易——至少很簡單。不過，歷史呢？講出了這個事實，我也虧欠你這個事實背後的歷史——或者說虧欠**我自己**——我對你罪不可赦——要不是因爲後果——

所有的歷史都是實實在在的事實——再加上其他東西——由人類添加上去的熱情與顏色。我即將告訴你的是——至少是——事實。

我們兩人分手的時候，我知道——但是並沒有確切的證據——知道後果會如何——也知道當時已經造成的後果是什麼。我們同意——在最後那個陰暗的日子——要離開，離開彼此，一刻也不回頭。我是打算，不管以後發生什麼事，爲了自尊心，也爲了你，我要保留自己的這一部分。所以我安排遠行——你不會相信我算計策畫得多麼仔細——我找到可以借住的地方——（這地方後來被你發現，我知道）在那個地方，我只讓自己爲我們的命運負責——她和我的命運——然後我跟唯一可能幫助我的人商量——我的妹妹蘇菲雅——她編出一套謊言，比較像是羅曼史，而比較不像我先前那種安靜的生活——有了必要，頭腦會變精，決心會加強——因此我們的女兒誕生在布列塔尼，在修道院裡，然後蘇菲雅帶她到英國，視同**己出**，就和我們先前同意的做法一樣。我能說的是，蘇菲雅對她疼愛有加，那樣的母愛，她的親生母親可能辦不到。她在英國的原野自由奔跑，嫁給一個住在諾福克的表親（當然了，當地人不認爲他們有血緣關係），現在是大地主的妻子，長相美麗。

之後我來到這裡——在我倆見最後一次面之後沒多久——最後那一面是在雷依夫人的降靈會，你發了很大的脾氣，怒火沖天——我也很生氣，因爲你把我靈魂傷口上的包紮撕開，而我以女人的想法來猜想，你可能會爲了我的好意而稍微難過，因爲這個世界上受苦受難的大半部分，都屬於我們——由我們來承擔。我當時對你說，你害我成了殺人兇手——我指的是**可憐的白蘭琪**，她可憐的下場讓我日日飽受折磨。然而，我發現你認爲我的意思和葛蕾卿對浮士德講的話一樣。我當時心想——當時我身心**俱疲**，產生了冷酷的小惡意——就讓他那樣去想算了，如果他對我認識這麼淺的話，就讓他用**這個想法**去折騰自己算了。生產中的女人對胎兒的父親放肆哭喊，當作是女人自己的不幸，片刻激情或許不會留下紀念，不會對身心造成重創——這是我當時的想法——現在我心情比較平靜。現在我年紀大了。

親愛的，我坐在這裡，一個住在角樓裡的老巫婆，在粗野的妹婿許可下創作詩文。我從來都沒有刻意要攀附妹妹，享受她的財富。我寫這封信時，感覺往事歷歷如昨，所有的怒氣正如鋼圈套在我胸口，燃燒著怨恨與愛（對你的愛，對玫雅的愛，也包括對可憐的白蘭琪的愛）。可惜現在並非昨日，現在的你病情嚴重。我希望你的病情能夠好轉，藍道弗，我祝福你，也請求你或許能夠原諒我。因爲我以前一定知道，你爲人慷慨，會照顧我和玫雅，但是我當時還是在心底恐懼——現在全都曝光了——現在實話勝過一切，不是嗎？——我當時很害怕，你知道嗎，你會希望收養她，你和你的妻子，自私佔有——而她是我的小孩，是我懷胎十月生下來的小孩——**我沒辦法放她走**——因此把她藏起來，不讓你發現，如果你們見了面，她會喜歡你，她生命中永遠都有一個位置，爲你保留的。噢，我當時究竟在做什麼？

寫到這裡，我可以告一段落，或者早在幾行之前就應該停筆，寫到請求原諒的部分即可。這封信我託你的妻子轉交——她可能會看到這封信，看不看由她決定——我任憑她處置——經過這麼多年才坦白說實話，感覺甜美到很危險的地步——我自己託付給她，也託付給你的善意——這也可以算是我的遺言。我一生中**朋友**不多，其中讓我信任的只有兩人——白蘭琪——以及你——這兩位我愛得太深，其中一人死得很慘，死前痛恨我和你。但是現在我老了，最令我悔恨的，不是那幾天激烈甜蜜的熱情——換成任何人，似乎可能都會有相同的激情，歷經同樣的過程，產生同樣的結局，就算不是如此，上了年紀的我看來似乎就是這樣——我最悔恨的，要是我寫起文章來沒有變得這麼囉嗦，這麼容易**離題**就好了——我悔恨的是我們以前的通信，寫了詩和其他東西，我們彼此心有靈犀一點通。我在想，可憐的《仙怪曼露西娜》一書賣出了幾本，你是否讀過，然後在心裡想——這個女人我以前認識——或者以你的本性最後可能會說——「沒有我，這個故事可能永遠不見天日」？曼露西娜和玫雅，都是我虧欠你的東西，我沒有償還這筆債。（我認爲我的曼露西娜**不會死**，某個具有洞察力的讀者會來解救她吧？）

這三十年來，我**一直都是曼露西娜**。我等於是在這座城堡的城堞四處飛翔，對風哭喊著我盼望做的事，希望能看看我的小孩，餵餵她，安慰她，而她卻不認識我。她生性快樂——有著陽光普照的個性，感情上單純，本性**直率**得出奇。她深愛養父母——也深愛喬治爵士，而喬治爵士和她並無血緣關係，不過對她的美貌與善良本性仍然著迷，我對她也同樣著迷。

至於我，她並不愛。除了對你，我還能對誰說？她把我當作**女巫師**，當作是童話故事裡的老處女，用閃爍的眼睛盯著她看，等待機會來刺她可憐的小手指，誤闖成年人眞相的野蠻夢境中。就算我的眼睛因淚水而閃爍，她也沒有看見眼淚。不行，我要繼續寫下去，我讓她感受到某種恐懼，某種厭惡——她的感覺很正確，認爲我對她關心**太多**——然而她做出錯誤的解讀，認爲是**很不自然**的表現。她有這種反應，絕對自然。

你會認爲——如果我告訴你的事，**震驚**到你，使你沒有力氣來關心或思考我狹窄的世界——像我這樣專門寫**傳奇故事**的詩人（或是像你這樣寫眞實戲劇的詩人），不可能將這樣一個祕密隱瞞了三十年（想想看，藍道弗，三十年），卻沒有來個**劇情急轉直下**，來個**水落石出的收場**，來個祕密暗示或是揭開謎底的公開場面。啊，但是，假設你在這裡的話，你就會知道我爲什麼不敢。爲了她，因爲她很幸福。爲了我，因爲我很害怕——我害怕她美麗的眼睛可能映照出懼怕的神情。如果我告訴她——那件事——而她**往後退**呢？當時我也對蘇菲雅發誓過，對於她的好心，我絕不反悔我做出的決定——沒有蘇菲雅的善意，她就沒有家也沒有人照顧。

她大笑、玩耍的模樣，活像柯立芝筆下身手敏捷的小矮人「獨自歌唱、舞蹈」——你可記得我們寫到**克莉史塔伯**的信件嗎？她一點也不喜歡看書，一點也不。我寫給她小故事，裝訂成書印刷出來，送給她，她微笑得很甜美，謝謝我，然後放在一旁。我從來沒有看到她看那些書當作消遣。她喜歡坐馬車，喜歡射箭，也會和她（名義上）的兄弟玩男生的遊戲……最後嫁給一位前來拜訪的表親。她在五歲時，小小的一個娃走路跌跌撞撞的時候，就和他一起在乾草堆上打滾。我希望她能過著沒有困擾的生活，而她的生活的確如此——只是，這樣的生活不是我的，我並不包括在其中，我是她不愛的老處女阿姨……

就這樣，我受到了某種懲罰，因爲我將她藏起來，不讓你知道。

你記不記得我寫信告訴你雞蛋的謎語？是我孤寂與**冷靜的幻象**，讓你擅自進犯，加以摧毀，對我有益無害，這一點我堅信不移。我很納悶——假設我把自己關在城堡裡，躲在自己在小山上的城堡防禦工事裡——我會成爲像你一樣的大詩人嗎？我很納悶——我的靈魂會受到你的鞭策嗎——如同凱薩受到安東尼的鞭策一樣？或者是和你原先的打算一樣，讓我因爲你的慷慨而成長？這些事情全都混雜在一起——我們相愛過——爲了彼此——只是後來變成爲了玫雅（她不想用這個「奇怪的名字」，所以大家只叫她玫，很適合她）。

長久以來，我一直很氣憤——對我們所有人生氣，對你，對白蘭琪，對我可憐的自己。如今盡頭將至，「熱情消磨殆盡，心境祥和」，我再度想起你，心中帶有清澈的愛意。我一直在看《大力士參森》，看到那段有關毒龍的部分。我一直認爲你就是那條龍——而我是「馴良家禽」——

他火熱的美德
從灰燼下倏然燃起火焰
如同夜龍來襲
突襲雞舍
攻擊圈養之物
直撲馴良家禽

那樣不是很好嗎？我們難道沒有——**你**難道沒有發出火焰，我難道沒有引火上身嗎？我們能否逃過一劫，從灰燼中重生？像米爾頓的浴火鳳凰一樣？

那隻自體繁殖的鳥
鑲嵌在阿拉伯樹林中
獨一無二亦無三
前不久發生過大屠殺，
她蒼白的子宮如今豐滿
重燃生機、重新繁盛、活力四射
在眾人皆認爲最了無生氣之時
儘管肉身死去，她的名聲活下來
一隻世俗之鳥，活過數代。

如果你想聽眞話，我寧可一直單獨生活。然而，既然不可能——而且幾乎沒有人有這種福分——我感謝上帝把你給了我——如果注定要出現一條龍的話——他就是你——

我不停筆不行了。最後還有一件事。你的孫子（也是我的孫子，眞奇怪）。他的名字是沃特，他會吟唱詩歌，讓他從事農牧的父母親非常訝異。我教他念大部分的《老水手行》：他會背誦有關蛇的祝福那一段，以及晶亮的眼光閃映出海上月光的景象那部分，非常有感情，他自己的眼睛也因此而亮了起來。他身體很不錯，**會活下去的**。

我必須結束了。如果你能夠或願意——請讓我知道你看過這封信。我不敢奢求，請諒解。

——克莉史塔伯．勒摩特

沒有人出聲。茉德的聲音一開始很清晰而不帶情緒，有如一塊毛玻璃，結束時充滿了壓抑的情感。

李奧諾拉說：「哇！」

克拉波爾說：「我就知道！我就知道有**很大的**——」

休德布蘭說：「我不懂，為什——」

尤恩說：「很不幸地，那個時代的私生子沒有繼承的權利。否則的話，妳，茉德，就是這一大批文件名正言順的繼承人。我本來就在**懷疑**，實際情形有可能就像這樣。維多利亞時代的家族，通常會以這種方式來照顧私生子，把小孩藏在合法的家庭裡，給他們公平的機會——」

布列克艾德說：這發展對妳來說真的很奇妙，茉德——這樣一路追到最後，發現妳是他們兩人的後代。妳一直在探尋的『神話』起源——而不是真相——結果竟然是你自己的出身——就這麼恰巧，真的很神奇。」

大家看著茉德。她坐在那裡，兩眼盯著相片。

她說：「我以前看過這張相片。我們家有一張。原來，克莉史塔伯是我的曾曾祖母。」

碧翠絲．耐斯特哭了。淚水湧上她的眼、閃爍，向下滑落。茉德伸出手。

「碧翠絲——」

「真抱歉，我情緒失控了。他從來就沒有機會看到，對不對？一想到這裡，真令人難過。她寫了那麼多，結果誰都沒看到。她一定在苦等回音，結果石沉大海——」

茉德說：「妳知道愛倫的為人。妳認為她為什麼要把這封信放在盒子裡，和她自己的情書放在一起——」

「還有他們兩人的頭髮。」李奧諾拉說。「再加上克莉史塔伯的頭髮，那撮金髮是她的錯不了——」

碧翠絲說：

「可能她也不知道怎麼辦吧。她沒有把信交給艾許，自己也沒看——這種做法我想像得到——她只是藏起來而已——」

「是為了茉德，」布列克艾德說。「從結果來看的話。她把信保留下來，是為了茉德。」

所有人看著茉德。她臉色蒼白地坐在那裡，看著相片，手裡拿著手稿。

茉德說：「我沒辦法再想下去了。我非去睡覺不可。我累壞了。明天早上我們再來想吧。我不知道為什麼這一切讓我這麼震驚。總之，」她轉頭看羅蘭。「請你幫忙找個房間讓我睡覺。這些文件應該全都交給布列克艾德教授保管。但可以的話，這張相片我想留下來，今天晚上就好。」

羅蘭和茉德靠在一起，坐在一張有四根柱子的床鋪邊緣，四面都掛著威廉．摩里斯金百合花氈。他們湊著燭光，看著玫雅的結婚相片，蠟燭插在銀色燭台上。要看清楚不容易，因此兩個頭很靠近，黑髮加金髮，可以嗅到對方的頭髮，還充滿了暴風雨的味道，充滿雨水、翻動的黏土、被壓扁與隨風飄零的樹葉味道。在這種味道之下，是他們自己獨特、個別的人類體熱。

玫雅．貝力對著他們倆安詳地微笑著。看過克莉史塔伯的信後，他們現在用信中的資訊來解讀玫雅的臉。相片上到處都是銀色的光點和年代久遠的光澤。他們現在看得出來，她有張快樂自信的臉龐，在厚重的領圈下仍神態自若，享受著那個場合的歡樂，而非戲劇性。

「她長得像克莉史塔伯。」茉德說。「看得出來。」

「她長得像妳。」羅蘭說，接著又說：「她長得也像藍道弗．艾許。寬額頭，寬嘴巴，還有眉尾，這裡。」

「照你這麼說，我不就長得像藍道弗．亨利．艾許了。」

羅蘭摸摸她的臉。「不說我還沒看出來。沒錯，長得像的地方一樣。這裡，眉角的地方。那裡，嘴角。現在既然看出來了，以後我永遠都會注意到。」

「我不太喜歡。這整件事，有種很不自然的命中注定。怪力亂神。我覺得他們附身在我身上。」

「每個人對祖先的感覺都是這樣的，即使他的祖先只是很普通的人也一樣，如果他有幸知道關於他們的事。」

他摸著她潮濕的頭髮，輕柔的動作帶著不經心的感覺。

茉德說：「接下來怎麼辦？」

「什麼接下來怎麼辦？」

「我們倆，接下來會發生什麼事？」

「妳啊，會有一大堆法律問題。還有很多東西等著妳去編輯。我呢，我已經做了一些計畫。」

「我還以為——我們可以一起編輯那些信，你跟我？」

「妳的好意我心領了。在這個故事裡，妳後來變成主角，而我只是因為偷了東西才牽扯進來，一開始的時候。我學到了很多東西。」

「你學到了什麼？」

「噢，是從艾許和維科那裡學來的，關於詩的語言。我啊，我——有東西非寫出來不可。」

「你好像在生我的氣。我不知道為什麼。」

「沒有，我沒有在生氣。話說回來，我的確生過氣。妳的生命充滿確定性。文學理論。女性主義。有種社交上安然自處的感覺，是從尤恩那裡帶出來的，是妳隸屬的世界。我什麼也沒有。或者說，以前什麼也沒有。而我那時候，**越來越**——依賴妳。我知道，男性自尊現在不流行了，也沒什麼重要，但我還是在意。」

茉德說：「我覺得——」然後停了下來。

「妳覺得怎樣？」

他看著茉德。她的臉龐在燭光下宛如大理石雕刻一般，冰冷端正，漂亮空虛。他以前經常這樣告訴自己。

「我還沒跟妳說過，我找到了三個工作。香港、巴塞隆納、阿姆斯特丹。這個世界等著我去開創。我以後不會在這裡編輯那些信。它們和我沒有關係。」羅蘭說。

茉德說：「我覺得——」

「覺得什麼嘛？」羅蘭說。

「每次我有——任何感覺的時候，就會全身冷下來。我就結冰了。我沒辦法——說出來。我，我這個人——對於維持感情不是很拿手。」

她在發抖，雖然她看起來依然——她迷人的五官在作祟——冷漠，有點瞧不起人的樣子。羅蘭說：

「妳為什麼會冷下來？」他讓嗓音保持柔和。

「我——**我分析過這件事**。因為我有這種好看的長相。如果你長相好看，大家對待你的方式，會好像你是他們的某樣所有物一樣。我說的這種長相，不是討人喜歡那種，而是輪廓分明又——」

「漂亮。」

「好吧，你要這樣講也行。總之，別人因此把你當成一項財產或一個偶像。我不要這樣，但這種事一直發生。」

「不應該這樣。」

「我們第一次見面時，連你也——退縮了。現在我預期會發生那樣的事，所以我利用它。」

「對。可是，妳不想要一直自己一個人，是吧？」

「我的感覺和她一樣。我維持防禦工事，因為我必須繼續**我的工作**。她的感覺我明白，對於她那些『沒被打破的蛋』。她的自持，她的自治權。我不願意去多想。你懂嗎？」

「噢，我當然懂。」

「我寫的東西是閾。門檻。棱堡。要塞。」

「入侵。擅闖。」

「當然也有。」

「我不是這種人。我有我自己的孤獨。」

「我知道。你永遠不會——讓交接的地方亂糟糟糊成一片——」

「交疊。」

「對，就是因為這樣我才——」

「覺得和我在一起很安全。」

「不，不對。我愛你。我想我寧可不要愛上你才好。」

「我愛妳。」羅蘭說。「這樣很不方便。現在我獲得了未來，所以這變得很不方便。不過，情況就是這樣，最糟糕的情況。我們從小就不相信的東西發生了。這種完全的著迷，夜以繼日。當我看著妳，妳是那麼**活力充沛**，其他的事物都——慢慢消失、不見了。這類的事。」

「冰冷端正，漂亮空虛。」

「我以前對妳的看法就是那樣，妳怎麼知道的？」

「大家都這樣認為。佛格斯以前是這樣。現在也還是。」

「佛格斯會吞人。我沒有這麼大能耐，不過我可以讓妳順其自然發展，我可以——」

「在香港、巴塞隆納、阿姆斯特丹嗎？」

「如果我去那邊的話，當然。我不會威脅妳的自治權。」

「或者留在這裡愛我。」茱德說。「噢，愛情這東西真可怕，專門破壞好事——」

「愛情有時候的確相當狡猾。」羅蘭說。「我們可以想想辦法——現代的方法。阿姆斯特丹也不算太遠——」

冰冷的手碰到冰冷的手。

「我們上床好了。」羅蘭說。「總會想出辦法的。」

「那樣我也害怕。」

「繞了一大圈，妳還是那麼膽小。我會照顧妳的，茱德。」

就這樣，他們脫下不合身的衣服，是從克拉波爾那裡借來的五顏六色衣服，光著身子爬進被帳裡，往羽毛床下面鑽，吹熄蠟燭。羅蘭以極為緩慢的方式，以無限溫柔的拖延戰術，手法細膩的聲東擊西法，以及各式各樣間接攻擊，最後終於——套用一個不合時宜的說法——終於進入並佔有她所有蒼白的冷淡。溫暖起來的她，依偎在他身邊，兩人之間似乎再沒有界線。接近破曉時分，他依稀聽見茱德清透的叫喊聲傳來，肆無忌憚，毫無羞赧之情，帶著歡娛和凱旋之意。

到了早上，整個世界充滿了陌生的新氣息。這種氣息是事件發生過後的氣息，是綠色的氣息，是碾碎的樹葉加上冒出的樹脂氣息，是木頭壓碎加上樹汁噴灑出來的氣息，是種酸澀的氣息，和咬過的蘋果氣味具有某種關聯。這種氣息是死亡與毀滅的氣息，聞起來新鮮、朝氣蓬勃，又充滿希望。

後記 一八六八年

有些事情發生了，卻沒有留下可以覺察的痕跡。這些事沒有人說出口，也沒被提筆寫下，但我們不能說後來發生的事與它毫無關連。同樣的，我們也不能當它從不曾發生。

一個炎熱的五月天，兩個人相遇了，之後從來不曾被提起。事情的經過如下。

有一片牧草地，長滿了嫩嫩的青草，所有的夏日花朵也富饒豐盛。藍色的矢車菊，紅色的罌粟花，金色的金鳳花，一層薄薄的婆婆納，在青草較短的地方，有雛菊織成的一層精緻的地毯，疥癬花，黃色的金魚藻花，培根與蛋，淡淡的小白花，紫色的三色堇，紅色的紫蘩蔞，白色的薺菜花。在這片原野附近，有個高高的樹籬，種的是安妮皇后蕾絲花和指頂花，再上面是歐洲野玫瑰，微微在多刺的樹籬中閃耀，忍冬花全都是乳白色，香味撲鼻，葫蘆瀉根的線條四處爬，足以置人於死的茄屬植物也開出深色的星狀花。富饒的景象，顯得彷彿這裡一定會永遠閃亮。青草具有琺瑯光澤，由鑽石光絲牽連在一起。雲雀歌唱，鶇鳥、黑鳥也唱得甜美清澈，到處都是蝴蝶，有藍色，有硫磺色，有古銅色，有脆弱白，從一朵花點到另一朵花，從苜蓿飛到蠶豆再轉到飛燕草，依自身的視覺來指引方向，有看不見的紫色五角星形，有螺旋狀的花瓣光的線圈。

那裡有個孩子，在門下邊鞦韆，穿著深藍灰色洋裝，白色圍裙，哼著歌給自己聽，動手編著雛菊花環。那裡有個人，身材高大，留有鬍鬚，因為戴了一頂帽緣很寬的帽子，臉部在陰影之內，往巷子裡漫步過來，走過高高的樹籬之間，手裡拿了白楊枝，外表像是一個喜歡散步的人。

他停下腳步，和孩子交談。孩子對他微笑，開心地回答他問題，沒有停下前後盪鞦韆的動作。他問她這裡是什麼地方，也問了下面那片狹窄山谷裡的房子叫什麼名，但其實他很清楚這些地方，然後他繼續問了她的名字，她說是「玫」（May）。她說她還有另一個名字，只是她不喜歡。他說，名字以後有可能會不一樣，因為它會隨時間流逝而變化、失去意義。他想知道她的全名，所以她說了，鞦韆盪得更加忙碌。她的全名是玫雅．湯瑪辛．貝力，父母親住在下面那棟房子，還有兩個哥哥。他告訴她，玫雅（Maia）是赫米斯（Hermes）的母親，而赫米斯是小偷、藝術家，也是亡者靈魂的嚮導。他還說，他知道有個瀑布叫做湯瑪辛。她說，她知道有匹迷你馬叫做赫米斯，跑起來像風一樣快，不過她從沒聽過叫做湯瑪辛的瀑布。

他說：「我想我認識妳母親。妳長得和妳母親一模一樣。」

「沒有人說過我長得像母親。我覺得，我長得像父親。我父親很強壯，人很親切，會帶我去騎馬，像風一樣快。」

「我覺得妳長得也像妳父親。」他說，雙手摟住她的腰，沒有表露出任何情感，也非常短暫，才不會嚇到她，然後把她抱到身邊。他們坐在吊床上聊天，蝴蝶多如雲彩。這一幕，他在徐徐流逝的時間裡將它牢牢、清晰地記了下來，她的記憶卻越來越曖昧、模糊。甲蟲在他們腳邊亂跑，有深黑色，也有翡翠綠。她把自己生活中的樂趣告訴他，也說了自己喜歡做什麼事，還有以後的志向。他說：「妳看起來好像非常幸福的樣子。」她說：「是啊，我很幸福。」然後他不出聲，坐在那裡半晌。她問他會不會編雛菊花圈。

「我來做個后冠給妳戴。」他說。「一頂獻給五月皇后（May Queen）的后冠。可是，妳一定要拿東西來交換才行。」

「我又沒有東西可以給你。」

「噢，就給我一撮頭髮——很細的一撮就行——讓我以後看到時可以想起妳。」

「像童話故事裡那樣。」

「對。」

於是他幫她做了一頂后冠，底部是從小灌木籬笆摘來的柔軟小枝，將綠色樹葉和各種顏色的藤蔓編織進去，有長春藤和羊齒蕨，有銀色的青草和葫蘆瀉根的星形葉，還有野生的鐵線蓮。他以玫瑰花和忍冬花來點綴，邊緣再裝飾上莨菪（「記住，這個絕對不可以拿來吃喔。」他說，她則用不屑的口氣回他，說她很清楚什麼東西不能吃，因為大家經常跟她說這些）。

「好了。」他一邊說，一邊把花冠戴到她小小的金色腦袋上。「非常漂亮，像仙女的孩子一樣，或是普羅賽比娜。妳知道這首詩嗎？

那片美麗原野
稱為恩納，普羅賽比娜在此採集花朵，
她人比花嬌，卻橫遭陰鬱的地斯採集，
造成席瑞絲諸多痛苦
走遍天下找尋她的蹤影。[154]」

她看著他，看起來驕傲又仍帶著些許不屑。她用手扶著花冠保持平衡。

「我有個阿姨，每次都會唸這種詩給我聽，可惜我不喜歡詩。」

他拿出一把口袋式小剪刀，用輕柔的動作剪下一長條金鳳花似的金髮。她的頭髮披散在肩上，形成一大片雲彩。

「來，」她說：「我來幫你編成辮子，保存起來比較整潔。」

她的小手指編著辮子，皺著眉頭。這時候，他說：

154 普羅賽比娜是宙斯和大地女神席瑞絲的女兒。席瑞絲把普羅賽比娜藏在深山裡，不讓她與其他神祇接觸，過著安祥平靜的生活。有一天，普羅賽比娜一如往常與其他仙女一起在恩納（Enna）採花，冥王地斯突然從地縫之間冒出來，強行將她帶往地底冥府。失去女兒的席瑞絲四處找尋女兒的下落，哀痛欲絕。

「妳不喜歡詩，我很遺憾，因為我是詩人。」

「噢，我**喜歡你**啊，」她連忙說：「你會做可愛的東西，而且不會隨便亂——」

她伸手呈現完工的辮子，他接了過來，捲成一小圈後，收進懷錶裡。

「告訴妳阿姨，」他說：「說妳碰到一個詩人，正在尋找無情女，結果卻遇見妳。告訴她，這個詩人只想跟她問好，不會去打攪她。他要繼續上路，到清新的樹林和青蔥的草地去。」

「我會盡量記住的。」她一邊說，一邊抬手按住頭上的后冠。

就這樣，他親了她一下，保持一貫的冷靜，以免嚇到她，之後他就離開了。

她在回家的路上遇到哥哥，兩人一起胡鬧打滾，可愛的后冠因此打壞了，而她也忘了那個口信，永遠沒有送達。

佔有：一部愛的浪漫傳奇
POSSESSION：A ROMANCE

作　　者　A. S. 拜雅特（A. S. Byatt）
譯　　者　于宥均（第 1 ～ 17 章）、宋瑛堂（第 18 ～ 28 章，後記）
　　　　　李康莉（前言）、宋偉航（題辭、題詩）
封面設計　賴柏燁
特約編輯　吳佩芬
內文排版　高巧怡
行銷企畫　林芳如
行銷統籌　駱漢琦
業務發行　邱紹溢
業務統籌　郭其彬
責任編輯　林淑雅
副總編輯　何維民
總 編 輯　李亞南
發 行 人　蘇拾平
出　　版　漫遊者文化事業股份有限公司
地　　址　台北市 105 松山區復興北路 331 號 4 樓
電　　話　（02）2715-2022
傳　　真　（02）2715-2021
讀者服務信箱　service@azothbooks.com
漫遊者臉書　www.facebook.com/azothbooks.read
發行或營運統籌　大雁文化事業股份有限公司
地　　址　台北市 105 松山區復興北路 333 號 11 樓之 4
劃撥帳號　50022001
戶　　名　漫遊者文化事業股份有限公司
初版首刷　2019 年 12 月
定　　價　台幣 599 元
I S B N　978-986-489-369-0

國家圖書館出版品預行編目 (CIP) 資料

佔有 : 一部愛的浪漫傳奇 / A. S. 拜雅特 (A. S. Byatt) 著 ; 于宥均 , 宋瑛堂合譯 . -- 初版 . -- 臺北市 : 漫遊者文化出版 : 大雁文化發行 , 2019.12　/ 672 面 ; 14.8×21 公分
譯自 : POSSESSION：A ROMANCE
ISBN 978-986-489-369-0(平裝)
873.57　　108018935